De jukebox-koningin van Malta

Nicholas Rinaldi

De jukebox-koningin van Malta

Vertaald uit het Engels door Paul Syrier

2003 – De Boekerij – Amsterdam

Oorspronkelijke titel: The Jukebox Queen of Malta (Simon & Schuster)
Vertaling: Paul Syrier
Omslagontwerp: Studio Marlies Visser, Haarlem
Omslagfoto: Photonica, Image Store

ISBN 90-225-3458-8

© 1999 by Nicholas M. Rinaldi
© 2003 voor de Nederlandse taal: De Boekerij bv, Amsterdam

Dankbetuigingen

Met bijzondere dank aan Nat Sobel en Judith Weber voor hun inzicht en verfrissende gezond verstand en aan Marysue Rucci en Bill Scott-Kerr voor hun geduld, intelligentie en goede adviezen. Mijn grote waardering voor Tom Cuddihy, Len Engel, Dennis Hodgson, Nick Montemarano en Leo O'Connor voor hun eindeloze leeswerk en aanmoedigingen en voor Orin Grossman en Robert Wall van Fairfield University voor hun bedachtzaamheid en oprechte steun. Ook voor David Rosenthal vanwege zijn duurzame gefascineerdheid door jukeboxen. En vooral voor Jackie, die de johannesbroodbomen, de hitte en de cactussen voor lief nam en die tijdens die lange reis de auto op de weg hield.

Voor David, Fabiana, Sherine en Carolyn

Malta is vooral een land waar de geschiedenis voortdurend opnieuw moet worden uitgevonden... Elke generatie onderneemt haar eigen spasmodische aanval op de onderaardse mysteriën, en elke generatie komt met haar eigen verhaal weer aan de oppervlakte. Met elke ontdekking nemen deze mysteriën echter een andere gedaante aan, waardoor het verhaal weer opnieuw moet worden verteld.

NIGEL DENNIS, *An Essay on Malta*

'Malta van goud, Malta van zilver, Malta van edelmetaal,
 we zullen je nooit innemen!
 Nee, zelfs niet als je zo zacht was als een kalebas, zelfs niet als je alleen maar werd beschermd door de schil van een ui!'
 En vanaf haar versterkingen antwoordde een stem:
 'Ik ben degene die de galeien van de Turk
en alle krijgers van Constantinopel en Galata heeft uitgeroeid!'

ANONIEM, zestiende eeuw

Onder steeds terugkerend vuur uit de hemel lag Malta alleen... midden in de zee, een piepkleine heldere vlam in het duister, een baken van hoop voor de lichtere dagen die zijn gekomen.

FRANKLIN D. ROOSEVELT

COMINO

Mġarr

MARFA RIDGE

Mellieħa Ba

M

←------To Gibraltar--------

MAP OF MALTA & GOZO

SCALE OF ENGLISH MILES

Miles 0 ½ 1   2   3   4   5   6 Miles

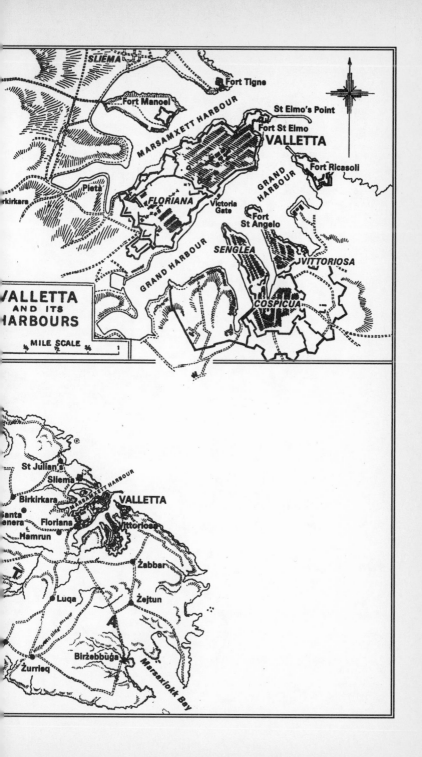

SLIEMA

Fort Tigne

Fort Manoel

St Elmo's Point

Fort St Elmo

VALLETTA

MARSAMXETT HARBOUR

Fort Ricasoli

GRAND HARBOUR

Pieta

Birkirkara

FLORIANA

Victoria Gate

Fort St Angelo

SENGLEA

VITTORIOSA

GRAND HARBOUR

COSPICUA

VALLETTA
AND ITS
HARBOURS

MILE SCALE

1

St Julian's

Sliema

MARSAMXETT HARBOUR

Birkirkara

VALLETTA

Santa Venera

Floriana

Vittoriosa

Hamrun

Żabbar

Luqa

Żejtun

Birżebbuġa

Żurrieq

Marsaxlokk Bay

Deel I

Rocco en Melita

april 1942, Blitzkrieg

Ik ben daarvoor of naderhand nooit op een plek geweest waar zo'n zichtbare sfeer van ondergang, geweld en hardheid hing.

RAF-PILOOT LEO NOMIS

I

Koop kant – red Malta

ZE HADDEN NAMEN VOOR DE WIND, VOOR DE VERSCHILLENDE
windstoten en luchtstromen die over het eiland kwamen. Er was
een wind die in oktober regen bracht, en dat was goed, een verlichting na de hitte en het stof en de genadeloze zon die gedurende
de lange, kurkdroge zomer op het eiland neerbeukte. Maar er waren ook andere winden, die minder welkom waren. Het ergste was
de *xlokk*, die in de Sahara begon en over de zee kwam, waar hij
vocht oppikte en heet, klam weer bracht dat de lucht uit je longen
zoog en lethargie en inertie veroorzaakte en je zenuwen aan stukken scheurde.

Toen Rocco te horen kreeg dat hij naar Malta zou worden gestuurd herkende hij de naam wel, Malta, maar hij had niet meer
dan een vaag idee waar het lag – ergens verderop, ver weg, naar
het noorden of het zuiden, in een mistige verte, even duister en
mysterieus als de naam zelf, die hij steeds weer herhaalde, waarbij
hij de vreemdheid hoorde, bijna proefde: *Malta, Malta, Malta.*

Het lag, vertelden ze hem, midden in de Middellandse Zee, vlak
onder Sicilië. Het was eigendom van de Britten en – wat hij niet
wilde horen – werd dag en nacht door de Duitsers en de Italianen
gebombardeerd.

Hij wist niets van de winden, van de *majjistral* en de *tramunta-
na*, de *grigal* en de *scirocco*, die door de groene groepen cactussen
en de zonverschroeide johannesbroodbomen bliezen, en evenmin
wist hij iets van de rijen huizen en huurwoningen, van blokken
kalksteen die op het eiland uit de bodem werden gehakt. De kalksteen was zacht genoeg om met een zaag bewerkt te kunnen worden, maar in de openlucht, gebakken door de zon, werd hij hard
en verkleurde tot een rijk goudbruin.

Het was begin april toen ze hem zeiden zijn spullen voor Malta bij elkaar te zoeken. Er zat een ploeg Amerikanen – een majoor en een paar luitenants – die een radioman nodig hadden. Ze deden verbindingswerk en onderhielden contact met de Britten, die het hard te verduren hadden door de bombardementen en het nog maar net volhielden. Ze hadden hun schepen en duikboten al uit de haven gehaald en naar de veiliger wateren bij Egypte en Gibraltar overgebracht.

'Waarom ik?' vroeg Rocco de sergeant die hem zijn orders overhandigde.

'Omdat je zulke waanzinnige bruine ogen hebt,' zei de sergeant zonder een spoor van een glimlach.

Ze zetten hem aan boord van een Liberator en vlogen hem naar Gibraltar, waar ze hem een sandwich met kaas en Spam en een glas bier gaven en hem vervolgens overhevelden op een Britse bommenwerper, die met zakken post en munitie voor het Bofors-luchtafweergeschut was geladen.

Rocco zat in de neus van het toestel bij de boordschutter en kon door het plexiglas de zee zien – duizend mijl water dat onder hen door trok, het hele stuk van Gibraltar naar Malta. De bemanning was uitgeput omdat ze de lange vlucht dagelijks heen en weer maakte, soms zelfs tweemaal per dag. De boordschutter sliep de hele vlucht, niet gestoord door het gebrul van de grote Pegasusmotoren. Van tienduizend voet hoogte keek Rocco naar het kielzog van vrachtschepen en oorlogsbodems, witte littekens op het water.

Het vliegtuig vloog een lange wolk in, en toen ze eruit kwamen en weer in de heldere hemel hingen lag Malta ver links van hen, een donkere pannenkoek op de zee, waar het elektrische blauw van het water in helder levendig groen veranderde op de plaats waar het het eiland omzoomde. De Wellington leek roerloos in de lucht te hangen, alsof de afstand tot het eiland te groot was om te overbruggen.

Terwijl de piloot het toestel liet hellen en de koers corrigeerde tegen afdrijven kregen ze zware klappen van de turbulentie en speelde de wind met hen, waardoor ze heen en weer werden gesmeten. Toen kwamen ze plotseling in een luchtzak terecht en dook het vliegtuig omlaag, daalde in een lange, diagonale baan af naar het eiland, een chaotische glijvlucht, alsof ze op een op hol geslagen vliegend tapijt zaten, dat hopeloos onbestuurbaar was geworden. De boordschutter, die in zijn riemen zat te slapen, merkte er niets van, maar Rocco, die geen riemen had, werd omhooggetrokken en tegen het dak van de ruimte vastgezet zonder dat hij zich kon bewegen – zelfs zonder dat hij kon denken, zo plotseling gebeurde het – en staarde recht door het plexiglas terwijl het eiland rees en recht op hem af kwam: straten, wegen, kerkkoepels, compacte groepen stenen gebouwen, kleine groene velden die door stenen muurtjes werden doorkruist, en rook, heel veel rook.

En toen was het even plotseling afgelopen als het was begonnen. De propellers beten zich weer vast in de lucht, en terwijl het toestel na de lange val weer begon te stijgen werd Rocco op de vloer gesmeten en graaide om zich heen om zich ergens aan vast te houden, maar er was niets.

Ze landden op het vliegveld van Luqa, het grootste van de drie vliegvelden, en het was een ruwe landing, waarbij het vliegtuig over de baan bonkte en zwierde. Nog maar een halfuur daarvoor was het vliegveld door een formatie Stuka's aangevallen. Op de grond stonden vliegtuigen en vrachtwagens in brand en kronkelende zwarte rook steeg dik op uit de wrakstukken.

Met zijn plunjezak over zijn schouder begaf Rocco zich moeizaam in de richting van een stenen huisje, terwijl de geur van de branden in zijn keel beet. Nog voordat hij halverwege was klonk er een sirene, en toen de bemanning van de Wellington begon te rennen zette Rocco het ook op een rennen, maar hij struikelde en kwam hard op de grond terecht. Toen hij weer overeind was gekrabbeld was de bemanning verdwenen en stond hij alleen op het asfalt.

In het hoge gras langs de rand van het veld zag Rocco een lange gestalte in een sportbroek en een Floridahemd, slank en met dik zwart haar. De man stond hem met beide armen zwaaiend op te jagen. Rocco zette er de sokken in, liet de plunjezak liggen waar hij lag en rende, met het gebrul van een aanvallende Messerschmitt luid in zijn oren, alsof zijn leven ervan afhing. Toen hij de rand van het asfalt naderde struikelde hij weer, ditmaal over een gat, en het Floridahemd boog zich over hem heen en trok hem half slepend half tillend in de beschutting van een loopgraaf.

Rocco lag te hijgen. 'Dat was op het nippertje,' zei hij met een krankzinnige combinatie van angst en opgetogenheid, een wilde alertheid die door de nabijheid van de dood werd veroorzaakt. Het was zijn eerste keer in een oorlogsgebied, onder een aanval, en wat hij, naast de angst en de doodschrik, ook voelde was persoonlijke rancune en een opwelling van woede, want als iemand probeerde hem te doden, hem actief en bewust om zeep probeerde te helpen, wat was dat dan anders dan een persoonlijke zaak?

De Messerschmitt draaide – een snelle looping en een rollende beweging – en toen hij terugkeerde over de velden beten zijn kanonnen zich vast in de geparkeerde Wellington. Rocco keek verbaasd toe terwijl het vliegtuig openspleet en torenhoog de lucht in ging en de lading luchtafweergranaten licht en kleur en een chaotisch lawaai het vallende duister in spuugde. Het was niet één Messerschmitt daar boven, maar het waren er drie, die kwamen en gingen en naar believen schoten.

'Ik ben Fingerly, Jack Fingerly,' zei het Floridahemd. 'En jij bent Kallitsky, klopt dat?' Het was een Amerikaanse stem, een gladde bariton die bijna tegen hem schreeuwde terwijl de 109's heen en weer raasden over het veld.

'Nee… ik ben Raven,' antwoordde Rocco, die de luitenantsstreep op de kraag van het overhemd van Fingerly zag.

'Ze zouden Kallitsky sturen. Wat is er gebeurd?'

'Ik ken geen Kallitsky.'

'Moet je je melden bij majoor Webb?'

'Inderdaad. Maar als u Kallitsky verwacht denk ik dat ik de verkeerde ben.' Hij dacht – hoopte – dat ze hem op een vliegtuig zouden zetten en rechtstreeks naar Fort Benning zouden terugbrengen.

'Nee, nee,' zei Fingerly zachtjes en ontspannen met een nauwelijks hoorbaar slepend accent, 'als je hier bent, ben je de goede. Welkom bij I-3, je bent de vervanger van Ambrosio.'

'Wat is I-3?'

Fingerly trok een wenkbrauw op. 'Weet je dat niet?'

Rocco had geen idee.

'Inlichtingen,' zei Fingerly. 'I-3 is inlichtingen.'

'Ik dacht dat inlichtingen G-2 was.'

'Dat is het ook, maar zelfs Inlichtingen heeft iemand nodig om ze te vertellen wat er precies aan de hand is. I-3 is de inlichtingendienst binnen de inlichtingendienst. Hebben ze je daar in Georgia dan helemaal niets verteld?'

'Ze zeiden dat majoor Webb me op de hoogte zou brengen.'

'Majoor Webb is dood.'

'Wanneer is dat gebeurd?'

'Hij is door een bom te grazen genomen, gisteren. Hij dronk net een pink gin in zijn favoriete bistro, in Floriana. Ik heb hem altijd gezegd dat de gin in St. Julian's een stuk pittiger is, maar hij was niet het type om naar je te luisteren. Dan had hij vandaag nog geleefd. Maar goed, er ligt een hoop werk op ons te wachten, Kallitsky, ik hoop dat je het aankunt.'

'Raven,' zei Rocco, zich aan zijn naam vastklampend.

De 109's waren nu verdwenen, en hij keek om zich heen om de verwoestingen in ogenschouw te nemen – de bomkraters, de vernielde vliegtuigen, de gescheurde en vermorzelde stenen keten en de brandende restanten van de Wellington, zijn grote vleugels verfrommeld, een chaos, de gebroken romp heet van een heldere oranje gloed, als een enorme vogel die in zijn doodsstrijd krankzinnig was geworden en wild met zijn vleugels had geklapperd. Er was bij Nietzsche ergens een zin die hij zich maar half herinnerde, iets over een afgrond, over kijken in de duisternis en verschrikking van een donkere afgrond. En dat was het, overal om hem heen, een duistere chaos, en het enige wat hij zeker wist was dat hij daar weg moest, weg van het vliegveld en weg van Malta, weg van het eiland, per boot of vliegtuig naar Gibraltar, en vandaar hoe dan ook terug naar de 9e Infanterie en de mensen die hij kende.

'Dus dit is het?' vroeg hij. 'Dit is Malta? Hier moet ik zijn? Denkt u niet dat het allemaal een enorme vergissing is?'

Toen hij naar Fingerly keek zag hij niet Fingerly maar een rookwolk, die in het vervagende daglicht steeds andere vormen aannam. Zijn ogen waren rook en zijn mond was rook, zijn lange magere lichaam loste op, dampend en grijs. Het was Malta, Malta deed dit – alles veranderde, draaide, was ongewis. Toen Rocco weer keek was het gezicht van Fingerly nog steeds vol schaduwen, maar de rook was nu grotendeels gewoon de rook van zijn sigaret. 'Die Messerschmitt 109's,' zei hij, 'daar raak je aan gehecht, je zult ze nog missen als ze een dag vrijaf nemen.' Hij gaf Rocco een sigaret en Rocco stak hem op, en toen was ook hij even niets anders dan rook, wegdrijvend en vaag.

Hij was korporaal. Toen hij een paar dagen na Pearl Harbor in dienst was gegaan had hij meer dan van wat ook verstand gehad van tweedehands auto's. Hij werkte toen nog bij een handel in tweedehands auto's aan New Utrecht Avenue in Brooklyn, waar de ondergrondse bovengronds kwam en de BMT-treinen voorbij ratelden op weg naar Manhattan, en hij vond het zo leuk dat hij dacht dat hij dit de rest van zijn leven zou doen: met auto's werken. Motoren afstellen, chroom poetsen, met een grote slappe doek de Simoniz aanbrengen en de klanten opsnuffelen, auto's verkopen aan degenen die een tweedehands nodig hadden, echt nodig hadden. Bovendien wist hij iets, niet al te veel, van Melville, Nietzsche en Edgar Allan Poe, omdat hij aan Brooklyn College een paar cursussen had gevolgd met het idee dat hij misschien door zou studeren voor een diploma, maar dat was iets wat hij niet zeker wist, alleen maar iets wat hij overwoog. En nu was er toch de oorlog.

'Auto's,' zei hij tegen de rekruteringsofficier. 'Daar heb ik verstand van.'

Maar de 2e Infanterie, het Tweede Corps, waarbij hij was ingedeeld, had al te veel mensen in het wagenpark, dus brachten ze hem onder bij de radioafdeling, en gaven hem een spoedcursus in draadloze communicatie en leerden hem onder andere over golflengten, kilocycles, circuits, magnetische stormen, kosmisch stof en het noorderlicht. Het leek er niet toe te doen dat hij er niet echt handigheid in had, zolang hij maar wist welke schakelaars hij over moest zetten en hoe hij zijn antenne moest opstellen.

Auto's waren prima, hij hield er echt van, en hij hield ook van Melville en Poe. Malta daarentegen, het idee van Malta, was niet aantrekkelijk. Hij vond het niet prettig dat hij uit zijn eenheid was geplukt en de halve wereld over was gesleept naar mensen die hij niet kende, en hij vond het nog minder prettig een doelwit van de 109's te zijn. Ze hadden Kallitsky moeten sturen, maar ze hadden hem gestuurd, en hij vroeg zich af hoe ze hem dat hadden kunnen aandoen. Hoe konden ze zo'n monsterlijke, levensbedreigende vergissing maken?

'Denk er maar niet al te veel over na,' zei Fingerly achteloos en met vriendelijke onverschilligheid. 'De hele planeet is een fout, wist je dat niet? Daar wen je ook wel aan.'

De auto van Fingerly was een oude Austin Seven, lichtgeel, met gedeukte spatborden en een bekleding die met stukken zwart plakband bij elkaar werd gehouden. De zon was onder, weggegleden achter de lange rijen stenen huurhuizen, en in het halfduister reden ze naar Valletta, eerst door Paola, daarna langs Marsa en verder door Hamrun en Floriana. De littekens van de bombardementen waren overal te zien. In het ene stadje na het andere waren huizen en gebouwen vernield, geweldige hopen puin. Om de tweehonderd meter waren ploegen mannen bezig met het opruimen van de rommel en het vrijhouden van de wegen. Er waren ook vrouwen bij, die gebukt puin raapten.

'Ze zijn er niet onder te krijgen,' zei Fingerly. 'Ze krijgen nu al bijna twee jaar bommen op hun hoofd, en kijk nou toch, ze ruimen de boel gewoon op.'

'Waar zijn de bomen?' vroeg Rocco.

'Welke bomen?'

'Het bos. Ze hebben me verteld dat er een dode vulkaan is die helemaal met bomen is bedekt.'

'Wie heeft je dat verteld?'

'De piloot, Brangle. Van de Wellington.'

'Dat komt door de oorlog,' zei Fingerly ongemakkelijk. 'Iedereen liegt. Zie je nou hoe het leven is gedegenereerd? Je kunt niemand meer vertrouwen.'

Er waren op Malta niet alleen geen bergen, maar het hoogste punt was maar tweehonderdvijftig meter hoog. Hier en daar een aanplant van olijfbomen, maar geen bossen, geen woud. Veel schijfcactussen en lage stenen muurtjes om kleine velden waar op een ondiepe laag grond groenten werden gekweekt. De dichtstbijzijnde vulkaan was de Etna op Sicilië, zo'n honderdzestig kilometer verderop, die niet dood was maar heel erg leefde en rookpluimen uitstootte die op heldere dagen op Malta te zien waren.

'Raven, Raven,' zei Fingerly. 'Wat voor naam is dat – Litouws?'

Het was Italiaans. Rocco's grootvader was een Ravenelli geweest, uit Verona. Kleermaker. Hij had gedacht dat hij in de snijkamers aan Seventh Avenue meer kans zou maken als hij er als Raven in plaats van als Ravenelli heen zou gaan.

'En klopte dat? Ging het inderdaad beter?'

'Hij was het grootste deel van de tijd werkloos.'

'*Chica boom*,' zei Fingerly.

'Chica wie?'

'Een liedje, Raven, een liedje.'

Rocco herinnerde het zich, inderdaad: '*Chica chica boom chic*,' snel en opgewekt, een deuntje van Carmen Miranda.

'Het leven is prikkelend,' zei Fingerly, 'je weet nooit wat er gaat gebeuren. Niettemin denk ik, Rocco Raven, dat we het samen heel goed zullen kunnen vinden, jij en ik.'

'Denkt u?' vroeg Rocco, absoluut niet overtuigd. Nu al had Fingerly iets wat hem een ongemakkelijk gevoel gaf: zijn gladde manieren, iets al te handigs in de toon waarop hij sprak, en hij begon te wensen dat iemand anders hem daar in Luqa in die loopgraaf had getrokken toen die Messerschmitt had aangevallen.

'We zijn een ploeg,' zei Fingerly, 'En dat is het enige wat hier telt. Jij, Maroon, Nigg en ikzelf. Ik hoop dat je weet hoe je met die radio om moet gaan.'

Maroon was weg, op het naburige eiland Gozo – het terrein aan het verkennen, zei Fingerly vaag. En Nigg zat in de Groene Kamer bij Dominic's te gokken en sigaren te roken. Rocco dacht dat hij geluk zou hebben als hij op een of andere manier kans zou zien te ontsnappen en naar huis, naar Brooklyn, terug te komen. Zijn vader, met wie hij een troebele relatie onderhield, had het huis in Flatbush verkocht en was naar een andere buurt verhuisd. Maar het was daar toch nog Brooklyn, met bomen en erven en honkbal op Ebbets Field en al die andere goede dingen – eierpudding, pauwen in de dierentuin, bier op de kegelbanen, en auto's met motoren waaraan hij kon knutselen zodat ze soepel liepen. Op een nacht had hij in een park in het weelderige gras op de flank van een heuvel de liefde bedreven met een meisje waarmee hij regelmatig afspraakjes maakte, Theresa Flum, en hij had gedacht dat zij de enige zou zijn, zijn vrouw voor altijd. Zij had er echter anders over gedacht en was er met een ander vandoor gegaan, hem achterlatend in een staat van wanhoop waarvan hij nog steeds niet helemaal was hersteld.

'Hier,' zei Fingerly, terwijl hij een luitenantsstreep uit zijn zak haalde, 'doe deze maar op. Die Britten zijn erg klassenbewust – als je geen officier bent kom je de betere clubs niet in. Maar vergeet niet dat het alleen maar schijn is, net zoals de rest van je leven. Na Malta ben je weer korporaal.'

Toen ze in Valletta waren parkeerde Fingerly de auto bij de stadspoort en liepen ze de rest van de weg door straten die door een halve maan werden verlicht. Er lag hier zoveel puin dat het bijna onmogelijk zou zijn geweest te rijden. Van Kingsway staken ze over naar South en sloegen toen Strait in, een lange smalle straat die minder beschadigd was dan enkele andere, met een stenen plaveisel. De straat was nauwelijks drie meter breed en liep helemaal omlaag naar het versterkte gebied aan het uiteinde van het schiereiland. Alleen een smalle strook nachtelijke hemel was zichtbaar boven de stenen gebouwen van drie of vier verdiepingen. Op sommige plekken maakte het plaveisel plaats voor leistenen trappen, en aan het uiteinde, bij Fountain Street, was de buurt bezaaid met cafés.

'In de tijd van de Ridders,' zei Fingerly, 'vochten ze in deze straat duels uit. Is het geen prachtige omgeving voor een zwaardgevecht? Zo smal, en dan al die trappen. En beneden aan de heuvel hier de cafés en de bordelen. De zeelieden noemen het de On-derbuik.'

Ze liepen naar nummer 79.

'Is het echt een bordeel?'

Inderdaad. Nigg was hier ook ingekwartierd, op de bovenste verdieping, in de kamer naast die van Rocco. Fingerly woonde er-gens anders, aan Merchants Street. 'Als je er niet gelukkig mee bent,' zei hij, 'kunnen we je altijd nog onderbrengen in het kapu-cijnenklooster om de hoek, maar daar is de koffie niet te drinken.'

'Wie betaalt de huur?'

'Jij. Met ponden en shillings. Ik zal vanavond betalen, de reke-ning voor deze maand, maar daarna is het jouw pakkie an.'

'Ben ik rijk?'

'Je bent arm. Je salaris als GI wordt in Fort Benning voor je op de bank gestort, en daar ligt het op je te wachten, als je dan ten-minste nog leeft om het op te eisen. Hier op Malta zijn we zo vrij als een vogel en betalen we voor onszelf, dus je krijgt van mij een bedrag dat voldoende is om in leven te blijven. I-3 heeft een reke-ning bij de Banca di Roma aan Kingsway. Als die lui daar gebom-bardeerd worden zullen we allemaal moeten gaan werken om in leven te blijven.'

'De Banca di Roma?'

'Ken je die?'

'Ik dacht dat Rome de vijand was.'

'Dat is ook zo, maar de Maltezers denken dat het slim is ze hier te houden, uitgaande van de theorie dat de Italianen geen bommen op mensen van hun eigen volk zullen gooien. Het is de veiligste bank in de stad.'

Uit de zak van zijn overhemd haalde Fingerly een envelop met in sierletters BANCA DI ROMA erop gedrukt en overhandigde hem aan Rocco. 'Dit is je eerste betaling voor Malta, plus een bonus omdat je hier levend bent aangekomen. De laatste vervanger die we hier kregen is op weg hierheen door luchtafweergeschut ge-raakt, een vreselijke troep. Ik zal ook wat bonkaarten voor je re-gelen, want zonder kaart kun je op dit eiland geen lucifers of zeep kopen. Om nog maar te zwijgen van brood.'

Het huis was van Hannibal Serduq, die met zijn vrouw en fa-milie op de eerste verdieping woonde. Deze was ook de eigenaar van het café aan de overkant van de straat, de Oasis.

De entree bestond uit drie lage treden en een deur met smeedij-zeren sierwerk. Binnen, in het blauwe licht in het halletje, zat de portier, Nardu Camilleri, Hannibals schoonvader: een verschrompelde oude man in een donker pak en kaal, afgezien van wat wit dons boven zijn oren. Op een tafeltje naast hem stond een glazen schaal voor fooien, die muntstukken en gekreukte bankbiljetten uit alle landen rond de Middellandse Zee bevatte.

Terwijl ze door het halletje liepen zag Rocco de vrouwen, drie, die op klanten zaten te wachten. De kamer stond propvol meubilair. Tegen een muur stond een pianola, en boven de schoorsteenmantel hing een schilderij van de madonna in een gouden lijst. Een van de vrouwen, die ouder was dan de andere, zat over een krant gebogen. Ze droeg een rood slipje met zwart kant en had een blauw oog. De andere twee zaten op de bank te kaarten. De ene had strepen goud in haar haar en een houten prothese die aan haar dijbeen was bevestigd. De andere, de jongste van de drie, was gezet en knap en gekleed in een blauwzijden negligé dat met kant was afgezet. Haar blik ving die van Rocco en ze glimlachte.

'Later,' zei Fingerly, en hij duwde Rocco met zijn elleboog naar voren. Terwijl ze aan de trap begonnen klonk er van boven gestamp en kwamen er twee kinderen naar beneden rennen, een jongen en een meisje, op weg naar de schuilkelder, waar ze 's nachts sliepen. De jongen droeg een padvindersuniform.

'Hé, hé,' riep Fingerly, terwijl hij hun de weg versperde. 'Wilden jullie soms dwars door me heen?'

De jongen staarde hem aan.

'Joseph, Joseph, ik ben het, Fingerly. We zijn toch vrienden?'

'Krijg ik chocola? Van Ambrosio krijg ik altijd chocola.'

'Ambrosio is weg,' zei Fingerly. 'Hij komt nooit meer terug.'

De jongen boog zijn hoofd. 'Ik weet het, hij is weg. Hij was mijn vriend.'

'Nou, dit is Rocco, Rocco Raven. Hij krijgt Ambrosio's kamer. Eigenlijk heet hij Kallitsky, maar dat zullen we hem vergeven.'

'Hallo, Kallitsky,' zei de jongen.

'Hallo, Joseph,' zei Rocco.

'Krijg ik van jou chocola?'

Rocco haalde zijn zakken binnenstebuiten. Hij dacht aan Brangle, de piloot van de Wellington, die twintig uur niet had geslapen en zichzelf wakker hield door op chocola te kauwen.

'Rocco is je nieuwe vriend,' zei Fingerly.

'We vinden hem niet leuk,' zei de jongen, terwijl hij zich naar het meisje omdraaide. 'Vinden we hem leuk?'

Het meisje schudde aarzelend haar hoofd.

'Ach, je zult hem wel leuk gaan vinden,' zei Fingerly. 'Hij komt uit Brooklyn en weet alles van auto's. Hij is gespecialiseerd in tweedehands Chevrolets.'

'Ik ben Marie,' zei het meisje, dat een paar jaar jonger was dan de jongen. Om haar nek hing aan een zilveren kettinkje een medaille met de afbeelding van de Gezegende Moeder. In Rocco's eenheid zaten soldaten die dezelfde medaille droegen.

'Hier,' zei Fingerly, terwijl hij een reep uit de zak van zijn overhemd pakte. 'Ik heb hier twee pakjes sigaretten voor betaald. Jullie zullen hem moeten delen.'

'Heb je dit voor mij gekocht?' vroeg de jongen.

'Ik heb het voor jullie samen gekocht.'

'Geef maar,' zei de jongen, zijn hand uitstekend.

'Pas als ik hem doormidden heb gebroken.'

Maar voor hij dit had kunnen doen had de jongen de reep met een snelle soepele beweging uit zijn handen gegrist en sprong langs hem heen, de trap af en de voordeur uit, het donker in. Het meisje rende achter hem aan, roepend: 'Van mij, Joseph, de helft is voor mij, geef terug!'

'Lieve kinderen,' zei Fingerly.

'Wonen ze hier?'

'Het broedsel van Hannibal. Er was er nog een, maar die is een jaar geleden gestorven. Maltakoorts.'

Een verdieping hoger klopte Fingerly bij de flat van Hannibal aan, en Hannibal deed open: een gezette man met vierkante schouders die een stuk brood in zijn hand hield. Er liep een lang litteken over zijn wang.

'Het kan zijn dat Rocco hier een tijdje blijft,' zei Fingerly, die een paar bankbiljetten afpelde van een bundel die hij uit zijn zak haalde. Het was Brits geld. 'Dit is genoeg tot het eind van de maand.'

Hannibal keek naar het geld. 'Dat is niet genoeg,' zei hij.

'Dit is wat we hadden afgesproken toen Ambrosio hier zat.'

'Dat weet ik, dat weet ik,' zei Hannibal hoofdschuddend, 'maar het is oorlog en alles is duurder geworden.'

'Hoeveel heb je nodig?'

'Nog drie, per maand.'

'Dat is meer dan wat ik voor mijn twee kamers aan Merchants Street betaal.'

'Jij zult ook meer moeten gaan betalen. Je zult zien. En bovendien geef ik hem behalve inwoning ook te eten.'

'Eén,' opperde Fingerly.

'Tweeënhalf,' zei Hannibal.

'Anderhalf.'

Hannibal knikte onwillig en Fingerly overhandigde hem het bedrag in muntstukken.

Rocco keek langs Hannibal heen het appartement in en zag zijn echtgenote, Beatrice, die de eettafel afruimde. Ze had een onopvallend uiterlijk en droeg haar haar in een netje. Ze pauzeerde even, wierp een blik op Rocco, bekeek hem van top tot teen, draaide zich toen om en liep weg met een stapel borden.

Hannibal schudde Rocco de hand. 'Normaal nemen we geen mensen in huis,' zei hij. 'Maar door de oorlog is alles anders geworden. We verschonen de lakens eenmaal per week en geven je een schone handdoek. Als je gebruikmaakt van de vrouwen is dat extra.'

Zijn voortanden waren tot weinig meer dan stompjes afgesleten. Hij had een moedervlek op zijn bovenlip en er zaten een paar hoeken in zijn onderkaak, alsof deze meer dan eens was gebroken. Rocco was onder de indruk van zijn handen – de greep leek sterk genoeg om ijzer te buigen.

Rocco's kamer was boven, op de hoogste verdieping, aan de achterkant. Op een tafeltje bij het bed stond de radio die Ambrosio had achtergelaten en lag een stapel Franse geïllustreerde tijdschriften. Ambrosio was zonder toestemming naar Mallorca op verlof gegaan, had de oorlog de oorlog gelaten en was er op een vissersboot vandoor gegaan. Hij had familie op Mallorca, tussen de olijfbomen, en werd niet terugverwacht.

'Hij pikte hiermee altijd alles op,' zei Fingerly terwijl Rocco de onderdelen van de radio inspecteerde. 'Hij sleurde Billie Holiday naar binnen uit het Lincoln Hotel.'

Rocco zette schakelaars om en draaide aan wijzers, stoeiend met de frequenties.

'Kun je hiermee omgaan? Ben je een beetje thuis op een sleutel?'

'Zoals met punt-punt-streep, die goeie ouwe morsecode? Soms maak ik een spelfout.'

'Oké, probeer daar iets aan te doen,' zei Fingerly, die een opgevouwen vel papier uit zijn zak haalde.

Rocco las het bericht: *De aap zit in de doos. De Dikke Dame heeft geen hoofd.* 'Dit is code, toch?'

'Kun je dit, of moeten we Kallitsky hebben?'

Rocco staarde ingespannen naar de gloeiende lampen in de zender. 'Ik ben beter dan Kallitsky. Dat weet je. Anders zouden ze mij niet hebben gestuurd.' Hij stelde een paar dingen bij, verschoof de wijzers, wreef zich toen in zijn handen, en nadat hij zijn vinger op de sleutel had gelegd legde hij contact en verstuurde het bericht. Even later werd de ontvangst bevestigd.

'Was dat goed?'

'Als het niet goed was zullen we het nooit weten.'

'Verstuur het nog eens.'

'Ze hebben het toch,' zei Rocco met tegenzin. 'Het bericht is ontvangen.'

'Doe het nog een keer.'

'Heb je me hiervoor helemaal uit Benning te laten komen? Om een bericht te sturen over een aap in een doos?'

'Stel je geluk niet al te veel op de proef, Raven.'

Rocco liet zich in zijn stoel achterover zakken en keek Fingerly lang en koel aan. Daarna gaf hij toe en verstuurde het bericht nog een keer.

'Goed,' zei Fingerly. 'We eten bij Dominic's, maar laten we eerst met de hoeren babbelen, die zullen zich wel eenzaam voelen daar beneden.'

Op weg naar beneden liepen ze Nigg tegen het lijf, die net van Dominic's terugkwam en er uitgewrongen uitzag. Toen Fingerly Rocco aan hem voorstelde staarde Nigg hem lang aan. 'Jij hoort niet bij I-3,' zei hij.

'Is dat zo zichtbaar?' vroeg Rocco, beledigd.

'Je hebt de verkeerde ogen voor I-3. Alles is verkeerd aan je. Heb je geluk?'

'Normaal wel, maar nu weet ik dat niet meer zo zeker.'

'Als je geen geluk hebt,' zei Nigg, 'wil ik je niet kennen.' Hij was kleiner dan Fingerly, had donkere wenkbrauwen, een bottig voorhoofd en slappe brede lippen; om zijn mond en onderkaak hing een wonderlijke desolate uitdrukking. Hij had smalle schouders en een kippenborst. Fysiek leek hij breekbaar, maar toch klonk er een hardheid door in zijn stem, een dreiging die maakte dat Rocco zijn tanden op elkaar klemde.

Zonder Rocco met zijn blik los te laten zei Nigg tegen Fingerly: 'Heb je hem verteld van de majoor?'

Fingerly knikte.

'Oké,' zei Nigg tegen Rocco, 'jammer dat je hem niet hebt leren kennen. Hij wist een hoop van Franse wijn en heidense godsdiensten. Weet jij iets van heidense godsdiensten?'

27

'Ik heb iets van Nietzsche gelezen,' zei Rocco. 'Die had niet zoveel op met God.'

'Nietzsche had een sigaar in zijn reet.'

Hij liep de trap op en Fingerly riep hem achterna: 'Ga je nog terug naar Dominic's of heb je het wel gezien voor vanavond?'

'Wie weet,' zei Nigg schouderophalend. 'Ik pik Vivian op, en dan zien we wel.'

'Dan komen we je later nog wel tegen,' zei Fingerly, die zeker wist dat Nigg naar Dominic's zou teruggaan omdat hij niets liever deed dan tot diep in de nacht gokken. Bovendien was het eten bij Dominic's het beste van heel Malta.

Hij nam Rocco mee het halletje in en stelde hem aan de hoeren voor.

2

De bom

ℛOCCO WOONDE ER NU DRIE DAGEN, IN HET BORDEEL. HIJ AT DE gestoofde bonen en de gebakken rijst die Beatrice maakte, sliep op de brits waarop Ambrosio had geslapen en had koortsachtige, onvriendelijke dromen die door luchtalarm en bombardementen werden onderbroken. Hij schoor en waste zich in een badkamer die vol stond met irrigators en slangen en verschillende andere duistere parafernalia, waarvan hij er sommige herkende en andere niet. In zijn kamer, aan de radio, verstuurde hij de berichten die Fingerly hem opgaf en beneden, in het appartement van Hannibal, dronk hij koffie met de vrouwen.

De oudste, Simone, hield zich meestal afzijdig en deed de kruiswoordpuzzels in *Il Berqa*, de Malteestalige krant. Ze was moe van de wereld, had haar beste tijd achter zich, en toch wist Rocco door wat hij in de kazerne in Dix en later in Benning had gehoord, dat er GI's waren die hun vrouwen liever iets verwelkt, een tikkeltje vervallen hadden. Zelfs een blauw oog kon iemand een kick geven. De twee anderen, Aida en Julietta, zaten altijd te kaarten, dubbel patience, en als Rocco erbij kwam zitten werd het driedubbel patience. Julietta, de jongste, had een kanarie in een kooi, die ze van de ene kamer naar de andere meesleepte. De magere, Aida, nam haar houten been af en wilde Rocco met alle geweld de stomp laten zien waar haar linkerbeen boven de knie was afgehakt.

'Dat wil ik niet zien,' zei hij, en dat was echt waar. Hij vond amputaties griezelig. Er was op de middelbare school, in de eerste klas, een jongen geweest die een hand miste; hij was hem kwijtgeraakt bij een auto-ongeluk, en aan het uiteinde van zijn onderarm zat alleen nog maar een vleesknoop. Hij zwaaide er altijd mee voor Rocco's gezicht heen en weer, kwaadaardig, alsof het op een of andere manier Rocco's schuld was.

'Maar je moet kijken,' zei Aida, terwijl ze de verschoten kamerjas optrok die ze overdag droeg, waardoor hij iets zag wat als een grote roze worst op hem overkwam. 'Je moet kijken. Hier. Ik wíl dat je het ziet.'

Ze speelden nog een rondje driedubbel patience, en Julietta won.

'Ze speelt vals,' zei Aida. 'Ze speelt altijd vals.'

Julietta deed geen moeite te verbergen dat ze vals speelde, pakte lukraak kaarten her en der uit het pak en speelde zonder zich iets aan regels gelegen te laten liggen. Haar katoenen kamerjas zat los en flodderig om haar lichaam en had aan de voorkant een rij knopen. Zonder make-up was ze nog steeds aantrekkelijk, maar minder verleidelijk dan 's avonds, als ze in de zitkamer op haar klanten zat te wachten.

'Neem me mee naar Amerika,' zei ze tegen Rocco. 'Je hoeft niet met me te trouwen, neem me gewoon mee naar Amerika, dan zal ik nooit meer vals spelen.'

Af en toe, wist Rocco van Fingerly, raakte een soldaat of een zeeman verslingerd aan een meisje in een van de huizen en werd er getrouwd, maar dat was in Strait Street al een hele tijd niet meer gebeurd.

'Neem me gewoon mee,' zei Julietta op kwijnende toon. 'Ik zal alles voor je doen, echt alles. Ik zal je slavin zijn!'

Ze zaten in de eetkamer in het appartement van Hannibal, aan een tafel waarover geruit zeildoek lag. Het was even na twaalven. Beatrice was in de keuken met een stoofpot bezig en Simone zat met crème op haar gezicht en een blauwe handdoek om haar hoofd een sandwich te eten en keek met onverholen verveling naar het kaartspel.

De oude man, Nardu Camilleri, zat aan het hoofd van de tafel. Een hele tijd zei hij niets, zat daar gewoon, opgaand in zijn gedachten. Toen stortte hij zich met een brandende blik in zijn ogen in een warrige monoloog over de toekomst van Malta. Hij was een kleine en verlepte man, maar in zijn raspende stem klonk een hartstochtelijke overtuiging door. Hij zag, na de oorlog, een Malta voor zich dat de belangrijkste mogendheid in het Middellandse-Zeegebied zou zijn.

'Een nieuw Malta,' zei hij terwijl hij met zijn duim op de tafel

bonkte. 'Na de bombardementen, als een feniks uit zijn eigen as!'
Hij pauzeerde om zijn keel te schrapen en praatte met krachtige
stem verder: 'Let op mijn woorden! Zodra de oorlog achter de rug
is verklaren we ons onafhankelijk en gooien we de Engelsen eruit.
Daarna annexeren we Italië. Sicilië willen we niet hebben, veel te
veel boeven en *mafiosi*. Rome geven we aan de paus, maar de rest
van Italië is van ons. En dan noemen we het Groot-Malta!'

Rocco mocht hem graag: de bottige koepel van zijn hoofd, de
intensiteit van zijn blik en de overtuiging in zijn stem, alsof elk
woord een godsdienstige formule was. Hij was bezopen en oud en
prachtig knoestig, zijn huid was ruw en verweerd als de bast van
een boom. Zijn voeten waren, zoals hij daar aan tafel zat, in de
vloer geworteld, spreidden zich uit en klauwden zich vast in de
balken en de vloerplanken.

'Geloof me, het zal gebeuren – Malta zal het Middellandse-
Zeegebied regeren. Zelfs de Turken zullen we onder de duim krijgen. We hebben ze verslagen toen Dragut tegen ons vocht tijdens
het Grote Beleg, en we zullen ze weer temmen. De Grieken en
Egyptenaren zullen gezanten sturen. Tunis en Tripoli zullen op
hun knieën liggen!' Hij keek boos en strijdlustig. 'Of dacht je soms
dat dit niet zal gebeuren? Zelfs de Fransen zullen respect tonen.
De hele wereld zal ons eren, want als wij er niet waren geweest zou
heel Afrika van Hitler zijn, en Europa ook. We hebben Europa al
eens gered – uit handen van de Turken, vier eeuwen geleden – en
nu redden we het weer, uit die van de fascisten. Zonder Malta zou
Europa een vuilnisbelt zijn!' Hij maakte heftige gebaren met zijn
kleine handen, alsof hij zich tot een zaal vol publiek richtte, en zijn
droge stem rees en daalde op smachtende, dringende toon.

Rocco vond het een duizelingwekkend idee: het piepkleine
Malta als wereldmogendheid. Hij liet een kaart vallen en nam niet
de moeite hem op te rapen.

'Onze huizen worden gebombardeerd,' gaf Nardu Camilleri
hoofdschuddend toe, 'en onze vliegvelden krijgen een pak slaag.
Maar hoe groter onze verliezen des te dichter komen we bij de
overwinning. De zege ligt om de hoek, ik kan hem ruiken, hij ligt
voor het grijpen. Iedere dag kunnen de bommenwerpers nu uit de
hemel komen vallen. We hoeven ze niet eens meer neer te halen.
Ze zullen van pure uitputting uit de hemel vallen, door hun eigen
dode gewicht. Europa ligt in onze handpalmen. Ik hoop dat we
over staatslieden kunnen beschikken die groot genoeg zijn om
onze bestemming te doorgronden. Eerst slaan we de Duitsers en

de Italianen terug, dan gooien we de Britten eruit en daarna kunnen we helemaal onszelf zijn. Het is afgelopen met de Britten, dat
is toch duidelijk? Als volk is het afgelopen met ze. Als wij er niet
waren geweest en zo hadden standgehouden, waren ze allang ingestort.'

Beatrice riep angstig vanuit de keuken: 'Papà, zo moet je niet
praten. Als je zo praat stoppen ze je nog in de gevangenis.'

Er waren inderdaad mensen gevangengezet. Sommigen waren
zelfs verbannen, naar Oeganda. Het waren mensen die met de
pro-Italiaanse beweging te maken hadden gehad, mensen die voor
de oorlog de Britten hadden willen laten vallen ten gunste van de
Italianen.

'Ik ben niet een van die onhandige idioten,' riposteerde de oude
man. 'Die verraders, die eenwording met Italië wilden. Daar zal ik
nooit bij horen. Ik zeg: weg met Italië en ook met Engeland. Weg
met Napoleon, en de Grieken, en de Romeinen, en de Arabieren,
en de Feniciërs en alle andere fascistische onderdrukkers die van
Malta hun slavin hebben gemaakt. En de Britten, vooral de Britten, die hier al te lang zitten, honderdvijftig jaar. Na onze revolutie, als we onafhankelijk zijn, spreken we geen Engels meer. Dan
spreken we alleen nog Maltees. Vooral jullie vrouwen, als de mannen komen om de liefde met jullie te bedrijven – dan bedrijven jullie de liefde in het Maltees, en dat zal dan een betere liefde zijn dan
toen jullie het in het Engels deden.'

Beatrice zwaaide spottend met haar hand. 'En jij dan? Jij hebt
zo lang Engels gesproken dat je geen woord Maltees meer weet.'

Hij keek haar woedend aan. 'Kull ħmar iħobb jisma' lilu nnif-
su jinħaq,' zei hij feilloos, een spreekwoord dat hij als kind had geleerd, en daarna diende hij het omwille van Rocco in het Engels
op: 'Iedere ezel houdt van het geluid van zijn eigen gebalk.'

Beatrice reageerde onmiddellijk en betaalde hem met gelijke
munt terug. 'Kulħadd ibati b'tal-ħmar – Iedereen heeft wel iets van
een ezel!'

Het was echter alsof de oude man, haar vader, het niet hoorde.
Zijn ogen schoten in extase heen en weer. 'Na de oorlog,' zei hij tegen Rocco, 'komt er een nieuwe wereldorde en een nieuwe economie. En weet je wat de kracht achter die nieuwe economie zal zijn?
Heb je enig idee?'

Rocco wachtte.

'Maltees kant,' zei de oude man. 'Ja, kant,' terwijl hij zich licht
geagiteerd naar Rocco overboog. 'Het beroemde kant dat door de

handen van de vrouwen van Malta wordt gemaakt. Kostbaarder dan olie,' zei hij genietend, 'waardevoller dan Aziatisch ivoor. Door de vraag zullen de prijzen tot in de hemel reiken. Onze vrouwen zullen dag en nacht moeten werken, harder dan ooit – en we zullen meer vrouwen moeten produceren, meer vrouwen om het kant te maken, want daar zijn mannen niet goed in, ze deugen er totaal niet voor, zoals je misschien wel hebt gezien.'

Simone was bezig met haar volgende sandwich, methodisch kauwend omdat ze een slecht gebit had. Het kauwen had iets vaags agressiefs, er school iets dreigends in het malen van haar kaken. Haar kamerjas was opengevallen en een van haar borsten was zichtbaar, een groot, uitgezakt ding dat zich op heel korte afstand van het gezicht van de oude man bevond. Deze staarde er onverschrokken naar, alsof hij aanstalten maakte er een hap uit te nemen.

'En als we Italië hebben geannexeerd,' zei hij met onvermoeibaar enthousiasme, 'en als we de Turken hebben gestraft voor wat ze ons vierhonderd jaar geleden hebben aangedaan, zullen we bondgenootschappen sluiten om onze positie te verstevigen. En dat allemaal door ons kant, kant is de sleutel die iedere deur zal openen.'

De bommenwerpers waren weer in de lucht en hadden het nu op de dokken voorzien. Ze hoorden de bommen inslaan in Senglea, Cospicua, Vittoriosa.

Nardu Camilleri stak zijn beide handen in een warm gebaar naar Rocco uit. 'Als je weer thuis bent moet je het je vrienden vertellen. Misschien word je wel onze agent in Amerika. Ik zou de beste vrouwen voor je kunnen inschakelen, dan ben je een van de eersten die van de naoorlogse opbloei zullen profiteren.' Hij had het over kanten vingerdoekjes, kanten tafelkleden, kanten spreien, kanten bruidsjurken. Hij praatte over kanten overhemden voor de mannen, kanten dassen en kanten jasjes, kanten sjaals, kanten baretten, kanten kostuums voor balletdanseressen.

Aida, de magere, trok haar kamerjas op, smeerde olijfolie op haar ene been en masseerde het in haar huid. De olie kwam uit een kannetje op tafel, naast de azijn. Ze tilde haar been hoog in de lucht, haar blote voet prachtig gebogen, haar tenen op centimeters afstand van het gezicht van de oude man. En deze praatte gewoon door, over kant en over Malta, alsof de blote voet en het been er niet waren, alsof Simones borst er niet was, alsof de sirenes niet huilden en de bommen niet op de dokken aan de andere kant van de haven vielen.

Rocco was uitgeput. Sinds hij uit Fort Benning was vertrokken had hij nauwelijks geslapen, en hij voelde nu een immense vermoeidheid: zijn lichaam was loodzwaar en desintegreerde, dreef weg. Nardu Camilleri bazelde door over Malta, Julietta speelde vals en de kanarie zong, een melodieus gekwinkeleer. Aida klaagde over haar houten been, en terwijl Rocco een rode negen onder een zwarte tien legde was hij er allerminst zeker van of hij sliep of wakker was. Hij had een moerassig gebied betreden waar hij zich moeizaam leek voort te bewegen in een scheefhangende droom, waarin hij deuren zag die gezichten leken en gezichten die eruitzagen als bomen. Nardu Camilleri was een bruine wolk. En Julietta was een veeg zonlicht die door die wolk heen nauwelijks zichtbaar was. En meer dan ooit wist hij dat hij weg moest, omdat het eiland hem anders zou verleiden, hem zou betoveren, hem zou breken en hem uiteindelijk vroeg of laat zou doden. Met een uiterste krachtsinspanning ging hij naar boven naar zijn kamer en liet zich zonder de moeite te nemen zijn uniform uit te trekken op het bed vallen, zo uitgeput dat hij niet eens besefte dat hij zijn ogen sloot. Maar zelfs de overgave aan de slaap was niet makkelijk, omdat niets meer makkelijk was. Zelfs slapen was een krachtsinspanning: de reis van hier naar daar, van wakker naar niet-wakker, het loslaten van bewustzijn.

Er hing een geur van rozen, hij wist niet waarom. Hij opende een deur en ging naar binnen, betrad een vertrek waar een vrouw op een tafel opgebaard lag. Haar lichaam was geopend. De opening liep van haar borst recht omlaag over haar buik, en er zaten voorwerpen in haar: groene bladeren, bloemen, oude theaterkaartjes, parelkettingen. Het gat was een keurige, strakke lijn, alsof er een ritssluiting was opengehaald en de twee zijden uit elkaar waren getrokken, waardoor de edelstenen en bloemen naar buiten konden stromen.

Hij stak zijn hand in haar, in de bloemen en saffieren, en voelde er een vreemde koude. Zijn beide handen waren nu in haar, in haar stilte, en ver in de diepte vond hij rode rozen, en deze gloeiden.

Hij liep. Het leek alsof hij altijd had gelopen, en toen hij een hoek omsloeg kwam hij Nardu Camilleri tegen, die een zware overjas droeg. Hij verkocht kant. 'Koop kant,' zei hij, 'koop kant en win de oorlog. Red Malta!'

Rocco zocht in zijn zakken; hij wilde wat kant kopen om Malta te redden, maar hij had niets bij zich. Hij kon niet geloven dat zijn zakken zo leeg waren.

'Wil je niet helpen?' vroeg Nardu Camilleri.

'Ik ben mijn portefeuille kwijt,' zei Rocco.

'Heb je geen kapitaal? Beschik je niet over de middelen?'

Weer doorzocht Rocco zijn zakken, en weer leverde het niets op.

De ogen van Nardu Camilleri stonden zeer teleurgesteld. 'Je bent de enige die ons kan helpen,' zei hij. 'De enige.'

Rocco liep traag de straat uit, met de gedachte dat hij echt geen zier om kant gaf. Als hij had geweten dat Malta beroemd was om zijn kant, zou hij zijn orders hebben genegeerd en ergens anders heen zijn gegaan.

De straat was leeg en er viel een lichte regen. Toen stopte de trein en was hij weer in de kamer, waar de vrouw op de tafel lag. Het was Julietta. 'Ik zou niet met je meegaan naar Amerika, ook al sleurde je me erheen,' zei ze.

'Waarom niet?'

'Omdat je niets om me geeft. Dat is toch zo?'

Het was waar, hij was niet dol op haar. Hij had niet met haar geslapen en was er ook niet erg op gespitst, hoewel haar blik iets warms en genereus had. Hij keerde zijn zakken binnenstebuiten, maar zijn zakken waren leeg.

Toen kwam hij dichterbij en zag dat de vrouw niet Julietta was maar iemand anders, iemand uit zijn toekomst, die op hem wachtte. Hij keek bij haar naar binnen, in het gat in haar lichaam, en zag nu, toen hij beter keek, dat het geen rozen waren maar een meer, vlak voor zijn ogen, in haar, een blauwe watervlakte die rimpelde onder een briesje. Hij stond daar peinzend naar het water te kijken en toen, op een moment van overgave, dook hij erin en begon te zwemmen terwijl het water zich boven hem sloot. Hij voelde zich levend en sterk, beter dan hij zich in dagen had gevoeld. Dit was het antwoord, ja, het blauw van het water en het blauw van de hemel.

Maar terwijl hij zwom, in zijn droom, hoorde hij een bom fluitend omlaag komen, recht op hem af, alsof de bom precies wist waar hij hem moest vinden. De bom was geen deel van zijn droom, maar in zijn droom kon hij hem horen en hij wist dat het echt was. De bom trof het huis en ontplofte, en hij zat erin, helemaal erin: de felle, sidderende explosie, het immense gebrul, zielschroeiend, wit en levend, overal om hem heen.

december 1941

Om een veilige doortocht van voorraden van Italië naar Noord-Afrika te waarborgen en onze suprematie in de lucht in het gebied te handhaven is het van wezenlijk belang dat Malta wordt geneutraliseerd.

Het doel van deze aanval zal zijn de vliegtuigen op het eiland te vernietigen en het luchtdoelgeschut uit te schakelen. De aanvallen dienen dag en nacht plaats te vinden en de tactiek dient voortdurend te veranderen.

De vijand moet door het gebruik van verschillende bommen voor verschillende acties in onzekerheid worden gehouden. Afgezien van de gebruikelijke op lage hoogte in te zetten SD 2-bommen dient het gebruik van zelfs de kleinste, tegen individuen gerichte bommen te worden overwogen.

Het eiland moet volledig worden afgesneden van zijn bevoorradingslijnen voor materieel en personeel. Konvooien ter zee dienen zo vroeg mogelijk door langeafstandsverkenning te worden gemeld en te worden aangevallen.

Bovenal is het van wezenlijk belang dat de waarde van Malta als marinebasis wordt vernietigd door zijn dokken en alle vaartuigen in zijn havens te bombarderen.

Veldmaarschalk Albert Kesselring
Opperbevelhebber Zuid

3

Een nacht in de Onderbuik

IN DE LICHTFLITS VAN DE EXPLOSIE, OP HET MOMENT DAT DE BOM insloeg, voelde Rocco zich opgetild, uitgespreid, gescheiden van zijn lichaam, en in één enkele klap viel alles om hem heen weg. Daarna het gevoel van een schok, alsof hij plat op een harde rots was gevallen. Een enorm kreunend geluid trok door het hele huis, een geweldig wringen en kermen van balken, rondvliegend pleisterwerk, verkruimelend cement, een hevige windstoot die door het houtwerk loeide. Langzaam ging het stof liggen, en hij zag dat het plafond verdwenen was en dat het dak van het huis was gerukt en dat de hele achtermuur was opengescheurd. Het was het sudderende einde van de dag: de zon stond nog aan de hemel maar was op weg naar beneden en kleine roestbruine wolken dreven boven zijn hoofd.

Van de hele bovenverdieping was alleen nog een klein plateau van vloerplanken over, waarop zijn bed stond en dat uit een muur uitstak. De radio was verdwenen. Waar de kamer van Nigg en alle kamers op de bovenste verdieping waren geweest, was alleen nog lege ruimte, en hij vroeg zich af of Nigg boven had gezeten toen de bom was ingeslagen.

Beneden, tussen de wrakstukken, zag hij een flakkering van beweging, en toen niets meer. Toen een gele flits – de vogel, de kanarie van Julietta, op de versplinterde restanten van een bed. Het beest maakte een paar tsjilpende geluiden en toen was het vertrokken, het vloog door het gat in het dak rechtstreeks het huis uit.

Voorzichtig klauterde hij naar beneden, liet zich hangend aan de afgehakte rand van de vloer op een hoop puin zakken. Deze verschoof onder zijn gewicht en hij gleed langs een helling van brokstukken omlaag. Hij krabbelde met een van pijn vertrokken gezicht overeind, en terwijl hij om zich heen keek steeg er uit zijn maag een bittere smaak op. De pianola was vernietigd, de zwarte en witte toetsen lagen overal tussen fragmenten kristal van de kroon verspreid. Hij dacht een arm te zien en liep ernaartoe, maar het was alleen een deegroller uit de keuken. Er scharrelde een rat onder wat pleisterwerk uit; hij bleef even snuffelend staan en schoot toen weg onder een stapel latten.

Rocco begon in een soort angstaanval aan allerlei dingen te trekken, groef in de hoop puin. Planken, gebroken stoelen, stukken pleisterwerk. Als ze er waren moest hij ze vinden, moest hij doorgraven om bij ze te komen. Hij riep ze: *Julietta! Beatrice! Aida! Simone!* Hij dacht aan de kinderen, Joseph en Marie, en aan de oude man, Nardu Camilleri. En aan Nigg, vooral aan Nigg, boos op hem omdat hij dood was, boos op iedereen, maar bozer op Nigg dan op de anderen, omdat hij en Nigg immers in hetzelfde leger zaten. Hij trok een zware deur van de berg puin en gooide hem opzij. Hij vond een bril, kussens, een pruik, kledingstukken en een wc-bril. Hij raapte lampen en bureauladen op en smeet ze met wilde bewegingen weg, met een kracht waarvan hij niet had geweten dat hij hem bezat.

Toen, buiten adem, zwetend, zag hij hoe hopeloos het was. Zijn linkerhand bloedde. Als ze daar waren, onder al die troep, waren ze sowieso dood, moesten ze wel dood zijn. Het was waanzin om hier te blijven.

Hij ging naar de achterkant van het huis, waar de muur eruit was geblazen, en nadat hij over een berg gebroken kalksteen was geklommen zocht hij zich een weg naar een lange steeg die naar Old Bakery Street leidde. De bommenwerpers waren verdwenen en een griezelige stilte daalde neer op de keien. Hij rende de hoek om, terug naar Strait Street, en zag dat de gevel van het huis ondanks de explosie geheel intact was. De ramen aan de straatkant waren allemaal naar buiten gedrukt, maar de gevel van het huis was solide en niets wees op de verwoestingen binnen. Een heel eind verderop in de straat blafte een hond. Rocco kon hem nauwelijks zien: een lawaaierige bruine vlek.

Hij liep omlaag, in de richting van St. Elmo's, langs een rij cafés, sloeg toen af en volgde een aantal huizenblokken naar Merchants Street, waar Fingerly boven het atelier van een kleermaker zijn kamer had. Merchants was zwaar getroffen, van verschillende gebouwen waren alleen de skeletten nog over. De straat was breder dan Strait Street, vol winkels met appartementen erboven, en de reddingsploegen waren al aan het werk en voerden de gewonden af.

Twee soldaten droegen een brancard de restanten van het atelier uit. Erop lag een vrouw met ernstig verschroeid grijs haar; een arm hing van de brancard af en de pols zwaaide ritmisch heen en weer, alsof ze voor zichzelf een kinderliedje zong.

'Zijn er nog anderen binnen?' vroeg Rocco, terwijl ze de vrouw in een ambulance van het Rode Kruis schoven die zich op een of andere manier een weg door het puin had weten te banen.

'Mochten er nog meer zijn,' zei een van de soldaten, een korporaal, 'dan vinden we ze vanavond toch niet.'

'Jullie hebben niet toevallig een Amerikaan naar buiten gehaald, hè? Een lange Amerikaan?'

'Als ze dood zijn maakt het geen verschil of ze Amerikaan of Albanees zijn. Lang, zei je?'

'Donker haar.'

'We hebben er wel een grote kerel uit gehaald, ja. Waarom ga je het morgen niet bij het Hoofdkwartier vragen, daar zouden ze het tegen die tijd moeten hebben uitgezocht. De kerel die ik bedoel was niet in uniform.'

Rocco dwaalde weg; hij voelde de aandrang in beweging te blijven. Hij liep Merchants op en sloeg een hoek om, liep zonder doel. De straten van Valletta waren rastergewijs aangelegd en minder dan anderhalve kilometer lang. Het was moeilijk er te verdwalen, maar toen hij vanuit Merchants een zijstraat insloeg wist hij niet goed waar hij heen ging, en het kon hem ook niet veel schelen.

Uiteindelijk kwam hij bij de Barracca Gardens, die over de Grote Haven uitkeken. Aan de overkant van het water lagen de dokken en de stenen fortificaties, die in de haven uitstaken. Er steeg rook op uit een brandstofdepot dat eerder die dag was getroffen, en de misselijkmakende zure geur van branden bereikte hem van de overkant van het water. De zon was al onder maar de hemel werd nog verlicht door kleur, en hoge wolken spreidden zich als roodbruine sluiers uit. De haven was bezaaid met de rompen van gebombardeerde schepen, die als lijken in het water lagen, op hun zijkant of diep onder het wateroppervlak, in welke gevallen er dan alleen een boeg of een schoorsteen boven het water uitstak. Als Fingerly dood was en als Nigg dood was, dan was hij nu alleen, in zijn eentje op Malta, zonder radio of iemand om zich bij te melden, in een Britse oorlogszone die naar God werd gebombardeerd. Het maakte hem bang, alleen te zijn. Op een of andere manier, en snel, moest hij een methode bedenken om van het eiland af te komen. Maar hoe? *Hoe?*

Het water, dat in de schaduw lag, was zwart en hij keek er gespannen en langdurig naar. Hij voelde daar verderop een enorme eenzaamheid. De eenzaamheid kwam over het water aandrijven en kroop bij hem naar binnen, waardoor hij zich kwetsbaar en klein ging voelen.

Hij liep weer, over Old Mint, waarna hij overstak naar South. Toen hij Kingsway bereikte wist hij weer waar hij was, en toen hij beneden was stak hij over naar Strait Street, de Onderbuik in. De zon was weg maar de maan stond aan de hemel en goot haar licht uit over de kalkstenen straten. Hij liep van het ene café naar het andere: smoezelige ruimten waar een bierlucht hing en die donker waren van dikke lagen vernis, verlicht door kaarsen en lantaarns omdat na de laatste aanval de elektriciteit was uitgevallen – lawaaierige, naar bier ruikende holen met namen als Oester, Inferno, Harem, Grote Peter, en nooit genoeg tafels, met rumoerige menigten soldaten en zeelieden, voor het merendeel Britten en Maltezers, maar ook Canadezen en Nieuw-Zeelanders, een paar Australiërs en rondhangende hoeren die wachtten tot ze zouden worden opgepikt.

In zijn Amerikaanse uniform was hij een bezienswaardigheid. 'Hé, daar heb je een Yank, kijk, een Yank. Ik dacht dat die in Pearl Harbor allemaal onder water waren verdwenen. Geef die Yank ook wat te drinken, een glas voor de Yank.'

Iemand duwde hem een kroes in de hand en hij dronk. Iemand gaf hem een klap op zijn rug. Iemand fluisterde hem iets in het oor. Hij nam nog een kroes, baande zich daarna een weg naar buiten en stond in het donker, op de keien, een sigaret rokend uit een pakje dat Fingerly hem had gegeven.

Hij liep door, naar de Oester, waar een dienstertje met blauw haar in een kort jurkje van een gedeukt metalen blad kroezen en sandwiches serveerde. Iedere keer dat ze achter de bar vandaan kwam werden er overal handen naar haar uitgestoken die haar wilden aanraken, gericht op haar benen, dijbenen, schouders, die haar even snel wilden voelen als ze voorbijkwam, magisch, het bier aangevend, de rum, de pure whisky, het geroosterde brood met jam. Ze was hier gek op, haar ogen glinsterden. Ze wilden dat ze op een tafel ging staan en haar kleren uittrok, maar het enige wat ze deed was lachen, een hees, sexy, leuk-je-te-zienlachje.

Drie Lancashire Fusiliers zongen 'Lili Marlene' en brachten er niets van terecht, en een forse sergeant van de Royal Artillery snoerde hen schreeuwend de mond. Een enorme hoeveelheid sigarettenrook, een grote grijze wolk, zoals het rookgordijn dat ze over de dokken legden om de schepen te beschermen tegen de bommenwerpers. Ze praatten snel en dronken snel, uit Devon, Dorset, Cheshire en West Kent, een lawaaierig, baldadig stelletje, schreeuwend en mompelend, vloekend, niezend, kermend, kreunend. Lichaamswarmte en zwetende oksels. Geweldige explosies van gelach, waarmee de zenuwachtige spanning werd verdreven. Namen als Stale, Barm, Scone en Copperwheat, andere namen dan waaraan hij gewend was, vlogen grappend of woedend heen en weer, als plagerij, of uitdaging of zelfs koesterend. Er was een Pebbles en een Lake, een Hillock en een Bone, een Kettle en een Marsh. Geen mannen, kinderen. Jong. Dezelfde leeftijd als hij, en nog jonger. Te jong om te sterven, en nog steeds niet gelovend dat het echt zou kunnen gebeuren – hun niet, en vooral, dacht hij, hem niet. Hij was eenentwintig en had net een bom van vijfhonderd pond overleefd.

Hij maakte kennis met een Amerikaan, een piloot die voor de Britten vloog, Tony Zebra, uit New Jersey, die in een compartiment ineengedoken zat en zich door een glas bourbon heen werkte. Zijn bruine haar was langer dan toegestaan en zijn uniform was een rommeltje – een blauw RAF-jack, een bruine legerbroek en een paars hemd uit een rommelwinkel. Hij was naar India uitgestuurd en vanuit Montrose in Schotland vertrokken, maar toen hij in Gibraltar was aangekomen hadden ze hem toch maar naar Malta gestuurd, en nu was het onmogelijk hier weg te komen. Hij had zich echt op India verheugd. Hij had er vaak over nagedacht en wilde er nog steeds graag heen: de Taj Mahal, de Ganges, de Himalaya, en de heilige koeien, en de vrouwen in sari's met zo'n rode stip op hun voorhoofd. Hij had boeken over India gelezen. Hij had dromen waarin hij op zijn blote voeten door dik gras liep, op zoek naar een tijger.

'New Jersey?' vroeg Rocco.

'Hoboken.' Hij had zijn studie betaald door stofzuigers te verkopen, maar toen hij een rekruteringsofficier van de RAF tegen het lijf was gelopen was hij, in plaats van zijn laatste jaar af te maken, naar Engeland gegaan om te leren vliegen. Dat was een paar weken voor Pearl Habor geweest. Veel Amerikanen hadden dit gedaan, hadden bij de RAF getekend voordat Amerika aan de oorlog was gaan meedoen, en hoewel Amerika nu wel meedeed waren er veel Amerikanen voor de Britten blijven vliegen omdat ze nu de Britse toestellen kenden.

Tijdens zijn eerste week op Malta was Tony Zebra driemaal neergeschoten. De week daarop was hij frontaal tegen een Stuka aan gevlogen en tijdens de botsing, terwijl beide toestellen desintegreerden, was hij uit zijn toestel gesmeten en aan een parachute in zee terechtgekomen. Ze hadden er waardering voor gehad dat hij die Stuka had vernietigd, ook al had hij zo zijn eigen toestel total loss gevlogen, en hij was van sergeant-piloot tot piloot-officier bevorderd. Een paar dagen later was hij achter een Julietta-88 aan gegaan, had er van maar vijftig meter afstand op gevuurd maar gemist en een Hurricane geraakt, die uit het niets was opgedoken en recht zijn vuurlijn in was gevlogen.

'Ik zeg ze steeds maar hoeveel beter ze af zouden zijn zonder mij,' zei hij tegen Rocco, 'maar ze willen gewoon niet luisteren. Nog geen maand op deze godverlaten rots, en ik ben al luitenant. Voor je het weet geven ze me nog een medaille.' Hij sloeg nog meer bourbon achterover en keek Rocco met glazige blik aan, alsof hij hem al heel lang kende maar niet meer wist van wanneer of van waar. 'Ga met me mee naar Takali, dan krijg je een rondleiding,' zei hij. Takali was de plek waar hij was ingekwartierd, vlak bij Mdina. De andere vliegvelden lagen in Luqa en Hal Far. 'Dan gaan we een stukje vliegen en een paar Stuka's neerhalen. Heb je ooit gevlogen?'

'Alleen in de Catskills.'

'Niemand vliegt in de Catskills.'

'Ik wel.'

'Daarom ben je krankzinnig.'

'Ben ik krankzinnig? Jij bent krankzinnig.'

'God is krankzinnig.'

Rocco had inderdaad in de Catskills gevlogen, voor de oorlog, maar heel weinig. Hij was een paar uur boven geweest, in een Piper Cub. Vliegen was lekker, hij vond het leuk – maar hij vond auto's leuker omdat hij er verstand van had. Beneden op de grond, op de weg, voelde hij zich gemakkelijk, daar hoorde hij thuis.

'Takali,' zei Tony Zebra.

'Natuurlijk,' zei Rocco.

'Doe maar. Kom eens langs.'

'Dat doe ik zeker.'

'Zeker weten.'

Hij stapte weer de nacht, de verduisterde stad in; het enige licht kwam van de maan en van de deuropeningen als de soldaten de cafés in of uit liepen. Hij dacht aan Fingerly en aan de vlammen die uit de weggeblazen ramen boven het atelier hadden gekruld. Misschien was hij dood, ja, en als het zo was, was het misschien maar goed ook en was het misschien ook maar het beste dat hij van hem af was, want in de korte tijd dat hij hem had gekend had hij hem niet gemogen, absoluut niet gemogen. Maar het was ook jammer, want hoe kon hij zonder Fingerly van het eiland af komen?

Hij liep de Meermin in, waar een meisje op een piano een patriottisch liedje ramde en met een harde, schetterende stem over de witte kliffen van Dover zong. Een dichte groep zeelieden verdrong zich rond de piano, met glazige blikken, in een dromerig stadium van dronkenschap, en Rocco, die toekeek, voelde zich geïsoleerd, voelde dat hij er niet bij hoorde. Hij voer niet, hij vloog niet, hij was geen kanonnier. Hij deed punt-punt-streep voor Fingerly, maar de radio was verdwenen en voorzover hij wist was Fingerly ook verdwenen, de pijp uit gegaan. Maar toen bedacht hij dat dat niet kon, dat het niet waarschijnlijk was, omdat Fingerly te gecompliceerd was, of in ieder geval te slim, om dood te zijn. Hoe dan ook, de witte kliffen van Dover waren ver weg, en hoewel het meisje met de schelle stem het liet klinken alsof ze de moeite waard waren om voor te sterven, zeiden ze hem niets. Het was geen Brooklyn, geen Bronx, geen Manhattan, en Rocco, die wankel op zijn benen stond, voelde zich eenzamer dan ooit, een vreemdeling in de oorlog van iemand anders.

4

De schuilkelder

H IJ WAS WEER OP STRAAT TOEN DE SIRENES BEGONNEN TE LOEI-
en en wist allerminst zeker waar hij zich precies bevond. Hij had
in de Onderbuik gezeten, café in café uit, maar toen had hij een
zijstraat genomen en zomaar wat rondgezworven. Het was donker maar niet laat, niet diep in de nacht, en zijn hoofd werd weer
helder van de koele lucht en het lopen. Door de sirenes keerde hij
abrupt terug in de werkelijkheid.

Een stroom mensen kwam de huizen uit, uit de rijen gebouwen
van drie en vier verdiepingen, niet rennend, niet in paniek, maar
rustig gehaast op weg naar een schuilkelder, en Rocco liep met ze
mee. Nadat hij een hoek was omgeslagen wist hij weer waar hij
was en zag hij dat de mensen hem naar Strait Street terugleidden:
moeders met baby's, oude vrouwen in zwarte jurken, mannen in
truien, een jongen met een harmonica. Een kind met een kikker-
masker rende, achtervolgd door een ander kind met een Pi-
nocchioneus, langs hem heen. Een meisje kreeg een niesbui. Een
man met wit haar droeg, in zichzelf mompelend, een ordner onder
zijn arm en had een potlood achter zijn oor; zijn overhemd hing
als een witte vlag halfstok uit zijn broek.

De ingang van de schuilkelder bevond zich achter in een café,
het Heilige der Heiligen, naast een biljarttafel. Een luik in de vloer
gaf toegang tot een wenteltrap die in de steen was uitgehouwen en
anderhalf of twee meter omlaag naar een kelder leidde. Zo was
het overal in Valletta: tunnels en kelders die diep in de kalksteen
waren uitgegraven – sommige nieuw, aangelegd met pneumati-
sche boren, maar ook vele, zoals deze, oud, daterend uit de tijd
van de Ridders. Van Nardu Camilleri had Rocco meer over de

Ridders gehoord dan hij echt wilde weten. Toen ze Jeruzalem kwijt waren geraakt waren ze naar Accra gegaan en toen ze Accra waren kwijtgeraakt waren ze naar Cyprus en daarna naar Rhodos gegaan. Toen ze Rhodos waren kwijtgeraakt had de keizer hun Malta gegeven, hoewel ze dat niet hadden willen hebben. Het was kale rotsgrond, onontwikkeld en kwetsbaar in geval van een aanval. Toch hadden ze het geaccepteerd, omdat ze geen keus hadden gehad. En nu voelde Rocco zich net zo, dat hij ook nergens heen kon, dat hij hier voor de duur van de oorlog vastzat. Er was niets om hem tegen de bommen te beschermen behalve de harde rots van Malta, die zelfs de Ridders nooit hadden willen hebben.

De stenen, wigvormige trap was smal en steil, draaide rond en rond en was vaag verlicht. Halverwege waren er misschien wel tien treden waar helemaal geen licht was. De oude dames brachten het er goed af, ze waren er geoefend in; Rocco moest zich echter tastend schrap zetten en zijn handen tegen de rondlopende muren aan weerszijden houden, alsof hij in een van zijn nachtmerries afdaalde.

Ondergronds was het droog en koel. Aan het andere eind van de ruimte was nog een ingang, die op Old Bakery Street uitkwam. Rijen britsen, drie lagen hoog, liepen langs de ene muur, en de kinderen klauterden naar de bovenste, met knuffels en kleine houten stukken speelgoed tegen zich aan gedrukt. De jongen met de harmonica speelde zonder melodie, lukrake noten, zinloos en irritant.

Bij de ingang aan de overkant baden vrouwen de rozenkrans, sommigen gekleed in kamerjas, anderen in zwarte faldetta's. Ze stonden voor een afbeelding van de Gezegende Moeder, die in een hoge nis hing. Het monotone gedreun weerkaatste tegen de muren – dezelfde woorden, in het Maltees, steeds weer en steeds weer: *'Sliema għalik, Marija, bil-graz-zja mimlija…'*

Op de stenen vloer, naast een van de britsen, zaten drie soldaten te dobbelen. Een van hen, die een zakdoek om zijn hoofd had gebonden, riep naar Rocco. 'Wat doet een Yank als jij hier op Malta?'

'Ik wou dat ik het wist,' zei Rocco.

'Hij wou dat hij het wist. Ik wou dat ik wist waarom ik hier zat. Weet jij waarom je hier zit, Tommy?'

Tommy, degene met de dobbelstenen, schudde ze, klaar om te werpen, en liet een valse grijns zien. 'Ik ben hier om jullie helemaal uit te kleden, stelletje zakken. Dit wordt een zeven.' Hij gooide en de blauwe dobbelsteen eindigde op zeven. Met een snelle glijdende beweging van zijn hand veegde hij zijn winst bij elkaar.

De roodharige had zijn laarzen uitgetrokken en masseerde zijn voeten. 'Wat een klootzak, niet? Wat een beul.'

Twee bommen sloegen kort na elkaar in. De grond trilde en er maakte zich van de kalkstenen muren wit stof los, dat als mist in de lucht bleef hangen. Een baby begon te huilen. Een oude man hoestte hevig, kokhalzend en naar adem happend. De vrouwen gingen door met hun rozenkrans en hun stemmen zwollen aan van hoorbare angst.

De soldaat met het zwarte haar en de zakdoek om zijn hoofd haalde een halve liter whisky onder zijn hemd vandaan, nam een grote slok en gaf de fles door aan Rocco. Rocco nam een slokje, liet de vloeistof brandend over zijn tong spelen en voelde hoe hij warm zijn weg naar zijn maag zocht.

Even later klonk het signaal veilig en gingen de soldaten weer naar boven. Ook de kinderen, en de meeste oude dames en mannen. Sommigen, zag Rocco, bleven echter beneden. Ze woonden daar, met hun koffers en in bundels gebonden kleren.

Hij strekte zich op een dunne, met stro gevulde matras op een van de britsen uit en sloot zijn ogen. Hij dacht aan zijn moeder, die langgeleden gestorven was, en aan zijn vader, die nu in Bensonhurst met een andere vrouw leefde. De laatste paar jaar had hij zijn vader steeds minder gezien. Er was te veel waarover ze niet onomwonden konden praten, en toen hij uit Brooklyn was vertrokken om in dienst te gaan had hij eenvoudigweg met een telefoontje afscheid genomen. Zijn vader was kwaad geweest en had gezegd dat hij verkeerde keuzes maakte. Hij wilde dat Rocco in de bouw zou gaan werken, waar goed geld te verdienen was, maar Rocco vond het leuker in de tweedehands autohandel. En toen Rocco aan de avondcursussen aan Brooklyn College was begonnen had zijn vader gevonden dat hij management en boekhouding moest gaan doen in plaats van die Poe en die Melville. Ook had hij het nooit zo op Theresa Flum gehad. Hij vond dat Rocco zijn tijd met haar verknoeide. Nou, daar had hij gelijk aan gehad, en Rocco begreep nu dat hij er beter voor had gestaan als hij toen wel had geluisterd. Er gaat altijd wel iets verkeerd, dat leek een natuurwet. Twee lange jaren had ze hem aan het lijntje gehouden. Ze had zoveel voor hem betekend, en toen was ze ervandoor gegaan en had het met iemand anders aangelegd. Hij was zo kwaad geworden dat hij op een nacht in de auto was gestapt, was weggeschoten, bij Ebbets Field een harde draai had gemaakt en tegen een telefoonmast was geknald.

Hij had haar foto nog steeds in zijn portefeuille, een zwartwit-opname uit een automaat op Coney Island, nadat ze hadden gezwommen. Haar haar was nat en plakte tegen haar hoofd, waardoor ze er plechtig uitzag, als een non. Ze had een hekel aan die foto, maar Rocco klampte zich eraan vast omdat hij het moeilijk vond het verleden los te laten, zelfs de beroerde momenten. De auto was een oude Plymouth, met een grote chromen grille. Hij ging haar op zondag altijd ophalen om een ritje te maken. Ze parkeerden dan op een plek bij Gravesend Bay, en als hij haar in zijn armen hield leek het leven hem een gelukzalige neondroom waaraan nooit een einde zou komen. Hij was echt gek geweest op die auto en had het vreselijk gevonden toen hij hem total loss had gereden. Wat hij echter vreemd genoeg ook had gevoeld was een bevrijding, een soort opgetogenheid, alsof hij hem werkelijk kapot had willen rijden en hij, nu het achter de rug was, schoon was gewassen.

In gedachten schreef hij, terwijl hij daar op de rand van de slaap in die schuilkelder lag, een brief aan zijn vader. Geen papier en geen pen, alleen zijn gedachten, zoals zoveel andere brieven aan zijn vader, niet iets wat hij ooit op de post zou doen. 'Stuur, als je kunt, sigaretten, koffie, kauwgum, een paar repen en een blikje schoenpoets. Ik vond het leuk toen we naar die wedstrijden van de Dodgers gingen, die paar keer, maar waarom verloren ze altijd? Ook, als je kunt, een stel ondergoed; bij het bombardement op het bordeel ben ik alles kwijtgeraakt.'

Toen hij wakker werd lag hij daar nog, op die met stro gevulde matras. Iemand had een deken over hem heen gelegd. Op zijn horloge zag hij dat het één uur was, maar hij wist niet of het ochtend of middag was, en hij had geen zin het te vragen. Er was weer een aanval aan de gang en de schuilkelder zat weer vol, en weer zaten de oude vrouwen aan het uiteinde bij elkaar de rozenkrans te bidden.

Hij keek op zijn horloge en het stond nog steeds op één uur. Het was stil blijven staan. Hij had er niet aan gedacht het op te winden. Het was beter zo, geen tijd, buiten de tijd, niet te weten of het dag of nacht was. Hij werd teruggetrokken in de slaap en sloot zijn ogen, maar het was een vreemd soort slaap, erin en eruit, hij hoorde de vrouwen, en dan weer niet, en dan hoorde hij ze weer, en altijd die geuren, zweet en urine, eau de cologne, kleren waarin nacht in nacht uit was geslapen, geuren van kruisen en geuren van oksels, geuren van luiers, aftershave, Palmolivezeep, toverhazelaar.

Er ontplofte weer een bom en hij werd abrupt wakker met de deprimerende gewaarwording dat hij nog steeds in het huis aan Strait Street zat en de anderen daar allemaal dood onder het puin lagen; de wetenschap dat hij nog leefde terwijl zij dood waren vervulde hem met een schuldgevoel alsof hij er op een of andere manier verantwoordelijk voor was. Als hij er niet zou zijn geweest, in die kamer op de bovenste verdieping, dan was die bom misschien wel nooit ingeslagen en zouden ze misschien nog leven, hoe dan ook. Het was onlogisch, een soort hekserij, en toch kon hij het niet afschudden, het gevoel dat er hier sprake was van een soort sommetje, van een duister verband dat hij niet kon oplossen.

Toen kwam er heimelijk een nog donkerder gedachte bij hem op. Als Fingerly nu eens niet was wie hij beweerde te zijn? En als majoor Webb nu eens niet dood was maar ergens leefde en wachtte tot hij zich meldde? Maar hoe? Waarom? Hoe kon dat? Het was te ingewikkeld, en een tijdlang was hij, ongedurig, een warboel van onzekerheden, twijfels, verkeerde hij in de greep van argwaan, en toch zag hij heel goed wat het was, namelijk duidelijke en eenvoudige paranoia, verkeerd denken, en die kant wilde hij niet op. Maar het bleef spoken: *en als nu eens?*

Er kwam een vrouw langs die scheepsbeschuit uitdeelde. Later stond dezelfde vrouw, samen met een man, bij de wenteltrap met een ketel warme soep die ze in kommen van aluminium schepte. Rocco bedacht dat het een vreselijke klus moest zijn geweest om die grote ketel die hele trap af te krijgen.

Een vrouw op de brits naast de zijne verzorgde haar baby.

'Hoe oud?' vroeg hij.

'Vier maanden.' Ze had geen kousen aan, haar blote voeten staken in een paar haveloze zwarte schoenen.

Achter een scherm stond een stoel met een gat in de zitting en een emmer eronder. Het was dit of je kon de wc boven in de bar gebruiken. Rocco liet zijn urine lopen, een gestage gele straal die zich vermengde met de urine van de anderen die er voor hem waren geweest. Hij moest lachen om de gedachte dat we in een noodsituatie allemaal hetzelfde zijn. Zelfs Duitse pis was niet anders. Zelfs de pis van Mussolini niet. Zelfs niet de pis van de piloten van de Stuka's en de Ju-88's en de Savoia Marchetti 79's. Naast de stoel stond een extra emmer voor als de eerste vol raakte.

Hij ging terug naar zijn brits en sliep, en nu droomde hij van Nigg en van Aida met haar ene been. Ze sloeg Nigg met haar prothese op zijn hoofd en raakte hem hard. Fingerly was er ook, hamerend op de pianola, en wat er uit het instrument kwam was geen muziek maar rook.

Er stond een jongen dicht bij hem, die hem aanstaarde. Hij dacht dat de jongen ook een deel van de droom was, maar besefte langzaam dat hij echt was. De jongen had een rond en glad gezicht, en grote bruine ogen waaruit een rustige nieuwsgierigheid sprak. En toen, om onduidelijke redenen, stak hij vals zijn tong uit en rende weg naar het uiteinde van de kelder, waar de vrouwen zaten te bidden. Hij rende bij de uitgang naar Old Bakery een stuk de trap op, ging op een van de treden zitten en staarde met lege blik en zijn kin op zijn handen voor zich uit.

Rocco bekeek hem uit de verte; toen drong langzaam tot hem door wie de jongen was en liep hij naar hem toe om met hem te praten. 'Je bent toch Joseph? Jij bent die jongen uit het huis. Weet je nog wie ik ben?'

'Ik herinner me je,' zei de jongen, die op de trede bleef zitten.

'Waar is je zus?'

'Ze is... ergens.'

'Ben je naar het huis teruggegaan?'

'Het huis is gebombardeerd.'

'Ja, dat weet ik. Ik was er toen het gebeurde.'

De jongen zei niets, hij leek verdoofd.

'Gaat het wel met je? Waar woon je nu?'

'Bij mijn tante.'

'Waar is dat?'

'Niet ver.'

Hij zat nog steeds op de trede, spelend met een van zijn schoenveters, het uiteinde heen en weer zwiepend.

Rocco legde een hand op de knie van de jongen. 'En je moeder en je vader? Hoe is het met hen?'

De jongen wendde zich af en keek in de verte.

'En de meisjes – Julietta en Aida? En Simone?'

De jongen zei nog steeds niets. Hij scheen iets belangrijks aan zijn hoofd te hebben, wat hij met niemand wilde delen. Rocco vroeg zich af of het bombardement op het huis te veel voor hem was geweest en of hij niet gewoon gek was geworden.

Toen herinnerde hij zich een chocoladereep die hij bij Dominic's had gevonden en die nog steeds in de zak van zijn overhemd zat. In de verpakking was hij in verschillende stukken gebroken.

'Hier, dit heb ik voor jou. Wil je hem?'

De jongen keek er onverschillig naar, pakte hem toen aan en hield hem vast.

49

'Wil je hem nu opeten? Of wil je hem bewaren?'

De jongen aarzelde. 'Ik denk dat ik hem bewaar.'

'Dat is een goed idee,' zei Rocco.

'Ze hebben het huis gebombardeerd. Het is helemaal weg, er is niets van over.'

'Dat weet ik,' zei Rocco.

De jongen zweeg weer en stond toen op. 'Ik moet weg,' zei hij, en hij liep met tamelijk kwieke pas de trap op.

Rocco ging naar de emmer om weer te pissen en liep toen naar zijn brits terug. Hij droomde van een deur die hij niet open kreeg, van een auto die niet wilde starten en van een verlepte bloem. Hij droomde van een goudvis die niet in zijn kom zat en rondspartelde op de betegelde vloer van een badkamer zonder ramen.

5

Het huis aan Windmill Street

TOEN HIJ WAKKER WERD WAS HIJ KLAM EN KOUD. IN DE BRITS links van hem hield een vrouw een kind in haar armen, maar het was niet de vrouw die daar eerder had gelegen. 'Welke dag is het?' vroeg hij.

Het was zondag.

'Weet u dat zeker?'

'Ja, ja. Zondag.'

''s Middags?'

''s Morgens. Maar het is bijna middag.'

Het duurde even voordat hij dit had verwerkt. Hij probeerde zich te herinneren wanneer hij de kelder in was gegaan en dacht terug aan de avond toen hij in al die cafés was geweest nadat de bom het huis had getroffen en het huis om hem heen was ingestort. Hij had aan het einde van de middag languit op het bed een dutje liggen doen – en toen opeens die bom. Dat was vrijdag geweest. En nu was het zondag. De zaterdag was hij totaal kwijtgeraakt, half slapend en half wakend.

Hij keek toe terwijl een oude vrouw met water uit een kruik een zakdoek nat maakte. Ze wrong hem uit en veegde er haar gezicht mee af. Een jongen in een bruine korte broek liet een speelgoedvrachtwagen heen en weer rijden, dezelfde jongen die hij met die harmonica had gezien. Nu had hij die vrachtwagen en maakte diep in zijn keel vrachtwagengeluiden.

Rocco dacht aan Fingerly, vroeg zich af of hij nog leefde of dood was, en ook aan Nigg, maar het vaakst toch aan Fingerly, omdat Fingerly de leiding had en het zonder hem niet makkelijk zou zijn. Er sloeg een bom in en er kwam meer wit stof los van de kalksteen. Het vormde een fijne nevel, die traag ging liggen. Roc-co stond nu overeind, baande zich een weg door de menigte en liep naar de trap; hij had behoefte buiten te zijn, in de frisse lucht te staan. Hij had te lang onder de grond gezeten. Er sloeg nog een bom in en er zweefde meer stof door de lucht.

Hij liep snel de wenteltrap op, rond en rond, steeg op door de smalle schacht en werd duizelig, claustrofobisch van het voortdu-rende draaien en het gebrek aan lucht. Halverwege bleef hij even staan en luisterde naar het gedreun van de kanonnen. Toen ging hij verder, bewoog zich in de richting van het zwakke licht boven, be-reikte hijgend de bovenste tree en stond weer in de bar. Een paar sol-daten zaten onderuitgezakt, met open hemd, zwetend en met kroe-zen bier in een compartiment. De lucht was warm, veel warmer dan beneden, en toen hij de straat op liep was het nog warmer, een wil-de hete uitbarsting van de middagzon. Pas toen, in de zon, besefte hij hoe koud en vochtig het in de kelder was geweest. Toen hij om-hoog keek zag hij een Stuka, die loeiend overkwam, heel laag.

Hij nam vanuit Strait Street een zijstraat, sloeg Nicholas in en kwam toen door Old Bakery, die bezaaid lag met blokken kalk-steen van de ingestorte gebouwen. De lucht stonk van de kruitgeur van ontplofte explosieven. Hij beklom een heuvel van puin en ging aan de andere kant weer omlaag. Het volgende stuk van de straat was leeg, en hij liep snel door. In de dokken aan de overkant van de haven sloegen bommen in, en het pompende luchtafweerge-schut stuurde een intens spervuur omhoog.

Voor zich zag hij meer brokstukken en nog een hoge heuvel waar hij overheen moest. Hij speelde met de gedachte rechtsom-keert te maken en een stuk af te snijden naar Kingsway, maar hij liep door en klom over het puin heen. Terwijl hij aan de andere kant weer omlaagging zag hij voor zich opeens een meisje lopen, achteloos, geen aandacht bestedend aan de aanval, net zoals hij zich een weg zoekend door de verstopte, met wrakstukken be-zaaide straat.

Er sprak een zekere vrijheid uit de manier waarop ze zich be-woog, een zeker vertrouwen en zelfvertrouwen. Ze bleef even staan en keek omhoog toen er een volgende Stuka langsraasde die ditmaal een pluim zwarte rook uit zijn romp achter zich aan sleep-te. Toen keek ze om, over haar schouder, en zag hem terwijl hij een half huizenblok verderop achter haar aan liep. Ze aarzelde, keek met vaste blik naar hem, draaide zich daarna om en liep door, ter-wijl haar lange zwarte haar, dat door een zilverkleurige haarclip werd vastgehouden, los en dartel helemaal tot op haar middel over haar schouders viel. Haar jurk golfde loom en plooide zich over haar kuiten en dijbenen. Zijn bloed begon ervan te bruisen. Hij veronderstelde dat ook zij, hunkerend naar het zonlicht, uit een of ander donker hol omhoog was gekomen omdat ze zich wilde bewegen en wilde leven, en hij vertraagde zijn pas omdat hij haar niet te snel wilde inhalen. De lucht schudde van het gebrul van het spervuur van het luchtdoelgeschut, maar hij hoorde het niet meer: het was een achtergrond, wazig, een dissonerende bron van ergernis in de marge van zijn waarneming.

Hij bleef bewust achter en keek hoe ze zich moeizaam een heuvel van gebroken kalksteen op worstelde, en toen ze de top had bereikt hield ze stil en keek weer om. Rocco bleef staan en ze staarden vanuit de verte roerloos naar elkaar. Toen liep ze door en verdween aan de andere kant van de heuvel.

Hij haastte zich met een vaag bezorgd gevoel verder, denkend dat hij haar misschien kwijt zou raken: als ze eenmaal uit het zicht was zou ze achter een deur kunnen verdwijnen en zou hij haar nooit terugvinden. Hij beklom snel de hoop brokken en was, toen hij de top had bereikt, opgelucht haar nog steeds te zien, daar voor hem. Ze hield even haar pas in om naar een bureau te kijken dat vernield op zijn kant lag en bekeek het nauwkeurig. En toen, op een geluidloos moment terwijl de lucht krankzinnig stil was, gebeurde er iets. Terwijl ze verderliep stond ze opeens in brand, haar lichaam een lange tong van vuur.

Hij bevroor, in de greep van een soort paniek, denkend dat ze door een granaat, een brisantgranaat was getroffen. Toen dacht hij dat het door de zon moest komen, het felle licht dat door stukken glas in het puin werd weerspiegeld. Haar haar laaide op. Haar armen, haar benen, bewegend en in brand. En toen, terwijl hij daar aan de grond genageld stond, doofde de vlam en was ze mysterieus weer zichzelf, liep verder door het puin.

Het was Malta, alweer deed Malta dit met hem, liet hem dingen zien die er niet waren. Hij had het gevoel dat hij door een soort poort was gekomen, een onzichtbaar portaal, en dat zijn leven hierna nooit meer hetzelfde zou zijn.

Ze liep nu sneller en hij volgde, niet gehaast, geen moeite doend haar in te halen, hij volgde haar gewoon en keek: haar armen, haar benen, haar lange zwarte haar, de beweging van haar heupen terwijl ze tussen de brokstukken door laveerde, naar links uitwijkend, naar rechts, lenig en behendig.

Overal om hen heen daverde de lucht van de aanval, bommen bonkten neer op de dokken, en nu zag hij wat het patroon was. De vliegtuigen maakten een duikvlucht over het gebied waar de dokken lagen, aan de andere kant van de haven bij Senglea en Vittoriosa. Ze kwamen gillend omlaag, lieten hun bommen los, richtten zich weer op uit hun duikvlucht, kruisten de haven en vlogen over het schiereiland van Valletta. Als het geschut bij St. Michael en St. Angelo ze niet te pakken kreeg probeerden de kanonnen bij Valletta het, en als de kanonnen bij Valletta misten waren er nog die bij Fort Manoel en Fort Tigné. Als ze uit hun duikvlucht kwamen waren de Stuka's traag en kwetsbaar: er werden er heel wat geraakt, die in het water doken.

Er kwam nog een Stuka laag over, en Rocco keek omhoog. Hij was beschadigd, Rocco zag gaten in de vleugels. Maar hij vloog nog steeds, draaide naar het noorden en begon aan de terugweg naar Sicilië.

Toen hij weer begon te lopen was ze ver op hem voor geraakt, maar ze liep langzaam en gaf hem tijd om haar in te halen. Boven aan Old Bakery, in de buurt van St. John's Cavalier, bleef ze even staan en wierp een blik over haar schouder, stak toen over naar Old Mint. Op de hoek keek ze weer om, ervoor zorgend hem niet kwijt te raken, en liep door naar Windmill, een korte straat, slechts een paar huizenblokken lang, die naar de bastions leidde die over Marsamxett Harbour uitkeken. Windmill was gebombardeerd, maar zeker niet zo erg als Old Bakery.

Toen hij de hoek om kwam zag hij dat ze was blijven staan voor een gebouw dat tijdens een eerdere aanval was beschadigd. Een deel van het dak was verdwenen. Ze scheen het huis te kennen, scheen te weten waar ze was. Ze wierp over haar schouder een blik op hem, en toen ze zag dat hij haar nog steeds volgde draaide ze zich om en ging naar binnen.

Toen hij de plek had bereikt aarzelde hij en bekeek het gebouw. Er liepen een heleboel scheuren door de gevel en verschillende steenblokken waren verschoven.

Binnen stond ze te wachten bij een trap, niet ver van hem vandaan. Ze waren nog niet zo dicht bij elkaar geweest en hij zag hoe mooi ze was: haar donkere wenkbrauwen, haar grote blauwe ogen, de lange lijn van haar kaak en haar volle, sensuele lippen. Er was geen meubilair in het huis, alleen een paar kapotgeslagen stoelen. Sommige muren waren omlaag gekomen, maar het meeste puin was al verwijderd.

Ze stond daar aan de voet van de trap naar hem te kijken, draaide zich toen om en liep langzaam naar boven. Hij keek hoe ze wegliep, waarbij de zoom van haar jurk licht om haar benen danste. Ze was al bijna op de volgende verdieping toen hij aan de trap begon.

Na de eerste trap was er nog een, en toen ze boven was draaide ze zich om en keek omlaag, wachtend op hem. Haar gezicht droeg een uitdrukking van rustige ernst, uit haar ogen straalde een zachte intensiteit.

Hij volgde haar door een gang en een deur, een kamer in zonder plafond of dak, met alleen vier muren, waarin flinke scheuren zaten, en daarboven de blauwe hemel. Er lag een kale matras op de vloer, tegen een muur stond een tafel met slechts drie poten en daarnaast, op de vloer, een kapotte lamp. Het zonlicht kwam tastend binnen en beroerde een rand van de matras. Er stond een kastdeur open: in de kast zat niets, alleen brokken pleisterwerk.

Ze draaide zich naar hem om: haar ogen stonden zwoel, haar lippen weken van elkaar en een olieachtig laagje transpiratie lag over haar gezicht en armen.

Ze stonden daar even, zwijgend, alleen maar kijkend. En toen, koortsachtig, drongen ze tegen elkaar aan, hongerig omhelzend en kussend, in een soort delirium. Hij ving haar wilde, roekeloze geur op: zeewier en tijm, seringen en kruizemunt.

Ze lieten zich op de matras vallen en ze beet in zijn oren. Hij dacht oceaan, hemel, wild gras, en even, een blind, duizelingwekkend moment, was het alsof hij een vrije val maakte, omlaag stortte door verschillende gebieden van geur en smaak, door seringen, leer, zweet, afdalend door lagen tijd.

Pas toen ze niet meer konden en uitgeput naast elkaar lagen, besefte hij dat het kanonvuur was opgehouden en de aanval achter de rug was. De zon was van de matras weggeschoven en vormde een vreemd geometrisch patroon op de muur bij de tafel met drie poten. Boven hen was de hemel mistig van de olievuren in de dokken.

'Er is geen dak,' zei hij.

Ze keek naar de hemel. 'Het is prettiger zonder dak.'

Er dreven een paar veerachtige wolken voorbij.

'Ben je hier eerder geweest?'

'Ik had een vriendin die hier woonde,' zei ze. 'Voor de bombardementen.' Ze sprak met een accent, vormde haar woorden iets te precies, en klonk toch zacht en muzikaal.

'Heeft je vriendin het er goed afgebracht?'
'Ze is niet gewond geraakt.'
'Maar de anderen? Niet zoveel geluk gehad?'
'Nee.'
'En waarom kom je dan terug?'
'We speelden altijd in deze kamer. Toen we klein waren.'
'Hier, in deze kamer?'
'Er stond een radio. We luisterden naar de Amerikaanse liedjes. We praatten over wat we wilden als we groot zouden zijn.'
'Wat wilde je voor jezelf?'
'O, we droomden altijd. Ik wilde een buitenlander leren kennen en naar een ander land gaan. Ik dacht dat het slim zou zijn met een bankier te trouwen en in Zwitserland te gaan wonen, in de bergen.'
'Ik ben geen bankier,' zei hij.
Ze lachte. 'Bankiers hebben een saai leven. Ik ben blij dat ik dat ontgroeid ben.'
Er vloog een vogel langs. En toen nog een. Ze nestelde zich dicht tegen hem aan en maakte een laag, koerend geluid.
Een hele troep duiven cirkelde boven hen rond. Verdween, en keerde terug. Ze cirkelden weer rond, kwamen toen door het open dak naar beneden en gingen overal om hen heen zitten – op het kapotte bureau, op de tafel met drie poten, op de brokken pleisterwerk. De kast zat er vol mee.
'Ik wil een van die duiven zijn,' zei ze. 'Zou dat niet prachtig zijn? Kunnen vliegen?'
Er kwamen twee Hurricanes laag over, en het gebrul van de motoren joeg de duiven weg door het kapotte dak, een explosie van vleugels, maar er bleef er een achter, een donkere met oranje ogen in een donkergrijs kopje. Hij liep helemaal om de matras heen en installeerde zich daarna bij de tafel met drie poten.
'Rare vogel,' zei Rocco. 'Waanzinnige, hersenbeschadigde duif.'
'Je moet nooit zo tegen een vogel praten,' zei ze.
'Ken je die vogel dan? Is dat beest een persoonlijke vriend van je?'
'Ik denk gewoon dat je beter beleefd kunt zijn.'
'Ben ik dan niet beleefd?'
'Zei ik dat dan?'
'Ja, zoiets wel.'
Ze was ongeveer even oud als hij, misschien jonger, en toch had

ze iets waardoor ze ouder leek, iets in haar ogen, haar manier van doen. Hij was langer dan zij, hoewel niet veel, en haar huid was lichter. Ze streek met haar vingers over zijn borst, raakte het donkere haar aan. Ze streek over zijn wenkbrauwen en zijn neus. Hij had goede, sterke handen, arbeidershanden, maar toch liefkozend. Hij had een stoppelbaard, hij moest zich scheren.

Ze was met Maltees opgegroeid en had op school Engels geleerd, zei ze, van nonnen die Engels hadden geleerd van andere nonnen, die hun manier van praten weer hadden geleerd van de Britse echtgenotes van de Britse zakenlieden die zich in Sliema en St. Julian's hadden gevestigd.

'Nonnen,' vroeg hij. 'Heb jij van nonnen les gehad? Ik ook.'

Hij had ze op de lagere school gehad. Een ervan, met een blozend gezicht als rauw vlees, gooide altijd krijtjes naar hem; ze kon goed richten en had hem meer dan eens op zijn hoofd geraakt, en een andere, met een lange neus als een pen, had hem altijd in de hoek gezet. Maar één – de knappe met de lange wimpers – had hem gemogen, ze had hem als vlaggenjongen aangesteld en iedere ochtend hees hij de vlag aan de vlaggenmast in de kleine verwaarloosde tuin voor het houten schoolgebouw van drie verdiepingen, en streek hem 's middags weer als de school uitging.

'Waren ze aardig tegen je? De nonnen?'

Hij haalde zijn schouders op en een tijdlang keken ze elkaar alleen maar strak aan, zijn donkerbruine ogen in haar blauwe. Toen raakten ze elkaar weer aan, zij hem en hij haar, een trage, zoete opwekking, alsof ze wakker werden uit hun slaap, en weer bezaten ze elkaar, hongerig. Ditmaal was het echter anders, meer ontspannen, minder koortsachtig, en toch op een vreemde manier intenser, meer gericht en precies, alsof ze musici waren die dezelfde muziek herhaalden, maar nu met een speciale zwierigheid, een geconcentreerde brille in de frasering en modulering, een zoete verhoging van de tonaliteit die zich af en toe als een welkome verrassing voordoet.

Ze zag dat de duif verdwenen was. 'Denk je dat hij het gênant vond?'

'Ik denk dat we hem iets hebben gegeven om met zijn vrienden over te praten.'

Ze kwam overeind, stapte van de matras en begon zich aan te kleden. 'Ik haat die bombardementen,' zei ze, 'ik haat de oorlog.'

'Ken je dan iemand die het leuk vindt?'

'Ja, sommige mensen wel, die zijn dol op schieten en doden.' Ze keek op haar horloge. 'Ik kom nog te laat,' zei ze nerveus.

'Waarvoor?'

'Ik heb een leven, weet je. Ik heb dingen te doen.'

'Zeg me hoe je heet,' zei hij terwijl hij zijn hand naar zijn kleren uitstak.

'Doet dat ertoe?'

'Volgens mij wel, ja.'

'O ja? Zeg me dan eerst hoe jij heet.'

Hij vertelde het haar.

Ze dacht over zijn naam na, alsof ze hem proefde, alsof zijn naam een hoed was die ze uitprobeerde, om te kijken of hij paste. 'Leuke naam,' zei ze, 'ik houd van die naam. Rocco Raven.'

'Wat vind je er leuk aan?'

'Hij doet me op een of andere manier denken aan een plaats waar rotsen en bomen zijn, en vogels, en een waterval.'

'Mijn naam is geen waterval.'

'Nee, maar hij stroomt wel.'

'Zijn er watervallen op Malta?'

'We hebben hier niet eens een rivier.'

'Zeg me nu jouw naam.'

'Toch maar niet,' zei ze. 'Morgen misschien.'

'Waar?'

'Hier,' zei ze, en ze liep met snelle bewegingen weg, de kamer uit en de trap af. 'Maar alleen als je heel veel geluk hebt,' zei ze, een blik over haar schouder werpend.

Hij schoot in zijn broek en volgde haar naar beneden, onderweg zijn overhemd aantrekkend. 'Als ik geluk heb? Je bedoelt als jij geluk hebt. Kom je hier vaak?'

'Ik heb je al verteld dat hier een vriendin van me woonde. We luisterden naar de radio.'

Ze was al beneden, op straat, en hij haalde haar in terwijl hij zijn overhemd nog in zijn broek stopte.

'Hé,' zei hij, 'je kunt niet zomaar weggaan. Vertel me waar je woont.'

'Je moet niet achter me aan lopen. Als je achter me aan loopt kom ik niet terug.'

'Dat is niet eerlijk,' zei hij.

'Dat weet ik, dat weet ik. Het leven is oneerlijk. Morgen misschien.'

Hij liep niet meer achter haar aan. 'Misschien niet,' riep hij. 'Heb je daar wel over nagedacht? Misschien ben ik er wel niet.'

'Dan zullen we wel zien,' zei ze. Ze wierp hem over haar schouder een glimlachje toe terwijl hij wegliep, en hij dacht dat het op Malta misschien wel altijd zo ging, dat de meisjes makkelijk waren maar dat ze je ook graag plaagden, dat ze je graag in onzekerheid hielden. En de andere gedachte die hij had was dat meisjes misschien overal zo waren, dat ze wisten hoe ze je moesten prikkelen, het zat in hun bloed, dat ding in hen waardoor ze waren wie ze waren. Met een lichaam als het hare, dacht hij, zo soepel, zo mooi gebouwd, mocht ze haar gang gaan en hem plagen zoveel ze wilde.

Hij leerde de verschillen tussen de vliegtuigen. De eenmotorige duikbommenwerpers waren de Stuka's, de Ju-87's. De toestellen met twee motoren waren de Ju-88's. De bommenwerpers die van grote hoogte bombardeerden, met drie motoren en die verschrikkelijk beroerd richtten, waren de Italiaanse Savoia Marchetti 78's. En de jachtvliegtuigen die met mitrailleurs en kanonnen schoten waren de Messerschmitt 109's. Hiervan had er een hem bijna om zeep geholpen toen hij die dinsdag in Luqa was aangekomen, en hij wist dat hij dat nooit zou vergeten.

Hij verwonderde zich, en bleef zich verwonderen. Het leven was zo kort. Vond hij haar leuk? Echt leuk? Wilde hij haar weer zien? Scheren, hij moest zich scheren. En in bad. Hij liep Old Bakery af, zachtjes fluitend, een oud melodietje dat opeens bij hem opkwam en waarvan hij zich de woorden niet meer herinnerde.

The Times of Malta – 12 april 1942

ZWARE AANVALLEN OP NAZI-OORLOGSINDUSTRIE
Dagelijkse Bombardementen Op Noord-Frankrijk

HITLER EN ZIJN STAF BOTSEN

BIRMA: GROOT JAPANS OFFENSIEF TEGEN DE CHINESE FLANK

AMERIKAANSE BOMMENWERPERS VALLEN FILIPPIJNEN AAN
Eerste Klap Na 'Bevrijdings'-eed Van MacArthur

HET FRONT OP MALTA: RAF-JAGERS REKENEN AF MET AANVALLERS

2 ME-109's vernietigd
1 JU-87 waarschijnlijk vernietigd
3 JU-88's beschadigd

De Directeur Landbouw deelt mede dat de Regeringsfokkerij de volgende volbloed rijpe hanen te koop heeft:

3 volbloed Zwarte Minorca voor £1 per stuk
3 volbloed Rhode Island Rode voor £1 per stuk
1 Amerikaanse Mammoet Bronzen Kalkoen voor £3

HOCK'S EAGLE BAR & RESTAURANT, Old Mint, Valletta, vandaag heropening. Het publiek is hartelijk welkom.

VERLOREN tussen Sliema en Rabat, wieldop van een Rolls-Royce Phantom II. Vinder ontvangt mooie beloning.

PERSONEN die eigenaar zijn van voorwerpen in het Veilinggebouw van wijlen FRANK. A COHEN wordt verzocht de echtgenote van de overledene, 11 Windmill Street, niet later dan 30 april 1942, op de hoogte te stellen, na welke datum mevrouw Cohen alle voorwerpen, ongeacht enige voorgaande afspraak met haar echtgenoot, van de hand zal doen.

IN MEMORIAM. In liefdevolle herinnering aan Joseph Tonna, die een jaar geleden, op 9 april 1941, op de jonge leeftijd van zeventien jaar, om het leven is gekomen. Gestorven maar voor altijd herinnerd door zijn moeder en vader.

6

Een jukebox voor Zarb Adami

NADAT HIJ EEN TIJDJE HAD RONDGEZWORVEN BLEEF ROCCO voor een politiebureau staan om, op zoek naar informatie over Fingerly en Nigg, de lijsten gewonden en gesneuvelden door te nemen. Er was niets te vinden. Hij ging naar het hoofdkwartier van het Royal Army, waar hij van het ene bureau naar het andere werd gestuurd, maar uiteindelijk een Maltese vrouw vond, een burger van middelbare leeftijd, die de dossiers van de tellingen van nietingezetenen van het Gemenebest op het eiland beheerde. Ze had nog nooit van I-3 gehoord, maar was vastbesloten hem te helpen.

'Fingerly? Aan Merchants Street? Afgelopen vrijdag gebombardeerd, en u wilt weten of hij dood is of in het ziekenhuis ligt?'

Ze legde de appel neer die ze had zitten eten, trok een map uit de kast en nam in duizelingwekkend tempo een dossier door. Ze vond een zekere Fuggerman, een Funnly, een Zwingerman, een Dingerly, een Fangly en een Fudge. Maar geen Fingerly.

'Webb,' zei Rocco. 'Majoor Webb. Zou u die kunnen opzoeken?'

'Wie is dat?'

'Hij had de leiding, hij was degene bij wie ik me moest melden. Hij is gesneuveld voordat ik hier aankwam.'

Geen Webb.

'Probeert u Nigg eens. Probeert u Maroon eens.'

Maar niets, ze waren allemaal onbekend.

'Ik neem aan dat zelfs ik onbekend ben,' zei Rocco.

'Dat bent u inderdaad,' zei ze op aangename toon terwijl ze hem met een onderzoekende blik aankeek. 'Ik heb geen idee wie u bent.'

Hij informeerde naar de mogelijkheden om transport van het eiland af te krijgen, maar ze was niet erg bemoedigend. Hij kon vertrekken op een Wellington, naar Gibraltar, maar de wachtlijst was zo lang dat de oorlog waarschijnlijk al afgelopen zou zijn voordat hij aan de beurt was. Een week geleden hadden ze iemand, een Amerikaanse journalist, met een onderzeeër laten gaan, maar hij was gezonken en de hele bemanning was om het leven gekomen.

'Kan ik hier ergens koffie krijgen?'

'Twee trappen op en dan rechtsaf,' zei ze. 'We hebben alleen maar thee en geen suiker, maar ze hebben prima broodjes.'

Hij liep het gebouw uit en ging naar de City Gate, en na hier en daar te hebben geïnformeerd kwam hij erachter welke bus hem naar Dominic's in St. Julian's zou brengen, waar Fingerly hem die eerste avond op Malta mee naartoe had genomen. De bus was vol en traag, de ramen lagen er allemaal uit en nadat hij was uitgestapt moest hij nog een stukje lopen. Hij praatte met de barkeeper en de oberkelner, en met een paar kelners, en vroeg naar Fingerly en Nigg. Een van de kelners dacht dat hij Nigg een paar dagen daarvoor had gezien, maar wist dit niet zeker. De barkeeper wist zeker dat hij Fingerly had gezien. 'Die Amerikaanse officier,' herinnerde hij zich. Toen hij hem echter beschreef maakte hij melding van grijze ogen, lichtgrijze, maar die van Fingerly waren bruin, donkerbruin, en Rocco ging teleurgesteld weg.

Hij sliep die nacht in de schuilkelder in de Onderbuik en begaf zich de volgende ochtend tegen tienen na een stuk oudbakken brood en een blikje vruchtensap naar de kamer op de bovenste verdieping van het gebombardeerde huis aan Windmill Street, en trof daar alles aan zoals het was geweest: de matras, de kapotte lamp, het kapotte bureau, de tafel met drie poten. Ze had gezegd dat ze terug zou komen, maar daar had hij zijn twijfels over. Hij dacht dat hij haar nooit meer zou zien.

Door het gat in het dak keek hij naar de hemel en zag niets, geen vliegtuigen, geen wolken. Zelfs geen duiven. Hij ging weer naar beneden, de straat op, en liep naar de hoek met Old Bakery. In dit stuk was de schade niet zo vreselijk, maar aan het uiteinde, waar de straat afdaalde naar St. Elmo's, was het een en al puin. Hij rookte een sigaret en liep toen teleurgesteld weer naar boven, ervan overtuigd dat ze niet zou komen. En waarom zou ze ook? Het was oorlog, een belegering, voor je het wist was iemand weer weg.

Hij strekte zich uit op de matras. Hij lag in de schaduw, maar de zon kroop langzaam naar hem toe en het licht zou al snel op hem vallen. Hij dacht aan Fingerly en vroeg zich af of hij echt dood was. En aan de anderen, aan Strait Street. Vreemd, zoals die jongen Joseph in de kelder had gereageerd, niets had gezegd. Niets over zijn ouders, niets over wie dan ook in het huis. Er kwamen een paar vliegtuigen over, laag. Hurricanes. Het waren de oude werkpaarden, robuust maar uit de tijd. Een 109 kon een Hurricane neerhalen en een Spitfire kon een 109 neerhalen. Rocco wist dat, hij had de verhalen gehoord. Er waren op Malta niet genoeg Spitfires, dat was het probleem, en zonder Spitfires zou het eiland ondergaan. Wat een waanzin allemaal. Niet zo lang geleden was hij nog thuis geweest, had hij nog tweedehands auto's verkocht, was alles vanzelfsprekend geweest. Bussen, trolleybussen, taxi's, winkels gevuld met alles wat je nodig had. Hier waren bommenwerpers, dag en nacht, en hij vroeg zich af of hij het aan zou kunnen, het lawaai, de stank van brandende olie, de sirenes, de vernielingen. En nu was er ook dat meisje, met die ongrijpbare glimlach en die zilveren haarclip, dat hem niet wilde zeggen hoe ze heette, en zij maakte er deel van uit, van de verwarring en onzekerheid. Hij kon de bommenwerpers misschien wel aan, als hij echt wilde, maar was hij klaar, echt klaar, voor haar?

Een sleepboot in de haven maakte een kreunend geluid. Toen, van dichtbij, op straat, een gerinkel, het belletje van een geit. Gelach. Een baby huilde. Een hond blafte. Een vrouw riep iets naar haar kinderen. En toen, onwaarschijnlijk, als in een soort droom, was ze daar, kwam ze de trap op. 'Ik ben laat, ik weet het,' zei ze. 'Dacht je dat ik nooit zou komen?' Ze stond over hem heen gebogen, blokkeerde het zonlicht, haar schaduw viel over zijn gezicht, haar haar straalde, strepen zwart vuur.

'Dat dacht ik inderdaad,' zei hij.

'Nou, hier ben ik,' zei ze terwijl ze zich op de matras liet zakken. 'Ben je boos op me?'

Hij zei niet dat hij het niet was.

Ze had een hand op hem gelegd, onder zijn overhemd. 'Rocco Raven,' zei ze, dromerig zijn naam mompelend alsof het een glad steentje was dat ze op het strand had opgeraapt. Ze hield met een wrang lachje haar hoofd schreef. 'Wil je dat ik wegga? Is dat wat je wilt?'

Hij bestudeerde haar ogen, de zachte hoeken van haar gezicht en probeerde te bedenken wat haar opeens zo anders maakte. Het kwam door de lippenstift. Gisteren was die er niet geweest, maar vandaag dat diepe weelderige rood. En dan die jurk, glad en zijde-achtig, die op de juiste plekken aan haar lichaam kleefde, roze rozen op een zwarte achtergrond.

'Vind je hem mooi?' Ze stond op en showde hem, liet haar handen langs haar zijden, over haar heupen glijden.

'Kom hier,' zei hij.

'Nee, nee, vandaag niet. Ik kan niet.'

'Ja, je kan wel.'

'Nee, ik kan niet, echt niet. Ik moet iets afleveren, en dan heb ik nog andere dingen te doen.'

'Wat voor andere dingen?'

'Kom maar mee,' zei ze. 'Ik heb een auto.'

'Waar?'

'Verderop in de straat, bij de poort. Ik moet naar Marsaxlokk. We stoppen ergens onderweg om kleren voor je te kopen. Je ziet er niet uit.'

Zijn enige kleren waren de kleren die hij had gedragen toen het bordeel was gebombardeerd terwijl hij, dromend van rozen, kant en lichtgevende parels, een dutje had liggen doen. Zijn jack was gescheurd, de vouw was allang uit zijn broek verdwenen, aan zijn overhemd ontbraken knopen en het kalkstof was er zo diep in gedrongen dat het kaki een vuil soort wit leek te zijn geworden.

'Je hebt geen auto,' zei hij.

Bijna niemand op Malta reed meer in een auto, tenzij je arts was of bij de regering werkte of militair was. Er waren weer paarden op straat verschenen, wagens, en de door paarden getrokken *karrozzins*. En veel fietsen.

'Ja, ja, een auto,' zei ze, 'hij is van mijn neef Zammit.'

Hij stond op en liep achter haar aan, de trap af en het huis uit, naar Kingsway, in de richting van de City Gate. Een paar winkels waren nog open, een drogist, een bloemenhandel, maar de meeste waren gesloten en dichtgespijkerd, geen voorraad meer, niets te koop, vele vernield door de bommen. Op de hoek van Strait en Ordnance stonden mensen in de rij voor kerosine, die ze kochten bij de verkoper die Rocco op Merchants al eerder had gezien.

De auto stond voor de City Gate. 'Deze?' vroeg Rocco en hij floot even. 'Is deze van jou?'

Het was geen auto, het was een lijkwagen, en niet zomaar een lijkwagen maar een roze lijkwagen, een oude Studebaker die uit het begin van de jaren dertig stamde.

'Hij is niet van mij,' zei ze.

'Ik weet het, hij is van je neef Zammit. En wat is dat, daarbinnen? Een lijkkist?'

Ze lachte. 'Ziet het eruit als een lijkkist?'

Hij keek iets beter.

'Het is een jukebox,' zei ze. 'Zammit maakt ze. Ik breng hem naar een bar in Marsaxlokk. Kom mee, je vindt het vast een leuk ritje.'

Rocco bekeek de jukebox door het raam. 'Heeft hij deze gemaakt? Je neef?'

'Dat is zijn werk, hij maakt jukeboxen.'

'Heeft hij dan een fabriek?'

'O, nee, nee, er is geen jukebox-fabriek op Malta. Het is gewoon Zammit, hij werkt thuis. Vroeger was hij klusjesman, hij kon alles repareren. Maar hij is dol op jukeboxen, dus nu, met die oorlog, nu er niets het land in komt, geen jukeboxen uit Amerika, maakt hij zijn eigen jukeboxen. Hij is heel slim, Zammit.'

'Waar is Marsaxlokk?'

'Het is niet ver, je zult wel zien.'

Rocco had nog nooit in een lijkwagen gereden. Hij was solide, comfortabel, had goede veren en verkeerde in goede staat voor zijn leeftijd. Op de teller stond 180.000 kilometer. De motor zoemde – een gladde, soepele wegligging, je voelde de weg nauwelijks.

'Vroeger was hij van Silvio Sforza,' zei ze. 'De Sforza's zijn drie generaties lang begrafenisondernemer geweest. Op Malta hebben we nog steeds liever een lijkkoets met paarden, maar Sforza was heel vooruitstrevend. Toen hij stierf was er niemand om de onderneming voort te zetten, dus heeft zijn weduwe alles verkocht. De lijkwagen was oud. Zammit heeft hem opgekalefaterd en door een priester laten zegenen om de boze geesten af te weren. En om helemaal zeker te zijn van zijn zaak heeft hij hem roze geschilderd. Is het niet prachtig? Alle lijkwagens zouden roze moeten zijn.'

'Waar haal je de benzine vandaan?'

'Van het Hampshire Regiment. Zammit heeft een jukebox voor ze gemaakt, voor hun kazerne, en dus geven ze ons benzine. Zo gaat het leven op Malta.'

Ze reden de stad uit door Floriana, langs de arcaden van St. Anne Street, door de boog van de Portes des Bombes, en toen naar Hamrun, door dichtbevolkte gebieden, langs kerken en rijen huizen van drie en vier verdiepingen, gebouwd van honingkleurige blokken kalksteen, de globigerinasteen van Malta.

Ze heette Melita, Melita Azzard.

'Ik heb een straat gezien die Melita heette – ergens. Klopt dat?'

'O, zo heten veel straten. Toen de Romeinen hier zaten noemden ze het eiland *Melita*. Het betekent "honing", de honing van de honingbij.'

'En *Malta* komt van een Fenicisch woord dat "vrouw" betekent.'

'Wie heeft je dat verteld?'

'Een oude man die ik toevallig heb ontmoet. Nardu Camilleri.'

'Het betekent niet "vrouw". Het betekent "haven", een veilig toevluchtsoord.'

'Dat zei hij ook. En hij zei dat een haven een vrouw is.'

'Dan was hij gek.'

'Hé,' zei hij luchtig, 'het leven is gek. Liefde is waanzinnig.'

'Nee, liefde is niet waanzinnig, maar het is eigenlijk altijd een vergissing.' Er klonk een zekere eenzaamheid door in haar stem, alsof ze in het verleden een teleurstelling te verwerken had gehad.

Van Hamrun reden ze verder via Paola en toen door naar Tarxien, waar ze hem naar een kleermaker bracht, een verre neef van een verre neef. 'Hij is erg goed en heeft goede stof van voor de oorlog. Het is onmogelijk om nog stof te krijgen. In Valletta zijn de meeste winkels dicht.'

De kleermaker was een rustige man van in de zestig. Hij nam Rocco de maat voor een nieuw uniform en hield spelden in zijn mond terwijl hij met zijn centimeter aan het werk was. De kleur van de stof verschilde een tintje van het officiële kaki, maar wie op Malta zou dat opmerken – of er zich iets aan gelegen laten liggen?

In een achterkamer had hij een paar double breasted-pakken, en Melita stond erop dat Rocco er een kocht: het zou even duren voor het uniform klaar was en de kleren die hij droeg moesten gewassen worden. Rocco wilde de pakken niet: ze waren veel te wijd, en als hij ze aanhad leek hij wel zo'n gesjochten eilander.

'Heeft hij geen broeken?'

'Die heeft hij wel, maar op Malta moet je een pak hebben.'

'Ik denk dat ik toch een broek probeer.'

'Maar eerst het pak. Wil je het grijze of het blauwe?'

'Hebben we nu ruzie?'

'Een verschil van mening misschien.'

In kartonnen dozen zaten sokken, zakdoeken, ondergoed. 'Hij rekent goede prijzen,' fluisterde Melita Rocco in het oor. 'Dit zijn fantastische koopjes. Heel anders dan boodschappen doen op de

Strada Reale, waar ze niet eens meer iets te koop hebben.'

Niettemin was het een flinke rekening. Melita kreeg in het Maltees de prijs omlaag en Rocco, die betaalde met het geld dat Fingerly hem had gegeven, besefte dat hij Fingerly heel snel moest vinden omdat hij binnen de kortste keren platzak zou zijn. Hij droeg de broek en het blauwe sporthemd, liet het pak inpakken, het grijze dat Melita had gekozen en dat hij pas na enig heen en weer gepraat had willen aanschaffen, en liet zijn uniform achter, zodat het gewassen kon worden.

Ten zuiden van Tarxien lagen aan weerskanten van de weg open velden die doorkruist werden door lage muurtjes van stenen die uit het veld zelf waren gekomen. De velden waren groen van de groenten. Tussen de voren stond luchtafweergeschut opgesteld, omringd door zandzakken. De bermen waren gekarteld door de klaver en de wilde rozen en grote cactussen.

'Dat is vijgcactus,' zei ze, op de planten wijzend. 'Zie je die rode vruchten op de schijven? Die zijn lekker, om te eten.'

Overal waren soldaten op de weg, Britten en Maltezers, lopend of op fietsen, in vrachtwagens, van het ene stadje naar het volgende. Ze zaten in deuropeningen, etend uit tinnen blikken.

'Er wordt gepraat over een invasie,' zei Melita, 'misschien deze maand, misschien de volgende, maar ik denk van niet. Ik denk dat ze alleen maar zullen bombarderen en nog meer bombarderen.'

Ze waren halverwege Marsaxlokk. Er zat een recht stuk in de weg, en voor hen rommelde een vrachtwagen vol soldaten voort; ze lachten, vermaakten zich uitstekend, zwaaiden naar de lijkwagen. Ze droegen geen hemden, alleen maar een helm en een broek. Er ontstond een worstelpartijtje, en even later hingen ze iemand uit de achterkant van de wagen, lieten hem met zijn hoofd nauwelijks dertig centimeter boven de weg aan zijn enkels omlaagbungelen.

Melita toeterde boos. 'Ze kunnen gewoon niet wachten tot de Duitsers ze doden, ze willen zo snel mogelijk elkaar doden.'

Ze trokken de soldaat weer naar binnen en hij hurkte daar achter in de vrachtwagen, lachend, gebarend naar de lijkwagen, spottend. Het was een grapje geweest om zich zo uit de wagen te laten hangen, ze hadden alleen maar een grap uitgehaald om het verkeer bang te maken. Melita stak haar arm uit het raam, toeterde weer, en stak haar middelvinger naar hem op.

'Hebben ze je dat op school geleerd?'

'Dat, en nog een paar andere dingen.'

'Dat zal een mooie school zijn geweest, waar jij op hebt gezeten.'

'Ze hebben ons in het Maltees de geschiedenis van Malta gegeven, en de geschiedenis van Groot-Brittannië in het Engels. We hebben Dickens gelezen, en Jane Austen en Ernest Hemingway, hoewel de nonnen zich wel zorgen maakten over Hemingway, te veel seks en drank.'

'En ze lieten je elke zondag naar de kerk gaan.'

'Dat doe ik nog steeds. Jij niet? O, je moet naar de kerk, je moet echt naar de kerk, het is niet goed om niet naar de kerk te gaan.'

Voor de oorlog had ze lessen in renaissancekunst gevolgd en had ze gehoopt in Florence verder te kunnen studeren, maar er was geen geld voor geweest en het was niet gelukt, dus had ze een baan bij de rechtbank genomen en 's avonds steno geleerd. Toen was de rechtbank gebombardeerd en had ze geen baan meer, dus was ze bij haar neef Zammit gaan werken om hem met de jukeboxen te helpen. Ze werd er zo goed in dat ze naar de cafés en danszalen kon om kleine reparaties uit te voeren als de jukebox daar het had begeven. Ze had echter nog steeds belangstelling voor kunst en hoopte na de oorlog werk te vinden in een van de musea.

'Zeg eens iets in het Maltees.'

Ze werd bedeesd, verlegen. Ze zei een paar zinnen.

'Nog eens,' zei hij. 'Zeg nog eens iets.'

En weer zei ze iets, een ritmische combinatie van harde en zachte klanken, heel vreemd muzikaal.

Ze keek hem parmantig aan. 'En, wat heb ik zonet gezegd?'

'Het was poëzie. Ja? Dacht je dat ik dat niet zou weten?'

Ze schudde koket met haar hoofd. 'Wat ik heb gezegd is geheim, een geheime wens. En ik vertel het nooit.'

Ze nam de afslag naar Marsaxlokk en volgde de weg in de richting van de baai. 'Als er een invasie komt denken ze dat het hier zal gebeuren. Dit is de plaats waar tijdens het Grote Beleg de Turken aan land zijn gekomen, precies hier. En ook de plek waar Napoleon is geland.'

Ze nam een paar snelle bochten, daalde door een dorp van stenen huizen af naar het haventje en de promenade, die met palmen en oleander was afgezet. Toen reed ze weer het binnenland in, weg van het water, nam een zijstraat, en hield na nog een paar bochten halt voor een café, een klein, haveloos gebouw tussen een slagerij (gesloten – geen vlees) en een apotheek, die open was omdat er nog steeds in overvloed mercurochroom werd aangevoerd, hoewel aspirine en gipsverband moeilijk te krijgen waren. Boven de smalle ingang hing een rood met wit uithangbord, THE JAVELIN, met eronder een oude werpspeer.

Het café was donker en weinig uitnodigend, en was eigendom van Zarb Adami, een kleine, gemelijke man met kleine donkere ogen die bewolkt waren van teleurstelling. Aan een muur hingen een afbeelding van koning George VI en een neerslachtig kijkende Madonna. De naam, The Javelin (de Speer), was een eerbewijs aan een van de kruisers van de vloot. De theorie luidde dat als je een café naar een schip van het garnizoen noemde, je kon verwachten dat de zeelieden naar jouw café zouden komen als het schip in de haven lag. Maar zo had het voor Zarb Adami niet gewerkt. Of de *Javelin* in de haven lag of niet, zijn enige klanten waren een handje luizige plaatselijke bewoners – straatvegers en arme oude mannetjes – die ontevreden boven hun bier zaten te mompelen. Om deze reden investeerde hij in de jukebox: om meer publiek te trekken.

Hij kwam samen met zijn zoon, een jongen van vijftien, naar buiten, liep naar de lijkwagen en met Rocco's hulp droegen ze de jukebox naar binnen. Rocco kon er niets aan doen, maar hij had het gevoel dat hij een lijkkist droeg. Bij de deur moest er een moeilijke manoeuvre worden uitgevoerd, en Melita stond doodsangsten uit, zei dat ze naar links, naar rechts moesten, en voorzichtig, voorzichtig – bang dat ze hem kapot zouden laten vallen. Ze zetten hem tegen de muur waaraan de Madonna in haar gouden lijst hing, en Zarb Adami moest op een stoel gaan staan om de Madonna hoger te hangen, zodat de jukebox eronder zou passen.

Het was een indrukwekkend geval. Zammit had hem heel ingenieus gemaakt van stukken kapot meubilair en tweedehands auto-onderdelen. Melita stak de stekker in het stopcontact en de gekleurde lichten gingen aan. Net onder de bovenkant zat een glazen ruit, zodat je de platen kon zien terwijl ze gedraaid werden. De zijwanden en de onderkant van het front waren versierd met gebrandschilderd glas, dat van binnenuit werd verlicht. De lampen binnen konden op verschillende niveaus van felheid worden gezet, en je kon ze laten knipperen. De houten onderdelen waren van esdoornhout. Melita had het hout van een afvalberg gehaald waarop het puin werd gestort als ze na een bombardement opruimden. Ze ging van de ene afvalberg naar de andere, verzamelde versplinterde deuren, kapotte bureaus, geruïneerde kasten en bracht deze naar Zammit, die ze tot bruikbare stukken verzaagde en tot stevige panelen samenvoegde. Ook het gebrandschilderde glas vond ze op de afvalbergen; het kwam uit kapotgebombardeerde kerken: kleine stukken die Zammit handig samenvoegde – stukjes rood en blauw glas, geel of groen, en soms zag je een oog van een heilige, of een hand of een teen.

'Is het niet prachtig?' vroeg ze Zarb Adami opgewonden. 'Vind je hem niet prachtig? Kijk toch eens hoe alles meteen anders wordt, hoe het café ervan opknapt. Je zou heel trots moeten zijn. Je krijgt er veel, heel veel klanten door. Wacht maar af!'

'Ik vind hem verschrikkelijk,' zei Zarb Adami bitter.

Melita was verbijsterd. 'Nee, je vindt hem niet verschrikkelijk,' zei ze; ze geloofde niet wat ze hoorde. 'Dat kan niet. Hoe kun je zoiets zeggen?'

'Ik heb hem nooit willen hebben. Hij is te groot, hij maakt te veel lawaai. En hij is duur, hij is duur!'

'Maar als je hem nooit hebt willen hebben, waarom heb je hem dan in godsnaam besteld?'

Hij haalde in een wanhopig gebaar zijn handen door zijn haar. 'Door die *idjota* aan de overkant van de straat, op de hoek, van de Jakhals. Toen hij nieuwe barkrukken kocht moest ik ook nieuwe barkrukken kopen. Toen hij een radio kocht, kocht ik ook een radio. Toen hij de prijs van het bier aanpaste moest ik ook mijn bierprijs aanpassen. Nu sta ik bij mijn voordeur en zie ik ze de hele dag naar zijn café gaan omdat hij een jukebox heeft, en wat komen daar een mensen op af.'

'Vind je hem niet mooi?' vroeg Melita. 'Wil je hem echt niet hebben?'

'Diep in mijn hart,' zei Zarb Adami, 'vind ik hem verschrikkelijk.'

'Dan neem ik hem terug,' zei ze. 'Dan verkoopt Zammit hem wel aan iemand anders.'

Zarb Adami stond met zijn handen in zijn zakken naar de jukebox te staren. Hij maakte een acute crisis door. Ze had hem van zijn verplichting ontslagen, hij was vrij. Maar hij wilde helemaal niet vrij zijn, omdat hij niet nog een keer de verschrikking wilde doormaken een beslissing te moeten nemen.

'Nee,' gooide hij er na een lang zwijgen uit, 'ik heb hem gekocht, ik houd hem. Hij is afgeleverd, en dat is dat.'

Melita legde haar hand op zijn arm. 'Geloof me,' zei ze, 'je zult er geen spijt van krijgen. De jukeboxen van Zammit zijn de beste.

Ik weet wat hij heeft, daar in de Jakhals, hij heeft een oude Seeburg, van een tweedehandshandelaar in Valletta, die hem weer
van iemand in Palermo had. Als de zeelieden de jukebox van Zammit zien komen ze allemaal hiernaartoe. Zelfs jij zult ervan gaan
houden, als van een oude vriend. Als je binnenkomt en het café
opent, zal het net zijn alsof je een familielid bij je hebt, om je gezelschap te houden. En als de muziek opstaat – ah, dat is het
mooist. Je krijgt er een duw van in je rug. Geloof me, wat je doet
is heel verstandig. Je leven zal erdoor veranderen.'

Zarb Adami gaf zich gewonnen. 'Ja, ja,' zei hij zonder overtuiging, 'je hebt gelijk, in mijn hoofd weet ik dat je gelijk hebt.'

Ze liet hem zien hoe hij het geluid kon aanpassen en de geldlade moest legen. Ze liet hem zien hoe hij de naald moest wisselen
als de naald gewisseld moest worden en hoe hij er nieuwe platen
in moest zetten als hij nieuwe platen wilde. De platen waren in
meerderheid Amerikaans. Er waren ook een paar oude Maltese
favorieten bij, en een paar patriottische Britse nummers van Gra-
cie Fields, maar het waren voornamelijk Amerikaanse big bands
en Amerikaanse zangers en zangeressen. Niemand wilde Duitse of
Italiaanse platen horen, vanwege de oorlog. Iemand die ze bezat
gooide ze weg. Ze werden door boze mensen uit de jukeboxen getrokken en bij het vuilnis gegooid.

Zarb Adami liet een munt in de gleuf vallen, koos een plaat en
deze ging in positie liggen. Terwijl de muziek begon stelde Melita
het een en ander bij, zette de bassen iets harder en het volume iets
lager, maakte het geluid geschikt voor de ruimte, niet te hard, niet
te zacht. Dit duistere, deprimerende, naar bier ruikende vertrek,
met die donkere, kleverige vernislaag op de bar en de lambrisering
en hetzelfde donkere, kleverige vernis op de drie kleine, ronde tafeltjes en de vier krukken bij de bar – de hele plek was te klein voor
een jukebox, je had geen ruimte meer om te bewegen. Zelfs het geluid van Harry James op de trompet, 'I don't Want to Walk With-
out You', was niet genoeg om de somberheid en het claustrofobi-
sche gevoel te verjagen. Neem fellere lampen, dacht ze. Schilder de
hele tent wit en zet hem vol bloemen, laat frisse lucht binnen, laat
die stank eruit waaien. Maar hoe kon ze hem dit vertellen als zelfs
zij, als ze een zeeman was, hier nooit bier zou gaan drinken: want
wat er ook zou worden gedaan om de plek op te kalefateren, het
zou er nog steeds donker en troosteloos blijven omdat de duisternis uit Zarb Adami zelf vloeide. Het stroomde uit hem, hij droeg
het over op de muren en de vloer en alles om hem heen.

Hij bleef maar muntjes in de jukebox stoppen, wilde iedere plaat horen, wilde zeker weten dat alles goed werkte voordat hij de rekening tekende en daarmee de ontvangst bevestigde.

Melita pakte de jongen vast, de zoon van Zarb Adami, en danste met hem, een trage, deinende beweging. De jongen had voeten van hout. Tegen haar aan getrokken, haar borsten tegen zijn borst voelend, bloosde hij, zijn wangen en oren werden pioenrood.

'Dans,' zei ze. 'Makkelijk, zie je wel? Bedoel je dat de meisjes je nog nooit te pakken hebben gehad, dat je nog nooit hebt gedanst?'

'Laat hem met rust,' zei Zarb Adami. 'Zie je niet dat die jongen te jong is?'

Glenn Miller klonk, 'I've Got a Gal in Kalamazoo', en ze pakte Rocco voor een snelle, levendige jitterbug. Er was totaal geen ruimte, het was alsof je in een kast danste, maar ze hakten gewoon ruimte voor zichzelf uit. Rocco, die helemaal opging in het ritme, schopte een stoel omver die achter hem stond, en Zarb Adami was helemaal niet blij.

Ze dansten op 'Moonlight Becomes You' en 'Yesterday's Roses' en de opname van 'Blues in the Night' van Woody Herman. Zarb Adami, die stond toe te kijken, had een verbijsterde, gefolterde blik in zijn vermoeide ogen. Er was geen enkele blijheid te zien op zijn gezicht, geen enkel gevoel dat het leven voor hem ooit anders zou worden dan slechter dan nu.

En opeens werd hij getroffen door het besef dat de jongen, zijn zoon, weg was. Rocco en Melita zagen het ook, voelden het, als een nieuwsbericht in de bioscoop: de jongen was ervandoor, was opgestaan en het café uit geslopen, onmogelijk te zeggen waarheen, het was niet bij hem opgekomen afscheid te nemen, en zelfs Zarb Adami begreep, toen hij zag dat zijn zoon verdwenen was, dat deze voorgoed verdwenen was.

De sombere blik in zijn ogen was meelijwekkend. Rocco wilde iets voor hem doen, wilde iets zeggen, op een of andere manier helpen, want hij begreep die blik van totale eenzaamheid. Maar hij kon niets zeggen of doen, omdat duidelijk was dat Zarb Adami zijn eigen eenzaamheid lang geleden had gecreëerd en vastbesloten was haar met niemand te delen.

In de lijkwagen, op de terugrit, at Melita een zoutje dat Zarb Adami haar had gegeven. 'Wat een merkwaardige man toch,' zei ze. 'Hij heeft een hekel aan jukeboxen. Hij haat ze!' Het zoutje was heerlijk, ze had er sinds voor de oorlog geen meer gegeten en vroeg zich af waar Zarb Adami ze vandaan had, in welke achterkamer of welke schuilplaats van welke zwarte markt. 'En jij?' vroeg ze Rocco. 'Vond jij Zammits jukebox ook zo verschrikkelijk?'

'Nee, ik vond hem mooi,' zei hij, en hij voegde er toen aarzelend aan toe: 'Te veel gebrandschilderd glas.'

'Houd je niet van gebrandschilderd glas?'

'Het doet me aan de kerk denken.'

'Maar dit is Malta. De kerk is heel belangrijk voor ons. De Heilige Paulus heeft hier schipbreuk geleden en sindsdien zijn we hier katholiek. Ga met me mee naar de Santa Venera, dan kun je kennismaken met Zammit. Wil je hem niet leren kennen?'

'Woon je met hem samen?'

'Ik woon in Qormi, in een kamer boven een apotheek. Bij Zammit thuis is alleen maar plaats voor jukeboxen. Volgens mij zul je hem wel mogen.'

'Hoe oud is hij?'

'O – oud, ouder dan veertig, denk ik.'

'Veertig is niet oud.'

'Voor Zammit wel. Wacht maar tot je hem leert kennen.'

'Ik wil hem niet leren kennen.'

'Jawel.'

Maar hij wilde het echt niet. Hij vond het een vervelend idee iemand van haar familie te leren kennen.

'Een andere keer dan,' zei ze, en een tijdlang reden ze zwijgend verder.

'Volgens mij ben je ongelukkig,' zei ze. 'Waarom ben je ongelukkig?'

'Ik ben niet ongelukkig.'

'Dat ben je wel. Als je Zammit niet wilt leren kennen denk ik dat je ongelukkig bent.'

'Is dat logisch?'

'Moet dat? Waarom zou alles logisch moeten zijn?'

Ze danste goed. Dat wilde hij zich herinneren, en die herinnering wilde hij nooit meer loslaten. Met haar dansen in die glansloze dump – zo goed op haar voeten, haar manier van bewegen, de deining en golving van haar lichaam. Magie.

Ze sloeg af van de hoofdweg en reed naar het oosten, naar de zee, over een smal, onverhard weggetje, waardoor er een wolk van gelig-rood stof achter hen opdwarrelde. 'Er is hier een inham die ik je wil laten zien, een heel mooie plek, aan het water.'

'Ik dacht dat je zo snel mogelijk terug moest.'

'Dat is ook zo, ik heb veel te doen. Maar dat kan wachten.'

Ze kwamen langs boerderijen met terrasbouw en velden die paars zagen van de klaver. Het lange, hobbelige pad bracht hen naar een plek waar een geweldige klomp cactussen met grote bladeren stond. Ze remde af, stuurde de auto om de cactussen heen, en wat zich aan de andere kant voor hen ontvouwde was een flauw gebogen, met rotsblokken bezaaide landtong, en de glinsterende zee.

'Vind je het mooi?'

Hij vond het mooi, zoals de lage, vasthoudende golven tegen de kust spoelden.

'Ben je blij dat ik je hier heb gebracht?'

Hij was blij dat ze hem hier had gebracht.

'Neuk me,' zei ze.

Hij werd erdoor overvallen. 'Hier? Nu?'

Ze boog zich over hem heen, haar lippen op de zijne, en hij voelde haar zachtheid. Toen maakte ze zich speels van hem los en klom achter in de lijkwagen. Hij kwam achter haar aan.

Er lag een deken klaar, die onder de jukebox had gelegen.

'Op vreemde plaatsen is liefde leuker,' zei ze.

Ze drukte zich weer tegen hem aan, snel en dringend, wilde hem, en hij volgde haar, draaide zich om als zij zich omdraaide, bewoog als zij bewoog. Hij vroeg zich af hoeveel lijkkisten daar hadden gestaan, in die ruimte – kisten van eikenhout, vurenhout, esdoorn, kisten van koper en staal – hoeveel er de reis hadden gemaakt in deze lijkwagen, in deze doos op wielen. Waren ze hier op een of andere manier nog, die doden, met hun herinneringen, hingen ze hier nog rond?

Ze sloot haar ogen, en terwijl ze onder hem bewoog zag hij het vocht dat uit haar poriën opwelde, en toen haar vingers in zijn rug drukten bedacht hij dat zelfs als de vliegtuigen zouden komen en de bommen zouden vallen, niets haar zou kunnen raken omdat ze op haar stille, mysterieuze manier niet eens zichzelf was, ze was één met de doden die wachtten om weer te leven in de zon, en ze was ook de bloemen, de bloemen die de doden hadden vergezeld, de anjers en de rozen en de hemelse kamperfoelie. Ze draaide zich om en kreunde, en toen hoorde hij vanuit de langgerekte zoete, gekruide geur haar kleine plotselinge lachje, zacht en knabbelend, alsof ze, na de hevige beroering van haar hartstocht, deze opeens zag zoals hij was – een stuip, een aanval, niet meer dan een flits van waanzin, en toch wist ze, hoewel het alleen maar dat was –

een eenvoudig spel van klieren – dat het het schitterendste en beste was dat haar die dag had kunnen overkomen, het beste waarop ze had kunnen hopen of dat ze zich had kunnen voorstellen.

'Het is zo'n heerlijk dwaas iets, neuken,' zei ze. 'Ben je boos dat ik erom moest lachen?'

Hij was niet boos, hij was blij. Hij hield van het kuiltje in haar kin, van de manier waarop het dieper werd als ze lachte.

Ze werd nadenkend, dromerig. 'Denk je dat de doden overal om ons heen zijn, en naar ons kijken?'

'De doden zijn echt dood,' zei hij.

'O, nee,' zei ze, 'dat mag je nooit denken, ze zijn nooit dood. Voel je ze niet, heb je niet het gevoel dat ze altijd in de buurt zijn, dat ze kijken en zich alles herinneren? Weet je niet hoe jaloers ze zijn?'

Ze stapten uit de lijkwagen en maakten een wandelingetje langs de inham, waadden het water in, en daarna nam ze hem mee een pad op, naar een heuveltje, waar ze ver over de kustlijn konden uitkijken en in het gras gingen liggen.

Er begon een luchtaanval, een kleine, een paar Stuka's die zich op het vliegveld bij Tikali stortten. Ze konden ze in de verte zien. De Stuka's kwamen en gingen snel, doken, lieten hun lading bommen vallen, trokken weer op en gingen op weg naar huis. Er kwam er op de terugweg naar de zee een dwars over het eiland. En toen nog een, en een derde; met zijn drieën stegen ze op boven het water en maakten een bocht om naar Sicilië terug te keren. Binnen enkele momenten was de hemel weer leeg en viel het luchtafweergeschut stil.

'Wat saai toch,' zei ze. 'Het enige wat die Duitsers kunnen is bombarderen en nog eens bombarderen.' Ze lagen lui in het gras, genietend van de plotselinge stilte na de aanval, van de dromerige warmte van de zon. Verbazingwekkend, die wisselingen van stemming en tempo door die luchtaanvallen. Van sereen tot wanhopig, en nu, nu de vliegtuigen verdwenen waren, was alles weer vredig.

Toen, achter hen, in de verte, het geluid van een enkel naderend vliegtuig. De motor kreunde, sputterde toen, en ze keken nog steeds niet, maar toen hij afsloeg draaiden ze zich om en zagen het toestel heel hoog, vallend, een zwart silhouet, duikend. Toen ze het voor het eerst zagen bevond het zich achter hen, maar toen het neerkwam zat het voor hen, iets naar rechts, en sloeg te pletter op de rotsen langs de kust, een rood gebrul, een zuil van rook die een litteken over de hemel trok.

Ze keken verstijfd toe, en terwijl het vliegtuig daar lag te branden was Melita degene die het als eerste zag, vanuit haar ooghoeken, dat witte ding dat omlaag kwam drijven. Toen zag Rocco het ook: het kwam recht op hen af, de paddestoelvorm met de piloot eraan bungelend, heen en weer zwaaiend, snel dalend. Zijn laarzen zwierden rakelings langs hun hoofd terwijl hij langs hen omlaagschoot en hard de grond raakte; hij zakte in elkaar en rolde om, verward in zijn parachute.

Moeizaam stond hij op, bevrijdde zich uit de koorden en maakte zijn gespen los, en een windvlaag greep de parachute en trok hem het heuveltje af, het water in. Hij stond daar, duidelijk in nood, zijn achterste te masseren. Het was Tony Zebra. Rocco had hem leren kennen in een café, de Oester, in de Onderbuik, nadat het huis aan Strait Street was gebombardeerd.

'God, wat heb ik een hekel aan Malta,' zei hij. 'Dit steenharde, stompzinnige, godverlaten oord. Volgens mij heb ik ditmaal mijn heup gebroken. Dit is godverdomme het derde vliegtuig dat ik deze week ben kwijtgeraakt, en niemand zal me nog levend willen zien.' Hij zette zijn leren kap af en er stroomde een hoop bloed uit de zijkant van zijn hoofd.

'Kijk, hij is gewond,' zei Melita.

'Ik ben niet gewond.'

'Jawel, dat ben je wel,' zei Rocco.

'Het gaat prima, het gaat prima.'

'We moeten voor hem zorgen,' zei Melita.

'Het gaat prima, echt waar, ik heb me nooit beter gevoeld, afgezien van mijn achterste. Ik zal mijn heup wel hebben gebroken.'

'Hij ziet er vreselijk uit,' zei Melita.

'Die klote-109 kwam met de zon in zijn rug op me af. Ik zag die zak pas toen hij langs me raasde.'

'Kom, ik zal je helpen,' zei Rocco.

'Raak me niet aan,' zei Tony Zebra, terwijl hij een stap achteruit deed. 'Raak me niet aan!'

De helft van zijn linkeroor zat los.

'Steek even een sigaret voor me aan, alsjeblieft.'

Rocco stak er een aan en gaf hem aan Tony. Het bloed uit zijn gescheurde oor zat overal over zijn pilotenjack.

'Wat een rotsigaret. Heb je niks beters dan dit?'

'Het is een Marokkaanse.'

'Waar haal je Marokkaanse sigaretten vandaan?'

'Van Fingerly.'

Hij gooide de half opgebrande sigaret op de grond. 'Die Fingerly, heb ik je niet gezegd dat je die niet moest vertrouwen?'

Ze hielpen hem het heuveltje af, langzaam, ondersteunden hem en bleven onderweg regelmatig staan omdat hij pijn had. En toen, net op het moment dat ze bij de lijkwagen waren, viel hij flauw.

Melita hielp Rocco hem achter in de auto te leggen en sloeg de deken om hem heen. Hij ademde nog steeds maar was bleek, gelig.

'Komt het goed met hem?' vroeg ze zich af.

'Hij is in orde.'

'Dat geloof ik niet.'

'Het is alleen maar zijn oor, dat hechten ze wel weer.'

'Hij ziet er zo vreselijk uit. Hij zei dat hij zijn heup had gebroken.'

Achter in de lijkwagen had Tony Zebra veel weg van een verfrommelde vogel die op de aarde was gevallen, en wie kon zeggen of hij ooit weer zou vliegen? Ze brachten hem naar het ziekenhuis in Mtarfa, en toen hij een uur later bijkwam praatte hij over een meisje dat hij in New Jersey had gekend, een meisje dat echt van hem had gehouden, maar hij had niet half zoveel van haar gehouden als zij van hem, dus er was niets moois tussen hen gebeurd, en nu dacht hij dat dat misschien wel een verschrikkelijke fout was geweest, dat hij niet méér van haar had gehouden. Hij was niet zo slim met vrouwen, dat had hij wel van zichzelf begrepen. Het was iets waaraan hij moest werken. Hij kon haar gezicht zien, haar parfum ruiken, herinnerde zich zelfs haar telefoonnummer en de straat waar ze woonde, maar hij kon zich, hoe hij het ook probeerde, met geen mogelijkheid de kleur van haar ogen herinneren.

+ *13 april 1942* +

HET FRONT OP MALTA: TWEE GROTE AANVALLEN OP HET EILAND

BEZUINIGINGEN
Verhoging Van Belasting Op Bier, Sterke Drank, Tabak

JAPANSE OPMARS BEDREIGT CHINESE FLANKEN EN ACHTERHOEDE

FRANKRIJK WIJZIGT KOERS: VICHY BEZWIJKT VOOR DUITSE DRUK
Terugroeping Amerikaanse Ambassadeur Verwacht

DE KNALLERS
+ Muziekgroep Van Het Maltese Front +
Muzikale Revue in het ADELPHI THEATRE

VERDUBBEL DE OPBRENGST
in geval van dood door ongeluk
THE NORTHERN ASSURANCE CO., LTD.
15 Strait Street, Valletta

7

De Dikke Dame van Fingerly

DE VOLGENDE DAG, VOORDAT ZE NAAR ZAMMIT GING OM AAN de jukeboxen te werken, ging Melita even langs bij de kleine parochiekerk niet ver van Zammits huis. Op een bank achterin bad ze voor haar moeder en haar vader, voor ieder een weesgegroetje. Haar moeder was vlak voor de oorlog overleden, aan een beroerte, en toen het gebeurde was Melita totaal overstuur geweest. Het was een ramp, onmogelijk te vatten. Toen kwam de oorlog en werd haar vader op de eerste dag van de bombardementen gedood, en dat was te veel geweest. Zelfs nu begreep ze nog niet hoe God het had kunnen toestaan, die bombardementen en al die doden. Ze bad voor haar ouders, en ze bad voor Rocco, die ze zich niet uit het hoofd kon zetten. Het was allemaal zo plotseling gebeurd, zoals ze elkaar hadden ontmoet, en het verbijsterde haar nog steeds hoe snel het iets lichamelijks was geworden.

Terwijl ze zat te bidden en werktuigelijk de woorden zei dacht ze aan hem, en zag hem voor zich: zijn hoge voorhoofd en zijn bruine haar en zijn sterke schouders. Hij was knap. Niet als een filmster, maar toch knap: zijn neus was recht en smal boven brede, sterke lippen, en zijn wangen waren iets ingevallen, vormden holten onder zijn jukbeenderen. Maar het waren vooral zijn ogen, iets wat ze erin zag, een soort bedeesdheid. Geen angst of verlegenheid, maar een zekere behoedzaamheid, bedachtzaamheid. Zijn blik had iets wat de gedachte wekte dat hij oprecht was, dat je op hem kon bouwen.

Gisteren en de dag daarvoor had ze zichzelf gewoon laten gaan. En dat zou ze weer doen, dat wist ze. Er was iets in haar losgesprongen, en dat vond ze vervelend, het verwarde haar. Het kwam door de oorlog, door de oorlog gebeurde alles zo plotseling. De oorlog had hen bij elkaar gebracht, zij van Malta en hij van zo ver weg. Ze zouden elkaar nooit hebben ontmoet als die bombardementen er niet waren geweest. De oorlog was dus goed, ook al was hij slecht, en daar dacht ze vol verwondering over na. Kon er iets goeds voortvloeien uit iets slechts? Iets rechtvaardigs uit iets onrechtvaardigs? Ze bad tot de Maagd, bedankte haar voor Rocco, en ook al had ze met hem gezondigd, ze dacht dat de Maagd het wel zou begrijpen. Ze overwoog te biecht te gaan, maar besloot nog even te wachten, omdat ze vermoedde dat de priester veel minder begrip zou hebben dan de Gezegende Moeder.

Ze liep het kerkje weer uit en vroeg zich op weg naar Zammit af of ze hem iets over Rocco moest vertellen. Ze wilde over hem praten, wilde het iemand vertellen. Ze wilde het haar vriendin Christina vertellen, maar Christina was aan het werk in de Adelphi in Rabat, bezig met de voorbereidingen voor een voorstelling voor de troepen. Ze was gogodanseres. Ze had opgetreden in Parijs, Genua, Tunis en Barcelona en was net in Valletta aan het werk toen de bombardementen waren begonnen, zodat ze nu hier vastzat tot het achter de rug was. Ze was Engelse, uit Cheshire, lenig, met blond haar, en Melita mocht haar graag. Ze hadden elkaar tijdens een luchtaanval in een schuilkelder leren kennen en ze hadden onmiddellijk een gevoel van intimiteit voor elkaar opgevat. Christina danste voor de soldaten, met een groep die de Knallers heette, en ze maakte ook lange uren voor de RAF op de grote tafel in het ondergrondse commandocentrum – ze noemden het het Hol – waar ze de merktekens verplaatste en de koers van de aanvallende bommenwerpers volgde. Ze had het druk, te druk-druk, zoals ze altijd zei, en toch vond ze het heerlijk zo, actief en voortdurend in beweging.

Melita wilde haar zo graag over Rocco vertellen, maar ze besloot voorlopig niets te zeggen. Het was beter zo, het was het beste niet te vlug iets te zeggen, zelfs niet tegen Christina, omdat het met dergelijke dingen ongeluk kon brengen als je te vlug iets zei. Het leven had nu eenmaal de onaangename eigenschap dingen in hun tegendeel te laten verkeren – gelukkig in niet-gelukkig – en ditmaal, dacht ze, wilde ze echt niet teleurgesteld worden.

Jaren geleden, toen ze nog op school zat, was er een jongen geweest voor wie ze veel had gevoeld, maar hij had haar nooit zien staan. Het had zo'n pijn gedaan. Zij was jong, vijftien, en hij was iets ouder. Ze was verschrikkelijk verliefd op hem. Hij vertrok en

studeerde een tijdje in Rome, en toen hij zes maanden later terugkwam was ze verrast hoe anders hij was geworden. Hij droeg zijden dassen en fluwelen handschoenen en gebruikte een sigaretten-
pijpje als hij rookte. Ze vond het maar moeilijk te geloven dat ze
die jongen zo graag had gewild. Hij was een snob en praatte en
praatte maar – over Italië, over de restaurants waar hij had gegeten en over de rijke mensen die hij had leren kennen. Hij zag haar
nog steeds niet staan, maar nu was ze daar blij om. Ze kon niet geloven wat een dwaas ze was geweest.

Aan Old Mint, in Valletta, at Rocco een sandwich bij Hock's –
corned beef uit blik, meer vet dan vlees – en begon daarna te lopen, kriskras door de vernielde straten van Valletta. Er woonden
nog steeds mensen, ze kwamen en gingen, ondanks alle vernielingen – ongeveer zesduizend, zo had hij in de krant gelezen, van de
twintigduizend die er voor de oorlog hadden gewoond.
    Hij bleef even hangen bij de ruïnes van het Opera House, keek
naar de platen marmer en de gebroken pilaren en toen, alsof hij
iets was vergeten en het zich opeens herinnerde, begon hij weer te
lopen, maar nu snel, in de richting van het gebombardeerde huis
aan Strait Street, omdat hij er vroeg of laat toch naar terug moest.
Het was iets wat aan hem trok, wat hem naar achteren trok.
    Hij stak South Street over, langs een vernielde militaire vracht-
wagen, en toen hij Strait insloeg en in de verte omlaag keek zag hij
tot zijn verbazing in de smalle, hellende straat Nardu Camilleri in
zijn bruine vest en witte overhemd, een donkerbruine pet op zijn
hoofd; hij liep stijfjes, met snelle, korte passen. Rocco ging achter
hem aan, maar Nardu bevond zich een heel eind verderop en verdween om een hoek. Rocco zette het op een rennen om hem in te
halen, maar toen hij de hoek omsloeg was de oude man verdwenen, en Rocco dacht dat hij het misschien toch niet was geweest.
Valletta wemelde van de oude mannen in bruine vesten.
    Een man met drie geiten bewoog zich van huis naar huis. Hij
molk de geiten, waarbij hij een emmer gebruikte, en de huisvrouwen gaven hem vanuit hun raam een kleinere emmer aan die hij
uit de zijne vulde. De geiten hadden een donkere vacht met lang,
warrig haar.
    Rocco liep terug naar Strait, vervolgde zijn weg omlaag en zag
dat het café van Hannibal, de Oase, nog steeds gesloten was. Van
de overkant gezien was er aan de gevel van het huis, nummer 79,
niets veranderd, behalve dat de deur wijdopen stond, en toen hij

naar binnen stapte zag hij dat een deel van het puin, zij het lang niet alles, was verwijderd. Terwijl hij daar naar het geruïneerde interieur stond te kijken voelde hij zich onbehaaglijk, uit zijn evenwicht, alsof hij daar, in dat huis, was gestorven toen de bom was ontploft, en op een of andere manier een tweede leven cadeau had gekregen. Hier en daar waren door reddingswerkers planken neergelegd, paadjes over de wankele brokstukken. Er scharrelden ratten rond tussen het versplinterde meubilair, en terwijl hij daar peinzend naar de rotzooi stond te kijken werd hij opeens neerslachtig en voelde weer een krachtige aandrang om weg te gaan, weg van het eiland.

Er klonk een geluid achter hem, en toen hij zich omdraaide zag hij Fingerly in de deuropening staan. De zon, die over de straat achter hem stroomde, schiep de illusie van een stralenkrans, alsof het licht uit Fingerly zelf kwam.

'Ik dacht dat je dood was,' zei Rocco.

'Wat een vervelend idee.'

'Ben je dan niet dood?'

'Waarom zou ik?'

'Is majoor Webb dood?'

'Natuurlijk is hij dood. Zo dood als een pier.'

'Als hij dood is, hoe kan jij dan nog leven?'

'Ik werk harder dan hij.'

Dezelfde Fingerly, lang en hoekig, hetzelfde Floridahemd dat los over zijn kaki broek hing, en de vage suggestie van een slepend accent, alsof hij uit Texas kwam maar zijn best deed dit geheim te houden. Het enige verschil was dat hij nu kapitein was, met zilveren strepen op de boord van zijn hemd, net terug van een I-3-bespreking in Alexandrië. Hij hield een halve liter Four Roses in zijn linkerhand, achteloos afhangend langs zijn zij.

'Zijn die echt,' vroeg Rocco, op de strepen wijzend, 'of heb je die in een rommelwinkel gevonden?'

Er trok een lome, verlegen grijns over Fingerly's gezicht. 'Blijf bij me, Raven, voor je het weet ben ik kolonel.' Hij schroefde de dop van de Four Roses.

Rocco knikte naar wat er van de bovenste verdieping over was, het kleine plateau met het bed erop. 'Daar boven zat ik,' zei hij, 'daar boven was ik aan het slapen toen het gebeurde.'

Fingerly hief de fles, maakte aanstalten een slok te nemen maar deed het niet. 'Die jonge, Julietta. Je had een oogje op haar.'

'Nou, zo zou ik het niet willen noemen.'

'Je was gek op haar.'

'Ik? Gek?'

'Je hebt haar wel opgemerkt.'

'Ze had... mooie ogen.'

'In dat geval,' zei Fingerly, 'zul je blij zijn als ik je vertel dat ik haar gisteren in Rabat heb gezien. Ze leeft, Raven. Ze werkt vanuit een huis aan San Nikola.' Hij nam een slok en gaf de fles aan Rocco, die hem alleen maar vasthield, niet dronk, te druk met het verwerken van wat Fingerly net had gezegd.

'Dacht je dat ze dood waren? Ik heb je toch gezegd, Rocco, dat hoeren een betoverd leven leiden?' Er lag een donkere toon in zijn stem, een lome resonantie. 'Die met dat houten been – Aida – die werkt vanuit hetzelfde huis als Julietta. Maar Simone heeft zich uit het vak teruggetrokken en besloten de rest van haar leven kant te maken. Na de oorlog opent ze een winkel.'

'Gaat het goed met ze? Met allemaal?'

Zelfs met Hannibal en Beatrice ging het goed. Voor Beatrice was het kantje boord geweest – op weg naar de schuilkelder bleken de kinderen hun eten vergeten te zijn, en Beatrice was vlak voor de bom insloeg achter ze aan naar beneden gerend.

'Het leven is een natte droom, Rocco. Het is een komische opera.'

Rocco voelde zich met stomheid geslagen, alsof hem een streek was geleverd. Als het leven een komische opera was, was hij een clown. Hij nam een slokje van de whisky en gaf Fingerly de fles terug.

'Je zou wel willen dat ze dood waren, hè? Want nu heb je het gevoel dat je voor paal staat.' Een vlieg zoemde tussen hen rond.

'En Nigg?' vroeg Rocco.

'Nigg ook, springlevend. Nigg kapotmaken is gewoon onmogelijk. Die lul zat met Vivian bij Dominic's te gokken in de Groene Kamer. Dat is me er een, die Vivian.'

Rocco herinnerde zich zijn eerste nacht op Malta, toen Fingerly hem naar Dominic's had meegenomen en Nigg met Vivian was binnengekomen. Nigg zat altijd in de Groene Kamer te wedden op de bommen, of ze een bioscoop of een café of een klooster zouden raken, en die avond verloor hij. Vivian verveelde zich zo dat ze met iedereen zat te flirten, zichzelf aanbood, om Nigg te ergeren. Ze flirtte met Rocco, en hij genoot ervan maar had genoeg gezond verstand om haar niet aan te moedigen.

'Mocht je nog steeds in Julietta geïnteresseerd zijn,' zei Fingerly, 'dan is hier haar adres.' Hij krabbelde een nummer achter op een doosje lucifers en stak het in de zak van Rocco's overhemd. 'Wel jammer van die radio. Total loss, hè? Het was een verdomd goed apparaat.' Zoals hij het zei klonk het alsof het beter was geweest als Rocco verloren was gegaan in plaats van de radio.

De vlieg, die lui rondcirkelde, landde even op Rocco's neus en steeg weer op.

'Ik bedacht,' zei Rocco, 'dat nu er geen radio meer is ik ook wel niet meer nodig zal zijn.'

De vlieg ging op Fingerly's schouder zitten, waar hij zich thuis leek te voelen.

'O, maar je bent wel nodig, Raven, je bent wel nodig, je moet je nooit nutteloos voelen. Ik scharrel wel een nieuwe radio op, en dan ben je voor je het weet weer aan het werk. Hoe dan ook, het goede nieuws is dat Maroon terugkomt uit Gozo. Kom mee, ik ben op weg om hem op te pikken, dan zijn we weer één grote gelukkige familie.' Hij haalde zijn lange vingers door zijn haar, dat uit zijn voorhoofd was weggekamd, en de vlieg op zijn schouder steeg op, cirkelde rond en landde weer precies op de plaats waar hij had gezeten.

'Trouwens,' voegde hij eraan toe, 'mooie kleren, waar heb je die op de kop getikt? Zouden wel iets vlotter kunnen. Die broek ziet eruit alsof hij uit 1929 is.'

In de Austin Seven reden ze door Floriana en sloegen rechts af, ze kwamen door Pietà en Msida en reden vervolgens in de richting van Marfa Point aan het uiteinde van Malta. Van het ene uiteinde naar het andere mat het eiland slechts vijfentwintig kilometer, maar de wegen waren traag, kronkelden door kleine stadjes die vol stonden met jeeps en vrachtwagens. Het leek allemaal veel van hetzelfde, de dicht opeengepakte rijen huizen van een paar verdiepingen, met platte daken, in stadjes die in elkaar overliepen, met die winkels en die groentestalletjes en die lange rijen vrouwen en oude mannen die op brood stonden te wachten en altijd, waar je ook keek, die kerken.

'Het is een verrukkelijk eiland, Raven, je zult er nog van gaan houden. Het thuis van de Maltese hond, de Maltese kat, het Maltezer kruis. En van de maltakoorts, die door de melk van de Maltese geiten wordt veroorzaakt. Maar nu pasteuriseren ze de melk, althans het grootste deel, dus dat is niet zo'n bedreiging meer. Wist je dat er op dit eiland vijftien verschillende soorten orchideeën voorkomen?'

Hij gaf een ruk aan het stuur om een kip te ontwijken, miste ternauwernood een geparkeerde vrachtwagen en ging de weg af, wild rondbonkend in het door onkruid verstikte grind.

'Maltazwam,' zei hij, terwijl hij naar de weg teruglaveerde. 'Hij groeit op Filfla en werd in vroeger tijden gebruikt om wonden van rapieren en stiletto's te behandelen. En natuurlijk het beste van alles, de Nummer Eén – de Ridders van Malta. Hoe kunnen we de Ridders vergeten?'

In een bocht in de weg reden ze in een gat en maakten een geweldige sprong, waarbij ze bijna omsloegen. Fingerly worstelde met het stuur, gaf een ruk naar links, en daarna naar rechts. Uiteindelijk kwam de auto in een greppel tot stilstand.

Hij stapte uit en nam de situatie met sceptische blik in ogenschouw. 'De Ridders, Rocco, ik vraag je, waar zou de wereld nu zijn als de Ridders in 1565 niet hier op dit eiland de Turken hadden tegengehouden? De Turken zouden zijn opgerukt, Europa in, en een einde hebben gemaakt aan de Renaissance. Geen Galileo. Denk je toch eens in. Geen Palestrina, geen Giordano Bruno.' Toen, met een blik op de auto, een tikkeltje onzeker: 'Denk je dat dit lukt?'

Rocco haalde zijn schouders op, en ze pakten de voorbumper beet.

'Tillen,' zei Fingerly.

Ze tilden en kregen de auto zo ver uit de greppel dat ze hem weer konden starten. Fingerly liet de motor draaien en terwijl Rocco duwde kroop de Austin terug op de weg, waarna ze doorreden, open land in, boerenland, kleine stukjes terrasgewijs aangelegd bouwland en lage stenen muurtjes. Fingerly praatte voortdurend, zijn stem boorde in Rocco's schedel en Rocco wilde ervan losbreken, zijn hoofd schudden en alle woorden van Fingerly eruit laten vallen.

'De Ridders, Rocco, de Ridders,' vervolgde Fingerly erg nadrukkelijk. 'Krijg je er niet het gevoel van dat je te laat geboren bent? Je had er een van kunnen zijn, een van de bloemen van Europa, hier in St. Elmo's, hand in hand tegen de janitsaren. Als de Ridders er niet waren geweest zou er geen Shakespeare zijn geweest, geen Rabelais, geen Jean-Jacques Rousseau, geen Voltaire, geen Verlichting. Geen Benjamin Franklin, Rocco. De geschiedenis is een spinnenweb, we raken er allemaal in gevangen.'

Zelfs Rocco zag hoe overdreven dit was. Als de Turken niet op Malta tot staan waren gebracht dan was het toch zeker wel op Sicilië of in Zuid-Italië gebeurd. Fingerly dreef de zaken nu eenmaal tot in het extreme door, het was deel van zijn extravagantie, deel van zijn ironie, zodat als hij op weidse toon zei dat de geschiedenis een spinnenweb was, Rocco maar nauwelijks wist of hij het serieus meende of alleen maar een grapje maakte, of een grapje maakte in de verwachting serieus te worden genomen, als je tenminste gek genoeg was om hem serieus te nemen.

'Laat mij maar rijden,' zei Rocco.

'Word je zenuwachtig van mijn rijstijl?'

'Ik wil het stuurwiel voelen.'

'Ze rijden hier links, hoor, die Britten lopen vreselijk achter. Weet je zeker dat je het kunt? Je zult ons toch niet vermoorden?'

Het stuurwiel zat rechts en Rocco vond het een vreemd gevoel, vooral met het tegemoetkomende verkeer. Maar het was prettig: het dwong hem minder naar Fingerly te luisteren en zich meer op de weg te concentreren. Fingerly praatte maar door over de Ridders, hun vraatzucht, hun hoerenloperij, hun rijkdom, hun makkelijke levensstijl. Nadat ze de Turken hadden afgeslagen waren ze weggezakt in het weke moeras van decadentie, en toen Napoleon met zijn vloot was aangekomen hadden ze hun staart tussen hun benen gestoken en het eiland opgegeven, het einde van de glorietijd.

'Ik dacht dat zij de goeien waren,' zei Rocco. 'Waren zij niet de goeien?'

'Natuurlijk waren zij de goeien. Ze hebben ons behoed voor de Turken. Maar de goeien raken altijd hun greep op de gebeurtenissen kwijt en vergeten wie ze zijn.'

'Ziekenhuizen,' zei Rocco. 'Ze hadden ziekenhuizen. Heb ik dat niet ergens gehoord?'

'Zo zijn ze begonnen, inderdaad, in de Middeleeuwen. Ze hadden in Jeruzalem een ziekenhuis voor zieke pelgrims. De Hospitaalridders van Sint Jan. Maar toen de Turken ze te lijf gingen leerden ze al heel gauw hoe ze zwaarden, goedendags en andere werktuigen van de dood moesten gebruiken – zoals bijvoorbeeld kokende olie. Ze voeren in galeien die door slaven werden geroeid en overvielen schepen van de vijand. Ze zitten hier overigens nog steeds. Maar ze lijken in niets meer op die oude avonturiers. De meesten zijn nu getrouwde mannen met een gezin, steunpilaren van de gemeenschap, en je hoeft niet eens meer katholiek te zijn. Overal waar protestanten zijn vind je protestantse Ridders. Tot in Singapore toe. Er zit zelfs een Grieks-orthodoxe groep in Mount

Vernon in New York. Ze zamelen geld in voor ziekenhuizen. Is het niet prachtig? Bijna duizend jaar lang worden die kerels nu al geobsedeerd door ziekenhuizen. Maar nu er een oorlog aan de gang is zullen ze misschien weer een harnas aantrekken en hun zwaarden slijpen. Die harnassen wogen meer dan honderd pond.'

Er liep een kudde geiten op de weg, en Rocco, die iets te hard reed, moest op zijn rem gaan staan. Een oude man met een toegetakelde vilten hoed porde de kudde aan met een grote stok en probeerde ze zonder veel succes de weg over en een veld in te drijven.

'Denk je dat ze opzij zullen gaan,' vroeg Rocco Fingerly, 'of moet ik eroverheen?'

'Je moet heel langzaam de kudde in rijden. Tegen die beesten aan duwen. Dan krijgen ze het op een zeker moment wel door.'

Dit deed Rocco: hij duwde langzaam met zijn bumper tegen de kudde, maar de dieren raakten hier alleen maar van in verwarring en dit maakte de zaak erger. De weg was een chaos van geiten, blatend, loeiend, hun geitenkreten slakend en dartel rondhuppelend, een massa van rondtollende horens en wild bokkende hoeven. De herder, in razernij ontstoken over de manier waarop Rocco de boel compliceerde, begon met zijn stok op de achterkant van de auto te slaan.

'Doorrijden,' zei Fingerly. 'Niet stoppen, niet stoppen.'

Rocco drukte op de claxon en gaf vol gas. De geiten verspreidden zich, sommige naar links, andere naar rechts, en toen hij in de achteruitkijkspiegel keek zag Rocco de oude man met zijn stok zwaaien terwijl zijn mond als een razende bewoog en iets schreeuwde wat uitsluitend een reeks godslasteringen kon zijn – Rocco vervloekend, de auto vervloekend, de geiten vervloekend, de oorlog vervloekend, de Duitsers vervloekend, God vervloekend en zichzelf vervloekend, de onheilige grond vervloekend waarop hij stond, en dit alles, elk woord, overstemd door het lawaai en het gekletter van de geiten en het gebrul van de motor van de Austin.

Wat Rocco hoorde waren de sirenes. Het geluid kwam uit Mosta, voor hen, en het waren niet alleen de sirenes van Mosta, maar de sirenes van het hele eiland, van Hamrun en de bastions van Valletta achter hen en van Luqa in het zuidoosten en van Mdina en Rabat in het zuidwesten, de sirenes van het eiland, zich oprichtend en verdwaald, een wanhopig koor, vervuld van een boos voorgevoel dat hem de aanvechting ingaf zich op te rollen en zich te verstoppen.

'We moeten van de weg af,' zei hij.

'Onzin.'

'Ik zet de auto hier neer.'

'Niet doen,' zei Fingerly. 'Rij door.'

Rocco zette de auto langs de kant van de weg, stopte en stapte uit. Fingerly bleef even zitten en stapte toen ook met tegenzin uit. Ze keken naar de hemel en zagen de formaties bommenwerpers op weg naar de Grand Harbour en de dokken. Het spervuur was al begonnen, wolken luchtafweergeschut vormden een beschuttende omheining, schermden de dokken af, daagden de vliegtuigen uit dichterbij te komen.

Fingerly haalde een verrekijker uit de auto.

'Duitsers of Italianen?' vroeg Rocco.

'Marchetti 79's. De helft zal zijn bommen zomaar afgooien en draaien voordat ze ook maar in de buurt van het doelwit zijn geweest. Ze voelen niets voor een echt gevecht.'

Hij gaf Rocco de verrekijker en Rocco keek met een soort verlustigd gevoel, meegesleept door het drama. Fingerly had gelijk: veel vliegtuigen wierpen hun bommenlast af voordat ze ook maar in de buurt van het luchtafweergeschut waren gekomen. Sommige hielden het echter vol, vlogen recht het spervuur in, en Rocco zag de bommen als groepen eieren vallen en hoorde een huiveringwekkend gebrul toen ze explodeerden. Een zuil zwarte rook verhief zich ergens in de buurt van de dokken.

Een van de bommenwerpers, die geraakt was, kwam omlaag, loom om zijn as wentelend, de zee in. Een andere zwaaide met achterlating van een spoor van rook uit één motor in een langgerekte boog weg. Van een ander vliegtuig was het hele staartstuk eraf geblazen, en het toestel viel als een steen uit de hemel.

Toen was het over, nauwelijks negen of tien minuten later, de hemel was weer leeg, de vliegtuigen waren verdwenen. Er waren aanvallen geweest die uren hadden geduurd, en ook een paar die hele dagen hadden geduurd. Dit was een plaagstootje, om hen er pesterig aan te herinneren dat ze nog het een en ander in petto hadden.

Fingerly nam het stuur weer over, en voor hen doemde nu Mosta op, met de grote koepel van de ronde kerk. Het was een geweldig, monumentaal gebouw, dat de rijen huizen van twee en drie verdiepingen die eromheen verspreid lagen volledig domineerde.

'De op twee na grootste koepel ter wereld,' zei Fingerly, 'ongelofelijk, nietwaar? Hier in dat Mosta van niks.'

Minder dan een week daarvoor, twee dagen nadat Rocco op

het eiland was aangekomen, was de kerk van Mosta door een bom getroffen, maar de bom was niet ontploft. Hij had een gat in de koepel geboord, was de kerk in gedoken en had wild rondgestuiterd voordat hij tot stilstand was gekomen. In de buurt waren er nog twee bommen neergekomen, die evenmin waren gedetoneerd. Heel Malta sprak van het Wonder van Mosta.

De weg voerde hen naar het centrum van het stadje, en Fingerly hield halt op het *plaza* naast de kerk. Er was een processie aan de gang: mannen met grijs haar in donkere pakken droegen een beeld van de Gezegende Moeder op een houten draagbaar, gevolgd door een rij vrouwen in zwarte *faldetta's* die de rozenkrans baden. De processie bewoog zich traag voort, de oude mannen worstelden met hun last. Halverwege de kerktrap helde de draagbaar te veel over, en de Maagd, die gevaarlijk scheef hing, dreigde om te vallen. Overal om haar heen werden handen opgestoken om haar te redden, en met een collectief gekreun slaagden de mannen erin de draagbaar weer horizontaal te tillen en droegen hem op hun schouders de kerk in.

Fingerly pakte een slof Chesterfields van de achterbank, en toen Rocco de sigaretten zag wist hij dat Fingerly hem hier niet alleen heen had gebracht om naar het gat in het dak te kijken.

Het was een enorme kerk, helemaal rond, met een geweldige, vrije vloer, niets in het middelpunt, en het was volkomen duidelijk dat waar het hier om ging de koepel was. De altaren stonden in de rondte tegen de muren, alsof ze onbelangrijk waren.

De binnenzijde van de koepel was versierd met schuin oplopende rijen rozetten, die zo waren geschikt dat ze de illusie wekten van eindeloze spiralende lijnen die boven in het niets verdwenen. En nu, tussen de rozetten, zat er dat gat van die bom, een paar meter in doorsnee, waardoor diagonaal, als een schijnwerper in een theater, een baan zonlicht binnenviel.

De priester die de processie had geleid knielde bij het hoofdaltaar, dat zich in een nis in de rondlopende muur bevond, en de vrouwen gingen geknield, met luide, zangerige stemmen door met het bidden van de rozenkrans. Het beschilderde beeld van de Maagd, dat bij het altaar was gezet, maakte een brutale en opzichtige indruk: de kleuren waren grof, de wangen bol en te rood, de donkere ogen klein en onaantrekkelijk, de lippen omlaaghangend in de mondhoeken, alsof de man die het beeld had gemaakt er opzettelijk lelijke trekken aan had toegevoegd, misschien omdat degenen die het hadden besteld niet bereid waren geweest er genoeg voor te betalen.

Hier en daar stonden groepjes mensen, omhoogkijkend naar het gat. Een non, jong, in een blauw habijt, nam foto's, stelde zich op verschillende plaatsen op, fotografeerde het gat vanuit alle hoeken. Ze zwierf met de camera voor haar oog over de marmeren vloer: scherpstellend en afdrukkend, en weer afdrukkend. Rocco hoorde een oude man tegen zichzelf fluisteren: '*Miraklu, miraklu.*'

'Laten we gaan,' zei Fingerly en hij liep weg over de weidse marmeren vloer; Rocco bleef nog even staan en haalde hem toen in, waarna ze een deur passeerden die naar de sacristie leidde.

Erachter lagen verschillende vertrekken. Fingerly sloeg links af, een deur door, en toen rechts af, nog een deur door. De beheerder van de sacristie, een lompe, traag bewegende man, bevond zich in de gewadenkamer en legde de alben en kazuifels klaar voor de missen van de volgende ochtend. Zijn blik bewoog traag en mechanisch, zonder enig gevoel.

Hij keek naar Rocco maar sprak tegen Fingerly. 'Een vriend van je?' vroeg hij zonder glimlach.

'Uit Amerika,' zei Fingerly.

De beheerder knikte onaangedaan, waardoor Rocco zich minder dan welkom voelde. Daarna maakte de man een gebaar naar Fingerly en bewoog zich stijfjes naar een kast aan het uiteinde van het vertrek.

'Wacht hier,' zei Fingerly tegen Rocco.

De beheerder deed de kast van het slot, nam een kleine doos van een van de onderste planken en zette deze op een gewadenkist. Fingerly legde er de slof sigaretten naast. Vanuit de verte zag Rocco dat de doos een sigarenkistje was. Fingerly opende hem, trok een beschermende verpakking weg en boog zich diep over de doos heen om het voorwerp te bekijken dat erin lag. Hij pakte het op, draaide het in zijn handen om, legde het toen terug en knikte goedkeurend.

De beheerder deed het deksel weer dicht en overhandigde Fingerly de doos. Ze schudden elkaar de hand en wisselden enkele woorden, waarna Fingerly naar Rocco gebaarde en voor hem uit naar buiten liep, via de kerk, waar de vrouwen nog baden en waar het beeld van de Maagd, gehuld in een wolk wierook, een opgedirkte etalagepop uit een warenhuis leek, klaar om op te stijgen en door het gat in de koepel te ontsnappen.

Fingerly reed, met het sigarenkistje naast zich op de stoel. Pas toen ze Mosta een heel eind achter zich hadden gelaten liet hij Rocco kijken.

'Voorzichtig,' zei hij, terwijl hij het kistje oppakte en aan Rocco gaf.

Rocco maakte het kistje open, verwijderde het beschermende papier en vond een klein beeldje: een vrouw, naakt, ongeveer tien centimeter hoog, hard geworden klei met een roodachtig bruine kleur, het oppervlak heel erg opgewreven. De borsten waren overdreven groot, weelderig omvangrijk, evenals de heupen en dijen. Het hoofd was disproportioneel klein en de mond en neus waren verdwenen, weggesleten door de werking van de tijd. De dikke, uitpuilende dijen liepen taps uit in de kleine kuiten en minuscule voeten.

'Een vruchtbaarheidsgodin,' zei Fingerly, terwijl hij een brede zwaai maakte om een paard en wagen te passeren. 'Ze hebben er een hele hoop gevonden bij opgravingen in de tempels. Er bevindt zich er zo een in de Abela-collectie, in Valletta, maar die heeft geen hoofd en voeten. Ze noemen haar de Venus van Malta. Dit is een veel mooier exemplaar. Flink bedeeld, hè? De oude Maltezers, wie het ook waren, aanbaden haar. De archeologen noemen haar de Dikke Dame.'

'Heb je dit voor een slof sigaretten gekregen?'

'De sigaretten waren voor de beheerder. Hij is de tussenpersoon. Heb je enig idee hoeveel een slof Chesterfields op de zwarte markt opbrengt? *Als* je ze al kunt vinden.'

Weer maakte hij een zwaai, om een volgende wagen te passeren.

'Kijk maar eens goed, Raven. Is ze het niet waard om aanbeden te worden? Voel je niet de neiging op je knieën te gaan liggen? Een moeder aarde, een vruchtbaarheidsmamma van een miljoen dollar. Dit vereerden ze in de goede oude tijd, in de Kopertijd. We hebben het over het derde millennium, Raven. Knijpen je billen er niet van samen?'

Rocco draaide de vruchtbaarheidsgodin om in zijn handen. Hij was niet onder de indruk. Een klomp harde, gladde klei, borsten en dijen grotesk buiten proportie. Het was oud, en omdat het oud was was het kostbaar. Er hadden mensen voor gebeden. Hij vroeg zich af hoe dat in zijn werk was gegaan, knielend of staand of gehurkt. Hij vroeg zich af of er brandoffers waren gebracht en of de gebeden ooit waren verhoord.

'Dit?' vroeg hij. 'Is dit alles? Is dit wat I-3 op Malta uitspookt?'

'Het is een bijverdienste, Rocco, een bijverdienste. Iedereen bij I-3 heeft een hobby.'

Rocco deed het kistje weer dicht en legde het op de bank terug, tussen zichzelf en Fingerly in.

'En majoor Webb? Was dat ook een verzamelaar?'

'Het enige wat majoor Webb verzamelde waren de hoeren in St. Julian's en pink gins. Denk maar op een aardige manier aan hem terug, hij was een goed man.'

'En de anderen?'

'Ambrosio? Die zit nu op Mallorca op een tandenstoker te zuigen, is ertussenuit geknepen. Nigg? Verslaafd, zoals je hebt gezien, aan kansspelen. Maroon heb ik aangenomen als partner, voor tien procent; die komt binnenkort met spullen terug van Gozo. Ik zou jou ook graag voor tien procent als partner hebben, maar eerlijk gezegd zou je een risicofactor kunnen blijken te zijn. Bovendien heb ik je al eens het leven gered, en ik vind dat één gunst in een leven meer dan genoeg is. Oké?'

Voor hen op de weg reden twee mannen op motorfietsen, Britten in uniform, ze reden langzaam. Fingerly claxonneerde en passeerde ze.

'Als na de oorlog de vrede uitbreekt, Raven, zullen al die kerels die zich hebben vetgemest in de oorlog als gekken dingen gaan opkopen. Kunst wordt een nieuwe valuta. En prehistorische kunst – zoals deze kleine sexy dame – zal aan de top staan, mijlenver boven wat dan ook.'

Hij had niet alleen die beheerder in Mosta, maar hij had beheerders op heel Malta: in Mellieħa, en Żejtun en Sliema en Birżebbuġa. Het was een moeilijke tijd, de mensen hadden geld nodig om op de zwarte markt voedsel te kopen. Na Malta ging hij terug naar Egypte, en hij verwachtte vandaar naar Palestina door te reizen. 'Een reliek van de Kruisiging, Rocco – een van de spijkers, maar één. Weet je hoeveel zoiets op de internationale markt zou opbrengen? De aartsbisschop van Cincinatti zou daar zeer diep voor in de buidel tasten. Of een paneel van de originele Ark des Verbonds. Denk je dat die aanhangers van Lubavitch dat aan hun neus voorbij zullen laten gaan?'

Links, in een veld, lagen de wrakstukken van een Marchetti 79, een verwrongen hoop, onlangs neergehaald; kringelende zwarte rook steeg nog op uit een van de motoren. Rocco ging achterover zitten, liet een arm uit het raam bungelen. 'Wat voor voorstel heb je de graaf gedaan?'

'Welke graaf?'

'Bij Dominic's. Die man die daar piano speelt.'

'Wat heeft die gezegd?'

'Dat je hem een voorstel hebt gedaan.'

'Heeft-ie dat gezegd? Dat ik hem een voorstel heb gedaan?'

'Dat heeft-ie gezegd.'

'Vreemd dat hij dat tegen jou zegt.'

'Ik neem aan dat hij alleen maar wat wilde praten.'

'Dat komt door de oorlog, Raven, door de oorlog, die sticht toch zo'n verwarring. We zaten gewoon een beetje te babbelen aan de bar en hij dacht dat ik hem een handeltje voorstelde?'

Hij reed met één vinger op het stuurwiel, gidste de auto achteloos langs de bulten en gaten. Daarna, terwijl hij een sigaret pakte en opstak, lag zelfs die ene vinger niet meer op het stuur. Hij nam er alle tijd voor, zoog de rook diep naar binnen, en toen hij weer uitademde, waarbij hij door zijn neusgaten bundels rook uitblies, zwierf zijn vinger weer naar het stuur.

'Ik ben blut,' zei Rocco.

'Ik weet het, je hebt poen nodig. Blijf een paar dagen in de buurt.'

'Hoe moet ik eten kopen?'

'Ben je er zo beroerd aan toe? Heb ik je niet gezegd geen geld over de balk te smijten? Je hebt te veel betaald voor die kleren.'

'Moet ik dan naakt rondlopen?'

'Nou, misschien zouden ze je dan wel leuker vinden.'

Rocco vertelde hem niet over Melita. Hij vertelde hem niet over de matras in het vernielde huis aan Windmill Street, of over de vogels die door het open dak naar binnen vlogen, of over de lamp of over de tafel met drie poten. Hij vertelde hem niet over de jukebox vol Amerikaanse platen of over de roze lijkwagen, want als hij Fingerly over een van deze dingen zou vertellen zou het, doordat hij erover vertelde, zoekraken of aangetast worden, en Fingerly zou op zijn typerende manier aan de randen gaan knabbelen, waardoor het even betekenisloos en triviaal zou gaan lijken als die godin in dat sigarendoosje. Wat trouwens iets was wat Rocco maar moeilijk kon begrijpen. Die misvormde dame, met haar gezicht zonder neus en haar gekrompen voeten en haar dikke, uitpuilende lichaam: wie zou haar nu kunnen aanbidden? En toch bleef ze vreemd genoeg rondspoken, een gedempte hymne uit het verleden, stenen tempels, maancycli, bloedrituelen, mensenoffers, haar verre macht die uit lang vervlogen tijden weerklonk.

Marfa Point lag helemaal in de noordoostelijke hoek van het eiland, het was het beginpunt van de kortste oversteek naar Gozo. Toen ze er aankwamen ging de zon net onder. Maroon had een late oversteek gepland, met nog net genoeg licht om de weg te vinden maar met moeilijk licht voor de 109's, als er toevallig een paar in de buurt rondhingen.

Fingerly parkeerde op een laag heuveltje, waar ze onbelemmerd uitzicht hadden over het water. Voor hen, aan de overkant van de zee-engte van vijf kilometer, lag Gozo, minder dan half zo groot als Malta. Tussen Malta en Gozo, in de zee-engte, lag het minuscule eilandje Comino, nauwelijks twee vierkante kilometer rotsgrond, beroemd vanwege de komijn die er groeide. In het afnemende licht waren Comino en Gozo niet van elkaar te onderscheiden, ze vermengden zich, leken een enkele massa land.

Ze zaten in de open auto en keken uit naar Maroon. Fingerly gebruikte een verrekijker.

'Hij is alleen, in een speedboat.'

Fingerly had er bij hem op aangedrongen de veerboot te nemen, maar Maroon had zijn zinnen op de speedboat gezet. Als er luchtalarm was zou de veerboot niet uitvaren. En zelfs als er geen luchtalarm was, als de kapitein een vermoeden had dat er vijandelijke vliegtuigen in de buurt waren, zou hij zich niet buitengaats wagen. Hij had vaak van die vermoedens, twee- of driemaal per dag, en hierdoor werd, in combinatie met het luchtalarm, het vaarschema van de boot een zootje.

Gozo, dat voornamelijk uit akkerland bestond, was vrijwel onberoerd gebleven door de oorlog en had weinig van bombardementen of beschietingen te lijden gehad. 'De Duitsers krijgen niet zo'n kick van het bombarderen van vijgenbomen,' zei Fingerly, die nog steeds met zijn verrekijker de zee afzocht. ''t Is natuurlijk veel leuker om kerken en ziekenhuizen te bombarderen. Dat komt door de Duitse geest, ze zijn zich heel bewust van aantallen als het om de dood gaat.'

'Als Gozo zo veilig is,' vroeg Rocco zich af, 'waarom pakt dan niet iedereen hier zijn spullen bij elkaar en gaat daarheen?'

'Ah, maar wat voor oorlog zou het dan worden? Als de Stuka's komen, wie zou er dan nog zijn om terug te schieten?'

In het begin van de oorlog waren er heel wat naar Gozo overgestoken, ongeveer drieduizend. Maar ontworteld raken, alles achterlaten, was niet makkelijk, en de meesten hadden ervoor gekozen te blijven waar ze waren, ook al betekende dat bommen, schuilkelders, spertijd, oude films en vettige soep van de Victoria Kitchens. Het verbazingwekkende was dat de bombardementen goed schenen te zijn voor de geestelijke gezondheid. Naarmate de oorlog verder voortduurde verminderde het aantal patiënten in de inrichtingen voor geesteszieken op Malta, terwijl het aantal op Gozo steeg.

'Dat is een feit, Raven, je kunt het controleren. Oorlog is een remedie voor allerlei geestelijke stoornissen.'

Toen, met hoorbare spanning in zijn stem: 'Daar is-ie.' Hij keek geruime tijd en gaf Rocco de verrekijker.

De boot sneed door het water, bonkend, met een breed schuimspoor achter zich. Rocco zag het haar van Maroon wapperen in de wind. Hij was alleen, droeg een blauw overhemd en een baard, en achter in de boot was een grote doos vastgebonden.

Rocco gaf Fingerly de verrekijker terug. Ze waren nu beiden uitgestapt, stonden gespannen te kijken.

De zon ging onder, een grote rode bal, de helft was al achter de horizon verdwenen. Hij deed waanzinnige dingen met de hemel, stak de wolken aan in een laaiend vuur van kleur. Hij deed ook dingen met het water, wierp er een rozekleurige glans over die naar violet en zwart verliep.

'Hij had de veerboot moeten nemen,' zei Fingerly op bezorgde toon. 'Ik heb hem nog zo gezegd de veerboot te nemen.'

'Wat zit er in die doos?' vroeg Rocco.

'Botten.'

'Waarvan?'

'Van een olifant, Raven. Een pygmeeolifant.'

Rocco dacht hierover na en zei: 'Er bestaat niet zoiets als een pygmeeolifant.'

'Nu niet meer, nee. Maar ooit wel. In het Pleistoceen, en ze zaten precies hier, in deze uithoek van het oerwoud.' Hij draaide aan de verrekijker, stelde hem scherp. 'Dat zit er in die doos, een miniolifant. Geen babyolifant, maar een volledig volwassen dier met de afmetingen van een Sint Bernard. Ze hebben er een in het Smithsonian – ooit gezien?'

'Dat geluk heb ik nooit gehad.'

'Dat zegt Nigg over je, hij denkt dat je ongeluk aantrekt.'

Toen zagen ze het, en Rocco zag het als eerste – een 109 die klom aan de hemel, achter Gozo vandaan. Hoog in de lucht ving hij het licht van de zon en de zon schilderde hem rood. Hij steeg, en dook toen, daalde af in de richting van de zee-engte.

Fingerly liet zijn armen langs zijn zijden zakken. 'O, shit!'

De 109 trok op uit de duikvlucht en gierde met sputterend geschut pal over de speedboat. Toen trok hij in een brede trage bocht weer op, recht over de plek waar Rocco en Fingerly geparkeerd stonden, en keerde terug om Maroon nog eens op de korrel te nemen. Weer miste de piloot, en weer draaide hij en maakte de bocht voor een volgende aanval.

Zo ging het door, steeds weer, terwijl Maroon naar links en naar rechts uitweek, en de 109 af en aan bleef vliegen, vurend en missend – de piloot onbekwaam, te jong, een slecht schutter, misschien zelf te bang om zich te herinneren hoe hij moest richten, duizenden kogels in het water afvurend. En die hele tijd stond Fingerly tegen Maroon te praten alsof Maroon hem echt kon horen. 'Scherp naar links, Maroon, scherp naar links. Kijk uit, kijk uit – die klootzak zit pal achter je!' En toen Maroon naar rechts ging in plaats van naar links slaakte Fingerly een laag, kermend gekreun, eenzaam en onverzoenlijk, vol pijn, een intensiteit van gevoel waartoe Rocco hem niet in staat had geacht.

En toen het vliegtuig nog een keer naderde praatte en riep Fingerly niet meer, maar stond over de Austin heen gebogen en drukte op de claxon, alsof deze op magische wijze de piloot zou kunnen afleiden en ervoor kon zorgen dat hij miste. Het was de enige keer dat Rocco Fingerly zo zijn zelfbeheersing zag verliezen, en dat ene, wilde moment mocht hij hem erg graag. Hij was geflipt, alle gladheid was verdwenen, hij stond op de claxon te bonken alsof hij ervan overtuigd was dat het iets zou uitmaken. Toen, verslagen, hield hij op met toeteren, stond daar alleen maar en keek.

'Ik geloof gewoon niet dat dit gebeurt, godverdomme, ik geloof het gewoon niet!'

Maroon had al een groot deel van de vijf kilometer afgelegd; hij moest nog minder dan anderhalve kilometer, en Rocco begon te denken dat hij het zou halen. Maar nu deed Maroon iets vreemds. Hij hield vaart in en kreeg het in zijn hoofd terug te schieten op het vliegtuig met het enige wapen dat hij had: een pistool met lichtkogels.

Het toestel kwam laag over het water en Maroon zat daar, in de boot, met een hand aan het stuur en in de andere het pistool, en toen het toestel dicht genoeg was genaderd schoot hij een lichtkogel af die paars oplaaide, en miste. Hij herlaadde en vuurde weer. En weer.

Fingerly was wanhopig. Hij praatte weer tegen Maroon,

schreeuwde, joeg hem op, zei hem dat hij het pistool moest weggooien en vol gas moest geven. Maar Maroon hield de boot op
koers en op lage snelheid, vuurde de ene lichtkogel na de andere
af, alsof hij gek was geworden, alsof het allemaal te veel was geweest en hij tot infantiele speelsheid was geregredieerd, verliefd op
het fosforgesis van de lichtkogels, benieuwd welke kleur er nu
weer zou komen – rood, azuur, woedend geel.

Even voelde Rocco zich waanzinnig losstaan van de situatie: hij
zag de boot en het vliegtuig als op een foto, Maroon die daar zat,
met een hand aan het stuur en met de andere het pistool hoog in
de lucht houdend, vurend, maar hij zag geen beweging, alles was
opeens bevroren, opgesloten in een lijst: Maroon, het vliegtuig, en
de geheven rechterhand van Maroon, de vlam van het pistool oprijzend maar niet bewegend, een flits azuren licht in de stille, ver-
steende lucht. Hij zag Maroons blauwe overhemd en zijn volle,
zwarte baard, en achter hem een ongerijmde meeuw die op een of
andere manier in het beeld verzeild was geraakt, hangend, roerloos in het schemerige wrakhout van het einde van de dag in de hemel.

Toen bewoog het allemaal weer, ontdooid, de boot werd heen
en weer gesmeten en Maroons pistool kwam op zoek naar het naderende vliegtuig omhoog. De 109 kwam laag aanvliegen, trok
met zijn mitrailleurs een voor door het water en toen, waanzinnig,
tegen alle waarschijnlijkheid in, werd de lichtkogel op een of andere manier door de luchtinlaat van de Messerschmitt naar binnen gezogen en richtte genoeg schade aan om een stroom zwarte
rook achter uit het toestel te laten komen. Maroon smeet, denkend dat hij van de ellende af was, het pistool de lucht in.

De 109 draaide echter om en kwam, een rookspoor achterlatend, weer recht op hem af. En nu stond ook Rocco tegen Maroon
te praten, niet te schreeuwen, zoals Fingerly, maar in stilte, inwendig, stond hij Maroon te vertellen dat hij moest opschieten, voort
moest maken omdat hij zo dichtbij was, en dat als hij niet had af-
geremd, zijn tijd niet had verknoeid met die lichtkogels, dat hij
dan al aan land zou zijn geweest. *Opschieten, opschieten*, hij zei
het nu niet meer alleen inwendig maar hardop, *voortmaken, gas
geven, schiet op*. Hij schreeuwde zo hard dat zijn keel rauw en gescheurd aanvoelde, en iets in hem wilde in huilen uitbarsten.

Maroon had de boot nu in de hoogste versnelling, zwaaide
naar links en naar rechts, ging snel maar niet snel genoeg, want
ditmaal, terwijl de 109 langsraasde, sloegen de kogels zo hard in

Maroon in dat ze hem de boot uit sleurden en in het water smeten, en toen hij weer boven kwam was hij wrakhout, drijvend, met zijn gezicht omlaag. Het was minder dan vierhonderd meter. Ze konden het bloed zien, de steeds grotere poel rood in het troebele water, beschenen door de laatste glimp daglicht terwijl de avond viel.

8

De Groene Kamer

Op de terugrit, in het donker, zei Fingerly niets, concentreerde zich op de weg. Hij stak niet eens een sigaret op. Ze kwamen door Mellieħa en St. Paul's Bay en Naxxar, en toen ze in St. Julian's waren sloeg hij af en bleef voor Dominic's staan. 'Laten we Nigg gaan zoeken,' zei hij, 'voor hij daar alles verliest en zijn polsen doorsnijdt.'

Ze gingen via de bar naar binnen, kwamen door het restaurant en liepen naar de Groene Kamer, die voor de oorlog een stijlvol onderkomen voor roulette en *vingt-et-un* was geweest, maar waar nu, gezien de belegering, de speeltafels opzij waren gezet en een kale bediende aan een mahoniehouten bureau zat om de weddenschappen in verband met de bombardementen in ontvangst te nemen. Bij Dominic's kon je om zo ongeveer alles wedden. Je kon wedden of de bommen de kathedraal, het paleis, de vlaggenmast bij St. Elmo's of de wc's van het busstation in Floriana zouden raken. Je kon wedden op het standbeeld van koningin Victoria voor de Nationale Bibliotheek, of ze een paar vingers kwijt zou raken of helemaal aan diggelen zou gaan.

Nigg stond met een bijna leeg glas whisky in zijn hand bij een schoolbord de cijfers te bestuderen. Uit zijn ogen straalde een hete, klamme intensiteit, als damp die na een korte zomerbui van het dak sloeg.

Toen Fingerly hem over Maroon vertelde, verloor Nigg het bord geen moment uit het oog. 'Is die boot gezonken?'

'Aan stukken geblazen,' zei Fingerly.

'Wie gokt kan verliezen,' zei Nigg op vlakke toon. Hij was met Vivian, maar zij was in het restaurant, waar ze met een marinekapitein aan het dessert zat.

Een paar mannen in blauwe serge stonden bij de mahoniehouten tafel en deponeerden hun weddenschappen bij de bediende. In een hoek ver van hen vandaan, aan een tafel met ingrediënten voor cocktails, schonk een barkeeper een paar marineofficieren in. Er bevond zich maar één vrouw in het vertrek, een Noorse van middelbare leeftijd met lange benen en opgestoken haar, in een luie stoel bij de haard. Ze had een permanente riskante weddenschap uitstaan dat op een zekere zondag de residentie van de aartsbisschop zou worden gebombardeerd terwijl de aartsbisschop ergens anders op de thee was. Rook van de sigaren streek langs de groenfluwelen gordijnen en hing loom in golvende lagen in de lucht.

Via de radio kwam er een bericht binnen uit Hal Far: een verhaal over de schade aan het vliegveld, dat een uur daarvoor was gebombardeerd. Een paar Stuka's hadden de landingsbaan opengereten, maar er waren geen vliegtuigen verloren gegaan en geen enkele Stuka was neergehaald. Niemand in de Groene Kamer had deze weddenschap gewonnen.

'Ik moet bijtanken,' zei Nigg, en hij liep naar de barkeeper aan de witte tafel.

'Erg veel verloren aan Hal Far?' vroeg Fingerly.

'Ik gok nooit op vliegvelden. De moffen raken ze elke dag, dus het beste dat je eruit sleept is je eigen geld, en daar is geen lol aan.'

Fingerly vroeg om Ierse whiskey, puur, en Rocco nam bier. Nigg was aan de Seagram. De barkeeper knikte naar de hapjes en Rocco nam er een, een luchtig, boterig gevalletje met een garnaal erop. Fingerly liep weg en stak het vertrek over om met een admiraal te gaan praten.

'Toen ze Strait Street opbliezen,' zei Rocco tegen Nigg, 'dacht ik dat jij nog binnen zat. Het was verschrikkelijk, alles donderde in één keer in elkaar.'

'Tja,' zei Nigg, zijn glas in zijn hand omdraaiend, 'zo gaat dat.' Zijn blik zat vastgeplakt aan het schoolbord aan de overkant van het vertrek.

'Waar wed je tegenwoordig op als je slim bent?'

'Als je slim bent,' zei Nigg, 'op bussen.'

'Levert dat wat op?'

'Toen ik op kerken gokte zat ik er steeds naast.'

Hij had gewed op de 34 naar Kirkop, en die was geraakt. Op de 40 naar Lija, en die was ook aan stukken geblazen. Op de 54 naar Naxxar, en die was onherkenbaar verwoest, niets van over dan een paar geblakerde stukken blik.

'Ik hoop dat je nooit op mij zult wedden,' zei Rocco.

'Dominic neemt geen weddenschappen op mensen aan. Maar als hij het wel deed zou jij wel iemand zijn op wie ik zou inzetten. Jij hebt zo'n blik in je ogen dat je elk moment een bom op je kop kan krijgen.'

'Dat is al eens gebeurd.'

'Misschien gebeurt het nog eens.'

'Als het gebeurt,' zei Rocco, 'hoop ik dat je vlak naast me staat.'

Het plan dat voor Nigg was bedacht was dat hij na de oorlog terug zou gaan naar Harvard en zijn kandidaats zou halen, daarna naar de medische faculteit zou gaan en uiteindelijk in de praktijk van zijn vader zou gaan werken. Zijn vader was gespecialiseerd in kwalen aan het rectum en de dikke darm en had een chique praktijk in Upper West Side. 'Aambeien zijn puur goud,' zei hij altijd genietend. Het enthousiasme van zijn vader voor de onderste regionen van de menselijke anatomie was Nigg echter geheel vreemd, en Nigg zou heel tevreden zijn geweest als hij de rest van zijn leven in het Middellandse-Zeegebied had kunnen blijven om te gokken. In Caïro won hij en in Alexandrië verloor hij. In Palestina had hij quitte gespeeld. Toen hij in Malta was aangekomen had hij met drie nachten onafgebroken gokken bij Dominic's vrijwel alles wat hij bezat ingezet en verloren. Een week later won hij het terug en vierde dit door op de zwarte markt een pond Siberische kaviaar te kopen, en bovendien een kist Moët & Chandon 1939 en een doos Tutankhamen-lamsvellen die via Portugal uit New Jersey waren geïmporteerd, dit alles (de kaviaar, de champagne en de condooms) in een kamer in het Phoenicia Hotel zinvol besteed gedurende een achtenveertig uur durende seksuele uitspatting met Vivian, die aanbood met hem te trouwen als hij het gokken zou opgeven en minder zou drinken, maar hij was niet in een stemming geweest om iets te beloven. Twee dagen nadat het laatste condoom was gebruikt ging hij terug naar Dominic's en verloor alles wat hij gewonnen had. En dus probeerde hij, nu hij het oorspronkelijke bedrag was kwijtgeraakt, had teruggewonnen, had verdubbeld, en weer was kwijtgeraakt, het evenwicht terug te vinden en weer terug te komen in het spel, en wat hem hiertoe in staat stelde waren bussen. Met bussen won hij geweldig.

De Noorse vrouw met de lange benen leunde achterover en gaapte, waarbij ze haar hand lethargisch voor haar mond hield. Er brandde een blok hout in de haard, en aan de mahoniehouten tafel deed de kale bediende als een priester tijdens de mis traag en weloverwogen zijn werk. De dikke laag van het Perzische tapijt voelde comfortabel aan aan je voeten; het was een overdadig ontwerp met wijnranken en bladeren die zich met een doolhofachtige complexiteit krulden en ontvouwden. Rocco begreep waarom Nigg zich hier prettig voelde. Er hing een stemming, een timbre, een fatalisme dat donker opgloeide. Als je dan per se moest gokken en verliezen zat je hier goed.

Fingerly, die terugkwam van zijn gesprek onder vier ogen met de admiraal, probeerde Nigg over te halen mee te gaan naar het restaurant, maar Nigg haalde alleen zijn schouders op en gaf geen blijk van belangstelling. Hij moest iets regelen met de kale bediende, zijn weddenschappen voor de volgende dag afsluiten. Hoe kon hij dat doen, vroeg Rocco zich af, wedden op de bussen waarvan hij wist dat ze stampvol mensen zaten?

Wedden op koningin Victoria vond hij daarentegen wel een leuk idee: dat ze bij de volgende aanval een van haar vingers of haar neus zou kwijtraken. Hij keek naar de mahoniehouten tafel, half geneigd daadwerkelijk in te zetten, maar Fingerly legde beslag op hem met een verhaal over de eersteklas hoeren die hij in St. Julian's kende, chique vrouwen met suède schoenen, die boeken lazen en naar musea gingen. 'Ze luisteren naar Mozart,' zei hij net, 'ze weten alles van Gauguin en Van Gogh, ze lezen Thomas Mann, Raven, ze zijn zo betoverend dat je broek zichzelf uittrekt' – en toen, uit zijn ooghoeken, zag Rocco de Noorse vrouw bij de haard, die nu niet meer zat maar stond; het licht van het brandende blok hout flikkerde op haar zwarte satijnen jurk en het kleine, blinkende voorwerp in haar hand. Het was, vanuit zijn ooghoeken, moeilijk uit te maken wat het was, dat voorwerp in haar hand, een soort versiering, speelgoed, een kleine, vreemde vorm; haar hand kwam omhoog met het blinkende voorwerp erin – en toen, toen hij zich had omgedraaid en er recht naar keek, zag hij dat het een pistool was, geheven en gericht, en hun blikken ontmoetten elkaar, en gedurende een lang moment dat zich eindeloos leek te rekken, was het enige wat hij kon bedenken wat een prachtige ogen ze had, hazelnootbruin en zacht wanhopig, ogen van een filmster, ogen vol eenzaamheid en verlangen, en het woord dat door zijn geest zwierf was 'kwijnend', omdat het precies dat was: haar ogen kwijnden, dat sprak eruit, ze waren niets anders dan kwijnend, de belichaming en de bron ervan, en pas toen het allang te laat was, terwijl het lange, trage moment loom voortkronkelde en boog, besefte hij dat ze op het punt stond te schieten.

9

Miss Sicilië zingt voor Malta

*H*ET PISTOOL GING MET EEN HEEL ZACHT PLOPPEND GELUID AF, nietig en onbeduidend. Ze vuurde drie keer, *pop*, *pop*, *pop*, de zachte droge geluidjes als bedeesde leestekens te midden van de voortkabbelende gedempte gesprekken en het geluid van geld dat van eigenaar wisselde. Voordat ze vuurde had ze daar gestaan, bij de haard, en had Rocco recht aangekeken. Toen had langzaam haar arm bewogen, had ze haar blik van de zijne losgemaakt en geschoten op een admiraal in een wit uniform, ongeveer een of twee meter van de plaats waar Rocco stond. Het was dezelfde admiraal met wie Fingerly maar enkele momenten daarvoor had staan praten.

Toen Rocco het eerste schot hoorde dacht hij, op dat moment, met een gevoel van opluchting, dat het pistool inderdaad maar een stuk speelgoed was. Maar toen ze weer vuurde wist hij dat het geen speelgoed was, en toen ze de derde keer schoot sprong hij naar voren, graaide naar het pistool maar kreeg haar pols te pakken, belandden ze beiden op het tapijt en rolde het pistool weg. De vrouw kwam zwaar neer met Rocco boven op haar, en terwijl ze neergingen besefte hij dat ze groter en steviger was dan hij had gedacht, zware botten en spieren.

Hij had haar niet willen neerhalen.

'Gaat het?' vroeg hij, omdat hij wonderlijk genoeg behoefte voelde zijn verontschuldigingen aan te bieden.

Ze zei niets en keek hem niet aan, staarde met haar grote hazelnootbruine ogen recht langs hem heen.

De admiraal bleef verbijsterd staan. 'Rare vrouw,' zei hij met stemverheffing. 'Ik ken haar niet eens, nooit in mijn leven gezien. Waarom schiet ze dan op me?'

De eerste kogel was boven zijn elleboog door zijn mouw gegaan en had zijn arm geschampt, maar de tweede was bij zijn schouder in zijn borst gedrongen, zodat er zich op de voorkant van zijn witte jasje langzaam een kleine bloedvlek uitbreidde. De derde kogel was in het houtwerk verdwenen.

Een groep marinemensen hielp de admiraal naar buiten en een auto in en bracht hem naar het militaire ziekenhuis. Ze hadden op een brancard willen wachten, maar hij had met alle geweld zelf naar buiten willen lopen.

De vrouw werd op een stoel gezet om op de politie te wachten; een paar onderofficieren hielden de wacht bij haar.

'Moest je haar nu echt zo hard raken?' vroeg Fingerly Rocco terwijl ze naar het restaurant liepen.

'Te hard? Vind je?'

'Als een ton baksteen.'

Rocco dacht nog steeds aan haar ogen, dromerig en op een rustige manier meedogenloos, dat lange moment voordat ze de trekker had overgehaald, en kon zich nog steeds niet voorstellen welke gelukkige aanvechting haar ertoe had gebracht zich om te draaien en in plaats van hem de admiraal neer te schieten.

In het restaurant was het licht en waren vanwege de verduistering de ramen met zware gordijnen afgeschermd. Aan de piano speelde graaf Otto von Kreisen, een magere, oudere man die bij zijn vrienden als Freddy bekend stond, een medley van Weense walsen. Rocco had de laatste keer bij Dominic's kennis met hem gemaakt en aan de bar met hem staan praten. Hij zat in de internationale handel. Hij kocht kalksteen op Malta, dat hij in Luxemburg verkocht, waar hij gomballen en zwavelzuur kocht die hij in Albanië verkocht. In Albanië kocht hij pruimen en verkocht ze weer in Egypte, en in Egypte kocht hij marmer dat hij naar Malta verscheepte omdat Malta weliswaar veel kalksteen maar geen eigen marmer had. Op zijn handelsreizen draaide hij steeds in cirkels rond en keerde altijd op Malta terug, maar nu was de cirkel doorbroken en zat hij hier vast, niet in staat veilig vervoer van het eiland te krijgen. Liever dan spitsroeden te lopen tussen de Stuka's en de *U-Boote* had hij besloten het uit te zitten tot het beleg achter de rug was, en hij had zich toen maar nauwelijks kunnen voorstellen dat hij meer dan twee jaar op het eiland zou moeten rondhangen. Hij was een Duitser, uit Beieren, lang maar tenger, met smalle schouders, een grote neus, lange, taps toelopende vingers en opmerkelijk kleine oren. Hij had een enorme hekel aan Hitler, haatte hem omdat hij zo'n rotzooi maakte van Europa en hij was voor het herstel van de monarchie. Hij had Rocco bij wijze van grap verteld dat hij dacht dat Malta zo meedogenloos werd gebombardeerd omdat de Führer precies wist waar hij zich bevond.

Hij speelde walsen, alleen maar walsen, prettig nostalgisch. De 'Versnellingswals', de 'Rozen-uit-het-zuidenwals', de 'Citroenbloesemwals', de 'Behekste wals', de 'Je-leeft-maar-eenmaalwals'. Er klonk een zekere treurigheid door in zijn manier van spelen, maar ook een levendigheid, een speelse opgewektheid, en bij tijd en wijle zelfs een springerig optimisme. Eens, nadat hij in de Groene Kamer zwaar had verloren, was hij naar de piano in het restaurant gelopen en had 'An der schönen blauen Donau' gespeeld. De mensen die erbij waren geweest zeiden dat het de mooiste vertolking van 'De blauwe Donau' was geweest die ze ooit hadden gehoord. Zelfs de mensen die er niet bij waren geweest zeiden het. Ze hadden er zoveel over gehoord dat het deel was geworden van hun collectieve geheugen, alsof ze er echt waren geweest en hadden meegeneuried toen de graaf had zitten spelen.

De eetzaal zat vol officieren, regeringsmensen en een handvol buitenlanders die, net zoals de graaf, op Malta waren gestrand toen de bombardementen waren begonnen – een Algerijnse bankier, een Griekse herpetoloog, een gravin uit Polen, een paar sjeiks uit Tunesië en Bahrein. Er zat een hele ploeg verslaggevers die niet konden wachten het eiland te verlaten omdat er hier niets meer te schrijven viel, behalve dat de bommen nog steeds vielen en de huizen aan flarden werden gebombardeerd. Aan een tafel in de buurt van de piano zat Niggs meisje, Vivian, met een blonde marinekapitein. Toen ze Rocco zag opende ze haar mond, glimlachend, onserieus verleidelijk, en streek met haar tong langs haar lippen.

'Hoe staat het met je eetlust?' vroeg Fingerly terwijl hij het menu opensloeg.

Rocco had totaal geen trek.

Fingerly bestelde voor zichzelf *lampuki* en Rocco raadde hij *pulpetti tal-moch* aan. 'Er wacht je een zeldzame traktatie, Raven. *Pulpetti tal-moch* is een specialiteit van het huis.'

Het voedsel was op Malta al meer dan een jaar op de bon, maar Dominic zag dankzij zijn connecties op de zwarte markt op Sicilië nog steeds kans een heel menu te bieden. Eenmaal per week maakte hij 's nachts met zijn boot de overtocht van honderd kilometer naar vijandelijke wateren en legde aan in Pozzallo, waar hij ophaalde wat hij nodig had: varkensvlees, kalfsvlees, zakken rijst, zakken champignons, vaten olijven, uitstekende wijnen uit Marsala en Castellamare. De Luftwaffe kende de boot – hij was oranje met rood – en liet hem met rust omdat via het contact in Pozzallo de vereiste omkoopsommen waren betaald aan de geëigende Staffelkapitäne op de verschillende vliegvelden op Sicilië. Nu en dan bracht Dominic een Staffelkapitän of een Oberstleutnant in burger mee, die dan doorging voor zakenman en zich een beetje wilde amuseren, en terwijl de Staffelkapitän of de Oberstleutnant onder zijn dak verbleven kon Dominic zich even ontspannen in de veilige wetenschap dat heel St. Julian's niet zou worden gebombardeerd. Handel drijven met de vijand was niet alleen financieel aantrekkelijk – het getuigde ook van gezond verstand en patriottisme, het was een manier om de buurt veilig te houden.

De muren van de eetzaal waren behangen met schilderijen in vergulde lijsten waarop taferelen van de belegering van Malta in de zestiende eeuw waren afgebeeld, toen de Turken onder leiding van Dragut en Mustapha Pasha slag hadden geleverd tegen de Ridders, die ver in de minderheid waren geweest. Op één schilderij zag men de dood van Dragut, in zijn tent, stervend aan een granaatwond. Op een ander stond de botsing tussen de legers bij St. Elmo's, dat de Turken ten koste van achtduizend man hadden ingenomen. Fingerly wist het allemaal, ratelde de namen en jaartallen af, de plaatsen waar de slagen hadden plaatsgevonden, de aantallen doden.

Nog voordat hij zich met de *pulpetti tal-moch* ging bezighouden wist Rocco dat er iets loos was. Hij had het koud en was duizelig, en toen hij naar de tegenovergelegen muur keek, achter de piano, leek deze heel even te bewegen, als een laken aan een waslijn.

De ober, Vittorio, bracht een fles bordeaux, een Haut Brion, die Fingerly proefde en goedkeurde. Donker, verzadigd rood in het glas, bijna zwart.

'Nadat de Turken St. Elmo's hadden ingenomen,' zei Fingerly, 'onthoofdden ze vijf Ridders, bonden de lichamen op houten kruisen vast en lieten ze door de haven naar Fort St. Michael drijven. Wat een fantastische scène voor een film – die lichamen zonder hoofd op die kruisen, ronddrijvend in de mist. Zie je het voor je?'

Rocco streek met zijn vinger langs de steel van zijn wijnglas en zag de mist en de verminkte lichamen levendig voor zich.

'En La Valette? Hoe neemt hij wraak? Hij onthoofdt al zijn

Turkse gevangenen en gebruikt hun hoofden als kanonskogels. Vuurt ze een voor een af op de Turkse linies. *Chica boom*, Raven. Is het niet wondermooi?'

De wijn verwarmde Rocco en nam iets van de duizeligheid weg. De muren stonden weer stil, maar de schilderijen waren onscherp, nevelige vlekken.

Nigg kwam in een chagrijnige stemming de Groene Kamer uit.

'Meesterlijke wijn,' zei Fingerly, die erop aandrong dat hij ging zitten. 'Ik zal Vittorio even voor je laten bijdekken.'

Nigg keek om zich heen, op zoek naar Vivian. 'Ik haat dit oord,' zei hij gemelijk, maar of het was omdat hij geen geluk had gehad in de Groene Kamer of vanwege Vivian viel moeilijk te zeggen.

Ze keken terwijl hij zich door de zaal naar Vivians tafel begaf. Ze zat daar nog steeds met de kapitein, maar bij de nadering van Nigg stond ze op en liep hem tegemoet. Bij een pot met varens bleven ze staan. Nigg maakte een geagiteerde indruk, Vivian leek boos te worden, en even stonden ze ruzie te maken, zachtjes maar hartstochtelijk. Toen keerde ze gejaagd naar haar tafel terug, pakte haar tasje op, mompelde iets in het oor van de kapitein en haastte zich met Nigg weg.

Rocco staarde naar de kapitein aan de andere kant van de zaal, die, alleen achtergebleven, een totaal verbouwereerde indruk maakte.

'Is ze een hoer,' vroeg hij, 'of vindt ze het gewoon leuk wat rond te rommelen?'

Fingerly tilde zijn glas op. 'Wat denk je?'

'Ik denk dat ze het leuk vindt om iemand te pesten.'

'Dat vindt ze zeker leuk. Ze is de dochter van een van de hotemetoten van het lokale bestuur. Ze wil actrice worden, maar dat vindt pappie niet goed, dus laat ze hem een vreselijk pleefiguur slaan door zich met al dat militaire janhagel af te geven. Vertraagde puberteit. Ze is drieëntwintig; volgend jaar wordt ze dertien.'

Rocco voelde zich weer raar. Het hele vertrek leek te bewegen, als een schip op zware zee. Toen hij naar het schilderij van Dragut keek zag hij niet Dragut maar zichzelf, zijn eigen gezicht en lichaam, gewond, liggend op een draagbaar, stervend in een ellendige tent, ver van huis.

'Wat eet ik nu?'

'Weet je dat niet? Echt geen idee?'

Het was een grote, gebakken pastei, een soort viskoek, maar het was geen vis.

'Hersenen, Raven. Je zit hersenen te eten.'

'Van wie?'

'Varkenshersenen. Maar tegenwoordig is het misschien geit. Of kat. Of hond.'

Rocco keek de zaal in, naar de brede, witte muur achter de piano. De graaf speelde nog steeds, werkte zich door een volgende wals heen, en de muur achter hem was bedekt met een netwerk van rode aderen. Er zat bloed op de muur, dikke riviertjes die zich vertakten en hoekige bochten maakten, en er zat ook bloed op de piano en op de graaf, op zijn witte jasje, op zijn handen, op zijn schaarse zwarte haar, dat plat tegen zijn schedel zat gekamd, op zijn voorhoofd, op zijn gezicht.

'Gaat het wel goed?'

'Zeker, geen probleem.'

Hij pakte zijn vork op, maar toen hij weer naar het eten op zijn bord keek wist hij dat hij wel degelijk een probleem had. Overal om hem heen kwam het omhoog. Hij hoorde nog steeds het ritme van de wals, maar het was gedempt, vaag, het kwam van ver.

Hij kwam overeind en rende naar de wc's. De geluiden van kletterend vallende borden en bestek werden in zijn oren opgeblazen en het leek alsof er zwaarden tegen elkaar bonkten, alsof hij in een van de schilderijen was binnengestapt, in de furie van een veldslag langgeleden. De kreten, het geschreeuw, het geluid van kanonskogels die met een klap doel troffen. In de wc-ruimte boog hij zich kokhalzend over de wastafel. Het was een heftige kramp, diep van binnenuit, alsof daar in zijn maag de dood was genesteld en hij hem uitkotste.

Hij spoelde zijn mond om de smerige smaak weg te krijgen. Hij bleef nog even staan, over de wastafel gebogen. De ruimte was betegeld: zwarte tegels met een gouden biesje. Er stond een marmeren pisbak en er waren twee hokjes. Boven de wastafel hing een spiegel in een vergulde lijst die zijn ontredderde gezicht naar hem terugzond: diepliggende ogen, bloeddoorlopen door slaapgebrek.

Toen hij in de eetzaal terugkeerde stond er thee op tafel, in een roze-met-witte pot, en Fingerly praatte met Dominic, die net terug was van zijn wekelijkse tochtje naar Sicilië. Hij maakte de ronde langs de tafels, met een kastanjebruine cummerbund en een bijpassende das. Hij was klein maar had brede schouders en was rond, bijna even breed als lang. Hij had een grove, grindachtige stem en een overweldigende glimlach.

'We zijn zo blij met jullie Amerikanen hier,' zei hij toen Fingerly Rocco aan hem voorstelde. 'Nu de Amerikanen aan de oorlog meedoen zal het vlug over zijn, heel snel. We houden van de Amerikanen.'

'En wij houden van de Maltezers,' zei Fingerly. 'Nietwaar, Rocco?'

'Ja,' zei Rocco, 'het is een groot land.'

'We zijn een klein land,' zei Dominic.

'Dat is waar,' zei Fingerly, 'klein, maar groot van geest.'

'We heten de Amerikanen welkom,' herhaalde Dominic. 'Vertelt u eens, zullen ze dat grote leger van ze hierheen sturen?'

'Het kan mij niet vroeg genoeg zijn,' zei Fingerly.

'Ah, ja, niet vroeg genoeg, dat begrijp ik, dat begrijp ik.'

Rocco vroeg zich af wat Dominic precies begreep.

'Rocco heeft een stal met volbloeden, in Texas,' zei Fingerly. En toen, tegen Rocco: 'Na de oorlog begint Dominic een eigen stal. Hij is gek op paardenrennen. Misschien kunnen jullie zaken doen.'

Rocco wist niet wat hij hoorde.

'Ik zie ernaar uit,' zei Dominic. 'Waar laat je ze rennen? In Santa Anita? De Kentucky Derby?'

Rocco haalde zijn schouders op. 'Overal,' zei hij, volledig gevangen in Fingerly's dwaze leugen.

'Ik kom naar Amerika om je paarden te zien. Dan kunnen we van gedachten wisselen over fokken.'

'Leuk,' grijnsde Fingerly. 'Wat leuk voor jullie.'

Dominic liep verder en trok zijn spoor door de eetzaal, glimlachend, knikkend, handen schuddend. Toen hij de piano had bereikt klom hij op het kleine podium. De graaf begroette hem met een krachtig glissando.

'Texas?' vroeg Rocco. 'Kom ik uit Texas?'

'Rocco, Rocco, je bent een vreemde in een vreemd uniform op een eiland dat in zee wordt teruggebombardeerd. Had je liever gehad dat ik hem had verteld dat je in tweedehands Chevrolets handelt?'

Rocco wilde net vragen wat er mis was met tweedehands Chevrolets toen Dominic met zijn donderende stem en hoog boven zijn hoofd geheven handen het V-teken makend, op gloeiende toon aankondigde dat zijn wekelijkse reisje naar Pozzallo een groter succes was geweest dan ooit tevoren. Niet alleen had hij een overvloed aan eten en wijn mee terug genomen, maar ditmaal was hij ook, tot zijn eigen verbazing en verrukking en ongetwijfeld tot

vreugde van iedereen, met een speciale en buitengewone gast teruggekeerd. 'Niet generaal Kesselring,' zei hij humoristisch, 'die
het verdient aan een spit te worden geroosterd omdat hij ons dag
en nacht bombardeert, en ook niet *Il Duce*, die in een rookhuis
zou moeten worden opgehangen als het fascistische zwijn dat hij
is – nee, nee, degene die ik voor u heb meegenomen is een van de
engelen, onbeschrijfelijk mooi. Dames en heren, ik presenteer u:
Angelina Labbra, Miss Sicilië 1941!'

De graaf speelde een opgewekt motiefje en Miss Sicilië verscheen van achter de massieve varens in de foyer: een donkere
huid, levendige groene ogen, een fraai gebogen neus en een agressief blikkerende lach. Een dikke laag rouge gaf haar wangen een
neongloed. Haar haar was platinablond en haar zilveren laméjurk
kleefde aan haar lichaam alsof hij in haar huid zat geëtst. Terwijl
ze op weg naar de piano door het vertrek liep tuitte ze wulps haar
lippen en strooide met beide handen kussen in het rond. Je kon je
gemakkelijk voorstellen hoe ze er in badpak, of zelfs zonder badpak, zou hebben uitgezien. Ze werd op een krachtig applaus ont-
haald – hier en daar klonk gefluit en de jongere luitenants stamp-
ten lawaaierig met hun voeten.

'Als dat geen hoer uit Palermo is weet ik het niet meer,' fluisterde Fingerly in Rocco's oor. 'Maar ze heeft wel een fantastische
tandarts. Ooit een Siciliaanse met zo'n regelmatig gebit gezien?
Dominic heeft haar natuurlijk overal gepakt op de terugweg, in
die boot.'

Toen ze begon te zingen zong ze tot ieders verbazing geen strijd-
lied maar een psalm, het 'Panis Angelicus'. Psalmen waren haar
specialiteit. Haar stem rees en daalde met hemelse soepelheid, vol
gevoel, haar sensuele lippen openden en sloten zich voor haar
schitterende tanden, en het was een wonder, een paradox, dat zo'n
aards lichaam zo'n hemels geluid kon voortbrengen.

Na het zingen veilde Dominic haar. Ze zou een week op Malta
blijven, en er zou een begeleider nodig zijn om haar rond te rijden
en de bezienswaardigheden te laten zien; dit voorrecht zou naar de
hoogste bieder gaan. De opbrengst van de veiling ging naar het
Wezenfonds.

Fingerly stak een sigaret op. 'Je weet toch wie er de baas is bij
het Wezenfonds? De zwager van Dominic.'

De veiling verliep snel en fanatiek: de kapiteins, majoors en kolonels concurreerden verhit met elkaar, maar een voor een lieten ze
het afweten en capituleerden voor een brigadegeneraal en een ma-

rineman, een vice-admiraal die het grootste deel van zijn tijd in een ondergronds vertrek onder de Upper Barracca Gardens zat. De brigadegeneraal, die een sigaar vasthield, en de vice-admiraal, die een glas sherry in zijn hand had, joegen elkaar naar driehonderd pond. Voordat ze zover waren maakte de Algerijnse bankier, een gezette man van middelbare leeftijd met grijzende slapen, echter een einde aan de vertoning met een indrukwekkend bod van vijfhonderd pond, waar de brigadegeneraal en de vice-admiraal, en zo ongeveer ieder ander in de zaal, met open mond kennis van namen.

Miss Sicilië leek grootser, duizelingwekkender, dan toen ze was binnengekomen, de neongloed van haar rouge was nog feller dan daarvoor. 'Ik houd van Malta,' zei ze met een zwaar accent in het Engels. 'Ik houd van jullie allemaal. Ik houd van God, en ik houd van de wereld. Is de wereld geen prachtige, goddelijke en gelukkige plek?'

Een bom, een zware, sloeg vlak in de buurt in: het gebouw schudde en het tafelgerei rinkelde. De lampen gingen uit, toen weer aan, en toen definitief uit; de hulpkelners renden, alsof ze op dit moment hadden gewacht, van tafel naar tafel met kaarsen, en toen deze werden aangestoken zette de graaf in het halfduister een volgende wals in, met zijn gebruikelijke gemak, zonder een tel te missen.

Het was niet normaal dat er een bom zo dicht bij Dominic's neerkwam, en er waren in het restaurant wel een paar mensen die zich afvroegen of de aanwezigheid van Miss Sicilië niet een periode van ongeluk inluidde. Bovendien was men ontevreden omdat een buitenlander, de Algerijn, de veiling had gewonnen. Het was slecht voor het moreel, en het lawaainiveau in het restaurant daalde tot een ontgoocheld gemompel.

De stemming werd echter weer beter toen de chef, Lorenzo Pazzi, in een witte voorschoot en met een hoge koksmuts op de eetzaal betrad; hij reed een taart van zeven verdiepingen naar binnen met tientallen magnesiumstaafjes die alle waren aangestoken en uitbundige fonteinen van witte en blauwe vonken afgaven. Het was de Miss Sicilië-feesttaart, bedekt met glazuur en toefjes slagroom en versierd met delicaat gevormde rozen van suikergoed. Grijnzend kondigde Dominic aan dat de taart zeven verdiepingen telde, ter ere van de zeven sacramenten. Toen voegde hij er met een uitgestreken gezicht aan toe dat de taart eigenlijk een eerbewijs was aan de zeven hoofdzonden.

Er explodeerden nog meer bommen, maar niet in de buurt.

'Is het niet heerlijk,' zei Fingerly, 'om in oorlogsgebied te leven?'

Rocco staarde naar de vloer, denkend dat hij weer misselijk werd; hij voelde zich heel vreemd, uit zijn evenwicht geslagen, op drift. Alsof hij op een filmset stond, deel was van de handeling, de camera kwam op hem af voor een close-up – maar hij kende zijn tekst niet meer en had geen idee wat hij moest zeggen.

Fingerly keek hem aan alsof hij langzaam in het niets oploste. 'Je hebt toch geen last van een identiteitscrisis, hè?'

'Is het dat? Ben ik gek aan het worden?'

'Alleen als je het zelf wilt. Maar maak je geen zorgen, zo vreselijk is het niet, je raakt er wel aan gewend. Geef het de tijd, je past je wel aan.'

'Waaraan?'

'Aan alles, als je je maar ontspant en het gewoon laat gebeuren.'

Wat Rocco precies op dat moment opmerkte, wat zijn blik ving, was dat alle schilderijen in hun vergulde lijsten aan de muren scheef hingen, uit hun evenwicht waren geslagen door de bom die de lichten had gedoofd. Op een of andere manier zag het er zo beter uit, minder zwaarwichtig, vermakelijk gedesoriënteerd, en toen hij Fingerly weer aankeek hing ook Fingerly scheef, net zoals de schilderijen. Precies zoals de schilderijen leek hij op die manier interessanter: scheef, wankelend, op het punt weg te glijden en af te drijven. Hij at een stuk van de Miss Sicilië-taart, en op zijn neus zat een veerachtig veegje slagroom. Rocco vroeg zich af: moest hij hem vertrouwen of moest hij hem haten? Moest hij hem aanbidden? Soms wekte Fingerly de indruk een halfbakken genie te zijn, plukte hij namen en feiten uit de lucht, maar op andere momenten leek hij alleen maar glad en gewiekst, toneel te spelen, al vertellend zijn verhalen te verzinnen. Niets over waar hij vandaan kwam, of over zijn familie, of zijn verleden – zijn jeugdambities, zijn hobby's, de meisjes waarmee hij was omgegaan op de middelbare school, de spelletjes die hij al dan niet had gespeeld. Het was alsof hij volwassen was geboren, volledig gevormd op de planeet was neergesmeten, en zelfs de planeet wist niet of hij ongevaarlijk of wel degelijk gevaarlijk was.

+*14 april 1942*+

VERPLICHTE ARBEID

Alle mannen tussen 16 en 60 jaar zijn verplicht zich te melden
voor reparatiewerk aan de vliegvelden
ARBEIDSTIJDEN: 7:30 tot 4:30
Een Uur Pauze Tussen De Middag
Tijdverlies als gevolg van aanvallen wordt later ingehaald
Geschoold: 7 shilling
Ongeschoold: 6 shilling

———

FARSONS VOLLE MELK
Een Ideale Drank Voor Lijders Aan Reuma en Voor Alle
Werkenden
Gebrouwen en Gebotteld door Simonds-Rafsons, Ltd.

———

WRIGHT'S TEERZEEP

De beschermende eigenschappen van Wright's vindt men in geen
enkele andere zeep. Toch is de ontsmettende zeep vriendelijk voor
de teerste huid – van baby of volwassene. Omdat het de enige zeep
is die Liquor Carbonis Detergens bevat bestrijdt hij infecties en
houdt de huid vrij van zweren en ontstekingen.
ONDERSCHEIDEN MET HET BLAUWE ZEGEL VAN VERDIENSTE

10

Zammit

De Noorse vrouw die de admiraal had neergeschoten bleek, in tegenstelling tot wat de admiraal had beweerd, geen onbekende van hem te zijn maar was enige tijd zijn minnares geweest. Hij had de relatie met haar verbroken nadat hij iets had gekregen met een jongere vrouw, een circusartieste uit het Belgische Luik, een joods meisje dat naar Malta was gegaan om aan de Duitsers te ontkomen. Nu bestond er echter een kans dat de Duitsers Malta zouden innemen, en ze maakte zich zorgen waar ze nu heen moest. In het circus had ze paarden zonder zadel bereden, acrobatieknummers opgevoerd op een witte Arabier met een gevlochten staart. Nu zat ze het grootste deel van de tijd te breien. De Noorse vrouw, wier minachtig voor circusvolk alleen werd overtroffen door die voor mannen die nonchalant met haar gunsten omsprongen, zei geen woord meer nadat ze de admiraal had neergeschoten. Ze werd in een ziekenhuis opgenomen, op de psychiatrische afdeling, voor observatie, omdat men zich ernstig zorgen maakte dat ze een zelfmoordpoging zou doen.

Rocco hoorde dit alles van Melita, die het had ontdekt via Christina, die het nieuws had opgepikt toen ze aan het werk was bij Operaties, onder het Lascaris-bastion, dat zo diep was en waar zo'n smerige lucht hing dat het het Hol werd genoemd. Er gingen bijna duizeligmakende geruchten in de ondergrondse gangen: hoe de admiraal er bijna het leven bij had ingeschoten omdat hij met twee vrouwen had rondgerommeld – hij, een admiraal, die toch beter had moeten weten. En niet zomaar een admiraal, maar een getrouwd man van in de vijftig, met een vrouw en drie grote kinderen in Surrey.

'Is het geen schande?' had Christina opgetogen gezegd toen ze Melita het verhaal had verteld. 'Is het geen verrukkelijke, prachtige schande?'

Ze had zelf nu al meer dan een jaar een affaire met een Engelse verkenningspiloot, Adrian Warburton. Iedereen noemde hem Warby, en zij ook. Hij kwam en vertrok, vloog overal boven de Middellandse Zee. Hij nam luchtfoto's van de hele vierhonderd kilometer van de Via Balbia, van Benghazi tot Tripoli, en van het Calitri-viaduct in Italië, dat voor vernietiging door commando's was aangewezen. Hij had blauwe ogen, blond haar, en droeg bijna nooit een fatsoenlijk uniform maar gaf de voorkeur aan een grijze flanellen broek, een sjaal in plaats van een stropdas, en woestijnlaarzen. Hij was ook een tikkeltje roekeloos, bereid om elk risico te nemen om een foto te kunnen maken. In de Golf van Tarente was hij een keer zo laag overgevlogen dat hij een antenne van een vijandelijk slagschip had meegenomen.

Christina woonde in een flat op Vilhena Terrace in Floriana, en Warby zat vaker daar dan in de officiersmess. Ze naaide zijn pet voor hem en deed wat breiwerk. Ze zette zijn knopen aan. Seksueel gesproken was hij niet erg veeleisend, vertrouwde ze Melita toe, en tot haar hilariteit en ontzetting stelde hij op de dansvloer ook niet veel voor. De enige keer dat hij zich erop waagde was als de band 'Jalousy' speelde, en dan stond hij met zijn stijve, onhandige geschuifel voortdurend op haar tenen.

'Houten voeten,' zei ze wanhopig tegen Melita. 'In de lucht is hij een acrobaat, is er niets wat hij niet kan. Ze geven hem medailles. Maar op de grond heeft hij houten voeten!'

Ze vond het opwindend dat hij zo'n ster was, dat hij beroemd was vanwege zijn verkenningswerk – maar dit, juist datgene wat haar aansprak, zijn waaghalzerij in de lucht, was ook de oorzaak dat hij gevaar liep, en ze maakte zich iedere keer dat hij opsteeg zorgen dat hij misschien niet zou terugkomen. Was ze slecht voor hem, de verkeerde vrouw? Hij stelde zijn geluk voortdurend op de proef, en zij deed niets om hem in te tomen, niets om paal en perk te stellen aan zijn voorliefde voor gevaar en avonturen, omdat ze er, meegesleept in de opwinding en koorts van de oorlog, zelf deel van uitmaakte.

Terwijl ze haar twijfels en onzekerheden loosde zat Melita te luisteren en koffie te drinken. De oorlog was hard, soldaat zijn was hard, maar verliefd zijn op een soldaat was erger. Ze zaten bij Christina thuis, in Floriana, waar in kistjes bij de ramen rozen en kolen groeiden. De koffie was gezet van maalsel dat al drie keer was gebruikt, bleek en waterig, niet opwekkend, en als Melita naar Christina keek dacht ze dat Christina wel iets van die koffie weg had: slap en uitgeput. Haar lange werkdagen als plotter voor de RAF eisten hun tol, en het dansen ook. En dat gedoe met Warby putte haar uit.

Christina bood haar nog wat koffie aan, maar Melita wilde niet meer.

'De koffie is afschuwelijk, ik weet het,' verontschuldigde Christina zich. 'Ik heb Warby gezegd dat hij koffie moest meenemen toen hij de laatste keer in Caïro was, maar hij is het vergeten. Hoe kon hij dat nou vergeten? Hij komt met kousen, toffees en Egyptische wijn aanzetten, maar hij vergeet de koffie. En hij kan niet dansen, dus waar deugt hij eigenlijk voor?'

De rest van die week, en een stuk van de erop volgende, terwijl Fingerly op zoek was naar een radio voor Rocco – en wat hij verder nog allemaal deed – reed Rocco met Melita in de lijkwagen van het ene stadje naar het andere. Het viel niet mee op die stoffige, kronkelende weggetjes, maar het waren mooie dagen, samen in de auto. Ze praatten, ze maakten grappen. Hij plaagde haar, en zij plaagde terug. Hij plaagde haar over haar haar, dat zo lang was dat het tussen het autoportier en de stijl bleef zitten als ze de deur dichttrok, en zij plaagde hem dat hij niet kon zingen, geen wijs kon houden, alleen maar kon fluiten, en dat niet eens goed. Soms, na een lang zwijgen, groef hij in zijn geheugen en dolf een paar regels van Edgar Allan Poe op, herinnerde ze zich van de avondcursus die hij had gevolgd vlak voordat hij in dienst was gegaan: gedichten over eenzaamheid en duisternis, over verlies en voor altijd kwijt. De leraar had ze passages die ze mooi vonden naar eigen keuze uit hun hoofd laten leren, en Rocco, wiens geheugen niet al te best was, had de regels er altijd in gestampt als hij aan het werk was met zijn tweedehands auto's, had ze steeds weer herhaald tot ze erin zaten.

Een groen eiland in de zee, liefste,
Een bron en een schrijn,
Met kransen van vruchten en bloemen,
En alle bloemen waren mijn.
Ah, een droom, te mooi om waar te zijn!

Melita vond het leuk dat hij poëzie kende. Hij had verstand van auto's en hij had ook verstand van poëzie, en dat vond ze prettig. Poëzie was goed, zoals muziek goed was, en ook schilderkunst, de schilderijen van Caravaggio en Mattia Preti die in de kathedraal hingen, hoewel ze de voorkeur gaf aan Rafael en Botticelli, wier werk ze alleen uit boeken kende. Van Edgar Allan Poe wist ze het niet zo zeker. Ze vond de regels die Rocco citeerde wel mooi, maar ook erg treurig.

Met de lijkwagen reden ze elke dag naar een ander stadje, en waar ze ook zaten, er waren altijd mensen die haar kenden. Ze wisten hoe ze heette en waren blij haar te zien. Ze had een schroevendraaier en een tang en ander gereedschap bij zich en voerde kleine reparaties aan de jukeboxen uit. Soms waren het jukeboxen die Zammit had gemaakt, maar er waren ook andere, van voor de oorlog, Wurlitzers en Seeburgs, en de jukeboxen van Rock-Ola. Als er een draad loszat kon ze hem weer vastzetten. Als de geldlade geblokkeerd was wist ze hoe ze deze moest repareren, en ze kon de apparaten openmaken en de platen verwisselen. Als de lampen waren doorgebrand verwisselde ze ze, en als de fittingen zelf waren beschadigd en vervangen moesten worden, wat soms wel gebeurde, kon ze dat ook.

In Żebbuġ was er een barkeeper die haar weids als de Jukeboxkoningin begroette. Dat was ze, de koningin van de jukeboxen, die de muziek kwam afleveren. Het was muziek waarop je kon drinken en muziek waarop je kon dansen als je in de stemming was: de grote orkesten en de grote nummers, bijtende nummers en nummers om bij te zwijmelen, nummers die je van de rand van een afgrond smijten, en je valt, maar je komt nooit op de bodem terecht.

'Waar haal je die platen toch vandaan?' vroeg Rocco, terwijl ze in een café in Atard op Glenn Miller een foxtrot dansten.

'Welke platen?'

'Allemaal. Heb je soms een oom in Tin Pan Alley?'

'Ze worden gebracht door een Britse piloot.'

'Zomaar? Ze worden ingevlogen?'

'Ze komen van ergens in Amerika – uit Tennessee, geloof ik – en gaan naar Caracas. Van Caracas gaan ze naar Gibraltar. Op Gibraltar pikt de Britse piloot ze op en neemt ze mee in een Wellington.'

Die liedjes, altijd die liedjes.

'En als hij wordt neergehaald?'

'Dan heeft Malta geen muziek meer.'

'Betaal je hem?'

'We betalen voor de platen en hij brengt ze gratis.'

De familie van de piloot had een fish-and-chipswinkel in Liver-pool. Na de oorlog zou Zammit ze een jukebox sturen, gratis, als betaling voor de levering van de platen. De piloot had er al een uit-gekozen: hij had blauwe lampen, die konden knipperen.

'Weet je wat ik denk?' vroeg Rocco. 'Ik denk dat er helemaal geen Zammit bestaat. Ik denk dat je die dingen zelf maakt.'

'Als je dat denkt, wordt het tijd dat je eens kennis met hem maakt.'

'Heb je hem over me verteld?'

'Nou, niet alles. Hij zou erg van streek raken als hij alles zou weten. We zijn hier op Malta, dus geen grappen tot de priester je zegent en je getrouwd bent. Zammit is maar een neef, maar omdat hij mijn oudste levende verwant is voelt hij zich verantwoordelijk, alsof hij mijn oom was, of mijn vader. De mannen op Malta kun-nen heel moeilijk doen over dit soort zaken.'

'Ik vind dat we Zammit maar moeten overslaan.'

Ze haalde haar schouders op.

'Is dat goed, wat jou betreft?'

'Als je dat wilt,' zei ze opgewekt.

Ze installeerde vier nieuwe platen in Sliema, verwisselde een gloeilamp in Gzira, zette een losse draad vast in Ta'Xbiex en ver-ving in Pietà een gebroken stuk glas. Een halfuur later, nadat ze bij een café in Paola een paar platen hadden afgeleverd, nam Rocco het stuur over en sloeg de weg naar Santa Venera in.

'Ben je van gedachten veranderd? Wil je hem nu wel leren ken-nen?'

'Nee, ik wil hem niet leren kennen, maar je hebt gezegd dat hij goede Franse cognac van voor de oorlog heeft. Ik zal hem aller-minst aardig vinden als hij die niet heeft.'

'Nu weet ik het opeens niet meer zo zeker,' zei ze aarzelend, 'misschien is het geen cognac maar rum.'

'Ik vind rum vreselijk. Welke kant moet ik nu op?'

'Linksaf. En dan rechtsaf.'

Ze reden traag door Msida, waar een lange rij mensen op melk stond te wachten. De melk werd verkocht vanaf een aluminium vrachtwagen met een groot bord:

'Ik zou eigenlijk melk voor Zammit moeten kopen, hij heeft al een hele tijd niet meer gehad.'

'Wil je in die rij gaan staan?'

Dat wilde ze niet. 'We doen niet anders meer tegenwoordig, we wachten op melk, brood, water, op rijst als ze rijst hebben, en kerosine. Soms wachten we helemaal voor niets – mensen gaan in de rij staan, een halve kilometer lang, ze denken dat ze voor brood in de rij staan, of voor kaas, maar aan het begin van de rij is helemaal niets. Weet je hoe het begint? Een paar oude mannetjes blijven staan om een praatje met elkaar te maken; dan denken de mensen dat die oude mannetjes iets weten, en even later doet overal het verhaal de ronde: dit is de rij voor melk. De rij wordt langer en langer, hij loopt helemaal om het blok heen, en wie er drie uur later komt is niet de man met de melk maar een oud vrouwtje dat potloden verkoopt. Ze heeft er nog maar zeven, en ze zijn gebruikt, de gummetjes zijn gesleten, maar ze verkoopt ze voor een enorm bedrag, want waar kun je op Malta op dit moment nog een potlood krijgen? Dan gaat ze zelf in de rij staan, achteraan, omdat ze denkt dat de melk nog moet komen.'

Terwijl Rocco al luisterend verderreed was hij bang dat hij haar kwijt zou raken. Hij was bang dat ze op een of andere manier uit de auto zou worden getild en zou worden weggevoerd, de hemel in. Hij zat te dromen. Ieder moment zou het nu gebeuren: hij zou stoppen, uit de auto springen en kijken hoe ze verdween, opsteeg, met bloemen in haar haar, haar dijbenen aan elkaar gebonden met gras, haar mooie mond nog klagend over de vrouw die potloden verkocht en over de man die daarna kwam en goudsbloemen verkocht die niemand wilde: ze wilden alleen melk, en de enige plaats waar je die kon krijgen waren Melita's borsten. Ze hing in de lucht, als een Madonna die ten hemel voer.

Ze zei hem dat hij rechts af moest slaan. 'En je moet in God geloven,' zei ze, 'je moet geloof hebben. Je mag je geloof en je hoop niet verliezen. Je moet te biecht gaan en je zonden biechten, en je moet ter communie gaan.'

Hij remde bruusk om een schaap te ontwijken dat de weg op zwierf. 'Ik dacht dat alle schapen waren geslacht om op te eten.'

'O, er zijn er nog wel een paar. We houden ze als herinnering aan de goede oude tijd. Dat is het schaap van Paulo, ik herken het litteken op haar neus. Ik heb haar een keer aangereden met de lijkwagen. Dat schaap is zo dom, het weet gewoon niet hoe het opzij moet gaan.' En toen, opgewekt: 'Kijk, we zijn er, dat is Zammits huis, een eindje verderop.'

Ze had hem wel over Zammits klompvoet verteld, maar het was toch een verrassing toen hij die grote schoen met die dikke zool en zijn onbeholpen manier van lopen zag: hij hinkte, zijn linkerbeen breed uitzwaaiend, alsof er lood in de grote schoen zat. Het andere opvallende aan hem was dat hij klein was, opmerkelijk klein – hij reikte maar tot Melita's schouders. Hij droeg een dun, raar snorretje dat niet bij zijn gezicht paste, alsof er een draadje zwarte wol op zijn lip was gelijmd, en hij had grote bruine ogen, ogen die zo intens keken dat Rocco het gevoel kreeg dat Zammit recht door hem heen keek, zijn botten kon zien.

Toen ze binnenkwamen lag Zammit een dutje te doen, en Melita riep hem beneden aan de trap om hem te laten weten dat ze er waren, maar het duurde lang voordat hij beneden was. Hij waste zich en trok schone kleren aan. Hij schoor zich en trok zijn mooiste paar schoenen aan. Over zijn kleren droeg hij echter nog steeds zijn timmermansvoorschoot met spijkers en schroeven in de zakken, omdat hij zich zonder die voorschoot nooit helemaal zichzelf voelde en waarschijnlijk inderdaad iemand anders zou zijn geweest. Hij was de hele nacht opgebleven, werkend aan een jukebox voor de Zulu Bar in Safi. Hij sprak aarzelend, de woorden kwamen er traag uit, niet omdat hij slaap had, maar omdat hij nu eenmaal zo was, afwezig, als een wiskundige die over een moeilijk probleem nadenkt.

'Dus jij bent die Amerikaanse soldaat,' zei hij behoedzaam, op licht afwerende toon. 'Welkom, welkom in mijn huis.' Zijn haar leek wel een zwarte wolk. Hij schudde Rocco de hand en draaide zich toen naar Melita om. 'Melita, maak eens iets klaar. Er is brood, en wat je verder ook maar vindt. Neem de tomaten mee.' Toen, tegen Rocco: 'Ik heb cognac, vermout en sherry. Whisky heb ik niet, dat is nu met die oorlog zo moeilijk te krijgen.'

'Cognac,' zei Rocco, en Zammit knikte en hinkte naar een eikenhouten kast, waar hij een fles cognac en drie glazen uit haalde.

'Ze is dol op cognac,' zei hij over Melita, die in de keuken was verdwenen. 'Het brengt haar op ideeën voor de jukeboxen. Misschien heb jij ook wel ideeën?'

Hij maakte de eettafel leeg, haalde gereedschap, schroeven, stukken net gezaagd hout, schotels vol perzik- en druivenpitten weg. Het kleine huis was geen huis meer: het was een werkplaats, bezaaid met hamers, zagen, klossen draad, potten lijm, blikken vernis, oude fonografen (Garriola's, Edisons, Victors, die hij kannibaliseerde voor de onderdelen) en de kapotte meubelen die Melita van de afvalbergen meenam. Overal chaos, in alle kamers, op de bank en de stoelen, zelfs in de badkamer, in de badkuip, en in de kamers boven. Niet alleen het gereedschap en het materiaal, maar ook de jukeboxen zelf, in verschillende stadia van voltooiing. Hij werkte aan verschillende jukeboxen tegelijk, en als hij genoeg kreeg van de ene jukebox ging hij door aan een andere. Soms belandde hij in een impasse, kon hij niet meer verder, en dan liet hij hem helemaal voor wat hij was. Achter het huis, naast de tuin, stonden jukeboxen die hij nooit had afgemaakt, halfgevormde en misvormde voorwerpen, daar geparkeerd als oude invaliden.

'Ik ben geen dwerg,' zei hij tegen Rocco, alsof deze iets dergelijks had willen zeggen. 'Ik ben klein, ja, maar dwergen, echte dwergen, zijn kleiner. Die voet is een mysterie, we weten niet hoe ik daaraan kom. Niemand van de vorige generaties had zoiets. De parochiepriester zegt dat het een zegen van God is.'

Rocco wist waarom hij dit allemaal zei. Zammit probeerde hem te verzekeren dat als hij met Melita zou trouwen en kinderen zou krijgen, de kansen op dwerggroei of klompvoeten te verwaarlozen waren. Hij ging iets te vlug, zag hen al als getrouwd stel.

Rocco bood hem een sigaret aan, maar hij rookte niet.

'Melita zegt dat je met auto's werkt,' zei Zammit.

'Ik heb in de tweedehandsautohandel gezeten. Ik sleutelde aan de motoren, repareerde ze. Voor de oorlog.'

'Ik werk aan jukeboxen. Houd je van jukeboxen?'

'Ik houd van de muziek.'

'Ah, de muziek. Ja.'

Zammit maakte nu al ruim een jaar jukeboxen, sinds het door de oorlog voor de cafés en dansgelegenheden onmogelijk was geworden jukeboxen uit het buitenland te laten komen. Hij had een hekel aan de zakelijke kant ervan, aan de contacten met de klanten. Hij was alleen maar gelukkig als hij een stuk gereedschap in zijn handen had. Toen Melita, nadat de rechtbank was weggebombardeerd, met hem was gaan samenwerken, was dit dus een zegen geweest. Ze telefoneerde en praatte met de klanten, informeerde waar ze behoefte aan hadden. Ze kalmeerde de ongeduldige klanten, daar was ze goed in. En ze werkte aan de jukeboxen, waarbij ze van Zammit leerde. Ze soldeerde draad, installeerde de luidsprekers, regelde de platen en het gekleurde licht. Ze genoot ervan, het was beter dan het uittikken van juridische teksten over auto-ongelukken, diefstallen, aanrandingen en mishandeling.

Aan het einde van de jaren dertig hadden jukeboxen door de introductie van doorschijnend plastic, met fantasieverlichting die erdoorheen kwam een gedaanteverandering doorgemaakt, en van de ene dag op de andere waren de oude jukeboxen in zware houten kasten in onbruik geraakt. Maar nu, nu het oorlog was, was er op Malta geen plastic te krijgen, en Zammit had geen andere keus gehad dan op de oude stijl terug te vallen en jukeboxen van hout te maken. Maar zelfs hout was moeilijk te krijgen. Malta had geen bossen, geen eigen kaphout, en omdat er vanwege de belegering geen hout werd aangevoerd was alleen het afvalhout van gebombardeerde huizen en de afvalbergen beschikbaar.

Melita was met het idee gekomen gebrandschilderd glas te gebruiken.

Zammit was er sceptisch over geweest.

'Waarom niet?' had ze gevraagd. 'Probeer het eens.'

Hij probeerde het, en het werkte. Het werkte niet alleen, het bevrijdde hem, bevrijdde hem van de dode formaliteiten van de oude ontwerpen en bood mogelijkheden die je zelfs met plastic niet kon verwezenlijken.

Hij begon aan wat Melita als zijn vroege maniëristische periode aanduidde en maakte bovenmaatse, robuuste jukeboxen die schitterden van het gekleurde glas. Sommige van deze kasten waren wel twee meter hoog, terwijl andere klein, gedrongen en heel breed waren. Hij maakte ze zwaar en met vreemde hoeken, in bizarre geometrische vormen, en altijd was Melita bij hem en moedigde hem aan: maak hem groter, maak hem breder, maak hem waanzinniger en levendiger, met meer glas. Laat hem gloeien. Laat hem blinken, maak hem zo dat hij zelf muziek wordt en je niet eens een plaat hoeft op te zetten om zijn lied te horen.

Hij werkte geobsedeerd, tot in de nacht. 's Morgens om zes uur was hij op en liep naar de kerk, waar hij de mis bijwoonde en ter communie ging – hij was diep religieus, had altijd een rozenkrans op zak – en na een klein ontbijt zat hij dan weer te werken.

Melita kwam met brood, tomaten en een fles olijfolie neuriënd de keuken uit. Ze nam een slokje cognac en wierp een schalkse blik op Rocco. 'Verveelt hij je met al die verhalen over jukeboxen? Heeft hij je zijn plakboek laten zien?'

'We hebben over het weer gepraat,' zei Rocco, met haar klinkend.

'Te koud voor april,' zei Zammit. 'Dadelijk is het mei en is het nog steeds koud. Het komt door de oorlog, alles is in de war en loopt achter.'

Koud? Rocco vond het warm, veel warmer dan enige april-maand die hij zich van Brooklyn kon herinneren. De nachten waren koel, inderdaad, maar als de zon eenmaal op was zweette je meteen, zelfs als je alleen maar een wandelingetje maakte.

Melita sneed het brood in dikke plakken, halveerde een tomaat en wreef deze over het brood tot het roze werd van de pulp en het sap. Ze doopte het brood in de olijfolie en strooide er oregano en tijm op. 'Dit noemen we *ħobz-biż-żejt*, brood en olie.'

'En dat was mijn laatste olie,' merkte Zammit klagend op.

'Morgen vinden we wel weer wat,' zei ze. 'Er moet toch ergens op het eiland olie te vinden zijn.'

Ze aten en praatten en dronken cognac, en nu was Melita het grootste deel van de tijd aan het woord over de jukeboxen, over de jukeboxen die ze verkochten en de jukeboxen die ze niet verkochten, de successen en de mislukkingen.

'Heeft hij je over de Bethlehem Jukebox verteld?'

Nee.

'Heeft hij je over de Vingers van St. Agatha verteld?'

Daar had Zammit het evenmin over gehad.

'Waarom wil je hem toch over al die dingen vertellen? Dat is al zo lang geleden' zei Zammit, met zijn hand wuivend.

Ze schonk zichzelf nog wat cognac in terwijl haar ogen verrukkelijk tussen Rocco en Zammit heen en weer schoten.

Niet lang nadat Zammit met gebrandschilderd glas had leren werken hadden zijn kasten een godsdienstig tintje gekregen. Zijn Contrareformatie-barok, noemde Melita het. Hij maakte jukeboxen die versierd waren met rozenkransen, godsdienstige medaillons, madonna's, afbeeldingen van de heiligen. Hij zorgde ervoor dat iedere jukebox een speciale zegen van de parochiepriester, vader Maqful, kreeg en verkocht ze – met korting, vanwege het religieuze aspect – aan kerken en godsdienstige scholen. In parochies op het hele eiland werden ze voor de jongerenbals op vrijdagavond gebruikt.

Maar hij wilde meer, een volgende stap. Wat hem voor ogen

stond was jukeboxen te maken die muzikale reliekschrijnen waren, die de relieken van heiligen bevatten. Hij maakte schetsen voor de St. Agatha-jukebox, waarin onder glas enkele botten van St. Agatha te zien zouden zijn, een vinger of een teen. Ze was een belangrijke heilige voor Malta, ze had er een tijdlang gewoond voordat ze op Sicilië de martelaarsdood was gestorven. Toen Zammit vader Maqful had benaderd had de oude priester het idee echter zonder meer van de hand gewezen, want een reliek in een jukebox was duidelijk niet iets wat de goedkeuring van de aartsbisschop zou kunnen wegdragen.

Het duurde een hele tijd voordat Zammit het idee uit zijn hoofd kon zetten. Hij dacht aan de onvergankelijke arm van St. Franciscus Xavier en het opgedroogde bloed van St. Januarius, dat ieder jaar op zijn feestdag begon te vloeien, en aan het lichaam van Maria Magdalena, dat in een kerk in Vézelay een zoete geur afgaf. En dan waren er de vinger van de heilige Johannes de Doper in Maurienne, en het lichaam van St. Nicolaas, dat uit Myra was gestolen en naar Bari was overgebracht, waar delen ervan achterover waren gedrukt en naar het dorp Porta verhuisd. Misschien zou hij voor een van de jukeboxen een knokkel of een paar haarlokken kunnen krijgen.

Op zekere dag, nadat vader Maqful zijn voorstel had afgewezen, had hij al zijn schetsen en bouwplannen gepakt en in een aanval van wanhoop in het fornuis in de keuken verbrand. Hij gaf de heiligen de schuld van de hele mislukking omdat het hun kennelijk niet was gelukt in actie te komen en hun krachtige invloed aan te wenden. Na het verbranden van de schetsen creëerde hij nog maar één jukebox met een godsdienstig thema. Het was de Bethlehem Jukebox, een jukebox met een blauwe ster die zijn licht op een stal met de Heilige Familie liet vallen, terwijl er van heel kleine stukjes rijstpapier gemaakte sneeuw over het tafereel neerdaalde. Hij kreeg het echter niet voor elkaar de sneeuw goed te laten vallen. De sneeuw kwam overal op de grammofoonplaten terecht, waardoor de naald ging schuiven, en blokkeerde met gekmakende regelmaat de motor die de draaitafel aandreef. Van alle jukeboxen was dit de grootste teleurstelling, en uiteindelijk kreeg hij zijn plaats bij de andere fiasco's in de tuin achter het huis.

Vervolgens brak de periode aan die Melita zijn neoklassieke noemde, een stijl die hij de afgelopen paar maanden verder had uitgewerkt. Hij had de excessen van zijn vroege, midden- en late barok achter zich gelaten en maakte nu kasten met duidelijke, doordachte lijnen, slank en onopvallend, met fraaie details, nooit overdadig en nooit alleen maar ornamenteel.

Ze amuseerden hem wel, de termen die Melita ervoor gebruikte. Barok, maniëristisch, contrareformatorisch. 'Ze heeft kunstgeschiedenis gestudeerd, ze kent al die mooie woorden.' Als hij aan het werk was dacht hij niet na over de stijl, het was gewoon iets wat hij voelde, een behoefte de kast zus te maken en niet zo; hij werkte alleen maar intuïtief in een bepaalde richting. Nu, in zijn neoklassieke fase, werkte hij eerder sober dan met versieringen, omdat hij het op die manier nu eenmaal prettiger vond. Hij gebruikte nog steeds gebrandschilderd glas omdat hij niets anders had, maar meed de meer opzichtige kleuren en koos voor een algemene eenvoud in het ontwerp. Toch onderging zijn werk, ondanks het succes van zijn laatste kasten, de laatste weken weer een verandering, en hij besefte dat hij elke dag een stukje verder op weg was naar iets anders.

'Kom,' zei hij, 'dan laat ik je mijn nieuwste stuk zien, waaraan ik nu bezig ben.'

Hij nam hem mee naar boven, naar zijn slaapkamer, die evenzeer een werkplaats was als de andere kamers en waar her en der priemen, schroevendraaiers en verstekzagen lagen. Naast het bed stond de jukebox die hij voor de Zulu Bar in Safi maakte, vrijwel klaar. Hij was slank, warm, uitnodigend, een combinatie van berkenhout en kastanje met een bescheiden hoeveelheid gebrandschilderd glas en, het nieuwe accent, een flinke hoeveelheid glazen pijpen – spiralen, lussen, rechte stukken – waardoor gekleurde vloeistoffen in verschillende pastelkleuren stroomden, in sommige pijpen roze, in andere lavendel, en in de vloeistof stegen luchtbelletjes op, zodat het hele effect er een van frisheid en levendigheid was. Het was duidelijk een overgangsstuk, het geniale begin van een exuberante romantische fase.

Hij haalde een hendel over en er belandde een plaat op de draaitafel. Het was Gene Autry, die 'Have I Told You Lately That I Love You?' zong. Zammit koesterde een groeiende hartstocht voor cowboyliedjes, vooral als er eenzaamheid en verlatenheid in doorklonken, als het liedjes van het hart waren. In de jukebox voor de Zulu Bar zaten nummers van Jimmie Rogers, Hank Snow, Tex Ritter en vier of vijf anderen.

Rocco was gefascineerd door de luchtbelletjes.

'Hoe heb je dat gedaan?' vroeg hij, nieuwsgierig naar de techniek. 'Hoe heb je die belletjes gemaakt?'

'Hij is een genie,' zei Melita, niet vleiend maar simpelweg uit bewondering voor Zammits talent.

'God is goed,' zei Zammit. 'Soms weet ik nauwelijks wat ik doe, maar mijn handen weten het wel. God zit in mijn handen. In mijn vingers.'

Gene Autry zong nog steeds, en Melita deinde licht mee op het ritme. Rocco tuurde in de jukebox, verwonderd, niet begrijpend hoe Zammit die belletjes had gemaakt, en Zammit, die bij het raam stond, keek uit over de tuin, staarde naar een vijgenboom.

'Gene Autry?' vroeg Rocco.

Zammit glimlachte. 'Houd je van hem?'

Rocco keek Zammit aan, klein en mager, de grote schoen aan zijn klompvoet, en hoe hij het ook probeerde, hij kon zich hem niet op de prairie voorstellen, met coyotes en bosuilen en de eeuwige amarant.

Zammits plakboek, dat hij al jaren bijhield, stond vol afbeeldingen van jukeboxen, sommige in kleur, andere in zwartwit, die hij uit tijdschriften had geknipt. Er stond een AMI uit 1927 in, en een Seeburg Audiophone uit 1928. Een Dance Master uit 1929. De eerste Wurlitzer (1933) en de eerste Rock-Ola (1935). Daarna, na 1938, de blinkende, lawaaierige, verlichte modellen van veelkleurig doorschijnend plastic – de Gem, de Regal, de Throne of Music, de Rock-Ola Master Rockolite. Hiertussendoor stonden afbeeldingen van enkele van de vroege apparaten die de voorlopers van de jukebox waren – de Automatic Phonograph van Edison uit de jaren negentig van de negentiende eeuw, die één nummer bevatten dat je voor een stuiver kon afdraaien, en de Multiphone van de eeuwwisseling, die keus bood uit vierentwintig nummers. De Hexaphone, de Graphophone, de Automatic Entertainer.

Zammits favoriete afbeelding kwam uit een tijdschrift dat het jaar voor zijn geboorte was verschenen. Het was een afbeelding van Peter Bacigalupi's *Kinetoscope, Phonograph, and Graphophone Arcade* in San Francisco in het jaar 1900. De arcade was een lang vertrek met een hoog plafond waarin rijen muziekapparaten in elegante houten kabinetten stonden. Boven de apparaten hingen ingelijste schilderijen, waardoor er een museumachtige sfeer hing. Op elk apparaat lag een servet om voor en na gebruik de koptelefoon schoon te maken. Het vertrek werd verlicht door twee kroonluchters, elk voorzien van groepen lampenkapjes van geperst glas. Zammit had altijd het gevoel gehad dat hij graag in een dergelijke omgeving in een dergelijke tijd had gewoond. Hij zou de apparaten repareren als ze gerepareerd moesten worden, en de rest van de tijd zou hij ergens zitten, kijkend naar de mensen die binnenkwamen om van de muziek te genieten. Hij zou in een gemakkelijke stoel zitten en de glimlachjes en de ogen zien, de voeten die meetikten op het ritme, de deinende hoofden en schouders. Niemand zou teleurgesteld vertrekken, daar zou hij wel voor zorgen. Hij zou altijd de beste muziek in huis hebben, en apparaten met het best denkbare geluid. Maar dat was in 1900 geweest, in San Francisco, voordat hij was geboren, en nu was het 1942 op Malta en de wereld zonk in hoog tempo weg in een waanzinnige oorlog waarvan iedereen wist dat hij nog waanzinniger zou worden voordat er ooit een einde aan zou komen.

II

Het woord voor sneeuw

ROCCO HAD 'S NACHTS ALTIJD IN DE SCHUILKELDER GESLAPEN, maar nu trok hij in in het huis aan Windmill Street, dat hij helemaal voor zich alleen had. Hij had er de matras boven, op de vloer, en beneden, in de keuken, een fornuis dat op kerosine liep en een gootsteen met af en toe stromend water.

Toen Fingerly hem vond stond hij in een lange rij wachtenden in Zachary Street, een paar huizenblokken van Windmill.

'Ik heb je een radio beloofd,' zei Fingerly.

'Echt?'

'Hij staat op een boerderij bij Maqluba.'

'Ik sta hier in de rij, ik sta al een uur te wachten.'

'Waar sta je op te wachten – melk?'

'Kerosine, geloof ik.'

'Kom mee, dan krijg je alles wat je nodig hebt.' Hij was al weg, liep naar de auto, die bij de City Gate stond.

Van Valletta reden ze naar het zuiden, over slechte onverharde wegen waar ze een hoop stof opwierpen, langs het vliegveld van Luqa, door een streek met grote kalksteengroeven, naar een kleine boerderij tussen Żurrieq en Qrendi; de hele rit klaagde Fingerly over Maroon, kon hem nog steeds niet vergeven dat hij zich bij de oversteek vanuit Gozo had laten doodschieten.

'Ik heb hem gezegd de veerboot te nemen, drie keer. Als hij geluisterd had zou hij nu hier zijn, rondparaderend als de pauw die hij was. Hij was er bijna, verdomme, maar hij houdt vaart in en begint met dat idiote pistool te schieten.'

'Hij is dood,' zei Rocco.

'Reken maar,' zei Fingerly, alsof Maroon het verdiende.

Hij had drie duikers aan het werk in de zee-engte bij Marfa Point, die zoveel mogelijk van de pygmeeolifant probeerden te redden. De duikers waren vissers die niet meer konden vissen omdat hun boten door de Luftwaffe aan flarden waren geschoten.

Je kon je maar moeilijk voorstellen dat er, nadat de boot de lucht in was gegaan, van de botten meer over was dan splinters. 'Wat wil je ermee? Aan elkaar lijmen of zo?'

Fingerly schudde ontkennend zijn hoofd. 'Waar jij last van hebt, Rocco Raven, is gebrek aan geloof. Geen hoop, geen visie op de toekomst, geen vertrouwen dat de toekomst er werkelijk zal zijn als je hem nodig hebt. Wat jij nodig hebt is meer ambitie.'

Misschien, dacht Rocco, misschien. Hij begon echter te vermoeden dat waar Fingerly last van had een manco op het gebied van het gezonde verstand was. Hij geloofde echt dat zijn duikers die botten zouden vinden.

De boerderij besloeg maar een paar are, terrasvormige hellingen die met kool waren beplant. Het huis was laag en kubusvormig, gebouwd van gelige blokken kalksteen; het stond met de hoek tegen de flank van een heuvel aan en wekte de indruk in de aarde weg te zinken. Op enige afstand van het huis en een stuk bij de kolen vandaan verhief zich naast een kleine stenen hut, die in een uitbundige massa onkruid en wijnranken stond, een radiomast.

De boer stond tussen de kolen, was met een hak aan het werk. Fingerly zwaaide naar hem, en de boer zwaaide terug. Hij was klein en oud, olijfdonker, tandeloos, droeg een zwart vest over een wit overhemd waarvan de mouwen tot zijn ellebogen waren opgerold. Hij zei niets, zwaaide alleen maar, en Fingerly bracht Rocco op zijn gemak naar de hut.

De radio stond op een oude werkbank – een zender en een Hammerlund-ontvanger, een HRO50 – in een ruimte vol werktuigen. Aan spijkers hingen zeisen, sikkels, snoeihaken, een oude ploeg met de disselboom en het tuig voor een muilezel. Voor de werkbank stond een kruk, en naast de ontvanger een asbak met een paar peuken.

Rocco schakelde de eenheden in, de lampen lichtten op, de wijzerplaten gloeiden spookachtig. 'Wat moet een boer nou met dit soort apparatuur?'

Fingerly hief zijn lange armen en sloeg zijn handen achter zijn hoofd in elkaar. 'Omdat hij een boer is mag hij geen radio hebben?'

'Jezus, kijk nou even naar hem – zijn schoenen vallen uit elkaar, zijn broek zakt af, hij gebruikt waarschijnlijk toverformules om die kool te kweken. En dan heeft hij hier eersteklas apparatuur waarvan hij met geen mogelijkheid weet hoe hij haar moet bedienen? Die kerel heeft niet eens tanden.'

'Laat je je zo over die man uit omdat hij te arm is om een kunstgebit aan te schaffen? Wat voor houding is dat?' Fingerly keek Rocco met een heel vaag glimlachje aan, zijn geen-discussieglimlachje, zijn vergeet-het-maarglimlachje, zijn *chica-chica-boom*-glimlachje.

'Wil je dat ik ga zenden?'

'Ik wil dat je luistert.' Hij trok een la in de werkbank open en haalde er een gele blocnote en twee potloden uit; de blocnote was bijna even verbazingwekkend als de radio, omdat op Malta papier, blanco papier, vrijwel niet meer bestond. Hetzelfde gold voor potloden. Hij schreef drie frequenties op, die Rocco moest proberen. 'Schrijf het allemaal hier op,' zei hij. 'Wat je ook maar opvangt.'

Hij liep de hut uit, en Rocco keek zittend op de kruk door de deuropening naar buiten terwijl Fingerly het koolveld op liep en een praatje met de oude man aanknoopte. Fingerly praatte, en toen praatte de oude, en toen zeiden ze beiden een tijdlang niets.

Rocco verzette de wijzers, vond een van de frequenties, maar hoorde niets. Op de tweede kwam in punten en strepen een bericht door. Hij luisterde, kreeg het gevoel weer te pakken, pakte toen een potlood en begon te schrijven. Het was een open code, een code in jargon, waarin woorden stonden voor andere woorden, in zinnen die betekenis hadden als je over de sleutel beschikte.

> DE ZOMER VERSLAAT DE SNEEUW
> HOEDANOOK ZEGENT DE GROTE LEEGTE
> VERLOREN IS VERLOREN, DOM IS DOM
> DRAAG JE OVERJAS

Een tijdje kwam er niets, en toen begon de uitzending weer, hetzelfde bericht, steeds opnieuw.

Hij stemde af op de derde frequentie, en daar kwam ook iets door, in punten en strepen, maar dit was iets anders, het was vercijferd – geen woorden, alleen letters, vijf per groep:

Er kwamen nog een paar regels, toen een pauze en daarna werd het bericht herhaald. Toen Fingerly terugkwam wierp hij een blik op de blocnote en knikte vaag.

'Wie heb ik nu bespioneerd?' vroeg Rocco.

'Doet dat ertoe?'

'Ik wil graag weten wie de trekker overhaalt als ik gepakt word.'

'We leven in een lankmoedige tijd, Raven. Radiospionnen worden niet tegen de muur gezet, ze laten ze gewoon wegrotten in de gevangenis. Probeer die eerste frequentie nog eens.'

Rocco stemde erop af, maar er kwam nog steeds niets.

'Had je kerosine nodig? Daar staat het.' Fingerly wees op een deur, en nadat Rocco deze had geopend vond hij een hele kamer vol voorraden: blikken corned beef, zakken aardappelen, kisten wijn, potten conserven en ingelegde groenten, wielen kaas, strengen gedroogde vijgen.

'Waar heeft-ie dat allemaal vandaan? Werkt-ie soms voor Dominic?'

'Hij hamstert. Hij hamstert al sinds de Eerste Wereldoorlog. Hij weet wat moeilijke tijden zijn. Hij herinnert het zich nog. Daar, de kerosine staat achter de aardappelen. Pak een blik. Neem er maar twee.'

'Heb jij die betaald?'

'Uncle Sam heeft betaald. Een vermogen. Ik moet het eigenlijk van je salaris aftrekken.'

'Is Uncle Sam dan zo gierig?'

'Uncle Sam houdt graag zijn boekhouding op orde, dat is alles.'

Ze zetten de kerosine in de auto, en daarna nam Fingerly Rocco mee op een wandelingetje naar Maqluba, vierhonderd meter achter de boerderij, vlak buiten het dorp Qrendi.

Maqluba was een oeroude uitholling in het landschap, dertig meter diep en meer dan honderd meter in doorsnede. Er had lang geleden een dorp gelegen, boven een onderaardse holte, en toen deze holte was ingestort was het dorp in het gat verdwenen. Nu was er op de bodem niets meer te zien, alleen maar een verwarde massa gras en oude bomen. Een kerk aan de rand, die over het gat uitkeek, stond er nog, maar er waren alleen fragmenten van over, de rest was weggeërodeerd door de wind en de seizoenen. De legende luidde dat God het dorp had vernietigd omdat de inwoners van hun geloof waren gevallen en in zonde leefden.

Fingerly hield van deze plek. Hij werd gefascineerd door de sfeer van een catastrofe, die er nog steeds hing. 'Weet je wat *Maqluba* betekent? Op zijn kop. Toen het stadje was verdwenen bedachten de mensen die kwamen kijken er deze aardige nieuwe naam voor. Op-zijn-kopdorp.'

Een goede naam, niet alleen voor dat gat maar voor het hele eiland, dacht Rocco, een gekapseisde, op zijn kop staande nachtmerrie, niets recht, niets netjes, niets ordelijk, bommen die dag en nacht vielen, mensen in schuilkelders die nauwelijks overleefden op de waterige, obscene stoofpotjes en het rottende, groene vlees dat van de botten van bloedeloze, ondervoede geiten werd gepeuterd. Het psychiatrische ziekenhuis was gebombardeerd. Het leprozenhuis was gebombardeerd. Het ziekenhuis voor verloskunde van Cini was gebombardeerd. Taarten bakken was verboden vanwege de schaarste – en toch kon je bij Dominic's, als je het geld had, nog steeds gebak krijgen met *rikotta*, en twintig jaar oude Schotse whisky. Boven was onder, links was rechts, ja was nee en nee was misschien.

Fingerly, die aan de rand van het gat stond, ritste zijn broek open en liet een lange straal urine los die goudkleurig en snel op de begroeiing eronder liep. Rocco volgde zijn voorbeeld, trok zijn rits open en piste. 'Het is geschiedenis, daar beneden,' zei Fingerly, 'je moet er goed voor zorgen, je moet het verleden water geven en in leven houden. Het is de moeder, de bron van al het goede dat we kennen.'

Er groeide een overvloed aan wilde bloemen, kleine irissen en narcissen, goudsbloemen, guichelheil – roze en blauwe blaadjes, geel en rood. Rocco bedacht wat een hel het geweest moest zijn voor degenen die er die dag hadden gezeten, in dat kleine dorp, honderden jaren geleden, toen de grond onder hen was weggevallen en er een einde aan hun wereld was gekomen.

'Ik wil dat je die frequenties blijft afluisteren,' zei Fingerly terwijl ze naar de auto terugliepen. 'Iedere ochtend, van zeven tot negen. Na een week of twee nemen we andere tijdstippen.'

'Hoe kom ik hier? Krijg ik de Austin?'

'Neem de bus naar Qrendi,' zei Fingerly met een knikje naar de doosvormige kalkstenen huizen minder dan anderhalve kilometer verderop.

'En als ze Qrendi bombarderen?'

'Dan neem je de 32 naar Żurrieq.'

'En als ze de 32 bombarderen?'

'Als ze de 32 bombarderen, en jij zit erin, dan doet het er toch niet meer zoveel toe?'

De volgende ochtend, toen Rocco zich naar de Portes des Bombes begaf om de bus naar Qrendi te nemen, bleek deze vanwege de brandstofschaarste niet meer te rijden. Hij nam de 32 naar Żurrieq, een oude bus, flink gedeukt en gekrast. De meeste ramen waren eruit geblazen, en over de paar die er nog in zaten waren stroken plakband aangebracht om te voorkomen dat ze aan splinters zouden gaan. Het was een voertuig dat betere tijden had gekend. Alle bussen waren versierd en hadden bij de chauffeursstoel talismans en afbeeldingen van de favoriete heiligen van de chauffeur. Op deze bus, aan de achteruitkijkspiegel, had de chauffeur slechts één heilige, de Kleine Bloem, de heilige Theresa, met een paar takjes lelietjes-van-dalen, die er met een paperclip aan waren bevestigd.

Voordat de bus halverwege Żurrieq was, nog voordat hij Kirkop had bereikt, werd hij gebombardeerd.

De bom raakte de weg niet ver voor hen. Het was een onverharde weg, aangestampte aarde en grind op de kalkstenen ondergrond, en de bom sloeg een enorme krater en wierp aarde en brokken kalksteen op die overal op de bus terechtkwamen. De chauffeur, een magere, ascetisch ogende man met een grote zwarte snor, bleef ongewoon kalm. Hij leek achter in de dertig, had een onbewogen gezicht en donkere ogen die uitdrukkingloos in de verte staarden. Eerst liep hij van bank tot bank naar achteren om zich ervan te vergewissen dat er niemand gewond was, en daarna liet hij iedereen uitstappen omdat hij de weg af moest, een ruw veld in, om om de bomkrater heen te komen. Toen iedereen was uitgestapt kondigde hij, alvorens de bus weer in beweging te zetten, aan dat hij ieder stuk grind en rots moest weghalen dat op het dak was gevallen.

Het leek onredelijk. 'Als je gewoon gaat rijden,' zei Rocco, 'schuift al die rommel er gewoon vanzelf af.'

De chauffeur liet zich echter niet bepraten. Hij antwoordde met gekmakende koelbloedigheid dat het puin krassen op de lak zou veroorzaken als het eraf viel, en toen Rocco erop wees dat de bus toch al vreselijk gekrast en gedeukt was keek de chauffeur hem aan alsof hij een ongelovige was.

Terwijl de passagiers toekeken klom de chauffeur op het dak, raapte uiterst zorgvuldig de kiezels en brokken kalksteen een voor een op en gooide ze aan de kant van de weg op de grond. Een vrouw, en enkele mannen, deden pogingen hem te bepraten, maar hij luisterde al niet meer.

Schouderophalend trok Rocco zijn jasje uit, klom op het dak en begon te helpen.

'Schoenen uit,' zei de buschauffeur.

'Wat?'

'Je schoenen. Die maken krassen op de lak.'

Rocco trok zijn schoenen uit en zag dat de chauffeur niet alleen zijn schoenen had uitgetrokken, maar eveneens zijn sokken, en het werd Rocco opeens duidelijk dat de man krankzinnig was. De chauffeur leefde in een of andere liefdevolle droom over de geboorte van de bus, toen deze nog nieuw en onbezoedeld was geweest, even glad en kostbaar als een mooie vrouw, reagerend op zijn aanrakingen, naar links sturend, naar rechts sturend, voet niet op het rempedaal, heerlijk accelererend – niet zomaar een vrouw maar de Kleine Bloem in persoon, zijn speciale beschermheilige die hij 's ochtends en 's avonds met hartstochtelijke gebeden het hof maakte – zij, met dat engelengezicht, het gezicht van een vrouw die hij in zijn dromen had ontmoet, de neus, de wimpers, de fijn gevormde kin, haar mondhoeken met hun lieflijke contouren.

De sirenes klonken weer, er was een volgende luchtaanval op komst, en de passagiers, die nog steeds aan de kant van de weg stonden, schreeuwden naar de chauffeur, spoorden hem aan weer in te stappen en door te rijden. Er stonden een priester met een baard, een vrouw met drie kinderen, nog een vrouw, met een baby, een oude non met een boodschappentas vol breiwerk en een kale man die het merendeel van zijn tanden miste. De oude non was erg luidruchtig, schreeuwde in het Maltees en zwaaide met het kruisbeeld aan het uiteinde van haar zwarte rozenkrans. De chauffeur liet zich niet opjagen. Nadat al het puin was verwijderd pakte hij van onder zijn stoel een handdoek en veegde het stof van de ramen, van de paar ramen die er nog in zaten. Hij lachte geen enkele keer.

Op een maandag verhuisde Melita vanuit de kamer boven de apotheek aan Triq Dun Mario in Qormi en nam haar intrek bij Rocco in het beschadigde huis aan Windmill Street in Valletta.

De muren en plafonds waren veel van hun pleisterwerk kwijt, maar vergeleken met sommige huizen in de buurt was het in goede staat. Rocco had de matras vanuit de dakloze kamer boven naar beneden gesleept en in de zitkamer gelegd en uit de ruïnes naast hen een bed gered. Verder had hij een tafel en een paar stoelen voor de eetkamer gevonden. De lampen werkten als er elektriciteit was, en de wc kon worden doorgetrokken als er water was – water was er evenwel maar heel onregelmatig: sommige dagen een dun straaltje, de meeste dagen helemaal niets. Voor hen beiden was het een avontuur, waarover Rocco volledig bewust nadacht in termen van iets nieuws en anders, een soort keerpunt. Hij had wel eerder een verhouding gehad, maar nog nooit echt met iemand samengewoond, in hetzelfde huis, in dezelfde kamers, alsof ze getrouwd waren.

Ze nam een koekenpan mee, een klein espressopotje maar geen koffie om erin te doen, een pauwenveer, een koffer vol kleren, een doos boeken, een kleine radio en, om de radio van elektriciteit te voorzien als de stroom uitviel, een handbediende generator. Ze nam verder een kat mee, Byron, genoemd naar de dichter, die, toen hij meer dan een eeuw geleden Malta had bezocht, een laaiende affaire met een getrouwde vrouw, een Oostenrijkse, had gehad. Hij was destijds eenentwintig geweest en had op kamers gewoond aan Old Bakery Street, op de hoek van Windmill, in het gebouw waar nu de telefooncentrale was gehuisvest. Hij had een hekel gehad aan Malta, dat hij belachelijk had gemaakt als een kaal eiland 'Waar de Natuur het hoofd laat hangen…' Hij had een hekel gehad aan de hitte, de zon, de klamme *scirocco*, het uitgedroogde landschap, de heuvelachtige straten waar hij zich met zijn misvormde rechtervoet doorheen had gesleept.

Adieu, vervloekte trappenstraten!
(Wie er loopt kan jullie alleen maar haten!)
Adieu…

De affaire met de getrouwde vrouw was hartstochtelijk maar kortstondig geweest. Ze was elegant en sylfideachtig, dochter van een baron, en duidelijk avontuurlijk, maar de belangstelling van Byron kwijnde al snel weg, en toen ze een jaar later de affaire nieuw leven probeerde in te blazen vond hij redenen om haar te mijden.

'Byron?' zei Rocco, terwijl hij zijn vinger op de neus van de kat legde. 'Gaat die kat nu de hele buurt verleiden?'

'Deze kat heeft geluk,' zei Melita, die hem in haar armen hield en over zijn kop aaide. Het was een rode kat met cyperse strepen. 'Hij beseft niet hoeveel geluk hij heeft.'

In de gebombardeerde wijken waren de katten en honden verweesd geraakt, achtergelaten toen hun eigenaren halsoverkop naar veiliger gedeelten van het eiland waren gevlucht. Tijdens het eerste jaar van de bombardementen hadden de Maltese padvinders eten voor ze buiten gezet, maar nu, met alle schaarste, was er weinig meer voor de dieren over. Er waren slagers die katten vilden en als konijnen verkochten, maar wie, behalve de grootste slimmeriken, zou dit merken? Op de zwarte markt kon een konijn wel vijfentwintig shilling opbrengen, zelfs als het een kat was.

'Heel erg veel geluk,' zei Melita, terwijl ze in een van zijn oren kneep, en de kat sprong van haar schoot.

In de koffer zaten jurken, ondergoed, kousen en rokken, en hij rook de zoete geur van een reukzakje. Ze had drie paar schoenen, alle ernstig gesleten. Van een paar waren de zolen door, en aan de binnenkant had ze karton gelegd om haar voeten te beschermen. Toen het karton was doorgesleten verving ze het door linoleum dat ze uit een kapotgebombardeerd huis haalde. Haar paar juwelen zaten in een koffieblikje: oorringen, een zilveren ketting, armbanden van hout en zilver. Ze had haarspelden, een halve tube tandpasta, een bijna lege fles eau de cologne, twee stukken zeep, een potlood, een vulpen en een half potje inkt, maar geen papier. Ze had boeken, heel veel boeken: een onvolledige reeks van George Sand, veel van de gezusters Brontë, iets van Jane Austen, stukken van Ann Radcliffe, deeltjes Fanny Burney, een beetje van Virginia Woolf, behoorlijk wat van George Eliot, een paar dingetjes van Gertrude Stein, enkele mooie kleine deeltjes Mary Wollstonecraft en een Douay-versie van de bijbel. Verder een exemplaar van *Daemonologie* van koning James, een verhandeling tegen satanisme en hekserij. Pagina voor pagina werden deze boeken als wc-papier gebruikt, omdat er op Malta al een hele tijd geen papier meer te krijgen was.

Rocco liet zijn blik langs de titels gaan. 'Heb je dat allemaal gelezen?'

'Sommige, ja, op school, bij de nonnen, maar andere heb ik gekocht toen papier schaars begon te worden. Mijn kostbare boeken, wat vind ik het vreselijk om ze kwijt te raken. Boeken en kranten, meer hebben we niet, en de kranten zijn tegenwoordig maar dun.'

Toen het papier op was geraakt waren de klassieken op slag

populair geworden, en de boekhandels hadden in een oogwenk titels verkocht die jaren op de planken hadden staan verstoffen. Haar exemplaar van *Jane Eyre* was al voor meer dan de helft op, en van *The Mill on the Floss* resteerde alleen nog het omslag. *A Room of One's Own* was voorgoed gesloten, de dikke, vezelige bladzijden allemaal gebruikt, helemaal tot het bittere einde.

Via de radio kwamen er nieuwsberichten binnen van buitenlandse stations, en vanuit Italië pikten ze de Radio Roma-versie van Tokyo Rose op, een vrouw met een hitsige stem die beweerde Maltese te zijn en de laatste propaganda van de As-mogendheden verspreidde. Ze noemde zich Marlena Malta. Ze fleemde, sjanste, sprak met een stem die beurtelings moederlijk en verleidelijk klonk, drong er bij de Maltezers op aan hun steun aan de Britten te beëindigen. Ze plaagde en vleide, maakte slechte grappen en gaf altijd persoonlijke berichten door voor mensen die ze beweerde te kennen.

Ah, ja, mijn lieve Rita Chetcuti – wat herinner ik me die dagen in de speeltuin in Tarxien nog goed, waar we samen opgroeiden. Wat spijt het me voor je dat je vannacht niet zult kunnen slapen als de bommenwerpers komen. En mijn andere lieve, lieve vriendinnen, Rosa Vella en Cissy Guedalla – wat heb ik een verdriet omwille van jullie! Zien jullie hoe de Britten jullie laten lijden? Is het dat nu waard, al die problemen en al dat lijden?

Rocco draaide zwetend aan de hendel van de generator. 'Kent ze al die mensen echt?'

Melita lachte minachtend. 'Ze komt niet eens van Malta, hoe zou dat ook kunnen? Een Maltese vrouw zou zulke dingen nooit zeggen – niet via de radio. Die namen heeft ze uit een telefoonboek.'

Na de propaganda kwam de opera. Dat was de reden waarom je, als je een radio had, Radio Roma opzocht: voor Puccini, voor Verdi, voor Rossini. Ze klappen voor de Duitsers als die je operagebouw opblazen, en dan draaien ze zich om en sturen je opera's via de radio. Het was een deel van de waanzin, van het feit dat alles op zijn kop stond. Wisten ze niet dat het op Malta verboden was via de Italiaanse radio naar Italiaanse opera's te luisteren? Sinds het begin van de oorlog was dit een misdaad, je moest er stiekem naar luisteren. *Wisten ze dat niet?*

Rocco bleef aan de generator zwengelen. Hij was niet erg gek

137

op opera, maar hij hield wel van de muziek, van de intensiteit van het gevoel, van de welluidende klanken van hartstocht en tragische liefde. Vroeger, als hij in Brooklyn naar de kapper ging, had deze, een Italiaan, altijd de radio aan op een station dat opera's uitzond, met reclame voor *Il Progresso* en Ronzoni-spaghetti. Het waren geruststellende klanken: de violen, de vocalisten en de Italiaans sprekende omroepers, woorden die hij niet begreep. Een dromerig moment lang zat hij, terwijl hij aan de generator draaide, weer in Brooklyn, tien jaar oud, in de stoel van de kapper, terwijl de stemmen van de zangers en zangeressen zich stormachtig verhieven boven het op volle sterkte spelende orkest, en uit Melita's radio op de vloer kwam hetzelfde blikkerige geluid als toen uit de radio in de kapperszaak.

Ditmaal was het *Tosca*, van Puccini. Rocco zat op een stoel aan het voeteneinde van het bed en dook diep weg in de eerste akte, tot het moment waarop het 'Te Deum' begint en baron Scarpia, het hoofd van de politie van Rome, wellustig naar Tosca kijkt, haar begeert en besluit dat haar geliefde, Mario, moet sterven. De ontvangst was slecht, een hoop ruis, en er waren momenten dat er helemaal geen geluid doorkwam. Het was Melita's lievelingsopera. Ze hield van het pathos, de duisternis, de vallen en verwikkelingen van tragische emoties, en iedere keer dat ze ernaar luisterde kon ze weer de hoop niet onderdrukken dat het misschien ditmaal, door een of andere wonderbaarlijke keer van het lot, voor de geliefden goed zou aflopen. Maar altijd, ellendig, hetzelfde verschrikkelijke einde: Mario doodgeschoten door het vuurpeloton, en Tosca, die rouwend van de stadsmuur springt en haar dood tegemoet valt.

De kat ging speels de draad te lijf die de radio met de generator verbond, en Melita joeg hem zachtjes weg. Het beest liep weg en sprong toen op het toestel, alsof het dit als particulier terrein in bezit nam. Melita draaide een deel van de tweede akte aan de generator en daarna nam Rocco het weer over, maar er begon een volgende luchtaanval, ver weg bij de vliegvelden, en toen dichterbij, en het spervuur van het luchtdoelgeschut werd oorverdovend.

Rocco hield op met draaien, en toen was er niets meer – alleen de klappen en het gebrul van de kanonnen en de bommen – alsof de herrie een plek was en zij op die plek gevangen zaten en niet weg konden. Het lawaai nam bezit van hen: het bezat hen, spreidde zich over hen heen, hield hen vast, en het leek alsof het hen nooit meer zou loslaten. Melita zat met haar handen tegen haar oren gedrukt op de rand van het bed, en er lag een uitdrukking op haar gezicht, een duisternis, een fatalisme, waardoor Rocco zich van haar afgesneden voelde, alsof hij een vreemde was. De kat was bij het eerste vuren van de kanonnen op de vlucht geslagen, weggeglipt naar een ander deel van het huis.

Toen was het opeens achter de rug en waren de vliegtuigen verdwenen. Fliegerkorps II was hier erg slim in, veranderde altijd het patroon, bombardeerde soms urenlang achter elkaar en op andere momenten maar enkele minuten. Zo hielden ze de verdediging in onzekerheid.

Melita was niet van het bed opgestaan. 'Wanneer gaan we olijfolie voor Zammit halen?' vroeg ze zwaar ademend. 'Hij zal zo teleurgesteld zijn.' Rocco zat, zonder overhemd, nog steeds op de stoel, starend naar een groot gat in de muur, waar het pleisterwerk afgevallen was. Melita raapte de pauwenveer op en raakte uit de verte met het uiteinde Rocco's neuspunt aan. 'Er is nergens meer een olijf te vinden.'

'Zeg eens wat sneeuw in het Maltees is,' zei Rocco.

'Rare jongen, we hebben op Malta geen sneeuw. Denk je dat je in Zweden bent?' Ze zwaaide de veer traag heen en weer.

'Maar er is toch wel een woord voor? Sneeuwt het hier echt nooit?'

'Soms in de winter een buitje, dan zien we wel een paar vlokken, en soms hagelt het. Maar sneeuw, echte sneeuw, dat alles wit is, misschien eens in de twintig jaar. De voorlaatste Kerstmis, in 1940, heeft het gesneeuwd, maar alleen in Mdina. De keer daarvoor was ik nog niet eens geboren.'

'Wat is het woord voor konijn?'

'*Fenek.*'

'En voor regen?'

'*Xita.*' Ze haalde de veer over zijn schouders.

'En het woord voor artisjok?'

'*Qaqoċċ.*'

Dat was een moeilijke. Hij brak er zijn tong over en ze lachte.

'Eet je artisjokken?'

'Ik ben dol op artisjokken.'

'Dan zal ik ze voor je maken, als ze rijp zijn. Ze groeien in Zammits tuin, bij de pompoenen.'

'Wat draait er in de bioscoop?'

In Sliema hadden ze *The Maltese Falcon*. Rocco had hem al gezien, in Fort Benning, maar hij wilde er nog wel eens heen, hoewel hij het afgezaagd vond om op Malta naar *The Maltese Falcon* te gaan.

'Ga je je dan niet vervelen?'

'Ik vind het leuk, zoals Bogart een sigaret opsteekt. Heb je honger?'

Ze was uitgehongerd.

'We gaan op tijd eten, dan halen we de late voorstelling nog.' Vanwege de avondklok begon de laatste voorstelling om zes uur.

'Als we geluk hebben,' zei Melita. Ze bedoelde: als de bioscoop open was en er een voorstelling was. De stroom kon afgesneden zijn, of er zou een bom kunnen zijn gevallen, waardoor het hele gebouw in puin lag. Er waren behoorlijk wat bioscopen geraakt. Het ergste was toen geweest met het Regent aan Kingsway, in Valletta, in februari, om vijf uur 's middags, stampvol, tijdens een voorstelling van *Northwest Mounted Police*. Volgens de officiële rapporten vijfentwintig doden, maar Melita kende iemand die zei dat het er meer dan honderd waren geweest, voor het merendeel soldaten.

'We eten bij Dominic's,' zei Rocco.

Ze wist van Dominic's, maar was er nooit geweest. 'Echt? Wil je lekker veel geld uitgeven?'

'Het is beter dan de Victory Kitchens.'

'Ik haat de Victory Kitchens,' zei ze met strakke blik.

Ze dook in de koffer en haalde er een donkerrode jurk uit, met kant op de kraag en de mouwen.

'Deze?' vroeg ze, terwijl ze hem tegen zich aan hield.

'Prachtig, prachtig.'

Rocco trok zijn uniform aan, het uniform dat de kleermaker in Tarxien voor hem had gemaakt, en Melita was lang met haar make-up bezig. 'Binnenkort is er geen lippenstift meer,' zei ze. 'En wat dan?'

'Je hebt geen lippenstift nodig.'

'Jawel, jawel. Die jurk is te gekreukt.'

'Iedereen is gekreukt. Er is niemand meer die nog strijkt.'

Ze was zenuwachtig in de weer, draaide zich linksom en rechtsom, bestudeerde zichzelf in de gebarsten spiegel die aan de achterkant van een kastdeur hing.

'Die moet je dragen,' zei hij, achter haar opduikend, 'je ziet er schitterend uit. Hij hield haar haar opzij en drukte een kus op haar schouder.

'Waar is de kat?' vroeg ze.

'Hoe moet ik dat weten? Jij knijpt altijd in zijn neus.'

'Hij mag niet verdwalen.'

'Hij zal niet verdwalen.'

'Hij is hier vreemd, het is allemaal nieuw voor hem. Je weet hoe het gaat, iemand plukt hem van de straat en dan gaat hij de pan in.'

'Hij niet,' zei Rocco, die onder het bed keek en hem niet vond. 'Daar is hij te slim voor.'

'Hij is niet slim, hij is dom.'

'Knijp je daarom in zijn neus?'

'Ik weet het niet, ik weet het niet,' zei ze, nog steeds ongemakkelijk over de jurk. 'Als hij verdwaalt zal ik het hem nooit vergeven.'

Hij had een goed gevoel over haar. Er waren momenten dat ze praatten en momenten dat ze niet praatten, dat ze gewoon niets zeiden, en dat was ook goed, op de rotsen bij het water zitten, of in de auto, het was goed om gewoon met haar samen te zijn en geen woorden te hoeven gebruiken. Is zij degene? vroeg hij zich af. Echt? Er was een tijd geweest dat hij had gedacht dat Theresa Flum degene was, en toen was het allemaal verkeerd gegaan en spaak gelopen. Maar hier, nu, aan Windmill Street, voelde het heel anders aan. Alles. Een andere toon, een andere stemming, en hij vroeg zich af: Is zij? Misschien? Ja? Zou het kunnen?

12

The Maltese Falcon

Bᴵᴶ Dᴏᴍɪɴɪᴄ'ѕ ᴢᴀᴛ Tᴏɴʏ Zᴇʙʀᴀ ᴀᴀɴ ᴇᴇɴ ᴛᴀғᴇʟ ᴍᴇᴛ ᴇᴇɴ ᴍᴇ-
nigte piloten van het 249ste, te drinken op Junior Smoots, een
Zuid-Afrikaan die die ochtend zijn vijfde toestel had neergehaald.
Hij zat pas twee weken op het eiland en was nu al een ster. Hij
heette eigenlijk John, maar iedereen noemde hem Junior omdat hij
klein en jong was en er als een kind uitzag. De anderen leken niet
veel ouder, afgezien van Tony Zebra, die met zijn tweeëntwintig
jaar de oude man van de groep was.

Ze zaten aan een ronde tafel ongeveer in het midden van de eetzaal, lawaaierig, lachend en enigszins aangeschoten. Ze dronken
champagne op kosten van het huis: Dominic was altijd gul voor de
piloten. Tony Zebra's heup was niet gebroken, en zijn afgehakte
oorlelletje was met enkele tientallen steken weer op zijn plaats gezet. Hij liet zijn handen als vliegtuigen door de lucht gaan, maakte
weidse, duikende gebaren, liet de aanvalshoek zien toen hij de laatste keer met de bommenwerpers slaags was geraakt. Aan de piano
werkte de graaf zich klaterend door de zoveelste wals van Strauss.

Rocco ging achter Tony Zebra staan en tikte hem op de schouder. 'Je leeft nog?'

'Ik ben nog helemaal heel,' grijnsde de ander, 'mijn botten zitten allemaal nog waar ze moeten zitten. Ken je onze nieuwe ster
al? Ogen als een röntgenapparaat, beste ogen van het squadron.
Twee 88's neergehaald, een 109, en Savoia Marchetti 79 en een
Reggiane 2000.'

Aan de andere kant van de tafel glimlachte Junior Smoots tegen
het plafond. Hij zweefde ergens in het niets. Hetzelfde gold voor
Tony Zebra, totaal van de wereld.

'Ik moet een toast uitbrengen,' zei Tony, 'Ik moet een toast uitbrengen.' Hij ging op zijn stoel staan, vroeg de aandacht van de hele zaal en dronk op Junior Smoots, huldigde hem voor de twee 88's, de 109, de Savoia Marchetti en de Reggiane 2000, die hij allemaal aan zijn röntgenogen toeschreef. Het was de derde keer dat hij deze toast uitbracht, maar niemand scheen het erg te vinden. *Bravo, bravo.* Nog steeds op zijn stoel staand dronk Tony in één slok zijn glas leeg, helde toen heel vreemd, in een scherpe hoek, als de Toren van Pisa naar één kant over en Rocco moest hem opvangen om te voorkomen dat hij op zijn hoofd viel.

De oberkelner zette Rocco en Melita aan een tafel bij het andere uiteinde van de zaal, in de buurt van het schilderij van de dood van Dragut. Op de tafel, tussen hen in, stond een gele roos in een blauwe vaas. Melita dronk een Malta-fizz. 'Ze zijn te jong om te vliegen en te vechten,' zei ze, terwijl ze door het vertrek naar de piloten keek.

'We zijn allemaal te jong,' zei Rocco.

'Niet zó jong. Kijk nou. Achttien, negentien?'

'Tony Zebra is negenenveertig,' zei Rocco, omdat Tony Zebra er, onder de schrammen en hechtingen, oud uitzag, snel ouder werd.

Ze lachte niet. 'En dat wil jij ook? Wil jij ook vliegen?'

'Ik héb gevlogen,' zei hij. 'Wist je dat niet? Iemand heeft me een paar keer mee naar boven genomen, in de Catskills, in een Piper Cub, zes of zeven keer. Vorig jaar. Hij liet me opstijgen, maar ik mocht niet landen, dat deed hij altijd zelf.'

'Ze sneuvelen allemaal,' zei ze, 'die piloten. Allemaal.'

De piloten waren moedig, en ze sneuvelden. De Maltezers aanbaden ze. Rocco had het op straat gezien: als er een piloot voorbijkwam knikten de mensen, mannen namen hun hoed af. Een vader boog zich naar zijn zoontje over en wees de piloot aan. Maar ze stierven wel, vooral de jongens in de Hurricanes, die voor de 109's gemakkelijke doelwitten waren.

De ober was dezelfde die Rocco al eens eerder had bediend, toen hij er met Fingerly was geweest.

'Weet je nog wie ik ben?' vroeg Rocco.

'Dat weet ik nog,' zei de ander vaag, Rocco's gezicht bestuderend, en toen wist hij het echt weer. 'U was die luitenant, die Amerikaanse luitenant. Natuurlijk weet ik dat nog.'

'Hij is nu kapitein.'

'Ja? Dan heeft hij geluk, dan is de oorlog goed voor hem.' Hij leek werkelijk blij met Rocco's bevordering.

Melita bestelde een gepocheerde tandbaars en Rocco, die zich de ellende herinnerde die hij met de *pulpetti tal-moch* had gehad, nam maar pasta.

'Hij weet nog wie jij bent, maar hij weet niet meer wie ik ben,' zei Melita toen Vittorio weer weg was. 'We zijn in dezelfde parochie opgegroeid, in Cospicua.'

'Waarom zei je hem dat dan niet?'

'Ik vind het prettig dat hij het niet meer weet. Hij loopt hier met de borden rond en ik kan aan hem denken toen hij nog een knulletje was dat op straat vocht, en hij heeft geen idee, geen flauw idee. Laat hij zich schamen dat hij me vergeten is!'

Rocco zag Nigg de Groene Kamer uit komen. Nigg leek verdoofd. Hij bleef even aarzelend staan en haastte zich toen met gebogen hoofd door de eetzaal naar de bar.

Rocco zette zijn glas neer en stond op om achter hem aan te gaan. Hij had Nigg niet meer gezien sinds die laatste nacht bij Dominic's, nadat Maroon was doodgeschoten. Hij had Fingerly trouwens ook al enige tijd niet meer gezien en begon zich in de steek gelaten te voelen.

'Da's een tijd geleden,' zei hij, terwijl hij naast Nigg aan de bar ging staan.

'O ja?' antwoordde Nigg op gespannen toon. De barkeeper gaf hem een dubbele bourbon.

'Ben je met Vivian? Is ze nog binnen?'

'Met vrouwen heb je alleen maar problemen. Wist je dat nog niet?'

Rocco veegde een vlieg van zijn oor. 'Is ze terug naar Mdina?'

'Weg naar nooit-meerland, samen met de feeën en de dwaallichten.' Hij wendde zijn blik af, en het was duidelijk dat hij er niet over wilde praten.

Rocco knikte in de richting van de Groene Kamer. 'Flink verloren daar?'

Nigg nam een lange trek van zijn sigaret. 'Ik win het wel terug,' zei hij op vlakke en afwezige toon.

'Waar wed je op?'

'Ziekenhuizen. Ik had me bij bussen moeten houden. Wie is dat stuk?'

'Welk stuk?'

'Die bij je aan tafel zit. Lijkt me een brok dynamiet.'

'Zal ik je aan haar voorstellen?'

'Een andere keer,' zei Nigg, wiens ogen nevelig en vaag stonden. 'Waar woon je tegenwoordig?'

'In een gebombardeerd huis in Valletta. De dagen dat het mee-zit is er genoeg water om te koken.'

'Waar precies?'

'Windmill Street. Nummer negen.'

Nigg schreef het op een servet en stak toen zijn duim omhoog. 'Daar wed ik vanavond op.'

'Niet doen.'

'Ben je dan bijgelovig?'

'Jezus, het is gewoon niet aardig om zoiets te doen. Dat huis is al een keer geraakt.'

'Mooi, dan is de kans groter.'

Rocco voelde een opwelling van woede, maar het ging weer over. Fingerly had gelijk gehad wat Nigg betrof: je kon hem af-schrijven, Nigg leefde alleen nog maar om te gokken. I-3 was slecht voor hem. Hij zou beter af zijn geweest in het veld, met een geweer, als nederige infanterist, zodat hij al zijn hersens zou moe-ten gebruiken om in leven te blijven.

'Ik vertrouw op je,' zei Nigg brutaal toen Rocco de bar verliet. 'Je brengt me geluk – hoor je me?'

In de eetzaal zag Rocco Angelina Labbra, Miss Sicilië, aan een tafel in de hoek zitten, samen met de Algerijnse bankier die haar bij de veiling had gewonnen. Ze zat nog steeds op Malta, langer dan verwacht.

Terwijl hij van de bar naar zijn tafel terugliep kon hij maar nau-welijks iemand ontwijken die van de toiletten kwam. Het was Ju-lietta. Er verscheen een vrolijke glimlach op haar gezicht. De laat-ste keer dat hij haar had gezien, in het huis aan Strait Street, had ze een kamerjas gedragen, was ze niet opgemaakt geweest en had ze een doek om haar hoofd gehad, maar nu had ze een gedaante-verandering ondergaan: een parelketting om haar keel, een blau-we jurk en geprononceerde borsten, opzwellend en tegen de zijde drukkend.

'Ik dacht dat je in Rabat zat,' zei hij.

'Daar zit ik ook, we hebben er een prachtig nieuw huis. Ik dacht dat jij in Gibraltar zat.'

'Wie heeft je dat verteld?'

'Je vriend Fingerly.'

'Fingerly is de vader der leugens. Ben je alleen?'

'Ik ben nooit alleen.' Ze knikte naar de graaf, die nog steeds aan de piano zat en naar hen keek terwijl hij een overgang tussen de 'Behekste wals' en de 'Elektromagnetische polka' speelde. 'Hij vindt me leuk,' zei ze. 'Als de bombardementen ophouden en je weer veilig kunt varen wil hij dat ik met hem meega naar Alexandrië.'

'Doe je het?'

'Ik denk erover na. Meer niet.'

'Ik denk dat die bom je geluk heeft gebracht.'

'Toen ik het huis zag,' zei ze, 'die puinhoop, na die bom, dacht ik dat je er nog in zat. Het is goed om te leven, niet?'

Ze ging op haar tenen staan en kuste hem op zijn mond, draaide zich toen om en liep terug naar haar tafel, vlak bij de piano. De graaf knikte naar haar, en zijn spel kreeg iets erg lichtvoetigs.

Onder het schilderij van de dood van Dragut zat Melita met haar kin op haar hand. Ze had de meeste blaadjes van de roos uitgerukt en in Rocco's martini laten vallen.

'Wie was dat?' vroeg ze met doordringende blik.

'Dat? Dat was Julietta.'

'Ah, ik begrijp het, iemand die je kent. En waar is Nigg? Ik dacht dat je hem mee zou nemen.'

'Nigg is zich bewusteloos aan het drinken.'

'Wat vervelend,' zei ze lichtgeraakt. 'Wil hij me niet leren kennen?'

'Ze hebben hem helemaal uitgekleed in de Groene Kamer.'

'Vertel me eens over Julietta. Ken je haar al lang?'

'Ik dacht eigenlijk dat ze was omgekomen, bij het bombardement.'

'Maar dat was niet zo,' zei ze. Ze klonk teleurgesteld. 'Ben je met haar naar bed geweest?'

'Nee.' Hij glimlachte. 'Maar wel bijna.'

'Echt? Vind je haar leuk?'

Hij prikte met zijn vinger naar haar. 'Nu ben jij jaloers.'

'Jaloers? Op haar? Denk je dat echt?' Ze boog zich traag, weloverwogen naar voren. 'Als je haar aanraakt,' zei ze zonder ook maar het flauwste lachje, 'geloof me, dan haal ik een pistool en schiet ik je dood.'

'Echt? Zou je dat echt doen?' Hij vond het opwindend dat ze zo'n agressieve gedachte kon hebben. Dat ze echt een pistool zou halen.

'En kijk haar toch eens,' zei ze. 'Ze is zo… gezet. Hoe zou je in zo iemand geïnteresseerd kunnen zijn?'

Hij lachte. 'Ze is gewoon iemand die ik toevallig heb leren kennen, mijn eerste dag op het eiland.'

'In Strait Street? De Onderbuik? Was ze een van de vrouwen in dat huis?' Ze keek sardonisch een andere kant op.

'De graaf heeft een oogje op haar.'

'Die oude man, daar aan de piano?'

'Hij speelt goed, hè?'

'Walsen, ja,' zei ze, 'hij speelt walsen. Ja, heel leuk. Leuk voor haar, ik wens haar veel geluk.'

Rocco viste een van de rozenblaadjes uit zijn martini en stopte het in zijn mond.

'Nee, nee,' haar gezicht vertrok, 'daar kun je vreselijke krampen van krijgen!'

Vittorio bracht hun eten, en even later kwam Dominic langs, groot en vlezig, in een roze smoking. Hij kuste Melita de hand. 'Prachtig, verrukkelijk, *charmante*,' zei hij, haar van top tot teen opnemend en even aarzelend bij het zien van haar gekreukte jurk.

'Na de oorlog,' zei hij tegen Rocco, 'kom ik naar Amerika, dan koop ik al uw paarden op. Alleen maar de beste. Geeft u me de paarden die vuurspuwen… ja?' Toen kuierde hij weg, met een lichte tred die volkomen in strijd was met zijn omvang, laveerde knikkend en glimlachend, drijvend op een oceaan van welwillendheid, tussen de tafels door.

Melita vouwde haar handen onder haar kin. 'Paarden?'

'Dat is te ingewikkeld,' zei Rocco, wanhopig zijn ogen ten hemel slaand.

Voor het dessert praatte hij even met Vittorio en vroeg of hij een fles olijfolie kon krijgen. Vittorio liep naar de keuken. Toen hij terugkwam fluisterde hij de prijs in Rocco's oor en Rocco ging akkoord.

'Voor Zammit,' zei hij tegen Melita.

Op weg naar buiten bleven ze in het cafégedeelte even staan en keken naar de jukebox, gloeiend plastic, helemaal verlicht, maar kapot en niet functionerend.

Het was een grote, een Wurlitzer, het befaamde Peacock-model, die Dominic op een nacht vanuit Sicilië met zijn boot naar het eiland had gesmokkeld. Hij was echter kapotgegaan, en Dominics elektricien had wel zijn best gedaan maar kon hem niet repareren. De binnenverlichting brandde wel maar de draaitafel draaide niet, en het enige geluid dat je hoorde als je er een munt in deed was een kermend gepiep van een verkeerd afgestelde snaar. Hij was evenwel nog steeds mooi om naar te kijken: het gegoten plastic was prachtig verlicht, met die mannetjespauw en het vrouwtje op het frontpaneel, met rijke pauwenkleuren. De draaitafel draaide echter niet en de luidspreker, die ooit een mooie toon met diepe bassen en welsprekende hoge tonen had gehad, was hopeloos verstomd.

'Zammit zou deze voor hem kunnen repareren,' zei ze. 'Ik weet zeker dat hij dat zou kunnen.'

'Ik denk niet dat Dominic hem wil laten repareren. Ik denk dat hij zo kwaad is op de Siciliaan die hem deze heeft verkocht dat hij hem net zo lief in zee gooit.'

'Zo'n prachtig ding,' zei ze. 'Zammit zou dolgraag dat soort plastic hebben om mee te werken, al die schitterende kleuren, met dat licht dat erdoorheen schijnt. Beter dan gebrandschilderd glas.'

Enkele minuten voordat de film begon kwamen ze bij de bioscoop aan. Het was een druk versierd oud filmpaleis: marmeren pilaren, dik beklede stoelen en rood tapijt in de gangpaden. Het was er stampvol. Nu er voortdurend konvooien tot zinken werden gebracht kwamen er maar weinig nieuwe films binnen, en meestal vertoonde men een film uit de oude voorraad die nog over was van de jaren dertig. Nu en dan dook er echter een recente film op, zoals nu, aangevoerd door een onderzeeër of een bommenwerper, en deze, *The Maltese Falcon*, die pas een jaar oud was, was binnengevlogen aan boord van een Blenheim die op weg naar Alexandrië in Luqa was geland om bij te tanken.

Het deel dat Rocco het best vond was het moment dat Sydney Greenstreet, in een kamerjas met satijnen revers, Bogart over de valk vertelt – een dertig centimeter hoog, met juwelen bezet gouden beeld dat door de Ridders naar de keizer is gestuurd toen deze hun Malta had geschonken. Zijn stem knerpt van de Britse upperclass-verfijning. Hij is Gutman, de dikke man, driehonderd pond zwaar. Er spreekt gulzigheid, verrukkelijke gulzigheid, uit zijn mond, uit zijn tanden, uit de bewegingen van zijn tong, zijn vlezige lippen, zijn gezicht met die zware kaak, een stralenkrans van begeerte hangt om de dunne krans grijs haar op zijn kalende schedel. Hij praat en Bogart luistert, vermoedt geen moment dat er een slaapmiddel in zijn borrel zit en dat hij zo dadelijk bewusteloos op de vloer zal liggen. Later duikt er inderdaad een valk op, die Bogart in handen krijgt, maar deze is nep, een klomp lood, en aan het einde kun je met geen mogelijkheid weten of er wel een echte valk bestaat of dat het gewoon een fantastisch bedenksel is.

'Besta jij?' vroeg Rocco Melita.

Ze keek hem koud aan. 'Bedoel je dat je dat niet weet?' Ze was teleurgesteld dat er in de film geen scènes voorkwamen die op Malta waren opgenomen.

Hij vertelde haar over een droom die hij als kind had gehad, een droom die hij vaak had gehad. Hij droomde dat hij niet echt was, dat hij deel was van een droom die iemand anders had. Het ging maar door, een eindeloze stoet dromenden.

'Kwam Benny Goodman in die dromen voor?'

'Ja, Benny Goodman zat erin, hij speelde klarinet, en Tommy Dorsey op trombone. Het leven was één prachtige melodie.'

'En wanneer was het leven geen prachtige melodie meer?' vroeg Melita.

'Voor mij?'

'Voor jou.'

'Dat weet ik niet. Toen mijn moeder doodging, denk ik. Maar misschien al eerder.'

Zijn moeder was jong gestorven, aan longontsteking. Hij herinnerde zich haar toen ze in een ziekenhuis in bed lag, wegkwijnend, bleek en transpirerend.

'Het is lang geleden. Mijn vader werkte bij de gemeente, hij bestuurde een graafmachine, groef in de straten als ze riolen repareerden. Hij liet me zien hoe zo'n graafmachine werkt.'

'Is hij hertrouwd?'

'Hij woont nu samen met een weduwe, in Bensonhurst. Hij bestuurt geen graafmachines meer, ze hebben hem een kantoorbaan gegeven.'

'Het is vreselijk om een familielid te verliezen. Toen mijn moeder was overleden ben ik een hele tijd van de kaart geweest. En toen mijn vader, vreselijk.'

De dag erop dacht ze nog steeds over de film na. 'Vind je echt dat Bogart uiteindelijk gelijk heeft, als hij Mary Astor aan de politie uitlevert? Als jij het was geweest, had jij dan hetzelfde gedaan?'

Er was dat denderende moment tegen het einde, als Bogart, Sam Spade, beseft dat Brigid – Mary Astor – degene is die zijn partner heeft gedood, en hij dwingt haar een bekentenis af. Hij is verliefd op haar. Of ís hij dat wel? Het lijkt wel zo. En zij is verliefd op hem. Dat zegt ze tenminste. Maar hij kent geen mededogen, stoot door naar de waarheid, hamerend, duwend, en krijgt haar ook te horen: ze is zo schuldig als wat. Het is dus haat-liefde, emoties en verbittering, haar zachte hals, misschien zullen ze haar wel ophangen, en even balanceert hij op de rand van de afgrond, zich bewust van de beroerde nachten die hem wachten als hij haar aangeeft. Maar hij blijft standvastig, moreel eerlijk, en al haar smeekbeden brengen haar geen stap verder. Ze gaat eraan. Een blind, misleidend moment denkt ze dat hij een grapje maakt met dat gepraat over aangeven. Maar dan komen de agenten en wordt ze weggevoerd, de lift in, naar beneden en weg. Daar gaat het om, bij die *Maltese Falcon*: bedrog, fraude, moord, illusie. Liefde en verraad. Het hart gebroken, het gezicht onaangedaan. Steek nog een sigaret op.

'Dus wat doe je?' vroeg Melita. 'Jij bent Sam Spade. Geef je haar aan? Gaat ze de gevangenis in?'

Rocco legde zijn vingers nadenkend tegen zijn kaak. 'Nou, als ze mijn partner heeft vermoord, dan vermoordt ze mij misschien ook wel op een avond. Dat zegt Bogart toch?'

'Denk je dat? Denk je dat ze dat echt zou doen?'

'Zeg jij het maar. Jij bent Mary Astor. Jij hebt de partner van Bogart vermoord. Zou jij Bogart vermoorden als je de kans kreeg?'

'Eerst zou ik hem erg gelukkig maken in bed, en dan zou ik de mogelijkheden bezien.'

'Aha!'

'Ja?'

'Ik ben blij dat ik geen detective ben.'

'Ik heb een hekel aan liefdesverhalen die slecht aflopen. Helemaal niet leuk.'

'Vind jij het dan een liefdesverhaal? Ik dacht dat het over misdaad ging, moord. Sam Spade is een detective.'

'Alle verhalen zijn liefdesverhalen, als je diep genoeg graaft. Hitler heeft Eva Braun, Mussolini heeft Clara Petacci. Ik vraag me af wie FDR heeft. Denk je dat hij iemand heeft? Ik weet zeker dat Churchill iemand heeft die bij hem op schoot zit.'

Die nacht, in het huis aan Windmill Street, klommen ze, toen de sirenes klonken, op wat er van het dak resteerde en keken hoe de vliegtuigen binnenkwamen om de haven te bombarderen. Het was een overbodig gebaar, er was niets over. De dokken waren gesloten, de haven was verstopt door de gezonken en halfgezonken rompen van de schepen en sleepboten die voltreffers hadden gehad. Maar toch kwamen ze, en de zoeklichten vormden enorme lichtkegels, die zich nu eens aan dit toestel dan weer aan dat vasthechtten. Rode lichtspoorgranaten van de Bofors en de Lewissen weefden hun kantpatronen kriskras aan de hemel. De zware kanonnen bij Hompesch en Crucifix Hill knetterden en bonkten, verlichtten de nacht met heldere oranje flitsen.

In heel Valletta stonden er mensen op de daken. De meesten bleven beneden, in de schuilkelders, maar veel mensen voelden zich boven meer op hun gemak, kijkend naar de actie, met het idee dat er niets aan de hand was zolang ze konden zien wat er gebeurde. Zien was een vorm van veiligheid, een bescherming tegen onheil.

Melita hield de kat vast, wiegde hem in haar armen. Het beest was gespannen en verstard, in de greep van angst door het lawaai van de kanonnen.

Een zoeklicht kreeg een van de bommenwerpers te pakken en volgde hem, en toen kwam er een tweede licht bij. Hij hing daar helemaal onbeschermd boven, een makkelijk doelwit voor het geschut. Het toestel week uit, scherp naar links en toen naar rechts, in een wanhopige poging aan de lichten te ontsnappen, maar voor het weg kon komen boorden de projectielen zich erin, en brandende wrakstukken vielen achter de haven in zee.

Een donderend gejuich steeg op van de daken en echode door heel Valletta. Ook Rocco voelde de vervoering: *je leeft!* Degene die probeerde je te doden is dood. Je ademt, je hart bonkt, het bloed stroomt door je aderen. Maar het was ook afgrijselijk, dat heerlijke gevoel, omdat het kwam doordat je wist dat er iemand dood was. Je keek hoe het gebeurde.

Melita gaf een gil. De kat, die uit haar armen was gesprongen, had haar een haal gegeven en verdween met een snelle, bontachtige sprong door het gat in het dak, naar de donkere, onverlichte kamers beneden. 'Rotkat!' schreeuwde ze met stekende en bloedende armen, 'loop maar weg, loop maar weg en kom nooit meer terug! Kijk maar of het me iets kan schelen!'

De bommenwerpers waren verdwenen en het 'alles veilig' klonk: een enkele, doordringende toon, als een scherp mes dat over de strakgespannen huid van de nachtelijke hemel werd gehaald, waardoor deze ging bloeden.

20 *april 1942*

LUFTWAFFE ONDERNEEMT ZWAARSTE AANVAL
MEEDOGENLOOSHEID VAN DE NAZI'S
VIJF AANVALLERS NEERGEHAALD IN HEVIG SPERVUUR IN DE SCHE-
MERING
HITLERS GEBRAL
RUSSISCHE POGING VOOR HET INVALLEN VAN DE DOOI LENIN-
GRAD TE BEVRIJDEN
FINNEN LEVEREN WANHOPIG SLAG

TE KOOP. Drie stel ROLSCHAATSEN, vrijwel nieuw. Verder een heel grote, lichte, sterke mand, geschikt als wieg in de schuilkelder. Te zien: 32 South Street, Valletta.

KLOOSTER VAN HET HEILIG HART, St. Julian's. School blijft tot nader bericht gesloten.

13

De neolithische grot

DE VOLGENDE OCHTEND WAS ROCCO OP TIJD BIJ DE RADIO, luisterend naar het punt-punt-streep en alles noterend op de gele blocnote. Toen hij klaar was liep hij naar Qrendi, naar een café aan St. Agatha Street, waar Melita aan een jukebox werkte. Ze verwisselde de naald, verving een kapotte gloeilamp en een stuk glas dat door een dronken zeeman was ingeslagen en haalde ingewikkelde dingen uit met een bundel draad. Toen ze klaar was vertrokken ze in de lijkwagen naar St. Paul's Bay.

Zij reed. Ze kwamen door Rabat, sloegen toen af naar het noorden, passeerden Mosta en Naxxar. 'Goed, vertel,' zei ze energiek, terwijl ze een motorfiets passeerde, 'vertel me alles, ik wil alles van je weten. Alle geheimen.'

'Wat valt er te vertellen?' vroeg hij; hij voelde zich moe en lethargisch na zijn lange sessie met de punt-punt-streep. Hij had haar al zoveel uitgebreid verteld – over zijn overleden moeder, zijn chagrijnige vader, de tweedehands autohandel onder de bovengrondse en over Edgar Allan Poe, wiens verhalen over premature begrafenissen en de dood nu een goede voorbereiding schenen op de somberheid en doem van Malta.

'Nee, nee, nee,' zei ze, 'niet over Edgar Allan Poe. Vertel me over je minnaressen, ik wil alles over je minnaressen weten.'

'Het zijn er negen,' zei hij.

'Doe niet zo raar. Waarom moeten mannen toch altijd overdrijven? Altijd grote ego's en bravoure over de liefde.'

'En jij dan?' vroeg hij, zich vasthoudend terwijl ze de lijkwagen om een langzaam rijdende jeep liet zwenken. 'Ik was toch niet je eerste?'

'Nee?' vroeg ze met een glimlachje en een tikkeltje bedeesd. 'Ik geloof het niet.'

'Het klopt, het klopt,' gaf ze toe, 'maar voor jou is er maar één geweest, en bovendien lang geleden.'

'Wat is er gebeurd?'

'Toen ik ging biechten veegde de priester me zo verschrikkelijk de mantel uit dat ik geïntimideerd was. Hij zei dat ik een slecht meisje was. Hij maakte me bang, en ik besloot een braaf meisje te zijn.'

'En nu?'

'Nu weet ik het niet meer, ben ik een slecht of een braaf meisje?'

'Ga je nog steeds biechten?'

'Vorige week nog. Ik ging naar een oude priester in Santa Venera, ik dacht dat die het wel zou begrijpen. Maar hij liet me een hele rozenkrans bidden. Ik schaamde me toch zo toen ik daar op die voorste bank geknield lag en een rozenkrans bad om boete te doen. De mensen zullen wel gedacht hebben dat ik iets heel vreselijks had uitgespookt.'

'Heb je hem over ons verteld?'

'Natuurlijk.'

'Waarom?'

'Daar biecht je voor. Toch? Je gaat te biecht en dan biecht je.'

'Maar over *ons*?' Hij vond het geen prettig idee. Het leek op een of andere manier onnodig. In zekere zin bijna een vorm van verraad.

'Ga jij niet te biecht?' vroeg ze. 'In Amerika ook niet? O, maar je moet biechten. Als je doodgaat zonder gebiecht te hebben ga je naar de hel. Dat zeggen ze.'

Ze week weer uit, voor een oude man die een kar duwde. Wit stof rees kringelend op van de onverharde weg.

'Ik geloof niet in de hel,' zei ze, 'maar wie kan het zeker weten? Wie kan je echt vertellen of dit soort dingen waar is?'

De weg ging steil omlaag en ze sloeg af, en toen waren ze er, de weg die langs de kust liep. Voor de oorlog was de baai een vakantieoord geweest, maar nu lagen er rollen prikkeldraad op de stranden, en tankvallen. Hier en daar betonnen bunkertjes als bescherming tegen een invasie.

De baai lag er weids en vredig bij, het water was rustig, meeuwen cirkelden lui rond. Zonder dat prikkeldraad had je je maar moeilijk kunnen voorstellen dat er een oorlog aan de gang was. Melita reed door, volgde de ronding van de baai en reed daarna een steile heuvel op. Ze stapte uit en ging hem voor, een voetpad op, steeds hoger, naar de top van de richel, en toen ze omkeken lag daar de hele weidse vlakte van de baai aan hun voeten: de lange arm van de zee kwam links van hen het land in en aan hun rechterhand, landinwaarts, lagen de omheinde boerderijtjes in het dal, waar keurige rijen gewassen lange groene lijnen over de rode grond trokken.

'Kom,' zei ze. Ze pakte zijn hand en nam hem mee naar een plek waar een uitstulping in de rots zat, met een kleine grot en een dichte begroeiing van gras bij de ingang.

'Het is oud,' zei ze, op de grot aflopend. 'Van heel lang geleden. Deel van een neolithische tempel, denken ze. De mensen hier zeggen iets anders.'

Hij tilde haar haar op en kuste haar nek.

'Vind je dat lekker?'

'Dat vind ik lekker.'

Ze draaide zich om en drukte haar mond tegen de zijne. Toen maakte ze zich echter speels van hem los. Hij trok haar weer tegen zich aan, en nog steeds half stoeiend stak ze haar handen in zijn zakken en keerde ze binnenstebuiten. Ze vond kauwgum, een zakdoek, een boekje lucifers. En toen de portefeuille, waar ze ondeugend mee zwaaide. 'Ah, nu heb ik hem,' zei ze. 'De geheimen, de geheimen.'

Ze lagen in het gras, en ze keek de portefeuille door. Hij zat vol met kaartjes, adressen, bonnetjes en wat er resteerde van de laatste betaling van Fingerly voor zijn levensonderhoud. Ze vond een foto van zijn moeder, van voor zijn geboorte, en een van zijn vader bij een graafmachine. En de foto van Theresa Flum, genomen in een hokje op Coney Island, waarop haar natte haar slap en zwart tegen de contouren van haar hoofd zat geplakt. Ze zwaaide ermee voor Rocco's neus.

'Niets om je zorgen over te maken,' zei hij, aan een polletje gras trekkend. 'Ze is verdwenen. Ze is gisteren.' Toen vertelde hij haar zonder emotie hoe het allemaal verkeerd was gelopen.

'Schrijf je haar?'

'Nee.'

'Schrijft zij jou?'

'Ben je mal?'

Hij zag iets aan haar mondhoeken. Eenzaamheid, teleurstelling, een vleugje jaloezie. Hij kende die gevoelens, hij had er vreselijk last van gehad toen hij Theresa kwijt was geraakt.

Hij wist wat ze dacht. Ze wilde de foto verscheuren en weggooien.

'Ga je gang,' zei hij.

Maar ze hield de foto alleen maar vast, keek ernaar, stopte hem toen terug in de portefeuille, liet het aan hem over wat hij ermee wilde doen.

'Met wie is ze ervandoor gegaan?'

Dat was het moeilijkste: ze was ervandoor gegaan met een vriend van hem, iemand die hij als vriend had beschouwd. 'Met Charlie Loop, een jongen met wie ik ben opgegroeid. Uit de buurt.'

'Waar is die nu? In het leger?'

'Hij heeft 4-F. Een gat in zijn hart.'

Dat was iets waarvan ze nog nooit had gehoord, een gat in je hart. Het klonk als een slechte grap.

'Het is iets medisch, hij is ermee geboren.'

Toen stond hij van het gras op en keek naar de ingang van de grot. 'Een neolithische tempel? Denken ze dat?'

Hij bukte zich om naar binnen te kijken, maar bukte niet diep genoeg en stootte zijn voorhoofd tegen de harde rots. Hij zag sterretjes.

Ze hield hem vast. 'Laat me er een zoen op geven, ik zal er een zoen op geven, ik zal het beter maken.'

Maar hij wilde haar er niet in de buurt laten komen, het deed te veel pijn.

'Zie je nou?' vroeg ze. 'God straft altijd.'

'Waarvoor?'

'Voor alles. Je hebt geheimen, je hebt geheime minnaressen. En je haat je vader.'

'Ik haat mijn vader niet.'

'Je schrijft hem niet.'

'Ik heb hem wel geschreven,' zei hij.

'Wanneer dan?'

'Vorige week. Heb ik hem vorige week niet geschreven?'

Nee.

'Zie je nou?' vroeg ze. 'Als ik een vader had zou ik elke dag schrijven. Schaam je dat je niet schrijft.'

Ze drukte zich dicht tegen hem aan, maar kwam niet aan zijn voorhoofd, dat blauw was en waarop een buil begon op te komen.

In de lijkwagen, achter het stuur, zat ze, voordat ze vertrokken, even stil voor zich uit te kijken. Ze was somber, de speelsheid was verdwenen.

'Denk je dat dit verkeerd is, wat we doen?' vroeg ze.

'Wat bedoel je?'

'Ik weet niet, soms ben ik er niet zo zeker van. Samenwonen, bij elkaar zijn. Misschien is het niet goed?'

Hij zweeg een tijdje. Toen zei hij, terwijl hij een grasspriet uit haar haar plukte: 'Wat wij hebben is volgens mij goed. Is het niet goed? Vind jij het geen goed gevoel?'

'Ja, ja,' zei ze geruststellend. 'Zo bedoelde ik het niet. Ik ben gelukkig, heel gelukkig. Maar dat bedoel ik niet.'

Weer wachtte hij.

'Het komt door wat de priesters zeggen, snap je? Ze zeggen dat het verkeerd is, en dat vind ik onplezierig, om me zo te voelen.'

'Het is niet verkeerd.'

'Ik weet het, jij vindt het niet verkeerd.'

Hij bedacht opeens dat wat ze zei, wat ze probeerde te zeggen, zonder het onder woorden te brengen, was dat ze moesten trouwen. Ze konden naar een priester gaan, in de parochie van haar neef, en een paar minuten later zouden ze man en vrouw zijn en zou ze niet meer dat gevoel hebben dat wat ze samen deden op een of andere manier verkeerd was. Er was een oorlog aan de gang, dus geen fanfare, geen feestelijkheden: alleen zij met zijn tweeën in de kerk en de priester die de woorden zei.

Het was niet iets wat hij wilde, of waarover hij zelfs maar wilde nadenken. Hij had een goed gevoel over haar, hij had een prima gevoel over haar, maar hier, nu, met al die bombardementen, was trouwen een onzinnig idee. Binnenkort, zo stelde hij zich voor, zou hij van Malta worden weggehaald en weer bij zijn eenheid worden ingedeeld, even abrupt worden weggehaald als hij hierheen was gestuurd.

'Waarom kijk je treurig?' vroeg ze.

'Ik ben niet treurig. Ik ben heel gelukkig.'

'Ik wil dat je gelukkig bent,' zei ze.

'Dan ben ik het,' zei hij. 'Ik wil dat jij ook gelukkig bent.'

'Waarom denk je dat ik niet gelukkig ben?'

'Je lijkt... in de war.'

'Ik ben moe,' zei ze. 'Ik heb zo genoeg van die oorlog. Komt er dan nooit een eind aan?'

'Gauw,' zei hij twijfelend.

'Beloof me één ding,' zei ze. 'Beloof me dat je, zolang je op Malta zit, met niemand anders naar bed gaat.'

'Is dat belangrijk?'

'Voor mij wel. Heel belangrijk.'

'Kruis over mijn hart,' zei hij, en hij haalde zijn duim over zijn hart, tekende er een kruis mee.

'Wat betekent dat, kruis over je hart?'

'Het betekent een ernstige belofte.'

'Is het zoiets als je vingers gekruist houden?'

'Wij houden onze vingers gekruist als we geluk willen hebben.'

'Op Malta maken we dan de horens.'

Ze liet het hem zien, stak de pink en de wijsvinger van haar linkerhand op terwijl ze de andere vingers over haar handpalm geslagen hield. 'We maken de horens om onszelf te behoeden voor het boze oog.'

Een paar dagen later, toen ze haar vriendin Christina zag, vertelde ze haar over de foto in de portefeuille, en Christina vond het geen gunstig teken. Ze praatten erover, of het goed of slecht was, of dat het gewoon niets voorstelde. Het was slecht, ja, omdat het betekende dat hij nog steeds aan dat andere meisje dacht, de pijn voelde – maar het was ook goed, want het was, zoals Rocco zelf had gezegd, een herinnering aan hoe dwaas hij was geweest.

Melita werd heen en weer geslingerd, en ten slotte was ze bereid te geloven dat het meer goed dan slecht was, want als hij de foto hield betekende het dat hij attent en zorgzaam was, dat hij niet door vrouwen heen liep alsof het water was. Dit meisje was, ook al was het de verkeerde, deel van zijn leven geweest, en het was voor hem dan wel afgelopen, maar hij had genoeg respect voor haar om zich haar te willen blijven herinneren. Dat waren goede eigenschappen – herinnering, respect, een behoefte je iets van het verleden aan te trekken.

Maar toch wist ze het niet. In sommige opzichten, emotioneel, leek hij zo jong, te enthousiast en impulsief. Ze dacht al aan de toekomst, aan het einde van de oorlog, hoe het zou zijn als de oorlog afgelopen was. Zou hij haar nog steeds willen, na de oorlog? En zou zij hem nog willen? Zou ze hem nog willen?

'Je wordt heen en weer getrokken,' zei Christina. 'Ja?'

En zo was het.

Christina was ook heen en weer getrokken. Toen ze in 1940 naar Malta was gegaan was het voor een korte periode bedoeld geweest, een baantje als gogodanseres in Valletta, waarna ze naar Tunis zou gaan, waar een jonge rechter zat, een Fransman, met wie ze iets had gehad. Ze hadden over trouwen gepraat en ze was op de terugweg naar Tunis geweest om te kijken wat er van zou worden. Voor ze Malta had kunnen verlaten waren de bombardementen echter begonnen, en zoals zoveel anderen was ze er blijven steken. Twee maanden later had ze Warby leren kennen en was verschrikkelijk voor hem gevallen. De mensen dachten dat ze voor elkaar bestemd waren, zij, de mooie gogodanseres en hij, de waaghals, de sterpiloot. Maar het was haar niet meegevallen, omdat hij altijd weg moest om verkenningsvluchten boven Sicilië, Napels, Benghazi te maken. Als hij er was deden ze cognac in hun gemberbier en hadden een leuke tijd, maar als hij weg was, boven vijandelijk gebied zat, wist ze nooit zeker of ze hem terug zou zien.

'Ja, heen en weer getrokken,' zei Melita vaag, niet zozeer met haar gedachten bij Warby en de risico's die hij nam, als wel bij de foto van Theresa Flum in Rocco's portefeuille. Ze had er spijt van dat ze hem niet had verscheurd toen ze de kans had gehad.

Op zondag de 26ste werd Old Bakery weer geraakt. Boven aan de straat, op de hoek van Windmill, trof een bom het oude gebouw waarin de telefooncentrale van Valletta was ondergebracht, het huis waar, lang voordat er telefoons bestonden, Byron tijdens zijn verblijf op Malta had gezeten.

Toen de bom viel zaten Rocco en Melita op de vloer naast het bed te kaarten. Het huis trilde van de explosie, en er kwam een regen van stukjes kalk van de muren. Ze wachtten tot de vliegtuigen verdwenen waren en renden toen naar buiten om de schade op te nemen. Het personeel kwam de ruïne uit strompelen, gedesoriënteerd, hoestend van het stof, en boven de wijk hing een wolk als een zure mist: van één vrouw was het haar weggeschroeid, het gezicht en de armen van een andere waren zwartgeblakerd door de ontploffing.

Er was een vrouw wier hand was afgerukt – versuft, verdoofd, geen idee waar ze was of wat er was gebeurd, geen enkel besef dat haar hand verdwenen was. Rocco sloeg zijn riem om haar arm, trok hem strak aan en maakte een einde aan het wegstromen van het bloed. Melita hielp haar naar een blok kalksteen en dwong haar te gaan zitten.

'Zijn er nog mensen binnen?' vroeg Rocco een vrouw met grijs haar die in de buurt rondhing.

De vrouw wierp een onzekere blik op de mensen die naar buiten waren gekomen. 'Ik weet het niet, ik weet het niet.'

'Ik ga naar binnen,' zei hij, en hij liep naar de ruïne.

'Niet doen,' zei Melita, 'dat is gevaarlijk.'

Maar hij ging toch, en ze rende met snelle passen achter hem aan. 'Als jij gaat, ga ik ook.'

'Nee,' zei hij, staande in het grote gat waar de voordeur had gezeten.

'Waarom niet?'

'Wacht hier,' zei hij.

Ze wuifde slap met haar hand. 'O, ga maar,' zei ze, 'ga dan maar.'

Hij ging naar binnen, het stof en de rook in. Bij een van de schakelborden vond hij een meisje op de vloer, tussen brokken pleisterwerk en een chaos van draden, de koptelefoon nog op haar hoofd. Ze bewoog een arm en kreunde, en hij raapte haar op en bracht haar klauterend over het puin naar buiten. De reddingswerkers waren gearriveerd, namen haar van hem over en legden haar op een brancard.

Rocco draaide zich om om weer naar binnen te gaan, maar een man met een helm hield hem tegen. 'Laat ons verder maar,' zei hij.

De reddingsploeg haalde nog een paar mensen naar buiten – een bewusteloos, een met een gebroken been. Het geluk wilde dat iedereen het had overleefd, dat er niemand was gedood. Een telefoonploeg was al aan het werk om noodverbindingen aan te leggen.

Het was na vijven toen ze in het huis terugkwamen, en Melita was erg gespannen. Ze was de hele dag al nerveus geweest, al voor de bominslag. Ze was in een beroerde stemming, agressief en prikkelbaar, en dat was niets voor haar.

'Zeker met je verkeerde been uit bed gestapt,' zei Rocco luchtig, maar ze kon er niet om lachen.

Tegen etenstijd voelde ze zich ellendig. Ze aten in een Victory Kitchen, en naderhand, thuis, toen het avond werd, was ze nog somberder. Rocco praatte, vermoeid, slaperig, over de nieuwste plaat van Tommy Dorsey die het eiland had bereikt, 'Last Call for Love', met op de achterkant 'Poor You', maar Melita wilde er niets over horen; niets kon haar minder schelen dan Tommy Dorsey en zijn trombone, de beste trombone ooit, slimmer, wijzer, zuiverder, soepeler dan welke trombone ook, ze was eenvoudigweg niet geïnteresseerd.

'Ik haat muziek,' zei ze.

'Nee, dat is niet waar,' reageerde hij, verbijsterd door haar stemming. Hij had de hele dag voor een raadsel gestaan, zich afgevraagd wat haar dwarszat, en nu was het avond en gleed hij weg in de slaap.

'Jawel, jawel, ik haat het, echt waar, muziek en verder alles ook, ik haat alles. Ik haat alles.'

Hij staarde haar aan, verbaasd haar zo te horen praten, en toch was hij zo slaperig dat hij nauwelijks zijn ogen open kon houden.

'Ik haat Malta,' zei ze. 'Er is niets meer om van te houden, niets meer om te koesteren. Ik haat het stof, de bommen, de hitte. De vliegen. Iedereen hongerig en bang.'

Ze was warm, transpireerde, ijsbeerde in een nachthemdje op blote voeten door de kamer. Rocco overwoog dat ze misschien koorts had, en probeerde haar zover te krijgen dat ze ging liggen, maar dat wilde ze niet. Ze trok het hemdje uit en veegde er het zweet mee van haar lichaam. En nog steeds liep ze door de kamer, heen en weer, rusteloos, haar hart luchtend in een ziedende monoloog.

Rocco zat ineengezakt in een stoel.

'Ik haat mijn lichaam,' zei ze. 'Ik haat het. Ik haat neuken. Ik haat jouw lichaam en jou en dat grote ding van je dat je in me steekt, en al dat gezweet als onze lichamen samen zijn.'

Hij was zo moe, zo dicht bij de slaap, hij vroeg zich af of het echt Melita was die daar praatte, of dat het alleen maar een waanzinnige droom was.

'Begrijp je dan niet dat niets meer betekenis voor me heeft? Ik haat de wereld, de hele wereld. Ik haat die jukeboxen.'

'Nee,' zei Rocco, soezerig protesterend, 'je haat die jukeboxen niet.'

'Jawel, jawel.'

'Hoe zou je ze kunnen haten? Je bent er gek op.'

'Ik ben zo moe.'

'Laten we dan naar bed gaan,' zei hij, maar hij maakte geen aanstalten om op te staan.

'Ik kan niet slapen,' zei ze.

'Ik zal thee maken, thee met melk, zoals je het lekker vindt.'

Ze hadden nog wat thee. Thee was op de bon, en ze hadden niet veel meer, maar genoeg. Hij kon de blaadjes in een pot met heet water gooien op het kerosinefornuis. En ze hadden een blikje gecondenseerde melk dat hij open kon maken.

'Ik haat thee met melk,' zei ze heftig. 'Ik haat het leven, ik haat de dood. Ik haat film!'

Hij dacht dat ze misschien een stukje konden gaan lopen; ze konden naar Hock's om een glas cognac te drinken. Maar ze vond Hock's niets en was geërgerd dat Rocco het voorstelde.

'Laten we dan ergens anders heen gaan,' zei hij.

'Ik wil niet ergens anders heen.'

Ze liep door het huis, over de bovenverdieping en beneden. Hij masseerde haar schouders, maar nog steeds was ze rusteloos.

Hij was uitgeput. Hij liet zich op het bed vallen en sliep.

Ze maakte hem wakker. 'Zing,' zei ze, wetend dat hij dat niet kon. 'Wat dan ook. Hebben jullie geen volkslied?'

Hij probeerde het, maar het was onbegonnen werk. Ze ging naar boven, het dak op, en kwam weer naar beneden.

'Je weet helemaal niets,' zei ze.

'Dat zal wel,' zei hij.

'Haat je me?'

'Probeer te slapen,' zei hij, terwijl hij zich op het bed uitstrekte.

Maar ze verzette zich nog steeds. Ze liep van het ene raam naar het andere, trok de verduisteringsgordijnen open. En toen, toen het eerste schijnsel van de dageraad het oosten verlichtte, het eerste licht, zakte ze naast hem op het bed in elkaar en ging van haar stokje.

14

Pokeren in het Point de Vue

$\mathcal{D}$E VOLGENDE OCHTEND SLIEPEN ZE UIT, EN TOEN ZE OPSTON-
den was ze nog steeds niet in orde.

'Blijf lekker in bed,' zei hij. 'Neem een dag vrij, rust een beetje
uit.'

Ze wilde niet. Ze zette thee voor zichzelf – zonder melk – en at
een stuk brood. Daarna vertrok ze in de roze lijkwagen naar Santa Venera, naar Zammit, om aan de jukeboxen te werken.

Rocco kreeg een lift van een vrachtwagen van het Rode Kruis
en ging naar Maqluba; de vrachtwagen nam hem een deel van de
route mee, naar Tarxien. Een jeep en een bestelwagen van een bakker brachten hem naar zijn bestemming, en toen hij er uiteindelijk
aankwam was het tijdstip waarop hij geacht werd naar de radio te
luisteren allang verstreken. Niettemin luisterde hij even, zwervend
langs de radiogolven, en noteerde een paar berichten die binnenkwamen op de frequenties die hij van Fingerly moest afluisteren:
*Modder spreekt luider dan vogels. De soep is koud. Zeg het diner
af.*

Het liep tegen twaalven: een felle, harde zon beukte omlaag.
Hij schakelde de radio uit en liep naar Qrendi, waar hij een lift
kreeg naar Takali: hij wilde Tony Zebra gaan opzoeken om te kijken wat er daar allemaal gebeurde.

Het vliegveld van Takali was een onverharde strip, ongepla-
veid, niets dan rotsige aarde en kale stukken grasveld, dichtbe-
zaaid met kraters van de aanval van de vorige dag. Er waren mensen met scheppen in de weer, zonder hemd in de zon, als razenden
aan het werk om de gaten te vullen. De toestellen stonden geparkeerd tussen onoverdekte omheiningen, gebouwd van zandzak-

ken en blokken kalksteen, die de vliegtuigen tegen granaatscherven en rondvliegend puin beschermden als de bommen omlaagkwamen. Ze konden alleen door een voltreffer worden geraakt – en de laatste tijd waren de voltreffers in aantal toegenomen.

De officiersmess lag anderhalve kilometer verderop, in Mdina, op een heuvel die uitkeek over het vliegveld, in het Point de Vuehotel. Rocco liep zwetend de anderhalve kilometer steile helling op en vond Tony Zebra op het dak van het grote gebouw van twee verdiepingen dat over de vlakte uitzag. In het noorden lag Mosta met de kerk met de grote koepel en rechts, in de verte, zag hij dicht op elkaar gedrongen stenen huizen van Valletta en de aangrenzende stadjes. Zwarte rook dreef omhoog van de brandende benzineopslagplaatsen overal om de haven heen.

Op het terras op het dak hingen een paar piloten van het 249ste en 603de rond, tijdschriften lezend en brieven schrijvend. Een zat er in een rolstoel, herstellend van een harde noodlanding. Hij droeg een zonnebril en had een onaangestoken pijp in zijn hand, op zijn schoot, zat daar maar in die rolstoel, bewoog niet en zei geen woord.

Aan een tafeltje was een spelletje poker aan de gang waaraan vier mensen meededen. Op een opwindgrammofoon werd een nummer van Glenn Miller gedraaid: het heldere, soepele, karakteristieke geluid kwam fris en doordringend van de draaiende zwarte schijf. Ze speelden het steeds weer, steeds dezelfde plaat. Saxofoons die zich mengden met een zwoele klarinet.

'"In the Mood",' zei Rocco, en hij liet zich meeslepen door het behaaglijke, montere ritme.

'Jezus, dat geldt voor ons allemaal,' zei Tony Zebra een sigaret opstekend. 'Zelfs voor Bull Turner, niet, Bull?'

Bull Turner hield zijn blik strak op zijn kaarten gericht en keek niet op. Hij was klein en potig, een Canadees, ouder dan de rest. Hij was squadronleider van het 249ste geweest en onlangs tot commandant van een gevechtseenheid in Takali bevorderd. 'Tijd om de naald te verwisselen,' zei hij korzelig, en hij dronk achter elkaar een glas sinaasappelsap leeg.

Er hing een gemelijke stemming, een geïrriteerde sfeer, een gevoel van onheil en frustratie omdat de vorige middag, recht boven het vliegveld, Junior Smoots door een Messerschmitt was neergehaald. De Spitfire was onbestuurbaar geworden en in een spin terechtgekomen, en toen het Junior Smoots eindelijk was gelukt de cockpit uit te komen was zijn parachute geblokkeerd geraakt en niet opengegaan. Hij had op minder dan driehonderd meter hoogte gezeten toen hij was gesprongen, en de niet functionerende parachute was als een lange witte zakdoek klapperend en zwaaiend achter hem aan gekomen. Het toestel was onbestuurd in een bocht terechtgekomen en in een steengroeve te pletter geslagen.

'Hier, een bourbon,' zei Tony Zebra, terwijl hij een flinke hoeveelheid in een glas schonk.

Rocco had het niet zo op bourbon zo vroeg op de dag, maar als je op Malta bourbon vond was je niet al te kieskeurig waar het tijd of plaats betrof. 'Junior Smoots? Die jongen die ik bij Dominic's heb leren kennen?'

Hij had vijf toestellen neergehaald, was een ster, en was nu uitgeschakeld. Ze zeiden niet dat hij gesneuveld was, of te pletter geslagen, of gestorven. Ze zeiden dat hij naar het westen was vertrokken. Zo spraken ze over degenen die niet terugkwamen. Ze waren naar het westen vertrokken.

Aan de pokertafel zaten Harry Kelly, uit Texas, Daddy Longlegs, Bull Turner en Zulu Swales. Ze speelden om sigaretten, een slordige hoop Woodbines, Flags en Caporals in de pot. Zelfs de piloten zaten op kleine rantsoenen, veertig per week, en als ze er meer wilden moesten ze hun toevlucht nemen tot de zwarte markt of geluk hebben met pokeren. Het was een spelletje met een hoge inzet. Tony Zebra, een toegewijde kettingroker, die bang was te verliezen, dacht dat het slimmer was om alleen maar toe te kijken. Hij hield de grammofoon aan de gang.

Daddy Longlegs was Raoul Daddo-Langlois, maar iedere keer dat ze zijn naam uitspraken kwam het eruit als Daddy Longlegs. Hij was Brits, van de Kanaaleilanden, en had een hoop crashes overleefd. Een paar dagen eerder had hij een botsing met een 109 gehad. De 109 was een hele vleugel kwijtgeraakt, bij de romp afgebroken, maar Daddo-Langlois had geluk gehad: hij had alleen de punt van een vleugel verloren, en had naar Takali terug kunnen hinken. 'Hij haalt ze neer,' zei Tony Zebra, 'maar dan op de moeilijke manier.'

De jagersquadrons waren bij toerbeurt paraat. Vandaag waren 126 en 229 uit Takali aan de beurt, en 185 van Hal Far. In Takali hadden 249 en 603 een dag vrij. In Luqa steeg er niets op.

Kelly en Daddy Longlegs pasten en alleen Turner en Zulu Swales speelden door. Zulu Swales verhoogde, zette nog twee sigaretten in, en Bull Turner wilde hem zien. Swales had twee paar, negens en zevens, maar Turner had een straat, veegde de sigaretten naar zich toe en voegde ze bij de hoop die hij al had gewonnen. Harry Kelly deelde het volgende spel.

'Rocco Raven komt uit Brooklyn, het land van de Brooklyn Dodgers,' zei Tony Zebra, '... niet dat dat jullie griezels uit de achterafprovincies van het Gemenebest overigens iets zegt.' Hij wond de grammofoon op, maakte aanstalten 'In the Mood' nog eens te draaien. 'Hij werkt met een radio voor Uncle Sam, maar zou eigenlijk liever in een Spitfire vliegen. Denken jullie dat we hem er een kunnen lenen?'

Het was als grapje bedoeld, maar het kwam tamelijk melig over omdat er op dat moment, die dag, vrijwel geen Spitfires meer waren op het eiland, en maar heel weinig Hurricanes.

'Heeft een raaf niet zelf vleugels?' vroeg Zulu Swales, strak naar zijn kaarten kijkend.

'Misschien wil hij de kist waar ik twee weken geleden uit ben gesprongen,' zei Harry Kelly. Nadat hij een 109 had beschadigd was hij neergeschoten en had boven zee het toestel moeten verlaten. Zijn parachute was maar gedeeltelijk opengegaan en hij was hard op het water terechtgekomen. Hij had niets gebroken, maar wel zware kneuzingen opgelopen, en de ene helft van zijn gezicht was nog steeds verkleurd, paars dat vervaagde tot geel.

Daddy Longlegs keek Rocco met halfdichtgeknepen ogen aan. 'Ben jij die Rocco Raven die het met die waanzinnige blauwogige Maltese schoonheidskoningin houdt?'

Rocco wierp een zure blik op Tony Zebra, die kennelijk had gekletst.

'Er zijn geen vrouwen met blauwe ogen op Malta,' zei Zulu Swales, die hier pas een week zat en een encyclopedie van desinformatie was.

'Deze heeft blauwe ogen zoals je nog nooit in je leven hebt gezien,' zei Harry Kelly, die ze nooit had gezien.

'Heeft ze een nichtje?' vroeg Zulu Swales.

'Ja, dat heeft ze,' zei Bull Turner, 'maar hij houdt ze allebei voor zichzelf.'

Harry Kelly hief zijn hoofd, huilde als een loopse teef en legde zijn kaarten op tafel, vier koninginnen en een boer. Zijn opgetogen gehuil had wel iets van een luchtalarm weg. Tot dusverre waren er die dag twee grote aanvallen geweest, een vroeg in de ochtend en nog een om tien uur.

'Ze hebben de veerboot aan barrels geschoten,' zei Daddy Longlegs, om de aandacht van Harry Kelly's winnende hand af te leiden.

'Wie heeft de veerboot aan barrels geschoten?'

'De ploeg van halfacht. Bij Marfa Point. Ik heb het van de keukenmeid.'

'En dat is lang niet alles wat hij van de keukenmeid heeft,' zei Harry Kelly.

'Slachtoffers?'

'Vijf of zes gewonden.'

'Typisch moffen,' zei Zulu Swales. 'Moffen hebben een gemeen trekje. Ze luisteren naar Mozart, maar verder zijn ze totaal ontaard.'

Ze babbelden een tijdje door over de verschillen tussen Duitsers en Italianen: de Italianen hielden zich aan een oude ridderlijkheidscode, alsof ze nog in de Eerste Wereldoorlog vlogen. Het eerste jaar van de bombardementen, in 1940, hadden ze boven het vliegveld van Takali kerstkaarten afgeworpen. En nog afgelopen november, in '41, toen er een commandant in een Hurricane boven Sicilië was neergehaald, waren ze over Takali gevlogen en hadden een bericht afgeworpen dat hij met militaire eer was begraven. De Duitsers deden zoiets nooit. Ze beschoten burgers en bliezen de vissersboten op. Ze hadden al meer tonnen bommen op Malta afgeworpen dan tijdens de Blitz van 1940 op heel Groot-Londen.

Tony Zebra was degene die over de kerstkaarten begon, en Bull Turner diende hem van repliek.

'Dat is nou precies het probleem met jou, Zebra – je zit midden in een oorlog, de pis en stront komen tot je oren, en jij wilt godverdomme dat iemand je een kerstkaart stuurt!'

Over Bull Turner ging het verhaal dat hij alleen met zijn mond een hele kudde op hol geslagen olifanten tot staan kon brengen. In de cafés in Frankrijk, nog voor de gebeurtenissen in Duinkerken, had hij zich regelmatig bezopen, waarna hij zijn pistool trok en de glazen van de bar schoot. Na Duinkerken was hij in Frankrijk gestrand en had doorgevochten: hij had overvallen gepleegd om aan brandstof te komen en was met mitrailleurs tekeergegaan. Hij had een hele reputatie. En nu, hier op Malta, was hij commandant van een gevechtsgroep, een commandant die oom speelde voor een clubje jonge jongens, ze met pokeren versloeg en sinaasappelsap dronk.

'*Ik* stuur je een kerstkaart,' zei Harry Kelly tegen Tony Zebra. 'Aanstaande Kerstmis, wedden?'

Het was niet erg handig om dit te zeggen, want niemand wist of er aanstaande Kerstmis nog iemand van hen in leven zou zijn.

'Typisch moffen,' zei Zulu Swales weer. 'Het is een ander ras.'

'Moffen, natuurlijk, moffen zijn klerelijers,' zei Bull Turner 'maar eigenlijk geldt dat voor iedereen. Mensen doden omdat mensen doden, dat hoort bij de rotheid en het bederf van het menselijk brein.'

Hij legde zijn kaarten met de blinde kant naar boven op tafel en vertelde ze over een café in Mdina waar hij zijn eerste week op Malta was geweest. Op een plank achter de bar hadden drie potten van aardewerk gestaan. Toen hij had gevraagd wat erin zat had de barkeeper een van de deksels opgetild en hem het afgehakte hoofd van een Duitse piloot laten zien die met een parachute omlaag was gekomen en door een menigte boze Maltese boeren was afgeslacht.

Tony Zebra had het verhaal al eens gehoord. 'Die Maltezers,' zei hij, 'hebben een wilde fantasie, vooral de barkeepers.'

'Ik heb dat hoofd anders zelf gezien,' zei Turner aangebrand.

'Natuurlijk, maar het was helemaal verschrompeld. Hoe weet je nou of het zelfs maar het hoofd van een mens was?'

'Beweer je dat ik niet heb gezien wat ik heb gezien?'

'Je hebt gezien wat je hebt gezien, maar hoe weet je dat het is wat je denkt dat het is?'

'Hij heeft dat hoofd gezien,' zei Zulu Swales.

'Ik heb het gezien,' zei Turner met een woedende blik op Tony Zebra, 'en als ik het hier had, nu, stopte ik het in je reet.'

'Ha,' reageerde Tony Zebra luchtig, 'dat lijkt me wel wat.'

Ze wisselden een lange, strakke blik uit, en even was de sfeer ademloos, alsof de lucht en alles om hen heen werd opgezogen, en een moment zag het ernaar uit dat Bull Turner zou overkoken. Maar toen maakte hij met een kribbige hoofdbeweging zijn blik van die van de ander los en richtte zich weer op het spel. 'Laten we dit potje afmaken voordat ik naar de plee moet,' zei hij. 'Heeft er iemand een grote straat?'

In weerwil van zijn opvliegendheid en zijn soms betoverende scheldkanonnades waren ze zich er allen van bewust dat Bull Turner een gecompliceerde geest had, een verborgen ingenieuze denkkracht, waardoor hij in de lucht dodelijk werd en met een spel kaarten in zijn hand nog dodelijker. Hij wist bijvoorbeeld dat je met pokeren bij het delen 2.598.960 combinaties kaarten in handen kon krijgen. Van deze waren er 40 kleine straat, 624 carré en 3744 full house. Hij hield dit soort cijfers in zijn hoofd en was griezelig bedreven in het berekenen van de kansen.

'We spelen om sigaretten,' zei hij tegen Rocco. 'Heb je saffies bij je?'

'Ik heb Lucky's.'

'Mag hij wel meedoen met Lucky's?' grauwde Turner weer goedgehumeurd.

Rocco trok een stoel bij en kreeg zijn kaarten. Hij verloor en verloor en verloor. Toen won hij, en toen verloor hij weer. Daddy Longlegs en Harry Kelly speelden met het mes op tafel, en met Bull Turner was het nog erger. Hij zat uit een blik Maconochie's Bully Beef te eten. Dat aten ze, Maconochie's, 's morgens, 's middags en 's avonds.

'Reuze jammer dat-ie bij punt-punt-streep zit,' zei Bull Turner over Rocco, die net weer had opgegeven. 'Zou een verdomd goeie piloot zijn geweest. Precies de juiste wanhopige blik in zijn ogen.'

Daddy Longlegs maakte een reep chocolade van de zwarte markt open en gaf hem rond, en tegen de tijd dat hij hem terug had was alleen de lege verpakking nog over. Hij hield er een lucifer bij en stak hem in brand.

De sirenes op het vliegveld loeiden: weer een aanval.

Kelly en Daddy Longlegs liepen naar de balustrade en zochten de hemel af. Het zou nog negen of tien minuten duren voordat de vliegtuigen Malta zouden bereiken, maar ze stonden nu al allemaal te kijken, ook Zulu Swales en Tony Zebra. Ze tuurden in de verte, iedereen wilde ze als eerste zien. Op het vliegveld verdwenen de mannen in schuilkelders en loopgraven.

In Takali stegen twee Hurricanes op, snel vliegend om hoogte te winnen, zodat ze de aanvliegende bommenwerpers van bovenaf konden aanvallen. Twee, meer niet. Toen zagen ze er nog een, van Hal Far.

Op een mooie heldere dag kon je van het dakterras de Etna zien liggen. Dit was een mooie dag, maar geen heldere, en achter St. Paul's Bay was alles een dromerige nevel.

'Ju-88's,' zei Harry Kelly. Hij zag er tweeëndertig.

'Negenentwintig,' zei Tony Zebra.

Ze stonden een tijdje te discussiëren, negenentwintig of tweeëndertig.

Zulu Swales dacht dat het er eenendertig waren.

De 109's, die kleiner waren, waren moeilijker te tellen.

'Twintig Messerschmitts,' zei Daddy Longlegs, en niemand bestreed dit, want hij had scherpe ogen, de scherpste in het squadron sinds Junior Smoots er niet meer was.

De hoofdmacht van de bommenwerpers zette koers naar Grand Harbour en de rest verspreidde zich en ging op de vliegvelden af. Slechts een van de drie Hurricanes was te zien, in gevecht verwikkeld met de Messerschmitts.

'Wie is dat daar in die Hurricane? Slim Yarra?'

'Nee, dat is Yarra niet.'

'Dan is het Tweedale, toch? Tweedale met zijn viool.'

Gordon Tweedale, een Australiër, speelde viool en schreef poëzie. En hij had goede ogen. Hij had in individuele luchtduels al zes toestellen neergehaald en er nog een paar beschadigd.

'Dat is Tweedale niet,' zei Harry Kelly, 'dat is Bull Turner daar boven.'

'Bull Turner zit hier beneden, wees maar niet bang,' zei Bull Turner, die nog met zijn kaarten in zijn hand aan tafel zat. Hij en de piloot in de rolstoel waren de enigen die niet overeind stonden. Ze waren ook de enigen die geen helm droegen. Zelfs Rocco had er een opgezet, van een stapel in de doos bij de trap.

'Bull Turner, hè? Die gaat er echt aan,' zei Harry Kelly.

'Die 109 krijgt zijn kont te pakken.'

'Wauw!'

'Jezus!'

'Goddomme, dat scheelde een haar. Kom, Turner, wegwezen daar.'

'Turner zit hier jongens, met een dodelijk stel kaarten. Kom terug en laten we dit rondje uitspelen.'

'Jezus, hij gaat er echt aan.'

'Afgelopen met de ouwe Bull. Tijd voor de grazige weiden.'

'Dat is toch wel de slordigste rol die je ooit hebt gezien? Hopeloos. Hij begint zijn scherpte kwijt te raken.'

'Bull Turner raakt zijn scherpte helemaal niet kwijt, stelletje lullige lamzakken. Bull Turner zit hier, en hij heeft goddomme drie azen in zijn hand. 'Hij zat nog steeds aan tafel. Met drie azen in zijn hand.

'Kijk nou toch,' zei Daddy Longlegs, 'hij had die 88 pal in zijn vizier. En hij mist. Zag je dat? Hij liet hem gewoon wegglippen.'

'Dat is niet de Bull Turner die ik van vroeger ken.'

'Scherpte kwijt.'

'Afgetakeld.'

'Heeft dat soort vliegen hem nou een DFC opgeleverd?'

'Te veel vlees uit blik, dat is het probleem. Te veel Spam in blik, gebakken in motorolie, te veel beschimmeld brood, te veel chocolade met maden van de zwarte markt.'

Verschillende 88's kozen nu positie om Takali te bombarderen. De eerste daalde in een flauwe duik, kwam schuin omlaag door het luchtafweergeschut heen. Heel laag vliegend kwam hij over het veld en liet zijn bommen los; hij vloog bijna op de hoogte van het Point de Vue, dat op de heuvel stond en over het dal uitkeek. Ze konden de piloot in de cockpit zien en de bommenrichter in de neus met ramen, en de boordschutter achter de piloot.

Al het geschut ging tekeer, de pom-poms en de Lewismitrailleurs, en de grote ack-ack, blaffend en donderend, hoog en breed uitwaaierend granaten afschietend. De granaten ontploften in zwarte wolkjes en scherven vielen kletterend terug op de grond, waarbij een paar stukken met een scherp geluid op het terras neerkwamen. Lichtspoormunitie van de Bofors trok lange, gebogen lijnen van vuur langs de hemel. Het was een rommelende, donderende muziek, de kanonnen en het gebrul van de bommenwerpers en het gefluit en de klappen van de bommen die met een hard *woempf* dreunend neerkwamen, kraters in het veld slaand, geweldige hoeveelheden aarde en kalksteen opploegend, enorme wolken geel stof die kringelend in de lucht hingen en traag gingen liggen.

Toen begon de tweede 88 aan zijn beurt. Nu was Bull Turner plotseling uit zijn stoel opgestaan, rende met zijn dienstpistool hoog boven zijn hoofd naar de balustrade. Hij was niet groot, maar op dat moment leek hij de grootste van hen allen: een intens bewegende immensiteit, zijn lichaam tegen de balustrade gedrukt, zijn voeten een eind uit elkaar, zijn rechterhand met het pistool uitgestoken, zijn linkerhand die zijn rechterarm ondersteunde, en toen de Ju-88 in zijn flauwe duik kwam aanvliegen, laag over het veld vloog en zijn bommem losliet, vuurde Bull Turner het ene schot na het andere af, ook al wist hij, en wisten ze allen, dat hij met alleen een pistool geen enkele kans had om welke schade dan ook te veroorzaken. Hij bleef schieten, steeds weer, tot het pistool klikte en leeg was, en toen, toen het toestel weer optrok en hoogte won, smeet hij het pistool zelf de lucht in en het zeilde als een vogel in een lange boog in de richting van het vliegtuig en viel tussen de johannesbroodbomen en de cactussen beneden.

Het volgende vliegtuig begon aan zijn nadering. Bull Turner wierp een wilde blik om zich heen, greep een stoel en smeet hem met enorme kracht weg. Rocco was verbaasd dat hij zo ver vloog, rondtuimelend in de lucht, wentelend, een lange parabool, waarna hij uiteindelijk tussen de johannesbroodbomen neerkwam.

Toen nog een stoel, op het volgende vliegtuig gericht, en nog een: hij smeet ze kreunend en massa's lucht uitblazend weg onder het gebrul van de bommen en de klappen van de ack-acks.

Toen stond hij daar stil, hijgend, met bonkend hart, zijn armen slap langs zijn zijden, en ze wisten dat hij in orde was. Ze hadden de verhalen gehoord hoe hij in cafés in Frankrijk door het lint was gegaan, en nu hadden ze het zelf gezien, de woede, de hartstocht, en ze voelden zich er goed bij, want als je niet genoeg vliegtuigen had om met de moffen te vechten voelde je woede, kon je alleen maar woede voelen, en Bull Turner beschikte over genoeg woede, over genoeg vuur, voor hen allemaal.

'Shit, Bull, nou hebben we geen stoelen meer, verdomme,' zei Daddy Longlegs.

Bull Turner leek het niet te horen.

Het gezicht van Tony Zebra zat onder het bloed. Een granaat-splinter van de nu zwijgende ack-ack was uit de hemel gevallen, had een snee in zijn neus getrokken, en het bloed stroomde overal over hem heen.

Bull Turner keek naar hem, draaide zich om en liep naar de pi-loot in de rolstoel, die daar nog steeds zat, niet had bewogen, met zijn zonnebril en zijn openhangende mond en de onaangestoken pijp op zijn schoot.

'Deze man is dood,' zei hij. 'Zien jullie niet dat hij dood is? Hij is al een hele tijd dood. Laat iemand hem wegrijden en ergens heen brengen waar hij hoort te zijn.'

De piloot in de rolstoel ademde niet. Rocco zag het nu, en vroeg zich af waarom hij het niet eerder had gezien. Niemand van hen had het gezien. Hij had daar al die tijd gewoon gezeten, met die zonnebril, opgesloten in zijn vreemde zwijgen, vertrokken, mond open, beroofd van woorden of betekenis.

Bull Turner hief een hand en wees op Tony Zebra, die nog steeds bloedde en eruitzag alsof hij flauw zou vallen. 'Verzorg hem,' zei hij, 'giet er wat whisky in en naai hem weer in elkaar, hij moet morgen vliegen. Ga iemand zoeken om die neus te repare-ren.'

Toen hees hij zich verrassend lenig over de balustrade, liet zich van het dak op de lange helling zakken, liep naar de johannes-broodbomen en de groepen cactussen en ging op zoek naar zijn pistool.

Drie azen, had hij bijna wellustig gezegd. De vraag was: had hij nog een paar, samen met die drie azen, zodat hij een full house had, of had hij alleen die drie azen? Als hij alleen die azen had zouden ze geen partij zijn voor de kleine straat die Rocco in zijn hand had gehad toen die bommenwerpers waren gekomen, vijf harten tot de koningin, en hij had echt wel een paar extra sigaretten kunnen gebruiken.

Aan hun voeten, in het dal, lag het ernstig door inslagen beschadigde vliegveld, en de werkploegen waren al aan de gang. Een paar haviken cirkelden hoog boven het stof rond. Slechts een van de twee Hurricanes uit Takali was teruggekeerd, wat betekende dat de andere verloren was gegaan, neergehaald, in zee of op de harde rotsgrond van Malta gestort.

15

Door muren lopen

LATER DIE DAG, TOEN ROCCO IN HET HUIS AAN WINDMILL STREET terugkwam, was Melita er niet.

Ze was van plan geweest die dag bij Zammit in Santa Venera door te brengen om aan een jukebox te werken en had gezegd dat ze om drie of vier uur weer thuis zou zijn. Rocco dacht dat ze weer naar een film konden, in het Majestic in Sliema, maar het was al over vijven en de film begon om zes uur, en ze hadden nog niet gegeten. Hij ging naar een betaaltelefoon in een koffietentje aan Kingsway en belde Zammit om te vragen of ze nog bij hem was.

Ze was er niet. Ze was al meer dan een uur geleden vertrokken, maar toch bleek nergens uit dat Zammit zich zorgen maakte. Hij vermoedde dat ze ergens in een rij stond voor brood of groenten aan het kopen was.

Rocco ging naar huis terug en voerde de kat, gaf hem melk uit een blikje en een paar stukjes geitenvlees. Tegen halfzes was het duidelijk dat ze niet naar de bioscoop zouden gaan, en hij liep op zoek naar de roze lijkwagen naar de City Gate.

Hij kocht een krant en keek de koppen door – Birma, Leningrad, de nieuwe Vichy-regering. Drie Wellingtons hadden die nacht het vliegveld van Comiso op Sicilië aangevallen. De krant meldde lichte schade aan militaire doelen op Malta als gevolg van de aanvallen van de afgelopen dagen. 'Militaire doelen' betekende de dokken en de vliegvelden, en zoals iedereen wist waren het allesbehalve kleine aanvallen geweest, en als de schade licht was kon dit alleen maar komen doordat er zo weinig te vernietigen over was.

Om zeven uur was hij weer thuis. Misschien een lekke band,

dacht hij. Of de carburateur. Hij was oud, die lijkwagen. Maar zelfs als de wagen het had opgegeven, had ze nu terug moeten zijn. Ze had meer dan genoeg tijd gehad om een bus te nemen, of terug te liften.

Ze had een tante, dus was ze misschien onderweg bij haar langsgegaan. Hij ging weer naar de koffietent om Zammit te bellen voor het nummer van haar tante. Maar nu was de telefoon dood. Zo ging het met telefoons, de ene minuut werkten ze, de volgende niet meer.

Hij stelde zichzelf gerust, dacht dat ze wel bij haar tante moest zijn. Waar anders? Ze moest daar zijn langsgegaan, in de verwachting er een paar minuten te zullen blijven, en was toen om een of andere reden blijven hangen.

Toen bedacht hij dat ze het misschien opzettelijk deed, om hem te straffen voor iets wat hij had gedaan of niet gedaan, had gezegd of juist niet gezegd, iets wat hij zich niet eens bewust was.

Zou het dat zijn?

Maar waarom, hoe?

Hij herinnerde zich hoe gekwetst ze bij Dominic's was geweest, over Julietta, toen Julietta hem had gekust. Zou het dat zijn? Was ze daarom nog steeds kwaad op hem?

Toen het donker begon te worden wist hij zeker dat er iets ernstig mis was. Ze moest, bedacht hij, gewond zijn geraakt tijdens een van de luchtaanvallen toen ze van Zammit naar de stad was gereden. Hij had die gedachte verdrongen, maar nu werd hij erdoor bestormd, onweerstaanbaar.

Hij maakte een vreselijke nacht door, naar elk geluid luisterend, hopend dat zij het zou zijn. Hij ging weer naar de City Gate om de lijkwagen te zoeken. Pas na middernacht viel hij in slaap, en toen werd hij gewekt door het luchtalarm. Weer vals alarm, geen aanval. Vaak gingen er een paar vliegtuigen op weg naar Malta, maar ze keerden weer terug voordat ze de kust hadden bereikt – het was een truc om het luchtalarm in werking te stellen, zodat er niemand kon slapen.

De volgende ochtend ging hij weer naar de koffietent, en nu deed de telefoon het gelukkig weer. Hij belde de ziekenhuizen af, de ziekenhuizen tussen Santa Venera en Valletta, om te kijken of ze ergens was opgenomen. Iedere keer moest hij tijden wachten, en een paar keer viel de lijn dood en moest hij terugbellen. Uiteindelijk leverde het niets op.

Hij liet thuis op de keukentafel een briefje voor haar achter en haastte zich toen naar de boerderij bij Maqluba om zijn dienst bij de radio te draaien. Hij luisterde, noteerde de gecodeerde berichten die doorkwamen, en zodra hij klaar was ging hij naar Zammit.

Zammit belde de tante, maar Melita was er niet.

'Ze komt vast terug,' zei Zammit geruststellend. Hij leek zich geen zorgen te maken en niet ongerust te zijn.

'Heeft ze je gebeld? Heeft ze iets tegen je gezegd?'

Zammit schudde zijn hoofd. 'Ik voel het,' zei hij. 'Ik weet het. Het komt allemaal in orde.'

'Doet ze dat wel vaker? Zomaar weggaan, zonder iets te zeggen? Heeft ze dit al eens eerder gedaan?'

Zammit haalde zijn schouders op. Het was alsof hij iets wist, en toch, nu hij onder druk werd gezet, niets te zeggen had. Hij had een extra fiets, die Rocco leende omdat hij liever naar Valletta terugfietste dan eindeloos op de bus te moeten wachten.

Toen hij weer thuis was lag het briefje nog onaangeroerd op de keukentafel.

Het was een vreselijke dag. Er waren momenten dat hij zeker wist dat ze dood was, en andere waarop hij dacht dat ze gewoon was vertrokken, dat ze genoeg van hem had. Hij voelde zich in de steek gelaten. Het was zo'n roes geweest, de emotionele intensiteit, het plotselinge, de duistere schittering van hun nachten en dagen, en nu leek het even abrupt afgelopen te zijn. Hij was verbijsterd, wist niet wat hij moest denken of zich voor moest stellen.

Het was een probleem van tijd. Hij had altijd gedacht dat de tijd een rechte lijn was, die ononderbroken doorliep, maar nu wist hij dat dat niet waar was, het was meer een storm, een orkaan, een hele oceaan die erop los beukte en omhoogkwam, eb en vloed, schuimkoppen en diepe troggen, en waar je voor moest uitkijken, dicht bij de kust, waren de rotsen. De rotsen zouden je aan stukken scheuren.

Hij wilde niet denken dat ze dood was. Het was te afgrijselijk. En hij wilde niet denken dat ze hem verlaten had, omdat dat in zekere zin nog erger leek.

Als ze gewoon was vertrokken, bij hem was weggegaan, waarom had ze dan al haar spullen achtergelaten? De koffer met kleren, de radio, de pauwenveer, de kat? Haar doos boeken. Misschien zou ze het allemaal over een paar dagen door Zammit, of een vriendin, laten ophalen.

Maar meteen hierop wist hij weer zeker dat het ergste was gebeurd. Hij dacht aan haar, dat ze ergens gewond lag, in een ziekenhuisbed, of onder een hoop puin bij een ingestort huis. Of dat ze verdwaasd rondzwierf, niet wetend waar ze was.

Hij stapte op de fiets en reed rond, in de overtuiging dat hij haar zou vinden. Hij reed weer door Valletta en Floriana, en toen de stad uit, helemaal naar St. Paul's Bay, naar een plek die uitkeek over het strand, waar ze op een dag hadden gepicknickt. Hij reed in een rondje terug over Mosta, scherp oplettend of hij ergens de roze lijkwagen zag. Hij stopte in verschillende stadjes bij politie-bureaus om de lijsten met slachtoffers af te zoeken. Toen keerde hij uitgeput naar huis terug.

Het was een dag met zware luchtaanvallen geweest, dinsdag de 28ste. 's Morgens was de kerk van St. Publius in Floriana, vlak buiten Valletta, gebombardeerd. Het was een bewuste aanval ge-weest, de duikbommenwerpers hadden het duidelijk op de grote koepel voorzien gehad. Ze raakten de kerk met drie bommen, waarvan er een dwars door de koepel was gegaan en was doorge-drongen in de crypte, die als schuilkelder werd gebruikt. Ongeveer tien mensen hadden de dood gevonden, onder wie een parochie-priester. In de lucht waren twee Canadese Hurricanepiloten om het leven gekomen.

Die nacht wilde hij niet slapen, hij verzette zich, maar de slaap overmande hem, besloop hem, rolde als mist over hem heen. Hij had wilde, turbulente dromen.

Hij zat weer aan boord van de Wellington, het vliegtuig dat hem naar Malta had gebracht, maar ditmaal zat Tony Zebra, en niet Brangle, op de plaats van de piloot. Het bommenruim zat vol chocoladerepen, en ze waren allemaal van Fingerly. Ze waren op weg om Benghazi te bombarderen. De Wellington was eigendom van Fingerly, net zoals de chocolade van Fingerly was, en de hemel was van Fingerly. Zelfs Tony Zebra was van Fingerly. Zelfs Rocco en Rocco's schoenen waren van Fingerly, hoewel onduidelijk was of Fingerly van zichzelf was of van iemand anders. Boven Bengha-zi lieten ze de repen los, en de Duitsers op de grond wisten niet waar ze het moesten zoeken van verbazing: een storm van explo-derende chocolade die enorme kraters sloeg en de aarde bespik-kelde. Toen Rocco omkeek was er niets anders te zien dan vlam-men van chocolade die hun tongen de hemel in staken, een ziedende troep, en hij had het gedaan, hijzelf, Rocco Raven, had al die schade aangericht, omdat hij de bomrichter was.

De volgende dag zat hij weer op de fiets. Het hele stuk naar de boerderij bij Maqluba, waar hij een tijdje aan de kortegolfradio zat. Toen een kronkelende rit terug, door de stadjes en dorpen, elke keer stoppend bij de politiebureaus. Ze haat me, dacht hij, daarom doet ze dit. Ze wil me laten lijden. Maar toen de tegengestelde gedachte, dat ze ergens dood lag, en terwijl hij de lage hellingen opreed verkeerde hij in opperste verwarring, mengden zijn tranen zich met het zweet dat over zijn gezicht liep.

Na vijven was hij terug in Valletta, reed door de City Gate, langs een smal pad dat in het puin was vrijgemaakt. Hij stak South over, en toen hij de hoek naar Windmill omsloeg keek hij het huizenblok af en daar zat ze, op de stenen trap voor het huis, in een blauwe jurk te wachten.

'Ik heb je ongerust gemaakt,' zei ze schuldbewust.

Het was vreemd haar te zien: al zijn woede en angst was verdwenen, weggespoeld, en hij voelde zich timide, alsof hij haar voor het eerst zag, en hij voelde dat zij hetzelfde voelde. Ze waren allebei verlegen.

'Je had een briefje kunnen achterlaten,' zei hij, niet boosaardig maar zachtjes, een constatering, een feitelijke uitspraak. 'Drie dagen,' zei hij. 'Ik heb heel Malta afgezocht. Ik dacht dat je er niet meer was.'

'Dacht je dat? Dat ik dood was?'

'Dat dacht ik.'

'Ik moest weg, om na te denken,' zei ze. 'Ik moest alleen zijn.'

'Waar heb je over nagedacht?'

'Over alles,' zei ze.

'Over ons?'

'Over ons, ja. Het ging allemaal te snel, ik moest even pas op de plaats maken en mezelf tijd gunnen om na te denken. Het leven is te ingewikkeld. Het spijt me dat ik je pijn heb gedaan.'

'Ben je eruit gekomen?'

'Waaruit gekomen?'

'Waarover je na moest denken.'

'Ik heb jeruzalemartisjokkensoep voor je gemaakt,' zei ze, terwijl ze hem voorging naar de keuken. 'Ik kon geen jeruzalemartisjokken vinden, dus heb ik maar aardappelen gebruikt.'

'Is het dan niet eigenlijk aardappelsoep?'

'Inderdaad, als je er zo over wilt denken, maar ik denk dat het jeruzalemartisjokkensoep is, want dat wilde ik maken. Voor aardappelsoep gebruik je vet in plaats van boter, en ik was van plan om boter te gebruiken, maar er was geen boter, dus heb ik margarine gebruikt. Het was moeilijk om margarine te vinden, echt moeilijk.

Ik heb vreselijke ruzie gehad met de winkelier. Als je denkt dat het jeruzalemartisjokkensoep is in plaats van aardappelsoep is het lekkerder. Maar misschien heb je geen zin om te eten.'

'Je bent terug,' zei hij.

'Ja,' zei ze.

'Weet je zeker dat je hier wilt zijn?'

'Ik geloof van wel.'

'Misschien wil je voorgoed wegblijven?'

'Dan zou ik niet terug zijn gekomen. Maar misschien wil jij mij nu niet meer. Misschien wil je dat ik weer wegga?'

'Ik heb doodsangsten uitgestaan. Weet je dat?'

'Ik moest gewoon alleen zijn. Het komt door de bommen en de kanonnen, zoveel jaren bommen en kanonnen. Na een tijdje word je er gek van en is er niets meer goed. En jij? Wil jij weg?'

'Ik zou liever in Brooklyn zitten,' zei hij.

'Alleen?'

'Soms heb ik wel dat gevoel,' zei hij. 'Het is inderdaad allemaal te snel gegaan, toch?'

'Je wilt niet met me samen zijn.'

'Dat zei ik niet.'

'Heb je liever dat ik wegga?'

Er was nog steeds die onhandigheid, die aarzeling, alsof ze vreemden voor elkaar waren. En toch was er een gevoel van verbondenheid, van saamhorigheid, alsof ze elkaar al jaren kenden en ze hier nu weer bij elkaar waren, in dezelfde kamer.

Hij keek haar aan en er waren diepten in haar die hij niet begreep, lagen en dimensies, duistere plaatsen die hem een ongemakkelijk gevoel gaven. De gedachte schoot door hem heen dat het het verstandigste zou zijn een vliegtuig te nemen, als hij tenminste een plaats kon krijgen, en dit allemaal gauw achter zich te laten, terug te gaan naar zijn eenheid. Omdat het hem boven het hoofd groeide, omdat het hem te veel werd. Ze had iets waardoor hij zich tekort voelde schieten, alsof hem iets ontbrak en hij nooit zou weten wat. Het is gemakkelijker, dacht hij, te leven met de oude vertrouwdheid van auto's, bij de tweedehands handel, tussen de tweede- en derdehands Fords en Chevrolets, waaraan hij sleutelde, die hij dan misschien niet nieuw liet klinken maar toch wel goed genoeg om voor te betalen, goed genoeg om het lawaai en gezoem van het verkeer mee in te rijden. Maar dat was voor de oorlog en de bombardementen geweest, toen er nog een soort watkan-me-gebeurenonschuld had geheerst en de grond waarop je liep nog solide was geweest: je wist dat hij daar was, onder je schoenzolen. Daar in Brooklyn.

Hij at de jeruzalemartisjokkensoep, denkend dat het dat was, ook al was het het niet.

'Ik kon geen vlees krijgen,' zei ze, 'hoe ik het ook probeerde. Ik dacht misschien een beetje varkensvlees, maar er was niets te krijgen, dus heb ik maar soep gemaakt. Vind je het lekker?'

Hij vond het lekker. Maar hij had geen honger. Hij was moe. En zij was ook moe.

'Heb je je punt-punt-streep gedaan terwijl ik weg was?'

'Ik heb mijn punt-punt-streep gedaan.'

'Heb je me gemist?'

'Ja, ik heb je gemist.'

Terwijl ze daar in de keuken kleine hapjes soep namen, hij kleine hapjes, zij kleine hapjes, en de kat zat toe te kijken op de houten ijskast waarin geen ijs zat, heerste er opeens een sfeer van normaliteit, van gewoonheid, alsof er niets was gebeurd, alsof ze niet net terug was na drie dagen lang spoorloos te zijn geweest.

'Ik ben slecht, ik weet het,' zei ze, 'ik heb iets slechts gedaan. Ik had het je moeten vertellen. Maar als ik het je had verteld hadden we eindeloos zitten praten en had ik alles moeten uitleggen, en dan zou ik nooit zijn gegaan. Maar ik moest weg, want hoe had ik anders kunnen nadenken over alles waarover ik moest nadenken? Snap je? Ik ben niet slecht, ik ben goed, ik probeer goed voor je te zijn, maar misschien vind jij van niet. Hou je nog van me?'

Hij hield van haar, wilde haar, werd door haar geobsedeerd, door de klank van haar stem, de muziek van haar armen, het glijdend heen en weer bewegen van haar ogen terwijl ze de kamer afzocht naar de kat.

'Heb je voor Byron gezorgd terwijl ik weg was?'

'Ik heb aan zijn staart getrokken.'

'Natuurlijk!'

'Ik heb hem aan zijn oren aan de waslijn gehangen.'

'Dat weet ik. Dat weet ik. Ja, dat zou je echt doen. Ik weet dat je dat zou doen. Arme lieve kat!'

De kat zat nog steeds op de ijskast, naast een vaas waarin droogbloemen stonden. Melita nam een geldstuk uit haar tasje en gooide het naar de kat. De kat keek haar zuur aan. Ze gooide weer, dichterbij, en ditmaal stond hij half op, maar niet helemaal. Het derde muntje raakte hem in zijn flank, en nu ging hij wel staan. Met trage, gemelijk arrogante bewegingen sprong hij van de ijskast op de gootsteen en bleef bontachtig en lenig bij een stapel borden staan. Toen klapte Melita in haar handen en was hij meteen verdwenen, met één sprong, een rode veeg, de deur door en weg, naar een ander deel van het huis.

'Waar heb je gezeten?' vroeg Rocco.

'Wil je dat echt weten?'

Hij wachtte terwijl ze nog wat soep opschepte.

'Ik heb bij een vriendin gezeten, in Floriana.'

'Welke vriendin?'

'Christina.'

'Dat Engelse meisje?'

'Ik heb je over haar verteld. Heb je haar nooit gezien? Die danseres?'

Rocco had haar eens ontmoet en had haar een keer zien optreden, toen ze haar Spaanse dans had gedaan, een zwart topje, bloot middel, armen bedekt met zwarte kant, castagnetten in haar handen, de lange, zijden, kleurige rok die opflakkerde om haar heupen als ze met een stralende, verhitte hongerige lach een draai maakte.

'Ze kan het heel goed vinden met Warburton, niet? Die verkenningspiloot.'

Melita zuchtte en knikte. 'Ach, God mag weten hoe het afloopt. Ze hebben een moeilijke tijd.'

'Maken ze ruzie?'

'Doet niet iedereen dat?'

Hij haalde zijn schouders op en liet zijn stoel achterover wippen. 'Dus je hebt gepraat? Met Christina?'

'We hebben gepraat.'

'Je hebt haar gemene en valse dingen verteld?'

'Ik heb haar valse en verschrikkelijke dingen verteld.'

'Over mij?'

'Over ons beiden.'

'Ik dacht dat je ervandoor was met een van je oude vriendjes,' zei hij.

'Je hebt vreselijke dingen gedacht, ik weet het. Ik heb alles verdiend wat je hebt gedacht.'

Dat was het dus, dat was dus alles. Ze had bij Christina gezeten. Hoe gemakkelijk en ongecompliceerd. Ze was bij hem ingetrokken, maar het was te plotseling gegaan, te snel voor haar, en ze was even teruggedeinsd, ze had behoefte gevoeld zich er even aan te onttrekken. Maar nu was ze terug, en dat was goed, het paniekerige deel was achter de rug. De tijd was geen storm, de tijd was alleen de wind, een rustige wind, en als je ingespannen luisterde was wat je in de wind hoorde muziek, wendend en kronkelend, rijzend en dalend. Dat was wat ze voor hem deed, dat was hoe ze hem zich liet voelen: een lied. Als hij niet met haar trouwde en haar niet naar Amerika meenam, was hij gek.

Klopt dit wel, vroeg hij zich af. Begrijp ik het wel goed?

Hij keek terwijl ze door het huis bewoog, van de ene kamer naar de andere. Hij volgde haar. Ze liep niet door de deuren maar dreef door de muren heen. Ze ging pal door de meubelen heen, alsof ze er niet stonden.

'Hoe deed je dat?'

'Wat?'

'Je liep gewoon door die muur heen.'

Ze glimlachte. 'Dat doe ik altijd. En dat zie je nu pas?'

'Maar hoe? Hoe deed je het?'

'Wil je al mijn geheimen kennen?'

'Ja, alles.'

'Er zijn geheimen die een vrouw voor zichzelf moet houden,' zei ze. 'Vooral op Malta, en vooral in de oorlog.'

Ze deed het nog eens, liep naar de muur van de zitkamer alsof deze niet bestond, en toen dwars erdoorheen, als damp, als een geest, verrukkelijk mysterieus. Hij wist het niet. Was het Melita die bij hem terug was gekomen, of was het de geest van Melita? Ze was gestorven en teruggekeerd. Of was het iemand anders?

Hij begreep nu wat ze bedoelde, hoe makkelijk het was om gek te worden als je op Malta woonde. De bommen en de kanonnen, het helse lawaai, dag en nacht. Hij probeerde door de muur te lopen, achter haar aan, maar stootte zijn neus, hard, en het deed pijn.

'Wat is het woord voor sneeuw?' vroeg hij.

'Ga weg met je woord voor sneeuw.'

'Wat is het woord voor gebroken hart?'

'Zo'n woord ken ik niet.'

'Wat is het woord voor geest?'

'Er zijn goede geesten en kwade geesten, welke wil je?'

'Wat is het woord voor zweven en drijven en nooit iets zeker weten?'

'Zo'n woord bestaat niet, niet in één woord.'

'Wat is het woord voor welkom thuis?'

'Kom,' zei ze, 'dan laat ik het je zien.'

Ze liep door nog een muur heen, en hij moest door de deur om haar te vinden en ze liep door veel muren heen, de een na de ander, en hij zat achter haar aan, door de ene deur na de andere, en toen hij haar vond was ze boven, in de kamer onder het kapotte dak, terwijl de nacht neerdaalde, en toen hij haar had ingehaald leek het hem dat ze in brand stond, dat er kleine vlammetjes loom op haar huid kronkelden, dat er blauw vuur uit het blauw van haar ogen kwam. Zelfs haar adem was blauw en brandde, en hij durfde haar niet uit te kleden, uit angst voor het laaiende vuur dat hij daar zou vinden.

Deel II

Hitte, zon, stof over alles

De hele natuur is slechts een code en een geheimschrift. De grote naam en het wezen van God en zijn wonderen, de daden, plannen, woorden, handelingen en het gedrag van de mensheid – wat zijn het in de meeste gevallen anders dan een code?

BLAISE DE VIGENÈRE, *Traicté des Chiffres*

Toen het verschil tussen een granaat boven je hoofd en een granaat in de cockpit een onmetelijk kort tijdsverloop op een Duits reflectorvizier vormde, of een onmetelijk kort tijdsverloop in een Duits hoofd, begon het angstaanjagend te worden om te geloven dat je lot afhing van je eigen waakzaamheid, en toch was het een vreselijke gedachte dat het in de blinde grillige handen van het toeval rustte.

RAF-PILOOT JOHNNY JOHNSTON,
Tattered Battlements

16

Zammit geeft een verhandeling over de complicaties van de ziel

Nardu Camilleri gaat naar de kapper

Tony Zebra onderneemt zijn grote ontsnappingspoging

'GEEN INVASIE,' ZEI MELITA. 'IK VOEL HET, IK WEET HET IN MIJN botten. Vandaag in elk geval niet.' Het was een hoop, een wens.

In april was er meer dan 6700 ton bommen op het eiland gegooid, meer dan driemaal zoveel als in maart. En nu was het mei, de eerste mei, en wie kon zeggen of mei makkelijker of beroerder zou worden dan april was geweest?

Die ochtend vroeg ging ze met Rocco in de roze lijkwagen naar Maqluba, omdat ze hem met de radio aan het werk wilde zien.

'Dus nu ben je een spion? Je luistert naar de gesprekken van anderen? Speel je nu voor luistervink?'

'Het zou leuker zijn als ik wist wat ze zeiden.'

Hij stemde af op Fingerly's drie frequenties en noteerde de codeberichten, waarna hij plaats maakte voor Melita. Ze werd betoverd door de gloeiende lampen, door het oranje en paarse schijnsel. Ze speelde met de wijzers, ging van de ene frequentie naar de andere en pikte een hoop punt-punt-streep op.

Toen begon ze zich te vervelen. 'Verdien je hiermee je geld?'

'Kan het niet met auto's?'

'Auto's?'

'Auto's.'

Ze wachtte.

'Voor de jukeboxen. Zammit zou de jukeboxen van oude autoonderdelen kunnen maken.'

Ze dacht er over na, sceptisch, maar hoe langer ze erover nadacht hoe beter ze het idee vond.

Toen ze Zammit erover vertelden vond deze het ook een goed idee. Het was het beste nieuwe idee sinds Melita met het gebrandschilderde glas was gekomen.

Het eiland lag bezaaid met wrakken van auto's en vrachtwagens. Ze werden van de weg af geduwd om de routes vrij te houden voor het militaire verkeer. Uiteindelijk werden ze naar de sloperijen versleept, maar zelfs de sloperijen werden gebombardeerd, en de auto's en vrachtwagens die al waren gebombardeerd werden nog eens gebombardeerd, tot waanzinnige, fantasmagorische vormen gebeukt en verwrongen.

'Ja, ja,' knikte Zammit, 'auto's, kapotte auto's. Een nieuw soort jukebox, zoals er nog nooit een geweest is.'

Hij was nu laaiend enthousiast over het idee.

Melita ging met Rocco naar de sloperijen, met tangen en ijzerzagen, op jacht naar bruikbare onderdelen. Ze klommen rond tussen verwrongen Austins, verpletterde Healeys, uitgebrande Fords en als harmonica's in elkaar gedrukte Rolls-Royces, bewogen zich als insecten tussen bloemen van het ene wrak naar het andere. De sloperijen waren surreële tuinen vol nachtmerrieachtige metalen bloesem, en het verbazingwekkende was dat ze tussen zoveel wrakken na enig zoeken fraaie verchroomde wielkasten vonden, zo goed als nieuw, blinkende motorkapversieringen, koplampen en achterlichten die nog licht gaven en ruitenwissers die nog steeds werkten.

Zammit was er gek op. 'Meer,' zei hij, 'breng me meer. Breng me alles!' Hij was ongeduldig en hard aan het werk, opgewonden als een kind, werkte koortsachtig dag en nacht door, nam weinig slaap en zijn ogen straalden van een onaardse gloed.

Hij maakte jukeboxen met radiatorgrilles. Hij maakte ze met bougies en rode achterlichten die aan en uit flitsten, met toeterende claxons en ramen die omlaag en omhoog gedraaid konden worden. Het was voor hem een gedurfde, nieuwe richting. Na zijn vroeg-maniëristische periode en daarna zijn contrareformatorische barok en zijn neoklassieke chic en zijn korte flirt met introspectieve romantische vervoering verkeerde hij, in Melita's termen, nu in een meta-moderne fase, en hij had de tijd van zijn leven. Waar moesten de koplampen? Wat te doen met de carburateur? Wat met de snelheidsmeter, het handschoenenvakje, de knalpot? Moest hij er een stuurwiel aan bevestigen? Durfde hij een koppelingspedaal in het ontwerp op te nemen?

Hij werkte aan zeven jukeboxen tegelijk, en in elke zaten de hits van 1941 en 1942. 'In the Blue of the Evening', 'Jersey Bounce', 'Moonlight Cocktail', 'Tangerine'... In een ervan zat 'Be Careful, It's My Heart' en 'Take the A-Train' en in een andere 'Bewitched'.

In de jukebox in zijn slaapkamer zat 'Don't Sit Under the Apple Tree with Anyone But Me'.

In het jukeboxen-universum waren er sommige koel, ijzig, sereen, terwijl andere heet, rood, vamp-achtig en gemeen waren. Zelfs Rocco wist dit. Een jukebox had een persoonlijkheid. Zammits theorie luidde dat een jukebox niet alleen een persoonlijkheid had, maar ook een ziel. Hij had een ziel die was samengesteld uit de zielen van alle zangers en zangeressen wier platen er werden gespeeld.

'Als een zanger een plaat maakt,' zei Zammit, warmlopend voor het idee, 'zit zijn ziel daar, in de groeven, hij brengt de naald in beweging. Als Sinatra zingt zit je naar zijn ziel te luisteren.'

Met zijn zware wenkbrauwen en kleine zwarte snor zag hij er een beetje als Charlie Chaplin uit, en het viel Rocco moeilijk hem serieus te nemen. Ze zaten aan de eettafel een salade te eten die Melita had gemaakt: verse sla met stukken komkommer uit Zammits tuin, met olijven, gehakte pepers, kleine stukjes kaas en een genereuze hoeveelheid oregano. Melita had de kaas en de olijven door ruilhandel gekregen: een gloednieuwe Benny Goodman voor de olijven en een Billie Holiday uit 1938 voor de kaas.

'Als de ziel van Sinatra in de plaat zit,' zei Rocco, dieper ingaand op het idee van Zammit, 'zit zijn ziel dan in iedere plaat die hij heeft gemaakt, in elk exemplaar?'

'Waarom niet? Denk je dat de ziel in het lichaam opgesloten zit? Als ik een schreeuw geef en mijn stem weerkaatst tegen een berg, kaatst mijn ziel terug tegen die berg – mijn ziel. Echo, echo, echo. De ziel zelf, die zich herhaalt.'

Rocco vond het vreemd dat Zammit het over een berg had, omdat er op Malta geen bergen waren. De enige bergen die Zammit ooit had gezien had hij in de bioscoop gezien.

'Oké,' zei Rocco, nog steeds tastend, proberend. 'Dus de ziel van Sinatra zit in iedere plaat die hij heeft gemaakt. En die van Bing Crosby ook? En die van Dinah Shore? En die van Lena Horne?'

'Precies. Dat klopt toch?'

'En deze jukebox,' zei Rocco, terwijl hij zich omdraaide en door het poortje de zitkamer in keek, wijzend op een jukebox waar Zammit juist de laatste hand aan had gelegd, een imposant geval met een radiatorgrille en twee knipperende koplampen en een ruitenwisser die hinderlijk piepte, zodat het beter was de ruitenwisser uit te laten, 'die jukebox, elke jukebox, heeft een eigen ziel?'

'Ja. Een eigen ziel.'

'Maar er zitten vierentwintig platen in. Heeft hij dan geen vierentwintig zielen?'

'Natuurlijk. Ze zijn allemaal een deel van de ene ziel die de ziel van de jukebox is. Net zoals wij allemaal, iedereen, een ziel hebben, maar al onze zielen zijn deel van de ene grote ziel die de mensheid is. Bedoelen ze dat niet met de gemeenschap der heiligen? De zielen van alle levenden en alle doden, verbonden in één enkel, schitterend lied.'

Rocco boog zich over de tafel en hief zijn hand voor de genadeslag. 'Zelfs Hitler is deel van die ziel? Ja? Ja?'

'Zelfs Hitler.'

'En Mussolini?'

'Die ook, hoe erg ik het ook vind,' zei Zammit, treurig zijn hoofd schuddend, 'deel van ons smartelijk evoluerende leven.'

Rocco had er geen bezwaar tegen samen met Sinatra en Lena Horne deel van één grote ziel te zijn, maar Hitler en Mussolini waren toch wel iets anders. Niets wat Zammit zei klonk geloofwaardig of realistisch, en veel klonk zelfs ketters. Als de bisschoppen van Malta lucht kregen van Zammits jukebox-theologie, zo stelde Rocco zich voor, zouden ze, terwijl monniken met kappen over hun hoofd op trommels sloegen, Zammit naar het plein voor de kathedraal slepen, en als de Duitsers al geen bom op hem zouden gooien zouden de monniken hem wel op de brandstapel zetten.

'Op je gezondheid, Zammit,' zei hij warm, gevoelvol, terwijl hij zijn glas hief, 'op je gigantische jukebox-ziel.' Zammit werkte met jukeboxen en Rocco vond het prettig met auto's te werken – het was een band tussen ze, ze voelden zich op hun gemak met mechanische dingen. Bovendien vond Rocco het leuk dat Zammit een raar snorretje had, en een excentrieke geest vol hemelbestormende, ketterse fantasieën.

Terwijl Melita in de keuken was om water voor een pot thee op te zetten, legde Zammit zijn hand op Rocco's arm. 'Ze is een goed meisje,' zei hij. 'Zorg ervoor dat je goed voor haar bent.'

Rocco werd getroffen door zijn directheid. 'Dat doe ik,' zei hij. 'Maak je geen zorgen.'

Hij bedoelde dat hij haar goed zou behandelen, aardig tegen haar zou zijn, haar geen pijn zou doen, voor haar zou zorgen. Hij bedoelde niet dat hij na de oorlog zou terugkomen om haar naar New York mee te nemen, want dat alles, de toekomst, bevatte te veel blinde vlekken en onzekerheid. Als er bommen vielen en mensen stierven was het beter niet te veel vooruit te kijken.

De cognac was bijna op, dus dronken ze vermout. Op Zammits nieuwste jukebox zong Bing Crosby 'Be Careful, It's My Heart', en Melita zong mee.

'Is ze niet prachtig?' zei Zammit. 'Heeft ze geen schitterende stem?'

Ze had een mooie stem, en een mooi lichaam. Rocco wenste dat hij een camera had, zodat hij een foto van haar kon maken. Maar waar vond je, met al die bombardementen, op Malta een camera en film?

Zammit schonk nog wat vermout in en praatte weer over de jukeboxen. Hij had een paar goede gemaakt en een paar minder goede. Hij dacht dat de jukeboxen die hij nu maakte in het algemeen gesproken beter waren dan de jukeboxen die hij in het verleden had gemaakt, maar er viel nog meer te presteren, er moest een volgende fase worden bereikt. De wielkasten en koplampen waren interessant, ze zouden hem wel een tijdje bezighouden, maar er moest ergens iets zijn wat dit allemaal overtrof, iets groters en mysterieuzers wat nog niet was uitgekristalliseerd, en hij vroeg zich af of dit ooit zou gebeuren. Hij voelde een aandrang, een behoefte tot scheppen, maar waar die aandrang hem heen zou brengen, daar had hij geen idee van. Het was net een belofte binnen in hem, iets wat hij nog niet in beelden kon vangen, maar hij wist dat het er was, dat het in hem rijpte, en hij moest het trouw blijven, hij moest doorwerken en mocht nooit ophouden.

Tijdens de luchtaanvallen van maart en april hadden de Duitsers de meeste schade veroorzaakt, maar de Italianen gooiden ook bommen. Niemand op Malta vergat dat de Italianen degenen waren die in 1940 de eerste luchtaanvallen hadden uitgevoerd. Ook al richtten de Duitsers de grootste verwoestingen aan, de Italianen riepen een grotere verbittering op omdat men het gevoel had dat ze Malta een dolk in de rug hadden gestoken.

Op heel Malta verloochenden families met Italiaanse namen nu hun Italiaanse verleden en omschreven zichzelf als volbloed Maltezers. Ze haatten Mussolini met zijn Savoia Marchetti-bommenwerpers en zijn Macchi- en Reggianejagers en zijn driemotorige Cant Z 1007 middelgrote bommenwerpers van hout die een tiental bommen konden vervoeren. Ze haatten zijn dikke fascistische wangzakken en zijn fascistische lippen en zijn grote fascistische tanden en zijn fascistische hoer Clara Petacci. Sommigen vonden hem zelfs zo'n monster dat ze dachten dat hij, Mussolini, *Il Duce*, met geen mogelijkheid een Italiaan kon zijn, maar waarschijnlijk een bastaard met gemengd bloed met misdadige voorouders was, ongetwijfeld uit Afrika, afstammeling van een of andere hybride krijgsheer, en als ze op die manier aan hem dachten leek het hun dat het welbeschouwd toch niet zo vreselijk was om Italiaan te zijn en kregen degenen met familie in Ragusa, Catania, Cosenza en Reggio weer vriendelijke gedachten over de stadjes waar hun voorouders vandaan waren gekomen.

'Maar we zijn allemaal Maltezers!' hield de oude man, Nardu Camilleri, vol. 'We hebben niets met Italië te maken! Niets!' Hij zat in de stoel bij de kapper, in een beschadigd zaakje aan Kingsway, en liet zijn haar knippen, tussen een meubelwinkel die verwoest was en een fourniturenhandel die aan flarden was gebombardeerd. 'Ik heb geen Italiaans bloed in mijn aderen. Geen druppel! Als het wel zo was zou ik subiet mijn polsen opensnijden, hier, nu, met een scheermes, en het allemaal weg laten lopen. Ik pis op Italië! Ik trap erop! Ik zet het bij het vuil!'

Het was een stem die Rocco, die over Kingsway liep nadat hij een krant had gekocht, meteen herkende. Toen hij in de gedeeltelijk verwoeste kapperszaak naar binnen keek zag hij Nardu Camilleri in de eerste stoel zitten, vlak bij de plek waar de grote etalageruit had gezeten voordat deze er door een bom uit was geblazen. De bovenkant van zijn hoofd was kaal en boven zijn oren groeiden slechts een paar plukjes nauwelijks zichtbaar grijs haar, maar niettemin liet hij zich eenmaal per maand knippen, alsof het om een religieuze verplichting ging. Terwijl de kapper erop los knipte in de lege ruimte boven zijn kale schedel raasde Nardu door tegen Italië en de Italianen. Hij gaf af op de Italiaanse vliegtuigen (rommel vergeleken met de Duitse toestellen), de Italiaanse piloten (lafbekken), Italiaanse schepen (traag, log, geen radar, en hun kanonniers konden niet richten), en de piepkleine Italiaanse bommen (ze deden *pop*, als voetzoekers, in plaats van *boem*, en kwamen nooit neer waar ze moesten neerkomen). Hij had iets onaangenaams te zeggen over Italiaanse kunst, Italiaanse architectuur, Italiaanse opera en de Italiaanse paus, en ook over Italiaanse auto's en Italiaanse kookkunst. Er hing nog maar een klein stuk van de grote spiegel aan de muur, en van de plaats waar hij op de stoep stond zag Rocco de gebroken rand van de spiegel kartelend door Nardu Camilleri's spiegelbeeld lopen, waardoor het leek of diens halve gezicht was weggeslagen. In de winkel hingen propaganda-affiches, karikaturen van Hitler en Mussolini, en buiten, op straat, de gekalkte worden: BOMBARDEER ROME.

'Hoe dan ook,' zei Nardu Camilleri, 'Italië heeft zichzelf bezoedeld door Malta te bombarderen, en zijn naam voor eeuwig onteerd. Is Camilleri een Italiaanse naam? Absoluut niet! Voordat de Engelsen kwamen, voor de Fransen, voor de Arabieren, de Romeinen, de Grieken en de Carthagers waren we Maltezers. Voor de Feniciërs waren we Maltezers, en niets anders! De naam Camilleri was oorspronkelijk Camilleru. Een bedenksel van mijn overgrootvader, in de vorige eeuw, om de *u* in een *i* te veranderen, omdat hij dacht dat het zo makkelijker zou zijn op Sicilië en in Napels zaken te doen. Als je naam Italiaans klonk verkeerde je in een betere positie om zaken te doen met de Italianen. En zo zijn alle namen die je hoort – de namen die Italiaans klinken – geen Italiaanse namen, niet één, en iedereen die er anders over denkt heeft geen kaas gegeten van geschiedenis.'

Rocco zwaaide met zijn hand voor het gezicht van de oude man en wist zijn aandacht te trekken.

'Nardu? Nardu? Weet je nog wie ik ben?'

De oude man bestudeerde zijn gezicht, en wist het weer. 'Ah, ja, jij bent die Amerikaan. Ik weet het nog goed. Ik dacht dat je dood was.'

Hij gaf de kapper een teken en de kapper sprenkelde rozenwater over zijn hoofd en trok het laken weg. Nardu stond stijfjes uit de stoel op, betaalde de kapper, stapte door de lege ruimte waar de deur had gezeten en kwam naast Rocco op de vernielde stoep staan.

'Waar woon je nu?' vroeg Rocco. 'Je bent niet met de vrouwen meegegaan naar Rabat?'

'Hier woon ik,' zei de oude man, met beide handen gebarend en de straat op en af kijkend. 'Zou ik uit Valletta weg kunnen? Valletta is het juweel. We hebben hier alles. De kathedraal, de opera, het paleis van de Grootmeester, de markt, de Auberge de Castille, het Casino Maltese. Ik ga hier nooit weg. Ik heb hier mijn hele leven gewoond. Dit is mijn ziel, dit is mijn bestaan.'

Hij zei het alsof het er allemaal nog stond, maar er was niets meer. De opera en de Auberge de France waren verwoest. Van de Auberge de Castille stonden alleen de muren nog overeind. De markt was geraakt, en het paleis ook. Zelfs de Co-kathedraal van St. John was beschadigd, hoewel hiervan alleen de Duitse kapel was getroffen, die lang geleden met geld van de Duitse Langue van de Ridders was gebouwd.

Nardu Camilleri ging gretig op de ironie in. 'Snap je? Ze bombarderen ons, maar kunnen ons niets doen, ze vernietigen alleen zichzelf. De Duitse kapel,' zei hij genietend. 'Is het niet prachtig? Er is een God! Zie je het niet? Er is een plan in het universum, er zal recht geschieden!' En toen besefte hij weer dat Rocco naast hem stond, liet hij zijn blik over hem heen gaan, bekeek hem van top tot teen alsof hij hem voor het eerst zag. 'En jij? Jij bent toch soldaat? Waar is je geweer?' Hij wees naar de hemel. 'Waarom zit je niet daarboven, vecht je niet tegen de bommenwerpers? Waar zijn de Amerikanen goed voor als ze niet vechten?'

Geamuseerd door de bezielde verwijten van de oude legde Rocco halfhartig uit dat hij een ander soort soldaat was, dat hij met een radio werkte.

'Luister je? Zend je? Waar is dat goed voor?'

'Eerlijk gezegd,' zei Rocco, 'zou ik het niet weten.'

'Zorg dat je een geweer krijgt. Als de moffen komen kun je terugschieten. Als die macaroni's van Mussolini komen schiet die lafbekken dan tussen hun ogen. Kijk nou toch, je bent weerloos.'

Zijn blik ging nietsziend door de hele lengte van de straat, winkels en kantoorgebouwen in puin, een poederachtig geel stof overal overheen.

'In Malta hebben we een spreekwoord,' zei hij. '*Id-dinja mxattra, il-għajnejn tibri, din l-art ħamra u l-firien tiġri*. Je verstaat toch Maltees?'

Rocco trok een hulpeloze grimas.

'Het betekent dat de wereld een rotzooi is en erg in de war. Dat betekent het. "De wereld is een chaos, ogen zoeken en staren, de aarde is rood, overal zijn ratten." Dit zeggen we als alles om ons heen instort en we alle hoop hebben verloren. Maar we hebben ook en ander gezegde: *Il-qattus għandu sebat irwieħ* – "Een kat heeft zeven levens." In Amerika zeggen jullie negen levens, maar in Malta zeggen we zeven, wat volgens mij dichter bij de waarheid ligt. Maar het betekent hetzelfde: "Hoe slecht de zaken er ook voor staan, je moet nooit wanhopen." Vooral niet als je een kat bent. Zeg eens, heb je nagedacht over het voorstel over Maltees kant dat ik je heb gedaan? Word je onze agent in Amerika?'

'Ik denk erover na,' zei Rocco aarzelend en met een glimlach. 'Ik ben het ernstig aan het overwegen.'

'Denk er niet te lang over na. Ik ben een oude man, voor je de volgende keer naar de wc gaat zou ik dood in mijn graf kunnen liggen.' Terwijl hij dit zei keek hij snel om zich heen. De middagzon glinsterde op het puin, honderden vierkante meters beender-lichte stenen die scherpe schaduwen wierpen: gaten in de werke-lijkheid, waar je in kon vallen en verdwijnen.

Toen kwam hij in beweging, liep met een gebroken, verscheur-de uitdrukking op zijn gezicht weg, alsof hij zich plotseling bewust was van de vernielingen en de ramp om zich heen. 'Ik moet nu gaan,' zei hij bruusk, terwijl hij met zijn gedoofde grijze halfgeslo-ten ogen in de schaduwen keek. 'Zorg... zorg dat je in leven blijft, als je kunt.'

Rocco keek hem na terwijl hij met snelle korte passen wegliep, als een oud mechanisch stuk speelgoed waarvan de veer kapot was, maar er zat nog steeds leven in hem, ook al werd het minder.

DE HEREN V. MARICH & CO. maken bekend dat hun kantoor aan Pa-lace Square, Valletta, door vijandelijke acties is beschadigd en dat ze nu kantoor houden in Victoria Gardens, Sliema.

DE HEREN E. MAISTRE EN ZOON, drukkers, briefpapier en stempel-makers te 138 Brittannia Street, Valletta, laten hun clientèle weten dat ze, gezien het feit dat hun ateliers aan het bovenstaande adres door vijandelijke acties zijn vernietigd, hun firma hebben overge-bracht naar 14 Saqqajja Hill, Rabat.

Als gevolg van vijandelijke acties is het kantoor van WALTER BON-DIN verhuisd naar Nr.29 Milner Street, Sliema. Tel. Sliema 558

In Takali dacht Tony Zebra terug aan de Amerikaan, sergeant Walcott, die in april van de *Wasp* was opgestegen, maar in plaats van met de rest van zijn squadron door te vliegen naar Malta had Walcott een bocht naar rechts gemaakt en was ten zuiden van het Atlasgebergte in Algerije geland. Hij had zijn Amerikaanse uni-form weggegooid, was naar het Amerikaanse consulaat gegaan, had daar verteld dat hij een burger was die in de bergen was neer-gestort en om repatriëring naar de Verenigde Staten verzocht. Zo luidde het verhaal in elk geval.

'Slimste jongen bij de RAF,' zei Tony Zebra tegen Rocco. 'Waarom heb ik dat niet bedacht? Met Malta is het afgelopen. Geen eten, geen munitie, geen benzine en bijna geen vliegtuigen meer. Wat kunnen we nog doen? Een beetje rondhangen en wach-ten tot je krijgsgevangen wordt gemaakt als ze de witte vlag heb-ben gehesen?'

Het was woensdagochtend 6 mei en hij stond klaar, samen met drie andere Spitfires. Om kwart voor tien pikte de radar binnenkomende bommenwerpers op en kregen ze het signaal om ze te onderscheppen. Tony Zebra steeg als laatste op, en in de lucht kozen ze zij aan zij vliegend positie, klommen om een flinke hoogte te bereiken, zodat ze van bovenaf konden aanvallen.

Nog steeds klimmend vlogen ze een wolk in die als een dikke plank boven het eiland hing, en terwijl ze in de wolk zaten wist Tony Zebra dat dit het moment was om Malta voor altijd te verlaten. Hij had erover nagedacht, hij had plannen gemaakt, en nu kon hij het doen, de beslissing nemen ervandoor te gaan, alsof je een lucifer afstreek. Achter Walcott aan, naar Algerije.

Het zou op het nippertje gaan, de Spitfire had net genoeg kerosine aan boord om er te komen, dus als hij met sterke tegenwind te maken kreeg of uit koers raakte was het afgelopen. Hij zou pal naar het westen vliegen, en ergens tussen Bizerte in het noorden en Sfax in het zuiden, allebei plaatsen waar het wemelde van de Duitsers en Italianen, de Tunesische kust kruisen. En dan naar Algerije. De truc was erdoor te glippen zonder door de 109's te worden opgemerkt.

Waanzin.

Ja. Zeg dat wel.

Maar waarom niet?

Zo wanhopig was hij wel.

Hij bleef maar aan Walcott denken. Als Walcott het kon, kon hij het ook. Hij had zijn amulet met St. Jude bij zich, zoals altijd.

Toen hij uit de wolk kwam was hij alleen, en niet op weg naar de bommenwerpers maar dwars de zee over, naar Afrika, naar Tunesië en verder. Hij voelde zich kalm en vrij, vol zelfvertrouwen, niets dan heldere, open hemel voor zich.

Nog voordat hij halverwege de Afrikaanse kust was zag hij onder zich een kwartet Ju-88's in gesloten formatie, een ruitpatroon. Hij zocht de hemel af naar 109's, maar de 88's waren alleen, zonder escorte, vlogen onder hem door, waarschijnlijk op weg naar Bizerte.

Toen zag hij waar ze achteraan zaten – ver onder hem, op het water, links, een klein schip met de afmetingen van een destroyer, en aan de manier waarop het water opkolkte zag hij dat het schip zich met grote snelheid voortbewoog. Hij kende het, het was de *Welshman*, hij had het al eens gezien, snel en brutaal; het racete met munitie, brandstof en blikken melk tussen Alexandrië en

Malta, Malta en Gibraltar heen en weer. Het voer alleen, zonder escorte, haalde veertig knopen, was een van de snelste in de Middellandse Zee, legde de vijftienhonderd kilometer vanaf Gibraltar in anderhalve dag af. Churchill noemde het schip zijn windhond van de zee. De Duitsers kenden het schip, en er heerste rivaliteit tussen de squadrons welk de eer te beurt zou vallen het tot zinken te brengen.

Tony Zebra bleef zijn koers volgen terwijl hij zich afvroeg of de 88's hem in de gaten hadden en zich ook afvragend of de *Welshman* de 88's in de gaten had. De 88's vlogen gestaag door, vleugels en rompen grijs en groen gecamoufleerd. Alleen hijzelf, de bommenwerpers en het schip, ver van elkaar, los van elkaar maar toch met elkaar verbonden, gevangen in dat krankzinnige moment. De hemel, blauw en loom, leek onverschillig – een hemel die de schepen had zien uitvaren op weg naar Troje, en het had die hemel geen zier uitgemaakt, als hij het zich al herinnerde. Hij keek op de brandstofmeter. Toen hij weer omlaagkeek naar de bommenwerpers ronkten deze gewoon door, op koers naar de *Welshman*.

En toen, alsof hij het besluit niet zelf had genomen maar zijn toestel het had gedaan, alsof het toestel koos en hij alleen maar volgde, ging de stuurknuppel met zijn hand erop naar voren en dook zijn vliegtuig omlaag, recht op de bommenwerpers af.

Door de steile duik kreeg hij een verschroeiende snelheid, en hij schoot omlaag. Onder de bommenwerpers trok hij weer op en viel van onderen en van achteren aan. De boordkanonniers hadden hem totaal niet in de gaten. Hij raasde, erop los vurend op de achterste bommenwerper in de ruit, naar voren en zag stukken van de vleugels vliegen, maar niets fataals. Hij schoot langs het toestel omhoog, maakte een ruime bocht, weer hetzelfde rondje, van onderen, viel weer hetzelfde toestel aan. Alle vier de bommenwerpers waren zich zijn aanwezigheid nu bewust en ze verbraken hun formatie, weken uit en draaiden, schoten in een soort verwarring van elkaar weg. Hij bleef de ene die hij eruit had gepikt volgen, draaide mee, boog, terwijl de G-krachten aan zijn lichaam rukten, aan hem trokken en zijn lichaam tegen de riemen drukten en het zweet van hem af gutste, zoals altijd als hij in een gevecht verwikkeld was. Hij naderde de 88, kreeg hem in het vizier en stond op het punt te schieten toen er links van hem, en boven hem, een zonnevlek aan de hemel flitste en een hagelbui van wrakstukken alle kanten op spatte. Twee van de 88's waren op elkaar gebotst en hun bommen waren in een bal van vuur geëxplodeerd.

Hij zwenkte scherp naar rechts, ontweek de ontploffing, en zag dat de bommenwerper die hij had achtervolgd begon te hinken, kennelijk een probleem had, snelheid verloor, viel en plat op het wateroppervlak terechtkwam. Hij had hem niet neergehaald, dat wist hij. Hij moest door scherven van de explosie zijn geraakt. De vierde bommenwerper maakte zich halsoverkop uit de voeten, terug naar Bizerte.

Hij verlegde zijn koers weer naar Afrika, naar de kustlijn in de verte, maar toen hij het brandstofniveau controleerde zag hij dat het hopeloos was. Toch vloog hij door, vastbesloten het te halen, de motor met pure wilskracht voortstuwend, opjagend, alsof hij hem alleen maar door te denken aan de gang kon houden. Toen brak, pijnlijk, zijn realiteitszin door, en badend in het zweet, stevig in de greep van zijn riemen, liet hij het toestel een bocht maken en koerste terug naar Malta.

Toen hij het eiland bereikte had hij niet meer genoeg brandstof om Takali te halen, dus zette hij het toestel in Hal Far aan de grond. De *Welshman* had al een bericht naar Verbindingen op Malta gestuurd, over een eenzame Spitfire die drie aanvallende 88's uit de lucht had geschoten. Ze stuurden het registratienummer van het toestel mee en vroegen om de naam van de piloot, omdat ze hem de volgende keer dat ze op het eiland waren een kist champagne cadeau wilden doen.

Toen Tony Zebra van Hal Far in Takali terugkeerde gaf zijn squadronleider hem een geweldige uitbrander dat hij zich van de groep had losgemaakt en in zijn eentje de hort op was gegaan – soloacties waren hét recept voor een ramp, niet alleen voor jezelf maar ook voor degenen die je achterliet. Tony Zebra reageerde met de opmerking dat de ander wat hem betrof zijn eigen stront kon opvreten, in de verwachting dat deze onbeschoftheid hem een enkele reis naar huis zou opleveren. De squadronleider gaf Tony Zebra echter het advies een glas geitenzeik te drinken en zei daarna dat hij hem tegen beter weten in voor een onderscheiding zou voordragen, want wat kon je anders met een schietgrage cowboy die op eigen gelegenheid ronddenderde en op één dag drie bommenwerpers uit de lucht haalde?

Tony Zebra wilde de onderscheiding niet. Hij legde uit – probeerde uit te leggen – dat twee van die bommenwerpers gewoon tegen elkaar waren gebotst en dat de derde op een of andere manier helemaal vanzelf was neergestort, maar de squadronleider luisterde niet – de anderen trouwens evenmin. Iedereen begon steeds sterker het gevoel te krijgen dat hij, ondanks zijn duidelijk middelmatige kwaliteiten als piloot, een intuïtief genie was, met een neus die beter functioneerde dan radar en een griezelige handigheid in het neerhalen van vliegtuigen. De mensen die samen met hem vlogen kwamen liever niet te dicht bij hem in de buurt, omdat alles wat bij hem in de buurt kwam, vriend of vijand, de neiging vertoonde omlaag te donderen, ook als hij niet schoot.

Ze gaven hem de DFM.

17

De pygmeeolifant

Op de boerderij bij Maqluba was er sommige dagen, als Rocco zijn uren draaide met het afluisteren van de frequenties, niets te horen, maar de meeste dagen was er een hoop punt-punt-streep dat hij met potlood zo nauwkeurig mogelijk probeerde te noteren, de woorden en de niet-woorden uitspellend die samen de codes en vercijferingen vormden die door de lucht kwamen sijpelen.

Vercijferingen, codes, punt-punt-streep: ze kwamen in een bepaald ritme, en als je er genoeg van kreeg kon je naar een andere frequentie gaan en met enig geluk ving je dan een stukje muziek op. Op een zekere dag kreeg hij 'Chattanooga Choo-Choo' van Glenn Miller. Een andere dag was het 'Lili Marlene'. Maar meestal was het punt-punt-streep, waarbij iedereen in codes sprak, de Britten, de Duitsers, de Italianen, de Grieken, zelfs de Turken en de Tunesiërs; de lucht zat tjokvol golven en signalen: een weefsel, borduurwerk, draden op een weefgetouw, Londen voor Caïro, Gibraltar voor Malta, Griekenland voor Alexandrië, Berlijn voor Benghazi. Als je het zou kunnen zien, als de signalen in de lucht zichtbaar gemaakt konden worden, zou het een kantwerk zijn, een weefsel van tere draadjes, die elk hun eigen kant op gingen, elk met zijn eigen snelheid, zijn eigen energie, zijn eigen geheim, zijn eigen groeiende, verknoopte patroon. De onderzeeërs gebruikten code en de diplomaten gebruikten code. De generaals en admiraals gebruikten code. Zelfs de piloten hadden een code als ze de zenders en ontvangers gebruikten, G voor George, D voor Dick, L voor Lydia, waarmee ze elkaar vertelden waar ze waren, op welke positie boven het eiland en op welke hoogte ze zaten, maar als het gevecht eenmaal was begonnen was alles open, *en clair*, niets dan rauwe directheid: afgebeten woorden, bang gebabbel, gekreun, korte waarschuwingen, *duiken, duiken, wegwezen, naar links, pas op achter je, hij zit bovenop je, bovenop je!* Ook de Duitsers en Italianen, met krakende stemmen op de hoge frequenties, *fertig, ja, avanti, subito, beständig, südlich, sofort, schnell.* En één dag, toen een geraakte Hurricane brandend van een hoogte van meer dan anderhalve kilometer neerstortte, pikte Rocco het bloedstollende gegil op van de piloot die levend verbrandde in de cockpit, een doordringend, draaddun geschreeuw, schril en onaards, de hele weg omlaag. En toen niets meer. Blanco. De lege hemel. Het bleef hem bij. Toen hij later de frequenties afzocht ving hij een paar door geruis onderbroken zinnen van Red Barber op die een wedstrijd van de Brooklyn Dodgers versloeg, via de kortegolf doorgegeven door een of andere dwangmatige Flatbush-fan die wist dat er ook andere fans waren, ver weg, aan de andere kant van de oceaan, die wilden luisteren. Iemand sloeg een homerun, maar zijn naam ging verloren in het geruis. Daarna richtte Billy Herman links, en Pee Wee Reese bereikte het tweede honk. Toen was Arky Vaughan aan slag, maar de uitzending viel in brokken uiteen en de wedstrijd verdween in de ether.

Vrijdagochtend, terwijl Rocco de frequenties afzocht, kwam Fingerly aanrijden in de Austin Seven. Hij droeg een nieuw sporthemd, geel met blauw, met bloemen en kolibries. Toen hij binnen was zette hij iets voor Rocco op tafel: een aluminium thermosfles van een kwart liter met een rode plastic dop.

'Dit hebben mijn duikers op de bodem van het kanaal gevonden, bij Marfa Point,' zei hij gewichtig en triomfantelijk. 'Kijk maar even, Raven. Schroef de dop er maar af.'

Het zag eruit als een van die tegen personen gerichte bommen die de 109's boven de dorpen lieten vallen. Thermosbommen werden ze genoemd. Kinderen die ze op straat opraapten raakten bij de ontploffing hun handen of gezicht kwijt.

'Is dit wel veilig? Hij ontploft niet?'

'Je geloofde er toch niets van? Dat weet ik nog. Jij vond het allemaal een grote grap om duikers het kanaal in te sturen.'

'De pygmeeolifant? Zit die hierin?'

'Nee, Raven, de pygmeeolifant zit hier niet in.'

'Dan kan ik het echt niet bedenken. Net Sinterklaas.'

Hij opende de thermosfles, en erin zaten verschillende vellen papier, opgerold. Hij haalde ze eruit en streek ze glad, waarna hij ze bekeek. Ze waren bedekt met vercijferingen.

'Dit moet je versturen,' zei Fingerly.

'Wat is het?'

'Maroons rapport over Gozo.'

'Zat hij dat te doen? Een rapport schrijven?'

'Wat denk je dan dat hij daar zat te doen? Honing verzamelen?'

'Achter de vrouwen aan, dacht ik. Had je dat niet gezegd? Wat staat er in dat rapport – beschrijvingen van zijn *one night stands*?'

'Babalu,' zei Fingerly vrolijk en achteloos.

'Ik weet het, ik weet het. Chica boom.'

'Jezus, Raven, als we ooit Sicilië binnenvallen moeten we daar op Gozo een heel leger onderbrengen en dat eiland als uitvalsbasis gebruiken. Als we niets van Gozo weten, hoe kunnen we het dan gebruiken? Waar we de munitievoorraden moeten laten, waar we het hoofdkwartier moeten inrichten, waar de vliegvelden moeten komen die de genietroepen moeten aanleggen.'

'Ik dacht dat de Britten dat nu wel allemaal hadden bedacht.'

'Inderdaad, inderdaad. We hebben een rapport. Maar als we er Amerikaanse troepen legeren en Amerikaanse uitrusting onderbrengen, dan moeten we een Amerikaans rapport hebben, nietwaar?'

'Moet dat?'

'Het blijkt dat Gozo een volstrekte uithoek is, niks anders dan boerderijen en kerken. Ontoereikende riolering, ontoereikende wegen. Ontoereikende haven voor een operatie van deze omvang. En geen hoeren. Geen hoeren, Raven – kun je je een heel eiland van veertig vierkante kilometer zonder hoeren voorstellen? De invasie van Sicilië zal tot in lengte van dagen moeten worden uitgesteld.' Hij haalde een pakje Camels uit de zak van zijn hemd en stak er een op. 'En nu zenden.'

'Alle acht pagina's?'

'Zeven.'

'Ik heb er acht.'

Fingerly graaide de vellen papier uit zijn hand en keek ze door.

'Hier,' zei hij en hij hield er een achter, 'verstuur deze.' Hij hield een lucifer bij het ene vel en liet het opbranden in de asbak.

Rocco ging aan de zender zitten, legde contact en verstuurde het rapport. Het duurde even, zijn vinger was stram, traag op de sleutel, en terwijl hij het lange bericht uittikte kreeg hij een vaag onbehaaglijk gevoel. Hij verstuurde een vercijferd bericht en begreep er geen woord van. Wat hem betrof had hij een dodenlijst voor de *mafia* in Palermo kunnen verzenden.

Fingerly reed hem terug naar Valletta, maar in plaats van via Hamrun naar boven te rijden maakten ze een omweg naar Paola, bij het binnenste punt van Grand Harbour. 'Denk je dat die pygmeeolifant niet bestaat? Denk je dat echt? Ik zal een gelovige van je maken, Raven. Ik zal je laten zien dat geloof zijn beloningen oplevert en dat het de moeite waard is je vertrouwen te stellen in eenvoudige vissers die weten hoe ze hun werk moeten doen. Ik zal je iets laten zien wat je nooit zult vergeten.'

'Over geloof gesproken,' zei Rocco, 'ik heb nog wat van je te goed. Dat weet je, of niet?'

'Te goed?'

'Mijn loon, mijn levensonderhoud.'

Fingerly trok een onschuldig gezicht. 'Ben ik het vergeten? Ben ik het alweer vergeten?'

'Ik dacht dat ik het maar eens ter sprake moest brengen,' zei Rocco, die niet de indruk wilde wekken dat hij de ander opjoeg, maar wel het gevoel had dat hij iets moest zeggen. Hij zat krap bij kas.

'Geduld, geduld,' zei Fingerly. 'Ik zit op dit moment zelf niet zo ruim in mijn geld. Over een paar dagen krijg je het. Denk er verder niet over na.'

Rocco had gemerkt dat Fingerly altijd laat was met betalen. Het was een soort machtsspelletje, een niet al te subtiele manier om te laten zien wie de baas was.

'Over een paar dagen,' herhaalde Fingerly terwijl hij met zijn wijsvinger op het stuur tikte.

Hij parkeerde voor een oud pakhuis, haalde een zaklantaarn uit de auto en liep voor Rocco uit een steile trap af naar een ondergrondse ruimte. De elektriciteit werkte niet. Bij het licht van de zaklantaarn liepen ze door een lange stenen gang, langs deuren met hangsloten. Hun voetstappen weerkaatsten tegen de klamme, beschimmelde muren. Rocco moest weer aan Edgar Allan Poe denken. Bij de laatste deur haalde Fingerly een sleutel uit zijn zak, opende het hangslot en pakte binnen een paar kaarsen.

Rocco's ogen pasten zich langzaam aan het donker aan. Hij zag een enorme chaos van tegen elkaar gezette voorwerpen.

'Daar,' zei Fingerly, wijzend, en Rocco zag het, op een tafel, de botten met draden aan elkaar gebonden, een skelet met vier poten en de afmetingen van een grote hond.

'Is dat een olifant?'

'Een pygmeeolifant. *Elephas falconeri.*'

'Hoe weet je dat het niet gewoon een babyolifant is die nooit volwassen is geworden?'

'Wetenschap, Rocco,' zei Fingerly met ingehouden enthousiasme. 'De wetenschap heeft hier verstand van. Mijn duikers hebben het fantastisch gedaan, nietwaar? Deze botten lagen overal over de bodem van het kanaal verspreid en ze hebben letterlijk elk beentje gevonden. Er zit hier in Paola een opzetter die ze met draden aan elkaar heeft gezet. Uit het Pleistoceen, is het niet verbazingwekkend?'

Rocco raakte de botten aan: ze waren glad, bedekt met vernis, zo oud dat hij neerslachtig werd bij de gedachte dat er zo lang geleden iets geleefd had en gestorven was. Een heel tijdperk, honderdduizenden jaren, in een oogwenk verdwenen.

Er lagen nog meer dingen. Een lans, een harnas, een schilderij in een gouden lijst. Een schild, een kruisbeeld. Een zwaard. Een gouden beker. Een stenen tablet met een Romeinse inscriptie, en nog een tablet met lettertekens die hij totaal niet herkende. De Dikke Dame was er, het kleine beeldje dat Fingerly bij de beheerder in Mosta had opgehaald. Het had gezelschap gekregen van twee andere – het ene, net zoals het eerste, staand, naakt, maar zonder hoofd, en het andere met een rok aan en liggend, slapend. Alledrie hadden ze overdreven geprononceerde borsten en heupen.

Rocco's ogen zwierven van het ene voorwerp naar het andere. Het was een schat. Hij pakte het figuurtje uit Mosta op, en toen het andere, het figuurtje dat er, afgezien van het ontbrekende hoofd, precies op leek, en zag dat het beeldje uit Mosta beter was. De benen van het andere leken op een of andere manier niet goed.

'Je moet niet de verkeerde indruk krijgen,' zei Fingerly. 'Ik heb voor dit alles betaald, met geld of iets anders. Ik ben het land hier niet aan het leegroven, zoals Göring en zijn bende in Europa doen, die de musea en de particuliere collecties plunderen. Dit is goed, schoon Amerikaans kapitalisme, een vrije uitwisseling tussen vrije mensen, waarde tegen waarde.'

De lans had hem drie sloffen Philip Morris gekost. Het harnas had driehonderd Amerikaanse dollars gekost. De stenen tablet met de Romeinse inscriptie drie broden en een dozijn eieren. 'Er vallen overal bommen, dus beschouw het maar als een reddingsoperatie,' zei hij met een stem die gedragen klonk van de oprechtheid. 'Ik red het verleden, zodat het in de toekomst kan voortbestaan. Iemand moet het doen. Geschiedenis, romantiek, kostbare antiquiteiten –

Rocco, wat weet Amerika nou van de Ridders van Malta?'

Hij zag een goedendag, een dolk, een oude bijbel. 'Dit zijn behoorlijk wat spullen,' zei Rocco. 'Hoe krijg je dat allemaal het eiland af?'

'Daar zijn methoden voor. Ik bedenk wel iets.'

Rocco pakte de dolk op, voelde aan het heft, gooide hem van zijn ene hand in zijn andere.

'De handelaar van wie ik hem heb zei dat hij van die oude piraat, Dragut, is geweest. Vreselijk wilde jongen, die Dragut. Hij heeft Napels aangevallen, en toen heeft hij een invasie op Corsica gepleegd en daar zevenduizend slaven vandaan gehaald. Zevenduizend, Rocco. Toen hij Reggio innam heeft hij de hele bevolking tot slaaf gemaakt. Oké, oké, de Ridders maakten ook krijgsgevangenen en namen ze ook als slaven mee. Malta is een hele tijd de grootste slavenmarkt van Europa geweest.'

'Dat is toch degene die dood is gegaan? Hij is tijdens die belegering gesneuveld.'

'Dragut? Toen hij met zijn vloot tegen Malta optrok was hij tachtig. Is het niet ongelofelijk? En nog steeds kwiek en vrolijk. Hij zette zijn tent op bij de loopgraven, dicht bij de actie, en at samen met zijn mannen. De Ridders stuurden al hun prostituees weg naar Sicilië, om ze in veiligheid te brengen, en toen Dragut dit hoorde moest hij lachen. "Wat zou ik er," zei hij, "op mijn leeftijd in godsnaam nog mee moeten?"'

Rocco hield de dolk nog steeds vast, voelde het gewicht, de subtiele balans. 'En deze? Is deze van hem geweest?'

Fingerly haalde zijn schouders op. 'Volgens die handelaar wel, maar in wanhopige tijden, Rocco, zeggen wanhopige mensen van alles en nog wat. Hij komt wel uit die tijd, dus hij heeft wel waarde, en misschien heeft Dragut er wel een keel of wat mee doorgesneden.'

Rocco kreeg de indruk van een enorm ondergronds netwerk daar buiten, New York, Rio, Parijs, Madrid, agenten en handelaren die in een delirium om zich heen graaiden, een groot web van kopen en verkopen, de geheimzinnigheid en koorts van transacties onder de tafel, Oran, Alexandrië, waarbij particuliere verzamelaars en zelfs musea de hand legden op alles wat ze te pakken konden krijgen nu er een oorlog aan de gang was en er van alles beschikbaar kwam. En Fingerly zat hier pal in het middelpunt van het web, een smokkelvorst die niet kon wachten tot de oorlog zich naar het noorden, naar Italië, zou verplaatsen, zodat hij de ruïnes van gebombardeerde kloosters kon afstropen op de psalmenboeken met goud op snee, de reliekschrijnen, de lapis lazuli, misschien een door het vuur verzengde Donatello, en wie weet ook een stuk van Leonardo, weliswaar beschadigd, maar toch een Leonardo.

'Hier, kijk dit eens.' Fingerly tilde een laken op, waardoor er een rijkversierde lijkkist op de vloer zichtbaar werd. Het was een Egyptische. Hij verwijderde het deksel en liet het licht van de zaklantaarn over de mummie spelen die erin lag. De windsels, bruinig grijs, leken met het vlees zelf te zijn versmolten, maar bij de mond en de onderkant van het gezicht, onder de ogen, waren ze weggetrokken, waardoor de tanden, het tandvlees, de tong, een deel van de bovenlip en een deel van een wang werden onthuld. De neus was verdwenen. De huid van de lip en de wang leek van hard oud leer, donkerbruin. Rocco wilde zijn hand uitsteken en het aanraken, maar iets weerhield hem ervan en hij bleef daar gewoon staan, bewegingloos, kijkend. Om de mummie in de kist lagen amberkralen en amuletten en vreemd uitziende kunstvoorwerpen die Rocco niet thuis kon brengen.

'Dit heb je niet op Malta gevonden.'

'Nee.'

Fingerly had hem gekocht in een dorp tussen Caïro en Luxor, van een papyrushandelaar die als bemiddelaar voor een bende grafrovers optrad. De mummie was Zed Mir Min, een schrijver uit de tijd van Achnaton, de farao die de oude Egyptische goden de rug had toegekeerd en alles had ingezet op de ene god, Aton, die het een tijdje had volgehouden, waarna de oude goden echter waren teruggekeerd. Zed Mir Min was geen farao maar zou wel een mooi bedrag opbrengen.

'Het kostte ze in de regel ongeveer zeventig dagen om een lijk te mummificeren.'

'Zo lang?'

'Ze drenkten ze in pekel. Dan droogden ze ze uit en bewerkten ze met hars en rode oker.' Hij hield de zaklantaarn op het gezicht van de mummie gericht en leek in de greep van een vreemde betovering te verkeren. 'Meer dan drieduizend jaar dood,' zei hij, met vaste blik naar de mummie starend. 'Dit zijn wij, Raven, hier gaat het allemaal om. Maroon was er net even eerder bij dan de rest van ons.' Er klonk ernst door in zijn stem, een rustige kwetsbaarheid, een toon die Rocco niet eerder bij hem had gehoord en ook nooit meer zou horen.

'Hoe heb je hem hier gekregen?'

'Aan boord van een destroyer, zo'n licht gevalletje. Heb je er wel eens op gezeten? Alsof je op een bokkend wild paard rijdt. Van Alexandrië naar hier, vijftienhonderd kilometer, en dan maakten ze nog een omweg ook omdat ze achter een U-boot aan zaten.'

'Hebben ze hem te pakken gekregen?'

'Die U-boot? Nee, die heeft ons te pakken gekregen. Een groot gat midscheeps, met een torpedo. We hebben het maar net gered; het water liep over de gangboorden toen we Grand Harbour binnenkwamen hinken. Nigg was bij me, heeft de hele reis staan kotsen.'

'Ik begin duizelig te worden,' zei Rocco.

'Dat komt door de lucht, er is hier zo diep onder de grond geen ventilatie. Maar het is bestand tegen bommen. En dat is maar goed ook. Tenzij ze er een Panther-bom op gooien.'

Ze gingen weer naar boven. Fingerly stak de sleutel in het contact, maar voor hij startte pakte hij een opgevouwen stuk papier uit de zak van zijn hemd en gaf het aan Rocco. 'Wat is dit volgens jou?'

Rocco keek het door. Het was een inventaris van de voorraden van het eiland – graan, meel, munitie, spijsolie, motorolie – en voor welke periode ze toereikend zouden zijn. Graan en meel tot begin juni, veevoer tot juli, vlees bijna op, steenkool tot eind mei.

'Wat betekent dit?'

'Wat denk je dat het betekent?'

Rocco aarzelde. 'Dat ziet eruit als een witte vlag.'

'In de roos. Slim, Raven, slim.'

'Gaan de Britten ervandoor? Denk je?'

'Het ziet er zeker naar uit. Kijk maar, het is al mei, zonder enige hoop op een konvooi tot juni, als het al komt. Als deze cijfers kloppen zullen ze tegen die tijd geen brood meer kunnen maken, en je weet hoe de Maltezers tegenover hun brood staan.'

'Waar heb je dit vandaan?'

'Van jou. Het is een van de vercijferingen die je hebt opgevangen.'

'Van mij? Een van de mijne?'

Pas toen besefte Rocco dat hij al die weken niet naar de Duitsers of de Italianen maar naar de Britten had zitten luisteren, en hij was ontzet. Dat je je vijanden bespioneerde was logisch, maar je vrienden bespioneren leek vrijpostig, zo niet ronduit asociaal.

'Waarom?' vroeg hij.

'Omdat we wel moeten. Hoe kunnen we anders te weten komen wat ze van plan zijn? Dat vertellen ze ons niet altijd eerlijk, snap je. Net zoals wij het hun niet altijd vertellen. Dus luisteren zij ons af zoals wij hen afluisteren, en als ze zich onverwachts terugtrekken van Malta geldt er geen enkele afspraak meer, nietwaar? Dan komt alles anders te liggen.'

Iedereen wist wat capitulatie betekende. Het betekende dat de Italianen en de Duitsers zouden komen en de boel zouden overnemen. Het betekende dat de Britse en de Maltese soldaten – waarschijnlijk het hele garnizoen van vijfendertigduizend man – krijgsgevangen zouden worden gemaakt, want als er geen enkele manier was om voedsel en voorraden naar Malta te krijgen, hoe kreeg je dan, als de hele zaak instortte, het garnizoen van het eiland af? Hetzelfde gold voor Rocco en Fingerly: als ze niet op tijd konden ontsnappen zouden ze in een algemene schoonmaakoperatie worden opgeveegd en achter prikkeldraad belanden. Geen prettig idee, allerminst. Het betekende dat de Maltese politici die de Britse aanwezigheid steunden eruit gezet zouden worden en dat het handjevol dat voor de oorlog met Italië had gesympathiseerd terug zou komen. Malta zou dan niet meer als basis kunnen dienen voor aanvallen op de konvooien die voorraden naar Rommels Afrika Korps in Noord-Afrika brachten, en Rommel zou kunnen winnen. Hij zou een heel goede kans maken. Eigenlijk deed hij het al heel goed: hij had al weer maanden geleden Benghazi heroverd en danste Noord-Afrika door, trof voorbereidingen om de Gazala-lijn aan te vallen. Als hij in Afrika won en de Britten uit Egypte verjoeg zou de weg naar de olievelden in het Midden-Oosten open liggen.

'En dus?' vroeg Rocco. 'Gaan we hier weg voordat de pleuris uitbreekt?'

'Niet overhaast te werk gaan,' zei Fingerly terwijl hij de sleutel in het contact omdraaide. 'We hebben nog het een en ander te doen.'

'Wat dan?'

'Het gaat toch heel aardig met het punt-punt-streep, nietwaar?'

'Moet ik blijven luisteren?'

'Je moet blijven luisteren.'

'Meen je dat serieus?'

'Natuurlijk meen ik dat serieus.'

'En jij? Heb jij bijna de verdwaalde en eenzame Maltese Valk te pakken? Of gewoon een volgende Dikke Dame?'

'Chica boom, Raven. Babalu.'

'Kijk eens hier, ik ben maar een radiojongen, dat weet ik, maar naar mijn nederige mening, als ik tenminste een mening mag hebben, moeten we als de sodemieter terug naar Gibraltar, en daarvandaan ga ik dan weer terug naar het Tweede Korps, waar ik thuishoor.'

'En dat schatje met die blauwe ogen waar je de hele tijd mee rommelt?'

'Wat is daarmee?'

'Even d'r op en dan wegwezen? Zomaar?'

'We nemen haar mee.'

'Dat kan niet, Raven. Dat is tegen de regels.'

'Natuurlijk kan ik dat.'

'Maak jij dat dan uit?'

'Als het zover is bedenk ik wel wat.'

'O ja? Echt?'

'Echt,' zei Rocco, wetend dat het onmogelijk was, maar voorlopig gelovend, echt gelovend dat hij een uitweg zou vinden.

Fingerly haalde beide handen van het stuur en applaudisseerde. Ik vind het prachtig, ik vind het prachtig. Hij bedenkt wel wat. Dat heeft Amerika nodig, meer mensen als jij, Rocco Raven. Voor e hier klaar bent krijg je een medaille.'

'Is dat een voorspelling?'

'Dat is een belofte.'

'Het luchtalarm begon, een langgerekt, treurig gekerm en gehuil, als een veeg opgeklopte modder door de hete middaglucht uitgesmeerd.

Fingerly was opgetogen. 'Vind je het niet heerlijk? Vind je het niet heerlijk als ze bombarderen? Vuurwerk, Raven, heus vuurwerk. Vuurpijlen en Bengaals vuur.'

De bommen, ja, de grote en de niet zo grote. De kleine bommen van vijftig kilo die een verbazingwekkende hoeveelheid schade konden aanrichten als ze vielen waar ze moesten vallen, en de bommen van duizend kilo, die altijd schade aanrichtten, waar ze ook vielen, en de bommen van tweeduizend kilo, die kraters van drie meter diep en twintig meter doorsnede achterlieten. Je had de Satanbom, de Krankzinnige bom en de nieuwe maxibom, de Panther, die door raketten werd voortgestuwd en was ontworpen om zich door vijftien meter rots te boren. En de minibommen, tegen individuen gerichte wapens met een vertraagde ontsteking: potloodbommen, thermosbommen, knipperlichtbommen en kleine

vlinderbommen, die op metalen vleugels fladderden. Fluitende
bommen, zingend met donkere mezzostemmen, met tanden en
tongen en vlammend rood haar, en bommen die paarden waren,
galopperend op de wind, hinnikend, snuivend, stampend, en de
beste bommen van alle, de blindgangers – de bommen die neerkwamen en niet explodeerden, de misgeboorten, de fouten, de
mislukkingen, de castraten.

SPORTNIEUWS – New York: Lulu Constantino heeft na 56 overwin-
ningen zijn eerste nederlaag als prof geleden toen hij op punten
verloor van Chalky Wright, volgens de New York State Commis-
sion de wereldkampioen vedergewicht.

JAPAN: De Duitse radio maakt melding van een geweldige uitbarsting van de Asama in het centrum van het grootste eiland van Japan. Men voegt eraan toe dat de omvang van de schade nog niet
bekend is.

MACARTHUR EN DE PERS

Generaal MacArthur, de held van Bataan en opperbevelhebber van
de Verenigde Strijdkrachten in Australië, heeft tegen oorlogscor-
respondenten in Melbourne gezegd: 'In democratieën is het van
wezenlijk belang dat mensen de waarheid kennen. Men kan in de
huidige omstandigheden geen oorlog voeren zonder de steun van
de publieke opinie, die in overweldigende mate door de pers en andere propaganda-organen wordt gevormd.'

18

De eerste dag van de bombardementen

DE BOMBARDEMENTEN WAREN IN JUNI 1940 BEGONNEN, OP EEN
dinsdagochtend, vlak voor zevenen. Het gebruikelijke vroegere
spitsuur bij de marktstalletjes was achter de rug en in Valletta
kwamen de eerste mensen aan om te gaan werken. Bij de kaden,
aan de overkant van de haven, stonden de poorten vol arbeiders
die met de bus en op de fiets de stad in waren gekomen.

Melita was al begonnen aan haar werkdag bij de rechtbank in
de oude Auberge d'Auvergne aan Strada Reale, waar ze papieren
opborg die ze de vorige middag had getikt. Ze had een drukke
ochtend voor de boeg – meer tikwerk, en dan nog wat steno voor
rechter Borg. Toen de sirenes klonken zat ze op haar hurken bij de
onderste lade van een archiefkast die propvol zat met kopieën van
documenten over beëindigingen van huwelijken en echtscheidin-
gen. Er werkten nog twee vrouwen aan de archieven, de ene een
enger, bloedeloos meisje, jong, met dun zwart haar en de andere
veel ouder, met een bol gezicht en gezet.

Toen het alarm klonk ontstond er in het hele gebouw verwarring. Een jonge officier van justitie die op weg was naar een hoor-
zitting zei dat er niets aan de hand was, helemaal niets, alleen
maar een oefening. Toen kwam er een klerk van het gerecht bin-
nenrennen, schreeuwend dat het geen oefening was maar dat het
echt waar was en dat iedereen naar de schuilkelder moest – hij was
echter een vervelende kerel, niet erg populair en met de reputatie
van alarmist, en niemand nam hem ooit erg serieus. Melita liep
naar het raam en zag dat er ook op straat verwarring heerste; ze
zag mensen naar de schuilkelder rennen, maar anderen bleven
staan, onzeker, naar de hemel turend.

'Wat denk jij?' vroeg een van de vrouwen, het jonge meisje met te weinig haar. Ze heette Maggie.

'Laten we gaan kijken,' zei Melita en ze liep voor de twee anderen uit de trap naar het dak op. De hemel was leeg, geen vliegtuig te bekennen, alleen maar het heldere blauw van juni, de vroege ochtend, al warm, en tegen twaalven zou de hitte verzengend zijn.

'Het is niets,' zei het meisje Maggie.

'Helemaal niets,' zei de andere, de zwaargebouwde vrouw, die Cettina Amante heette.

Maar toen zagen ze ze, heel hoog, kleine puntjes die glinsterden in de zon, komend van Sicilië. En nadat ze ze hadden gezien hoorden ze ze ook, het gedreun van de motoren. Vanuit de verte leken de vliegtuigen bijna niet te bewegen, in de lucht te hangen als onderdelen van een geweldige kroonluchter, zwaar, log, traag naderend, alsof ze eigenlijk niet naar hun bestemming wilden. Het gebeurde echt: de oorlog was begonnen.

Ze stonden aan de grond genageld te kijken. De gedachte naar de schuilkelder te gaan kwam niet eens bij ze op, ze stonden daar alleen maar op het dak, verlamd, niet-begrijpend naar de vliegtuigen te turen. Het waren tien bommenwerpers, driemotorige toestellen, in een V-formatie, geëscorteerd door een troep jagers. Toen ze bijna boven hen zaten begon het luchtdoelgeschut met donderend lawaai te schieten en beschilderde de hemel met grijszwarte vlekken ack-ack. Drie bommenwerpers weken af om het vliegveld bij Hal Far aan te vallen, de andere gingen de schepen in Grand Harbour te lijf.

Het lawaai was oorverdovend. Melita drukte haar handen tegen haar oren. Het zware geschut verstikte de hemel met granaten en exploderende ack-ack. Ze raakten niets. De toestellen kwamen dichterbij en de bommen vielen met een gebrul waarvan de grond trilde. Sommige ontploften dichtbij, in Valletta, andere sloegen in de dokken aan de overkant van de haven in. In Valletta en de naburige stadjes stegen enorme troepen vogels op en vlogen landinwaarts, weg van de bommen en de kanonnen.

Het had allemaal iets huiverend wilds: het lawaai, de furie, de stank van cordiet, het pure geweld van al dat rondgeslingerde metaal. Melita voelde het: het losgesneden zijn, de totale woestheid van het moment. Waar de bommen insloegen wierpen ze dertig meter hoge rokerige zuilen aarde en stof op, en gele wolken van de verpulverde kalkstenen gebouwen. Het stof hing in de lucht en vormde een mist die traag ging liggen.

'Het zijn maar bommen,' zei de jonge, Maggie, schreeuwend om zichzelf boven het lawaai van de kanonnen uit verstaanbaar te maken. Iedereen was bang geweest dat de bommenwerpers, als het echt oorlog werd, tanks met gifgas zouden afwerpen. De Italianen hadden in Abessinië gas gebruikt en de Britten praatten over niets anders: wees voorbereid. Je werd geacht in je huis een kamer te hebben, boven, waar alle gaten en kieren waren dichtgestopt en waar natte dekens klaarlagen om over de deuren en ramen te worden gehangen. Liever boven dan beneden, omdat het gas zou gaan liggen en vlak boven de grond zou blijven zweven. Er waren gasmaskers uitgereikt, maar wie kon weten of ze echt zouden werken? De oudere vrouw, Cettina Amante, had het hare bij zich, klaar om op te zetten, maar Maggie en Melita hadden de hunne op hun bureau laten liggen.

De bommen vielen in Marsamxett Harbour aan de noordkant van Valletta, en in Grand Harbour aan de zuidkant, wierpen het water in kokende fonteinen op. Een paar bommen troffen Valletta zelf, en er kwamen er veel neer achter Grand Harbour, op het haventerrein en in de aangrenzende stadjes, Senglea, Vittoriosa en Cospicua. Melita kreeg een krampend gevoel, een fysieke pijn in haar maag, omdat daar verderop, in Cospicua, haar vader zat, die die dag thuis was gebleven omdat hij zich niet goed voelde. Hij werkte in de haven, maar toen ze die ochtend van huis was gegaan had hij keelpijn gehad, zat hete thee te drinken en te overwegen niet naar zijn werk te gaan.

Enkele minuten nadat de eerste vliegtuigen weer waren vertrokken verschenen er nieuwe aan de hemel en begon de tweede aanval. Melita, die zich zorgen maakte om haar vader, was al weggerend. Van het dak af en de trap af en de straat op, zo hard ze kon, via St. John's de stad door en toen de lange heuvel af en de kade op, waar ze een grijze schipper met een *dgħajsa* vond.

Hij wilde haar niet meenemen, vanwege de bommen.

Ze bood het dubbele van het normale tarief, en weer weigerde hij. Toen pakte ze vijfmaal het normale bedrag uit haar portemonnee, en met een onbewogen gezicht en schouderophalend ging de *barklor* erop in. Het was een stille man, onverstoorbaar, introvert, en toen ze naar hem keek wist ze wat voor man het was: hardwerkend en eenvoudig, elke ochtend om vijf uur op om naar de mis te gaan, als ontbijt een homp brood met veel boter en hete koffie en dan de rest van de dag met de boot bezig en val hem niet met iets anders lastig.

Hij trok krachtig aan de riemen, deed zijn best om snel aan de overkant te zijn. De vliegtuigen waren verdwenen, maar het 'alles veilig' had nog niet geklonken, en Melita zocht nerveus de hemel af. Er doemden nog twee toestellen in haar blikveld op, achterblijvers van de aanval, en weer kwamen de zware kanonnen in actie. De *barklor*, die met zijn riemen bezig was, keek niet op of om.

Een paar bommen vielen in de haven, waardoor er geweldige waterzuilen opspoten. Een ervan explodeerde niet ver van de boot, en deze begon hevig te schommelen. Melita hield zich stevig aan de rand vast, maar de *barklor* herstelde na heel even te zijn gestopt zijn evenwicht en roeide weer door. Op het haventerrein brandde olie, een dikke, kronkelende zuil van zwarte rook.

Toen ze weer aan land was, begon ze te rennen, minderde toen vaart om op adem te komen, en begon daarna weer te rennen, langs de Strada Toro. De bommenwerpers waren verdwenen en het 'alles veilig' klonk. Toen ze van dichtbij zag wat de bommenwerpers hadden aangericht werd ze wanhopig. Hele gebouwen waren ingestort, stenen muren aan stukken geblazen. Een paard lag dood op straat, zijn ingewanden puilden rood en rauw uit zijn buik. Verderop haalden reddingswerkers een dode uit een vernield huis. De straten waren bezaaid met glasscherven, stukken pleisterwerk, scherven van de ack-ack. Voor een café schudde een man met een bloedend hoofd met zijn vuisten, maakte woedende gebaren naar de hemel.

Ze haastte zich verder, buiten adem, door kronkelende straatjes de heuvel op, daarna een trap op, en toen ze een hoek omsloeg, naar Kanzunetta, zonk de moed haar in de schoenen, want daar recht voor haar stond het huis waar ze woonde, volledig vernietigd.

Ze liep er langzaam heen, alsof ze slaapwandelde. De voorgevel was verdwenen en ze zag dat de vloeren waren ingestort, het huis was alleen nog een ruïne. Weer bleef ze staan, alleen maar kijkend, niet in staat te verwerken wat ze zag. Toen beklom ze, in een soort razernij, de heuvel van brokken metselwerk en begon aan de brokstukken te rukken, hem zoekend, hem roepend, uitzinnig schreeuwend, *Papà, Papà*, trekkend aan de brokken kalksteen en versplinterde meubels, tot ze haar huid openhaalde en bloedde.

De mensen trokken haar weg: vreemden, onbekenden, pakten haar armen en trokken haar weg, en daarna wist ze alleen nog dat ze liep. Ze liepen allemaal, weg van Cospicua, weg van Senglea en Vittoriosa, weg van de dokken en het hele gebied van de Drie Steden, liepen het binnenland in, grote menigten mensen, duizenden, en er klonk alleen het doffe geluid van schoenen op de wegen, een enorme kudde die zich met een rommelend geluid voortbewoog.

'Wat ik me het best herinner,' zei ze Rocco nu, 'is het stof, overal was stof.'

Ze zaten in de lijkwagen, op weg van Żabbar naar Birżebbuġa, waar een jukebox gerepareerd moest worden. Rocco reed.

'Op Malta is altijd stof,' zei ze, 'vooral in de hete maanden, maar dit was anders. Het stof was afkomstig van verpulverde steen, de stenen muren van de huizen, allemaal verpletterd, over alles lag stof.'

De paar mensen die een auto hadden gingen met de auto, hun bezittingen op het dak gebonden – matrassen, stoelen, hutkoffers. Sommigen hadden een door paarden getrokken *karrozzin*, en anderen een fiets, maar de meesten waren te voet, duizenden, als vee, doorploeterend, karren duwend, kinderwagens, of met helemaal niets, alleen maar lopend, verdoofd.

Toen Melita vanuit Cospicua door de Zabbar Gate kwam zag ze vier doden op de grond liggen, onder het stof en bloed en de vliegen. Overal vliegen, ze haatte de vliegen. Op een drempel zat een vrouw het haar uit haar hoofd te trekken, een paar haren tegelijk. Ze trok, keek naar de haren, liet ze vallen, en trok weer.

'Ik weet nog, een man met een kudde geiten... Zoveel geiten, en een hele troep kinderen. Er was een vrouw die al haar potten en pannen droeg, ze had haar hele keuken bij zich. Er was een man met een ijskar, hij duwde hem en zijn zoontje zat erop. Er viel een vrouw flauw, en de mensen stapten gewoon over haar heen. Er bleef niemand staan, de mensen waren in paniek en wilden in beweging blijven voordat de vliegtuigen weer over zouden komen om te bombarderen. Ik zag een man op de grond zitten, aan de kant van de weg, met bloed op zijn voorhoofd. Hij sloeg de vliegen van zich af.'

Die eerste dag vonden er acht luchtaanvallen plaats, de laatste vlak voor donker. Er vielen bommen op Palm Street in Paola, Ponsomby in Gzira, een hotel in Sliema. Ze raakten de lagere school in Zabbar en een ziekenhuis in aanbouw op Guardamangia Hill. In Cospicua kwamen tweeëntwintig mensen om het leven. Bommen die voor de dokken waren bedoeld kwamen neer in Strada Toro en een tiental andere straten.

'Ik kan het nog steeds niet geloven,' zei Melita. 'De straten waar ik ben opgegroeid, de straten waar ik als klein meisje heb gespeeld, waar we touwtjesprongen en boodschappen deden. Molino, Margherita, San Giorgio, Concezione. Bommen, in al die straten. Op Nuova, en Stella, en Alexandria.'

In Strada Oratorio was een man van zeventig levend uit de ruïnes van een schoenmakerij gehaald. In dezelfde straat werden twee dagen later in een vernietigd huis twee kinderen levend in een houten kist gevonden, waar hun moeder ze in had gestopt om ze tegen de bommen te beschermen. De moeder lag dood onder een hoop puin.

Aan het einde van de eerste dag waren er meer dan tweehonderd huizen vernield en zesendertig mensen om het leven gekomen. De bommenwerpers kwamen de volgende dag terug, en toen werden er zeventien mensen gedood. Die week waren er elke dag luchtaanvallen. Op heel Malta waren de mensen zo kwaad dat ze straten die Italiaanse namen hadden een andere naam gaven. Strada Toro werd Bull Street. Oratorio werd Oratory. Piazza Maggiore werd Churchill Square. Strada Reale, de hoofdstraat van Valletta, werd Kingsway.

'Toen ik ons huis zag, wist ik zeker dat mijn vader daar dood binnen lag, en ik werd gewoon gek. Ik trok aan kapotte stoelen, aan brokken steen om hem te vinden. Toen haalden ze me weg en liepen we allemaal Cospicua uit, het binnenland in. Ik ging naar het huis van mijn neef Zammit, in Santa Venera.'

'Dus je hebt bij Zammit gewoond?'

'Een paar dagen. Toen ben ik bij mijn tante ingetrokken, maar dat was vreselijk, dus heb ik een meisje opgezocht waarmee ik naar school was gegaan, haar vader heeft een apotheek.'

'Je tante in Naxxar? Konden jullie niet met elkaar opschieten?'

Ze staarde recht voor zich uit door de voorruit. 'Ze geeft mij de schuld. Ze geeft mij er de schuld van dat *Papà* om het leven is gekomen. Ze vindt dat ik erop had moeten aandringen dat hij die dag thuis in bed zou blijven, vanwege die keelpijn. Is dat terecht? Is het inderdaad mijn schuld? Toen ik naar mijn werk ging was hij van plan thuis te blijven, en als hij thuis was gebleven zou hij sowieso om het leven zijn gekomen, door de bom die het huis trof. Maar dat ziet ze niet in, ze kan het niet helemaal doordenken.'

'Hoe oud was hij?'

'Tweeënvijftig. Hij was klinker op de scheepswerf, hij werkte aan de schepen. Het was zo verkeerd dat hij doodging. Hij was te jong.'

Er viel een vliegtuig uit de hemel, een bommenwerper, een Ju-

88. Hij spatte in een veld op de grond uit elkaar en vloog in brand.

Rocco zette de auto langs de kant van de weg en ze zaten te kijken hoe de bommenwerper brandde. Ze zeiden niets, zaten daar alleen maar, keken hoe de vlammen loom, bijna liefdevol om de gebroken vleugels en de verpletterde romp krulden. Een Ju-88 had gewoonlijk een bemanning van vier leden. Rocco vroeg zich af of er nog mensen in zaten.

'Laat mij rijden,' zei Melita.

Ze ruilden van plaats en zij reed, een beetje te hard voor de slechte weg, bonkend over de gaten, snel in de bochten, moedwillig roekeloos.

Fingerly had de witte vlag verwacht, maar in plaats van de witte vlag kreeg Malta een nieuwe gouverneur. Op de avond van 7 mei kwam lord Gort vanuit Gibraltar met een Sunderland-watervliegtuig, en de man die hij verving, generaal Dobbie, vertrok met hetzelfde vliegtuig, samen met zijn vrouw en dochter.

Een paar dagen later kwamen er zestig nieuwe Spitfires aan om de verdediging van het eiland te versterken. Ze kwamen binnen van het Amerikaanse vliegdekschip *Wasp* en de Britse *Eagle*, die ze naar een punt ongeveer duizend kilometer ten westen van Malta hadden gebracht, hun kop in de wind hadden gelegd en de vliegtuigen hadden laten vertrekken. Voorlopig deden de Britten nog mee.

Rocco, die opgetogen was dat Fingerly een keer ongelijk had gehad, schudde zijn vinger voor diens gezicht: 'Zo? De witte vlag?'

Fingerly maakte hetzelfde gebaar terug. 'We zijn nog niet uit de problemen,' zei hij, 'nog lang niet.'

Ze stonden bij de ruïne van het Opera House, bij de gebroken pilaren en platen marmer die glinsterden in de zon als een antieke Romeinse ruïne, maar dan bozer.

'Ze gaan er niet vandoor,' zei Rocco, 'ze graven zich in. Een nieuwe gouverneur, nieuwe vliegtuigen. Spitfires.'

'Ah, maar je weet toch wel wie die nieuwe gouverneur is?'

'Gort? Ze zeggen dat het een harde jongen is. Een vechter.'

'Ja, ja. Maar je weet toch wat ze nog meer zeggen? Hij had de leiding van de evacuatie bij Duinkerken. Die man is er expert in troepen te evacueren die geëvacueerd moeten worden. Voor mij ruikt het nog steeds naar de witte vlag.'

'Volgens mij niet,' zei Rocco, die in een stemming was om te wedden. 'Ze zouden niet al die vliegtuigen sturen als ze van plan waren ervandoor te gaan.'

'Nee? Dacht jij van niet? Goed, denk dan hier eens over na. Op Sicilië, in Gerbini, leggen ze extra landingsbanen aan en voeren ze allerlei rommel en voorraden aan. Dat weten de Britten allemaal van fotoverkenning. Ik heb het van de Britten op grond van die laatste berichten die jij hebt opgepikt. Ze treffen voorbereidingen voor een invasie, Raven. Daar gingen al die bombardementen in maart en april over. Ze hebben de verdediging verzwakt en we kunnen nu iedere dag parachutes aan de hemel zien. Precies zoals op Kreta.'

'Flauwekul,' zei Rocco.

'Geen flauwekul. Ik heb gelijk.' Hij zei het met een luie, diepe, zelfverzekerde keelklank, en gaf Rocco met zijn vuist een speels tikje op zijn kaak. 'Wil je hier echt blijven rondhangen om te kijken of het waar is?'

Rocco begreep al snel dat Fingerly hem ver voor was. 'Je bedoelt dat we transport van het eiland hebben?'

'Reken maar.'

'Wanneer?'

'Ik heb een brits voor je op een onderzeeër, morgen. Ze brengen je naar Gibraltar en van daar kun je contact zoeken met het Tweede Korps, die zitten nog in Georgia.'

'Ik heb slechte verhalen gehoord over onderzeeërs.'

'Ze zijn krap, ze stinken naar olie, ze varen onder water.'

'Ze worden tot zinken gebracht.'

'Dat klopt, dat gebeurt.'

'Als ze zinken is iedereen dood.'

'Normaal gesproken wel, ja. Maar als je gaat vliegen en je wordt neergehaald ben je ook dood.'

'Ik geloof dat ik maar op een slagschip blijf wachten.'

'Raven,' zei Fingerly op verdrietige toon, 'ik heb een hoop moeite moeten doen om een plaats op die onderzeeër voor je te krijgen. Als je hem niet neemt raak ik mijn geloofwaardigheid kwijt.'

'Heb jij dan geloofwaardigheid? Bij wie?'

'Ga niet te ver.' De huid onder zijn linkeroog vertrok even.

'Ik zou niet durven,' zei Rocco.

'Zorg dat je aan boord van die onderzeeër bent. Morgen.'

'En jij?'

'Ik heb nog het een en ander af te handelen, een paar losse eindjes.'

'Blijf jij hier?'

'Een paar dagen, en dan ben ik ook weg.'

Rocco aarzelde, voelde zich onzeker. Sinds hij op Malta was aangekomen had hij ernaar gehunkerd weg te kunnen, weg van de bombardementen, maar nu hij een kaartje in zijn handen kreeg gedrukt, een brits op een onderzeeër, en hij Melita moest achterlaten, was het een kwelling.

'Heb je orders?'

'Je bedoelt...?'

'Ik bedoel orders. Voor mij. Van het Tweede Korps.'

'Voor jou? Orders? Wie heeft het over orders? Jij wilde weg, en ik zorg dat je wegkomt.'

Als er orders waren, dacht Rocco, dan was het in orde, omdat orders orders waren. Maar dit was niet het Tweede Korps dat hem bevel gaf te vertrekken, het was alleen Fingerly, wat vanuit praktisch oogpunt geredeneerd betekende dat hij kon doen wat hij wilde. Vrijheid was iets verschrikkelijks.

'Ik zal erover nadenken,' zei hij.

'Morgen, 1300 uur.'

Rocco stak een sigaret op, op een ontspannen, gereserveerde manier die een weigering scheen in te houden.

Fingerly was diep teleurgesteld. 'Timing, Raven, het gaat allemaal om timing. Die blauwogige tovenares heeft je flink te pakken, nietwaar?'

Een duif pikte bij Rocco's voet rond in de rommel.

'Je moet nooit vergeten,' zei Fingerly op vreemd plechtstatige toon, 'het leven is vol glimlachjes, wonderen en mooie meisjes – volg het goud, Raven, maar kijk uit voor de valluiken.'

'Is dat een dreigement?'

'Goeie hemel, nee. Het is een recept hoe je de rest van je leven met een minimum aan zielenpijn kunt doorkomen.'

Hij draaide zich om en liep abrupt weg, alsof hij blij zou zijn als hij Rocco nooit meer zou zien.

Rocco stond daar met de sigaret in zijn hand en wist echt niet wat hij met die onderzeeër aan moest. Hij keek naar de duif, die nog steeds in de rommel pikte, op zoek naar een graantje, een kruimel, wat dan ook, maar het niet vond.

Laat in de middag zat Rocco aan een hoektafel in de Oester een glas bier te drinken en over Melita na te denken. Ze vond het lekker als hij haar rug masseerde. Ze vond het lekker als ze hand in hand over Kingsway liepen en als ze op de rotsen aan het water naar de meeuwen zaten te kijken. Was het liefde, zo vroeg hij zich af. Of alleen maar een gecompliceerde vorm van wellust – die typische verslindende, gulzige begeerte die in een oorlogsgebied opbloeit? Wellust was het zeker, wat hem betrof en wat haar betrof, dat wist hij, en toch was het meer, dacht hij, meer dan alleen maar geilheid. Of hoopte hij dat alleen maar? Wat het ook was, het was iets goeds, niet iets slechts, iets wat hij moest proberen vast te houden, beter dan honkbal, beter dan Edgar Allan Poe, beter dan verkoelende regen op een hete julimiddag. Beter dan graaf von Kreisen die steeds weer opnieuw 'De blauwe Donau' speelde.

Hij dronk nog een glas bier en zijn geheugen nam het over, zijn geest wemelde van betoverende beelden. De dierentuin in Brooklyn, met de apen en de zeehonden en de houten paarden op de draaimolen. En irissen, een heel veld irissen, hij wist niet meer waar. De ondergrondse naar Manhattan, en een snoepwinkel waar hij geklutste eieren met room en chocola kreeg en op een flipperkast speelde. En zijn moeder, steeds weer zijn moeder, in een ziekenhuisbed, stervend aan longontsteking. Hij herinnerde zich de dodenwake, de bloemen. Ze was in haar mooiste jurk opgebaard. Hoe kon hij zich van dat beeld losmaken? Hoe kon hij het ooit vergeten? Hij was toen zes jaar oud geweest.

Na de begraafplaats had zijn vader hem mee naar huis genomen, waar mensen waren geweest. Hij wilde die mensen niet om zich heen hebben, zat ongeduldig te wachten tot ze vertrokken. De volgende dag, toen het etenstijd was, vergaten ze de maaltijd en nam zijn vader hem mee uit om ijs te eten. Ze zaten in een compartiment, witte onderleggers op de tafel, een zwarte asbak, de banken bekleed met rood kunstleer. Het was het eenzaamste moment. De ogen van zijn vader vulden zich met tranen, en toen Rocco dat zag begon hij ook te huilen. Hoe moesten ze zonder haar leven? Zijn vader huilde, en hij huilde, en alle mensen bij hen in de buurt keken, en sommigen begonnen ook te huilen. Dat wist Rocco nog. Vreemde mensen, aan andere tafels, mensen die ze niet kenden, huilden omdat ze het op een of andere manier begrepen.

Zijn vader betaalde de rekening en ze liepen de avond in terwijl auto's en vrachtwagens met hun grote koplampen voorbijkwamen. Stoom uit de riolen. Knipperende neonreclames. Straatlantaarns. Glasscherven op de straat. En toen, zes maanden later, niet langer, legde zijn vader het met een andere vrouw aan. Hij was eenzaam, dat zag Rocco wel. Zijn vader was eenzaam en begon te vergeten. Maar Rocco voelde dezelfde eenzaamheid en begon niet te vergeten, en toen hij zag dat zijn vader het allemaal niet meer wist voelde hij zich zo verloren. Ongeveer in die periode, dacht hij nu, was de verwijdering begonnen, de emotionele verwijdering tussen zijn vader en hem. Sindsdien was er tussen hen nooit meer sprake geweest van hetzelfde gevoel.

Er waren momenten, zelfs nu nog, dat hij zijn vader dit alles wilde vertellen, hem er een brief over wilde schrijven, maar terwijl de bommen vielen en er mensen doodgingen was het, als hij al schreef, makkelijker over het weer of over de schaarste en het verschrikkelijke eten te schrijven. En bovendien: hoe zou hij ooit de woorden moeten vinden?

19

De Glorieuze Tiende

DE ONDERZEEËR, DE LILITH, VOER ZONDER HEM UIT.

'Krijg ik hier spijt van?' vroeg hij Melita.

Haar ogen leken op te lossen, stonden ongericht. 'Je had moeten vertrekken,' zei ze.

'Ja?'

'Ik vind van wel.'

Maar hij was gebleven. Voornamelijk vanwege haar, ja, maar ook vanwege een vreemd soort binding, een onwil afscheid te nemen van de ellende die Malta was. Hij herinnerde zich wat Fingerly had gezegd, dat hij de 109's nog zou missen op de dagen dat ze niet aanvielen.

Melita was nadenkend gestemd. 'Als er een invasie komt, wil je dan echt hier zitten? Wil je krijgsgevangen worden gemaakt?'

'Er komt geen invasie,' zei hij, verbaasd over zijn eigen zelfverzekerdheid.

'Dat dacht ik vroeger ook. Maar nu – nu weet ik het niet meer zo zeker.'

Ze maakte zich zorgen om hem, vreesde het ergste. Als de parachutes kwamen, zou het niet meevallen.

Hij keek omhoog naar de hemel, de azuren stilte, geen vliegtuigen, geen wolken, alleen de hete laaiende zon. Zo simpel, zo gemakkelijk en vrij.

Als ze nu eens van losse onderdelen was gemaakt en hij de hele dag stukjes van haar kon meedragen, in een tas? Een been, een hand, haar waterval van zwart haar. Dan zou hij ieder moment van de dag die delen van haar kunnen aanraken. En 's nachts kon hij haar in elkaar zetten en kon ze weer zichzelf zijn.

Hij vertelde haar dit, en zij dacht dat ze het om de beurt konden doen: de ene dag droeg hij delen van haar mee, en de volgende zij delen van hem. Ze had geen belangstelling voor zijn moedervlekken of zijn knieën, of voor het eelt op zijn voeten. Ze wilde zijn penis in haar tasje. Of toch minstens zijn neus.

'Mijn neus krijg je niet,' zei hij.

'Jawel.'

'Nee.'

'Je neus is van mij.'

'Dacht je? Echt waar?'

Ze dachten beiden even aan de arme Tony Zebra, wiens neus door een granaatscherf was beschadigd toen hij op de veranda van het Point de Vue had gezeten – en wie, op Malta of waar dan ook, zou nu nog ooit verliefd op hem worden met zo'n neus?

Melita was erg blij dat Fingerly verdwenen was; ze had een stapel platen van Jack Teagarden verkocht om geld voor Rocco in te zamelen nu deze het niet meer van Fingerly kreeg. Ze had ze verkocht aan een boer in Dingli, die rijk was geworden door op de zwarte markt groenten te verkopen aan huisvrouwen uit de naburige stadjes, die als ze konden contant betaalden, en als ze wanhopig waren met gouden ringen en armbanden. De boer was zo rijk dat hij nu geld over de balk smeet, alles oppikte wat een goede aankoop leek, met inbegrip van platen van Jack Teagarden, ook al had hij nog nooit van Jack Teagarden gehoord en bezat hij alleen een kapotte, niet werkende opwindgrammofoon. Melita kreeg een heel redelijke prijs voor de platen en overreedde de boer een jukebox van Zammit te kopen om ze te draaien, ook al was er geen elektriciteit op de boerderij en zou deze er waarschijnlijk pas komen als de oorlog achter de rug was, maar het was in ieder geval iets wat zijn buren konden bekijken en bewonderen.

De nieuwe Spitfires vlogen op zaterdag 9 mei Malta binnen. Ze haalden die dag een dozijn vijandelijke vliegtuigen neer, en de volgende dag was de score zelfs nog hoger, waardoor deze dag op Malta bekend kwam te staan als de Glorieuze Tiende.

Spitfires slachten Stuka's af

BRILJANTE SAMENWERKING TUSSEN A.A.-ARTILLERIE EN RAF
Gisteren Boven Malta 63 Vijandelijke Toestellen Vernietigd Of
Beschadigd

VERNIETIGENDE KLAP VOOR DE MOFFEN

HEILZAME LES VOOR DE ITALIANEN

MALTA KERKHOF VOOR DE REGIA AERONAUTICA

Sommige mensen zeiden dat er vijftig vijandelijke toestellen waren vernietigd en anderen zeiden honderd. Tony Zebra, die midden in de gevechten had gezeten, zei dat het er eerder twintig waren geweest, maar dat was nog steeds een hele hoop. Er waren die dag maar drie Spitfires verloren gegaan, en één piloot. Ze waren allemaal in de lucht geweest, ze hadden hem flink van katoen gegeven: Zulu Swales, Johnny Plagis, Fernando Farfan uit Trinidad. Pete Nash had er twee neergehaald en Jimmy Peck, een Amerikaan, had er een neergehaald en twee andere beschadigd. De grote ster van die dag, de outsider die niemand meer had verbaasd dan zichzelf, was echter Tony Zebra – vier toestellen neergehaald, en hij had het gedaan zonder een schot te lossen.

De ene, een Reggiane, was neergestort toen zijn motor was afgeslagen; het vliegtuig had een duik gemaakt en was in zee gestort toen Tony Zebra het had achtervolgd. Een ander, een 109, was gewoon onbestuurbaar geworden, als een gek gaan dwarrelen en ergens in de buurt van Żebbuġ omlaag gekomen. Het derde was een Macchi C202 geweest. Hij had een paar gaten in de vleugels van Tony Zebra's toestel geschoten, en toen hij hem voorbij was gezoemd had Tony Zebra zijn staart te pakken gekregen en was achter hem aan gegaan, maar voor hij zijn kanonnen had kunnen gebruiken was de Macchi tegen een Ju-88 geklapt die zijn koers had gekruist en waren ze beide neergestort.

Tony Zebra kreeg het krediet voor de Reggiane, de 109, en de Macchi, maar niet voor de Ju-88, die, zeiden ze, door de Macchi was neergehaald. Hij dacht hier lange tijd verbaasd over na, probeerde de logica van deze uitspraak te vinden, maar slaagde er niet in hem te doorgronden. Als ze hem krediet graven voor de Reggiane, de 109 en de Macchi, ook al had hij geen schot gelost, waarom deden ze dan opeens zo moeilijk en kreeg hij niet de eer van de 88?

Ze gaven hem een DFC en bevorderden hem tot leider van een gevechtsgroep, wat betekende dat hij nu de baas van vier toestellen van het squadron was. Verder betekende het dat hij zich nu discreet en fatsoenlijke diende te gedragen, een voorbeeld moest zijn voor de nieuwe jongens die bij het squadron werden ingedeeld, en dat, wist hij, zou moeilijker te dragen zijn dan hij eigenlijk wilde. Hij wilde meer dan ooit naar India, dacht er nog steeds aan, droomde er nog steeds van en stelde het zich voor: de heiligdommen, de tempels, de beelden van Shiva en Parvati, en de tijgers en de olifanten, het bamboe, het sandelhout, de kokospalmen en de kardamom, de muziek van de sitar en de bansuri. Elke week vroeg hij overplaatsing aan, en elke week werd zijn aanvraag afgewezen.

Er kwam geen invasie. Nog niet, in ieder geval. En evenmin een witte vlag, hoewel niemand zeker wist dat dit nooit zou gebeuren. De Spitfires waren goed nieuws, maar de konvooien kwamen nog steeds niet binnen en de voedselvoorraden werden kleiner. Toen in mei de nieuwe gouverneur, lord Gort, arriveerde, nam hij niet alleen de Spitfires mee maar ook het George Cross. Het was een medaille van koning George, toegekend aan het volk van Malta voor zijn moed tijdens de luchtoorlog van april.

BUCKINGHAM PALACE
TER ERE VAN ZIJN MOEDIGE BEVOLKING
KEN IK HET GEORGE CROSS TOE
AAN DAT EILAND, HET FORT MALTA,
OM TE GETUIGEN VAN EEN HELDENDOM EN
EEN TOEWIJDING DIE NOG LANG HUN ROEMRIJKE PLAATS
IN DE GESCHIEDENIS ZULLEN OPEISEN.

GEORGE R.I.

Het volk van Malta vond het prachtig, was terecht trots, maar toch was het maar een medaille. Het was geen vlees, of kleren, of schoenen, of een goede film die je kon bekijken zonder bang te zijn dat een bom de bioscoop zou opblazen voordat de hoofdpersoon de kans kreeg zijn tegenspeelster te kussen. Hier en daar verschenen leuzen op de muren: 'Geef ons brood, geen medailles.' 'Een George Cross kan je niet eten.'

Dinsdagavond gingen Rocco en Melita naar een dansfeest in het Adelphi. Een paar langzame nummers, een paar snelle, goede drums en een sfeervolle trombone. Na het feest, terug aan Windmill, zaten ze een tijdje op het dak. Er stond geen maan, de hemel was nevelig, er was maar één ster te zien.

'Dat is geen ster,' zei Melita, 'dat is Venus, de planeet Venus. Altijd de helderste.'

'Ik dacht dat Mars de helderste was.'

'Nee, dat is Venus. Daarom noemen ze hem Venus, omdat hij zo mooi is.'

'We zouden hier boven eigenlijk een jukebox moeten hebben,' zei hij. 'Hier op het dak.'

Hij dacht weer aan wat Zammit had gezegd, dat jukeboxen een ziel hadden. In een café, of een restaurant, was een jukebox iets levends, solide en bezield, zoals een boom in een tuin leefde. Een jukebox was echter beter dan een boom, omdat je ernaartoe kon lopen, er een munt in kon stoppen en dan, presto, hoorde je muziek die je hart kon breken.

En dan wat die ziel betrof: als Sinatra zong was het natuurlijk zijn ziel, maar ook de jouwe, want jij had dat nummer gekozen, er met jouw geld, dat je met hard werken had verdiend, voor betaald. Daarom was het niet Sinatra die daar zong, maar was jij het. Dat was het nummer dat jij zou zingen als jij zo'n stem had gehad, en dat wist iedereen. Jij bent het, het is jouw moment, het is van jou, dat muntstuk in de kast. Maar dan, al te gauw, is het nummer afgelopen, dus gooi je nog een muntstuk in de kast, en hoor je 'Moonglow', en dan zit daar dat meisje op een bankje in de hoek een sandwich te eten. Je kijkt haar aan, en zij kijkt jou aan, maar het leidt tot niets, en je zit nog steeds alleen aan je tafel, en een tijdlang, in die trage stemming, ben jij eigendom van de muziek.

'Is dat min of meer, denk je, waar Zammit het over had toen hij zei dat een jukebox een ziel heeft?'

Melita knikte vaag. 'Ik geloof het wel, zo'n beetje, misschien afgezien van dat meisje op die bank met die sandwich.'

'Die sandwich hoort er niet bij?'

'Dat meisje hoort er volgens mij niet bij.'

'Misschien niet, misschien niet,' zei hij. En toen, alsof hij het opeens besefte: 'Er zat pastrami op die sandwich.'

De nachtmist was dichter geworden en zelfs Venus leek nu te vervagen.

'Hij wil weg,' zei Melita.

'Wie?'

'Zammit. Hij wil ophouden met die jukeboxen.'

'Is hij moe?'

'De laatste paar maanden, met al die bombardementen, zijn zwaar geweest. Er komen geen bestellingen meer binnen. De mensen maken zich zorgen waar ze eten vandaan moeten halen – en wie denkt er dan nog aan een jukebox? Ik heb hem gezegd dat hij toch door moest werken, omdat die bombardementen op zekere dag zullen ophouden, en dan zal iedereen weer een jukebox willen hebben. Alle cafés, alle restaurants. Had ik daar gelijk aan?'

'Kwestie van vraag en aanbod,' zei Rocco.

'Ik haat vraag en aanbod, het leven wordt er laag en ellendig van. Alsof we niet meer zijn dan dat. Maar we zijn wel meer dan dat. Zijn we niet meer dan alleen maar dat?' ze gaapte. Het was laat en ze was moe van het dansen. 'Houd je van me?' vroeg ze.

Hij hield van haar.

'Vind je mijn haar mooi?'

Hij vond haar haar mooi.

'Vind je mijn ogen mooi?'

Hij vond haar ogen mooi. Zij, alles aan haar, een geschenk, en hij wist het: hij verdiende haar niet. De prijs was dat hij hier op Malta moest zitten, dag en nacht, eenennegentig vierkante mijl overbevolkte rots waarop de Stuka's alle bommen gooiden die ze konden dragen.

Ze gaapte weer, en hij gaapte, en toen begon ze weer te praten, loom, over Zammit, over Venus, over de jukeboxen, over tijd, over herinneringen, over de feesten die ze voor de oorlog hadden gehouden, en terwijl ze zat te praten legde ze haar hoofd op zijn schouder en mompelde zichzelf in slaap.

Fingerly was nu al een hele week weg; hij was nergens op een van zijn bekende plekken te vinden en Rocco dacht dat hij voorgoed van Malta was vertrokken. Maar toen was hij opeens terug, als een duvel uit een doosje, op de kop af een week nadat Rocco hem voor het laatst had gezien.

Hij vond Rocco bij Hock's, het café aan Old Mint, een van de favoriete plekken van de piloten: een langgerekte, smalle tent tussen een uitdragerij en een drukkerijtje, met gapende gaten in de muren en het plafond en met achter de bar een spiegel die op veel plaatsen was gebarsten.

'Waar heb jij gezeten?' vroeg Rocco.

'Ik moest naar de tandarts.'

'Heb je een hele week in die stoel gezeten?'

'Hij heeft zo'n ouderwetse boor, met een pedaal.'

'Ik dacht dat je het hier wel gezien had, op Malta.'

'Ik heb het nooit gezien op Malta, het gaat maar door en door. Er zijn lagen, niveaus, kelders onder de kelders. We zijn weer in zaken, Raven,' zei hij opgewekt en hij overhandigde Rocco een enveloppe van de Banca di Roma met Britse ponden en shillings, 'je krijgt je levensonderhoud weer betaald, net zoals vroeger, maar dan met een extraatje – beschouw het maar als een contante beloning omdat je je tanden hebt gepoetst terwijl ik weg was. Heb je nog steeds die radio die over de hele wereld kan luisteren en zenden?'

De radio werkte niet over de hele wereld, maar toch was het een mooi stuk uitrusting en wel enige overdrijving waard. Hij stond nog op de boerderij.

Fingerly gaf hem drie berichten, vercijferd, op een groot vel papier, die de volgende morgen tussen negen en tien verstuurd moesten worden.

'Voor wie is dit? Voor Joe Stalin?'

'Dit? Dit is voor de heer Ostrich, en dit is voor de heer X.'

'Wie is meneer X?'

'Een van de goeien.'

'Een van ons?'

'Van de oss.'

'En Ostrich?'

'Dat wil je niet weten.'

'En deze?'

'Die? Die is voor Pappie. Dat is degene die je een pak voor je broek geeft als er iets fout loopt.'

'Alles goed met je gebit?'

'Een paar gaatjes, niet veel bijzonders. Hoe dan ook, je hebt geluk gehad dat je niet met die onderzeeër bent vertrokken. Hij is voor de kust van Tunesië tot zinken gebracht, iedereen omgekomen.'

Toen Rocco dit hoorde viel er iets in hem weg, alsof zijn geest, zijn ziel, op een plank had gezeten, en toen Fingerly zei dat de onderzeeër was gezonken viel een belangrijk deel van hem van de plank en bleef vallen.

'Iedereen?'

'Iedereen.'

'Klootzak.'

'Geef je mij nou de schuld?'

'Natuurlijk geef ik jou de schuld. Jij wilde mij op die onderzeeër zetten,' zei Rocco kwaad. 'Mij, op een onderzeeër die gezonken is!'

'Je zat er niet op.'

'Maar je wilde me erop zetten.'

'Krijg ik nou de schuld dat er een Duitse bom pal op de toren van een onderzeeër valt en je zit niet eens aan boord?'

'Als ik jou niet de schuld kan geven, wie dan wel? Jij bent de schuld van alles – die hele godverdomde kloteoorlog.'

Fingerly boog met een heel flauw glimlachje zijn hoofd. 'Raven, dat is het meest vleiende dat ik je ooit heb horen zeggen.'

Toen Rocco naar Fingerly keek, was wat hij zag, waar Fingerly had gestaan, de omtrek van Fingerly, als met een potlood in de lucht getekend, en binnen die omtrek niets dan grijzige rook die donsachtig ronddwarrelde. Het was niet de eerste keer dat hij hem zo zag, maar nu leek de rook dikker dan anders.

'Wat is er aan de hand?' vroeg Fingerly.

'Ik weet het niet.'

'Waarom kijk je me zo aan?'

'Hoe?'

'Heb ik soms roos?'

'Nee, het is niets,' zei Rocco. 'Niets, helemaal niets.'

Fingerly had een fles Chartreuse mee teruggenomen; hij had hem voor Rocco bedoeld als een soort verontschuldiging voor het feit dat hij hem aan boord van een onderzeeër had willen stoppen die gezonken was, maar omdat Rocco er zo rancuneus over deed gaf Fingerly de Chartreuse aan Warby Warburton, in ruil voor een fles aftershave die Warby in Marrakesh op de kop had getikt. Warby gaf de Chartreuse aan Christina, die hem een paar dagen later aan Melita gaf in ruil voor een plaat van Benny Goodman, 'Jersey Bounce', en toen Rocco en Melita de Chartreuse meenamen naar Zammit en er tot diep in de nacht van zaten te drinken hadden ze geen idee dat Fingerley de fles helemaal uit Casablanca had meegenomen en dat hij in eerste instantie voor hen bedoeld was geweest.

20

Nigg

Eigenlijk heette hij Oswald, naar de vader van zijn vader, maar zijn moeder noemde hem Ozzie, wat hij helemaal niet leuk vond, en zijn klasgenoten op de lagere school noemden hem om onduidelijke redenen Waldo, tot hij een van hen uit een raam op de eerste verdieping duwde en het gezicht van de jongen werd vernield toen hij op de stoep landde. Op high school gebruikten zijn vrienden alleen maar zijn achternaam, Nigg, en deze beklijfde op een of andere manier. Zelfs zijn vader ging hem zo noemen. Nigg, gewoon Nigg.

Zijn vader, de proctoloog, was een grote man, langer en zwaarder dan Nigg ooit zou zijn, met grote handen, kiezen met kronen, golvend, uit zijn voorhoofd weggekamd haar en intens en koud grijze ogen. Er groeiden zwarte haren uit zijn neus, en Nigg herinnerde zich hoe die grote man, zijn vader, voor de spiegel in de badkamer stond en met een speciaal schaartje die haren wegknipte, en altijd kwamen ze weer terug. Het was voor Nigg nooit eenvoudig geweest contact met hem te hebben. Wat hij van hem moest denken, hoe hij hem moest benaderen, hoe hij zijn handen moest aanraken die de hele dag de achterwerken van leden van raden van bestuur en aftakelende filmsterren hadden betast, hoe hij naar zijn ogen moest kijken die in de mistige reten van aandelenmakelaars, mafiabazen, rabbi's, gepensioneerde jockeys en oude nonnen hadden geloerd.

Hij droeg overhemden met een lichtblauwe streep, rode dassen en een gouden horloge dat de tijd in steden in zeven verschillende landen over de hele wereld aangaf. Hij liet een snor staan, schoor hem weer af, liet hem weer staan en schoor hem weer af. Zijn vrouw, Joelle, die haar sherry graag droog en haar martini met ijs dronk, beschouwde het komen en gaan van de snor als een symptoom van zijn duurzame identiteitscrisis. Hij had zo lang in die vreemde wereld verkeerd, zei ze op feestjes altijd gelukzalig als haar tong door de drank wat losser werd, dat hij niet meer helemaal precies begreep wie hij was. 'Ik trouwens evenmin,' voegde ze er dan aan toe, vol aplomb tegen de eerste de beste beschikbare man aan hangend die fors genoeg was om haar uitdijende lichaam van middelbare leeftijd op te vangen.

Ze woonden in Armonk, boven White Plains. In de weekends, als hij in de tuin achter het huis biefstukken roosterde, liet Niggs vader zich vollopen met wijn, Mouton Rothschild, en zong dan in een luchtige alcoholische beneveling de lof van de schoonheden en groteske zaken die hij met zijn proctoscoop had onderzocht: de wonderen van het achtereinde, de geheimen van gene zijde, de onthullingen van de achteruitgang. 'Zelfs daar, in dat wonderland,' zei hij dan knikkend en knipogend, 'zijn sommigen van ons gelijker dan anderen.' Uit de biefstukken druppelde vet op de houtskool, en gehuld in rook veranderde hij in de dichter van de endeldarm, in een levende schatkamer van fundamentele zaken, eindeloos doorpratend over de romp, de billen, het achterste, het achterland, de rommelzolder, de ondergrondse, de centrumlijn, de zuidkaap, de nooduitgang.

Na de biefstukken, als de gasten waren vertrokken, deed hij een dutje om de wijn weg te slapen – en dan, klaarwakker, sprong hij, hoe diep in de nacht ook, op zijn Harley en maakte een brullend ritje door de straten van Armonk, iedereen wekkend die dom genoeg was om te slapen. De Harley was zijn weekendobsessie, niemand mocht er aankomen. Hij deed alle reparaties zelf. Eenmaal had hij de hele motor uit elkaar gehaald, alle onderdelen op de vloer van de garage uitgelegd, en hem weer perfect in elkaar gezet. Hij hield van het geklop van de motor, de kracht tussen zijn benen, het rommelende gebrul.

Nigg vond zijn vader met snor leuker dan zonder, en hij vond hem op de Harley leuker dan ronkend op de bank. Hij vond hem leuk met zijn rode das en het schort aan, het glas wijn in zijn ene hand en de lange, tweepuntige vork in de andere, de baas spelend over de biefstukken op de grill, en dan de grote explosie van vuur als het vet vlam vatte.

Wat hij echter niet kon aanvaarden was dat zijn vader zo gekmakend lang was. Ooit had hij hem willen inhalen, had hij even groot en machtig willen zijn als hij en dag in dag uit angstvallig zijn eigen groei bijgehouden. Er was echter een moment gekomen dat hij had begrepen dat dit nooit zou gebeuren, dat hij nooit die lengte, die robuustheid zou bereiken, en op dat moment, of omstreeks dat moment, was hij zijn vader gaan haten en was hij gaan wensen dat zijn vader dood was.

Op Harvard deed Nigg het goed, hij was slim, maar hij gokte, zette geld in op heel riskante weddenschappen met de verkeerde mensen, en toen hij te diep in de schulden raakte en niet kon betalen braken ze een van zijn benen. Zijn vader vertelde hij dat hij van een trap was gevallen.

'Je hebt in elk geval niet je kont gebroken,' zei zijn vader, die er niet zwaar aan tilde. 'Hoe moet je nou een beroemde kontendokter als je vader worden als je eigen kont niet goed werkt?'

In een van zijn dromen vloog zijn vader hoog in de lucht, in een groene operatiejas die niet echt een jas was maar een soort cape, die opbolde in de wind. Nigg probeerde naar hem omhoog te vliegen maar kon het niet – hij stond roepend op de grond, en zijn vader, die steeds hoger ging, scheen hem niet te horen. Het was een steeds terugkerende nachtmerrie, met varianten. Eenmaal steeg hij inderdaad op en vloog naar zijn vader, en zijn vader moedigde hem zwaaiend met zijn arm aan, wilde dat hij voortmaakte, maar Nigg was niet snel genoeg – hij was dicht bij hem, en toen nog dichter, maar haalde hem niet in en bleef uiteindelijk ver achter. Zijn vader had een proctoscoop in zijn hand en gebruikte deze als telescoop: hij keek achterom naar Nigg en lachte, een wild, wellustig gelach, zoals die keren dat hij boven de sissende biefstukken in de rook van het houtskoolvuur uittorende en de Mouton Rothschild opzoop, die dromerige weekendmiddagen.

'Er daagt een nieuwe tijd,' zei hij tegen Nigg toen Nigg in zijn derde jaar op Harvard zat en zich afvroeg of hij medicijnen moest gaan studeren. 'Er zijn verbazingwekkende dingen in aantocht. In plaats van de proctoscoop komen er gestroomlijnde instrumenten die met het grootste gemak naar binnen en naar buiten glijden. De achterdeur in, de volle maan in, de duistere diepten in en de uitlaatblues in. Je krijgt een prachtig leven,' zei hij, jaloers op de wonderen die nog moesten komen. 'Rondneuzen tussen de billen wordt een schitterend, nog nooit vertoond avontuur.'

Maar voor het jaar ten einde was, was de oorlog begonnen en Nigg, die schoon genoeg had van Harvard en weer schulden had bij de verkeerde mensen, ging in dienst, en toen ze erachter kwamen hoe slim hij was, deelden ze hem bij I-3 in.

'Is het geen lul?' zei Fingerly tegen Rocco, geïrriteerd omdat hij Nigg nu al drie dagen zocht en hem niet had kunnen vinden. Ze hadden in de Union Club afgesproken, maar Nigg was niet komen opdagen.

Rocco stak een sigaret op en liet de lucifer doorbranden om Fingerly vuur te geven. 'Heb je het op zijn kamer geprobeerd?'

'Hij is nooit op zijn kamer, dat weet je. Hij slaapt bij al die hoeren in Sliema. Maar het kan ook zijn dat er sprake is van een godsdienstige bekering. Beatrice heeft hem vorige week in de kerk gezien, in een bank achterin. Wat zou Nigg in godesnaam in een kerk te zoeken hebben?'

'Beatrice? De vrouw van Hannibal? Waar heb je Beatrice gezien?'

'Ze is er nog steeds, in Valletta. De oude heer wilde niet weg, dus zit ze nog steeds hier, om voor hem te zorgen.'

'Nardu Camilleri, ja. Ik ben hem bij een kapper tegen het lijf gelopen.'

Fingerly gaf hem een enveloppe voor Nigg, die een paar van de codeberichten bevatte die Rocco van de kortegolf had opgepikt. 'Je moet hem vinden, ik wil dat hij hiernaar kijkt. Ik moet een paar dagen naar Rabat.'

'Wat is er in Rabat? Nog een pygmeeolifant?'

Fingerly ging er niet op in. 'Hij heeft zwaar verloren in de Groene Kamer, het begint uit de hand te lopen. Als je hem vindt, geef hem dan een klap voor zijn kanis. Van mij.'

De bussen reden nu onregelmatig en waren heel vol, en als Rocco niet over de lijkwagen beschikte nam hij, ondanks de hitte, liever de fiets. Het was juni, warmer dan enige juni die hij thuis had meegemaakt, een heldere, laaiende zon, die de laatste lentebloemen wegbrandde en het eiland in een bottige hoop rotsen veranderde. Veel eenheden van Kesselrings Luftwaffe waren naar Rusland, Griekenland en Afrika vertrokken, dus de bombardementen waren minder intens, maar de schaarste was nog ernstiger dan in april en mei. De enige voorraden die binnenkwamen waren de kleine hoeveelheden die aan boord van een vliegtuig of een onderzeeër naar binnen konden glippen, of via de *Welshman*, die door de blokkade heen wist te breken.

Rocco peddelde de stad uit naar St. Julian's, naar Dominic's, en praatte met de barkeeper en de kale bediende die in de Groene Kamer de weddenschappen in ontvangst nam – maar Nigg was die dag niet langs geweest, en de dag daarvoor evenmin. Ze konden zich niet precies herinneren wanneer ze hem voor het laatst hadden gezien.

Hij ging ook bij een paar clubs in Sliema langs, en daarna terug naar Valletta, waar de meeste cafés waren gebombardeerd, hoewel er in de Onderbuik nog wel een paar gelegenheden waren waar je bier kon krijgen. Moody's en Mary's en Mudd's. Bier en een meisje, als je daarvoor voelde. Maar geen teken van Nigg, en deze cafés waren sowieso niet zijn stijl.

Na een paar uur op deze manier te hebben gezocht volgde hij uiteindelijk zijn gezonde verstand en ging naar Niggs kamer aan Old Mint. Het was om de hoek bij het Manoel Theatre, dat nu als bioscoop werd gebruikt.

Op de begane grond van het huis waar Nigg woonde zat een kleine winkel in postzegels en munten, en de naam stond in gotische letters boven de deur: *Zeven Continenten*. De vitrines waren leeg. De eigenaar, een man met een rond gezicht wiens hoofd weg leek te zweven van zijn lichaam, zat achter een bureau waarop alleen een zwart attachékoffertje lag.

Rocco vroeg of hij Nigg had gezien, maar de man kende de naam niet.

'De luitenant, hij heeft een kamer boven.'

De man dacht even na, en toen herinnerde hij het zich – maar nee, hij kon zich niet herinneren dat hij hem de laatste tijd had gezien.

'Bent u ook Amerikaan?'

Rocco knikte.

'Bent u in postzegels geïnteresseerd? Hebt u ze verzameld, voor de oorlog?'

'Toen ik klein was had ik een paar Thomas Jeffersons.'

'Ik bewaar alles in een ondergronds gewelf. Deze hier houd ik bij me, ze zijn erg waardevol.' Hij maakte het attachékoffertje al open, legde de postzegels op tafel, en Rocco besefte dat hij beter niet naar binnen had kunnen gaan. De man zat wanhopig om een praatje verlegen. Hij legde een postzegel op een vel papier en gaf Rocco een vergrootglas. Het was een kleine postzegel, Maltees, vaalgeel, zonder perforatie, in schitterende staat, met een afbeelding van een jonge koningin Victoria en profil. 'Uit 1860. Voor de oorlog kon je van deze postzegel op Malta een vakantiehuisje aan Mellieħa Bay kopen. Geen paleis, maar wel een goed, solide huis.'

'En nu?'

'Misschien een tweedehands piano, of een naaimachine. Maar dat wordt wel weer anders, na de oorlog. Een postzegel van deze kwaliteit komt er wel weer bovenop.'

'Wordt u daar niet nerveus van, met zo'n ding rondlopen?'

'Ik zou pas nerveus worden als ik hem niet bij me had!'

Rocco vroeg zich af of hij een van Fingerly's mensen was, net zoals die beheerder in Mosta, die in de mooie oorlogskoopjes handelde. Hij keek om zich heen naar de lege vitrines en vroeg zich af waarom de man de moeite nam de winkel open te houden.

'Wat valt er anders te doen?' vroeg de man. 'Nu en dan komen er een paar oude vrienden langs. Bent u piloot? Vliegt u?'

'Nee,' zei Rocco, 'Ik ben geen piloot.'

'Ik weet niet waar ze de moed vandaan halen,' zei de man. Toen klaarde zijn gezicht op: 'Ik heb een paar Amerikaanse postzegels, een paar waardevolle misdrukken – zou u er een paar willen zien?'

Rocco sloeg het aanbod af en liep met een knikje de winkel uit.

Niggs kamer was twee verdiepingen hoger, twee smalle houten trappen op. De deur was dicht maar niet op slot, en terwijl Rocco de kruk omdraaide kreeg hij een misselijkmakend gevoel dat er iets verkeerd zat.

Het was donker in de kamer – het raam werd door een dik verduisteringsgordijn afgeschermd – en in het gedempte licht dat van de gang kwam zag hij Nigg in zijn uniform op zijn rug op het bed liggen. Zijn hoofd lag in een vreemde hoek op het kussen. Hij had zich met een klein kaliber pistool in zijn slaap geschoten en het pistool zat nog in zijn hand.

Rocco liet een laag gekreun horen, zich nu eindelijk bewust van de angst, vlak onder zijn bewustzijn, dat dit was wat hij had gevreesd te vinden.

Op een tafeltje, in de draagbare typemachine, zat een briefje voor Fingerly:

Zeg mijn vader maar dat ik door een bom ben geraakt. Een grote. Ik zie je – met enig geluk – in het droomcasino in de hemel.

Het gezicht en de wijdopen ogen van Nigg waren net een masker, verstoken van betekenis. Hij was niets. Waar zijn geest had gezeten was nu lege ruimte. Terwijl hij naar hem keek voelde Rocco dezelfde duizeling als toen hij de mummie had gezien die Fingerly uit Egypte had meegenomen, en hij had ook dezelfde gewaarwording van zwaarte en gewicht: alsof Nigg in de matras werd weggedrukt en de zwaartekracht, als hij hier werd achtergelaten, hem door de vloer zou duwen, de aarde onder het huis in. Hij wilde hem beetpakken en vasthouden en voorkomen dat hij wegzonk. Maar wat hij daarnaast ook voelde was weerzin, een afschuw bij de gedachte dat hij hem zou moeten aanraken.

Het bloed op het kussen was droog, maar toch zag het er niet naar uit dat Nigg al lang dood was.

21

De jukebox-waanzin van Zarb Adami

HALF JUNI VOEREN ER TWEE GROTE KONVOOIEN UIT NAAR MAL-ta, het ene vanuit Alexandrië, het andere vanuit Gibraltar. Het konvooi uit Alexandrië werd zo hard door bommen en torpedo's geraakt dat het moest terugkeren. Het konvooi uit Gibraltar kreeg een genadeloos pak slaag, maar drukte door. Van de zes koop-vaardijschepen uit Gibraltar kwamen er maar twee door, de *Ora-ri* en de *Troilus*. De andere vier werden tot zinken gebracht.

In Takali kreeg Tony Zebra als ontbijt Ovaltine en scheepsbe-schuit, en voor de lunch (kleine hoeveelheden) vlees in blik. Op de zwarte markt vond hij vijf pond suiker en een paar sinaasappelen, die hij aan het keukenmeisje, Violetta, gaf, die er jam van maakte. Hij zat bij haar in de keuken, samen met Harry Kelly en Daddy Longlegs, en at het allemaal op op het oudbakken brood waar-voor Willie the Kid diep in de beurs had moeten tasten alvorens het bij een spelletje poker aan Harry Kelly te verliezen. Ze zouden Willie the Kid zeker voor het jamfeest hebben uitgenodigd, maar Willie zat paraat in de mobilisatieruimte, wachtend op het bevel op te stijgen.

Tony Zebra had er spijt van dat hij voor de suiker voor de jam zoveel geld had uitgegeven. Hij had meer behoefte aan sigaretten dan aan jam. Hij rookte dwangmatig, kon niet leven zonder een sigaret in zijn hand of tussen zijn lippen. Hij rookte terwijl hij at en rookte terwijl hij een glas bier in zijn handen wiegde of kaart-speelde. Hij rookte op de wc. Hij rookte als hij in de cockpit zat te wachten, klaar om op te stijgen, en hij rookte in de lucht, terwijl hij klom om de bommenwerpers op te zoeken. De enige momen-ten dat hij niet rookte waren de momenten dat hij sliep of in het heetst van de strijd, met zijn vingers op de knoppen, zich voorbereidend om te schieten. Met de ene knop vuurde je de kanonnen af, met een andere de mitrailleurs, en met een derde de kanonnen en de mitrailleurs tegelijk. Als hij ooit India zou bereiken zou hij misschien voor altijd met roken stoppen omdat hij het dan te druk zou hebben met de vrouwen, die vrouwen met donkere ogen in hun zijden sari's, de vrouwen die de *Kama Sutra* hadden gelezen en alles over liefde en haar geheimen wisten wat er te weten viel – de mysteriën, de dromerige, verboden extases. Hij zocht in prullenbakken naar half opgerookte sigaretten en peuken, waaruit hij dan de resten tabak peuterde die hij in strookjes krantenpapier rolde, die korrelige shaggies van kranten opleverden, die hij met een heftige en boze en genietende vreugde rookte. *O India! O eeuwigheid! O middernachtelijke droom over de duistere machinerie van de liefde!* Nadat de keukenmeid de jam had gemaakt, van de suiker van de zwarte markt en de sinaasappelen van de zwarte markt, had hij drie dagen lang buikpijn van een gemene aanval van de Maltahond die, dacht hij, zijn dood zou worden.

In hun huis aan Windmill Street draaide Rocco aan de handgenerator die voor de elektriciteit van Melita's radio zorgde, en ze gingen weer op zoek naar Marlena Malta. Het was een soort masochisme om naar haar beschimpingen en spotternijen te luisteren, maar toch luisterde je: het was moeilijk om er niet naar te luisteren, omdat ze een naam was, een stem, een geluid, een levende persoon, en niet alleen maar een anonieme bom uit een overvliegend vliegtuig. Het was een manier om van de oorlog iets persoonlijks te maken, een spookachtige vorm van intimiteit.

O, arm volk van Malta. Zeventien koopvaardijschepen uit Alexandrië en Gibraltar, en maar twee hebben je bereikt! Hoe kom je de aanstaande weken en maanden door? Waarom offer je jezelf zo op voor je hardleerse Britse meesters? Weiger ze nog langer te helpen. Stuur je mannen niet meer weg naar de dokken en vliegvelden, waar ze door de bommen worden gedood. Weiger samen te werken en je zult zien hoe snel de Britten verdwenen zullen zijn. Ze denken dat jouw eiland hun eiland is – maar het is van jullie, mijn vrienden, het is jullie eigendom. Weiger ze nog langer te helpen. Weiger. Weiger. Weiger.

Zoals altijd werd haar uitzending gevolgd door een opera – ditmaal was het *La Bohème*, maar tegen het einde van de eerste akte, toen Mimi en Rodolfo *Amor! Amor! Amor!* zongen, verdween de uitzending in een vacuüm van sissende ruis, en wat Melita betrof was dat ook best, want dit was niet een van haar favoriete scènes: Mimi op een koude zolderkamer, stervend aan tuberculose. Te duister romantisch, vond ze. Sentimenteel, melodramatisch. Een tranentrekker. Ze zette de kat van haar schoot, pakte een bezem en begon de vloer te vegen, de ene kamer na de andere; ze hanteerde de bezem met serieuze aandacht, als een toverstokje, alsof ze zich een weg baande naar een sprookje waarin het geritsel van de bezem een soort aria was, die niet alleen het stof maar ook het lawaai van de kanonnen en het gedreun van de terugkerende bommenwerpers uitbande.

Slechts een paar dagen nadat Tony Zebra meer jam had gegeten dan goed voor hem was, besloot Zarb Adami, de eigenaar van The Javelin in Marsaxlokk, voor eens en voor altijd dat hij de jukebox die Melita en Rocco in april hadden afgeleverd niet wilde. In een aanval van woede ging hij hem met een moker te lijf en sloeg hem aan stukken.

Zijn zoon, Salvu, die bij het leger was gegaan nadat hij van huis was weggelopen, was getuige van de scène en voelde zich verantwoordelijk omdat kort voordat zijn vader de moker had opgepakt zijn woede niet tegen de jukebox gericht was geweest, maar tegen Salvu zelf, die die dag voor het eerst sinds zijn verdwijning was teruggekeerd. Zarb Adami ging tegen zijn zoon tekeer omdat deze was weggelopen en vervloekte hem omdat hij was teruggekomen. Hij wierp hem voor de voeten dat hij bij het leger was gegaan en zijn jonge leven verknoeide in een verlaten buitenpost in het noordwesten, op Marfa Ridge, waarnaar hij aan het einde van de dag zou moeten terugkeren om er de rest van de oorlog uit te zitten, op de uitkijk voor een invasie – schold hem uit en verloochende hem omdat hij stom, dwaas, roekeloos en egoïstisch was, geen respect voor zijn familie had, omdat hij geen godsdienst had, en omdat hij, nu hij soldaat was, zich waarschijnlijk zou laten doodschieten. Zijn woede groeide exponentieel, en zijn razernij richtte zich uiteindelijk op de jukebox.

Hij haatte hem. Hij had hem alleen maar gekocht omdat hij dacht dat er dan meer klanten zouden komen, maar dat was niet gebeurd. Dus waartoe deugde dat afgrijselijke ding dat zoveel ruimte in beslag nam dat hij twee tafeltjes had moeten verwijderen, zodat er nog minder ruimte was voor het handjevol weerzinwekkende, afstotelijke idioten dat naar zijn gelegenheid kwam en sowieso de jukebox niet gebruikte? Hij haatte die nummers, haatte de muziek, haatte de lampen die aan- en uitgingen en haatte de voorraad platen die zichtbaar was achter het glas, en de diepe, harde klank van het ding, die op hem uitsluitend als lawaai overkwam. Dit alles schreeuwde hij uit terwijl hij met de moker zwaaide, het hout versplinterend en het gebrandschilderde glas aan scherven meppend. De ingewanden van het apparaat kwamen naar buiten stromen, de luidspreker, de lampen, de motor die de draaitafel aandreef, de platen zelf. Hij zwaaide en zwaaide, versplinterde de houten delen, sloeg het glas in, ramde de platen aan gruzelementen. Toen ging hij naar boven, naar zijn bed, dronk een halve liter gin en viel in slaap.

De jongen, Salvu, zocht in de restanten van de jukebox om te kijken of er iets was dat de moeite waard was om te bewaren. Hij vond een paar kleine dingen, gebogen metaal dat teruggebogen kon worden, onderdelen van de motor, een paar spijkers en schroeven, een paar niet gebroken stukken gebrandschilderd glas die ergens in verwerkt konden worden. Hij deed dit alles in een doos en ging op de terugweg naar Marfa Ridge bij het huis van Zammit langs, waar hij Melita aantrof, die bezig was met een draaitafel die niet op de juiste snelheid draaide.

'Dit is alles wat ervan over is,' zei hij, terwijl hij haar de doos overhandigde.

Ze keek naar de restanten. 'Heeft hij dat gedaan?'

'Hij was kwaad dat ik bij het leger ben gegaan.'

'Wat is er met je vader aan de hand? Is hij waanzinnig?'

'Ja, inderdaad. Hij is altijd gek geweest. Hij wordt driftig en dan hebben we geen idee wat hij zal doen.'

'Je hebt er goed aan gedaan weg te lopen en bij het leger te gaan.'

'Ja?'

'Ja.'

'Soms denk ik dat ik er niet goed aan heb gedaan.'

'Dat moet je nooit denken.'

'Mijn vader heeft iemand nodig die voor hem zorgt. Mijn moeder is dood, wist je dat? Na de oorlog zal ik terug moeten.'

'Maak je maar geen zorgen om je vader,' zei ze. 'Alles zal terechtkomen. Ga terug naar Marfa Ridge en wees een goede soldaat.'

Hij bleef rondhangen, alsof er meer was, iets anders was waar-over hij wilde praten, maar na een tijdje nam hij afscheid en ver-trok.

Later, in het huis aan Windmill, toen ze Rocco erover vertelde, wierp hij haar een lange, schuinse blik toe, die veel van een lachje weg had. 'Die arme knul is verliefd op je.'

Melita maakte een wegwuivend gebaar, wees het idee als ab-surd van de hand.

'Maar dat is toch duidelijk?'

'Wat?'

'Je hebt met hem gedanst toen we de jukebox afleverden, en toen is hij verliefd op je geworden. Sindsdien heeft hij van je ge-droomd.'

'Denk je dat echt?'

'Je bent zijn sprookjespeetmoeder. Hij zal nooit meer dezelfde zijn.'

'Arme jongen.'

'Waarom denk je dat hij die kapotte onderdelen is komen bren-gen?'

'Maar ze zijn niet kapot, ze kunnen gebruikt worden. De motor kan gerepareerd worden. Hij dacht dat hij me een gunst bewees. Hij voelde zich schuldig over wat zijn vader had gedaan.'

'Hij wil dat je met je toverstokje zwaait.'

'Je zoekt er allemaal te veel achter,' zei ze, met haar hoofd schuddend, waardoor haar lange, diepzwarte haar prikkelend over haar schouders deinde.

'Vind je het leuk? Vind je het leuk om een tiener als bewonde-raar te hebben?'

Ze wendde dromerig haar blik af, en toen dreef haar blik weer langzaam terug naar de zijne. 'Je bent jaloers. Je zou graag zelf een tiener hebben die je cadeaus bracht.'

'Inderdaad,' zei hij luchtig. 'Ik pak alles wat zich voordoet.'

'Alles?' vroeg ze. 'Alles? Dan verdien je ook alles wat je krijgt.'

'Wat bedoel je daarmee?'

'Wat je maar wilt.' Haar ogen leken geen ogen maar bloemen, felblauw en brandend.

'Wat is er nu precies aan de hand?'

'Dat mag jij zeggen.'

'Is dit een laatste krachtmeting? Gaan we scheiden?'

'Dat zou kunnen, dat zou kunnen,' zei ze; het klonk zeker niet als grapje.

'Echt waar? Is het zo erg?'

'Ik denk erover na, ik denk er serieus over na.'

'Moet ik een advocaat gaan zoeken?'

'Misschien eerder een begrafenisondernemer.'

Het was als een grap begonnen, maar hij begreep nu dat haar scherts een scherp kantje had, schril klonk.

'Ik ga een wandelingetje maken,' zei hij.

'Ga maar zonder mij.'

'Dat zal ik doen,' zei hij en hij vertrok; hij wilde graag even weg. Toen hij in het neerdalende duister op straat stond draaide hij zich om en keek naar de dichte deur.

Wat wil ze? Vroeg hij zich af. Wat kon ze in jezusnaam willen?

22

Rondsnuffelen in de codes

WAT ZE WILDE, ECHT WILDE, WAS EEN BABY.

Wat zou dat prachtig zijn!

Maar ze zei niets, want waarom zou ze het moeilijker maken dan het toch al was? Als de oorlog zou zijn afgelopen zou er meer dan genoeg tijd zijn, maar ze kon niet wachten. Een baby met kleine handjes, een klein mondje, piepkleine voetjes en teentjes. Allemaal van haar, helemaal van haar. Van haar en van Rocco. Het duurde nu al twee jaar, die bombardementen, zou er dan nooit een einde aan komen?

Rocco bracht bloemen voor haar mee die hij in een veld bij Maqluba had geplukt, en ze was blij, ze vond het leuk. Hij denkt aan me, dacht ze. Hij wil dat ik gelukkig ben. Als ik gelukkig ben is hij gelukkig. Ze zaten vaak in de zon, niet pratend, alleen maar uitrustend, en die momenten waren voor haar de beste: de hemel leeg, geen bommenwerpers, alleen maar de zon en de vogels.

Voor de oorlog, op een van de dorpsfeesten, had ze een Duitse jongen ontmoet, uit Heidelberg. Hij heette Johann. Hij studeerde kunstgeschiedenis en onderzocht de schilderijen in de kathedraal. Ze brachten veel tijd door in het oratorium, kijkend naar *De ont-hoofding van Johannes de Doper*. Hij liet haar zien hoe Caravaggio licht en schaduw gebruikte om het drama te intensiveren en wees op de lijnen en hoeken in de compositie. Ze dronken samen thee en maakten lange wandelingen, en zij dacht dat er zich iets heel diep aan het ontwikkelen was. En toen, op Allerheiligen, was er een feest op het jezuïetencollege, en verbijsterde hij haar door met een travestiet op te komen draven. Het was een jonge jongen, in een jurk en op hoge hakken, zijn gezicht zwaar opgemaakt met rouge en mascara. Te oordelen naar de manier waarop ze zich tegenover elkaar gedroegen waren ze duidelijk minnaars. Ze was verpletterd. Wat wreed van hem, dacht ze, zoals hij met die jongen rondparadeerde, alsof hij haar wilde straffen, alsof hij haar bewust pijn wilde doen. Hij ging terug naar Duitsland, en later hoorde ze van een vriendin dat hij piloot was geworden, en wat haar betrof zat hij nu in een van de Stuka's die overkwamen en bommen lieten vallen.

Ze dacht aan Malta zoals het voor de oorlog was geweest, aan die mensen die op die grote schepen, met hun hoeden en mooie jurken, overal vandaan kwamen. En nu was het allemaal weg. Afgelopen. En het maakte haar boos. Zo boos. Die Kesselring, ik zou hem wel een schop kunnen geven. De *Duce*, en Hitler ook. Die vrouwen hadden gelijk, dacht ze, op de boerderijen, die met hooivorken stonden te wachten als de vliegtuigen waren geraakt en de Duitsers aan parachutes omlaag kwamen. Dat deden ze, ze wachtten ze met hooivorken op, en de Britten moesten er halsoverkop op af om ze te redden, want als de Duitse piloten werden vermoord zou hetzelfde kunnen gebeuren met de Britten die boven Sicilië werden neergehaald.

+ *18 juni 1942* +

GESPANNEN SITUATIE IN SEBASTOPOL
DUITSERS GAAN NA KOLOSSALE VERLIEZEN
TOT UITERSTE OM BESLISSING AF TE DWINGEN
Geweldig Artillerieduel Aan Smal Front
HET VERRE OOSTEN: AMERIKAANSE ONDERZEEËRS ACTIEF
JAPANS OORLOGSSCHIP TOT ZINKEN GEBRACHT, EEN ANDER WAARSCHIJNLIJK VERNIETIGD
STRIJD TEGEN NAZI-BARBARIJ IN HOLLAND EN DUITSLAND
DE SLAG IN LIBIË
Tobroek Nagel Aan Rommels Doodskist

DRINGEND GEZOCHT: Es- alt- en Bes-tenorsaxofoon
voor Dansorkest. Reacties met vermelding van vraagprijs.

GEZOCHT: Ervaren Kappersbediende. Melden 74 Summat Street,
Paola,
na vijf uur 's middags

Dinsdagmorgen vroeg vond Fingerly Rocco in de boekhandel boven aan Kingsway, waar ze geen boeken meer verkochten, alleen nog kranten, en kauwgum als ze dat hadden.

'Kom mee,' zei Fingerly.

'Waarheen?'

'Ik zal je laten zien waar het gebeurt.'

'Waar wat gebeurt?'

'De oorlog, Raven. Ik zal je laten zien waar die verdomde oorlog echt wordt gevoerd. Jij denkt dat het in de hemel gebeurt, met al die bommenwerpers, maar dat is het niet, allerminst. Waar het werkelijk gebeurt is in een godverlaten hol.'

Ze liepen dwars door Valletta, dwars door het puin, langs werkploegen die de straten vrijmaakten, het versplinterde hout en gebroken blokken kalksteen op door paarden getrokken wagens laadden.

'Weet je iets van Code Bruin?'

Rocco wist iets van Code Bruin, kon hem niet lezen maar wist er wel van. Het was een diplomatieke code.

'Je weet van Grijs, en van A-1, B-1, C-1 en M-138?'

Daar had Rocco ook wel van gehoord, meer codes, meer namen van codes.

'Heb je wel eens van ENIGMA gehoord?'

Hij wist van ENIGMA – de hoogontwikkelde Duitse vercijfering die door alle afdelingen van het Duitse leger werd gebruikt. Het was niet alleen een vercijfering, maar ook een machine die de vercijferingen produceerde. En toen hij ervan wist, toen het hem tijdens zijn opleiding was verteld, kon hij het verder vergeten omdat het geen vercijfering was die hij ooit zou kunnen lezen, want zelfs de hotemetoten bij G-2 konden haar niet kraken. Het was gewoon iets daar buiten, autonoom, zelfstandig, als het schijnsel van een verre planeet. Hij kwam het wel tegen in de lucht, luisterde ernaar, hoorde het, liet het over zich heen golven, die voortrazende telegrafische opeenvolging van punten en strepen, compact en ongenaakbaar, een taal op zich.

'Dus je weet van ENIGMA,' zei Fingerly hooghartig, 'maar weet je ook van ULTRA? Weet je daar iets van? Hè?'

Van ULTRA had hij nog nooit gehoord, kon hij nog nooit gehoord hebben, want de enige mensen die ervan wisten waren mensen die er speciaal voor waren aangewezen, en Rocco was zich al enige tijd bewust van het feit dat hij door niemand ook maar ergens voor was aangewezen. Ze kwamen langs een rij wachtenden bij een bakker en verderop langs een café waar piloten die geen dienst hadden de bloemetjes buiten zetten, langs gesloten winkels, gesloten restaurants, gesloten koffiehuizen, langs de ruïnes van de Opera en de Auberge de Castille.

'Codes en vercijferingen,' zei Fingerly, 'daar draait het allemaal om. Als je de codes kunt lezen heb je macht, ben je de baas in je eigen kleine stukje van het universum.'

Hij nam Rocco mee naar beneden, de tunnels van het Lascaris-bastion in, naar het ondergrondse commandocentrum onder de Upper Barracca Gardens. De tunnels liepen onder vijftien meter rotsbodem, in de tijd van de Ridders uitgegraven en uitgehouwen als voorbereiding op de dag dat de Turken misschien zouden terugkomen. Fingerly speldde een identiteitskaartje op Rocco's revers, en aan de vertrouwelijke manier waarop hij de bewakers bij de controleposten groette zag Rocco dat Fingerly hier vaak kwam.

Hier beneden was alles: de Controlekamer voor de jachtvliegtuigen, Artillerie Operaties, Marine Operaties en een flink aantal kleine, doosachtige kamertjes, de muren zweterig en klam, stinkende lucht die naar binnen werd geblazen door ventilatoren die de hete, roetige en met kalksteenstof geladen vochtige lucht van de haven aanzogen.

Er was een lang, smal vertrek, waar rijen telegrafisten, mannen en vrouwen, gespannen luisterend met koptelefoons bij ontvangers zaten. Ze draaiden ploegen van zes uur en luisterden naar Sicilië, Rome, Griekenland en Tunis, naar Rommel in Noord-Afrika en de Italianen op Pantelleria en Lampedusa. Ze luisterden naar Berlijn.

De meesten hadden last van oorsuizingen. 'Als je de hele dag niets anders doet dan luisteren,' zei Fingerly, 'niets anders dan dat – luisteren, luisteren, luisteren – wachtend tot je een signaal opvangt, dan beginnen na een tijdje je oren te zoemen. Hebben ze je dat in Benning niet verteld?'

'Mijn oren beginnen te zoemen als ik een aspirientje neem,' zei Rocco.

Fingerly klakte met zijn tong. 'Probeer het eens met gin.'

Ze liepen door naar een kleine werkkamer waar een blondine met een bleke huid in een blauwe rok en een witte bloes voor een kaart van Malta stond en op verschillende plaatsen kleine rode vlaggetjes prikte. Ze was gezet en had een nietszeggend gezicht, en uit haar plompe rok staken zware, pijpvormige benen. Met nog steeds een paar vlaggetjes in haar ene hand pakte ze met de andere een bruine enveloppe uit een mand en gaf hem aan Fingerly.

'Van vandaag,' zei ze afwezig, zonder enig enthousiasme.

Hij glimlachte, de charme droop van zijn gezicht. 'Fijn, fijn,' terwijl hij de enveloppe aanpakte alsof deze de belofte van een seksuele gunst inhield. 'Iets belangrijks?'

'De *Duce* heeft diarree,' zei ze terwijl haar stem zich loswor-stelde uit wat een staat van diepe verveling leek te zijn. 'Rommels lever speelt op en Albert Kesselring moet een wortelkanaalbehan-deling aan een van zijn kiezen hebben. Waarschijnlijk blijft Malta nog wel een week bestaan.'

Ze heette Pam Palmer en ze kwam uit Liverpool. Fingerly stel-de Rocco voor en ze zond hem een blanco, oppervlakkig glim-lachje toe, draaide zich toen om en kreeg een kleine hoestbui.

Fingerly wierp een blik op het rooster van de ventilator. 'Kun-nen ze niets aan de lucht hier doen?'

'We vinden het prettig zo,' zei ze knorrig. 'Ze maken het expres vuil voor ons, omdat ze weten dat we deze lucht zo lekker vinden.'

Iedereen hier beneden liep te hoesten. De bewakers bij de con-troleposten, de mensen met de koptelefoons aan de ontvangers, de luitenants die zich met informatie van de radar van de ene kamer naar de andere haastten. Allemaal hoestten ze. De sergeants hoest-ten, de generaals hoestten. De jongens die de koffie brachten hoestten. De admiraals die het bevel hadden over de haven aan weerskanten van Valletta hoestten, en voordat ze weer in de bui-tenlucht stonden hoestten zelfs Fingerly en Rocco.

'Geeft ze je bruine enveloppen te eten?' vroeg Rocco, nieuws-gierig naar de inhoud.

'Is het geen schatje?'

'Heb je haar geneukt?'

'Soms, Raven, is het vooruitzicht van een gunst beter dan de daad zelf. Wat er in die enveloppe zit is de laatste informatie van ULTRA. Maar je weet niks van ULTRA, toch?'

Ze liepen naar de overkant, naar Hock's, voor een glas bier als ze bier hadden. 'Om een lang verhaal kort te maken,' zei Fingerly, 'de Britten hebben ENIGMA gekraakt. Ze hebben het een tijdje ge-leden gekraakt met wat hulp van de Polen, in Bletchley Park, waar hun afdeling cryptologie zit. ULTRA is hun netwerk om ENIGMA-be-richten te onderscheppen. Ze ontcijferen ze in Bletchley en sturen de vertaalde tekst dan terug het veld in, naar de mensen die het moeten weten. Ze delen wat van de informatie met Uncle Sam. Op Malta ben ik dat. Voordat ik het werd was majoor Webb het. Dit is natuurlijk allemaal heel erg vertrouwelijk, dat begrijp je.'

Het was zo geheim dat de Britten absurde toeren uithaalden om te voorkomen dat de Duitsers zouden merken dat hun code was gekraakt. Als ze van ULTRA de plek van een Duits konvooi te horen kregen stuurden ze, voordat ze het bombardeerden, een verkenner, waardoor de Duitsers om de tuin werden geleid en dachten dat dat toestelletje het konvooi had gevonden.

'Je hoort me dit dus helemaal niet te vertellen,' zei Rocco.

'Ik hoor het je niet te vertellen.'

'Waarom vertel je het me dan?'

'Ik dacht zo dat je het verdient het te weten, aangezien je hier bij vergissing heen bent gestuurd en het zo verdomd sportief hebt opgevat. Als je dit verhaal doorvertelt, zou je terechtgesteld kunnen worden.'

'Moet ik het dan echt weten?'

'Eerlijk gezegd,' zei Fingerly, 'als je het verhaal verdervertelt denk ik dat ik degene ben die je dood zal moeten schieten.'

Rocco keek hem recht aan. 'Waarom vind ik je toch steeds minder aardig?'

'Niks mee aan de hand, Raven, over aardig vinden of niet aardig vinden staat niets in het contract. Blijf jij nou maar gewoon naar die frequenties luisteren.'

'Als jij ULTRA van haar krijgt, waarom heb je mij dan nodig om af te luisteren wat ze naar Londen stuurt?'

'We spioneren niet, we luisteren alleen maar, als vrienden. Het zou niet professioneel zijn als we niets controleerden, toch? Wij controleren hen en zij controleren ons, en God controleert de vogels, de bijen en het weer.'

'Doet God dat? Gaat hij over het weer?'

'Probeer niet de slimmerik uit te hangen. Het weer zorgt wel voor zichzelf. God gaat over de codes.'

Het weer was ondraaglijk – klamme, verzengend hete dagen, stof dat in de lucht hing en waarvan je tanden gingen knarsen. Bij Hock's was geen bier maar een overvloed aan gin, een slecht merk dat als oplosmiddel smaakte. Rocco dronk thee. Hij wilde ergens anders zijn, in het water, zwemmen, over de golven springen, hij wilde weg, ver weg, weg van Fingerly, weg van Valletta, weg van de schepen die op hun zij in de haven lagen, de bommen, de kanonnen, het spervuur, weg van de radio in Maqluba en de punt-punt-streep waarvan hij de slaaf was.

'Maar codes, Raven, codes, dat is het wezen van het leven. Kle-

dingcodes en wetboeken. Jachtcodes. De codes waaraan gangster-
bendes zich houden. Telefooncodes. De codes om iemand het hof
te maken en te paren. En, binnenkort, waar ze al over praten, de
genetische code, een hele nieuwe wetenschap die op dit moment
ontstaat. Het is overal om ons heen,' zei hij voor een moment enthousiast, 'de lucht die we inademen is een code.'

Rocco pikte de gedachtegang op, begreep waar Fingerly heen
wilde: zelfs God, als er een God was, zelfs God was een code, de
grote Codeerder in de hemel. En als je die code kraakte ontdekte
je misschien dat God er helemaal niet was, waar je dacht dat hij
was, maar ergens anders, als hij al ergens is, en misschien was de
code waarnaar je keek simpelweg iets wat zichzelf had bedacht.
Het was een camouflagespel, codes die andere codes verborgen,
een voortdurende vermomming. Ook Fingerly, bedacht Rocco,
ook Fingerly was een code, in een kaki broek en een gebloemd
sporthemd, met een lichaam en een ziel, als hij tenminste een ziel
had – botten, organen, weefsel, een gecodeerd bericht dat met de
juiste sleutel gelezen kon worden, een bericht dat na moeizame
analyse helemaal niet zoveel inhield, alleen maar *chica chica
boom chic.*

Tegen twaalven ging Rocco met Melita naar een plek in de buurt
van Għallis Point, ten noordwesten van Valletta. De stranden waren in het algemeen met rollen prikkeldraad versperd omdat er een
invasie werd verwacht, maar hier bestond het strand alleen maar
uit brede platte stenen, ruw en onregelmatig, ondoenlijk voor een
invasiemacht – dus geen prikkeldraad, je kon hier zwemmen. Melita trok haar kleren uit en liep het water in, en Rocco kwam al
snel achter haar aan. Ze zwommen recht van de kust af, met lange stevige slagen tegen het tij in. Ze zwom goed. Ze verdween onder water en een tijdje zag hij haar niet, en toen kwam ze lachend
weer boven. Toen dook hij en kwam achter haar omhoog, waarbij
hij haar benen pakte. Ze speelden, spetterden elkaar nat, zaten elkaar achterna en zwommen daarna een eind naast elkaar parallel
aan de kust. Toen ze genoeg hadden gezwommen gingen ze lui
zwemmend terug. Hij was eerder dan zij bij de rots terug en klom
erop. Het was een brede plaat kalksteen, gladgeslepen als een
handpalm, en een groep andere rotsen schermde hen af van de
weg.

Ze stond lange tijd tot haar knieën in het water aan de rand van
de zee omlaag te kijken, bukte zich toen, stak haar arm in het wa-

ter, raapte iets op en hield het omhoog zodat hij het kon zien. Het was een krab.

'Ons avondeten,' zei ze, terwijl ze op de rots klom en de krab bij haar schoenen in de zon legde. De krab leek het niet erg te vinden. Hij bleef liggen waar ze hem had gelegd en maakte een trage, lome beweging met een van zijn scharen, maar bleef voor de rest stil liggen.

'Is het niet heerlijk,' zei ze, terwijl ze languit op haar rug ging liggen en zich overleverde aan de zon, 'zo heerlijk, de zon en het water. En hier liggen we, op deze steen, met die krab. Laat hem niet weglopen!'

Rocco bekeek de krab, het harde schild en de vijf paren poten, en strekte zich toen op zijn rug naast Melita uit en keek naar een troep meeuwen die rondcirkelden en over het water scheerden.

'Samen in de zon,' zei ze, 'daar gaat het om.'

'Waar het om gaat zijn de vliegtuigen,' zei hij, 'en de bommen.'

'Zie je dan vliegtuigen?'

'Nog niet, maar dat kan ieder moment gebeuren.'

'Ik haat die vliegtuigen.'

'Ik dacht dat je ze mooi vond.'

'Het is allemaal zo krankzinnig, dag en nacht, en het duurt al zo lang. Ik ben vergeten hoe het voor de oorlog was. Soms denk ik dat het leven te cynisch is. Een grap.'

'Het is een grap, maar wie lacht erom?'

'Het is te wreed, er zou niets moeten bestaan.'

'Als er niets zou bestaan, zouden wij ook niet bestaan.'

'Ik weet het. Ik weet het.'

Ze overwoog deze mogelijkheid en leek er geen bezwaar tegen te hebben. De mogelijkheid dat ze geen van beiden ooit zouden hebben bestaan.

'Misschien moeten we hier wel weggaan,' zei ze. 'Wat vind jij? Op Gozo bombarderen ze niet zo erg als hier. Ik word er doof van, van die kanonnen en die bommen.'

Maroon was naar Gozo gegaan en op de terugweg doodgeschoten. Ze was op de hoogte van het gevaar, hoe de 109's laag aan kwamen vliegen en de boten beschoten die de overtocht probeerden te maken. Ze schoten zelfs de veerboot aan flarden. Maar je kon 's nachts oversteken, en als je er eenmaal was, was je verlost van de bombardementen. In het begin, in 1940, toen alleen nog de Italianen aanvielen, voordat de Duitsers waren gaan meedoen, waren er een paar duizend mensen naar Gozo overgestoken en ze zaten er nog steeds.

'Ik kan niet naar Gozo,' zei Rocco.

'Waarom niet?'

'Omdat ik hier zit.'

'Je bedoelt dat je met je punt-punt-streep zit, en met die kapitein Fingerly van je.'

'Ja.'

En ook al was hij gebleven toen Fingerly hem een plaats op de onderzeeër had aangeboden, ze wist dat hij niet zou blijven als hij bevel kreeg te vertrekken. Het kon ieder moment gebeuren. Als het bevel kwam zou hij naar zijn eenheid terugkeren.

'Volgens mij houd je niet van me,' zei ze.

Hij vond het niet prettig als ze over liefde praatte.

'Het komt door de oorlog,' zei hij.

'Ik haat de oorlog.'

'Iedereen haat de oorlog.'

'Als we naar Gozo zouden gaan zouden we in de stad kunnen wonen, in Victoria. Of als je als boer zou willen leven zouden we dat kunnen doen. Het is een mooi landschap, Gozo, het zou je er best bevallen.'

Ze vroeg hem de oorlog de oorlog te laten, zoals Ambrosio de oorlog de oorlog had gelaten.

Rocco probeerde zich een tweedehands autohandel in Victoria voor te stellen, of in Mġarr, maar om een of andere reden werkte het niet.

'Het is waar,' zei ze, 'je houdt niet echt van me.'

'Waarom zeg je dat?'

'Ik denk dat wat we doen, samenwonen, dat dat door de oorlog komt. Als er geen oorlog was geweest had je geen moment over me nagedacht.'

'Dat moet je niet zeggen.'

'Het is toch waar? Is het soms niet beter de waarheid onder ogen te zien?'

'Maar het is niet waar.'

'Wat weet jij daarvan?' vroeg ze.

De krab was naar de rand van de rots gekropen en stond op het punt eroverheen te gaan, terug het water in.

Rocco maakte aanstalten hem te pakken.

'Laat hem maar gaan,' zei Melita.

In een oogwenk was de krab verdwenen, terug naar waar hij thuishoorde.

Melita zat op de rots en zei niets. Toen liep ze weer het water in en begon te zwemmen, niet omkijkend, recht de zee in. Rocco keek haar na terwijl ze wegzwom, slag voor slag.

Vaag hoorde hij het geluid van een vliegtuig, hij merkte het nauwelijks op. En toen, nog voor hij het zag, wist hij wat het was, alleen maar aan het geluid, de chagrijnige, treurige klank van de motor. Het was een 109, in zijn eentje op jacht, kijkend of hij wat schade aan kon richten.

Rocco stond rechtop, riep naar Melita, maar ze hoorde hem niet. Ze zwom nog steeds van de kust af. Hij riep en riep.

En toen, hetzij omdat ze zich de aanwezigheid van het vliegtuig bewust was hetzij omdat ze gewoon moe begon te worden, draaide ze om en begon terug te zwemmen.

De 109 had haar echter al in de gaten, zag haar armen en benen die het water deden opspatten, en ging achter haar aan. Misschien dacht de piloot dat het een soldaat van een van de bunkers was die even was gaan zwemmen, of een visser die pech had – misschien vond hij het wel een leuke sport, kijken hoe goed hij kon schieten, en dus viel hij aan, gaf een kort salvo met zijn mitrailleurs, en toen hij de kust naderde en Rocco zag, schoot hij ook op hem, voor de lol, en Rocco hoorde overal om zich heen de kogels op de rots ketsen.

Zijn hart klopte wild, bonkte in zijn borst. En toch bleef hij daar staan, naar haar roepend, zwaaiend dat ze terug moest komen.

De 109 keerde terug voor een volgende aanval en Rocco dook in elkaar, maakte zich klein. Het spoor kogels liep over het water op de plaats waar Melita zat, en toen het toestel landinwaarts kwam, boven Rocco's hoofd, verloor hij haar uit het oog.

Het vliegtuig kwam niet terug. Het vloog op zoek naar grotere doelen het binnenland in, en Rocco stond op de platte rots, het water afzoekend, zoekend naar haar, en ze was er niet. Hij zag een donker wordende plek in het water waar ze zonet had gezeten, en er ging iets in hem dood.

Een compacte stilte bereikte hem vanuit het water, een stilte die zo intens was dat zij hoorbaar leek, iets wat hij kon horen, wat hem omgaf, wat hem omringde, tegen zijn ribben drukte, alsof hij was ondergedompeld in stilte, eronder begraven, en het pijnlijke geluid ervan eeuwig zou blijven hangen. Ze was weg, nergens te zien. Hij stond daar aan de grond genageld, ternauwernood ademend.

En toen, verbijsterend, steeg er een lang been uit het water op, recht omhoog, de tenen naar de hemel wijzend, een enkel been, nat, glanzend, als een boom die zich uit het water verhief, surreëel en vreemd. En met een plassend geluid kwam ze boven, opstaand uit het water en naar het land wadend, levend: haar zwarte natte haar plakte tegen haar hoofd en lag als een mantel om haar schouders, blinkend in de zon.

Hij dacht weer aan de codes, dat het water een code was, en de zon, en de krab die was ontsnapt, en haar been toen het boven het water uit was gekomen, en nu zij, zij, die kwam aanlopen, raven-zwart haar, een mond met sensuele lippen en kleine sierlijke tan-den, lippen die hij kuste, een tong die zijn mond in ging en zijn tong aanraakte, vlees dat verrukkelijk om haar botten zat, op hem afkomend uit het water, meer dan hij zich had voorgesteld, meer dan hij kon ontcijferen of kon hopen te begrijpen. Hij voelde geen woede jegens de piloot die had geschoten, hij voelde alleen maar opluchting dat het zo'n beroerde schutter was geweest. En met de opluchting kwam een soort schuldgevoel, omdat hij pas op het moment dat hij had gedacht dat ze dood was zo helder had inge-zien dat hij zonder haar niet kon leven.

23

*De honkbalwedstrijd ter ere van generaal
Georg von Bismarck*

Op de kop af een week nadat de Messerschmitt achter Melita aan was gegaan stond Rocco derde honk in een wedstrijd tegen de piloten uit Takali. De wedstrijd was georganiseerd door Tony Zebra, die meer dan een maand met het idee had gespeeld. Gewoonlijk speelden de piloten tussen twee aanvallen door cricket, als ze al iets speelden, maar Tony Zebra had met enige moeite kans gezien ze over te halen het eens met honkbal te proberen.

De RAF op Malta was een heel divers gezelschap – mannen uit Engeland, Canada, Australië, een paar Rhodesiërs en flink wat Amerikanen – en Tony Zebra dacht dat de wedstrijd extra spannend zou worden als de Amerikanen het tegen de burgers van het Gemenebest op zouden nemen. De wedstrijd zou extra kleur krijgen door het feit dat de Amerikanen duidelijk in het voordeel waren omdat zij met het spel waren opgegroeid, terwijl het Gemenebest zich onledig hield met verwijfde zaken als cricket en croquet. 'Als het op ballen en slagen aankomt,' zei Tony Zebra met een boosaardige grijns tegen Rocco, 'zijn ze helemaal nergens. We kunnen vals spelen zoveel we willen.'

Knuppels en ballen waren moeilijk te krijgen – Caruana's, in Valletta, had biljartballen, voetballen, croquetballen en kastieballen, maar geen honkballen, die hadden ze nooit gehad – dus vroeg Tony Zebra Rocco eens bij Fingerly te informeren, en een paar dagen later kwam Fingerly met drie canvas tassen met knuppels, ballen, handschoenen, krijt voor de lijnen, een masker en een stel scheenbeschermers voor de achtervanger, allemaal op de Duitsers buitgemaakt toen de Britten Benghazi waren binnengetrokken, dat ze maar een paar weken hadden kunnen vasthouden voordat de Duitsers het weer hadden bezet.

De knuppels, de ballen, de handschoenen, het masker en de scheenbeschermers waren eigendom geweest van een van de generaals van Rommel, Georg von Bismarck, die aan honkbal verslaafd was sinds Babe Ruth na een demonstratiewedstrijd in 1934 een bal voor hem had gesigneerd. Bismarck had het bevel over de 21ste pantserdivisie en hield zijn mannen in vorm door ze te laten honkballen, officieren tegen soldaten, en onveranderlijk wonnen daarbij de officieren omdat de soldaten nauwgezet in onzekerheid werden gehouden met betrekking tot de fundamentele regels van het spel, zoals slagzones en dat de bal in de buurt van de plaat de grond niet mocht raken, die goed bewaakte geheimen waren. En in het verre veld stond altijd wel iemand die dacht dat hij de bal eerst een keer mocht laten stuiteren. Niettemin begrepen de soldaten dat het hun rol was om van niets te weten, dus klaagde er niemand. Zelfs als het ze lukte de regels uit te vlooien die hun niet waren uitgelegd, deden ze alsof ze van niets wisten omdat duidelijk was dat ze maar beter konden verliezen, want als officieren niet wonnen zouden ze hun het leven behoorlijk zuur maken.

Bij de wedstrijd in Takali kreeg Fingerly, als gebaar van erkentelijkheid dat hij erin geslaagd was de spullen – de knuppels, de ballen, de handschoenen, het masker en de scheenbeschermers – op de kop te tikken, het voorrecht achter de thuisplaat scheidsrechter te zijn. 'Dit is nou een wedstrijd waar generaal von Bismarck dolgraag bij zou zijn geweest,' zei hij terwijl hij de slagvolgorde van beide ploegen bekeek. 'Hij zou het heerlijk hebben gevonden als hij de eerste bal had kunnen werpen.' Hij zei het op een toon alsof hij Bismarck persoonlijk kende en hem, als er meer voorbereidingstijd was geweest, graag had laten invliegen. Bismarck was echter in de woestijn bezig, als bevelvoerder van een tankdivisie voor Rommel in de Qattara-depressie, waar hij zware strijd leverde tegen de Britten. Afgezien van honkbal hield hij van Pruisische marsen, en hij stuurde zijn tanks nooit de slag in zonder de band van het 5e Regiment die er lustig op los speelde, ook al konden de muzikanten de koperklanken zelf niet eens horen omdat het gekraak en gekreun van de tanks en het gebrul van hun kanonnen alles overstemde, niet alleen de trompetten en de tuba's, maar alles, binnen een straal van enkele kilometers – hoop, angst, verlangen, herinneringen, dromen en het denken zelf.

Het veld werd ingericht tussen de landingsbaan en het oude Château Bertrand, een door bommen beschadigd landhuis dat als 'het Gekkenhuis' bekend stond en waar enkele van de sergeant-piloten waren ingekwartierd. Het was oneffen terrein, rotsachtig, pokdalig van de bomkraters die met zand en puin waren gevuld. Een bal die het Gekkenhuis raakte was goed voor twee honken. Een bal door een van de ramen (de ruiten zelf waren er allang door bommen uitgeblazen) voor drie. Een bal over het dak was een homerun. Het Gekkenhuis was gek omdat het een waanzinnige combinatie van architectonische stijlen was, een warboel van torentjes, stenen lijsten en flamboyante balustrades. Meer dan om deze reden was het echter gek omdat het simpelweg een waanzinnige plek was om te wonen, vlak naast het vliegveld dat bijna elke dag werd gebombardeerd.

De dag van de wedstrijd was het warm en klam, en de zon leek wel oververhitte marmelade, druipend en kleverig. Tony Zebra had een paar hoeren uit Strait Street uitgenodigd in de verwachting dat ze goede cheerleaders zouden zijn, en bovendien had hij het bericht aan Julietta en Aida laten doorgeven, die nu vanuit Rabat werkten. Melita was er met Christina, die nog steeds een intense verhouding had met de sterpiloot van Verkenningen, Warby Warburton, die gedurende één inning een schitterend optreden verzorgde en toen halsoverkop weg moest omdat hij net uit Egypte was gekomen, waar hij topberaad had gehad met de grote jongens van Inlichtingen. Hij moest meteen weer terug, voordat Egypte ontdekte dat hij ontbrak. Christina bleef, zij moest de stand bijhouden.

Voor de Amerikanen stond Rocco derde honk, en Tony Zebra stond als achtervanger achter de plaat. Fernando Farfan, uit Trinidad, wilde voor de Amerikanen uitkomen omdat Trinidad zo dicht bij Amerika lag, maar de spelers van het Gemenebest maakten hier bezwaar tegen: ze zeiden dat Trinidad van hen was, en dat als Fernando Farfan voor de Amerikanen speelde, dit op landverraad neer zou komen. Harry Kelly, die rechtervelder was, haatte honkbal en moest uit een spelletje poker worden weggesleurd. Hij stond ergens bij de buitenlijn, waar hij de hoeren bezighield met trucjes met speelkaarten.

Het was een vergissing geweest de hoeren uit te nodigen. Ze joelden tegen de Amerikanen en juichten voor het Gemenebest. Ze vonden Zulu Swales een lekker ding. Ze waren dol op Willy the Kid. Daddy Longlegs was een bron van inspiratie voor ze en Klote Beurling, de blauwogige Canadese sterpiloot met zijn zandkleurige haar, vonden ze aanbiddelijk. Hij heette Klote omdat klote een woord was dat hij voortdurend gebruikte: klotemoffen, klote-

109's, klotevlees uit blik voor ontbijt, middageten en avondeten, klotecactussen, klotehagedissen, kloteworp van Jimmy Peck, die bijna zijn hoofd raakte waardoor hij om zijn as draaiend tegen de grond sloeg.

Toen Rocco aan slag was bekogelden de hoeren hem met sinaasappelschillen, en toen Tony Zebra aan de beurt was gooiden ze met nat wasgoed. De enige Amerikaan die ze leuk vonden was Reade Tilley, vanwege zijn snor, waardoor hij eruitzag als Ronald Colman in een sombere romantische film.

Rocco sloeg hem buiten, en even later, toen hij een gemakkelijke dalende bal miste, was Melita de enige in het publiek die nog van hem hield. Ze maakte ruzie met de hoeren en probeerde een eind te maken aan het gegooi met sinaasappelschillen. De sinaasappels waren uit het buitenland ingevlogen, meegenomen door een kolonel die veel tijd aan Strait Street doorbracht.

'Wat is er met jullie aan de hand,' riep Melita naar de hoeren, die hun mooiste kleren hadden aangetrokken en strohoeden met brede randen droegen tegen de zon, 'zijn jullie allemaal gek?'

'Ja, we zijn gek,' antwoordde Julietta brutaal, 'en het is heerlijk. Ben je soms jaloers? Wil je het ook eens proberen?'

Ze gooiden sinaasappelschillen naar Melita, en deze gooide ze terug. Ook Christina kreeg de geest: ze hield op met het bijhouden van de stand en gooide sinaasappelschillen naar Julietta.

Toen Tony Zebra weer aan slag kwam maakten ze balkende ezelgeluiden. Ze zouden zebrageluiden hebben gemaakt als ze hadden geweten welke geluiden zebra's maakten, maar ze wisten het niet en maakten dus ezelgeluiden.

Om de eindstand te beïnvloeden had Tony Zebra Fingerly een kist Cubaanse sigaren gegeven, honderd procent Havana, met de hand gemaakt. Het was zuivere omkoperij, hoewel Tony Zebra er liever niet in deze termen over dacht, omdat hij het, sigaren of niet, als Fingerly's verantwoordelijkheid als Amerikaan beschouwde om eventuele onpartijdigheid het hoofd te bieden en de Amerikaanse ploeg te bevoordelen bij het bepalen van slag en wijd. Dit was in ieder geval Tony Zebra's verwachting.

De wedstrijd werd al in de eerste inning verloren toen het Gemenebest met zeven punten ver voorstond. Middlemiss mocht naar het eerste honk lopen, stal toen het tweede, bereikte na een wilde worp het derde en kwam binnen nadat Stoop hem net aan binnen had weten te krijgen. Lusty knalde er een tegen het Gekkenhuis, daarna sloeg Fowlow uit, Zulu Swales mocht naar het eerste honk lopen en Willie the Kid ramde er een over het middenveld. Johnny Sherlock haalde in één keer het tweede honk en Klote Beurling sloeg er een zo ver dat niemand de bal meer kon vinden. Niet alleen kregen de spelers van het Gemenebest het spel snel door, ze kregen ook speciale hulp van Fingerly, die allerlei beslissingen ten gunste van hen nam, en Tony Zebra begreep al snel dat de kist handgemaakte Havana's niet voldoende was geweest.

Tegen het einde van de derde inning was de score 13-1. In de vierde inning gooiden de hoeren bloemen naar Klote Beurling, die die inning twee slagbeurten kreeg en twee homeruns sloeg. Ze kusten hem en smeerden hem onder de lippenstift, en Aida trok haar slipje uit en propte het in zijn zak. Ze bood hem haar houten been aan, maar hij was te veel heer om op dit aanbod in te gaan.

De wedstrijd bewoog zich, lang en onevenwichtig, rommelig naar de zevende inning, en toen Rocco weer aan slag was – hij had die dag geen bal geraakt – kwam er een snelle bal pal over het midden van de plaat en ditmaal, toen hij uithaalde, toen hij de klap hoorde waarmee de knuppel de bal raakte, wist hij dat hij hem goed had geraakt, een enorme poeier. Hij stond naar de bal te kijken, een lange, steeds hoger, op weg over het dak van het Gekkenhuis heen – maar voordat hij helemaal uit het zicht verdween, zelfs nog voordat hij halverwege was, zag hij, zagen ze allen, een zwerm Stuka's die opeens de hemel vulden, en zelfs nog voordat hij de knuppel had losgelaten stroomde het veld leeg en dook iedereen in de loopgraven.

Een voor een maakten de Stuka's zich uit de formatie los en begonnen aan hun duik terwijl de sirenes op hun niet intrekbare landingsgestellen een krankzinnig, duivels geluid maakten en de bommen fluitend omlaag kwamen, explodeerden en kartelende wolken aarde en steen opwierpen. Rocco stond daar te kijken en Melita rende op hem af, pakte hem en sleepte hem naar een loopgraaf. Ze sprongen er geen seconde te vroeg in, want een duizendponder viel pal op de werpheuvel en liet een hete, zinderende krater midden in het vierkant achter – de honken waren verdwenen, de thuisplaat was verdwenen, alle knuppels en de emmer met ballen waren verdwenen. Andere bommen ploegden de linkerhelft van het veld om en de rechterhelft en het vliegveld, en geen enkele Spitfire kwam van de grond.

Rocco keek naar het Gekkenhuis, dat al gescheurd en beschadigd was van eerdere bombardementen, en hij wist, *wist* dat de bal over het dak was gevlogen, een homerun, maar door die Stuka's had niemand het gezien. Zelfs Melita niet, en Christina niet, die gehurkt in de loopgraaf nog steeds sinaasappelschillen naar Aida en Julietta gooide.

Tony Zebra had Fingerly die kist sigaren gegeven, maar de spelers van het Gemenebest waren met een Rolls Royce Phantom II uit 1934 aan komen zetten, oud en niet in een schitterende staat (vol deuken, slecht startend, een van de wielkasten ontbrak) maar wel nog steeds een Phantom, en Fingerly wist, geheel in de geest van het vrije ondernemerschap, wanneer hij iets moois onder ogen kreeg. De auto had bladvering, een gesynchroniseerde versnellingsbak, hydraulische remmen op de vier wielen en alle luxe accessoires die bij een coupé met een open dak hoorden. Hij was meer dan vijfduizend pond waard, veel meer dan de sigaren, en voor Tony Zebra was het gewoon een geval van pech. In de loop van de wedstrijd had Fingerly hem drie keer slag gegeven, ook al was de bal alledrie de keren hoog overgevlogen en geen moment in de buurt van de slagzone geweest.

Naderhand, toen Tony Zebra hem aansprak en van kwade trouw en deloyaliteit jegens zijn landgenoten beschuldigde, bood Fingerly hem een ritje in de Phantom aan, maar Tony Zebra sloeg het aanbod af. Vervolgens bood Fingerly hem een baan bij I-3 aan, omdat I-3 behoefte had aan waaghalzen die desperaat genoeg waren om op zelfmoordmissies hun leven op het spel te zetten, maar Tony Zebra liep al weg met andere dingen aan zijn hoofd, ging de hoeren vertellen dat als er nog eens een honkbalwedstrijd zou worden gehouden ze met hun schoenen aan in een meer konden springen, ook al realiseerde hij zich spijtig dat er op Malta geen enkel meer was dat die naam verdiende, en evenmin veel zwembaden.

24

De val van Tobroek

Op 21 juni bracht de *Times of Malta* op de voorpagina een verhaal over het inzakken van de acties bij de woestijngevechten in Noord-Afrika. Er waren berichten over oprukkende Duitse tankcolonnes, maar het was onzeker wat ze precies deden. Misschien Tobroek, misschien Sollum. Misschien helemaal niets. Moeilijk te zeggen. Maar terwijl Malta het verhaal in de ochtendkrant las had Rommel zich al snel als de bliksem een weg gebaand Tobroek in, alle voorraden in handen gekregen en meer dan 25.000 Britse soldaten krijgsgevangen gemaakt. Rommel, Rommel de Vos, die het allemaal met toverspiegels deed, die schijnbewegingen maakte en zich razendsnel verplaatste, die heen en weer bewoog en kriskras door de woestijn reed, die nooit was waar je hem verwachtte.

Het Britse Achtste Leger trok zich terug op Mersa Matrûh, en werd binnen twee weken helemaal naar El Alamein teruggeslagen. Rommel zat op honderdvijftien kilometer van Alexandrië.

'Maar slecht nieuws,' zei Fingerly vol vertrouwen toen hij Rocco bij Hock's aantrof, 'slecht nieuws is deze keer goed nieuws.'

Bij Hock's hadden ze die week bier noch whisky, alleen maar water met een smaakje, dat Hock serveerde alsof het wijn was, met een soort elegantie.

'Bekijk het eens van deze kant,' zei Fingerly, die een sigaret opstak en Rocco het pakje gaf. 'Hun enige reden voor een invasie op Malta is ervoor te zorgen dat Malta de bevoorrading van Rommel niet meer kan hinderen. Maar Rommel doet het zo goed, en bovendien denken ze dat Malta naar God is gebombardeerd, dus laat die invasie maar zitten. Waarom zouden ze zo'n bloederige troep riskeren? Kreta was al duur, Malta zou nog erger zijn, en Hitler heeft sowieso nooit veel voor het idee gevoeld. Mazzel voor Malta, nietwaar?'

Rocco vroeg zich af: mazzel, mazzel? Malta was met de grond gelijk gemaakt. Hoezo mazzel?

'En het wordt nog beter,' zei Fingerly. 'Rommel wint in Tobroek, maar die overwinning is op lange termijn een nederlaag, want ze hebben het nu zo hoog in de bol dat ze denken dat ze Malta kunnen vergeten en door kunnen drukken, Egypte in. Maar Malta zal uiteindelijk Rommels ondergang worden, het zal uiteindelijk zijn bevoorradingslijnen vernietigen. Let op mijn woorden.'

'Geen invasie? Weet je dat zeker – of verzin je dat maar?'

'Natuurlijk verzin ik dat maar. Wat hebben feiten nou voor betekenis als je ze niet zelf bedenkt, Raven? Feit is fictie en fictie is feit – hebben ze je daar in Brooklyn dan niks geleerd? Hoe dan ook, de invasie van Malta is afgeblazen. De *Duce* weet het nog niet, maar hij vermoedt het ongetwijfeld wel.'

'Als jij het weet, waarom weten zij het dan niet? De gouverneur. Die hotemetoten op het ministerie van Oorlog.'

'Die weten het.'

'Er wordt nog steeds over een invasie gepraat.'

'Omdat ze niet zeker weten dat ze het weten. Misschien voeren de Duitsers ze slechte informatie om ze om de tuin te leiden.'

'In welk geval er nog steeds een invasie kan komen.'

'Maar de invasie is afgeblazen.'

'Als zij het niet zeker weten, hoe kun jij het dan zeker weten?'

'Omdat wij beter zijn, daarom. I-3, Rocco.'

Rocco dronk de rest van zijn water met een smaakje en staarde lange tijd in het lege glas, zich afvragend of Fingerly een volslagen krankzinnige was die rijp was voor het gesticht of alleen maar een genie met te veel zelfvertrouwen wiens brein te lang door de Maltese zon was gestoofd. Rocco haatte hem. Maar hij vond hem ook onweerstaanbaar omdat Fingerly weliswaar geheimzinnig, achterbaks en ergerniswekkend mysterieus was, maar ook iets wonderlijk verleidelijks had, een manier van opduiken en verdwijnen die stiekem-betoverend en heel erg griezelig was. Liet hij die zonnebril maar eens achterwege, en die idiote hemden uit Palm Beach die hij in Jeruzalem en Alexandrië of op welke andere plaats dan ook op de kop tikte.

Op de terugweg naar Windmill Street dacht Rocco weer aan Brooklyn, dat nu steeds verder weg leek. Toch herinnerde hij het zich, en enkele van de beste herinneringen gingen over dingen die hij nooit had gedaan en plekken waar hij nooit was geweest. Zoals Lundy's aan Sheepshead Bay, dat befaamd was om zijn rauwe mosselen in de schelp, maar om een of andere reden was hij er nooit geweest en hij vroeg zich nog steeds af of hij de moed zou hebben, de pure koelbloedigheid, om oog in oog met een rauwe mossel te staan. En dan de Cyclone op Coney Island, de gemeenste, meest misselijkmakende achtbaan in Amerika. Hij had zich erop voorbereid, had er met ritjes in de Devil's Gorge en de Tornado naartoe gewerkt en de Cyclone voor een latere datum bewaard, want daarna bestond er niets wilders meer. Maar nu zat hij op Malta, wat al krankzinnig genoeg was, en hoewel de Cyclone zijn fantasie niet meer beheerste, dacht hij er nog wel aan en vroeg zich af of hij de oorlog ongeschonden zou doorkomen, levend, en ooit nog die steile, griezelige hellingen en afgrijselijke plotselinge afdalingen zou kunnen proberen. Hij kon zich niet voorstellen dat Fingerly ooit de Cyclone had gedaan, maar vermoedde half en half wel dat hij er misschien de eigenaar van was.

Toen hij in Windmill Street terug was trof hij Melita in tranen aan. Er was in hun huis ingebroken, en er waren dingen verdwenen.

'Kun je het geloven?' huilde ze. 'Ik begrijp het niet. Ik begrijp het echt niet.'

Ze hadden de radio en de handgenerator meegenomen, en al hun voedselvoorraden – de vis in blik, de rijst, het brood, de suiker. Melita had die suiker gespaard, er een voorraadje van aangelegd zodat ze, zodra het daar het seizoen voor was, hem met de boeren kon ruilen voor meloenen. Ze hadden de thee meegenomen, de lucifers, de kerosine. De zeep was verdwenen. Zelfs de pauwenveer.

Op heel Malta werd gestolen. Er werd ingebroken in pakhuizen, depots van de regering, eetzalen van het leger, particuliere huizen. Er werd ingebroken in bakkerijen, vanwege het meel en het brood. Een favoriet tijdstip was tijdens luchtaanvallen, als de huizenbezitters en huurders en winkeliers in de schuilkelders zaten en de politie het druk had met rapporten over de inslagen en het reddingswerk.

'De kleren hebben ze laten liggen,' zei Melita verbijsterd. 'Waarom hebben ze de kleren en de schoenen niet ook meegenomen, waarom hebben ze niet alles meegenomen? Waar is het allemaal nog goed voor? Er is geen vertrouwen meer, je kunt op niemand meer rekenen. Iedereen denkt alleen maar aan zichzelf.'

Ze hadden de kleren laten liggen, en de schoenen, en haar doos met boeken, *Clarissa*, *Pamela*, Mary Shelley, George Sand. Ze pakte de kat. 'Jij hebt toch zo'n geluk,' zei ze terwijl ze hem liefkoosde, 'zo'n geluk, zo'n geluk, dat ze jou niet hebben meegenomen, jij domme, dwaze kat, wie zou jou nou willen hebben, je bent zo onmogelijk.'

Op de zwarte markt werden katten als konijnen verkocht. Geiten werden als schapen verkocht, honden werden openlijk als honden verkocht en paardenvlees werd verkocht als geïmporteerd kalfsvlees uit Macedonië.

'Vertel me eens,' zei Rocco, die de kat had opgetild en recht aankeek. 'Hoe zou jij het vinden om met gebakken aardappelen te worden opgediend?'

De kat, Byron, had inderdaad geluk, maar Zammit, de arme neef Zammit, maakte een zware tijd door. Wat er was gebeurd, gruwelijk plotseling, was dat hij verliefd was geworden op Miss Sicilië. Hij had haar gezien toen ze op de feestdag van St. Franciscus Caracciolo in de parochiekerk in Santa Venera 'Panis Angelicus' had gezongen, en was vervuld geraakt van een krachtige hunkering. Nog voordat ze was gaan zingen had hij een opwelling van begeerte gevoeld toen hij haar de trappen naar het balkon van het koor had zien bestijgen, waarbij de zoom van haar jurk iets was opgekropen en haar enkels en kuiten had onthuld. Hij had haar niet bij Dominic's gezien, in die zilveren lamé-jurk die niets aan de fantasie had overgelaten, en evenmin had hij haar in haar rode badpak gezien als ze in de zee bij Sliema ging zwemmen, maar het beeld van haar toen ze de trap naar het koor opliep was meer dan genoeg geweest.

Hij smachtte naar haar. Hij had nooit ook maar een woord met haar gewisseld en toch voelde hij een hartstochtelijk verlangen, had hij de gewaarwording dat ze op een of andere manier, in een of ander allesomvattend plan, voor elkaar bestemd waren. Steeds als hij aan haar dacht – en het kwam tegenwoordig maar zelden voor dat hij niet aan haar dacht – voelde hij zich opgetild, opgejaagd door een onweerstaanbare opwelling van begeerte.

Zijn werk aan de jukeboxen kwam tot stilstand. Hij legde zijn gereedschap weg en bracht hele dagen in romantische dromerijen door. Hij maakte lange wandelingen, kuierend door straten die tot puin waren gereduceerd, maar wat hij zag was geen puin. Wat hij zag was het spel van licht en schaduw – vloeibare pastelkleuren, roze en lavendel, ijl blauw, plooien van licht die uit de hemel omlaag filterden. Waarom zou hij nog jukeboxen maken? Waarom was dat nog nodig? Hij had ze gemaakt uit eenzaamheid, in zijn ellende en isolement. Een paar waren er prachtig geweest, dat wel, maar wat was hun schoonheid vergeleken met die van Angelina Labbra? Het waren maar dingen, producten. De enkels en kuiten van Angelina Labbra daarentegen, toen ze de trap naar het koor in de kerk in Santa Venera had beklommen, die prikkelden en kwelden hem, en haar stem, toen ze het 'Panis Angelicus' had gezongen, was een bron van licht geweest, stralend in de sombere duisternis in de kerk.

Melita dacht dat hij gewoon last had van een creatieve impasse en dat het wel over zou gaan. Hij had rust nodig, dat was alles. Een week of twee uit de buurt van zijn gereedschap blijven, en dan zou hij zijn werk weer enthousiast opvatten.

Op een middag nam hij zijn fiets en reed naar Sliema. Hij bleef staan voor het hotel waar Angelina Labbra logeerde en wachtte tot ze naar buiten zou komen. Het was het Imperial, aan Ridolfo Street. Hij had bij de kapper gehoord dat ze daar zat. Zou hij haar benaderen? Iets tegen haar zeggen? Haar vertellen hoe hij heette? En als hij dat deed, hoe zou ze dan reageren? Als hij op haar afliep, zou ze dan denken dat hij een handtekening van haar wilde?

Hij wachtte aan de overkant van de straat, leunend tegen een stenen muur; zijn adem stokte iedere keer in zijn keel als de deur openging, maar het was altijd iemand anders. En als hij op haar af zou lopen zodra ze naar buiten kwam, als hij met haar zou praten en zijn hart zou openstellen, alles zou zeggen wat hij voelde, haar zou vertellen over de dagen dat hij alleen maar aan haar had gedacht, over de momenten dat hij 's nachts wakker werd en zich voorstelde dat ze naast hem lag, zich voorstelde dat hij haar vasthield, haar warmte voelde? Hij met zijn klompvoet en zijn korte, lachwekkende lichaam – als hij haar dit vertelde, als hij haar er maar iets van vertelde, zou ze dan gaan lachen?

Drie avonden stond hij tegenover het hotel te wachten. De derde avond had hij een bos wilde bloemen bij zich die hij overdag had geplukt. Het was niet de beste tijd van het jaar voor bloemen, maar het was hem gelukt een paar armetierige kleine bloemen te vinden, roze en blauw, die in zijn ogen heel kostbaar waren omdat ernaar was gezocht en omdat ze waren gevonden, voor haar.

Uiteindelijk, na vele uren, ging de deur open en zag hij haar. Ze was met de Algerijnse bankier. Zammit keek hulpeloos toe terwijl de portier een *karrozzin* aanhield en ze instapten en langzaam wegreden terwijl het geklepper van de hoeven van het paard door de straat weerklonk; een eenzaam geluid dat hem verweesd achterliet.

Hij stuurde een brief, een brandende missive vol gespannen verwachtingen en teder verlangen. Hij richtte zich openhartig tot haar, gaf uiting aan de emoties en gevoelens die hij had als hij aan haar dacht. Hij sprak over het lot en over de mysterieuze weg die God bewandelde als hij mensen bij elkaar bracht. Hij maakte melding van de oorlog, de bommen, en hoe het leven op Malta ondraaglijk was geworden, maar op een of andere manier, ongelofelijk, waren door haar aanwezigheid ellende in gelukzaligheid en pijn in licht en extase veranderd.

Hij stuurde veel brieven, niet ondertekend, waarin hij zijn hart en ziel uitstortte, denkend dat het beter was de brieven niet te ondertekenen, want als het moment daar was zou hij haar vinden en haar vertellen dat hij degene was die ze had geschreven, en dan zou ze hem aankijken en weten dat ze voor elkaar bestemd waren. Ze zou begrijpen dat in de hele lange geschiedenis van de aarde, in al die honderdduizenden jaren die nodig waren geweest om de oceanen en vulkanen te vormen, hun liefde was opgeschreven en voorbestemd. Het was onvermijdelijk!

Hij ging terug naar het hotel, en weer wachtte hij, hopend op een kans haar te zien. Vele avonden kwam hij terug en uiteindelijk ging de deur open en was ze daar.

Weer was ze, net als de laatste keer, in het gezelschap van de Algerijn, en ze lachte, een lichte holle lach die Zammit niet begreep. Hoe kon ze met die dikke, lelijke man zijn, die man met die fatterig in de was gezette snor, die keurig gemanicuurde nagels, dat weerzinwekkend met pommade gladgekamde haar? Met die rode anjer in zijn revers. Wat zag ze in hem?

Als hij nu eens op haar afliep en zei: 'Ik ben degene die die brieven heeft geschreven!' Zou ze hem dan vol minachting uitlachen? Wat had ze trouwens met die brieven gedaan – weggegooid? Misschien had ze ze aan de Algerijnse bankier laten zien en hadden ze er samen hartelijk om gelachen, en misschien had ze ze in kleine stukjes geknipt, in de wc gegooid en doorgespoeld, ze in stukjes geknipt met het schaartje waarmee ze ook haar mooie roze vingernagels knipte.

Hij ging naar huis en naar bed en sliep twee dagen achtereen, en toen hij ten slotte opstond, chagrijnig, duizelig, vreugdeloos, pakte hij zijn gereedschap en ging weer aan het werk aan de jukeboxen, zonder enthousiasme.

Melita wist niet wat hem dwarszat. Het was, zo besefte ze, ernstiger dan ze aanvankelijk had gedacht.

Hij vertelde op een dag aarzelend dat hij een droom over Miss Sicilië had gehad, en Melita opperde geamuseerd dat een droom over Miss Sicilië wel eens gevaarlijk zou kunnen zijn. Te laat realiseerde ze zich dat het niet over een droom maar over de werkelijkheid ging: hij was verliefd. Angelina Labbra, ze herinnerde zich de naam. Ze kende de praatjes over haar. Miss Sicilië 1941, en waarom ging ze niet terug naar waar ze hoorde? Voor Zammit, met zijn klompvoet en zijn dwergachtige lichaam, was het natuurlijk gewoon ondenkbaar, een droom die hij los moest laten en vergeten.

'Mijn arme Zammit,' zei ze moederlijk, ook al was hij zoveel ouder dan zij, oud genoeg om haar vader te kunnen zijn. 'Ze is niet goed voor jou, die vrouw. Zie je dat niet? Je moet iemand anders vinden, iemand uit je eigen dorp.' Maar ze wist dat wat ze ook zei, verkeerd was. Want kijk nou, daar stond hij, over de veertig, en er was niemand geweest, niemand die op hem had gereageerd, niemand die met hem wilde trouwen, van alle vrouwen die hij had ontmoet. En nu was er die afgrijselijke vrouw uit Sicilië, die een onmogelijk verlangen bij hem had losgemaakt. Melita wilde Zammit bij zijn haren pakken en hem heftig door elkaar schudden tot hij weer bij zinnen was. Er was echter geen remedie, alleen de tijd. Zijn droom zou zichzelf moeten uitputten, maanden- en jarenlang, tot hij inzag hoe dwaas hij zich gedroeg. En misschien zou het wel nooit gebeuren.

Ze vertelde het Rocco. 'Kan er iets voor hem worden gedaan?'

Er kon niets worden gedaan. Liefde was wreed, en onbeantwoorde liefde was wreder. In de nabijheid van het hart waren doodlopende straten en stegen zonder uitgang, hopen afval waar je niet omheen kon, en je kon alleen maar hopen dat je op een of andere manier en met enig geluk in het donker je weg zou kunnen vinden.

NON-STOP DANSEN

in de Rockyvalle Sports Gardens
27 JUNI 1942
Rhythm Swing Orchestra

Er is geen reden voor ongerustheid met betrekking tot mogelijke kwalijke effecten voor de gezondheid van enige persoon als gevolg van rookgordijnen, mits degenen die gedwongen zijn in het gebied te blijven de voorzorgsmaatregel nemen hun neus en mond met een natte doek of zakdoek te bedekken.

De Militaire Autoriteiten zouden natuurlijk nooit giftige rook gebruiken. De rook heeft een uitdrogend effect op de luchtwegen, wat, zij het irritant, ongevaarlijk is. Het is verstandig deuren en ramen dicht te houden. De rook kan uit dichte ruimten worden verwijderd door met een deken te zwaaien.

Laatste mode in ZOMERHOEDEN bij de Parade Hat Factory
772 High Street, Hamrun

EERSTE & LAATSTE BAR stelt het op prijs zijn clientèle te informeren dat de nieuwe Bar en Kippenren nu geopend zijn in 22 Fesse Square, Floriana.

Op een vrijdag, terwijl hij in de vroege avond door Archbishop Street wandelde, liep Rocco Beatrice, de vrouw van Hannibal, tegen het lijf. Hij had haar niet gezien sinds zijn aankomst in april, toen hij drie dagen in het huis aan Strait Street had gewoond, voordat het werd gebombardeerd.

Ze zag er verschrikkelijk haveloos uit, in een gekreukte, vormloze jurk die op haar enkels hing, en haar grijzende haar was achterover gekamd en werd door spelden op zijn plaats gehouden. Ze kwam net uit de kerk, na een novene.

Toen ze hem zag rende ze op hem af. 'Ik ben zo blij je te zien,' zei ze op ietwat dringende toon. 'Het gaat over Nardu, ik maak me toch zulke zorgen over hem. Ik weet niet wat ik moet doen. Mijn vader – weet je nog? Hij zit met een geweer op het dak, hij wil op de vliegtuigen schieten. Kun je niet meegaan om met hem te praten? Hij heeft je altijd graag gemogen, hij vertelde me dat hij je bij de kapper heeft gezien. Hannibal zit in Rabat en ik ben alleen met de kinderen. Praat met hem, probeer hem tot rede te brengen.'

'Hoe is het met hem?'

'Hij weet niet hoe oud hij is. Soms denkt hij dat hij zestig is, soms zegt hij negentig. Vorige week zei hij dat hij honderd was. Hij is geen honderd. Hij is altijd een aardige, prettige man geweest, maar nu zit hij al een hele tijd vol krankjorume ideeën.

Toen jij hem sprak, heb je toen niet gemerkt hoe onevenwichtig hij is? Wist je het niet? Al dat gepraat over kant en Malta en de Britten eruit schoppen. Hij is zijn gezonde verstand kwijt, dat is er gebeurd. Als de bommen niet zijn dood worden, worden de granaatscherven het wel. Nog pas vorige week is er in Attard iemand om het leven gekomen. Ze schieten in de lucht, en als de scherven weer naar beneden komen kan dat je dood zijn. Wil je met hem praten? Wil je proberen hem tot rede te brengen?'

'Waar is hij?'

'Op het dak, hij zit op de vliegtuigen te wachten. Hij zit deze week nu al iedere dag boven. Ik kan hem niet eens naar beneden krijgen om te eten, hij laat me zijn eten boven brengen. Niet dat hij erg veel eet, trouwens.'

Verderop in de straat kwam er een priester met een groot pak onder zijn arm een huis uit. Hij liep met gebogen hoofd en gejaagd de andere kant op.

'Was dat vader Hemda niet?'

'Ja, hij woont hier in de buurt.'

'Waarom laat u hem niet het dak op gaan om met Nardu te praten?'

'O, hij is al geweest, maar het enige wat hij heeft gedaan was hem de absolutie geven. Dat is alles wat hij doet, hij geeft iedereen absolutie. De arme man, hij wil niet dat er ook maar iemand naar de hel gaat.'

Rocco liep met haar mee door Archbishop, langs de universiteit en daarna door St. Ursula naar een rij flatgebouwen bij de ruïnes van de Sacra Infermeria.

'Mijn vader scheldt voortdurend op Italianen, maar hij is zelf een Italiaan. Zijn moeder en vader kwamen uit Catania. Hij haat Italianen omdat hij zijn vader altijd is blijven haten. Zijn vader was precies zoals hij, altijd maar praten, praten, overal een mening over, grote ideeën, hij had overal een oplossing voor.'

De flats waren zwaar beschadigd, maar het puin was opzij geschoven en er liep een pad van ongeveer een meter breed door het midden van de straat. De ramen waren met lakens, tapijten, houten planken of helemaal niets bedekt, zodat de elementen vrij spel hadden. Ze woonde op de begane grond van een gebouw met een enorme scheur in de gevel, die van het dak helemaal tot op de grond doorliep. Vogels met zwarte veren zaten op de rand van het dak. Toen Rocco het zag, het beschadigde gebouw, kreeg hij een vreemd gevoel van verbondenheid, alsof hij er al eens was geweest, alsof hij het had gezien, alsof hij al eerder in dat huis was geweest, hoewel hij wist dat dit niet het geval was. Die grote, onheilspellende scheur, alsof het gebouw een zenuwcrisis had, op het punt stond uit elkaar te vallen en in te storten.

Ze nam hem mee door de voordeur en wees hem de trap. 'Daar boven,' zei ze. 'Het is beter als ik niet meega. Praat met hem, kijk maar wat je kunt doen.'

De trap was oud en de leuning, die loszat en wiebelde, was onbetrouwbaar. Rocco liep met twee treden tegelijk naar boven, drie trappen, en toen hij boven was zweette hij. Op het dak, bij een lege duiventil, zat Nardu Camilleri met een zwaar oud geweer op schoot op een kruk. Dicht bij hem stonden kistjes met aarde – pompoenen en tomaten die weelderig groeiden.

Ondanks de hitte van de dag droeg Nardu Camilleri een vest over zijn witte overhemd en had hij zijn bruine pet op. Hij droeg een das, dezelfde blauw-met-rode das die hij altijd droeg, met Maltese kruisjes erop. Hij leek kleiner dan ooit, gekrompen, wegzinkend in zichzelf, het geweer bijna even groot als hij. Zijn grijze ogen keken peinzend naar de hemel.

'Nardu, wat doe je in hemelsnaam hier boven?'

'Ik verdedig Malta. Iemand moet het doen. Als ik het niet doe, wie zal het dan doen? Kijk jou nou – jij bent toch soldaat? Je hebt niet eens een vuurwapen. Waar is je geweer?'

Het hoge dak bood uitzicht op de haven en de Drie Steden op de tegenoverliggende kust. Enorme stukken van de Cottonera lagen volledig in puin. Er woonden daar nog steeds een paar mensen, een paar honderd, in crypten en kelders. De kleine havenbootjes, de *dgħajsas*, voerden voorraden aan uit Valletta, en op de terugweg namen ze de doden en gewonden mee. Mijnenvegers verwijderden mijnen uit de monding van de haven. Van de dokken was alleen maar verwrongen metaal en puin over.

Rocco raakte de vuurmond van het oude geweer aan. 'Jezus, Nardu, wil je daar Malta mee redden?'

'Ik ben Jezus niet, ik ben Nardu Camilleri,' zei de oude man gevat.

'Ik weet dat je Jezus niet bent. Zo te horen ben je nu gewoon een nagel aan iemands doodskist.'

'Doodskist? Wiens doodskist?'

'Mijn doodskist. Beatrices doodskist. Iedereens doodskist.'

De oude man richtte zijn hoofd op en staarde hem uitdagend aan, met al het gezag van zijn hoge leeftijd. 'Spreek niet zo gering-

schattend over zaken van leven en dood, jongeman. Jouw doodskist mag dan voor jou geen betekenis hebben maar de mijne is een
belangrijk aspect van mijn aardse bezigheden.'

'Dat zou Fingerly precies zo zeggen.'

'Kapitein Fingerly? Ken je die? Ik heb die man de handel in Maltees kant aangeboden, en weet je wat hij deed? Hij begon te lachen.'

'Dat geweer is toch niet geladen? Maken ze daar nog steeds kogels voor?'

'Ik heb dit geweer in de Grote Oorlog gebruikt. Ik heb er zeven
moffen mee om zeep geholpen. Ik zat in het KOMA, het King's Own
Malta Regiment, in Verdun. Dat was pas een oorlog, mocht het je
interesseren. De Marne, Ieperen, Verdun. Deze oorlog stelt niets
voor. Die zielige fascisten met hun speelgoedvliegtuigen, ze zien
nooit kans hun bommen af te werpen waar ze moeten neerkomen.'

Boven St. Elmo's werd een rode vlag gehesen, en het luchtalarm
klonk. Nardu Camilleri keek naar het noorden in afwachting van
de vliegtuigen die van Sicilië kwamen.

'Waarom kom je niet mee naar beneden?' vroeg Rocco. 'Dan
kunnen we theedrinken. Beatrice is ziek van de zorgen over je.'

'Beatrice is een zenuwpees, een en al druktemakerij en zorgen.
Maar ja, wat kun je anders van een vrouw verwachten? Ze maakt
zich zorgen dat ik niet eet, ze maakt zich zorgen dat ik geen
schoon ondergoed aantrek. Ze zou wel een bom op haar hoofd
kunnen krijgen, ze zou zich zorgen moeten maken over haar begrafenis.'

Rocco stond met zijn handen in zijn zakken hoofdschuddend
naar hem te kijken. 'Wat moeten we nou met je, Nardu?'

'Denk je soms dat ik een kind ben? Hulpeloos? Denk je dat ik
niet weet wat ik doe?'

'Ik denk dat je je heel dwaas gedraagt.'

Ze hoorden het gebrul en gezoem van de naderende vliegtuigen. Nardu Camilleri kwam moeizaam overeind en hief met artri-
tische traagheid het geweer, maar voordat hij zover was joegen er
laag twee 109's voorbij en waren pijlsnel weer weg. Ze beschoten
in één enkele aanval de mijnenvegers in de haven en vlogen door
naar het zuiden, om daar de vliegvelden te bestoken. Ze waren zo
laag en zo snel binnengekomen dat het zware luchtdoelgeschut te
laat was, maar de kleinere mitrailleurs, de Lewissen in Elmo en
Fort St. Angelo, babbelden erop los.

Ze hoorden meer 109's komen, en ditmaal stond Nardu klaar.

Hij richtte op de plek waar de twee andere waren opgedoken.

'Niet schieten, niet schieten,' riep Rocco.

Zonder het geweer te laten zakken keek de oude man naar Rocco, alsof hij een kakkerlak zag. 'Waarom niet?'

'Omdat ze terugschieten. Het zijn 109's, je moet nooit problemen zoeken met een 109.'

'Onzin,' antwoordde Nardu Camilleri. 'Laat ze maar schieten, ik richt toch beter. Voor ze mij te pakken nemen neem ik hen te pakken. Er heeft er nog niet één teruggeschoten.'

'Dit is geen goed idee,' zei Rocco, beseffend dat hij geen stap verder kwam. 'Werkt dat geweer eigenlijk nog wel?'

'Ik heb hier zeven moffen mee naar de andere wereld geholpen,' zei hij en hij loste een schot om duidelijk te maken wat hij bedoelde.

De naderende vliegtuigen klonken nu luider, dichterbij, maar waren nog steeds niet zichtbaar, omdat ze laag over de Middellandse Zee kwamen aanvliegen.

'Dat was vijfentwintig jaar geleden, Nardu. Kijk nou, het is helemaal geroest. Zelfs als je er een raakt haal je hem niet neer. Zeker daarmee niet.'

'Niemand wint een oorlog met een defaitistische houding,' zei de oude man. 'Toen de Grote Ridder, Jean de La Valette, tegenover een overmacht van vijf tegen één binnenvallende Turken stond, dacht je dat hij toen zijn armen in de lucht stak? Hij vocht terug. En hij won!'

Toen zaten de 109's opeens boven hen, het volgende duo, en ze schoten al, beschoten Valletta, beschoten de daken.

Toen Nardu Camilleri richtte sprong Rocco naar hem toe en trok hem op de grond naast de duiventil, uit de vuurlijn. Hij was licht als een veertje, viel als een strozak om, en terwijl ze samen op de grond belandden ging het geweer af en voelde Rocco een stekende pijn in zijn voet. Hij besteedde er echter geen aandacht aan omdat het volgende moment de kogels van een van de toestellen over het dak maaiden, de kistjes met tomaten- en pompoenplanten versplinterden en het bovenste deel van de duiventil aan flarden rukten.

Wat Rocco voelde was woede. Een opwelling, een bevlieging. Hij kwam snel overeind en keek hoe een van de vliegtuigen omlaag dook om de haven te beschieten terwijl het andere draaide om de daken nog eens te pakken te nemen.

Nardu Camilleri lag nog steeds op de grond, geknakt, roerloos.

Er leek geen leven meer in hem te zitten. Rocco raapte het geweer op, zette het met vaste hand en een kalm, ziedend kwaad gevoel aan zijn schouder en keek langs de lange loop, richtend op de cockpit van de 109. Het vliegtuig kwam onder een lage hoek binnen. Rocco stond daar, richtte en haalde, toen het vliegtuig op hem afstormde, de trekker over en bleef vuren tot het geweer leeg was.

Hij raakte de piloot niet, maar scheen wel iets te hebben geraakt. Terwijl het toestel langsdenderde sputterde de motor en zag hij een pluim zwarte rook. Rocco liet het geweer vallen en keek hoe het vliegtuig onzeker overhelde en een bocht maakte naar de zee, de indruk wekkend dat het de grootste moeite zou hebben om helemaal naar Sicilië terug te komen.

Pas toen voelde hij het warme, glibberige vocht in zijn schoen, en weer wist hij – het was deprimerend het te moeten toegeven – dat niets makkelijk, niets eenvoudig was. De schoen aan zijn linkervoet liep vol bloed.

25

'Love Somebody, Yes I Do...'

'Ik weet niet wat me bezielde,' zei Rocco; hij was Melita aan het vertellen wat er op het dak was gebeurd, hoe hij het geweer van Nardu Camilleri had opgepakt en op de 109 was gaan schieten. 'Ik had hem net gezegd niet te schieten, en daar stond ik dan, zelf te doen wat ik hem had verboden, op een 109 te schieten, helemaal zonder dekking.'

Hij lag in een ziekenhuisbed, in Floriana. Zijn verbonden voet rustte op een kussen.

'Ik weet het niet, ik weet het niet,' zei ze, terwijl ze zijn hand pakte en hem ritmisch heen en weer bewoog. 'Wat roekeloos, je moest jezelf per se laten doodschieten. Je moest de held uithangen, is dat het?'

'Ik denk dat ik gewoon boos was,' zei hij. 'Meer was er niet aan de hand.'

'Nou, ik ben boos dat jij boos was,' zei ze. 'Wat een dom, idioot idee.'

Ze was echt geschrokken, dat zag hij, en in zekere zin vond hij het prettig, gaf het hem een goed gevoel, dat ze zich zo betrokken kon voelen bij het lot van zijn voet.

Hij was er goed afgekomen. Toen de Britse legerchirurg klaar was, bleek hij maar twee tenen kwijt te zijn. Hij zou een tijdje met krukken moeten lopen, en na de krukken zou hij nog een tijdje hinken, maar na ongeveer een maand zou hij weer goed kunnen lopen en zou niemand vermoeden dat hij twee tenen miste.

Voor Nardu Camilleri zag het er echter naar uit dat hij aan het einde van de rit was gekomen. In wezen functioneerde zijn lichaam niet meer. Nadat Rocco hem op de grond had gedrukt en uit de vuurlijn van de 109's had gesleurd, was hij blijven liggen en niet meer opgestaan. Hij had niets aan de val overgehouden, geen gebroken botten, geen inwendige kneuzingen, hij was gewoon leeggelopen, een vorm van terminale vermoeidheid. Hij was op, en moest op een brancard van het dak naar beneden worden gedragen. In het ziekenhuis doofden de levenstekenen langzaam uit, maar na een tijdje herstelde hij vreemd genoeg en leefde nog weken door, half in coma, niet pratend, niet etend, vegeterend aan een infuus. Vader Hemda gaf hem de absolutie en het heilige oliesel, en het was voor iedereen een verrassing dat hij zo lang lag te zieltogen. Rocco peinsde of Nardu niet beter af was geweest als de 109's hem te pakken hadden gekregen.

'Ik had hem niet tegen de grond moeten trekken,' zei hij tegen Melita. 'Ik had hem daar moeten laten staan om op die vliegtuigen te schieten.'

Hij zou dan in ieder geval zijn gestorven zoals hij had willen sterven, met een geweer in zijn hand, in plaats van weken in een ziekenhuisbed te liggen, waar de artsen en de verpleging wensten dat hij een beetje voortmaakte en doodging, want het aantal gewonden groeide snel en ze hadden het bed nodig.

De 109 waarop Rocco had geschoten stortte halverwege Sicilië in zee. De kustartillerie eiste de eer op, maar Rocco dacht liever dat een van de kogels uit het geweer er verantwoordelijk voor was.

'Kun je met een geweer een 109 neerhalen?' vroeg hij Tony Zebra, die hij bij Hock's aantrof en die bij zijn bier een gekookt ei zat te eten. Rocco liep nog met krukken maar kon zich al weer aardig bewegen. 'Kan dat met een geweer?'

'Een 109 kun je nergens mee neerhalen,' zei Tony Zebra op zure toon, 'behalve met een Spitfire, en dan nog alleen op een mooie dag.' De laatste keer dat hij had gevlogen had een 109 het staartstuk van zijn toestel weggeschoten en had hij er boven zee uit moeten springen.

'Gorgonzola,' zei Rocco.

'Gorgon wie?'

'Daar heb ik nou zin in, gorgonzola.'

Ze hadden geen gorgonzola bij Hock's, dus staken ze de straat over naar Monico's, Rocco behendig met zijn stevige houten krukken. Bij Monico's hadden ze evenmin gorgonzola, maar ze sloegen er wat bier achterover alvorens naar Captain's te verhuizen, en daarna naar de Kat En Muis, en daarna naar de Mefisto Club, en toen ze uiteindelijk bij Weary's uitkwamen trokken ze de juiste conclusie dat er op het hele eiland geen gorgonzola was, maar het bier bij Weary's was heel drinkbaar, iets beter dan wat ze elders hadden gedronken, en samen zongen ze 'Love Somebody, Yes I Do'. Tony Zebra had na een paar glazen een schitterende tenor en Rocco, met drank of zonder drank, een kreunende bariton die voortdurend afweek en vals klonk. Melita had gelijk, hij kon niet zingen.

Love somebody, yes I do…
Love somebody, but I won't tell who.
Love somebody, yes I do
And I hope somebody loves me too.

Ze zongen het een tweede keer, en een derde, en het enige probleem was dat Tony Zebra niemand had om van te houden. Er was een tijdje iemand in New Jersey geweest, maar dat was New Jersey en lang geleden. En welke hoop kon hij nu nog hebben, met zo'n neus, vol littekens en verminkt? Hij overwoog nu en dan zijn polsen door te snijden, maar bij de gedachte dat er bloed, zijn eigen bloed, in grote gulpen uit hem zou stromen werd hij een beetje beverig, dus deed hij in ieder geval voorlopig zijn best wanhoopsdaden te vermijden.

Voor de gevechtspiloten was juni een verhoudingsgewijs makkelijke maand geweest, maar nu, in juli, waren de Duitsers op volle sterkte terug en was er actie te over. De eerste negen dagen gingen er tien Spitfire-piloten verloren. Een ervan was de Amerikaan, Harry Kelly, met wie Rocco op de veranda van het Point de Vue had gepokerd.

'Texas,' zei Rocco.

'Yeah, uit Texas,' zei Tony Zebra. 'Goeie jongen.'

'Behoorlijk scherp met pokeren.'

'Maar had het niet zo op Glenn Miller. Hoe kan iemand nou niet van Glenn Miller houden?'

Een paar dagen nadat Harry Kelly was gesneuveld verloren ze ook Ed Moye, uit Alabama, boven zee neergeschoten en verdronken voordat hij gered had kunnen worden. Er was weer een luchtoorlog aan de gang, niet zo allesverzengend als in maart en april, maar toch hevig genoeg.

De midzomerhitte was vreselijk, de zon was een hoogoven. Alles was droog, verschroeid, dorstig, de hitte rees zichtbaar op van de wegen en de velden, het landschap was kromgetrokken tot een koortsachtige vervorming van zichzelf. Rocco haatte het. Toen ze hem hadden geleerd hoe hij met de radio om moest gaan, hoe hij moest zenden en ontvangen, had hij zich nooit iets als Malta voorgesteld, de verzengende hitte, de overbevolkte, veel te dicht bebouwde steden, en de kleine stukjes bouwland die lagen te bakken in de zon – cactussen, johannesbroodbomen en stof, stof over alles, een mist van stof, iedere keer dat er een vrachtwagen langskwam.

Nadat ze in een café in Birkirkara een partij nieuwe platen had geïnstalleerd, zag Melita een soldaat die op de motorkap van een jeep een ei bakte.

'Waar heb je dat vandaan?' vroeg ze.

'Verderop in de straat, die invalide bij die kapperspaal. Ik heb er drie shilling voor moeten betalen, verdomme.'

De man bij de paal had nog wel twee benen maar slechts één arm en een zwart lapje over zijn linkeroog. Hij stond over een kleine, met eieren gevulde koffer gebogen, en hij had een donker gezicht, alsof het met steenkool was ingewreven.

Melita ging naar hem toe. 'Hebt u eieren?'

'Vijf shilling per stuk,' zei hij terwijl hij zijn gewicht van het ene been op het andere verplaatste.

Melita wees de straat in, naar de jeep. 'U hebt die soldaat daar voor drie shilling een ei verkocht.'

'Dat was voordat de prijs omhoogging.'

'Is de prijs in twee minuten omhooggegaan?'

Een groep duikbommenwerpers voerde in het binnenland een aanval uit. In de verte hoorden ze het gerommel van de bommen.

'Over een minuut gaat de prijs weer omhoog.'

Melita zag verschillende mensen door de straat rennen, op de eieren af. Met tegenzin en schouderophalend opende ze haar portemonnee en kocht er vier.

Met twee eieren in elke hand liep ze voorzichtig naar de lijkwagen en legde ze op de bank naast zich, waarna ze heel voorzichtig terugreed naar Valletta. Van de City Gate liep ze naar Windmill met in elke hand twee eieren, en toen ze in het huis was, precies op het moment dat ze de keuken in liep, struikelde ze over de kat. De eieren in haar linkerhand braken en liepen uit over de vloer. Met enig geluk slaagde ze er echter in de twee eieren in haar andere hand heel te houden.

'Kijk nou toch wat een rommel,' zei ze wanhopig toen Rocco naar beneden kwam. 'Ik wilde zo graag iets lekkers maken, eieren voor het avondeten, maar kijk nou! Wat heb ik toch verkeerd gedaan? Waarom straft God me?'

'Waar heb je ze vandaan?'

'Uit Birkirkara, van een man met één arm. Dat was het natuurlijk – die invalide, die had het boze oog. Ik voel me als een van die gebroken eieren daar.'

Hij bekeek haar nauwkeurig, alsof hij een breuk zocht. 'Je bent geen gebroken ei.'

'Nee? Vertel me dan eens, zijn we goed voor elkaar?'

'Zijn we dat dan niet?'

'Ik wilde zo graag dat het leuk was. Ik wilde dat het beter ging.'

Van de resterende twee eieren maakte ze een kleine omelet.

'Vertel me over ons,' zei ze. 'Horen we bij elkaar?'

Hij liep naar de kast om brood te pakken.

'Zijn we voor elkaar bestemd? Zammit denkt dat hij voor Miss Sicilië is bestemd, maar dat is hij niet, hij is zo in de war. Zien wij het ook verkeerd? Is het een vergissing?'

'Sommige vergissingen zijn beter dan andere,' zei hij.

Haar blik dwaalde weg, ze wilde meer van hem horen, iets beters. 'Ben ik een vergissing? Ben jij een vergissing?'

'Fingerly denkt dat God een vergissing is.'

'Die Fingerly, die is pas een vergissing. En die gebroken eieren zijn een nog ergere vergissing. Ik koop nooit meer eieren. Ik hou niet eens van eieren! Bestaat er een liedje over eieren? Over gebroken eieren?'

'Ik geloof het niet,' zei hij.

'Hè, wat vervelend. Er moet een liedje zijn. Schrijf er een. Wat is er met je aan de hand? Waarom kun je geen liedje over gebroken eieren schrijven? Ik vind dit helemaal niet leuk.'

Rocco zat te denken over de grote fout die daar in Fort Benning was gemaakt toen ze in plaats van Kallitsky hem naar Malta hadden gestuurd. Als zij die vergissing niet hadden gemaakt had hij Melita nooit gevonden – en wat dan? *Wat dan?*

'Je kunt geen liedje schrijven,' zei ze, 'en je kunt niet zingen. Wat kun je eigenlijk wel? We moeten je door een dokter laten onderzoeken. Zit dat in je familie? Kan je vader ook niet zingen? Zelfs niet onder de douche?'

Zijn vader ook niet. Hij moest hem een brief schrijven en vragen waarom hij nooit zong. Een paar regels maar, een beschuldiging, een aanval. Maar hij schoof het op de lange baan, zoals hij andere brieven die hij wilde schrijven op de lange baan had geschoven, en daarna was hij het vergeten. De post ging per vliegtuig naar Gibraltar, maar sommige vliegtuigen werden neergeschoten voordat ze aankwamen, en dat bleef hij zichzelf voorhouden: waarom zou hij schrijven als ze de brief toch konden neerhalen en hij in zee kon verdwijnen?

26

De bruiloft van Aida

Op een zaterdag eind juli gaf Aida, die vanuit het huis van Hannibal aan Strait Street en daarna in een huis in Rabat had gewerkt, haar loopbaan als prostituee op en trouwde met een Britse zeeman. Hij deed dienst aan boord van een destroyer, de *Zulu*.

De receptie werd gehouden in een tuin achter een klein restaurant in de buitenwijken van Rabat, een pretentieloze gelegenheid die eigendom was van de zwager van Hannibal, Bendu Tonna, die in het eerste jaar van de bombardementen zijn zoon had verloren. Om de tafels stonden vijgenbomen en vijgcactussen.

Julietta was er met de graaf, en Simone arriveerde in een door paarden getrokken *karrozzin* samen met Vivian, die nog steeds in de rouw was vanwege Nigg. Ze was in het zwart gekleed, en Aida vond het onbeleefd van haar zo in het zwart op te komen dagen, omdat op een bruiloft, zoals iedereen wist, zwart ongeluk bracht. Vivian en Nigg waren de laatste tijd trouwens helemaal niet meer zulke goede vrienden geweest. Ze hadden ruzie gemaakt, en voor zijn zelfmoord hadden ze elkaar weken niet gesproken. Hannibal wilde Vivian terechtwijzen, maar Aida, die geen scène wilde, kalmeerde hem.

Fingerly was er, en Tony Zebra, met een paar piloten uit het naburige Takali. En een massa zeelieden van de *Zulu*. Een van hen nam foto's. Aan boord fotografeerde hij aanvallende Stuka's en Ju-88's, dat was zijn werk. Hij was de fotograaf van het schip. Hij had nog nooit eerder trouwfoto's gemaakt.

Er waren hoeren uit Strait Street en een paar uit Rabat, uitgemonsterd in kant en zijde, hun gezichten zo zwaar opgemaakt dat het leek alsof ze maskers droegen. Een droeg er witzijden ondergoed dat van de parachute van een neergehaalde Duitser was gemaakt. Ze tilde haar jurk voor de piloten op en liet ze terdege kijken.

Rocco was er met Melita, en zij had Zammit meegenomen in de hoop dat hij iemand zou leren kennen die belangstelling voor hem zou hebben – een van de vrouwen van het dorp, misschien een weduwe, daar waren er nu zoveel van. Hoe dan ook, ze dacht dat de feestelijkheden hem misschien zouden afleiden en hem zouden helpen zich van zijn hopeloze verliefdheid te verlossen.

Op de bruiloft was ook Brangle, de piloot van de Wellington die in april Rocco had afgeleverd. Melita kende hem. 'Hij is mijn piloot uit Liverpool, hij brengt de platen voor de jukeboxen.'

Rocco kneep zijn ogen halfdicht. 'Hij? Is hij dat?'

'Inderdaad,' zei Brangle. 'Dat ben ik.'

Hij pikte de platen op in Gibraltar en vloog ze over naar Luqa. Daar leverde hij ze af bij een tabakswinkel in de buurt van het vliegveld, waar Melita ze ophaalde. Die ochtend was hij aangekomen met Dinah Shore, Helen Forrest, Peggy Lee, Kitty Kallen en Judy Garland.

'Ik hoop dat je goed voor ze hebt gezorgd,' zei Rocco, die zich de roekeloze, met de dood flirtende manier herinnerde waarop Brangle het toestel de dag van hun aankomst aan de grond had gezet.

Hannibal betaalde de rekening van de bruiloft. Via zijn connecties op de zwarte markt had hij verschillende kisten tafelwijn en champagne in de wacht gesleept, maar zijn inspanningen om vers vlees te vinden waren op een afgrijselijke mislukking uitgedraaid. Zelfs geitenvlees was tegenwoordig moeilijk te vinden en Aida was per se niet bereid geweest haar gasten op haar bruiloft geroosterde kat of hond voor te zetten.

De tafels waren met wit linnen gedekt, en de maaltijd zelf, die op witte borden werd opgediend, was geheel in de geest van de laatste rantsoeneringsvoorschriften: op ieder bord lagen een kleine sardine en tien erwten. Gelukkig was de tomatenoogst die zomer geweldig geweest, dus was er een enorme tomatensalade, gekruid met knoflook, peper en oregano. Voor de bruid en de bruidegom waren er behalve de ene sardine en de tien erwten kippenlevers die Hannibal van Gozo had gehaald, opgediend met een witte kruidensaus.

De man met wie Aida trouwde was een beroepszeeman, een machinekamermonteur van achter in de dertig, die van plan was na de oorlog de marine te verlaten en naar huis terug te gaan, naar de Cotswolds, waar hij kerstbomen wilde gaan kweken. Hij heette Bobby Cripps en was gek op hoeren. Hij had al lang de ambitie met een hoer te trouwen, en maakte openlijk grappen dat hij van Aida een eerzame vrouw zou maken door met haar in het huwelijk te treden. Hij maakte ook grappen over haar houten been. 'Een koopje, toch? Het neusje van de zalm. Zodra de oorlog achter de rug is beginnen we een gezin, en je zal zien, elk meisje zal met een houten been geboren worden. Ik zal maar niet zeggen met wat voor been de jongens geboren zullen worden,' grapte hij, 'maar van hout zal het niet zijn – nietwaar, Aida?' Rocco hoorde hem dit toespraakje minstens drie keer houden, waarbij hij geil met zijn ogen rolde.

Vivian vond dat Aida maar een armzalige partij aan de haak had geslagen, maar Simone zei dat ze nu in ieder geval naar Engeland zou kunnen en weg zou kunnen van Malta, dat geen plek meer was om te wonen. Bij de cactussen stonden drie somber ogende muzikanten, van wie er één een brede snor had: een mandoline, een accordeon en een viool. Ze kwamen uit Rabat en hadden met Aida op school gezeten, op de St. Agatha-school. Ze speelden stukken uit de opera *Aïda*, met inbegrip van een opzwepende versie van 'Celeste Aïda' en een diep doorvoelde vertolking van 'Fuggiam gli ardori inospite' ('Ah, laten we de hatelijke hitte ontvluchten'). Ze waren echter zo tactvol de sombere stukken weg te laten, als Aïda en Radames in de duistere tombe op hun dood zitten te wachten. Ze speelden niet 'Morir! Si pura e bella' en evenmin het terneergeslagen vaarwel 'O terra addio'.

'Zie je,' zei Aida opgewekt terwijl de muzikanten zich op de Triomfmars stortten, 'als ik in Egypte was geboren zou mijn leven zo heerlijk anders zijn geweest. Dan zou ik nooit mijn been zijn kwijtgeraakt toen dat stomme paard in een greppel terechtkwam, en zou ik met iemand van het corps diplomatique zijn getrouwd. Dan hadden we aan de Nijl gewoond, tussen de piramiden en de palmen, en had ik Egyptische sigaretten gerookt. Nu zal ik in plaats daarvan Bobby helpen met het kweken van kerstbomen in de Cotswolds.'

Het idee om haar Aida te noemen was van haar vader afkomstig geweest. Hiervoor, en om andere redenen, koesterde ze nog steeds een wrok tegen hem, ook al was hij dood. Als jongeman had hij een aantal jaren in Caïro gewoond, waar hij juridische stukken had opgesteld voor een firma die dadels naar Noord-

Amerika exporteerde. Toen hij naar Malta was teruggekeerd had hij regelmatig met het idee gespeeld weer naar Caïro te gaan, maar had dit nooit gedaan. Hij had een advocatenkantoor opgezet in Rabat, zwaar gegokt, Amerikaanse whisky gedronken, een dwaze belegging gedaan in een firma die wierook en hosties voor de heilige communie produceerde, er een minnares op na gehouden en zijn vrouw een ellendig leven bezorgd. Toen ze als gevolg van complicaties na een galblaasoperatie was overleden had Aida hem ervan beschuldigd haar vroegtijdig het graf in te hebben geholpen. Met deze beschuldigingen was ze nooit opgehouden. Ze nam hem de minnares kwalijk, de Amerikaanse whisky, de wierook en de hosties, en nog het meest dat hij haar pianoles had laten nemen terwijl zij om zangles had gesmeekt. De pianoleraar, een onaangename man met een stinkende adem en een litteken op zijn lip, had haar verleid toen ze veertien was, en daarna was haar leven nooit meer hetzelfde geworden.

'Mijn vader is altijd tegen me geweest,' zei ze, terwijl ze een kippenlever doormidden sneed en met haar vork een stukje naar haar mond bracht. 'Zelfs toen ik nog maar net was geboren was hij tegen me. Hij gaf me de naam van een slavin. Hij had me ook de naam van een koningin kunnen geven, Cleopatra of zo, maar hij noemde me naar een slavin die in een tombe op een vreselijke manier aan haar einde komt. Wat heeft hij daar in hemelsnaam bij gedacht?'

'Hij is dood, hij is dood, laat hem rusten,' zei Simone. 'Laat de doden rusten.' Hij was in het eerste jaar van de bombardementen, tijdens een aanval, overleden aan een hartstilstand toen hij rennend naar een schuilkelder op weg was geweest. Simone had hem altijd heel graag gemogen en vond Aida te hardvochtig en te oordelend, te onverzoenlijk.

'Hij is dood, ja, maar voor mij leeft hij, hier boven,' zei Aida, met een vinger tegen haar voorhoofd tikkend. 'Hier leeft hij nog steeds.'

Hannibal stak een reeks rotjes aan, deelde daarna een stel vooroorlogse sterretjes uit en ze staken ze aan. Iedereen stond van tafel op en een tijdje wandelden ze rond in het uitgedroogde gras, met de sterretjes zwaaiend alsof het toverstokjes waren.

'Waar heb je die gevonden?' vroeg Aida verrukt.

'Ik heb ze van de neef van Bendu Tonna. Hij had nog een hele doos, van voor de oorlog. Ik zal je maar niet vertellen wat ik ervoor moest betalen.' Hij stak een vuurpijl aan en deze ging sissend de lucht in, groen en paars, en weer speelden de muzikanten – langzame, romantische melodieën om langzaam op te dansen. Aida danste met haar echtgenoot, en toen met Hannibal. Simone danste met Vivian. De zeelieden van de *Zulu* dansten met de hoeren van Strait Street. Rocco danste met Melita, maar hij had last van zijn voet, dus de volgende dans bleef hij zitten en danste Melita met Zammit. Rocco was verbaasd hoe goed Zammit zich bewoog, ondanks die grote schoen aan zijn klompvoet. Geen enkele vrouw had hem ooit gewild.

Vader Hemda, die het huwelijk had voltrokken, zat aan een tafel kleine slokjes rode wijn te drinken en keek met een glazige zachtheid in zijn ogen naar de dansenden. Een Messerschmitt kwam laag over, achtervolgd door een Spitfire, en de vrouwen waren in alle staten en keken met bezorgde blik naar de hemel.

'*Xorti, xorti,*' zei Hannibal. 'Op een bruiloft brengt het geluk als het regent, en als ze bommen laten vallen brengt het nog meer geluk.'

Melita danste met Fingerly, en toen danste ze nog een keer met Zammit. Julietta danste met de graaf.

'Je hebt haar hart gebroken, weet je dat?' zei Simone tegen Rocco, terwijl ze in de richting van Julietta knikte.

'Nee, dat is niet waar,' zei hij. 'Hoe kom je daarbij?'

'O, jawel, ze mocht je heel graag, maar je hebt haar nooit een kans gegeven. Dat andere meisje, waar je nu mee bent, kijkt op ons neer. Ze denkt dat ze beter is dan wij.'

Rocco schrok toen hij haar dat hoorde zeggen. 'Als ze dat vond, geloof me, dan was ze hier niet geweest.'

Simone tuitte haar lippen, woog haar gevoelens voor Melita af. Ze had niet echt actief een hekel aan haar, maar voelde toch een afstand, een vage antipathie. 'Is haar vader om het leven gekomen? Bij de dokken?'

'De eerste dag van de bombardementen.'

'Nou ja, ze ziet er aardig uit. Ze is heel knap. Maar je hebt wel Julietta's hart gebroken. Ze voelde iets speciaals voor jou.'

'Ze heeft de graaf, die is toch rijk?'

Simone maakte een wegwuivend gebaar. 'Hij is zo oud – oud genoeg om haar grootvader te kunnen zijn. Het enige wat hij wil is 's nachts een warm lichaam naast zich in bed. Wat heeft een gezonde jonge vrouw als zij daar nu aan?'

'Ben je werkelijk van plan een kantwinkel te beginnen?'

'Dat ga ik inderdaad doen. De vrouwen op Gozo denken dat ze

de enigen zijn die met kant kunnen omgaan, maar op Malta zijn we beter. Ik begin een winkel met jonge meisjes die kant voor me maken. Die kraag van Vivians jurk heb ik gemaakt.'

Na de zelfmoord van Nigg waren Vivian en Simone erg naar elkaar toe gegroeid. Ze waren met dezelfde *karozzin* naar de bruiloft gekomen en Rocco had van Tony Zebra gehoord dat ze samen in een huis in Rabat woonden; de roddel wilde dat ze minnaressen waren. Wat hier ook van waar was, Vivian was – leek – erg veranderd. Rocco had haar zijn eerste dagen op Malta gezien: zichzelf aanbiedend, gevat en brutaal, maar nu leek ze, in haar nieuwe afhankelijkheid van Simone, iemand anders geworden, rustiger, meer ontspannen en zelfverzekerder. Ook al droeg ze nog rouw vanwege Nigg, ze wekte niet erg de indruk door verdriet overweldigd te zijn. Het was bijna alsof ze blij was dat hij dood was, want nu hij er niet meer was stond het haar vrij een ander soort leven voor zichzelf uit te stippelen. Ze maakte een opmerkelijk serene indruk.

Fingerly, die in beide handen een glas champagne had, overtrof zichzelf, praatte met de piloten, met degenen die nieuw waren op het eiland, vertelde ze precies hoe de oorlog zou verlopen. 'Rommel verliest in Noord-Afrika, sneller dan je denkt. Als het Afrika Korps zich heeft overgegeven vallen we Sicilië binnen. Na Sicilië marcheren we het Italiaanse schiereiland door en nemen we Rome in. Daarna is het verder een fluitje van een cent – de invasie van Frankrijk over Het Kanaal, de Rijn over en Duitsland in. Naar Berlijn!'

'Fluitje van een cent,' zei Smoky Joe Lowery, die een reputatie van verwoed dobbelaar had.

'Fluitje van een cent,' zei Petro Peters, die aan de Spaanse Burgeroorlog had meegedaan.

Ze zeiden het allemaal, fluitje van een cent, fluitje van een cent. Zelfs Nardu Camilleri, die er niet was, zei het. Zelfs Nigg en Maroon, die dood waren, en Ambrosio, die nog steeds zonder toestemming op verlof was op Mallorca, genietend van de olijfgaarden en de liefde bedrijvend met een van zijn nichtjes. *Fluitje van een cent. Fluitje van een cent.* De ST's en de Ju-88's deden weer een aanval op Valletta, en op een afstand van tien kilometer kon je de bommen dreunend horen neerkomen.

'Die kapitein Fingerly van jou kan zijn handen niet thuishouden,' zei Melita tegen Rocco. 'Ik moest hem een klap in zijn gezicht geven.'

'Terwijl je aan het dansen was? Heb je hem een klap in zijn gezicht gegeven?'

'Hij was er erg onaangedaan onder, hij zei dat hij alleen maar probeerde een mug van de voorkant van mijn jurk te vegen.'

'Je hebt hem een klap in zijn gezicht gegeven en ik heb het helemaal niet gezien?'

'Moet ik het nog een keer doen?'

'Ik laat de fotograaf komen, daar moet ik een foto van hebben.'

Vanuit de keuken reed Hannibal de bruidstaart naar buiten die Bendu Tonna had gemaakt. De wetten op de rantsoenering verboden het maken van taarten en taartjes, maar een bruiloft was een bruiloft, en Bendu Tonna had deze onverschrokken vervaardigd van de suiker, het meel, de eieren en restjes van andere dingen, waarvoor Hannibal een vermogen had betaald.

'Ik weet niet waarom ik zo aardig voor haar ben,' zei Hannibal, en hij herhaalde dit in de loop van de middag verschillende malen. In de intense hitte zweette hij overvloedig, en de verf van zijn rode das liep uit op zijn overhemd, zodat het was alsof zijn borst met bloed was bedekt. 'In het huis aan Strait Street veroorzaakte ze alleen maar problemen, altijd kijven en klagen. Ze verdient het helemaal niet, dat ik zo'n bruiloft voor haar organiseer.'

'Als hij dat nog één keer zegt,' zei Aida, 'geef ik hem een mep met mijn been op zijn hoofd.'

Hannibal had niet alleen de taart en het eten betaald maar ook Aida's trouwjurk. Hij was van zijde, met veel kant, en met strengen valse parels erop genaaid – de zijde en het kant waren heel lichtroze, bijna wit maar niet wit genoeg, omdat ze welbeschouwd geen maagd was en al heel lang niet meer was.

De fotograaf maakte verschillende plaatjes terwijl ze de taart aansneed en haar echtgenoot een hapje gaf. Toen zette hij hen voor de cactus en gaf hun opdracht elkaar een kus te geven. Na de taart danste Aida weer. Ze greep Rocco beet. 'Kom, je moet met de bruid dansen.'

Hij stribbelde even tegen vanwege zijn voet, maar gaf uiteindelijk welgemoed toe, en enige momenten lang vormden ze op het gras, terwijl de muzikanten een langzaam nummer speelden, een pathetisch stel: zij met haar houten been en hij met zijn pijnlijke voet, onhandig en traag, als opwindpoppen.

'Ben je gelukkig?' vroeg Rocco.

'Heel gelukkig,' zei ze. 'Het is natuurlijk niet hetzelfde als met een graaf trouwen. Of met een rijke Amerikaan, zoals kapitein

Fingerly, of zoals jij. Maar in elk geval zal hij me na de oorlog weghalen van dit eiland, en dan krijgen we ons eigen huis en gaan we kerstbomen kweken. En de zomers zullen niet zo heet en ondraaglijk zijn.'

'Denk je dat ik rijk ben? Denk je dat echt?'

'Ben je dan niet rijk? Want dat zegt Fingerly. Hij zegt dat je miljonair bent.'

'Hij heeft Dominic verteld dat ik renpaarden fok.'

'Is dat dan niet waar? Wat een vreselijke wereld toch, niemand is meer eerlijk. Waarom moet je me op mijn trouwdag een illusie ontnemen?'

Terwijl ze ronddraaiden op de muziek richtte ze haar hoofd op en keek naar een wolk. 'Dat heb ik altijd al gedacht van je vriend Fingerly. Hij is iemand die de waarheid niet vertelt.'

Toen de muzikanten even pauze namen gingen de vrouwen zitten en begonnen te zingen. Ze zongen oude Maltese liederen, in het Maltees. Simone begon, en Julietta en Aida vielen in, samen met Vivian en alle oude vrouwen uit Rabat. Zelfs de hoeren uit Strait Street zongen.

'Wat zingen ze?' vroeg Rocco Melita.

'Over de liefde,' zei ze, 'oude liederen over liefde en verdriet.'

De liederen gingen zo te horen voornamelijk over verdriet. Langzame, sombere melodieën, krachteloos van verdriet.

Toen begonnen de muzikanten weer te spelen en wilde Melita dansen, maar Rocco had nog steeds pijn in zijn voet. 'Dan ga ik met Zammit dansen,' zei ze, en ze deed het ook. Simone danste met Vivian, en Fingerly danste met Julietta.

Rocco zat bij de graaf, die zich gestaag door een fles champagne heen werkte en achteloos over zijn zakenpartners in Berlijn praatte, die op verschillende manieren zonder succes van Hitler af probeerden te komen. Hij voelde zich op zijn gemak met Rocco, omdat deze jong was, goed luisterde, *gemütlich* was, geruststellend Amerikaans onschuldig, en net zoals hijzelf op dat moment lichtelijk aangeschoten.

'Er zijn mensen die denken dat de enige manier om Duitsland te redden,' zei hij terwijl hij een klein sigaartje in een pijpje stak, 'is hem te vermoorden. Wat denk jij? Moet de Führer vermoord worden?'

Rocco pakte de fles champagne, vulde het glas van de graaf en daarna zijn eigen glas. 'Kan dat dan?'

'De vorige zomer is er een poging gedaan door twee onderofficieren, maar die konden niet bij hem in de buurt komen. De Führer wordt goed bewaakt.'

De graaf had in contact gestaan met veldmaarschalk von Witzleben, die heel graag een directe actie tegen Hitler had willen ondernemen. Maar Hitler, die argwanend was en aan Witzlebens loyaliteit twijfelde, had hem uit actieve dienst verwijderd, zodat hij nu een veldmaarschalk zonder leger was.

Rocco zag Zammit met Simone dansen en vroeg zich vaag af of hier iets moois uit zou kunnen groeien. Ze vormden een lachwekkend stel, een hopeloos verkeerde combinatie: hij zo klein en zij zo groot dat ze hem met gemak had kunnen optillen en ronddragen.

'Er zijn nog anderen, ja,' zei de graaf vermoeid. 'Stauffenberg, Schlabrendorff, Stief. Misschien zal een van hen het doen. Ik heb niet veel hoop waar het von Moltke en zijn omgeving, de Kreisaugroep, betreft. Ze zijn te idealistisch, ze hebben niet de wilskracht om echt iets te doen.' Nog moeilijker, dacht hij, dan van Hitler afkomen was het probleem de juiste persoon te vinden om hem te vervangen. 'Ik ben zelf voor herstel van de monarchie, zoals zovelen van ons. Maar wie van de vorsten moeten we op de troon zetten? Popitz wil de kroonprins, maar dat is zo'n ellendige, liederlijke man, die is duidelijk onacceptabel. Sommigen hebben het over vorst Oskar van Pruisen, maar eerlijk gezegd heb ik daar mijn bedenkingen over. Het enige waarover we het allen eens zijn is misschien dat de vierde zoon van de Kaiser, prins August, uitgesloten is. De arme jongen is een fanatieke nazi geworden, een Gruppenführer bij de SS.'

'Dus het is hopeloos?'

'Nee, nee, hopeloos zou ik niet zeggen. Er is toenemende sympathie voor Louis-Ferdinand, de tweede zoon van de kroonprins. Hij is jong en heeft een hele tijd in Amerika gezeten. Heb je wel eens van hem gehoord?'

Rocco had nooit van hem gehoord.

'Maar je moet van hem gehoord hebben,' zei de graaf op scherpe toon. 'Jij zit toch in de autobranche? De prins heeft vijf jaar lang bij de Ford-fabrieken in Dearborn gewerkt. Hij begrijpt de democratie, hij weet wat het is om voor je brood te werken. En hij heeft een prachtig huwelijk gesloten – met prinses Kira, van Rusland. Voor de Revolutie was ze groothertogin. En het zijn allebei goede vrienden van jullie president, meneer Roosevelt. Toen ze op huwelijksreis waren heeft hij ze uitgenodigd om in het Witte Huis te komen logeren.'

Het leek Rocco een schitterend idee. Je werkt in Dearborn, waar je Fords maakt, en voor je het weet willen ze dat je koning van Duitsland wordt.

'Alles is mogelijk,' zei de graaf. 'Maar ik ben steeds minder optimistisch.'

De dochter van Beatrice, Marie, kwam langsrennen, achtervolgd door haar broertje, Joseph, in zijn padvindersuniform. Beatrice kwam vlak achter hen aan, boos naar Joseph roepend, maar ze waren al achter de vijgenbomen verdwenen.

'Ik weet niet meer wat ik met hem aanmoet,' klaagde Beatrice, 'hij is zo moeilijk geworden, zo moeilijk.'

'Hoe gaat het met je vader?' vroeg Rocco, die opstond om haar te begroeten.

'Hetzelfde, hetzelfde, niet erg goed, hij heeft geen wil om te leven.' Ze wendde zich tot de graaf. 'Hij heeft mijn vader het leven gered – wist u dat? Dat was moedig van hem. Heel moedig.'

'Misschien red je mij op zekere dag ook wel het leven,' zei de graaf vrolijk tegen Rocco.

'Hij heeft je naam gisteren genoemd,' zei Beatrice, terwijl ze haar hand op Rocco's arm legde. 'Hij denkt aan je.'

'Heeft hij echt zeven Duitsers om zeep geholpen, in de vorige oorlog? Of beeldde hij zich dat alleen maar in?'

'O ja, ze hebben hem een medaille gegeven. Daar was hij erg trots op. Hij was scherpschutter.'

De kinderen kwamen tussen de vijgenbomen door terugrennen en verdwenen door de deur het restaurant in. Beatrice ging hoofdschuddend achter ze aan.

De graaf doolde weg naar de wc's en even later stond Rocco bij de cactus, met Julietta, zedig verleidelijk in een blauwe mantel, met om haar hals een met veel edelstenen bezet collier dat de graaf haar had gegeven. Ook zij had zich net als Simone en Aida uit het vak teruggetrokken en woonde nu in een appartement in St. Julian's dat de graaf voor haar had gehuurd.

'Je hebt het ver geschopt in de wereld,' zei Rocco.

'Hij is erg aardig tegen me.'

'Ik ben blij voor je.'

Ze glimlachte wrang. 'Je bent nooit met me naar bed geweest.'

Hij haalde vaag zijn schouders op.

'Het is maar beter zo,' zei ze. 'Ik ben met zoveel kerels naar bed geweest, het is prettig te denken dat er een speciaal iemand is.'

Ze legde haar handen op zijn das en trok de strik iets strakker.

'Ik heb een besluit genomen,' zei ze. 'Ik ga met hem mee naar Alexandrië.'

'Wanneer?'

'Al gauw, denk ik. Er wordt minder gebombardeerd.'

'Ze zeggen dat het een prachtige stad is.'

'Het is het beste dat ik kan doen, toch?'

'Het is het beste.'

De zon daalde in de richting van een streep kleine roodachtige wolken. Vivian riep Aida. 'Het boeket. Ga je het boeket nog gooien?'

'Volgens mij wil ze dat niet,' zei Julietta. 'Ze wil het bewaren.'

Het boeket bestond uit drie rozen gecombineerd met witte chrysanten, die 's nachts uit Gozo waren overgebracht, samen met de kippenlevers. Aida trok er een roos uit als souvenir, draaide zich om en gooide het boeket over haar schouder. Simone ving het op en barstte in tranen uit, want als je het boeket opving betekende dit dat jij de eerstvolgende was die zou trouwen, en het was haar en alle anderen volstrekt duidelijk dat het op haar leeftijd onwaarschijnlijk was dat ze ooit nog een man zou vinden.

En toen stond niet alleen Simone te huilen maar stonden ze allemaal te huilen: Aida, Vivian, Julietta, omdat alles veranderde en niemand meer helemaal wist wat er gebeurde en wat er nog in het verschiet lag. Beatrice huilde omdat haar vader bijna dood was en Vivian huilde om Nigg, die voordat hij zich had doodgeschoten een paar weken niet meer bij haar langs was geweest en niet eens op het idee was gekomen een briefje voor haar achter te laten. Aida huilde omdat ze nu een getrouwde vrouw was en helemaal niet zeker wist of dit wel verstandig was. Ze kende de verhalen over huwelijken met zeelieden, hoe deze huwelijken bijna nooit lukten. Julietta huilde omdat de anderen huilden en Simone huilde omdat haar tijd aan Strait Street afgelopen was en ze zich oud voelde en niet klaar voor de rest van haar leven, die somber oogde en niet veel beloften leek in te houden. En ze huilden allemaal omdat Malta niet meer het Malta was waar ze waren opgegroeid, omdat te veel huizen en gebouwen waren ingestort en ze allemaal wel mensen kenden die om het leven waren gekomen. Het was allemaal te veel.

Rocco opende een vers pakje Lucky's en deelde ze uit, ging daarna rond met een doosje lucifers en gaf iedereen vuur, en ze zaten aan een lange tafel, een beetje verloren, huilend en rokend. Er waren vrouwen die Rocco niet kende, sommige oud en grijs, en zelfs zij huilden, om redenen die hij zich niet kon voorstellen.

'Het leven is ingewikkeld,' zei Simone. 'Ik zal het nooit, nooit begrijpen.'

'Je mag ons nooit verlaten,' zei Beatrice tegen Aida. 'Je mag na de oorlog niet weggaan en ons achterlaten.'

'Ik zal jullie nooit verlaten,' zei Aida. 'Ik ben op Malta geboren en ik beloof jullie dat ik op Malta zal sterven.'

'Wat zal er met onze kleine Julietta gebeuren?' vroeg Simone neerslachtig. 'Zal ze ons verlaten? Zal ze voor altijd weggaan? De wereld verandert voortdurend. Het is zo harteloos, zoals alles anders is geworden.' Terwijl de tranen over haar wangen stroomden en haar make-up ruïneerden zoog ze de rook van de sigaret diep in haar longen. Er lag nog wat taart op haar bord, maar ze had er geen zin meer in.

Aida inhaleerde, en Julietta inhaleerde. Julietta pakte een zakdoek en veegde haar ogen af, waarna ze weer inhaleerde en zei dat het allemaal door Malta kwam, al dat ongeluk, door dit harde, rotsige, stoffige, ongevoelige eiland. Ze praatte over haar moeilijke kindertijd en over de schapen die ze had moeten verzorgen, en over haar ellendige neefjes die altijd geintjes met de schapen uithaalden, schaamteloos, hoe ze haar hadden gekweld, maar ze geloofde in God en hoopte dat alles in de toekomst beter zou zijn dan nu.

Zelfs Melita huilde. Ze huilde om haar ouders, die dood waren, en om haar tante, met wie ze niet kon opschieten, en om Zammit, die zijn hele leven teleurgesteld was geweest in de liefde. En ze huilde om Rocco, omdat de oorlog op Malta nu elke dag achter de rug kon zijn en hij dan ergens anders heen zou worden gestuurd en ze hem misschien nooit meer zou zien. Zammit, die naast haar zat, staarde recht voor zich uit, naar de vijgenbomen, die nu in de schaduw stonden. Er liep een traan over zijn wang. Hij was de enige die niet rookte.

'Het komt door de honger,' zei Hannibal tegen Rocco. 'Met die rantsoenering krijgen ze niet meer genoeg te eten. Ze zijn verzwakt van de honger, dus worden ze somber en gaan ze huilen. Zo gaat het in een oorlog – eerst storten de vrouwen in, dan worden de mannen gek, en dan is er niets meer over. Deze oorlog duurt te lang. Of de Britten moeten winnen, of ze moeten ophoepelen en ons met rust laten.'

Rocco dacht dat hij tranen in Hannibals ogen zag opwellen. Hannibal was zo'n ongepolijst mens dat het gênant was te denken dat hij zou kunnen instorten en gaan huilen. Rocco bood hem een sigaret aan en gaf hem vuur.

Iedereen was slap geworden van de hitte. De priester, vader Hemda, had zijn hoofd op de tafel gelegd en was diep in slaap.

'Waar heb je die sigaretten vandaan?' vroeg Hannibal.

Rocco werd nog steeds door Fingerly bevoorraad. 'Ik poker met de piloten,' zei hij.

'Ik heb altijd het liefst Old Gold gerookt,' zei Hannibal. 'Je weet toevallig niet waar ik Old Gold zou kunnen vinden?'

Rocco keek naar Hannibals grote en sterke handen en herinnerde zich iets wat Fingerly hem ooit had verteld, dat hij Hannibal eens een fles Black Label had zien pakken, die hij in een handdoek had gewikkeld, waarna hij er met één hand hard in had geknepen tot de fles was gebroken. Zo sterk was hij.

Toen ze in Windmill Street terugkwamen waren ze moe, maar het was nog vroeg in de avond, de zon ging net onder. Melita zette thee.

'Je hebt veel met Zammit gedanst,' zei Rocco.

'Hij houdt van dansen, hij danst goed.'

Rocco zag hoe attent ze altijd voor hem was. Hoe ze zich over hem ontfermde, hem altijd speciale aandacht gaf. Ze aanbad hem, vanwege zijn gave met de jukeboxen.

'Hou je van hem?' vroeg hij. De vraag kwam nergens vandaan, steeg zomaar op uit de lome vermoeidheid van het einde van een lange dag.

Er ging enige tijd overheen voordat ze antwoordde. 'Natuurlijk hou ik van hem,' zei ze. 'Hij is mijn neef.'

'Dat weet ik, dat weet ik. Maar ik bedoel ben je verliefd op hem?'

Ze fronste haar voorhoofd, hevig verontwaardigd. 'Wat bedoel je precies? Bedoel je zoals jij en ik, in bed? Wat is er met je aan de hand, waarom zeg je zoiets?'

Hij voelde zich sjofel, dwaas. 'Zo bedoelde ik het niet,' zei hij geschrokken. 'Ik weet niet wat ik bedoelde. Het was stom.'

Ze begon te pruilen.

'Hé, kom, zo belangrijk is het toch niet,' zei hij in een poging het goed te maken.

'Soms zeg je rare dingen.'

'Ik dacht er niet bij na.'

'Nou, je kunt beter wel even nadenken. Voor je zoiets vreselijks zegt.'

'Laten we de thee vergeten en naar Monico's gaan,' stelde hij voor, 'misschien hebben ze daar sandwiches.'

'Ik wil niet naar Monico's.'

'Laten we dan een stukje gaan wandelen.'

'Je bent gemeen tegen me,' zei ze. Ze gaf hem een stomp tegen zijn schouder. 'Je houdt niet van me.'

'Ik ben niet gemeen tegen je.'

'Jawel, dat ben je wel.'

'Wil je me een klap voor mijn kop geven? Ga je gang, sla maar.'

Ze keek hem aan alsof ze het misschien echt zou doen. En toen, na een lange stilte, zei ze: 'Na de oorlog wil ik misschien wel een baby.'

Het was, omdat het zo plotseling kwam, erger dan een klap. Ze praatte weer over trouwen.

'Is dat wat je wilt?'

'Wil niet iedere vrouw dat? Willen ze dat niet in Amerika? Moeder zijn en een kind hebben?'

Het gaf hem een ongemakkelijk gevoel als ze hierover begon.

'Je moet me niet opjagen,' zei hij.

Ze hield haar hoofd een beetje scheef en keek hem aan alsof hij een volslagen vreemde was.

'Wat bedoel je daarmee?' vroeg ze.

'Niets,' zei hij. 'Het betekent niets. Ik wou alleen maar zeggen, er is een oorlog aan de gang, of niet soms?'

'Ik had het over na de oorlog.'

'Oké, oké,' zei hij, zwakjes en gereserveerd. En toen, na een stil-te: 'Je bent toch niet zwanger?'

'Nee, ik ben niet zwanger.'

'Weet je het zeker?'

Ze haalde de thee van het fornuis en stond op het punt in te schenken, maar de pot glipte uit haar hand en de thee spetterde op de vloer, en ze stond daar gewoon maar, bewegingloos, kijkend naar de gemorste thee overal om haar heen.

'Vergeet het maar, het is niets,' zei Rocco, die een dweil van het aanrecht pakte en de boel opdepte.

'Dat was onze laatste thee,' zei ze. 'Het laatste restje van ons rantsoen.'

GEALLIEERDE LUCHTACTIVITEIT IN CHINA EN BIRMA
Succesvolle Aanval Op Kanton

ZWEDEN WAARSCHUWT BUITENLANDSE ONDERZEEËRS

HET FRONT OP MALTA: DRIE NACHTELIJKE AANVALLERS
VERNIETIGD

———

MINIMUMLENGTE VOOR REKRUTEN VERLAAGD VAN 1.60 M. NAAR
1.50 M.
Gratis Buskaartjes naar het Hoofdkwartier in Hamrun
BOETE VOOR NIET-AANMELDING: EEN POND

———

HOUDT UW NIEREN ACTIEF
om zeker te zijn van een Goede Gezondheid
Zowel mannen als vrouwen boeten in ons klimaat aan kracht en
vitaliteit in. Men krijgt last van pijn in de lendenen, gewrichten
'kraken' bij iedere beweging, verstijven en zwellen, er verschijnt
bezinksel in de urine en blaaszwakte leidt tot bezorgdheid. Toch
verspilt menige nierpatiënt kostbare tijd alvorens zijn nieren weer
te versterken met Doan's Rugpijn Nierpillen.
Weiger iedere namaak
VRAAGT NAAR DOAN'S

———

TIENDUIZEND MENSEN ZIJN IN KEULEN GEDOOD en begraven in
collectieve graven en honderdveertigduizend mensen zijn volgens
officiële cijfers uit de stad geëvacueerd als gevolg van de luchtaanval van RAF-1000-bommenwerpers in de nacht van 30 op 31 mei.
Deze cijfers zijn ontvangen uit betrouwbare buitenlandse bronnen
over de onbeschrijfelijke verwoestingen. Ten minste zestien fabrie-
ken, met inbegrip van de reparatiewerkplaatsen van de spoor-
wegen, zijn vernietigd. In de stad zelf zijn tal van banken en verze-
keringsgebouwen verwoest.

Deel III

Muziek in de nacht

… in een land met fel licht zonder bomen kun je niets verbergen
NIGEL DENNIS, *An Essay on Malta*

27

De transatlantische Liefkozing-van-de-Neushoorn-deal

Weer was Fingerly een tijdlang weg – en toen hij ditmaal terugkwam was hij majoor. En niet alleen dat: hij woonde niet meer in Valletta maar in een bescheiden landhuis, het Palazzo Volpe, hoog op een heuvel die uitzag op St. Paul's Bay. Op een vrijdagavond, kort na zijn terugkeer, nodigde hij Rocco en Melita uit voor het avondeten.

Het palazzo was eigendom geweest van barones Nessuno, een weduwe zonder erfgenamen die nu in de negentig was, en de rest van haar leven als invalide in het ziekenhuis van de Blauwe Nonnen uitzat.

'Mooi huis,' zei Rocco, die verwachtte de Venus van Malta en de dolk van Dragut te zien, maar die waren nog opgeborgen in het pakhuis in Paola.

'De mensen van deze oude palazzi,' zei Melita, 'de oude adel, die waren zo verschrikkelijk rijk.' Ze bedoelde weerzinwekkend rijk.

Rocco liet zijn vinger langs het been van een marmeren godin glijden die een hoorn des overvloeds vol druiven en meloenen vasthield. 'Een heel palazzo? Heeft I-3 dit gevorderd?'

'Welnee, dit is van mij, persoonlijk. Ik heb het voor een habbekrats op de kop getikt. Het is een goede tijd om te beleggen, misschien moeten jullie zelf ook eens overwegen iets te kopen.'

'Heb je hiervoor met sigaretten betaald?'

'Heel leuk, Rocco. Heel leuk. Leuk is-ie, hè?'

'Ik vind hem inderdaad erg leuk,' zei Melita beschermend terwijl ze Rocco's gezicht even aanraakte. 'Als hij niet zo leuk was zou ik niet met hem slapen.'

'Heb je dit allemaal nodig?' vroeg Rocco. 'Al deze kamers?'

'Stijl, Raven, stijl. Jij bent, met jouw belangstelling voor oude auto's, toch ook gek op stijl? Als je het per se wilt weten, ik heb er niet met sigaretten maar met condooms voor betaald.'

'Wiens condooms?'

'Die van graaf von Kreisen.'

'Je hebt een palazzo gekocht met condooms van de graaf?'

'Hij had er een hele scheepslading van.'

'Een scheepslading condooms?'

'Je moet weten: Malta is katholiek, ze doen niet aan geboorte-beperking, dus maken ze geen condooms. Condooms moeten uit het buitenland worden ingevoerd. Nu al die konvooien tot zinken worden gebracht is het liefdesleven van Britse soldaten door het afvoerputje verdwenen. Zo simpel ligt het.'

De condooms in kwestie waren in 1941 in Perth Amboy gepro-duceerd. De merknaam was Liefkozing van de Neushoorn. Ze waren met een Franse vrachtboot naar een groothandelaar in Brest verscheept, maar nog voordat ze halverwege de Atlantische Oceaan waren had de groothandelaar de hele lading aan de Luft-waffe verkocht en was de koers van de vrachtboot naar Bremen verlegd. Voor de boot Bremen had bereikt had een kapitein van de staf van Göring, een goedopgeleide accountant, de kans aangegre-pen een winst te maken door de lading voor tien procent meer dan de prijs die de Luftwaffe had betaald aan een agent in Argentinië te verkopen en kreeg de vrachtboot weer opdracht zijn koers te verleggen en nu naar Buenos Aires te gaan. Bij deze gebeurtenis handelde de agent in Argentinië namens graaf von Kreisen, die vanwege zijn deskundigheid op het gebied van de internationale handel van het oppercommando op Malta opdracht had gekregen condooms aan te schaffen voor het garnizoen van Malta, een le-gereenheid van ongeveer vijfendertigduizend man. De laatste con-dooms die voor Malta waren bedoeld waren in maart met het Vian-konvooi verscheept, maar de vrachtboot die ze aan boord had, de *Clan Campbell*, was dertig kilometer voor de ingang van Grand Harbour tot zinken gebracht.

In Argentinië was de lading in opdracht van de graaf (draad-loos van Malta) overgeladen op een neutraal Zweeds schip dat op weg ging naar Gibraltar, waar de lading in een pakhuis werd ge-stald. Het laatste stuk – van Gibraltar naar Malta – was het ris-kantst vanwege de belegering, en de graaf bestudeerde een hele scala van mogelijkheden, die echter geen van alle doenlijk bleken.

Omdat hij ten slotte geen eigen strategie had kunnen verzinnen had hij zich tot Fingerly gewend.

'En ik heb beloofd hem te helpen,' zei Fingerly met een ondeugend glimlachje.

'Voor een percentage,' zei Rocco.

'Natuurlijk.'

'Heb je de *Welshman* voor hem geregeld?'

'Nog mooier.'

'Hoe dan?'

'Hé,' zei Fingerly, 'wil je echt alle geheimen van I-3 weten? Tot op dit moment heeft een derde van de oorspronkelijke lading het eiland bereikt. Is dat mooi genoeg? De rest is onderweg.'

Later, toen er een luchtaanval op Valletta plaatsvond, nam hij hen mee het dak op, om te kijken. Het was donker en de lange witte vingers van de zoeklichten zwaaiden gretig rond, de nacht aftastend. Oranje flitsen van de grote 4.7-inch kanonnen, en het gebrul, een extatisch geluid van flak en huiverende stromen rode lichtspoormunitie van de zware mitrailleurs. Iedere keer dat Rocco het zag was hij betoverd, grote explosies van licht die opvlamden aan de nachtelijke hemel.

'Dit is een van de grote oorlogen,' zei Fingerly. 'In de toekomst zullen de mensen wensen dat ze ons waren, dat ze in deze tijd hadden geleefd. Het is een nieuwe heldhaftige tijd, Rocco. We hebben een hoop om Hitler dankbaar voor te zijn, hij heeft ons de oorlog geschonken, hij heeft het mogelijk gemaakt. Ben je niet blij dat je hier bent, op Malta?'

Ze waren met de bus gekomen, maar 's nachts reden er geen bussen, dus bracht Fingerly ze met zijn Phantom terug en zette ze af bij de City Gate.

Een paar bommen van de laatste luchtaanval waren in Valletta terechtgekomen, en ze konden ze ruiken: de stank van cordiet.

'Dat grote palazzo,' zei Melita. 'Is dat niet allemaal een beetje te veel?'

'Hij denkt dat hij Lorenzo de' Medici is. Misschien is hij dat ook wel.'

'Ik denk dat hij gewoon gek is. Toen hij een baby was heeft iemand hem waarschijnlijk op zijn hoofd laten vallen.'

De volgende dag werden er drie Beaufighters op weg uit Gibraltar, elk met een bemanning van twee koppen, neergehaald door een troep 109's. De mitrailleurs van alledrie de Beaufighters weigerden dienst. Ze stortten in zee, en toen de bemanning de ruimten in de vleugels openmaakte om bij de rubberboten te komen vonden ze in plaats van de rubberboten dozen met condooms. Toen ze de ruimte voor de munitie controleerden vonden ze daar in plaats van munitie nog meer condooms, wat verklaarde waarom de mitrailleurs niet hadden willen schieten. Twee leden van de bemanning, die ernstige schotwonden hadden opgelopen, stierven in het water. De anderen dobberden in hun zwemvesten rond en werden drie uur later door een watervliegtuig opgepikt.

De condooms waren een deel van de lading die graaf von Kreisen naar Gibraltar had gedirigeerd. Fingerly bracht ze over naar Malta door ze in de ruimten in de vleugels van de regelmatig heen en weer vliegende Beaufighters en Beauforts onder te brengen. Hij had een eigen afspraakje gemaakt met het grondpersoneel aan beide uiteinden van de route, dat met vijgen uit de Sudan en Egyptische dadels voor zijn moeite werd betaald. Rocco kreeg het verhaal te horen van Tony Zebra, die het van zijn commandant had gehoord, die het op zijn beurt van een vice-admiraal in het ondergrondse commandocentrum in Lascaris had gehoord.

De eerstvolgende keer dat Rocco Fingerly zag was het bij Hock's, en Rocco veegde hem de mantel uit. 'Twee mannen gesneuveld,' zei hij. 'Twee!'

'Ik weet het, ik weet het,' zei Fingerly, die zich van zijn charmantste kant liet zien en zijn uiterste best deed Rocco te kalmeren. 'Er werd veel druk uitgeoefend om die dingen op het eiland te krijgen, en het is te ver gegaan. Geen munitie aan boord, dat was niet in de haak.'

'Er zijn twee jongens om het leven gekomen,' herhaalde Rocco. 'Voor een paar van die klotecondooms!'

'Je vindt het heel erg,' merkte Fingerly op. 'Ik zie dat je het heel erg vindt.'

'Vind jij het dan niet erg?'

'Natuurlijk vind ik het erg,' zei Fingerly bedachtzaam, met een vertoon van zorgelijkheid. 'Ik vind het zelfs heel erg.'

'Ik kan niet geloven dat je dit hebt gedaan.'

'Ik? Heb *ik* dit gedaan? De oorlog heeft dit gedaan. Denk je nou echt dat ik willens en wetens, bewust, twee goede mannen de dood in heb gejaagd?'

'Het zijn toch jouw condooms?'

'Het zijn de condooms van de graaf. Ik doe dit alleen maar voor een commissie, en het grondpersoneel krijgt een commissie van mijn commissie.'

'Dus ik moet je maar op je woord geloven?'

Fingerly haalde ontwijkend zijn schouders op.

'Twee jongens,' zei Rocco. 'Ze hadden alle zes om het leven kunnen komen. Gaan er misschien nog meer aan?'

'Ik weet het, ik weet het,' zei Fingerly gevoelvol, 'maar bekijk het ook eens van deze kant: als ze geen condooms hadden vervoerd hadden ze wel lippenstiften en nylonkousen voor hun vriendinnen bij zich gehad, of sterke drank en lamskoteletten voor hun pokervriendjes in Luqa. Het is een onvolmaakte wereld, Rocco.'

'Geen rubberboot, dat is waanzin – maar geen *munitie*? Ze zouden nooit zijn opgestegen als ze hadden geweten dat ze niet konden schieten.'

'Nou, dat doen ze wel, dat gebeurt. Je zou nog verbaasd staan hoe vaak die jongens zonder munitie vliegen. Maar je hebt gelijk, absoluut gelijk. De condooms opbergen in de ruimte voor de munitie was ongeoorloofd. Ik heb mijn mensen daar strenge instructies gegeven: alleen in de ruimte voor de rubberboot. Ik heb ze nog zo gezegd: als jullie per se de ruimte voor de munitie moeten gebruiken, gebruik dan in godsnaam maar de helft, laat er wat in voor noodsituaties. Maar je weet hoe het gaat, Rocco, ze worden overijverig, er wordt grote druk uitgeoefend, je zou die hoge jongens eens moeten horen. Denk je dat het die lui iets kan schelen hoe we ze hierheen krijgen? We zitten hier met een crisis – vijfendertigduizend man in het garnizoen en geen condooms. Bijna even erg als wanneer de bacon op is. Maar je hebt gelijk, volkomen gelijk. Ik vlieg vannacht naar Gib, verdomme, en ik zal die jongens eens flink op hun falie geven.'

Rocco bleef even zitten, peinzend, zich van alles en nog wat afvragend. Als het leven een vergissing was, en als de tijd een vergissing was, en als de hele planeet een vergissing was, dan was Fingerly, die een nieuw groen sporthemd droeg met zijn gouden eikenblad op de kraag gespeld, wel de grootste vergissing van alle.

'Hier, neem een sigaar,' zei Fingerly, terwijl hij er een uit de zak van zijn hemd haalde.

Rocco keek ernaar, het was een goede Havana, en wilde hem graag hebben, zou hem haastig hebben aangepakt en ervan genoten hebben, maar het was te duidelijk omkoperij. Hij kreeg de aanvechting Fingerly een klap voor zijn kop te geven.

'Ik moet even pissen,' zei hij, wat niet helemaal waar was, en hij liep naar achteren, in de richting van de plee, maar wandelde erlangs en door de achterdeur naar buiten, waar hij uitkwam in een steeg die vol vuilnisbakken stond.

Toen hij vanuit de steeg op Old Mint uitkwam liep hij een paar kinderen, jongens, een groepje van zes of zeven, tegen het lijf die in de pas door de straat marcheerden en een liedje zongen:

Dragut, Dragut,
Gaat op zoek naar buit,
In volle wapenrusting
Het zeegat uit.

Moord en dood,
Roof en brand,
De aarde kleurt rood
Door zijn machtige hand!

Ze verbraken het gelid en daagden elkaar uit voor een imaginair zwaardgevecht, sprongen rond op de hopen puin, zaten elkaar daar boven achterna op de klifachtige overblijfselen van een huis dat door een bom was getroffen. Verbrijzelde muren, stukken vloer die op verschillende hoogten als stukken van een podium uit de muren staken. Een badkuip, een bank, enorme stukken pleisterwerk om op te staan en overheen te klimmen. Ze stonden even stil, draaiden zich naar elkaar om, gebruikten stokken als zwaarden, sprongen en huppelden rond, op zoek naar een betere positie. Afweren en toeslaan, het was leuker dan Errol Flynn.

Rocco voelde de verleiding tussen hen in te springen en mee te doen. Dragut, Dragut, Gaat op zoek naar buit.

Half augustus liepen er vier koopvaardijschepen en een olietanker in Grand Harbour binnen, ernstig toegetakeld na een zware aanval die ettelijke dagen had gewoed. Er waren veertien bevoorradingsschepen uit Engeland vertrokken, maar deze vijf hadden het als enige overleefd.

De 15e was het feest van Maria-Tenhemelopneming, een belangrijke feestdag voor de Maltezers, en het konvooi kwam al snel als het Santa Marija-konvooi bekend te staan. Negen koopvaardijschepen waren tot zinken gebracht, samen met twee kruisers, een destroyer en het vliegdekschip *Eagle*. Enkele andere oorlogsschepen waren flink beschadigd. Voor de marine was het een ramp waarbij veel levens verloren waren gegaan, maar voor het uitgehongerde Malta was het nu mogelijk de datum van capitulatie uit te stellen en het nog tien weken vol te houden.

Schepen Komen Door De Hel

NOG NOOIT ERGER SPITSROEDEN GELOPEN

GRIMMIGE GEVECHTEN OM DE SCHEPEN ERDOOR TE KRIJGEN

Een beschermende paraplu van Spitfires vloog over de haven. De Canadese sterpiloot, Klote Beurling, die op de 15e in de lucht zat toen de hinkende tanker *Ohio* binnenliep, vierde dit feit door op zijn kop en laag over Valletta te vliegen. De mensen wisten dat het Beurling was – het was zijn handtekening, op zijn kop vliegen. Ze wezen en noemden zijn naam. Hij had al meer vijandelijke toestellen neergehaald dan wie dan ook.

'Het leven staat op zijn kop,' zei Melita. 'Is het niet prachtig? Als het niet op zijn kop stond zou ik niet willen leven. Denk je dat de schepen ijs hebben meegenomen?'

Ze was gek op chocolade-ijs en had het al heel lang niet gegeten.

'Natuurlijk, natuurlijk,' plaagde Rocco haar, 'maar het is wel allemaal vanille-ijs.'

'En schoenen,' zei ze. 'Ik hoop dat ze schoenen bij zich hebben.'

In de weinige schoenen die ze had zaten nu allemaal gaten en het was onmogelijk nieuwe te krijgen. De schoenmakers kwamen om in het werk, ze verrichtten allerlei virtuoze reparaties, stikten en lijmden op manieren die ze zich nooit eerder hadden voorgesteld. Voor een gat in je zool was een stuk karton of een stuk linoleum in je schoen echter nog steeds het beste.

'Denk je dat ze honing bij zich hebben? Suiker? Zoutjes?'

'Natuurlijk.'

'Denk je dat ze vaseline bij zich hebben?'

'Ik zal het bij Fingerly navragen. Fingerly weet alles.'

'Fingerly,' zei Melita, 'weet niets.'

'Hij heeft een plan om de regering te reorganiseren. Na de oorlog gaat hij regeren als Vorst van Malta, maar Sultan vindt hij geloof ik nog mooier.'

'Wat hij zou moeten krijgen is een flinke aanval van zandvlooienkoorts.'

'Heb je zo'n hekel aan hem?'

'Ik heb geen hekel aan hem, ik vertrouw hem niet.'

'Hij vindt jou wel leuk. Je zou hem eens moeten horen, hoe hij over je praat.'

'Hij? Die megalomaan?'

'Hij denkt dat je toverkracht hebt.'

'Heeft hij dat gezegd? Dat ik een tovenares ben?'

'Hij denkt dat je Calypso bent.'

'Ja, ja,' zei ze, na hier even over te hebben nagedacht, 'dat ben ik inderdaad. Toen Odysseus hier langskwam heb ik hem zeven jaar vastgehouden, hier op Malta. En nu heb ik jou. Vind je het prettig, door mij betoverd te zijn?'

Ze begon te neuriën, zachtjes, beheksend, het nieuwe nummer uit Amerika, 'That Old Black Magic', terwijl ze traag in een cirkel om hem heen danste.

'Niet doen,' zei hij. 'Ik ben doodsbang voor voodoo.'

Ze neuriede door, loom, traag om hem heen bewegend, terwijl haar lange zwarte haar los en zijdeachtig omlaag hing, donker golvend.

28

De uitvaart van Dominic Mifsud

BEGIN SEPTEMBER WERD ROCCO TWEEËNTWINTIG, EN ZE VIER-
den dit door naar de bioscoop te gaan.

In de Trops draaide *The Gay Imposters*, en in het Adelphi in
Rabat hadden ze Basil Rathbone en Boris Karloff met *The Tower
of London*. Het Carlton had Marlene Dietrich en Gary Cooper
met *Desire*. Ze werden het eens over *The Road to Singapore* in het
Regal, uit 1940: Crosby, Hope en Dorothy Lamour.

'En dan gaan we bij Dominic's eten.'

Melita trok een wenkbrauw op. 'Is die dan open?'

'Natuurlijk is hij open.'

'Er is niemand open,' zei ze. 'Er is geen eten, de restaurants zijn
allemaal dicht.'

'Dominic's is nooit dicht.'

'We eindigen in een Victory Kitchen, je zult het zien.'

De film draaide in Paola, en ze gingen er op de fiets heen omdat
er geen benzine meer was voor de roze lijkwagen. Ze hadden hem
bij het huis van Zammit geparkeerd, met minder dan vijf liter benzine in de tank. De fietsen waren oud en roestig. De ene was de re-
servefiets van Zammit – hij had er twee en had er Rocco maanden
geleden een geleend – en de andere hadden ze via een advertentie
op de kop getikt.

De film was erg leuk, met wat grappen en wat liedjes. Het was
de voorstelling van vijf uur. 'Leuk, leuk,' zei Melita, 'niet slecht.' Ze
had gehoord dat *The Road to Morocco* die zomer was uitgekomen,
maar het zou nog lang duren voor hij op Malta te zien zou zijn.

Vanuit Paola reden ze op de fiets naar St. Julian's, via Marsa,
Hamrun, Msida, Gzira. Het was een hele tocht.

'Ze zouden een film met de titel *The Road to Malta* moeten maken,' zei Melita.

Ze reed tegen een stuk steen, waardoor ze haar evenwicht verloor, en slipte op de losse kiezel en viel. Even bleef ze roerloos liggen: haar linkerpols stak en de pijn schoot omhoog in haar arm. Haar jurk was gescheurd en een van haar knieën was gekneusd.

'Kijk nou toch,' zei ze, 'wat zie ik eruit! Wat een slecht idee, zo'n verre tocht. Het was te veel.'

Ze was moe en had honger. Ze zaten een tijdje aan de kant van de weg.

'Waarom viel ik zo?' vroeg ze verbaasd, terwijl er rimpels van twijfel over haar gezicht trokken. 'Ik voel me zo raar, er is iets niet in orde. Wat dom van me.'

Rocco stak een sigaret op. Hij stak er ook een voor haar op, maar ze wilde hem niet, dus rookte hij ze alle twee, en ze zaten daar, aan de kant van de weg, terwijl Rocco de twee sigaretten rookte en Melita de scheur in haar jurk bekeek, hem aanraakte, alsof hij op een of andere manier zou verdwijnen als ze er met haar vingers aan zat.

Ze hoefden niet ver meer, ze zaten al helemaal bij Gzira. Ze bleven nog even zitten, en toen de pijn in Melita's arm was weggetrokken stapten ze weer op. Toen ze in St. Julian's waren aangekomen reden ze langs de kerk en het busstation, en toen ze de straat insloegen die naar Dominic's leidde zagen ze dat deze vol stond met auto's van reddingswerkers, en eromheen liepen allerlei mensen, in een staat van rusteloze verwarring.

Dominic's was gebombardeerd.

Een gedeelte van de gevel was naar beneden gekomen, blokken kalksteen lagen als kinderspeelgoed in de straat verspreid. Zwarte rook kringelde op uit de diepten van de ruïne. Er waren brandweerlieden met blusapparaten naar binnen gegaan, maar de rook kwam nog steeds naar buiten, er was brand in de keuken, door de kerosine en kookolie in de kelder, waar het grote fornuis stond, en de rook kronkelde in donkere, weelderige krullen omhoog.

De overlevenden stonden er verdoofd bij: obers, jongste bedienden, de keukenhulpjes, de mensen die aan tafel hadden gezeten om te eten – allemaal verbijsterd, niet in staat te geloven dat dit was gebeurd. Er had altijd een gevoel geheerst, een dromerige illusie, dat Dominic op een of andere manier onkwetsbaar was. De waarheid gebood te zeggen dat Dominic zijn contact in Pozzallo altijd veel geld had betaald om tegen de bommen beschermd te zijn. Rocco herinnerde zich dat Fingerly iets had gezegd over het dak, het was oranje geschilderd, als signaal aan de bommenwerpers dat ze uit de buurt moesten blijven. Om dezelfde reden was zijn boot oranje, met een rode bies bij het gangboord. Niettemin was, in het spel van geven en nemen dat de oorlog nu eenmaal was, deze regeling om een of andere reden verbroken, en de overlevenden hingen in een traag oplossende verwarde groep bij het restaurant rond.

De chef-kok uit Siena, Lorenzo Pazzi, stond een eindje verderop huilend naar het vernielde gebouw te kijken. '*È morto,*' zei hij. '*È morto.*'

'Wie is er dood?' vroeg Melita terwijl ze op hem afliep.

'Dominic. Dominic dood.'

Dominic was al uit het gebouw gehaald en met een ambulance weggevoerd. Er waren ook twee obers om het leven gekomen, en de barkeeper was gewond, zoals ook veel gasten.

'En de graaf?' vroeg Rocco.

'Welke graaf?'

'Die altijd piano speelde.'

'Ah, de graaf. Ik niet weet waar de graaf zijn.'

'Was hij nog binnen? Was hij aan het spelen?'

Lorenzo Pazzi schudde zijn hoofd. Hij wist het niet. 'Hoe kan dit?' vroeg hij. 'Hoe kan dit gebeuren? We stonden te praten, in de keuken, Dominic wilde meer zout in de *kawlata*. Daar waren we het nooit over eens: meer zout, minder zout. Hij maakte zich te veel zorgen. Hij maakte zich zorgen hoe hij het eten van Sicilië hierheen moest krijgen, zou het er wel elke week zijn als hij erheen ging. Hij maakte zich zorgen over de boot, de bar, de obers. Hij maakte zich zorgen over die vrouw die hij hierheen had gebracht, die verschrikkelijke vrouw, Angelina Labbra. Hij wist dat het een vergissing was, hij had een slecht voorgevoel.' Hij wierp verbijsterd een blik om zich heen. 'Hoe kan het? Waarom is dit gebeurd?'

De mensen uit de buurt haastten zich de rokende ruïnes in en kwamen weer naar buiten met alles wat van hun gading was. Het waren meestal vrouwen die naar binnen gingen, maar ook mannen, en kinderen, jongens, hele families met hamers en breekijzers. Ze kwamen naar buiten met versplinterde stoelen en tafels, goed brandhout. Sommige stoelen waren nog in prima conditie, maar ook deze zouden in brandhout veranderen, om op te koken. Ze kwamen naar buiten met deuren, planken, delen eikenhout en kastanje van de bar, barkrukken, lijstwerk, raamkozijnen, delen van de witte piano, stroken van de vloerbedekking in de eetzaal. Het was een koortsachtige bedoening, ze hadden haast, werkten tegen de klok, haastten zich om het hout naar buiten te krijgen voordat de bergingsploeg van het leger zou komen, want gezien het tekort aan brandstof betrad de politie van het leger nu als eerste vernielde gebouwen om het hout eruit te halen.

De violist, Anton Hyzler, was gedood. Iemand vond zijn kapotte viool en nam hem mee, goed aanmaakhout. Ze namen de vergulde lijsten van de schilderijen mee en lieten de doeken zelf achter. Ze namen de lambriseringen, de laden, de bijzettafeltjes, de trappen, de trapleuningen – alles wat in een fornuis kon branden. Ze kwamen onder het roet en hoestend de puinhopen uit maar gingen toch weer naar binnen. Rocco had nooit vermoed dat er zoveel hout in het gebouw was verwerkt. Het was alsof het hout in een enkele nacht was gegroeid en nu werd geoogst.

En ze kwamen met meer dan alleen het hout naar buiten. In een van de kelders onder de kelder hadden hele kisten whisky en tafelwijn de explosie overleefd, en uit de keuken kwam eten naar boven, een vat meel, zakken bonen, een half paard, een vat vissen en twee hele schapen. Zelfs dood was Dominic de leverancier, en nu kon je het allemaal gratis meenemen.

Het verbaasde Rocco hoe snel ze te werk gingen, als een zwerm, als mieren op een karkas. Ze werden gedreven door honger. Door angst voor honger en de dood, door de wetenschap dat als het volgende konvooi niet aan zou komen er niets voor hen in het verschiet lag, geen toekomst. Er was sprake van een zich verdiepende argwaan, die op grotere schaal werd gevoeld dan ooit tevoren, dat de Britten hen in de steek konden laten, dat ze hun vliegtuigen en schepen konden laten komen en zich uit de voeten konden maken, net als in Duinkerken. Niemand zei het hardop, maar Rocco zag het aan hun gezichten, de zekerheid dat ze er alleen voor stonden.

Het was maar een enkel vliegtuig geweest, een Stuka. De mensen die tijdens de aanval op straat waren geweest hadden het gezien: het scheen precies geweten te hebben waar het de bom had willen laten vallen. De bom was niet voor de haven of de vliegvelden bedoeld geweest: hij was bewust bedoeld geweest voor Dominic's. De piloot had het gebouw geïdentificeerd en was er recht op afgegaan.

De oberkelner zei iets over Angelina Labbra. Volgens hem was het haar schuld: ze had naar Sicilië zullen terugkeren maar was liever op Malta gebleven, met die Algerijnse bankier.

Melita ving maar een deel op van wat hij zei.

'Hij denkt dat het geen Duitser was in die Stuka, maar een Italiaan,' zei Rocco terwijl ze wegliepen. 'De Duitsers hebben de Italianen een paar vliegtuigen verkocht, dus misschien heeft hij gelijk. Hij denkt dat de Italianen kwaad waren op Dominic omdat hij Miss Sicilië hierheen heeft meegenomen maar nooit heeft teruggebracht.'

'Was het dan wraak? Denkt hij dat?'

Het was een theorie. De oberkelner was een oude man, verdoofd door het bombardement. Toch leek het geloofwaardig, want waarom zou een vliegtuig anders juist dat ene gebouw eruit hebben gepikt?

De bom was door het dak heen gegaan en op de bovenverdieping terechtgekomen en was toen door de eetzaal en de keuken eronder, in de kelder, gevallen. Pas toen hij in de kelder onder de keuken was aangekomen was hij geëxplodeerd. Lorenzo Pazzi, de chef-kok, bezwoer dat hij zelfs toen nog niet was ontploft, maar pas enige ogenblikken later. Hij wist nog dat hij tegen de vloer was gesmeten toen de bom door het plafond was gekomen en daarna, bij de explosie, had hij een felle witte kleur gezien voordat hij buiten westen was geraakt. Toen hij was bijgekomen had hij Dominic op de vloer zien liggen, dood. Zijn benen waren verdwenen.

'Ik haat dit alles,' zei Melita tegen Rocco. Het was afgrijselijk, de zwarte rook, de vernielingen. 'Ik haat Malta,' zei ze. 'Laten we naar huis gaan.'

Vreemd, dacht hij, dat ze het huis aan Windmill Street als hun huis beschouwde, dat ze het gevoel had dat het van hen was, dat ze daar hoorden. Ook hij duidde het soms als thuis aan, maar hij dacht er niet echt zo over. Het was een plek, een noodzakelijke plek, waar ze sliepen, waar ze aten en de liefde bedreven. Maar het was geen thuis. Hij dacht dat het waarschijnlijk een eigenschap van vrouwen was, hun vermogen zich aan te passen, hun vermogen zich iedere chaos toe te eigenen en er zich gemakkelijk in te voelen: het nest, de haard, het leger, het hol, de mand. Zo gemakkelijk, zoals ze uit niets iets goeds maakten, iets goeds maakten van iets slechts. Het luchtalarm klonk, maar het was vals alarm, en even later klonk het 'alles veilig'.

De uitvaart van Dominic vond twee dagen later plaats, in de kathedraal in Valletta. Hij had twintig jaar zijn bedrijf gehad, waar hij de beste maaltijden van heel Malta had opgediend, en iets minders dan de kathedraal kwam niet in aanmerking. In de *Times of Malta* werd een foto van hem als jongeman afgedrukt, niet half zo dik als toen hij stierf, en als het onderschrift er niet bij had gestaan zou Rocco nooit op het idee zijn gekomen dat het Dominic was. Op de foto glimlachte hij vreemd, ongericht, alsof hij net had gemerkt dat hij het slachtoffer van een practical joke was.

De kathedraal zat vol officieren en mensen van de regering. Ook enkele buitenlanders die nog steeds op het eiland zaten kwamen afscheid nemen. De Griekse herpetoloog en de gravin uit Polen. En de schrijver uit Argentinië, over wie maar heel weinig bekend was. De Algerijnse bankier was er met Miss Sicilië. Ze woonden in hetzelfde hotel in Sliema, het Imperial aan Ridolfo Street, in gescheiden vertrekken, maar overal ging het gerucht, dat ook werd geloofd, dat ze een romantische relatie onderhielden.

De lijkwagen was geen auto maar een door een paard getrokken wagen, druk bewerkt, met sierlijk glas en beeldhouwwerk. Gemotoriseerde lijkwagens waren nu een alledaags verschijnsel op Malta, maar de Maltezers gaven nog steeds de voorkeur aan de oude manier om hun doden te begraven. Het paard was een zwarte merrie, met paarse linten om haar enkels en kwastjes die langs haar voorbenen omlaag hingen. Uit het hoofdstel staken drie zwarte veren en het tuig en de leidsels waren met koper afgezet. Rocco, die niets van paarden wist, zag met één blik dat de merrie niet in blakende conditie verkeerde, te mager, uitstekende ribben, de ogen dof en beslagen.

'Wat een mensen,' zei hij verbaasd tegen Melita.

Ze knikte en zocht met haar blik de menigte af.

'Dominic zou tevreden zijn geweest als hij dit had gezien.'

'Misschien ziet hij het ook wel,' zei ze onzeker.

Rocco probeerde zich het soort hemel voor te stellen waar Dominic zich op zijn gemak zou voelen. Het zou er geweldig groot en weids moeten zijn, met een keuken vol lamsvlees en biefstuk, een wijnkelder met Latour en Margaux en Haut Brion en een koor van sopranen, zonder uitzondering met het lichaam en de ogen van Miss Sicilië, dat 'Panis Angelicus' zong.

De obers droegen, ieder met een zwarte anjer in het knoopsgat, de kist. De gouverneur was er niet, maar zijn afgevaardigde wel, met een rouwband om zijn arm. Veel mensen zeiden dat als de oude gouverneur nog in functie was geweest in plaats van de nieuwe, hij zeker persoonlijk zijn opwachting zou hebben gemaakt.

Toen de kist werd binnengedragen werd hij door drie priesters bij de deur opgewacht, die hem met wijwater en wierook zegenden. Het orgel donderde en een bariton zong het Onze Vader in het Maltees:

Missierna li inti fis-Smewwiet
Jitqaddes Ismek,
Tiġi saltnatek,
Ikun li trid Int, kif fis-sema hekda fl-art...

De kathedraal was de kathedraal van St. John, in de zestiende eeuw door de Ridders gebouwd. Enkele van de Grootmeesters waren hier begraven, in de zijkapellen en de crypte. Alles wat verwijderd had kunnen worden – schilderijen, kaarsenstandaards, gouden reliekschrijnen – was overgebracht naar een schuilkelder, maar veel had ook niet verplaatst kunnen worden en was er nog, de fresco's en de gebeeldhouwde altaren en een paar standbeelden. Te overdadig, dacht Rocco. Te veel heiligen, te veel engelen. Hij voelde zich meer op zijn gemak in kerken die eenvoudiger, minder imposant waren.

Na de mis, toen de kist naar buiten werd gedragen, vlogen er vier Italiaanse vliegtuigen, Reggianes, in formatie over Valletta, als om een saluut te brengen. Dat zeiden de mensen tenminste, een saluut aan Dominic, een manier om hem eer te bewijzen. Ze hadden hem gedood en nu gaven ze blijk van hun respect. Rocco bedacht dat de toestellen waarschijnlijk gewoon op verkenning waren.

Toen ze de kist in de lijkwagen schoven liet het paard een lang, laag gekreun horen en zakte in elkaar. De lijkwagen helde scherp over, stond op het punt om te slaan, maar de dragers schoten toe om hem te ondersteunen, voorkwamen dat hij omviel, en de assistent van de begrafenisondernemer koppelde de wagen snel los van het gevallen dier. Ze trokken de wagen achteruit, en een tijdje stond iedereen eromheen, naar het zieke paard te kijken, dat nu plat op haar zij op de grond lag. Het was stervende.

De begrafenisondernemer wekte de indruk een beroerte te zullen krijgen. Hij stond sprakeloos van woede over het paard gebogen, en als het niet zo'n gewijde gebeurtenis was geweest had hij het dier doodgeschopt. Hij had zich totaal te schande gemaakt: een van de meest vooraanstaande begrafenisondernemers op het eiland, wiens paard op een dergelijk moment bezweek, terwijl de admiraals en kolonels en de afgevaardigde van de gouverneur erbij stonden te kijken.

'Laat iemand me een pistool brengen,' zei hij.

Een jonge luitenant gaf hem een dienstpistool. De begrafenisondernemer pakte het aan, liep naar het paard en schoot het be-
kwaam een kogel in het hoofd.

De knal van het schot was helder, scherp, duidelijk. Het was
een klein geluidje, maar had toch een eigenschap waardoor het
zich van het lawaai en tumult van de oorlog onderscheidde: een
intimiteit die de bommen en de artillerie niet hadden. Met de simpele helderheid van dat geluid was het paard dood. Niet zomaar
een paard, niet het eerste het beste paard, maar het paard dat Dominic Misfud naar zijn graf had moeten brengen.

De weduwe keek toe. Ze stond niet meer dan twee meter van de
plaats waar de begrafenisondernemer de trekker overhaalde.

'Dit is een slechte service,' zei ze op onaangename toon. 'Dit is
absoluut een slechte service.'

Iemand riep om een ambulance van het Rode Kruis, en na enkele ongemakkelijke momenten, tijdens welke iedereen onbehaaglijk stond te wachten, arriveerde de auto en werd de kist vanuit de
lijkwagen overgeheveld. Ze wisten allen wat er nu zou gebeuren.
Zodra de rouwenden goed en wel uit het zicht zouden zijn verdwenen zou het paard worden weggehaald, aan stukken worden
gesneden en bij de Victory Kitchens worden afgeleverd, als aan-
vulling bij de stoofpot van die avond.

29

De mannetjespauw en de vrouwtjespauw

Na de dodenmis in de kathedraal liepen Rocco en Melita terug naar Windmill Street, en ze dachten allebei hetzelfde – ze waren benieuwd naar de jukebox, of hij er nog zou zijn, stukken ervan, in wat er van de bar van Dominic over was.

'Wat vind jij?' vroeg hij, half en half geneigd terug te gaan en even te kijken. Melita haalde echter alleen maar haar schouders op. Het was spookachtig om nu terug te gaan, na de begrafenis en de onaangename gebeurtenis met het paard.

Uiteindelijk kon ze echter geen weerstand meer bieden aan de verleiding, en na een paar koppen koffie gingen ze terug naar St. Julian's, maar alleen, zei ze, om rond te snuffelen, om te zien hoe erg het interieur was toegetakeld. Toch wisten ze beiden dat ze door de jukebox werden aangetrokken. Het was immers allerminst een gewoon, alledaags geval. Het was de Wurlitzer 850 met de mannetjespauw en de vrouwtjespauw op het front, waardoor de hele kast prachtig gloeide van een pauwkleurig licht. Slechts enkele weken voordat Amerika aan de oorlog was gaan meedoen was hij van New York naar Rome verscheept, daarna naar een tussenhandelaar in Napels en vervolgens naar Sicilië, waar Dominic hem op een van zijn lange nachtelijke reizen op de kade van Pozzallo had opgepikt bij dezelfde zwarthandelaar die wijn, kaas en stukken varkensvlees en kalfsvlees verkocht, niet alleen aan hem, om naar Malta mee te nemen, maar ook aan de Duitse squadrons die hun best deden Malta de vergetelheid in te bombarderen.

Het leek ongelofelijk: Dominic was dood. 'Hij lééfde zo,' zei Melita, 'hij was zo vol energie.'

'Het leven geeft geen centimeter toe,' zei Rocco.

'Je sterft als het je tijd is,' zei ze onaangedaan, 'zo is het. Als het je tijd is, is het afgelopen.'

'Maar wie moet zeggen wanneer het je tijd is?'

'Dat beslist God.'

'Als je aan de beurt bent, ben je aan de beurt?'

'Ja. Dat bepaalt God, iedereen komt aan de beurt.'

Rocco dacht hierover na. Hij had Tony Zebra ongeveer hetzelfde horen zeggen, dat iets bepaalde dat je vroeg of laat aan de beurt kwam, je kon het God noemen, geluk of wat dan ook. Sommige andere piloten dachten daarentegen dat als je slim was, of voorzichtig, of je staart in de gaten hield, dat je dan misschien je kansen kon vergroten en dat je iets later aan de beurt zou zijn. Iedere dag probeerde iets of iemand je te doden: een vrachtwagen, een kogel, een bom. Maar als je slim genoeg was om uit de buurt te blijven, *voilà*, dan was je uit de buurt. Er bestond niet zoiets als aan de beurt zijn.

'Gaan we hier ruzie over maken?'

'We maken geen ruzie, we discussiëren.'

'Ik wil geen discussies over de dood,' zei ze 'Ik wil er niet eens over nadenken.'

Het was halverwege de middag toen ze in St. Julian's aankwamen. De straat voor Dominic's zag er net zo uit als twee dagen daarvoor, behalve dat een deel van het puin opzij was geschoven zodat het verkeer erdoor kon. Waar de ingang was geweest zat nu een gapend gat, en de toegang werd versperd door een houten lat met een bordje met een waarschuwing niet naar binnen te gaan.

'Is het wel veilig?'

'Daar komen we zo achter,' zei Rocco terwijl hij onder de lat door ging.

Ze gingen eerst naar de eetzaal en stelden de bar, waar de jukebox had gestaan, bewust tot een later tijdstip uit. De explosie had het grootste deel van het pleisterwerk van de muren geslagen, waardoor het lattenwerk bloot was komen te liggen. Er zat een groot gat in het plafond en recht daaronder zat een gat in de vloer, waar de bom zich doorheen had geboord. Je kon door het plafond omhoogkijken naar de verdieping erboven, naar het daglicht dat door het gat in het dak binnenviel, en je kon omlaagkijken, de keuken in en nog verder, naar de ruimte onder de kelder, waar de bom was ontploft. Hij was fluitend dwars door de vloer geschoten en had aanzienlijke schade aangericht, maar toch kon het geen erg grote bom zijn geweest, geen blockbuster, omdat iets van die omvang het hele gebouw zou hebben weggeblazen.

Niettemin was er schade aangericht, en de mensen van St. Julian's hadden alles kaalgeplukt. Het was moeilijk te geloven dat dit hetzelfde vertrek was waar de graaf zijn walsen had gespeeld en Miss Sicilië de kolonels en kapiteins met haar 'Panis Angelicus' had betoverd. Onder een brok kalk zag Rocco het schilderij van de stervende Dragut in zijn tent. Alleen maar het gekreukte doek, niet de lijst, want die was als brandhout meegenomen.

Hij liep voor Melita uit naar de achterkant van het gebouw, naar de Groene Kamer, waar Nigg de laatste weken van zijn leven had verknoeid, en ook deze was kaalgesloopt, het tapijt verdwenen, de schilderijen van de muren. Rocco vroeg zich af of iemand in dat vertrek ooit had gewed dat Dominic's door een bom zou worden getroffen.

Ze bewaarden de bar voor het laatst en moesten over een verschuivende heuvel puin klimmen om er te komen. De barkrukken en de cocktailtafeltjes waren verdwenen, de planken en de bar zelf, dik eikenhout, waren er ook niet meer. Ook de jukebox stond niet meer op zijn plaats tegen de achtermuur.

Toen ze dichterbij kwamen, in de schaduwen, vonden ze hem echter, of liever gezegd, wat ervan over was. Hij was door de ontploffing omvergesmeten en verpletterd en aan stukken geslagen toen het plafond naar beneden was gekomen.

'Die heeft het wel gehad,' zei Rocco. 'Afgelopen.'

Melita liep ernaartoe, waarbij ze met haar voet stukken pleisterwerk opzij schoof. Ze bukte zich en begon met haar handen te graven. 'Hier, kijk,' en ze trok een paneel van plastic uit de rommel. Ze blies er het stof af en stak het hem toe.

Tijdverspilling, vond hij, niet in staat haar optimisme te begrijpen.

'Nee, nee,' zei ze op dringende toon, 'er liggen hier allerlei dingen. Kom, help me.'

Hij kwam bij haar staan en samen tilden ze een zwaar stuk pleisterwerk weg. Eronder lagen een paar van de grammofoonplaten, verbrijzeld.

'Zie je nou?' zei hij om duidelijk te maken hoe futiel de hele onderneming was.

Maar ze hield vol en toen zag hij wat ze zocht. Ze groef om zich heen en vond allerlei onderdelen – de bedrading, de motor die de draaitafel aandreef, de elektrische schakelingen die de verlichting bedienden.

'Maar dat is allemaal kapot,' zei hij. 'Zelfs al voordat de bom viel werkte dit allemaal niet meer. Het is rotzooi.'

'Help me,' zei ze.

Hij hielp, en beetje bij beetje van de ene plek naar de andere door de troep zoekend vonden ze meer. Ze vonden het cellofaan en de schijven gepolariseerde film die waren gebruikt om de caleidoscoop met de veranderende kleuren te maken. Het mooiste was wel dat ze het doorschijnende frontpaneel met het paartje pauwen vonden.

'Kijk,' zei ze terwijl ze het verpoederde pleisterwerk wegveegde. 'Is het niet prachtig? Kijk toch hoe mooi dit is gedaan, die pauw met zijn lange staart en dat vrouwtje zo dicht bij hem.'

'Zijn er pauwen op Malta?'

'We hebben alles op Malta.'

'Behalve sneeuw.'

'Heel soms.'

Ze vonden de metalen rekken waarin de platen hadden gestaan, maar deze waren erg verbogen. Ze vonden de luidspreker, en het geldmechanisme, en de draaitafel en een paar keuzeknoppen.

'Dat kan Zammit allemaal gebruiken. Je zult zien. Hij verricht wonderen.'

En toen, op weg naar buiten, aan het andere uiteinde van het vertrek, vonden ze, mooier dan alles waarop ze hadden gehoopt, ongeschonden, de gebogen plastic plaat die de lijst van het front van de jukebox was geweest – een lome golving veeladerig, veelkleurig, doorschijnend plastic in warme tinten, dat je, als het van binnenuit werd verlicht, een kalme duizeling bezorgde. Het lag onder het kalkstof begraven, en ze zouden het nooit hebben gevonden als Rocco er niet over was gestruikeld en op zijn knieën was gevallen.

'Hiervan maakt Zammit iets prachtigs,' zei Melita opgetogen. 'Je zult zien! Je zult zien!'

Pas een week na de begrafenis hoorde Rocco van Fingerly dat niet de Italianen Dominic's hadden gebombardeerd maar de Duitsers. Voordat Angelina Labbra vanuit Sicilië was overgekomen had ze een verhouding gehad met een officier van de Luftwaffe, een kolonel, en deze had Dominic zeer kwalijk genomen dat hij haar naar Malta had meegenomen en niet had teruggebracht. Het was een Teutoonse wraakneming in haar meest sinistere gedaante: een bom door het dak.

'Ik dacht dat dergelijke dingen alleen in Italiaanse opera's voorkwamen,' zei Rocco toen Fingerly hem erover vertelde.

'Het is een ingewikkelde wereld, Raven. Een netwerk van met elkaar vervlochten webben.'

'Heeft hij de bom zelf gegooid?'

'Hij heeft de Stuka bestuurd en de bom gegooid,' zei Fingerly. 'Als een kolonel zoiets doet, in een vliegtuig klimt en zijn leven op het spel zet, dan weet je dat het hem ernst is. Arme Dominic.' Hij hield zijn hoofd scheef en keek Rocco met halfgesloten ogen aan. 'Jij hebt niet toevallig familie op Sicilië, hè?'

'Mijn familie komt uit Verona, maar dat is al lang geleden. Ze zijn allemaal dood.'

'Helemaal geen familie op Sicilië? Dat is jammer. Zegt de naam Vizzini je iets? Carlo Vizzini? En Salvatore Malta? Nino Cottone?'

'Moet ik die lui kennen?'

'Vito Genovese?'

'Iedereen kent Vito Genovese.'

'Socks Lanza?'

Rocco had van Socks Lanza gehoord. Hij was de baas van een bende in de haven van New York. 'Zijn dat soms je nieuwe vriendjes? Je maatjes?'

'Niet meer dan onderzoek, Raven, dat is alles, gewoon de dossiers actief houden. Het is belangrijk te weten wie wie is in de wereld.'

Rocco vond het vreemd – Genovese, Socks Lanza – maar stelde geen nadere vragen omdat duidelijk was dat Fingerly het onderwerp verder wilde laten rusten.

Vito Genovese was degene die verliefd was geworden op Anna Vernotico, maar Anna was al getrouwd, en dus werd geregeld dat haar echtgenoot van een dak werd gegooid, en drie weken later was Vito Genovese met haar getrouwd. Ze waren op huwelijksreis naar Napels gegaan en hij had haar laten zien waar hij was geboren. Hij was de rechterhand van Lucky Luciano geweest en had samen met Joe Adonis, Albert Anastasia en Bugsy Siegel Joe de Boss Masseria doodgeschoten terwijl deze in de Villa Tamaro aan West Fifteenth Street zat te eten nadat Lucky Luciano zich had geëxcuseerd en even naar de wc was gegaan.

'Geen bommen meer,' zei Melita, alsof ze plotseling besefte dat er bijna een week geen luchtaanvallen meer waren geweest. 'Is het niet prachtig? Is het niet heerlijk?'

Geen bommen en geen bommenwerpers, alleen die pesterige Messerschmitts, die als insecten, valse *nemu's*, rondzoemden en schoten, maar de grote bommenwerpers waren verdwenen. Ook het weer werd beter, de temperaturen daalden in september 's avonds tot ongeveer vijfentwintig graden en brachten verlichting na de klamme hitte die in de nevelige middagen was opgebouwd.

Rocco liet langzaam zijn vinger over haar ruggengraat glijden, de bottige knobbels van haar wervels, de sensuele geografie van haar rug. Haar ribben, haar schouders, de intimiteit van huid en beenderen, de manier waarop de huid strak over het bot lag en er toch soepel overheen gleed, glad en genereus. 'Misschien is het nu wel afgelopen,' zei hij. 'Misschien komen ze nooit meer terug.'

'O, ze komen wel weer,' zei ze, alsof ze het zeker wist. 'Waarom zouden ze nu ophouden en nooit meer terugkomen? Ze hebben zo lang gebombardeerd, bijna drie jaar, het is dwangmatig geworden, zelfs als ze ermee wilden ophouden zouden ze het niet kunnen. Ze nemen alleen even pauze, om op adem te komen.'

Op de 14e vielen er nog een paar 109's het eiland aan en werd Bernie Petro Peters, die op de bruiloft van Aida was geweest, neer-gehaald en gedood. Hij had om even over negenen in de ochtend boven Zonqor Point gezeten, had wat rondgevlogen en luchtacro-batiek gedaan, en was aangevallen door twee 109's, die met de zon in de rug waren komen aanvliegen.

Diezelfde dag werd in de wateren voor de kust bij Tobruk de destroyer *Zulu* gebombardeerd en tot zinken gebracht. De echtge-noot van Aida, Bobby Crips, stond op de lijst met omgekomenen.

Rocco praatte erover met Beatrice, die hij zag toen ze in Vallet-ta voor brood in de rij stond. Ze woonde weer aan Strait Street, waar Hannibal nog steeds de Oase had. Ze zaten tijdelijk in een flat boven de bar terwijl een ploeg arbeiders bezig was met de her-bouw van hun gebombardeerde huis.

'Ik denk dat ze wist dat het geen goed huwelijk voor haar was,' zei Beatrice. 'Die oorlogshuwelijken, dat wordt nooit iets, vooral niet met een zeeman – het is een leven zonder wortels, altijd maar op zee. En, weet je, met het soort leven dat Aida heeft geleid kon het ook eigenlijk niet anders. Ze draagt nu zwart omdat ze wedu-we is, maar ze huilt niet. Ze houdt zich kranig. Ze heeft toen ze jong was haar been verloren, en dat heeft haar gehard, het heeft haar kracht gegeven, en nu huilt ze niet.'

Rocco speelde met de gedachte bij haar langs te gaan, maar stelde het uit. Hij bleef tegen zichzelf zeggen dat hij haar moest op-

zoeken, het was iets wat hij moest doen, maar hij bleef ook redenen vinden om het niet te doen. Op de bruiloft hadden ze gedanst,
zij met haar houten been en hij met zijn pijnlijke voet, en hij had
toen gedacht, zoals hij ook nu dacht, dat het leven haar vriendelij-
ker had moeten behandelen, ze had een zware tijd gehad. Er was
sprake van onbillijkheid, van een gebrek aan evenwicht. Ze verdiende beter.

30

Miss Sicilië

HET SIGARETTENRANTSOEN WAS TOT EEN PAKJE PER WEEK GE-
daald, en de rokers stonden in lange rijen voor een paar Flags of
Woodbines waarmee ze hoogstens één of twee dagen zouden
doen. Als de sigaretten op waren rookten ze gedroogde vijgenbla-
deren en combinaties van citroen- en aardbeienbladeren.

Fingerly was een tijdje weg, naar Alexandrië, en toen hij terugkwam was de belangrijkste reden waarom Rocco blij was hem te
zien het feit dat hij weer een grote voorraad Lucky's bij zich had.
Het was ook tijd voor de betaling, die zoals gewoonlijk te laat
kwam.

'Heb je deze in Alexandrië gekocht?' vroeg Rocco, die een pakje openmaakte en er een opstak.

'Waar ik ze vandaan heb hoef je niet te weten.'

'Jeruzalem? Beiroet? Cyrenaica?'

'Ik heb Caïro verdragen. En over de rest praten we niet.'

Hij droeg een fraai nieuw zijden sporthemd dat in Barcelona
was gemaakt maar waarvoor hij hard had moeten onderhandelen
in een of andere vunzige kashba op de Noord-Afrikaanse kust. Hij
leek magerder, langer, taaier, zijn snelle, beschaduwde ogen iets
gecompliceerder, donkerder.

'Alsjeblieft,' zei hij op lijzige maar toch bruuske toon, 'hier heb
je een Purple Heart voor de tenen die je bent kwijtgeraakt. En
mocht je de Silver Star hebben verwacht, zet dat maar uit je hoofd.'

Rocco had zich nooit voorgesteld dat zijn verloren gegane tenen, die er door Nardu Camilleri tijdens die worsteling op het dak
af waren geschoten, een medaille waard waren, maar hij was er
wel blij mee.

'Wat doe ik ermee? Dragen?'

'Verpak hem in zeemleer, Raven. Bewaar hem voor je kleinkinderen, dan zullen ze je als een god aanbidden.'

Ze zaten in de Mefisto Club in Valletta, waar ze, net als bij Hock's, water met een smaakje hadden als er geen bier was, en het was er duur. De club, die door een bom was beschadigd, zag er afgetrapt, gehavend uit: stroken canvas hingen aan de muren om de gaten te verbergen waar het pleisterwerk was weggeblazen.

'Voel je iets voor een boottochtje naar Sicilië?'

Rocco richtte vermoeid zijn hoofd op.

'Naar Pozzallo,' zei Fingerly.

'Dit is toch wel een grapje, hè?'

'Ik breng Angelina Labbra terug naar Palermo. Een daad van erbarmen.'

'Wil ze naar huis? Miss Sicilië?'

'Ze heeft het helemaal gehad met Malta.'

'En dat vriendje dan, die Algerijnse bankier? Ik dacht dat ze zo vreselijk verliefd waren.'

'Hij slaat haar. Ze ziet er vreselijk uit, Rocco, haar dijen zijn bont en blauw.'

'Dat dikke kleine mannetje? Met die gouden tand?'

'Hij bindt haar op het bed vast en slaat haar met zijn riem. En ik zal je maar niet vertellen wat hij met die gouden tand doet.'

'Wat heeft ze ooit in hem gezien?'

De dienster, een kort meisje met een grote vlezige onderkin, bracht nog een rondje water met een smaakje. Ze kon haar ogen niet van Fingerly afhouden.

'Als hij haar geslagen heeft wordt hij opeens walgelijk aardig. Dan voert hij haar sorbets met een lepeltje en neemt bloemen voor haar mee. Hij schuimt de zwarte markt af op zoek naar *prosciutto* en *caciocavallo*. Maar nu heeft ze er genoeg van en wil naar huis.'

'Terug naar die Duitse kolonel?'

'Hij zal staan wachten op de kade, met zijn adjudant, maar verder zal er niemand zijn. Geen infanterie, dat is de afspraak. Ik heb een mannetje op de kust: als ze ook maar iets proberen geeft hij een signaal en gaan we niet aan land.'

'Het bevalt me absoluut niet.'

Fingerly speelde met zijn aansteker. 'Bekijk het eens van deze kant – we hebben Angelina Labbra in de boot bij ons, wat zou er kunnen gebeuren? Denk je dat die Duitser haar beschadigd terug wil?'

Aan de andere kant van het vertrek zat de dienster nog steeds naar Fingerly te staren. 'Je breekt haar hart,' zei Rocco.

'Dat weet ik, dat weet ik. Misschien heb ik wel een baantje voor haar in het palazzo. Denk je dat ze kan koken?'

Die avond, bij het invallen van de schemering, ging Rocco naar de kade in St. Julian's en vond er Fingerly, die in een oliepak was gekleed. Hij wierp Rocco ook een pak toe. 'Trek dit aan, je kunt er beter als een visser uitzien dan als een soldaat.'

'Als we gepakt worden, worden we dan doodgeschoten?'

'Als we gepakt worden spreek je Maltees. We zijn simpele vissers die verdwaald zijn.'

'Ik spreek geen Maltees.'

'Zij evenmin. Brabbel maar wat, zelf doe ik ook niet anders.'

Ze gebruikten de boot van Dominic, die nog steeds op zijn plaats aan de kade lag, helder oranje met een rode bies langs het gangboord, een van de weinige vissersboten die niet door de roofzuchtige 109's aan flarden waren geschoten. De cabine was een houten hokje met ramen en een deur en stond voor op de boot, bij de boeg. Achter de cabine bevond zich aan de ene kant een lage houten kist voor voorraden, en aan de andere kant een bank. Achterin lag een opgeblazen rubberboot met een buitenboordmotor.

Miss Sicilië arriveerde in een door een paard getrokken *karrozzin*, gekleed in een donkere jurk en met een sjaal over haar schouders. Fingerly begroette haar warm en ze wisselden een paar woorden in het Italiaans. Ze had een grote koffer bij zich, die Rocco aan boord zette. Hij vertelde haar hoe mooi hij haar zingen had gevonden, die eerste avond bij Dominic's. '"Panis Angelicus",' herinnerde hij zich.

'Was je daar? Ja? Dank je, *grazie*,' zei ze zachtjes, dankbaar, en toen wendde ze zich af; het was duidelijk dat ze niet wilde praten. Ze nam plaats op de houten bank achter de cabine en deed er verder het zwijgen toe.

Ze was mooi, maar op een vreemde, desoriënterende manier. De geweldige werveling van haar haar, de bewolkte dromerigheid van haar voorhoofd, het magnetische noorden van het groen van haar ogen – uitnodigend, jawel, dacht Rocco, maar het was een schoonheid op afstand, behoedzaam, koud, als iets in een museum, met een touw eromheen en afgeschermd, een stimulans voor begeerte maar op een of andere manier, ondanks de straling, onwerkelijk. En hij vroeg zich af of het dat – de vreemdheid, de ongerijmdheid, de onwerkelijkheid – geweest kon zijn wat de Algerijnse bankier ertoe had gebracht haar beurtelings te slaan en met attenties te overladen, want als je er goed over nadacht, hoe moest je dan in een wereld van vlees en botten de tijd vergeten, de dood vergeten en de liefde bedrijven met een kunstwerk? Die bankier was trouwens ook een fraai nummer – Rocco vond dat hij maar zijn tanden moest laten trekken.

Terwijl de laatste rest van het daglicht vervaagde stuurde Fingerly de boot de baai uit, naar het noorden, het duister in. De zee was kalm en de boot, die snelheid won, schommelde zachtjes. Rocco zat achterin, op de kist tegenover Miss Sicilië, en zocht de hemel af naar vliegtuigen. De bries rukte aan zijn haar, en terwijl de sterren begonnen te flonkeren aan de hemel werd hij door het deinen van de boot en het geklop van de motor in slaap gewiegd en vergat even dat ze op weg waren naar Sicilië, dat vol Duitsers zat.

Angelina Labbra trok de sjaal om haar hoofd, schermde zich af tegen de bries. Ze wierp een blik op Rocco, knikte om te laten blijken dat het goed met haar ging, wendde zich toen af en leek haar best te doen hem niet nog eens aan te kijken. Ze hield haar blik strak op Malta gericht: een brede, donkere klomp land, niet verlicht en wegglijdend, verdwijnend in het donker.

Rocco wilde met haar praten, wilde haar verhaal uit haar eigen mond horen. Ze vertrekt van Sicilië, gaat naar Malta en lijkt het prima te vinden om nooit meer terug te gaan – maar nu was ze in een impuls van gedachten veranderd. Hoe gebeurt iets dergelijks? Had de Algerijn haar echt geslagen of had Fingerly dat maar verzonnen? En wat had haar sowieso doen besluiten de overtocht te maken – was ze voor die Duitser gevlucht? Was ze bang voor hem geweest of had ze gewoon genoeg van hem gekregen? En hoe kon ze, nadat ze bij hem was weggelopen, nu weer teruggaan? Rocco keek naar haar terwijl ze daar gehuld in zwijgen op de bank zat, en ze leek geen persoon, geen vrouw, maar een vreemde, exotische bloem die aandacht en zorg nodig had, want anders zou ze verleppen. En toch weer die paradox: ondanks de zachtheid leek ze sterk, veerkrachtig, zelfs eigenzinnig, alleen voor zichzelf bloeiend, in haar eigen tuin, als een soort uitdaging.

Nog voordat ze halverwege de overkant waren werd ze verschrikkelijk zeeziek en boog zich over het gangboord. Het ging maar door, een heftige, krampende huivering, alsof ze heel Malta uitkotste, zich bevrijdde van de weken en maanden die ze er had gezeten, alsof ze een vergiftigde appel had gegeten en betoverd was geraakt en ze haar lichaam nu reinigde van de laatste sporen van het gif.

Toen het achter de rug was bleef ze in dezelfde houding geknield zitten, gebogen over het gangboord, en Rocco vroeg zich af of ze misschien begon te aarzelen over haar terugkeer naar de Duitser.

Er zat een groep vliegtuigen in de lucht, een hoog, ver gedreun, maar toen Rocco keek zag hij niets. Het geluid werd harder, en toen weer zwakker. Weg.

De boot rees en daalde op het water, en Rocco werd zenuwachtig omdat hij het gevoel had dat ze al te lang op zee zaten. Hij liep de cabine in.

'Zijn we verdwaald?'

'Nee, we zijn niet verdwaald.'

'Als we verdwaald zijn wil ik dat wel weten.'

Het enige licht in de cabine was het schijnsel van de maan door het raam.

'Dacht je dat ik je dat niet zou vertellen?' vroeg Fingerly. 'Als we verdwaald zouden zijn is dat van levensbelang, niet iets wat ik voor mezelf zou houden. Vertrouw me nou maar.'

'Waarom zou ik?'

'Ze hebben me toch tot majoor benoemd? Als Uncle Sam vertrouwen in me heeft, waarom jij dan niet? Het is een tocht met een boot, Rocco, je zit op de Middellandse Zee. Zou je liever in je tweedehandsautohandel in Brooklyn zitten en een of andere domme jongen die niet eens weet hoe hij hem in zijn versnelling moet zetten een wrak aansmeren?'

'Ik heb nog nooit iemand een wrak verkocht,' zei Rocco verontwaardigd. 'Niemand.' En toen, met dezelfde heftigheid: 'En als ze beginnen te schieten?'

'Hé, kalm aan, je zit hier met een heel mooie vrouw. Met Miss Sicilië, goddomme.'

'Maar als ze het doen?'

'Dan schieten we terug.'

'Waarmee?'

'Kijk maar in die kist.'

Rocco liep de cabine uit en tilde het deksel van de houten kist op. Er zaten twee Thompsons in, en een granaatwerper. Dit was ontstellend, omdat het betekende dat Fingerly had gelogen of in ieder geval de waarheid ernstig geweld had aangedaan. Hij had al die tijd rekening gehouden met de mogelijkheid van een vuurgevecht.

Hij stapte weer de cabine in.

'Voel je je nu beter?' vroeg Fingerly.

'Beroerder.'

De maan wierp een brede zilveren sluier over het water.

'En als we uit koers raken?'

'Dat gebeurt niet.'

'Maar als?'

'Sicilië is zo groot, zelfs als ik naar het zuiden stuurde in plaats van naar het noorden zouden we er pal tegenaan varen. Kijk jij maar uit naar een knipperend groen licht.'

De maan verdween achter een wolk en een tijdje lang was er niets dan opdoemende duisternis voor hen. Boven hem spreidden de sterren zich als een glinsterend net uit. Rocco zag de twee beren, de grote en de kleine, en Orion die boven de horizon uit kwam.

Toen verhief zich uit de duisternis een compactere duisternis, als een mythische ondoordringbaarheid, alsof de nacht zelf was gestold en zich tot een solide massa had verhard.

'Sicilië,' zei Fingerly. 'Recht voor ons.'

Het was een Sicilië zonder lichten, verduisterd, net zoals Malta, maar groter, weidser, gargantuesk. Het leek geen eiland maar een continent.

Fingerly minderde vaart tot een kwart van de snelheid en verlegde zijn koers naar bakboord, voer parallel aan de kust, zoekend naar het licht. Ze zaten al meer dan anderhalve kilometer verder toen ze het zagen, een zwak groen schijnsel, knipperend. Toen ze eropaf voeren leek het helderder en intenser te worden.

'Ga de wapens maar even halen,' zei Fingerly. 'Maar hou ze uit het zicht als we aanleggen.'

Angelina Labbra zat met haar toilettasje op de bank haar lippen te stiften en keek in het stijfselachtige maanlicht naar haar spiegelbeeld. Toen Rocco de kist opende en de vuurwapens pakte klikte ze het tasje dicht. 'Er zouden geen vuurwapens aan te pas komen,' zei ze op scherpe toon.

'Ik hoop dat u gelijk hebt,' zei Rocco.

Fingerly stuurde de boot langzaam naar de kust, en terwijl ze binnenliepen zagen ze de Duitser aan de rand van de kade, met zijn adjudant op enige afstand achter hem. In het maanlicht was hij een opvallende figuur, in zijn Luftwaffe-uniform met die blinkende zwarte laarzen en die zwarte riem waaraan een zwarte holster hing. Een lang, recht lichaam in een houding waaruit een ontspannen arrogantie sprak. Hij had een bos rozen in zijn hand. Als hij er zo goed uitziet, dacht Rocco, verdient hij haar misschien wel. Miss Sicilië, helemaal voor zichzelf. Maar wat zou hij nu voelen, wetend wat hij weet over die Algerijnse bankier?

Fingerly liet de motor lopen. 'Jij blijft binnen,' zei hij tegen Rocco, waarna hij zelf naar buiten ging en een lijn overgooide naar de adjudant. De kolonel stak Miss Sicilië al een hand toe en hielp haar van de boot af. Fingerly gaf de koffer over aan de adjudant, stapte toen de kade op en wisselde enkele woorden met de kolonel. Ze schudden elkaar de hand en daarna kuste Fingerly hoffelijk de hand van Miss Sicilië. Snel maakte hij de lijn los en was weer op de boot, in de cabine, zette de motor in zijn versnelling en voer af.

Rocco keek achterom en zag de Duitser en Miss Sicilië tegenover elkaar staan. Ze leken niets tegen elkaar te zeggen. De Duitser had de rozen nog in zijn linkerhand, afhangend langs zijn linkerzij. Toen draaiden ze zich om en liepen terug langs de kade, het donker in. Het groene licht knipperde niet meer.

Toen de boot zich van de kade verwijderde voelde Rocco opluchting, een bevrijding van een last. De Duitser was gewoon de zoveelste eenzame man die een vrouw wilde, en wat er nu nog restte waren de negentig kilometer open zee terug naar Malta.

'Dus hij krijgt Miss Sicilië, en wat krijg jij?'

'Ik? Ik krijg niets, Raven. I-3 krijgt iets. En wat krijgt I-3? I-3 krijgt morgen een veilige overtocht voor de *Welshman*, de hele reis naar Alexandrië.'

De *Welshman* was die ochtend in Grand Harbour binnengelopen, en de stuwadoors waren hem nog aan het lossen, waarvoor ze de hele nacht doorwerkten. Brandstof voor vliegtuigen en melkpoeder.

'Heeft hij je dat gegeven? Heeft hij die deal met je gemaakt?'

'We hebben onderhandeld.'

'Is Miss Sicilië hem dan zoveel waard?'

'Ze zullen de *Welshman* met geen vinger aanraken. In ieder geval morgen niet,' zei Fingerly, en weer besefte Rocco dat hij hem had onderschat. De arm van Fingerly reikte ver, als er zaken geregeld of ontregeld moesten worden. Als Miss Sicilië een exotische bloem in een verwaarloosde tuin was, dan was Fingerly een grillige wijnrank, die alle kanten op kronkelde, zich door poorten en omheiningen wurmde, en je zag het nooit gebeuren.

'Maar waarom de *Welshman*?' zei Rocco, die zich afvroeg wat de bedoeling van dit alles was. 'Is I-3 tegenwoordig ook al in koopvaardijschepen geïnteresseerd?'

'I-3 is overal in geïnteresseerd,' zei Fingerly luchtig en ontwijkend. Hij stak een sigaret op, en in het licht van de lucifer zag Rocco dat zijn gezicht gespannen en geconcentreerd stond en terwijl hij naar hem keek wist hij dat nu het zwaarste deel van de tocht begon, omdat ze zonder Miss Sicilië aan boord kwetsbaar waren.

Toen ze ongeveer tien of vijftien minuten hadden gevaren nam Fingerly gas terug tot een kwart van de snelheid en zette het stuurwiel vast zodat de boot zijn tocht in een rechte lijn zou vervolgen. 'Tijd om uit te stappen,' zei hij, en met Rocco's hulp zette hij de rubberboot overboord en legde hem met een lijn vast.

'Spring erin en start de buitenboordmotor.'

Rocco sprong en Fingerly gooide de vuurwapens omlaag, samen met twee blikken benzine. Toen knipte hij in de cabine een lamp aan, waardoor de boot duidelijk zichtbaar werd, als een baken op het water. Daarna voegde hij zich bij Rocco in de rubberboot, sneed de lijn door, nam Rocco's plaats in bij de buitenboordmotor en zette koers naar Malta. De vissersboot voer in zijn eentje weg, het stuurwiel vastgezet op een koers die hem oostelijk van Malta zou brengen en de open zee op zou sturen.

'Denk je dat hij ons iets zal flikken?'

'Geen schijn van kans,' zei Fingerly, die zich meer op zijn gemak leek te voelen nu ze de boot hadden verlaten. 'Maar het is beter het zekere voor het onzekere te nemen.'

Het was een ruwe, bonkende tocht, met veel wind en stuifwater. In de verte was het licht in de cabine van de vissersboot een gele vlek op het water. Fingerly droeg een kompas op zijn pols en controleerde het voortdurend met behulp van een kleine zaklantaarn. Ze schoten vooruit, sprongen bonzend over de golven, en Rocco, die zich stevig vasthield aan de handvatten, peinsde weer over de tijd, hoe ruw, snel en meedogenloos hij was, hij kon je alle hoeken van de kamer laten zien en je bont en blauw achterlaten. En hij bedacht hoe klein Malta was, hoe gemakkelijk je het kon missen. Het was heel goed mogelijk dat ze er gewoon langs zouden varen, tot halverwege Tripoli, en zonder benzine zouden komen te zitten.

Het licht van de vissersboot was nog steeds vaag zichtbaar toen er uit de tegengestelde richting een ander licht opdoemde. Het was een Italiaanse kanonneerboot.

Fingerly zette de motor af en ze drukten zich plat tegen de natte bodem. Een zoeklicht speelde over het water.

De boot bewoog zich traag, kwam dichterbij. Rocco hoorde de zeelieden praten. 'Niente, niente,' zei er een.

Het zoeklicht zwaaide langzaam naar hen toe. Even hechtte het zich vast aan de rubberboot, en Rocco spande zijn spieren, klaar om weg te springen als ze het vuur zouden openen. Zijn gezicht drukte stevig tegen de natte, met rubber beklede stof, en het grove zwarte materiaal voelde ruw aan tegen zijn wang. Het water klotste tegen zijn mond en neus, en ook dat was de tijd, de geur en smaak ervan, rubber en zout, als een kwaadaardige lijm, een lang, plagend moment aan hen vastgeplakt, en het wachten, het wachten.

Toen, lui en onwillig, zwaaide het zoeklicht weg. 'Niente,' zei dezelfde stem weer. Er werd gas gegeven en de boot voer verder terwijl Fingerly nog even wachtte. Hij wilde dat ze een heel eind uit de buurt waren voordat hij de motor weer startte.

De kanonneerboot ging naar het noorden, naar Pozzallo, maar verlegde, toen hij het zwakker wordende licht op de vissersboot had opgepikt, zijn koers, schakelde over op topsnelheid en zette de achtervolging in.

Al lang voordat ze ook maar in de buurt waren begonnen ze te schieten, waarbij het metalige gerammel van het zwaar kaliber kanon ijverig ratelend het gejank van de op volle toeren draaiende motor van de kanonneerboot overstemde. Het vuren ging een hele tijd door, zonder enig effect. Toen troffen er een paar granaten doel, die de boot uit elkaar scheurden. De lamp in de cabine doofde en even later ging de benzinetank de lucht in en werd de boot aan stukken geslagen, waarbij roze en groene fonteinen als vuurpijlen over het water schoten. Het leek wel een bloem van vlammen, drijvend, bloembladeren van vuur die wellustige krulden, een laaiende lotus.

'Hij heeft ons bedrogen,' zei Rocco, die aan de Duitser dacht.

'Misschien wel, misschien niet,' antwoordde Fingerly, die nog niet bereid was de kolonel af te schrijven. 'Die Italianen zijn soms echte cowboys, hun vingers jeuken aan de trekker.' Hij probeerde de buitenboordmotor te starten, maar deze weigerde dienst. Hij gaf enkele malen een ruk aan het koord, maar niets.

'Hij is verzopen,' zei Rocco.

'Weet jij daar iets van? Heb je verstand van boten?'

'Van motoren, ik heb verstand van motoren. Geef hem even rust.'

Ze wachtten terwijl de rubberboot schommelde op de golven, omhoog en omlaag. Rocco hoosde met zijn handen wat water overboord. Toen hield hij op met hozen en keek in het donker gespannen naar Fingerly. 'Vertel me eens,' zei hij, 'is majoor Webb werkelijk dood?'

'Waarom vraag je zoiets raars?'

'Soms moet ik er opeens aan denken. Dan krijg ik zo'n vreemd gevoel.'

'Heb je last van hem? Spookt hij rond?'

'Spoken is te sterk uitgedrukt.'

'Hij was een goed man, je zou het heerlijk hebben gevonden om met hem samen te werken. Intelligent, zag er altijd piekfijn uit. Een bottige neus, een bottig voorhoofd, een vierkante bottige kaak. Een gegroefd gezicht, even rauw als slecht weer in Vermont. Daar kwam hij vandaan, de Green Mountains in Vermont. Laat die goede man rusten.'

Als hij dood was, ja, dan moest hij hem laten gaan, laten wegdrijven. Maar als hij niet dood was, dan was Fingerly niet Fingerly, dan was hij iemand anders, een verzinsel, een zelfbedachte persoon, en hier zaten ze dan op zee, midden op de Middellandse Zee, en de oude paranoia was weer terug, rondkronkelend in het donker. Wat als, en wat als?

'En jij,' vroeg Rocco gissend, ' – uit Texas, toch?'

'Dat heb ik nooit gezegd.'

'Echt niet? Ik dacht van wel.'

'Hoe dan ook,' zei Fingerly, 'leuke meid heb je daar opgeduikeld. Die Melita. Zingt ze voor je? Kent ze alle liedjes?'

'Ze kent de liedjes,' zei Rocco, die besefte dat Fingerly op een ander onderwerp was overgestapt, en zich nog steeds afvroeg: *wat als?*

Fingerly stak een sigaret op.

'Is ze zacht? Glad en soepel bij iedere trek? Een rijk mengsel van fijne tabakken?'

Rocco zat weer te hozen. 'Volgens mij zijn we aan het zinken,' zei hij. 'Probeer die motor nog eens.'

Fingerly gaf een ruk aan het koord en ditmaal kwam de buitenboordmotor meteen snorkend tot leven.

Ze bewogen zich snel vooruit, kletsten hard tegen het woelige water, en Rocco hield zich weer stevig vast terwijl het stuifwater over hem heen sproeide. Drie of vier kilometer voeren ze zo door, op en neer bonkend, nat, terwijl het gezoem van de motor als een kettingzaag door zijn brein sneed. Rocco, wiens paranoia naar de achtergrond was gedrongen, besloot dat majoor Webb echt dood was, wel dood móést zijn, en dat Fingerly, hoe het ook zou aflopen, toch alleen maar Fingerly was.

Toen ze in de buurt van Malta kwamen was het nog nacht, maar de hemel in het oosten werd al door een minimum aan ochtendlicht beroerd. Toen ze nog een heel eind uit de kust waren opende een nerveuze kustbatterij het vuur, zodat er ver weg en ook dichtbij granaten in zee terechtkwamen.

'Overboord!' riep Fingerly.

Hij liet de buitenboordmotor aanstaan en stuurde de rubberboot in westelijke richting, naar Qrejten Point, waarna ze hard de andere kant op zwommen. Zoeklichten zwiepten over het water, en toen de bundels de boot te pakken kregen vuurde de kustbatterij nog een paar salvo's af en blies de boot aan flarden.

Het was een heel eind zwemmen, en Rocco was al snel uitgeput. Een paar keer stopte hij om een tijdje watertrappend op adem te komen. Fingerly zat voor hem, zwom met krachtige slagen en Rocco worstelde om hem bij te houden. Toen ging er bij Fingerly iets verkeerd. Rocco zag hem wild rondplassen, en even later verdween hij met één arm omhoog onder water. Rocco haastte zich erheen, en toen hij de plek bereikte kwam Fingerly net weer boven, naar adem happend en een straal water uitspugend.

'Kramp,' zei hij. 'Ik kan mijn been niet bewegen, verdomme.'

Hij ging weer kopje onder. Rocco haalde diep adem en ging achter hem aan, maar toen hij een arm om Fingerly heen sloeg en hem omhoog probeerde te trekken nam Fingerly hem in een wurggreep en gingen ze samen omlaag, waarbij Rocco het gevoel had dat zijn borst door gebrek aan lucht uit elkaar zou spatten.

Ze zonken weg in het zwarte water terwijl Fingerly zich stevig aan Rocco vastklampte en Rocco vocht om zich van hem te ontdoen, aan elkaar geklonken, draaiend en rondwentelend in hun worsteling. Toen kreeg Rocco zijn hand onder Fingerly's kin, duwde diens hoofd ver achterover en zag kans zich los te maken, waarna hij snel weer naar boven ging en met een klap door het oppervlak brak.

Fingerly kwam niet boven.

Rocco hoestte, gaf zout water op en bedacht dat Fingerly daar beneden om het leven zou komen, maar toen hij diep ademhaalde en aanstalten maakte om te duiken kwam Fingerly weer hijgend en naar adem happend boven water. Hij zat ongeveer drie meter van hem vandaan en Rocco bleef wantrouwig kijkend een eindje bij hem uit de buurt.

Langzaam kreeg Fingerly zijn ademhaling weer onder controle. Hij kuchte en niesde, maar zijn armen bewogen en hij dreef.

'Het gaat weer,' zei hij.

'Weet je dat zeker? Hoe is het met je been?'

'Alleen maar zo'n rotkramp.'

'Red je het?'

'Ik denk van wel. Ja.'

Ze zwommen weer, met trage, uitgeputte slagen, waarbij Rocco iets achterbleef. Het was niet ver meer.

Ze bereikten de kust in de buurt van de Madliena Tower, en toen ze aanspoelden sneden ze zich aan de rotsen. Fingerly kreeg een diepe wond aan zijn linkerarm en Rocco schaafde gemeen zijn schenen. Het was heel vroeg in de ochtend, de hemel begon net te kleuren, en nergens een kop koffie te krijgen. Het enige wat ze konden doen was naar de weg lopen en naar Valletta liften. Tijdens hun lange zwempartij hadden ze hun schoenen uitgetrokken, dus liepen ze nu moeizaam op hun sokken.

Ongeveer tien of vijftien minuten later zagen ze een jeep, die hen oppikte en meenam naar Valletta. Van de City Gate haastten ze zich naar de Barracca Gardens om een blik op de haven te kunnen werpen en te kijken hoe het met de *Welshman* was.

Hij was al uitgevaren. Ze zagen hem in de verte, de rook uit zijn schoorsteen kronkelde zwart op tegen de hemel. Fingerly stak vol vertrouwen zijn duimen op. 'Je weet toch wie ze aan boord hebben?'

'Niet koning George,' zei Rocco.

'De graaf, Rocco. Je oude maatje. Graaf von Kreisen.'

Rocco was stomverbaasd.

'Hij heeft uiteindelijk al zijn moed bij elkaar geraapt en is aan boord gegaan. Het was deze maand zo rustig dat hij dacht dat het het risico wel waard was.'

'En Julietta?'

'Die natuurlijk ook. Ze zijn onafscheidelijk. Jij had toch altijd een oogje op haar?'

Rocco staarde het schip na, keek hoe het vervaagde in de mist. De gedachte dat ze weg waren stak. Hij was blij voor ze, blij dat ze uiteindelijk toch van Malta waren ontsnapt, maar toch deed het pijn, omdat hij hen graag had gemogen en ze nu waren vertrokken, zonder dat ze afscheid van elkaar hadden kunnen nemen. Hij had ze sinds de begrafenis van Dominic niet meer gezien, en het was onwaarschijnlijk dat hij een van hen beiden ooit nog zou zien. Maar zo ging het nu eenmaal op Malta. Je ontmoette mensen en leerde hen snel kennen en dan waren ze even snel weer voor altijd uit je leven verdwenen.

'Het is allemaal pijlsnel geregeld,' zei Fingerly, 'tot het schip gisteren binnenkwam wisten ze niet zeker of ze wel zouden gaan. De graaf heeft mijn Malta-verzameling meegenomen. Hij heeft alles gekocht, de Venus van Malta, de dolk van Dragut, het harnas, de schilderijen, de Romeinse tabletten. Ik ben heel erg gesteld geraakt op de oude heer, hij had een vreemd gevoel voor humor. Hij zei dat als ik ooit de echte Maltese Valk zou vinden, dat hij die dan ook zou kopen, ook al is hij vals.'

'Denk je echt dat de Luftwaffe er niet achteraan gaat?'

'Er zal ze niets overkomen, Rocco. Ze zijn veilig, helemaal tot Alexandrië.'

31

Bonencode, bonencode

D<small>E</small> *Welshman* REDDE HET NAAR A<small>LEXANDRIË</small>, MAAR OOK MAAR net. Hij moest torpedo's van een onderzeeër ontwijken, granaten van een destroyer en zwaar-kaliber vuur van twee kanonneerboten. Hij werd echter niet door vliegtuigen aangevallen, dus was het mogelijk dat de Duitse kolonel inderdaad woord had gehouden – hoewel Rocco bleef twijfelen.

'Het stinkt,' zei Rocco tegen Melita terwijl hij zijn knokkels liet knappen. Ze zaten in de keuken aan Windmill Street en deelden een perzik. 'Stinkt het niet? Het leven stinkt. Fingerly stinkt.'

'Dat vertel ik je nu al de hele tijd over die Fingerly van jou,' zei ze. 'Hij deugt niet. Je had hem moeten laten verdrinken. Waar zit hij nu?'

'In Caïro, denk ik, maar misschien ook op Sicilië – ik geloof dat hij daar vrienden heeft.'

'Hij zou een bom op z'n kop moeten krijgen.'

Rocco glimlachte. 'Daar is hij te slim voor.'

'Zo slim is hij niet.'

'Hij leest Egyptische hiërogliefen.'

'Wordt hij daar slim door? Er was een man in Valletta die veertien talen kon lezen, maar zijn vrouw bedroog hem en toen hij daarachter kwam pakte hij een touw en hing zich op. Was dat slim?'

'Fingerly heeft geen vrouw.'

'Dat weet ik, dat weet ik. Hij houdt niet van vrouwen. Hij doet alsof, maar hij is niet echt geïnteresseerd.'

Rocco was verbaasd. 'Fingerly? Denk je dat echt?'

'Dat denk ik.'

333

'Je zou hem eens moeten horen over de hoeren in St. Julian's.'
'Dat bedoel ik nou, een en al gepraat. Zijn seksualiteit zit alleen maar in zijn geest. Of ergens anders, maar niet bij vrouwen.'
Rocco dacht dat ze ongelijk had.
'Goed, dan heb ik ongelijk,' zei ze terwijl ze haar hand naar de kat uitstak.
'Vind je het leuk om ongelijk te hebben?'
'Ik vind het heerlijk om ongelijk te hebben. Maar wat Fingerly betreft heb ik gelijk.'

Later die middag ging ze bij Christina langs in haar huis in Floriana en trof haar in alle staten aan. Warby was voor een verkenningsvlucht vertrokken en was nog steeds niet terug. Hij zou naar Noord-Afrika gaan om meer foto's van de Via Balbia te maken. Het was al eens eerder gebeurd – hij vloog weg en verdween, en dan liet hij pas een paar dagen later iets van zich horen. Eenmaal was hij neergehaald, en een paar keer had hij mechanische problemen gekregen en zijn toestel in de woestijn moeten neerzetten, maar op een of andere manier was het hem altijd gelukt heelhuids terug te komen. Ditmaal duurde het al vier dagen, en geen woord, helemaal niets.
Melita probeerde haar te troosten, zei haar dat ze zich geen zorgen moest maken. 'Hij komt toch altijd terug?'
'Maar vier dagen!'
'Ik weet het, ik weet het, dat is lang.'
'Te lang.'
'Maar het komt vast wel goed.'
'Nee, het komt niet goed. Snap je het niet?'
'Ik snap het wel. Het komt wel goed met hem, ik weet het zeker.'

De volgende dag begonnen de regens van eind oktober. Hardnekkige, alles doorwekende regens, de hele dag, stortbuien. De volgende dag ook. Zoet ruikende regen, hele gordijnen, die riviertjes en snelle stroompjes vormden die door de straten gutsten en heuvelafwaarts de zee in liepen. De verzengende hitte van de zomer was verdwenen.
De derde regendag gingen Rocco en Melita een wandeling maken en waren al snel doorweekt. Ze liepen naar het plein voor de kathedraal en de regen stroomde wild spetterend omlaag.
'En als ik nu eens smolt?' vroeg ze. 'Als de regen me nu eens meenam en wegspoelde? Wat dan?'

'Ja – wat dan?'

'Dan zou je mij niet hebben!'

'Zou dat goed of slecht zijn?'

'Misschien zou je beter af zijn.' Ze lachte. Ze hield haar hoofd achterover, haar ogen gesloten, haar gezicht naar de hemel gericht. De regen liep over haar heen en haar natte kleren zaten tegen haar lichaam geplakt.

Het goede nieuws die dag was dat Christina's Warby het goed maakte. Hij was niet dood, was niet neergehaald, was niet in zee verdwenen. Hij zat in Gibraltar. Hij had problemen met zijn motor gehad, was in de woestijn geland, en toen de Britten hem hadden gevonden hadden ze hem gearresteerd omdat ze hem voor een spion hadden aangezien. Hij had een Duitse Luger (hij vloog nooit zonder dat pistool) en een Italiaans jachtmes bij zich, en de kleren die hij droeg vertoonden geen enkele overeenkomst met ook maar iets wat door de RAF werd voorgeschreven. Ze hadden hem als gevangene helemaal naar Gibraltar gestuurd, waar uiteindelijk was bevestigd dat hij echt Brits was, wat hij al die tijd had gezegd.

'Die gekke Warby,' zei Melita in de regen.

'Gelukkige Christina,' zei Rocco.

'Misschien niet zo gelukkig,' zei Melita. Warby had een echtgenote in Engeland, het was een slecht huwelijk, en de belangrijkste reden waarom hij zich als vrijwilliger voor Malta had aangemeld was dat hij aan die ellende had willen ontsnappen. En er waren signalen, nu al, dat ook zijn affaire met Christina begon te desintegreren, hoewel ze nog steeds gek op hem was.

'Dus – niet zo gelukkig,' zei Rocco. 'Maar die regen komt goed van pas, nietwaar?'

'Ja, de regen komt goed van pas,' zei ze terwijl het water haar gezicht geselde. 'Maar ik wil zo graag dat ze gelukkig is. Ze verdient geluk. En Zammit ook. En iedereen. En jij.'

'En jij,' zei hij.

'Lekker, die regen,' zei ze.

De regen doorweekte de uitgedroogde, kalkachtige bodem en bracht een vederlichte groene tint terug, kleine explosies van bloemen, een tweede lente die een tijdje voortduurde, met temperaturen die opliepen tot vijfentwintig graden.

Melita vertrok naar Santa Venera en Rocco zwierf wat rond en kwam ten slotte terecht bij een borstwering die over de haven uitzag. In zijn portefeuille vond hij de foto van Theresa Flum. Hij was hem vergeten. Ze was bitterzoet, de herinnering aan die dag in Coney Island, die nu zijn hoofd binnendreef. Ze hadden de foto genomen in een hokje in een goedkoop winkelcentrum. Bitterzoet, en verdwenen, hij had hem niet meer nodig, het was over. Tijd om het los te laten. Hij verscheurde de foto, langzaam, en keek hoe de stukjes wegdwarrelden, omlaag het water in.

Een paar dagen na de regens was de boer in Maqluba buiten aan het werk op zijn terrasveldjes. Waar in de zomer tomaten hadden gestaan had hij nu rijen bonen. De planten slingerden zich alle kanten op over een netwerk van draden die over stokken waren gespannen. Toen hij Rocco zag nam hij zijn hoed af en Rocco zwaaide. Rocco wilde hem vragen of hij ooit aardbeien plantte, maar de boer sprak geen Engels en Rocco alleen maar een heel vaag soort Maltees.

In de schuur schakelde Rocco de radio in, en de warm wordende lampen gloeiden op. Terwijl hij aan de knoppen draaide pikte hij wat jazz op, en daarna een heleboel morse. De punten en strepen kwamen ratelend binnen en vormden berichten, waarvan sommige in heel eenvoudige code:

DE SCHOEN HOORT BIJ DE VOET
DE HAND KENT DE APPEL NIET
CAESAR MOET IN BAD
DE WIND VALT DE BLADEREN LASTIG

Het was camouflage, een rookgordijn, een maskerade, die codes die maar voortjoegen, elk met zijn eigen resonantie, snauwend en knipogend, net zoals het leven zelf: codes genesteld in andere codes, een oneindig Droste-effect. En de enige code die Rocco kon lezen was simpele morse, de punten en strepen. *Chica boom*, dacht hij. *Babalu*.

Hij was moe en ging terug naar een frequentie die jazz uitzond. De muziek werd door ruis aan stukken gesneden. Hij boog zich over de tafel, liet zijn hoofd op zijn onderarm rusten en sukkelde bijna weg, of helemaal, een dromerig voorgeborchte tussen waken en slapen, en wat hij wist was dat Fingerly gelijk had: alles was een code. Fingerly was de Fingerlycode, zoals ENIGMA de ENIGMA-code was, en de tijd was de Tijdcode. Het leven was de Levenscode en Tony Zebra was de Zebracode, maar als je de Zebracode was was dat slecht nieuws omdat Tony Zebra nooit van Malta zou ontsnappen en nooit zijn droom zou verwezenlijken India te zien.

Hij stond in de deuropening en riep naar de boer op zijn bonenveld. 'Hé, oude man, ben jij ook een code? Wat voor code? Een Bonencode?' Bonen, toverbonen, Bulletje en Bonestaak, de bonenstaak die omhooggroeide naar een kasteel in de hemel, steeds hoger, de gouden gans. De boer begreep geen woord van wat hij zei, hief alleen zijn armen en haalde hulpeloos zijn schouders op.

Maar Rocco stond niet in de deuropening naar de boer *Bonencode, Bonencode* te roepen; het was een droom, die nu weer weg was, en terwijl hij daar met gesloten ogen en zijn hoofd op zijn onderarm bij de radio zat, hoorde hij een vliegtuig, ver weg, het slaapverwekkende gezoem van de motor. Het toestel hing lui in de lucht, een geluid als het gedrens van een vlieg. Toen klonk het plotseling harder, en veel dichterbij, en werd hij uit zijn soezerigheid losgerukt. Het was een 109. Hij hoefde niet te kijken, hij kende het geluid, de klank van de Daimler Benz-motor, een laag, treurig, vlak geluid van iemand die een blues neuriede.

Hij stond snel op en liep naar buiten, en daar was hij, een 109 met een gele neus, rondcirkelend boven de boerderij. De radiomast had zijn aandacht getrokken. De piloot bekeek de schuur en probeerde erachter te komen of het een militaire installatie was of alleen maar een nepdoel waaraan hij zijn munitie niet hoefde te verspillen.

Hij zat laag, erg dichtbij, en het was van een angstaanjagende intimiteit: hijzelf, het vliegtuig, en de boer. Het hele neusgedeelte voor de cockpit was geel. Ook het roer was geel. Op de romp, vlak achter de cockpit, stond een groot wit getal: 711.

Terwijl het vliegtuig keerde zag Rocco de piloot: zijn hoofd bedekt met de leren helm, het gezicht lang en smal, een grote neus die boven brede, dunne lippen uitstak. Hij zou zich dat gezicht herinneren als hij het nog eens zou zien. Terwijl hij het vliegtuig nauwkeurig in de gaten hield bewoog hij zich behoedzaam weg van de schuur, naar de zinkput, niet rennend maar kalm lopend. Op het terrasland stond de boer tussen zijn bonen te kijken hoe het vliegtuig heen en weer raasde.

Het toestel maakte een bocht, draaide en kwam gierend en met vuur brakende kanonnen terug. Rocco sprintte naar de zinkput, dook bij de rand in elkaar, en toen hij omkeek zag hij dat de schuur ontplofte, aan stukken geblazen door de granaten, en alle kerosine die er lag opgeslagen ging in een furieuze vlammenzee de lucht in. Het toestel beschreef een cirkel, inspecteerde de schade, en toen was het weg en was het weer stil op de boerderij, een compacte stilte, alleen de vlammen van de brandende kerosine en de verschuivende zuil van rook.

Rocco ging op zoek naar de boer en vond hem tussen de bonen op de helling, op de grond, tussen de dichte begroeiing. Hij lag op zijn rug en was dood. Rocco zocht naar een wond maar kon er geen vinden, geen bloed, geen zichtbaar teken, en vermoedde een beroerte of een hartaanval. Hij keek naar de stenen schuur, naar de vlammetjes die er nog aan likten, bukte zich en raapte de boer op met zijn ene arm onder de knieën van de oude man en de andere onder zijn schouders, en droeg hem naar het huis.

Rocco bracht hem naar de slaapkamer en legde hem op het bed. De boer woonde alleen, er was niets waaruit de aanwezigheid van iemand anders in het huis bleek. Hij legde de benen van de oude boer recht, legde zijn armen langs zijn zijden en verwijderde een stukje wijnrank dat in zijn hemd was blijven hangen. Met een hoek van de sprei veegde hij wat modder van het voorhoofd van de oude man, verliet toen het huis en liep naar Żurrieq. Daar ging hij bij het politiebureau langs, en nadat hij verslag had uitgebracht van het incident liftte hij naar Valletta.

32

Speldenpunten van licht, overal om hem heen dansend

BIJ HOCK'S VOND HIJ TONY ZEBRA, DIE AAN EEN TAFELTJE ACH-
terin een glas bier zat te drinken, goede Löwenbrau uit München,
spul van de zwarte markt dat door een bommenwerper vanuit
Noord-Afrika was binnengevlogen.

Het was veroverd op de Duitsers, die het hadden veroverd op
de Britten, die er in het neutrale Lissabon enorme hoeveelheden
van hadden gekocht, van een agent die het vanuit Bremen had
geïmporteerd, en nu was het weer in Britse handen en had iemand
met de juiste connecties het Malta binnen gesmokkeld. Hock had
de hand op een dozijn kisten weten te leggen, rijker dan goud en
dromeriger, gedrongen bruine flessen met een blauw etiket, en
Tony Zebra zat nu zijn deel weg te werken.

De tafel stond tegen een gestuukte muur, en er zoemde een menigte vliegen rond. Een ging er op de rug van Tony Zebra's hand
zitten en een andere op zijn neus. Hij verjoeg ze niet. Rocco vertelde hem over de dode boer in de boerderij in Maqluba en over de
109.

Tony Zebra hief zijn glas. 'Op de dode boer.'

Ze dronken op de dode boer en op alle dode piloten – Harry
Kelly en Moye en Petro Peters en alle anderen.

'Goeie jongens,' zei Tony Zebra.

'Goeie jongens.'

'De beste. Beter dan de beste.'

'Ik wil vliegen,' zei Rocco.

'Het is luizig, ondankbaar werk.'

'Dat heb ik gehoord. Ik wil het ook niet doen om mijn brood te
verdienen.'

'Dan wil je niet vliegen.'

'Maar ik wil het wel.'

'Nee, niet waar.'

'Nu meteen?'

'Nu? Hoe wou je dat doen?'

'We gaan naar Takali, en dan kan jij me in een Spitfire zetten.'

Het was een grapje, een fantasie. Tony Zebra lachte en hief zijn glas om op het idee te drinken. 'Misschien kun je daar boven nog een paar 109's op hun lazer geven.'

'Je weet maar nooit,' zei Rocco.

'Je kan niet vliegen,' zei Zebra.

'Ik heb gevlogen, ik heb gevlogen. Heb ik je dat nooit verteld? De zomer voordat ik bij het leger ging, op een vliegveld in de Catskills.'

Er trok een brede, rubberachtige lach over Zebra's gezicht. 'Hé, Rocco, een Piper Cub is geen Spitfire.'

'Wie heeft het nou over een Piper Cub? Ik ben daar met een Grumman Wildcat de lucht in geweest.'

'Je neemt me in de maling.'

'Inderdaad, ik neem je in de maling.'

'Weet je iets van magneten en superladers en brandstofmeng-sels? Over flappen en roeren? Weet je iets over oliedruk en propel-lerhoeken?'

'Natuurlijk,' zei Rocco zonder veel vertoon van zelfvertrou-wen.

'Weet je iets van propelleromwentelingen? Van radiatorscher-men? Van glycoltemperaturen?'

Rocco keek hem recht aan. 'Zou ik nou echt alleen maar voor de lol mijn leven op het spel zetten?'

Tony Zebra gaf niet toe. 'Dat denk ik inderdaad. Ja. Alleen maar voor de lol.'

'Ieder zijn eigen lol,' zei Rocco.

'Ben je soms bezopen?'

'Nee. Maar jij wel.'

'Hij wil vliegen,' zei Tony Zebra tegen de foto van koning Geor-ge aan de muur.

'Denk je dat het hem wat kan schelen?' vroeg Rocco.

'En Melita? Heeft zij hier iets mee te maken?'

'Melita is in Paola een jukebox aan het repareren.'

Tony Zebra sloeg de rest van zijn bier achterover en keek Roc-co lang en samenzweerderig aan. 'Dit is waanzin, dat weet je.'

'Laten we naar Takali gaan,' zei Rocco.

'Echt waar?'

'Waarom niet?'

Overal waren vliegen, ze zaten in Tony Zebra's haar, in zijn oren. 'Laten we die zwarte klotebeesten in elk geval ontvluchten,' zei hij en hij stond onvast op en liep naar de deur, enigszins wankel op zijn benen en tot alles bereid.

Ze reden mee achter in een vrachtwagen die op weg naar een batterij op de Wardija Ridge door Takali zou komen. Hij was geladen met munitie voor de Bofors-kanonnen.

'Volgens mij ben je behoorlijk dronken,' zei Tony Zebra.

'Ik heb er twee gehad. En jij?'

Tony Zebra stak een hand uit, vast als een rots. 'Je had me moeten zien toen ik vorige week die Savoia Marchetti een pak slaag gaf. Het is de beste manier om te vliegen, ontspannen en beheerst.'

Rocco wist dat er twee soorten piloten bestonden, degenen die dronken en degenen die niet dronken. Tony Zebra dronk, en iedereen was verbaasd dat hij nog steeds leefde.

In Takali stonden de toestellen in beschermende omheiningen geparkeerd, op flinke afstand van de landingsbaan. In de wachthut zaten een paar piloten te pokeren. Zulu Swales, die nu majoor was, bekeek het vluchtschema. Tony Zebra maakte een paar grapjes met de spelers, waarna hij Rocco een eind meenam naar een hut met voorraden om Mae Wests en leren helmen op te pikken.

Daarna liepen ze een heel eind tussen de geparkeerde vliegtuigen door.

'Ik heb iets heel moois voor je,' zei Tony Zebra. 'Je vindt het vast prachtig, het is je geluksdag.'

Rocco had het gevoel dat ze, als ze zo door bleven lopen, vanzelf aan het einde van het eiland zouden komen en de zee in zouden wandelen.

'Daar,' zei Tony Zebra, op een omheining van blokken kalksteen en zandzakken wijzend.

Wat Rocco in de omheining zag was geen Spitfire, maar een oude tweedekker die eruitzag alsof hij nog in de Eerste Wereldoorlog had gevlogen. Hij was wel van meer recente datum, maar duidelijk uit de tijd.

Tony Zebra glimlachte. 'De laatste Gloster Gladiator.'

Hij was beschadigd en gedeukt, en Rocco vond hem prachtig. Hij had iets met tweedekkers. Ze hadden een charme die geen enkele eendekker ooit kon hebben. Tweedekkers maakten bij hem dezelfde gevoelens los als wanneer hij naar een T-Ford of een Cord of een Duesenberg keek.

'Vóór de Hurricanes en de Spits was dit alles wat ze op het eiland hadden, een paar van deze toestellen. Ze stuurden ze met z'n drieën tegelijk de lucht in om tegen de Italianen te vechten. Het was een morele opkikker voor de mensen in de dorpen. Ze zagen die Gladiators in de lucht en noemden ze *Geloof*, *Hoop* en *Liefde*. Dit is de laatste die nog vliegt.'

Het was niet de eerste keer dat Rocco het verhaal hoorde, hoewel hij zich niet meer kon herinneren wanneer of waar hij het al eens eerder had gehoord. Misschien in een van de schuilkelders. De beroemde Gloster Gladiators. Het cijfer op de zijde van deze was N5520. Voorop, bij de neus, stond in onhandig geschilderde letters de naam: Geloof. Het zou inderdaad makkelijker zijn dan een Spitfire. Wat had hij zich eigenlijk voorgesteld? Een Spitfire?

'Vliegt deze echt?'

'Ze gebruiken hem voor meteorologische vluchten, om het weer te controleren. Hij haalt tweeënvijftig en kan heel behoorlijk klimmen. Je kunt negen kilometer hoog komen als je je zuurstof tenminste niet vergeet. Ik heb er nooit zelf in gevlogen, maar ze zeggen dat hij als een sexy meid in de hand ligt.'

Er kwam een monteur langs, een Maltese sergeant.

'Is deze klaar voor vertrek, Joe?'

'De tank is vol, dat wel. Maar kapitein Oslo brengt hem om drie uur naar Hal Far terug. Heb je hem gesproken?'

'De plannen zijn veranderd, Joe. Officier Raven, hier, gaat ermee de lucht in, maar we zijn voor drie uur terug, mocht de kapitein ernaar vragen. Heb je dat gat gerepareerd in de laatste Spit waarin ik heb gevlogen?'

'In de BR528? Daar werken de jongens nog aan.'

'En deze?' vroeg Tony, wijzend op een Spitfire in een omheining daar vlakbij.

'Die? Daar heeft majoor Swales vanmorgen in gevlogen. Die staat klaar om te vertrekken, helemaal gecontroleerd.'

Ze duwden de Spitfire bij zijn vleugels naar buiten, en daarna de Gladiator, en Tony Zebra hielp Rocco in de cockpit. De parachute zat op zijn plaats op de stoel, en Tony maakte de riemen vast. 'Weet je zeker dat je dit wilt?'

Rocco trok de riemen iets strakker. 'Waarom niet?'

'Als je ergens een Messerschmitt ziet, maak dan dat je wegkomt.'

'Zijn de mitrailleurs geladen?'

Tony Zebra riep de monteur. 'Joe? De mitrailleurs?'

De mitrailleurs waren klaar, twee Brownings die op de romp waren gemonteerd, en nog twee onder de onderste vleugels. Geen kanon.

Tony Zebra wees hem de hoogtemeter, de luchtsnelheidsmeter, de oliemeter, de flappen, de gashendel. De wijzerplaten en de hendels. Hoe hij de stuurknuppel moest bewegen. Hij leek niet meer zo dronken.

'Als het Commando contact met je opneemt, geeft dan geen antwoord, noem je naam niet. Gebruik mijn naam als je wilt, ik hoop dat dit mijn ticket naar huis is.'

Ze dachten beiden aan Leo Nomis, van het 229e, die in augustus zonder toestemming was opgestegen om op Sicilië iets te gaan beschieten en was gearresteerd. Hij was Amerikaan. Ze hadden hem veroordeeld wegens ongeoorloofd gebruik van brandstof en voor straf naar het Midden-Oosten overgeplaatst. Dat was een lachertje, want een overplaatsing vanuit de hel van Malta naar welke plaats ook ter wereld kon alleen maar een vooruitgang zijn.

'Wil je Leo Nomis soms gezelschap gaan houden in Egypte?'

'Waarom niet,' zei Tony Zebra. 'Het is een woestijn, maar ze hebben in ieder geval iets te eten. Ze hebben voedsel, Rocco. Lamskoteletten, biefstuk, patat. Het is zeker beter dan Maconochie's.'

'Ik haat de woestijn.'

'Jij hebt niets te vrezen. Je hoort er niet bij. Ze slaan je alleen maar in de boeien en sturen je terug naar je eenheid. Of ze schieten je dood als spion. Niets om je zorgen over te maken.'

Hij liet Rocco zien hoe hij het dak van de cockpit moest afwerpen en uit het toestel kon komen als dat nodig mocht zijn.

'Ik ben nog nooit uit een vliegtuig gesprongen. Waar moet ik aan trekken?'

'Trek maar heel hard aan je lul. Dit is waanzin, weet je dat? Probeer niet te duiken en probeer geen looping te maken, en als je landt, vergeet dan niet die kloteneus omhoog te houden. Misschien zullen ze jou niet doodschieten, maar mij.'

'Ze kunnen ons geen van beiden doodschieten.'

'Dacht je?'

'We zijn Amerikanen. Het zou het einde betekenen van de Lend Lease, geen goedkope Amerikaanse hulp meer.'

'Zou het Congres van de Verenigde Staten het voor ons opne-

men? Leuk idee, leuk idee. Ik ga als eerste de taxibaan op. Weet je
zeker dat je al eens hebt gevlogen?'

'Vaak genoeg.'

'Solo?'

'Inderdaad, solo. Wat is dit hier?'

'Jezus, daar vuur je de mitrailleurs mee af.'

'En dit?'

'Daarmee start je de motor.' Hij sprong van de vleugel en liep
naar de Spitfire, en even later, nadat ze hun motoren hadden ge-
start, taxieden ze naar buiten in de richting van de strip. Rocco
vond het heerlijk: het gebrul van de propeller en de trillingen in het
chassis. Het was net autorijden, alleen schokkeriger en lawaaie-
riger.

Toen ze de strip hadden bereikt gaf Tony Zebra gas en hij was
al snel verdwenen, racete weg over het veld en trok het toestel snel
de lucht in. Daarna nam Rocco positie in en maakte zich klaar. Er
klonk wat gepraat van de controletoren, dat hij negeerde. Hij gaf
vol gas en het toestel schoot over het veld met een scherpe afwij-
king naar links. Hij corrigeerde te sterk, zwaaide te ver naar
rechts, maar zag kans dit te herstellen en kwam los van de grond,
net op tijd om een groepje stenen keten te ontwijken. Het gepraat
van de toren ging door, een nauwelijks beheerste hysterie. Hij zat
in de lucht, klom, zocht Tony Zebra en maakte een wijde bocht,
waarbij hij het toestel langzaam recht legde. Toen hij omkeek zag
hij achter zich het vliegveld snel kleiner worden.

Toen hoorde hij Tony Zebra over de radio. 'Zeg iets, Rocco.
Hoor je me?'

'Waar zit je in godsnaam?'

'Achter en boven je. Hou hem recht, dan kom ik achter je aan.'

Rocco keek omlaag en zag heel Malta onder zich: de kleine, onregelmatige velden, omheind door stenen muurtjes, en de honingkleurige stenen huizen tegen elkaar aan gedrukt in de dorpen met
hun smalle, kronkelende straatjes. Het was net april, toen hij was
aangekomen, de kleine velden groen van de gewassen, het eiland
dat weer leefde, niet droog en kaal als in de lange hete zomer. De
zee was donkerblauw, maar op de ondiepe plekken, waar het water de kust raakte, was het fel groen.

'Krijg je hem al een beetje in je vingers?'

'Ik geloof van wel. Zo'n beetje.'

Tony Zebra praatte hem een paar bochten door, naar links en
naar rechts. 'Meer roer,' zei hij. 'Meer roer.'

Ze gingen omhoog, daarna omlaag, en daarna weer omhoog.

'Voelt het al beter aan?'

'Hij rijdt als een Cadillac.'

'Ja, nogal wiedes, er zit een Bristol Mercury in, meer dan acht-honderd paardenkracht. Ben je er al aan toe een looping te probe-ren?'

'Ach, waarom niet.'

'Trek de knuppel naar achteren.'

Rocco deed het, en hij ging omhoog.

'Houd hem naar achteren, houd hem naar achteren. Goed zo.'

Even later zat hij boven in de looping, hing op zijn kop, met de wereld boven zich, boven zijn hoofd. Het bloed stroomde naar zijn hersenen, en toen, terwijl hij de tweede helft van de looping in gleed, voelde hij zich licht in zijn hoofd, vreemd.

'Hoe was dat?' vroeg hij over de radio.

'Slordig. Laten we de engeltjes gaan opzoeken.'

Tony Zebra vloog voorop en leidde Rocco een wijde stijgende boog in, naar links, laag over het water en daarna omhoog, om-hoog, steeds verder omhoog. Ze vlogen een wolk in, een groot donzig geval dat de vorm van een toren had – een grote witte compacte massa, en Rocco zat erin.

Toen, nog steeds klimmend, kwam hij er aan de bovenkant weer uit en vloog een explosie van kleur in, een versplinterde re-genboog van gebroken licht dat langs de vleugels en de romp stroomde, banen rood, groen, blauw. De motor liep nog, maar het geluid was verdwenen, de propeller draaide stil, trok hem om-hoog, steeds hoger, de doolhof van het spectrum in, terwijl het toe-stel schitterde van speldenpunten van licht, overal om hem heen dansend. Ik ben dood, dacht hij, denkend dat hij was neergestort en dat het zo moest zijn als je te pletter was geslagen. Boven en voor zich zag hij een gezicht, en pas na een tijdje besefte hij dat het Melita was. Hij vroeg zich af of zij ook dood was.

Het toestel steeg geluidloos en hij bedacht hoe prachtig de dood was, hoe mooi het was een lichaam te hebben dat vloog, een li-chaam helder als glas, flitsend van kleurige vonken, en geen enkel geluid. De dood maakte helemaal geen geluid.

Toen hoorde hij Tony Zebra over de radio roepen. 'Ga hori-zontaal vliegen, Rocco. Hoor je me? Horizontaal. Staat je zuur-stof aan? Zet je zuurstof aan.'

O ja, de zuurstof. Met zijn linkerhand tastte hij rond en vond de hendel. Maar hij stond open. Hij kreeg zuurstof.

'Waar ben je, Tony?'

'Achter je. Ga horizontaal vliegen, voor je hem over de kop trekt.'

'Zie je die lichten?'

'Welke lichten?'

'Die knipperende bakens.'

Hij ging weer horizontaal vliegen en merkte, toen hij om zich heen keek, dat de gekleurde lichten vervaagden. En toen, toen hij voor zich uit keek en zijn blik helderder werd, zag hij een heel squadron Ju-'88's recht op zich af komen.

'Godallejezus.'

'Hou hem op koers, hou hem op koers,' zei Tony Zebra, op intens dringende toon, als een doodserieuze, weinig talentvolle acteur in een goedkope zwart-witte B-film.

In een oogwenk zaten ze tussen de 88's, zaten de bommenwerpers overal om hen heen, boven hen en onder hen, en nog meer voor hen. Rocco keek naar links, in de cockpit van een passerende bommenwerper, waar de piloot recht naar hem terug keek, ongelofelijk dichtbij, door zijn zuurstofmasker was hij net een waanzinnig buitenaards wezen. Gezien de snelheid waarmee ze vlogen konden ze niet meer dan een moment naast elkaar hebben gezeten, maar toch leek het moment gerekt, elastisch, vleugeltoppen die elkaar bijna raakten, nauwelijks een paar voet van elkaar verwijderd.

Toen Rocco weer naar voren keek ging hij recht op een aanstormende bommenwerper af. Hij gaf een harde ruk aan de knuppel, waardoor hij scherp omhoog ging, en de bommenwerper passeerde een paar voet onder hem. Toen moest hij in zijn klim opeens het toestel horizontaal trekken om een bommenwerper te ontwijken die vlak daarboven zat. De Gladiator schommelde hevig, naar links en naar rechts.

'Kalm aan, kalm aan,' zei Tony Zebra, met vlakke en vaste stem.

En toen – zo snel – waren de bommenwerpers weer verdwenen, achter hen. Het was over, ze waren erdoorheen.

'Die hebben waarschijnlijk net hun hele lading op een konvooi gegooid,' zei Tony Zebra, die nu meer als zichzelf klonk. 'Hun brandstof begint op te raken en ze hebben haast om terug te komen naar Sicilië. Ze hebben waarschijnlijk ook geen munitie meer, anders hadden die staartschutters ons wel een tatoeage bezorgd toen we door die groep heen kwamen.'

Rocco keek achter zich, en de bommenwerpers verdwenen in de richting van een brede strook land die zich donker uitstrekte in de zee. Onder een paar witte vlekken cumulus doemden groepen bergen op. Een van de bergen, in het oosten, was een groot gezwollen geheel, twee keer zo hoog als de andere, en uit de top steeg een rookpluim op.

'Dat daar is toch de Etna?'

'Dat is de Etna.'

'Als dat de Etna is, dan moet dat Sicilië zijn.'

'Je wordt met de dag intelligenter.'

Rocco maakte een bocht van honderdtachtig graden en vloog in de richting van Sicilië.

'Vergeet het maar,' zei Tony Zebra.

Rocco hield zijn nieuwe koers echter aan.

'Rocco? Rocco? Hoor je me? Je gaat niet naar Sicilië. Dat doe je niet.'

Rocco reageerde niet.

Tony Zebra draaide en vloog achter hem aan.

'Je kan die kruiwagen niet gebruiken in een gevecht. Hoor je me? Wat probeer je te bewijzen?'

Van Rocco kwam er niets dan stilte, terwijl de trage kracht van de motor van de Gladiator hem onvermurwbaar vooruit trok.

'Het wordt je dood. Weet je dat niet? We gaan er allebei aan.'

'Ga naar huis,' zei Rocco.

'Jezus, draai die kist om. Kom mee. Nu.'

'Ik wil je niet mee hebben,' zei Rocco. 'Ga terug.'

'Denk je dat Melita dit wil?'

'We hebben het er niet over gehad.'

'Je kunt die dode boer heus niet meer tot leven wekken.'

'Dat weet ik.'

'Waarom doe je dan zo stom? Weet je niet dat er niet zoiets bestaat als een rekening vereffenen? Het enige wat je kunt doen is sneuvelen.'

Rocco vloog zwijgend door, en een tijdlang was het zwijgen dat met zwijgen praatte, het zwijgen van Tony Zebra dat met het zwijgen van Rocco praatte, en Rocco's zwijgen dat niet antwoordde.

'Goed dan, goed dan,' zei Tony Zebra berustend. 'Wat kan het ook schelen. Laten we de engeltjes gaan opzoeken, we willen niet dat die 109's op ons duiken. Ze zullen nu wel weten dat we eraan komen.'

Hij ging voor Rocco hangen en gidste hem omhoog.

'En als we er zijn is het snel erin en eruit. *Capisce?* Niet blijven rondhangen. Als we niet snel weer weg zijn sturen ze twintig 109's op ons af.'

Ze staken in de buurt van Pozzallo de kustlijn over, vlogen over Ragusa en daar, recht voor ze, lag het vliegveld van Comiso.

Een explosie van flak barstte uit onder de Gladiator, en deze begon te deinen. Voor hen explodeerden granaten, en overal om hen heen. Tony Zebra leidde de afdaling, dook op het vliegveld af om het te beschieten, en terwijl Rocco zich in positie manoeuvreerde om aan zijn eigen duik te beginnen verloor hij de Spitfire uit het oog en was alleen.

Wat hij het eerst zag toen hij naar beneden denderde waren de schaduwen. Daarna, dichterbij, zag hij de vliegtuigen op de grond die de schaduwen veroorzaakten, en hij zag zelfs de merktekens, zwarte kruisen op hun vleugels en hakenkruisen op de roeren. Hij zat er heel snel boven, zeven op een rij, elk met een gele neus, op het gras, ver van het asfalt. Een ervan bewoog, reed in de richting van het asfalt om op te stijgen.

Rocco, die omlaag kwam, hield zijn blik op de resterende zes gericht, die als broden op een plank lagen uitgestald. Terwijl hij op geringe hoogte kwam aanstormen opende hij het vuur, waarbij hij de twee mitrailleurs onder zijn vleugels gebruikte.

Een paar seconden, dat was alles. Toen hij achterom keek zag hij dat er niets was veranderd: de zes vliegtuigen stonden nog op hun plaats, er was niets kapot, er brandde niets. Hij vroeg zich af of hij ze zelfs maar geraakt had.

Een klein salvo lichtspoormunitie van een mitrailleur aan de rand van het veld kwam op hem af. Het leek onschadelijk en irrelevant. Hij wist dat het op hem gericht was, maar voelde zich op een of andere manier geïsoleerd, veilig. Het kon hem niet raken, het was iets in een andere wereld.

Hij draaide en ging terug voor een volgende aanval, ditmaal met alle vier de mitrailleurs, en zag twee van de vliegtuigen in vlammen exploderen.

Hij stond op het punt weer te draaien en terug te keren voor een derde aanval, maar Tony Zebra schreeuwde over de radio: 'En nu wegwezen, verdomme, naar huis! Ga naar huis!'

Toen zag hij Tony Zebra laag over het veld scheren, nauwelijks tien meter boven de grond, achtervolgd door een 109. Rocco bleef laag, ging op weg naar de kust, en toen hij ver genoeg van het land boven het water zat, weg van de kanonnen op de grond, trok hij de stuurknuppel naar achteren en won hoogte. Toen hij achterom keek zag hij boven Comiso een pilaar zwarte rook opstijgen, en geen enkel teken van Tony Zebra.

'Tony? Tony? Gaat het?'

'Nauwelijks, jij klootzak. Heb ik je niet gezegd één keer te schieten en dan weg te wezen? Waarom bleef je zo rondhangen?'

'Wat is die zwarte rook daar – heb je iemand uit de lucht geschoten?'

'Die 109 vloog een benzinedepot in.'

'Waar zit je in godsnaam?'

'Boven je.'

Toen kwam hij rechts van Rocco omlaag en vlogen ze zij aan zij, en hij meldde zich bij het Commando om ze te laten weten dat ze eraan kwamen. Hij wilde niet dat de kustbatterij het vuur op ze zou openen in de veronderstelling dat ze de vijand waren.

'Je hebt het er heel aardig afgebracht voor iemand die nog nooit heeft gevlogen.'

'Ik heb je al verteld dat ik in een P-38 heb gevlogen.'

'Ik dacht in een Grumman Wildcat.'

'Daar ook in,' zei Rocco.

Ze waren halverwege Malta.

'Het is altijd een goed gevoel een paar vliegtuigen op de grond te vernietigen. Hoeveel heb jij er te grazen gehad?'

'Twee, denk ik. Het was moeilijk te zien.'

Er kwam een 109 met de zon in de rug rakelings langs ze; lichtspoormunitie als blauwe wijnranken groeide uit zijn vleugels. Rocco zag een paar stukken van het toestel van Tony Zebra vliegen, en even later werd het zijne geraakt door kogels die door de bovenste vleugel sloegen.

'Gaat het een beetje, Rocco?'

'Ik ben hier, ik ben hier. Er vloog iets van je staart af.'

'Alsof ik dat niet wist. Ga naar beneden en blijf dicht boven het water tot ik met die clown heb afgerekend.'

Terwijl Rocco dook week Tony Zebra scherp uit naar stuurboord, maar niet snel genoeg. De 109 was terug en hing aan Zebra's staart. Rocco keek toe terwijl ze kwellend besluiteloos boven hem om elkaar heen draaiden. Toen maakte Tony Zebra zich van de ander los, klom en maakte een looping, en ze gingen vurend op elkaar af. Ze vlogen pal langs elkaar, dichtbij, een bijna-botsing, en toen waren ze een tijdje ver van elkaar verwijderd alsof ze aarzelden of ze het gevecht weer moesten aangaan.

Rocco zag wat ze deden: ze klommen om positie te kiezen. De Duitser, die een hoge boog had beschreven, kwam na een looping vurend terug, maar Tony Zebra glipte weg en zat na een bocht naar rechts opeens op de staart van de Duitser, bleef tijdens een eindeloze reeks loopings en rolls achter hem hangen en kwam dichterbij om een eind aan het gevecht te maken.

Toen ging het opeens niet goed meer met Tony Zebra. Zijn vliegtuig verloor snelheid en begon te haperen, en tegen de tijd dat hij het weer onder controle had was de Duitser afgezwaaid en achter hem gekomen en ging erop los met zijn kanonnen.

Rocco hoorde Tony op de radio schreeuwen, een noodsignaal waarmee hij het Commando zijn positie doorgaf. Toen liet hij het toestel een rol maken en sleurde de zwaartekracht hem uit de cockpit.

De 109 was er nog steeds, rondcirkelend. Toen de parachute openging, ging hij erop af en gaf een salvo met zijn machinegeweren. Tony Zebra's armen zakten langs zijn zijden en zijn lichaam werd slap. Rocco kon niet zien of hij geraakt was of zich alleen maar dood hield.

Hij gaf gas en trok de stuurknuppel naar achteren, waardoor hij het toestel in een steile klim bracht, recht op de 109 af. Hij dacht er niet bij na, deed het gewoon – een soort reflex, veroorzaakt door woede en paniek. De 109 cirkelde nog steeds rond, gretig op de traag dalende parachute gefixeerd.

Van een afstand van enkele honderden meters, van achteren en van onderen aanvallend, schoot Rocco een zwaar salvo af, maar hij zat te ver weg. Hij gaf nog een salvo dat miste, en toen, toen hij dichterbij was, vuurde hij een derde keer – maar er gebeurde niets. Zijn munitie was op.

Hij vloog langs de 109, schoot eroverheen, en de 109 ging achter hem aan, hing aan zijn staart. Hij ging naar links, daarna naar rechts, week uit, probeerde uit de vuurlijn te blijven. Een granaat schoot langs hem heen, een paar centimeter boven de kap van de cockpit. Hij veranderde van richting, en lichtspoormunitie van de machinegeweren van de 109 sproeide langs, waarbij een paar kogels zich in het roer boorden.

Toen stopte hij met laveren en maakte een nauwe bocht. Het was iets waarover hij de piloten had horen praten en het kwam nu bij hem op alsof hij het al zijn hele leven wist: maak een nauwe bocht in de actieradius van je achtervolger, dan zal hij nooit achter je kunnen komen. En het werkte: de oude Gladiator was lenig en wendbaar en stelde hem in staat de cirkel te verkleinen: de 109 kon niet bij hem komen.

Op een zeker moment in deze draaiingen zaten ze tegenover elkaar, nog steeds rondcirkelend, en kon Rocco de piloot duidelijk zien. Ze keken naar elkaar, koud en hard, als in een spel, concurrerend, elkaar de maat nemend. Intiem, persoonlijk. Het was niet de piloot die de boerderij had aangevallen, maar het was hetzelfde vliegtuig, hetzelfde nummer op de romp, 711, en hetzelfde embleem, een rood hart, op de gele neus. Steeds weer rond, waarbij Rocco de cirkel vernauwde, zo klein mogelijk hield, en de 109 grote problemen bezorgde.

Ze hadden heel hoog gezeten, maar nu kwamen ze omlaag, gingen in een kurkentrekkerbeweging naar beneden. Rocco besefte dit niet, was zich niet bewust dat hij steeds verder omlaag gleed. Lichtspoormunitie van de mitrailleur sproeide langs, een kort salvo, en toen nog een. Een paar kogels doorboorden de bovenste vleugel. De Duitser speelde met hem, gebruikte niet eens het kanon, liet alleen de machinegeweren ratelen. Zo vol zelfvertrouwen was hij.

Op dat moment zag Rocco tot zijn schrik het water omhoog komen, heel dichtbij komen. Hij trapte hard op de pedalen, in een poging zijn neerwaartse vlucht te corrigeren, maar hij deed het verkeerd en de Gladiator, die nog scheef hing, dook scherp en het leek hopeloos. Wanhopig trapte hij nog een keer, en toen het toestel uiteindelijk stabiliseerde hing het maar een paar voet boven het wateroppervlak.

De 109 volgde hem helemaal omlaag, zat achter hem aan in de scherpe draaiingen, en Rocco, die zijn nek verdraaide in een poging te zien waar hij was, zag hem precies op het moment dat de Duitser, die zich op de achtervolging concentreerde, zijn positie verkeerd berekende, waardoor de tip van zijn linkervleugel het water raakte. De plotselinge kracht rukte de vleugel bij de wortel van de romp, scheurde hem totaal weg, en op een of andere manier sloeg er tijdens dit afbreken, dit scheuren van metaal en kabel en elektrische bedrading, een vonk in de brandstoftank en het vliegtuig ontplofte, waarbij stukken in alle richtingen wegvlogen. Wat er van de romp over was kwam brandend en zwarte rook uitbrakend in het water terecht. Daar bleef het even liggen, en toen gleed het weg.

Rocco won wat hoogte, klom een stukje boven het water, op zoek naar Tony Zebra. Hij draaide en keerde, zoekend, maar vond niets. Hij ging hoger, verbreedde zijn blikveld, maar nog steeds niets, en toen ging hij lager vliegen, kruisend, heen en weer, in de veronderstelling dat zijn schermutseling met de 109 hem misschien kilometers had verwijderd van de plaats waar Tony Zebra neer was gegaan. Heen en weer, scherend over het water, niet zeker van zijn positie, en met steeds minder brandstof.

Toen liet hij het vliegtuig hellen en keek omlaag, en daar was hij, op zijn rug, in het water. Hij had kans gezien zich van zijn parachute te bevrijden, maar zijn rubberboot was niet opgeblazen, en hij lag daar in zijn zwemvest, met zijn gezicht omhoog. Rocco cirkelde rond, zoekend naar een signaal, een beweging, een teken dat hij in orde was, maar niets, helemaal niets.

33

Melita neuriet

'Waarom,' vroeg Melita, 'heb je dat in godesnaam gedaan?' Ze was ontdaan over hem, en maakte zich zorgen. De toon
waarop ze het zei had iets teruggetrokkens en desolaats, alsof ze
het liefst zou verdwijnen als ze dat kon. Toch was ze heimelijk ook
blij, omdat hij toch ook een held was, zoals hij zijn leven op het
spel had gezet. 'Hoe kwam het? Wat haalde je je opeens in je
hoofd?'

'Ik weet het niet,' zei hij zachtjes.

'Wat idioot, in een vliegtuig gaan zitten – jij!'

Inderdaad, het was idioot.

'Je had wel doodgeschoten kunnen worden.'

Hij had wel doodgeschoten kunnen worden.

'Wilde je dood? Was dat het?'

'Nee,' zei hij, 'dat was het niet echt.'

Ze zaten in het huis aan Windmill Street, in het vertrek dat ze
als slaapkamer gebruikten. Hij stond nog in zijn ondergoed, was
bezig een stel schone kleren aan te trekken. Zij zat op een stoel, bekeek hem alsof hij een vreemde was, iemand die ze nauwelijks
kende.

'Wat dan?' vroeg ze. 'Wat dacht je?'

'Die boer was dood. Ik denk dat ik vond dat ik iets moest doen.
Heb jij dat gevoel nooit gehad? Dat je moest reageren? We hebben
nooit iets tegen elkaar gezegd, hij sprak geen Engels, maar ik voelde iets voor hem. Hij was daar iedere dag buiten, snoeiend en onkruid wiedend. Er was geen enkele reden waarom hij dood moest.'

'En toen je landde ben je gecrasht en was je bijna dood. Was dat
slim? En Tony Zebra, dat is nog wel een piloot, en hij is ook bijna

gesneuveld. Ik zal hem nooit vergeven dat hij je in een vliegtuig heeft gezet en je omhoog heeft laten gaan om een beetje de cowboy uit te hangen.'

'Dat schieten was mijn idee.'

'Dan zal ik jou nooit vergeven,' zei ze woest. 'Je houdt niet van me.'

'Waarom zeg je dat?'

'Je doet gevaarlijke dingen.'

'Ik?'

'Ja, jij.'

Hij trok zijn overhemd aan en begon het dicht te knopen. 'Laten we boodschappen gaan doen,' zei hij.

'De winkels zijn leeg.'

'Maar in die kleine advertenties wordt van alles en nog wat aangeboden,' zei hij terwijl hij de krant pakte.

'Hou je van me?'

'Jawel, jawel.'

'Nee, niet waar.'

'Ik hou zoveel van je dat ik een piano voor je ga kopen.'

'Ik wil geen piano.'

'Natuurlijk wel. Er is hier voor vijfendertig pond een tweedehands piano te koop.'

Vijfendertig pond was niet goedkoop. Een kantoorbediende zou vier maanden moeten werken om het bij elkaar te verdienen.

'Vertel me eens iets over de toekomst,' zei ze. 'Vertel me eens hoe mooi alles na de oorlog zal worden.'

'Het leven is nu al heel mooi,' zei hij. 'Kijk eens naar al deze prachtige advertenties.'

Er was een camera te koop, een fornuis, een draagbare schrijfmachine van Remington, een grammofoon en een Singer-naaimachine. Bij de Singer hoorden een ruchestikker, een plooistikker en alles wat je thuis maar nodig kon hebben.

'Ga maar met mijn tante praten,' zei ze, 'dat is degene die het naaiwerk doet.'

'Iemand hier vraagt om een accordeon. Hebben wij een accordeon te koop?'

Ze legde haar handen over haar oren. 'Ik luister niet naar je. Hoor je me, Rocco Raven? Ik hoor geen woord van wat je zegt.'

'Hé, moet je luisteren. "Zes piloten willen 's avonds dansles, omgeving Rabat. Brieven onder nummer 777." Dat zou een heel nieuwe carrière voor je kunnen zijn. Een beetje foxtrot, een beetje jitterbug, misschien een paar oude klassieken – de charleston en de shimmy-shake.'

Ze was nu uit de stoel opgestaan en lag op de grond, op haar rug, liet haar rozenkrans rondcirkelen, liet hem om haar wijsvinger wentelen. 'Wat weet jij ervan?' zei ze met vlakke, neerslachtige, zure stem.

'Wat weet ik waarvan?'

'Van alles,' zei ze. 'Van alles.'

Ze lag niet alleen op de vloer met haar rozenkrans te spelen, maar – als hij nu naar haar keek – ze kromp. Haar benen, haar armen, alles werd steeds kleiner.

'Waarom doe je dat?' vroeg hij.

'Doe ik wat?'

'Wat je doet.'

'Kom hier bij me op de vloer liggen,' zei ze.

'Niet als je je zo gedraagt.'

'Hoe?' vroeg ze, hoewel ze precies wist wat hij bedoelde.

Kleiner en kleiner werd ze, zelfs haar voeten, haar gezicht. Haar haar was kleiner.

'Misschien zie je me wel nooit meer,' zei ze.

'Zou je dat willen? Zit je daaraan te denken?'

'Ik denk aan een heleboel dingen.'

Ze had nu de afmetingen van een kleine pop. Als ze bleef krimpen zou ze zo dadelijk helemaal verdwijnen.

'Ik zal nooit meer vliegen,' zei hij. 'Wilde je dat ik dat zeg? Wil je dat ik nooit meer vlieg?'

'O nee, nee, nee,' zei ze. 'Ik vind het prachtig dat je hebt gevlogen. Mijn ster, mijn held. Mijn liefste!'

Rocco wist het niet zeker: was het sarcasme of was het echte liefde?

'Wat wil je?' vroeg hij. 'Waarom doe je dit? Ik kan je nauwelijks meer zien.'

'Kom hier bij me op de vloer. Dan zijn we samen.'

Er kwam een grote rat de kamer in, met trillende snorharen. Rocco zag hem en klapte in zijn handen om hem weg te jagen. Het was niet makkelijk hem bang te maken. Hij liep snuffelend rond en stak toen langzaam de kamer over, in de richting van Melita. Hij was veel groter dan zij. Rocco trok een schoen uit en smeet hem naar het beest, maar miste. Hij trok zijn andere schoen uit en liep op de rat af, richtte zorgvuldig en ditmaal raakte hij hem precies, waardoor het beest even verdoofd bleef liggen. Rocco raapte de eerste schoen op die hij had gegooid, hield hem bij de punt vast en sloeg met de hak hard op de kop van het beest. En nog eens en nog eens.

Hij keek om zich heen waar Melita was.

'Dat had je niet hoeven doen,' zei ze.

'O nee?'

'Het was te veel. Het was niet nodig.'

Hij kon haar niet zien.

'Waar ben je?' vroeg hij.

'Hier.'

'Waar?'

'Hier.'

Hij zag waar de stem vandaan kwam, maar er was niets, alleen een vlek op de kale houten vloer, een donkere zwarte vlek in de kleur van haar haar, ter grootte van een stuiver.

Ze neuriede weer, hij hoorde haar neuriën. Ze konden duizend kilometer van elkaar verwijderd zijn, en toch zou hij haar altijd horen, dat lage, sombere geluid, dat zachtjes verstierf.

Nadat hij door een watervliegtuig uit zee was gevist lag Tony Zebra drie dagen in het ziekenhuis van Mtarfa. Men dacht dat hij misschien een hersenschudding had, of een gebroken schedel, maar zijn schedel en hersenen bleken niet in slechtere conditie te verkeren dan voordat hij was neergehaald, en zelfs hij zou erkend hebben dat dat niet veel zei. Een van de kogels van de 109 had zijn linkerdij geschampt, hem een vleeswond hoog in zijn been bezorgd en maar net zijn kruis gemist. Iedereen die ernaar keek – de artsen, de verpleegsters, zijn commandant, de priester die in het ziekenhuis woonde en de drie oude dames die de vloeren sopten – vertelde hem voortdurend hoeveel geluk hij had gehad.

Hij lag in een kamer met een Duitse piloot die slecht Engels en geen Italiaans sprak en met een Italiaan uit Foggia die drie woorden Duits sprak en helemaal geen Engels. Tony Zebra, die slecht Italiaans sprak en nog slechter Duits, was de tussenpersoon die hen hielp met elkaar te praten: de Duitser gaf Mussolini en de Italianen de schuld dat de oorlog zo'n puinhoop was, en de Italiaan gaf Hitler de schuld dat hij de oorlog sowieso was begonnen. Het was duidelijk dat ze elkaar graag te lijf waren gegaan, maar het linkerbeen van de Duitser hing in een installatie en de beide armen van de Italiaan zaten in het gips.

De Duitser maakte papieren vliegtuigjes met hakenkruisen en

gooide deze in de richting van de Italiaan. Sommige raakten het doel precies en kwamen op zijn gezicht terecht. De Italiaan, wiens beide armen in het gips zaten, kon ze niet teruggooien en was gedwongen de beledigingen geduldig te verdragen. Zijn geduld werd echter beloond, want een van de verpleegsters, een kleine vrouw met een stuurse blik, zag hoezeer hij in het nauw werd gedreven en kreeg medelijden met hem, kwam 's nachts naar hem toe en bedreef de liefde met hem in zijn bed. Dit was het verdiende loon voor de Duitser, die als Oberleutnant een hogere rang had dan de Italiaan, die maar *sottotenente* was, en terwijl de Italiaan en de verpleegster in het donker met elkaar bezig waren lag de Duitser voortdurend te mompelen en zijn neus te snuiten. Dit alles was ook niet leuk voor Tony Zebra, die naar het gekreun van genot en het zware ademen moest luisteren, zijn lot vervloekte en wenste dat hij ook een *sottotenente* uit Foggia met zijn armen in het gips was.

Rocco bracht Tony Zebra een tube tandpasta, waarvoor hij heel veel had betaald, en een zak appels waarvoor hij zelfs nog meer had moeten neertellen. Fingerly gaf hem nog steeds het geld voor zijn levensonderhoud, maar het was nauwelijks genoeg om van rond te komen en hij kreeg het gewoonlijk te laat. Melita was gedwongen nog een paar platen van Jack Teagarden te verkopen zodat Rocco de appels kon betalen.

Fingerly bracht een doosje chocolaatjes, dat via Portugal en Port Said uit Zwitserland was gekomen. Tony Zebra maakte het doosje open en Fingerly liet het rondgaan. De Italiaan moest geholpen worden, hij wilde er ook een. Fingerly pakte er een voor hem uit het doosje en stak het in zijn mond. Rocco vond hem net een wel heel vreemde priester, die de heilige communie toediende.

Het grote nieuws die hele week was het pak slaag dat Montgomery Rommel gaf. De details begonnen juist binnen te komen. Gedurende de lente en het begin van de zomer had het Panzer-leger hard gevochten, de Britten uit Libië verdreven en een wig geslagen in West-Egypte, maar nu, bij Alamein, stortte alles in. Na een week van zware gevechten incasseerden de Duitse en Italiaanse divisies, die niet op sterkte waren, vernietigende verliezen, en rond de eerste dagen van november was er sprake van een volledige aftocht. Het Afrika Korps, waarvan nog maar tweeëntwintig tanks over waren, trok zich terug in de richting van Fulka, en nog verder. Het Italiaanse Tiende Korps werd achtergelaten op de linie bij Alamein, zonder brandstof, zonder vrachtwagens, zonder water.

De tweede dag van de slag was de helft van de Trento-divisie onder de voet gelopen, en voordat de slag ten einde was was de hele Ariete-pantserdivisie verloren gegaan, evenals de Littorio-pantserdivisie en de Trieste-gemechaniseerde divisie. Het was het begin van het einde voor Rommel in Noord-Afrika.

'Heb ik het je niet gezegd?' zei Fingerly rustig en opgetogen terwijl zijn grijns het sombere, vaag verlichte vertrek opvrolijkte, waarvan de ramen waren dichtgetimmerd omdat al het glas door de bombardementen was weggeblazen. 'Rommel krijgt een pak op zijn lazer. Vertel eens, Raven, heb ik dit voorspeld of niet?'

De Duitser lag weer papieren vliegtuigjes te maken, helemaal bedekt met hakenkruisen in potlood. Hij had doffe blauwe ogen.

'Dit is het keerpunt,' zei Fingerly met ontspannen zelfvertrouwen. Hij legde de doos met chocolaatjes op Tony Zebra's bed en stak een sigaret op. Hij rookte geen Camels meer maar een Zuid-Afrikaans merk, dat hij had leren kennen via Zulu Swales, die, nu hij majoor was, voortdurend vanuit Kaapstad werd bevoorraad. 'Hierna,' zei hij terwijl hij soepel de rook uitblies, 'gaat de As het riool in. De Italianen geven zich over, de Luftwaffe bezwijkt, het Reich stort in en dan is het allemaal weer koek en ei.'

Het was 8 november. Amerikaanse strijdkrachten, het Tweede Korps, waren net in Oran en Casablanca geland, en een gecombineerde Amerikaanse en Britse strijdmacht was op weg naar Algiers. Rommel werd door Montgomery vanuit het oosten verjaagd en de Amerikanen rukten nu vanuit het westen op. Rocco miste de actie. Als ze hem niet naar Malta hadden gestuurd – als ze Kallitsky hadden gestuurd, wat ze hadden moeten doen – zou hij nu zijn waar hij hoorde te zijn, bij het 9e Infanterie in Casablanca, bij de speciale troepen onder commando van George Patton.

'Afgelopen met Rommel,' herhaalde Fingerly, 'het is gewoon een kwestie van tijd. Niettemin moet je die oude vos nageven dat hij de slimste tacticus in deze oorlog is. Monty zal hem wel verslaan, maar alleen omdat hij tweemaal zoveel mannen en voorraden heeft. Hij wint puur door het gewicht van zijn vuurkracht. Als hij Rommel tenminste kan vinden.'

Rommel was weliswaar verdreven, maar op Malta hadden de mensen nog steeds honger, en deze week was het weer water met een smaakje in plaats van bier, en de 109's ondernamen nog steeds hun tegen personen gerichte aanvallen, lieten thermosbommen, vlinderbommen en potloodbommen los.

De vriendin van de Italiaan, de verpleegster met de vlezige lippen, kwam binnen, zag de chocolaatjes, pakte het doosje en maakte het zich gemakkelijk op de rand van het bed van de Italiaan. Ze voerde hem een chocolaatje en voerde toen zichzelf een chocolaatje en kon er niet mee ophouden, nam het ene na het andere. De Duitser maakte nog steeds papieren vliegtuigjes. Hij gooide er eentje die Fingerly in het oor trof, en nog een die Rocco op zijn neus raakte.

'Geen lekkers meer voor hem,' zei Tony Zebra. 'Hij krijgt niets meer. *Niente. Nichts.*'

'Zelfs geen ondersteek,' zei Rocco.

'Zelfs mij niet,' zei de verpleegster, die het nu lege doosje op haar schoot hield en haar ronde, brutale ogen wellustig liet rondzwerven. Tony Zebra vond het vreselijk dat ze op het bed van de Italiaan zat en niet op het zijne.

Na drie dagen in het ziekenhuis werd Tony Zebra ontslagen en ging terug naar Takali, gekneusd maar klaar om weer te vliegen. Voor de eigenmachtige aanval op Comiso kreeg hij een onofficiële uitbrander van zijn commandant, en voor het opblazen van het benzinedepot kreeg hij een hand en een klap op zijn schouder. Het benzinedepot was de lucht in gegaan omdat de 109 erin was gevlogen, maar als Tony Zebra er niet mee was slaags geraakt zou hij niet zijn neergestort en zou het depot er nog steeds zijn, dus in de praktijk kwam het erop neer dat het hetzelfde was als wanneer Tony Zebra er persoonlijk een bom op had gegooid. In ieder geval beschouwde men het als zodanig, en als beloning kreeg hij een balk op zijn DFC.

De enige beloning die hij wilde was echter naar huis gestuurd te worden. Of toch minstens naar India, waaraan hij nog steeds dacht. De Ganges, de Taj Mahal en de mooie meisjes met die rode stip op hun voorhoofd, die, zo stelde hij zich graag voor, aardiger tegen hem zouden zijn en gevoeliger dan sommige meisjes die hij in Jersey City had leren kennen. Dus toen ze hem die balk bij zijn DFC gaven probeerde hij hem terug te geven in ruil voor een enkele reis naar een andere bestemming, omdat hij het wel had verdiend: hij was allang aan de beurt om afgelost te worden. In juli was er voor piloten van gevechtsvliegtuigen op Malta een maximum van drie maanden vastgesteld – eindelijk dan toch de erkenning dat een periode van meer dan drie maanden gelijk stond aan een doodvonnis. Tony Zebra zat er echter al sinds maart, en het was nu november en ze lieten hem maar niet gaan. Piloten met wie hij niet eens had kunnen kennismaken kwamen en gingen, en daar zat hij, nog steeds in Takali, nog steeds vliegend, nog steeds niet in staat een doel te raken, en elke keer fortuinlijk, niet alleen omdat hij nog leefde, maar omdat iedere keer dat hij de lucht in ging de vijandelijke vliegtuigen op een of andere waanzinnige manier uit de lucht kwamen vallen en het Commando hem maar al te graag de eer voor deze toestellen gunde.

Op zijn somberste momenten bedacht hij dat hij nog steeds op Malta zat omdat iemand bij het Commando waarschijnlijk een dure weddenschap had afgesloten dat zijn reeks slachtoffers op den duur langer zou worden dan die van Klote Beurling, en dat de enige manier waarop dit zou gebeuren, als het al gebeurde, was dat ze hem voor de hele duur van de belegering, en misschien nog wel langer, op Malta zouden houden. Deze gedachte kreeg hem volledig in zijn greep, groeide uit tot een obsessie. Er was iemand op hem aan het wedden, alsof hij een paard was, en deze gedachte maakte hem furieus. Vroeg of laat zou hij de krankzinnige vinden die de weddenschap had afgesloten, en ook al was het de vicemaarschalk van de luchtmacht in eigen persoon, hij zou hem met zijn blote handen wurgen en op zijn begrafenis een sigaar roken.

Toen maakte deze gedachte plaats voor een andere, die nog onaangenamer was. Als hij nog steeds op Malta zat omdat iemand bij het Commando een weddenschap op hem had lopen, dan moest iemand, die niet bij het Commando zat, de andere partner in de weddenschap zijn – die er dus in feite op wedde dat hij zou sneuvelen. En dat was erger. Iemand die hem kwaad toewenste, die er zelfs geld voor overhad, die hoopte dat hij neerstortte.

Tony Zebra besloot dat als hij ooit de sadist vond die tegen hem wedde, hij niet alleen op zijn begrafenis een sigaar zou roken, maar dat hijzelf het graf zou delven en vrijwillig als drager van de kist zou optreden.

De dag nadat hij uit het ziekenhuis was gekomen zat hij al weer in de lucht, op weg naar huis na een mitrailleuraanval boven Sicilië. Terwijl hij de kustlijn van Malta kruiste en Takali naderde zag hij, toen hij omlaagkeek, onder zich op de weg van Mosta naar Rabat de zilver- en kastanjekleurige Phantom met het open dak van Fingerly, die zich voorthaastte en op de ongeplaveide weg een wolk wit stof opwierp.

Fingerly?

Ja, Fingerly. Als er iemand weddenschappen tegen hem zou

aannemen was hij het wel. Nog terwijl hij het bedacht wist hij dat het irrationeel was, ongefundeerd – maar als gissing was het onweerstaanbaar. Fingerly als een spin in het web, weddenschappen aannemend, niet alleen van de vice-maarschalk van de luchtmacht en tientallen anderen in Lascaris, maar ook uit het buitenland, in het hele Middellandse-Zeegebied. Fingerly zou precies weten hoe hij iets dergelijks moest uitmelken, hij zou de laatste bittere druppel eruit persen.

Tony Zebra gaf een schreeuw, de cockpit vulde zich met zijn desolate woede. Hij liet het toestel een bocht maken, beschreef een volle cirkel, liet nog steeds schreeuwend de neus duiken en naderde de Phantom van achteren, liep razendsnel op hem in en vuurde een lang salvo af, waarbij hij zijn laatste munitie gebruikte. Omdat hij zoals gewoonlijk beroerd richtte raakten zijn granaten een voorraadschuurtje aan de rand van de weg bij een boerderij, dat uiteenspatte.

Het schuurtje deed dienst als pakhuis voor de zwarte markt en zat propvol met ondergoed, waarvoor degenen die zich het konden veroorloven mooie prijzen betaalden. Toen de granaten van Tony Zebra in het schuurtje insloegen en het aan flarden schoten waaiden opbollende onderkleren weg op de wind: slipjes en onderhemden, bustehouders, onderbroeken en boxershorts, fladderend over het land en tot rust komend tegen de cactussen en de olijfbomen, op de aardappelvelden, op de stenen muurtjes. De volgende dag sprak de aartsbisschop, die een vurige maar vergeefse campagne tegen de handelaren op de zwarte markt voerde, op de radio een dankgebed uit voor de vernietiging van het schuurtje, dat hij omschreef als een pakhuis waarop de hypotheek van de zonde drukte. Hij prees de onbekende piloot van de RAF die het had vernietigd, verklaarde dat deze een held was, en ook al kende hij zijn naam niet, hij bood hem een totale aflaat aan, waardoor hij na zijn dood de pijn en de kwellingen van het vagevuur zou kunnen vermijden en direct naar zijn eeuwige beloning in de hemel kon gaan. Tony Zebra, die de rest van de dag in het gezelschap van een fles bourbon doorbracht, hoorde de uitzending niet en was gedoemd de rest van de tijd op Malta door te brengen zonder ooit van zijn prachtige geluk op de hoogte te worden gesteld.

BESLISSEND MOMENT IN DE STRIJD OM STALINGRAD
ZEE VAN VUUR SCHEIDT STRIJDENDE PARTIJEN

HITLER SPREEKT IN HET SPORTPALAST

ACHTSTE LEGER VECHT TEN ZUIDEN VAN BENGHAZI

MEER DAN 550 DUITSE EN ITALIAANSE VLIEGTUIGEN VEROVERD IN
CYRENAICA

ROMMEL GEEFT ZWARE VERLIEZEN IN EGYPTE TOE
'Slag Bij El Alamein Onbeschrijfelijk'

GENERAAL GEORG VON BISMARCK OMGEKOMEN BIJ GEVECHTEN IN DE
WOESTIJN
Egypte – Volgens Duitse krijgsgevangenen is generaal von
Bismarck, commandant van de 21e Panzer divisie, gesneuveld bij
de recente gevechten in de woestijn.

BOKSEN IN HET ODEON
Ħamrun – 6 n.m.
Drie Gevechten van Vier Ronden

SPECTACULAIRE ONDERGANG U-BOOT
U-BOOT VIJF UUR LANG ACHTERVOLGD EN VIERMAAL GERAMD

COLISEUM THEATER
Leslie Howard
IK ZOEK LIEFDE
Schuilkelder In Berg Aanwezig

34

Rommel op de vlucht

IN NOORD-AFRIKA, IN DE WOESTIJN, OP EEN DAG DAT ER EEN AL-les doorwekende regen viel, zat veldmaarschalk Erwin Rommel in zijn auto, een Volkswagen Kübel, met een sandwich in zijn hand die zijn adjudant, Günther, voor hem had klaargemaakt.

Hij had heen en weer geracet in de regen, de posities geïnspecteerd, zijn best gedaan enige orde aan te brengen. Het was echter hopeloos. Het volle gewicht van Montgomery's leger verpletterde hem, en hier zat hij dan, met de restanten van het toegetakelde Panzer-leger, en zonder brandstof.

Hij had per dag vierhonderd ton nodig wilden de tanks en vrachtwagens rijden, en er waren hele dagen dat ze helemaal niets kregen. De bevoorradingsschepen op weg naar Benghazi werden met afgrijselijke regelmaat de een na de ander getorpedeerd en tot zinken gebracht. De *Panuco* was gezonken, en daarna de *Proserpina*. De *Tergestea* en de *Hans Arp*. Kesselring had door de lucht tachtig ton brandstof aangevoerd, waardoor ze verder hadden gekund en aan Montgomery hadden kunnen ontsnappen, maar toen ze Agedabia hadden bereikt zaten ze weer zonder brandstof en bevonden ze zich buiten het bereik van welke luchtbrug dan ook.

In de Kübel zat hij het al helemaal door te denken, nam hij een voor een alle details door: hoe en waar hij zich met zijn leger zou overgeven.

Na de grote slag bij Alamein was het niets anders geweest dan terugtrekken, terugtrekken, terugtrekken, waarbij de achterhoede de wegen had ondermijnd en boobytraps in verlaten gebouwen had geplaatst. Het ging niet goed met hem, hij had nog steeds dat vervelende probleem met zijn bloeddruk. Hij was duizelig, viel af en toe flauw. En hij was in de greep van een depressie. 'Ik wilde dat ik op een straathoek in Berlijn kranten stond te verkopen,' vertelde hij een adjudant. 'Dan kon ik hele nachten doorslapen zonder deze verschrikkelijke last.' Op zijn verjaardag kwam er een taart van Kesselring, en van Lucie een doos makronen. Hij was eenenvijftig. Geen enkele officier die ouder was dan veertig had het in de woestijn zo lang volgehouden als hij.

Hij schreef Lucie bijna elke dag, soms tweemaal per dag. Ze waren vijfentwintig jaar getrouwd, hadden vijfentwintig jaar samen geskied, bergen beklommen, gezwommen, paardgereden. Er waren vrouwen die zich aan hem aanboden, maar hij stuurde ze weg en maakte tegen Lucie grapjes over alle kansen die hij zich door de vingers liet glippen.

Zelfs bij Alamein, op het hoogtepunt van de slag, zelfs toen schreef hij, toen zijn meeste tanks vernietigd werden. '*Meine liebste Lu* – We worden verpletterd door het gewicht van de vijand. Ik heb geprobeerd een deel van mijn leger te redden, maar ik vraag me af of ik hierin zal slagen. 's Nachts lig ik wakker en pijnig mijn hersens op zoek naar een manier om mijn arme troepen hieruit te krijgen. De doden hebben geluk, want voor hen is het achter de rug. Ik denk voortdurend aan je, met liefde en gevoel. Misschien zal het lot ons genadig zijn en zien we elkaar terug?'

Dat was bij Alamein geweest. Nu zat hij twaalfhonderd kilometer verderop, bij Agedabia, en nog steeds schreef hij, krabbelend in zijn tent of in de auto, waarbij de ene brief overging in de andere, hoop in wanhoop, wanhoop in droom, droom in twijfel die dan weer tot jongensachtig optimisme werd vervormd. 'Ik durf niet te hopen op een gunstige wending van onze fortuin. Ik durf het niet. Maar wonderen gebeuren!'

Echt waar? Echt waar?

Wonderen?

Hij zat in de Volkswagen, gedeprimeerd, nog steeds met de sandwich in zijn hand die Günther voor hem had gemaakt. Er waren mooiere dagen geweest, toen ze van overwinning naar overwinning door de woestijn hadden geracet. Ze hadden op gazellen gejaagd, met auto's, erop geschoten met machinegeweren, en daarna genoten van een feestmaal van aan een spit geroosterd vers vlees. Soms hadden ze uitvallen op Brits territorium gedaan en de depots overvallen. Ze kwamen dan terug met Argentijnse corned beef, boter uit Canada, melk in blik uit Amerika, Engelse bacon. Ze kwamen terug met Britse uniformen, die ze droegen na de insignes eraf te hebben gerukt.

Terwijl hij met de sandwich in zijn hand in de auto zat kwam generaal Seidemann aanrennen. Hij riep iets, was duidelijk opgewonden. Hij zwaaide met zijn armen. De hele kust was bezaaid met vaten. Hij had het zelf gezien toen hij er met zijn Storch overheen was gevlogen. Van El Agheila tot Mersa Brega was de kust bezaaid met vaten brandstof. Het was een wonder. Wie zou het geloven! Duizenden vaten benzine, van de tot zinken gebrachte *Hans Arp*.

Rommel sprong de auto uit en gooide de half opgegeten sandwich in het zand. 'Laat zien,' schreeuwde hij. 'Laat zien! Ik moet het zelf zien!'

De troepen waren al aan de kust, waadden de zee in, haalden de drijvende vaten binnen. Ze hadden brandstof. Ze zouden het halen, ja, naar de linie van Mersa Brega, en nogmaals zou Montgomery op zijn neus kijken, weer een kans voorbij zien gaan om de doodklap uit te delen.

'Duizenden,' riep Seidemann. 'Kijk! Kijk!'

Rommel dacht al weer vooruit, dacht verder dan Mersa Brega en verder dan Tripolatania, speelde met de gedachte zijn leger helemaal naar Tunesië te brengen, waar het land vruchtbaar was en de golvende heuvels wemelden van de bloemen en boomgaarden en paarden, en waar een overvloed aan vers water was. Water dat je kon drinken, water waarmee je je kon wassen. Water om over je hoofd te gieten, en waardoor je de moorddadige tijd in de woestijn kon vergeten.

35

Nardu Camilleri spreekt over liefde

Algemeen wereldnieuws/generaal Patton in Marokko

Het zieden van Christina

Zinderend Malta

De conga-optocht

$\mathcal{D}$E HELE MAAND JULI ZWEEFDE NARDU CAMILLERI OP DE RAND van de dood, maar in augustus stabiliseerde zijn toestand zich, en hoewel hij nooit meer genoeg opknapte om het ziekenhuis te kunnen verlaten zag het er een tijdje naar uit dat hij misschien zou herstellen. In september zakte hij weer weg, zijn vitale functies gingen achteruit, en naarmate er meer dagen verstreken was het voor iedereen een bron van verbazing dat hij nog leefde. Kwijnend bereikte hij de oktobermaand en tegen het einde van de maand had hij een vreemd voorgeborchte betreden waarin er, ook al was het duidelijk dat de dood onvermijdelijk was, momenten voorkwamen – hele uren of hele middagen – dat hij alert was en veel praatte en de indruk wekte ieder moment te kunnen opstaan, het ziekenhuis uit lopen en zijn bezielde pleidooien voor een Vrij Malta en de uitbreiding van de kanthandel hervatten.

Rocco had hem in de zomer twee- of driemaal bezocht. Hij ging nu weer bij hem langs en trof hem aan in een van zijn zeldzame momenten van luciditeit, wakker en zich volledig bewust van zijn omgeving. Hij lag in een ziekenzaal, een lange, drukke ruimte, waarin de bedden aan weerszijden van een smal gangpad in rijen stonden opgesteld.

Hij droeg een wit ziekenhuisjasje en zat met twee kussens in zijn rug en het laken tot zijn middel teruggeslagen. Hij was bleek, verschrompeld, zijn lippen waren droog en gebarsten. Zijn ogen, beslagen, waren vage bruine vegen in zijn gerimpelde gezicht. Er was een tijd geweest dat Rocco hem had gezien als een oude knoestige boom met een korstachtige bast en wortels die de vloer in groeiden. Als hij echter nu naar hem keek, naar het keurig ingestopte ziekenhuislaken dat over zijn magere benen lag, zag hij dat Nardu geen boom was maar een bed verlepte bloemen, oud en verwelkt, allang uitgebloeid, wachtend om gerooid en ondergeploegd te worden.

'Ik herinner me jou,' zei Nardu Camilleri na Rocco's gezicht een tijdlang bestudeerd te hebben, alsof hij naar een buitenlandse postzegel keek waarvan hij de waarde probeerde vast te stellen. Zijn stem klonk verbazingwekkend sterk en leek, terwijl zijn lichaam wegkwijnde, aan kracht te hebben gewonnen, alsof hij de laatste energie opzoog die nog in zijn stervende botten was achtergebleven. 'Jij bent degene wiens voet ik eraf heb geschoten. Je komt afscheid van me nemen voordat ik doodga.'

'Ze zeggen dat je beter wordt,' zei Rocco, die niets beters kon bedenken.

'Wie heeft dat gezegd? Ik ben negentig, het zou niet in de haak zijn als ik nog langer leefde.'

'Ik dacht dat je honderd wilde worden.'

'Dat is ook zo, maar dat wil ik niet meer. Er is te veel gebombardeerd.'

'De bombardementen zijn wel zo ongeveer afgelopen,' zei Rocco. 'De oorlog verplaatst zich binnenkort naar Sicilië en Italië.'

Het idee dat de oorlog op Malta beëindigd zou worden leek niet veel indruk op de oude man te maken.

'De aarde,' zei hij, 'deze aarde waarop we wonen bestaat al miljoenen jaren. Wat is een mensenleven daarmee vergeleken, vergeleken met die geweldige tijd? We zijn niets, niet eens een fluistering.' Er sprak een rustige zekerheid uit de manier waarop hij dit zei, een gevoel van tevredenheid, alsof het hem een heel leven had gekost om hierachter te komen en hij nu zeker wist dat hij het antwoord had gevonden.

Hij stak met een zwak gebaar zijn arm uit en legde zijn hand op Rocco's arm. 'Maar de kanthandel,' zei hij, 'daar zit toekomst in, het is de moeite waard erin te investeren. Daar hebben we het toch al eens over gehad? Goedkoop inkopen, duur verkopen. Dat is het hele geheim van het bestaan.'

Er kwam een verpleegster langs om zijn temperatuur op te nemen. Ze maakte haar ronde met een heel glas thermometers en stak er een in de mond van iedere patiënt. Zodra ze hem had gehad en verderliep langs de rij nam hij de thermometer weer uit zijn mond en richtte zich met een nadrukkelijke ernst tot Rocco.

'Heb je je vrouw gevonden? Heb je haar gevonden?'

'Ik heb mijn vrouw gevonden,' zei Rocco.

'Goed. Je hebt je aan mijn advies gehouden. Is ze mooi?'

Rocco knikte.

'Ben je met haar getrouwd? Heeft de priester jullie huwelijk ingezegend?'

Rocco glimlachte – hij vond het een vreemde vraag uit de mond van een man die het grootste deel van zijn leven portier van een bordeel was geweest.

Nardu Camilleri keek hem met half dichtgeknepen ogen aan. 'Op Malta, weet je, doen ze erg moeilijk over dit soort zaken.'

'Ja, dat weet ik.'

De verpleegster kwam op de terugweg naar haar post weer langs, en toen ze de thermometer in de hand van Nardu zag pakte ze hem en legde hem weer onder zijn tong. 'Hij moet hem er drie minuten in houden,' zei ze pinnig tegen Rocco, alsof hij er iets aan kon doen. Ze leek behoefte te hebben aan slaap, maar wie kreeg er op Malta een hele nacht slaap, met die sirenes en dat luchtalarm?

Zodra ze verdwenen was haalde de oude man de thermometer weer uit zijn mond. 'Liefde is overgave,' zei hij, terwijl zijn ogen oplichtten van een energie die uit de laatste opflakkering van leven leek voort te vloeien. 'Als je verliefd bent verlies je jezelf in je geliefde. Je kan denken dat je nog steeds jezelf bent, maar dat ben je niet omdat je volledig voor haar bestaat. Als je eet, eet je niet voor jezelf maar voor haar. Als je je wast, als je je scheert, als je je nagels knipt doe je dat voor haar en voor niemand anders. Jouw bestaan is haar bestaan. Als je een krant leest of iets drinkt ben jij niet degene die dat doet, maar is zij het. Ze is je nieuwe persoon: jij bent haar en zij is jou. Als je hoest, als je pist, ben jij het niet langer, maar is het die vrouw die je obsedeert en je ziel bezit. Liefde is zelfopoffering. Dat is de reden waarom in alle verhalen de geliefden sterven. Lichamelijke dood is een symbool voor de spirituele dood zodra twee mensen verliefd op elkaar worden en hun identiteiten met elkaar versmelten. Iedereen die dit weet maar zichzelf toch toestaat verliefd te worden moet natuurlijk wel een dwaas zijn. En toch, wie kan er weerstand aan bieden? Wie die de vreugde van die ervaring kent zou haar weigeren? Wij zijn de dwazen der liefde, de clowns van het universum, en als ik in God geloofde zou ik, met Dante, zeggen dat het een goddelijke grap is. Maar Dante was een Italiaan en ik ben Italianen spuugzat, en op dit moment val ik in slaap. Over God zal ik wel een andere keer met je praten, als ik dan tenminste nog leef.'

Precies op het moment dat de verpleegster met een klembord en potlood weer aan de rij begon om de temperaturen te noteren stopte hij de thermometer terug in zijn mond, en tegen de tijd dat ze bij hem was aangekomen lag hij al te soezen, terwijl de thermometer als een glazen sigaret schuin uit zijn mondhoek hing. Ze pakte hem, las hem af, noteerde een getal en liep met kwieke pas door.

Rocco bleef nog even hangen, keek naar de slapende oude man en begreep niet waarom hij hem zo graag mocht. Zelfs nu hij zo oud was, zo dicht bij de dood, was hij nog steeds totaal vervuld van zichzelf, van zijn wilde meningen en zijn vreemde fantasieën. Beatrice, zijn dochter, had gelijk: hij was niet helemaal meer bij de tijd. Toch had hij iets authentieks, een soort oprechtheid, een zoeken naar een soort waarheid over het leven, alsof zijn brein een boor was die in het harde graniet van het bestaan binnendrong, en iedere dag kwam hij ondanks al zijn inspanningen alleen maar met een handjevol stof aan.

Rocco dacht na over wat Nardu had gezegd, dat het leven niets was, een betekenisloze fluistering – maar dat wilde hij niet geloven. Nardu zelf was, zoals hij daar lag, stervend, niet niets – hoe zou hij dat kunnen zijn? – ook al gaf hij er de voorkeur aan in dergelijke termen over zichzelf te denken: als verdwijnend, overgaand in naamloosheid, alsof hij nooit geboren was. Het zat Rocco niet lekker. Hoe kon die oude man troost vinden in een dergelijke hopeloosheid? Hoe kon hopeloosheid troost bieden en hem een gevoel van vrede geven?

Toen dacht hij aan Melita, en vooral zij, zij was niet niets. Nee, absoluut niet, zo kon hij niet aan haar denken. Toen ze elkaar hadden leren kennen, tijdens de bombardementen in april, waren ze door wellust naar elkaar toe gedreven, door pure lijfelijke aandrang, maar nu was het meer dan dat, het was een behoefte, een afhankelijkheid, die dieper ging dan seks en sterker was dan begeerte. Hij wist het, voelde het, vanaf het moment dat ze van huis was gegaan en hij niet wist waar ze was, en hij, het ergste vrezend, het hele eiland afgezocht had. Hij was hier nog sterker van doordrongen geraakt toen ze die dag bij Ghallis Point hadden gezwommen, toen die 109 schietend achter haar aan was gegaan en hij had gedacht dat ze dood was. Wat hij wist, en wat hij nu ook begreep, was dat hij zonder haar niet kon leven. De wellust was er nog steeds, maar was uitgegroeid tot iets anders, was een band geworden, een vreselijk gevoel van horen bij. Dit was liefde, dacht hij, en het joeg hem angst aan, omdat het in sommige opzichten meer was dan hij eigenlijk had gewild – of zich ooit had kunnen voorstellen. Als hij de oorlog overleefde zou hij voor haar terugkomen omdat hij dat moest, omdat zij het was; zo was het nu eenmaal. Het was niet meer een vluchtige gedachte, een idee waarmee hij speelde, maar een vaststaand feit, iets waar hij zich heel zeker van voelde.

Het zou afgrijselijk worden als zijn vertrekorder door zou komen. Hij begon te denken – te hopen – dat de order nooit zou komen, dat ze hem misschien, mogelijkerwijs, bij het Tweede Korps helemaal vergeten waren. Misschien was hij een van de mensen die zoek waren geraakt, een van de onbekenden. En wie kon het eigenlijk echt en oprecht iets schelen?

Op weg naar de uitgang kwam hij door nog een grote zaal, waar een priester van bed tot bed ging, bij ieder bed kort pauzerend en een kruisteken makend. Het was vader Hemda, die het huwelijk tussen Aida en haar zeeman had gesloten. Hij droeg een zwarte pij en om zijn nek een paarse stola en gaf iemand de absolutie. Hij nam niet de biecht af, ging gewoon van bed tot bed en gaf de zondaren absolutie, of ze nu absolutie wilden of niet. Hij zag er ontredderd uit, had een baard van een paar dagen, alsof hij in zijn pij had geslapen, die flink gekreukt was. Rocco herinnerde zich wat Julietta had gezegd, dat vader Hemda altijd in het huis aan Strait Street langskwam en samen met hen bad, waarna hij iedereen de absolutie gaf. Hij wilde niet dat er iemand naar de hel ging en was er op gespitst iedereen te redden, zelfs degenen die het totaal niet interesseerde.

Rocco bleef even staan om hem te groeten, en de priester maakte zonder hem te herkennen het kruisteken, waarbij hij enkele woorden in het Latijn mompelde. *Ego te absolvo a peccatis tuis, in nomine patris, et filii, et...* Het was de formule voor de absolutie. Rocco had deze woorden anders dan in de biechtstoel nog nooit gehoord – en nu hij ze op dit vreemde moment in de drukke ziekenzaal hoorde, nu hij vergiffenis kreeg zonder te hebben gebiecht, voelde hij opluchting, een lichtheid, een vreemde gewaarwording van verlichting en opgetogenheid.

'Dank u,' zei hij met een oprecht dankbaar gevoel tegen de priester, 'dank u,' en hij haastte zich naar buiten, de lange trap af, de deur uit, en terug naar Valletta.

13 november 1942

ONENIGHEID IN DUITSLAND
Generaals Willen Militaire Dictatuur

OPSTAND IN BALKAN BREIDT ZICH UIT

ERNSTIGE SCHADE AAN ROEMEENSE OLIEVELDEN

24.000 in België wonende joden zijn gedeporteerd om in
Duitsland, Noord-Frankrijk of de Oekraïne te werk te worden
gesteld, volgens het onafhankelijke Belgische nieuwsagentschap

FRANCO WEIGERT HITLER MARINE- EN LUCHTMACHTBASES

PATTON IN NOORD-AFRIKA
'Ik heb opdracht Marokko te doorkruisen en de strijdkrachten van
de As-mogendheden te treffen waar ik ze maar kan vinden,' zei generaal Patton, Amerikaans opperbevelhebber in Marokko woens-
dag tijdens een officiële proclamatie aan het Marokkaanse volk
over de radio. 'Het is mijn wens dat het leven in dit land, zowel in
politiek als in economisch opzicht, zoveel mogelijk normaal door-
gang vindt. Ik weet zeker dat alle inwoners van Marokko zich re-
aliseren dat het Amerikaanse leger hier uitsluitend zit om tegen de
As-mogendheden te strijden en een bijdrage te leveren aan de we-
reldwijde eliminering van alle nazi-activiteiten in alle levenssferen,
en wel zo spoedig mogelijk.'

Ze gingen die avond, zoals ze nu gewoonlijk deden, eten bij een
Victory Kitchen, de gelegenheid aan Kingsway. Nu het voedsel
moeilijker te vinden was dan ooit waren de keukens een noodza-
kelijk kwaad geworden, met ongare of al te gare maaltijden, zelden eetlustopwekkend, niet bijzonder voedzaam en nimmer genoeg. Maar toch was het eten.
    Aan het einde van de rij vonden ze Christina. Ze werkte niet
meer als danseres, althans heel zelden, omdat ze in haar baan bij
de RAF meer verantwoordelijkheden op zich had genomen. Ze was
niet meer alleen maar plotter, die de vliegtuigen volgde die naar
het eiland onderweg waren, maar werkte nu als assistente van de
controletoren. Nog steeds in Lascaris, beneden in het Hol.
    Ze stond een krant te lezen.

'Is het niet weerzinwekkend wat ze met de joden doen?'

'Welke joden?'

'In België. Ze sturen ze naar werkkampen in Duitsland.'

Rocco wierp een blik op het artikel.

'De Duitsers haten de joden,' zei Melita.

'Ze hebben er vierentwintigduizend gedeporteerd,' las Rocco uit de krant voor.

'Ze transporteren ze in goederenwagons,' zei Christina. 'Die waanzinnige nazi's, ze willen als enigen overblijven.'

In Parijs, Genua en Barcelona waren veel danseressen en muzikanten met wie ze had gewerkt joden geweest. Ze kon maar moeilijk geloven wat er gebeurde.

'Waar is Warby?' vroeg Rocco.

'Volgens mij weet zelfs God dat niet,' zei ze.

In augustus was Warby Warburton naar Malta teruggekeerd voor een derde beurt op het eiland, en nu, over een paar dagen, zou deze achter de rug zijn. Hij had de DSO en de DFC, maar hij droeg nog steeds een grijze flanellen broek en soms een sjaaltje, en op sommige dagen reed hij in zijn pyjama en op slippers rond. De laatste paar maanden had de relatie tussen hem en Christina ups en downs gekend. Hij leek van haar weg te drijven, maakte zich op niet al te subtiele wijzen van haar los, en ze begon te aanvaarden dat het niet goed zou aflopen.

De geur in de Victory Kitchen was minder dan eetlustopwekkend. Een Maltese vrouw van middelbare leeftijd met een hoofddoek lepelde een waterige stoofpot uit een ijzeren ketel. Iedere portie bevatte een klein stukje vlees en een paar erwten; het vlees was niet gemakkelijk te identificeren en had een duidelijk groenige tint.

'Gaan we dit spul werkelijk eten?' vroeg Christina walgend. Ze nam het vlees op haar lepel, bestudeerde het en liet het terugvallen op haar bord. 'Ik geloof dat ik dit maar vergeet,' zei ze.

Melita was het nadrukkelijk met haar eens. 'Ja, ja. Laten we het vergeten.'

Rocco, die uitgehongerd was, was bereid alles te eten, maar werd door het momentum meegesleept. 'Oké, oké. Wie wil er nou groen vlees?'

De mensen zaten te grommen, te mompelen, snuffelden achterdochtig aan het vlees – oude mannen, vrouwen met kinderen, een paar nonnen, een man met een buikje die zijn halve gebit miste, een man met één oor, een man met één hand, een blinde man, een meisje met kwijnende ogen, een priester met een baard.

'Laat ik dit maar vergeten,' zei de priester.

'Laten we alles maar vergeten,' zei Christina, terwijl ze de blinde man pakte, 'kom, kom, laten we congaën,' terwijl ze ook Rocco en Melita en de man zonder tanden beetpakte, 'laten we dat doen, laten we een conga-optocht maken,' en ze stelden zich op en met Christina aan het hoofd congaden ze rechtstreeks de Victory Kitchen uit en de straat op, een-twee-drie-*schop*, een-twee-drie-*schop*. Anderen – vrouwen en kinderen – sloten zich bij hen aan, en terwijl ze zich over Kingsway bewogen kwam er een menigte soldaten bij, en een paar politiemensen en zelfs enkele priesters in zwarte pijen en oude dames in faldetta's, en behoorlijk wat nonnen. Er verscheen iemand met een trompet op het toneel, en iemand met een trommel. Een man met een tuba. Iedereen had genoeg te verwerken gekregen – te veel oorlog, te veel belegering, te veel eten van de Victory Kitchen, te veel te veel.

De lange, rechte lijn van Kingsway gingen ze af, een golvende, kronkelende rij, laverend en schoppend. Tegen de tijd dat ze St. John's Street bereikten waren ze met meer dan honderd mensen. Tegen de tijd dat ze op Palace Square aankwamen bestreek de rij de hele lange lengte van Kingsway, en ze keerden terug en kwamen uit op Merchants, tellend en schoppend. Ze sloegen zijstraten in, kriskras door heel Valletta, over Bull and Bounty en Archbishop en Old Theatre, terwijl de tuba oempte en de trommel bonkte en het ritme aangaf en de trompet fraaie motiefjes blies, met Christina aan het hoofd die de weg wees en de blinde man achter haar die haar bij haar heupen vasthield, en Melita achter de blinde man, en achter Melita Rocco, iedereen tellend en schoppend, de oorlog wegschoppend, de ellende wegschoppend, de honger wegschoppend, de dood, de ratten, het stof, de stank, het lawaai van de kanonnen wegschoppend.

Terwijl Christina hen St. Christopher op leidde, klonken er sirenes, maar wat kon het ze nog schelen? Ze schopten en telden, en toen er, achtervolgd door een groep Spitfires, vier 109's overvlogen, betekende dit niets. De tuba blies, de trommel bonkte, en Rocco, met zijn handen op Melita's heupen, wier handen op de heupen van de blinde rustten, vond dit mooier dan wat dan ook, mooier dan ENIGMA, mooier dan Miss Sicilië die terugging naar Sicilië, beter dan de 109 die had geprobeerd hem te doden maar in zee was gestort.

Er kwamen nog steeds mensen uit hun gebombardeerde huizen, die zich bij hen voegden. Rocco keek achter zich, en achter hem stond nu een non met haar handen op zijn heupen. Hij keek weer om, en nu was het in plaats van de non de kapper van Kingsway, degene waar Nardu Camilleri altijd zijn haar had laten knippen. Het leek wel alsof de hele wereld daar achter hem stond, iedereen, swingend en schoppend. Stond Rommel daar ook ergens? En Kesselring? Hermann Göring? Julietta niet, nee, zij niet, want ze zat in Alexandrië, ver weg van dit alles, tussen de palmen en de door de zon gebleekte pastelkleurige villa 's, met de graaf.

Hij draaide zich weer om, keek achter zich, en ditmaal stond Adolf Hitler, de Führer in eigen persoon, achter hem. Zijn neus was groter dan hij zich had voorgesteld, zijn gezicht was opgeblazen, zijn ogen stonden moe, de stoppelige snor was precies wat het was: een stoppelige snor. Hij zag er uitgeput uit. Een-twee-drie-*schop*. Rocco raakte in de greep van een paroxisme van zelftwijfel, begon zich af te vragen of hij gek werd. Adolf Hitler? Hij draaide zich weer om, keek nog eens, en daar was hij nog steeds, Hitler, met zijn handen op Rocco's heupen, moe, te moe om iets te zeggen, en toch telde en schopte hij, en leek zich ondanks zijn vermoeidheid uitstekend te amuseren. Hij kreeg op zijn lazer bij Stalingrad – dus wat was er dan beter, om aan dat alles te ontsnappen, dan een conga-optocht op Malta?

Hitlers neus liep. Rocco zag het, een slijmerige stroom die in zijn snor liep. De Führer snoof, zoog het in, verzamelde het in zijn keel en spuugde. Zijn speeksel was vuur, een grote klodder vlammen, die met een flits en een rookwolkje de straat raakte. Een-twee-drie-*spuug*, hij rochelde het op, dikke klodders vuur, naar links en naar rechts. Dit is niet goed, helemaal niet goed, dacht Rocco, het moet ophouden.

Hij keek over zijn schouder en zag tot zijn opluchting dat ditmaal niet Adolf Hitler achter hem liep maar Melita. Vreemd was dit wel. Ze had voor hem gelopen, hij had zijn handen op haar heupen gehad, en nu liep ze opeens achter hem. Voor hem liep nu Christina, nog steeds met stevige pas, leidend.

'Zijn we verliefd op elkaar?' vroeg Melita in zijn oor, boven het lawaai van het tellen en het schoppen uit.

'We zijn verliefd op elkaar,' zei Rocco.

'Voor altijd?'

'Voor altijd.'

'Zul je me nooit verlaten?'

'Ik zal je nooit verlaten.'

'Zullen we altijd samen zijn?'
'Altijd.'

Het waren allemaal leugens, hij wist het en zij wist het, maar leugens, verzinsels, waren beter dan de waarheid als de enige waarheid uit bommen en groen vlees in je soep bestond. Ja, hij zou haar nooit verlaten, want zo stonden de zaken er nu voor, omdat Nardu Camilleri gelijk had: liefde was zelfopoffering. Op een of andere manier zou hij terugkomen om haar op te halen en zouden ze trouwen, zo zou het gaan. Ze waren eigenlijk al getrouwd. Hij hoorde bij haar en zij hoorde bij hem. Dit was het antwoord, dacht hij. Ja, dit was de sleutel.

Christina was onvermoeibaar, nam hen mee, heuvel op en heuvel af, door straten die zo steil waren dat ze helemaal uit trappen bestonden, en door andere straten die even recht en vlak waren als een keukenvloer. Het was een beroerde periode voor haar, heel erg beroerd, omdat haar Warby nu iedere dag kon vertrekken, omdat zijn derde beurt op Malta achter de rug was en hij weer naar Egypte zou gaan, of naar welke plaats ook. Misschien zou ze hem nooit meer zien. Ze kwamen langs de Griekse kerk die gebombardeerd was en langs het paleis dat gebombardeerd was en langs het gerechtshof dat gebombardeerd was en langs de Sacra Infermeria die gebombardeerd was. Ze kwamen langs het Manoel Theatre dat nog overeind stond en langs de Auberge de Provence, die als door een wonder nooit was geraakt. Sommigen, die uitgeput waren, vielen uit de rij. De tuba. De non met de hazenlip. De man met één oor. Adolf Hitler gaf het op. Maar de meesten gingen door, gingen schoppend verder, omdat leven en schoppen beter was dan niet leven en niet schoppen.

Nadat ze het grootste deel van Valletta hadden doorkruist ging Christina hen voor door de City Gate, Floriana in. Ze volgden haar naar Vilhena Terrace, waar haar flat was, en daar, in het vallende duister, liet ze hen achter, en vermoeid en opgetogen viel de rij uiteen, mensen dwaalden af, sommigen nog steeds in kleinere rijen met elkaar verbonden, tellend en schoppend, naar huis naar hun eigen buurt. Rocco en Melita bleven even staan, staarden naar de maan, en Rocco dacht op dat moment, niet wetend waarom, aan zijn vader en besefte dat het tijd was hem een brief te sturen, hij had er zo weinig gestuurd. Maar zijn vader schreef ook nauwelijks, had nooit veel te zeggen, en wat had de maan er trouwens mee te maken?

Toen Melita Christina de volgende dag zag, vertelde Christina haar dat ze uitgeput naar bed was gegaan en de hele nacht had gehuild. Ze had gehuild om Warby, die uit Griekenland cognac voor haar had meegenomen, oorringen uit Algiers, parfum uit Casablanca. Hij had dadels meegenomen van de Nijl en sinaasappelen uit Jaffa. Ze zou hem over een paar dagen weer zien, verwachtte ze, maar dan, tegen het einde van de week, zou hij vertrokken zijn, en ditmaal was het onwaarschijnlijk dat hij terug zou komen, omdat zijn beurt op Malta dan officieel achter de rug was. Ze wist niet eens meer zeker of ze wel van hem hield, het was allemaal zo roerig en verward geweest de afgelopen weken en maanden. Als ze samen uitgingen zag ze dat hij lange blikken op andere vrouwen wierp en vroeg ze zich af of hij tijdens zijn lange pauzes in Caïro geen verhouding met iemand anders had gehad.

Ze had de hele nacht gehuild en gesnikt en vertelde Melita hoe verschrikkelijk alles was, en Melita vertelde het Rocco. Hij zat zijn schoenen te poetsen. 'Snikken is goed voor de ziel,' zei hij; het was vriendelijk bedoeld, maar toen het eruit kwam besefte hij te laat dat het grof klonk. Melita gooide een sigaret naar hem. Hij brandde, de gloeiende punt schroeide de rug van zijn hand en liet een zwarte vlek op de huid achter. Ze stak een andere op en gooide die ook.

'Niet doen,' zei hij, 'die zijn duur. Weet je niet hoe kostbaar die zijn?'

Ze stak nog een sigaret op, en nog een, en gooide ze allemaal, opstekend en weggooiend in een orgie van verspilling – weloverwogen, boze verspilling, tot het pakje leeg was en Rocco op handen en knieën rondkroop, ze opraapte, onder de stoelen tastte, onder het bed, de rode, brandende punten doofde en redde wat hij redden kon.

36

Zed Mir Min

FINGERLY WAS WEER EEN AANTAL DAGEN WEG, EN TOEN HIJ DIT-maal terugkwam was hij in uniform en droeg hij de zilveren ei-kenbladeren van luitenant-kolonel. Hij haalde Rocco in voor Hock's, en Rocco, die de eikenbladeren zag – niet het goud van een majoor maar het heldere zilver van een luitenant-kolonel – plaagde hem dat hij nog geen generaal was. 'Niet goed genoeg? Nog niet goed genoeg voor de gouden sterren?'

'Jaag me niet zo op, Raven, alles op zijn tijd.'

Wat hij voor Rocco bij zich had was niet alleen een voorraad Lucky's, maar de order van het Tweede Korps om zich bij zijn on-derdeel te voegen – het 9e Infanterie, dat een week daarvoor in Casablanca was geland.

'Wanneer?' vroeg Rocco.

'Je vliegt volgende zaterdag.'

'Dan al?'

'Wil je dan eeuwig blijven? Ik dacht dat je zo'n hekel aan Mal-ta had.'

'Dat is zo, dat is zo.'

'Je kunt de gedachte niet verdragen dat lekkere Maltese toetje achter te laten waaraan je hebt zitten knabbelen. Heb ik je niet ge-waarschuwd voor die Maltese sirenes?'

'Per vliegtuig?' vroeg Rocco. 'Een Wellington?'

'Een oude Blenheim. Vanuit Luqa.'

'Dan neem ik aan dat het ditmaal echt doorgaat.'

'Meer dan je denkt.'

Rocco zag dat het uniform van Fingerly net de verkeerde tint had, zoals het uniform dat de kleermaker in Tarxien voor hem had gemaakt.

'En jij?' vroeg hij.

'Ik? Ik smeer hem, weg hier. Goodbye Malta.' Hij drukte zijn vingers tegen zijn lippen en wuifde een kushandje weg. 'Drie uur van nu, Raven, dans ik rond in het blauwe element, om 1600 uur.'

'Waarheen?' vroeg Rocco, die zich voorstelde dat het wel het Heilige Land zou zijn, waar Fingerly zoveel en zo vaak over had gepraat. Hij stelde zich voor dat Fingerly zijn agenten de jacht had laten openen op een stukje van de sluier van Veronica, of op een van de spijkers van de Kruisiging, of een voetafdruk van Mohammed. Of de Heilige Graal, waarnaar mensen, ook serieuze mensen, wel degelijk op zoek waren.

'Is dat het?' vroeg Rocco. 'Palestina?'

Fingerly grijnsde leep, en voor de zoveelste keer begreep Rocco dat Fingerly hem ontging, in een geheel eigen ruimte verkeerde, een schaduwwereld van verborgen deuren en geheime kamertjes. Hij was niet in Palestina geïnteresseerd. Hij was op een geheime missie onderweg naar Roemenië.

'Wat is er in Roemenië te doen?'

'Vuil werk voor I-3. Erg vervelend. Maar er is ook iets pikants. Er is in Boekarest een kapper die de originele partituur van een strijkkwartet van Benjamin Franklin bezit. Niet te geloven, hè? Hij heeft het in Parijs geschreven en bij een vriendin achtergelaten.'

'Benjamin Franklin heeft nooit een strijkkwartet geschreven,' zei Rocco twijfelend.

'Benjamin Franklin heeft van alles en nog wat gedaan,' zei Fingerly terwijl hij zijn vingers door zijn dikke, zwarte haar haalde.

'In Parijs?'

'In Parijs. De dochter van die vriendin heeft het in Wenen verkocht, toen ze geld nodig had. Van Wenen ging het naar Warschau, Praag, St. Petersburg. De kapper in Boekarest heeft het van zijn oom, die het uit een particuliere verzameling in Albanië heeft gestolen.'

'Is het goed?'

'Het kwartet?'

'Is het goede muziek?'

'Rocco, het is van Benjamin Franklin.' En toen, op warme toon, met iets samenzweerderigs in zijn stem: 'Kijk, ik wil dat je iets voor me doet.' Hij haalde een sleutel uit zijn zak. 'Deze is van het pakhuis dat ik je in Paola heb laten zien.' Hij hield de sleutel tussen duim en wijsvinger, gebaarde ermee, tikte Rocco ermee op zijn borst. 'Weet je nog, die mummie die ik je heb laten zien? Zed Mir Min?'

'Ik dacht dat je die aan de graaf had verkocht, samen met die andere rommel.'

'Zed Mir Min niet, ik zou nooit van hem scheiden. We zijn oude vrienden. Ik verscheep hem naar Gibraltar en haal hem daar op als ik klaar ben in de Balkan. Vanavond komt er een onderzeeër binnen die morgen weer vertrekt, maar dan ben ik er niet. Het krat staat in het pakhuis – zou jij het aan boord kunnen brengen? Wil je dat voor me doen?'

'Morgen?'

'Om twaalf uur, in Kalafrana.'

'In Kalafrana? De onderzeeërs liggen in Lazaretto Creek. In Kalafrana liggen de Sunderlands.'

'Dat klopt, dat klopt. Maar deze komt in Kalafrana te liggen. Wees op tijd, want ze wachten op niemand.'

'Weten ze wie ik ben? Laten ze me door de poort met een mummie onder mijn arm?'

'Ze kennen me, je krijgt geen enkel probleem.'

'Maar jij bent er niet.'

'Gebruik mijn naam maar. Zeg maar dat je van I-3 bent, zwaai met je identiteitskaart.'

'Ik heb geen identiteitskaart.'

'Heb ik je niet iets opgespeld, toen in Lascaris?'

'Dat blauwe kaartje? Dat heb ik weggegooid. Ik heb het aan dat kind gegeven, Joseph.'

'Je gaat met die roze lijkwagen. Ze zullen het enig vinden iemand in een roze lijkwagen te zien, wie het dan ook is.'

'Niet in een roze lijkwagen,' zei Rocco. 'Geen benzine, al maanden geen benzine. Wist je dat niet?'

'Ga naar Eddie Fenech aan Fleur-de-Lis Street, die is dol op Amerikanen. Hij verkoopt je alle benzine die je nodig hebt. Zijn zwager jat het uit het centrale depot. Zeg maar dat ik je heb gestuurd.'

Fingerly hield nog steeds de sleutel vast, stak hem uit, maar Rocco, die zijn duimen achter zijn riem gehaakt hield, reageerde niet.

'Doe het voor me,' zei Fingerly weer. 'Wil je het doen?'

Rocco wist wat hij bedoelde. Fingerley herinnerde hem eraan dat hij zijn leven had gered, die eerste dag, op het vliegveld, tijdens de beschieting door die 109, toen hij Rocco in een loopgraaf had getrokken. Fingerley stak de sleutel uit, blinkend geel koper. 'Doe het,' herhaalde hij.

Rocco hield aarzelend zijn hoofd scheef, waarbij hij met zijn tong tegen de binnenkant van zijn wang drukte. Toen haalde hij traag zijn schouders op en pakte de sleutel aan.

'*Chica boom*,' zei Fingerly.

'Fleur-de-Lys? In Valletta?'

'In Birkirkara. Praat met Eddie.' Hij haalde een pak opgerold papiergeld uit zijn zak, Britse ponden. 'Hier heb je je laatste geld van I-3,' zei hij, 'nu staan we quitte. Plus een bonus omdat je niet bent gesneuveld. De inflatie tast de waarde van het geld aan, geef het snel uit. Koop een bontjas voor je vriendin. Mocht ik ooit iets met gebruikte auto's gaan doen, dan kom ik je opzoeken.' En toen, met een zwaai van zijn hand en al op weg naar de uitgang: 'Het was leuk om met je te werken, Raven. Geniet van de oorlog, het is de enige die je krijgt. Ik zie je wel weer eens, in Oklahoma.'

Hij haastte zich weg, en Rocco riep hem met de sleutel en het pak bankbiljetten in zijn hand achterna: 'Oklahoma?'

'Het is daar net zo goed als waar dan ook,' zei Fingerly, die niet de moeite nam om om te kijken. Hij liep langs een schoenenwinkel, een kapper en een radiowinkel, sloeg toen de hoek om en was uit het zicht verdwenen, weg, heel snel, en Rocco stond daar in de lege ruimte te turen. Hij voelde een vreemde, opwekkende leegte, iets wat hij bijna kon horen, een hol geluid, als een valse noot van een niet-gestemde piano, omdat hij wist dat het nu afgelopen was, het was over en uit. Geregeld, einde. *Finito. Spicca. Ganz und gar*. Hij zou Fingerly nooit meer zien.

Malta liep leeg. De Griekse herpetoloog was in oktober vertrokken, net zoals de gravin uit Polen, die naar Brazilië was gegaan in de hoop uiteindelijk naar Pittsburgh te komen, waar ze familie had. Julietta en graaf von Kreisen zaten in Alexandrië. De meeste piloten die Rocco kende waren al van het eiland gehaald omdat hun tijd erop zat – Daddy Longlegs, Johnny Plagis, Smokey Joe Lowery. Bull Turner reisde heen en weer tussen Gibraltar en Alexandrië, deed verbindingswerk bij de marine. Zo niet Tony Zebra. Tony zat nog steeds op Malta, waar hij niet wilde zijn.

Een paar dagen nadat hij de Phantom van Fingerly had beschoten maar dat schuurtje van de zwarte markt had geraakt vloog hij weer, tegen de 109's, en vloog zijn toestel total loss tegen een radiomast op een politiebureau in Mosta. Hij klom geschokt maar ongedeerd uit het wrak en werd bevorderd tot leider van een nieuwgevormd squadron, een combinatie van Amerikanen en Australiërs. 'Voor de oorlog is afgelopen,' zei hij tegen Rocco, 'benoemen ze me nog tot commandant van Takali, ook al weten ze dat ik uit New Jersey kom en nooit naar Oxford ben geweest. Dat zijn ze van plan, ik weet het, ik voel het gewoon. Ik denk dat ik maar cyaankali neem.'

Ze lieten hem aanvallen uitvoeren boven Sicilië, met onder elke vleugel een bom, ze lieten hem de vliegvelden bestoken, in Comiso, Gela, Fontanarossa. Hij vloog graag over de Etna en keek dan omlaag in de chagrijnige krater, want deze symboliseerde voor hem het leven zelf: hete modder die kookte en rommelde in een stomende kloof, niets dan problemen. Hij zette op dat moment het dak van zijn cockpit open, zodat hij de zwavelige stank kon ruiken.

Op een maandag, minder dan een week nadat hij tegen de radiomast was gevlogen, zat hij weer in de lucht boven Malta, op patrouille met Giddings, Gass en Stoop. In een nevelige toestand van gedeprimeerdheid maakte hij zich los van de groep en vloog in zijn eentje een hele wolk 109's binnen. Hij was zo ziek van Malta, zo gedemoraliseerd en neerslachtig, dat het hem niet kon schelen of de 109's hem aan stukken zouden blazen. Hij was het allemaal zat: het stof, de cactussen en de blikken vlees, de Ovaltine nu en dan en de krimpende rantsoenen sigaretten. In zijn wanhoop was hij ook gaan pokeren, in de hoop een paar extra sigaretten te winnen, maar hij had verloren, verloren, verloren, en op een nacht met volle maan had hij bij een pakhuis met een pistool een handelaar van de zwarte markt overvallen en hem zeven sloffen Philip Morris afhandig gemaakt, maar op zijn kamer in het Point de Vue hadden muizen zich een weg naar binnen geknaagd en de sigaretten aan stukken gescheurd en hij had er nooit een van kunnen roken. Hij was ziek van de cafés die zonder bier zaten en van de steeds opnieuw vertoonde films en van het schelle zonlicht en van de ellendige aanvallen van Maltahond waardoor hij voortdurend halsoverkop naar de wc moest.

Met suïcidale achteloosheid vloog hij dus de Messerschmitts tegemoet. Maar weer was hij, tegen alle waarschijnlijkheid in, onkwetsbaar, en had ditmaal het geluk waarnaar hij niet had gezocht en dat hij niet wilde. Toen hij de formatie binnenvloog en schuin doorkruiste veroorzaakte hij zo'n verwarring dat twee vliegtuigen, die scherp afweken om hem niet te raken, tegen twee andere toestellen botsten, waarna de vier als stenen in zee vielen. De andere leden van zijn groep, Stoop, Gass en Giddings, die van een afstand toekeken, meldden de verkeerstoren dat hij er weer vier had neergehaald.

'Ik geloof dat ik dood wil,' vertrouwde Tony Zebra Rocco toe. 'Ik zou liever gewoon uit het bestaan verdwijnen – van de aardbodem verdwijnen – dan nog zo'n ellendige maand op Malta te zitten. Waarom begrijpen ze dat toch niet? Zien ze dan niet dat ik hier op Malta krankzinnig word en dat ik eigenlijk in India hoor te zitten? Begrijpen ze niet dat het een oorlogsmisdaad is om me hier nog langer te houden?'

Ditmaal gaven ze hem de DSO.

Nadat Fingerly Rocco met de sleutel van het pakhuis in Paola had achtergelaten kocht Rocco een krant en liep terug naar Windmill Street, nog steeds verbaasd dat Fingerly het eiland voorgoed verliet. Hij liep naar de kamer boven, de kamer zonder dak, en nadat hij de duiven had weggejaagd ging hij op de vloer zitten en schreef een brief aan zijn vader. Vanuit Malta had hij maar een paar keer geschreven, en van zijn vader was er maar één brief gekomen, over de tomaten die deze had gekweekt en die zo groot als meloenen waren geworden, hoewel de wortels en radijzen een teleurstelling waren geweest. Rocco had in een van zijn brieven melding gemaakt van Melita, maar op deze brief was geen antwoord gekomen. Hij had er zijn schouders over opgehaald. De post was in oorlogstijd sowieso onbetrouwbaar.

Hij schreef over wat hij de laatste paar jaar allemaal had meegemaakt, over hoe ze van elkaar waren weggedreven. Al voordat hij bij het leger was gegaan hadden ze elkaar steeds minder gezien. Zijn vader had het huis in Flatbush verkocht en was ingetrokken bij de weduwe in Bensonhurst, en Rocco had op zichzelf gewoond in een YMCA. Als ze elkaar zagen hing er altijd een sfeer van rancune vanwege het een of ander. Maar nu, terwijl hij alleen in die kamer zonder dak zat, vervaagden de irritaties of leken ze in ieder geval minder relevant, en hij dacht dat het belangrijk was deze brief te schrijven, in woorden de dingen uit te drukken die hij voelde.

'Wat ik wil dat je weet,' schreef hij, 'is dat wat mij betreft alles tussen ons in orde is. Ik hoop dat jij het ook zo voelt. Is dat zo? Ik was vroeger over een heleboel dingen onzeker, maar nu niet meer, geloof ik. In ieder geval niet meer zo erg. Zoals ik het zie is het leven net een oude auto die veel gedoe veroorzaakt en kuren krijgt. Je moet hem precies goed behandelen, want anders vertikt hij het.'

De woorden, besefte hij, gaven niet helemaal weer wat hij wilde zeggen, maar het was in ieder geval een poging de kloof te dichten, een poging dichter bij elkaar te komen dan ze waren geweest.

'Hoe dan ook,' voegde hij eraan toe, 'ik zit nu al bijna acht maanden in deze oorlog, en ik ben nog steeds verbaasd. Soms word je overmoedig en denk je dat je onkwetsbaar bent, maar er zijn ook momenten dat je het gevoel hebt dat er iedere minuut een bom neer kan komen, een grote, met jouw naam erop, en dat zet je dan aan het denken. Je wordt filosofisch van dit leven op Malta. Soms zie je ook dingen die er niet zijn. Dat komt door de zon, die doet iets met je ogen. Maar Melita denkt dat het niet door de zon komt, ze denkt dat het eiland behekst is, en ze is er gek op, ze wil hier nooit weg.'

Hij was van plan geweest hier op te houden, maar toen begon zijn geheugen weer te werken en dacht hij terug aan zijn kindertijd, toen het tussen hen beter was gegaan dan nu. Hij herinnerde zich de graafmachine, en zijn vader die er hoog bovenop zat en een geul door de straten trok voor de mensen die het riool legden. Op zekere dag had zijn vader hem met de hendels laten spelen. Hij was tien geweest, of elf, en het was het mooiste moment geweest dat hij zich herinnerde. Zijn vader had hem laten zien hoe hij de grote schep moest bedienen, naar links en naar rechts, omhoog en omlaag. Hij had het gedaan – de schep bediend. Maar toen had hij ergens een ruk aan gegeven, toen zijn vader even niet had gekeken, en had de schep een zwaai gemaakt en een brandkraan omvergeslagen en was er een krankzinnige fontein water ontstaan. Ze waren doorweekt geweest. 'Was het niet fantastisch?' schreef hij. 'Was het voor ons allebei niet het mooiste dat er ooit was gebeurd?'

Hij wilde eigenlijk meer schrijven, er waren nog meer dingen die hij wilde zeggen, maar hij liet de rest van het vel open en vouwde het op en stopte het in een envelop. Zijn vader woonde in Bensonhurst, maar gedachteloos adresseerde hij de brief aan het huis waar hij was opgegroeid, in Flatbush, met de kleine tuin erachter en de paarse hydrangeastruik, die sommige jaren grote prachtige bloemen gaf, maar andere jaren ook niet.

Op donderdagochtend pikte hij met Melita bij Zammit de lijkwagen op, en met het kleine beetje benzine dat er nog in de tank zat reden ze naar de autohandel van Eddie Fenech in Birkirkara, waar de vrouw van Eddie, een vrouw met het voorhoofd van een aap en mooie ogen en een schort met vetvlekken, de tank vulde met alle benzine die erin kon. Er was geen pomp. De benzine zat in vijfliterblikken, elk voorzien van een stempel van de Koninklijke Malta Artillerie, en hij was niet goedkoop. Van wat hij betaalde had Rocco een tweedehands piano kunnen kopen of een hele ren met leghennen, die echter moeilijk te vinden zouden zijn geweest, omdat de meeste kippen op het eiland al gebraden en opgegeten waren.

Ze reden naar Paola, naar het pakhuis waar Fingerly zijn schat bewaarde. De dag was bewolkt begonnen en het had geregend – welkome vochtigheid die het stof liet neerslaan –, maar tegen de tijd dat ze in Paola aankwamen was de regen opgehouden en begon de lucht weer op te klaren.

Rocco vond het nog steeds moeilijk te geloven dat Fingerly niet meer op het eiland zat en ook niet meer zou terugkomen. Sinds april waren hun levens met elkaar verweven geweest. Zijn stemmingen, zijn maniertjes, die lijzige bariton, het gebabbel, de ingehouden ironie, de stroom geld, *chica boom*. Acht maanden lang Fingerly, en nu was hij weg, en hij was blij dat hij hem kwijt was, maar het was ook een leegte. Ze hadden samen zoveel meegemaakt, leven en dood, en toch had Rocco nog steeds het gevoel dat ze vreemden voor elkaar waren. Hij wist niet meer van Fingerly persoonlijk, de mens met gewaarwordingen, die voelde en leed – als hij al voelde en leed – dan op die eerste paniekerige dag in april, toen Fingerly hem op het vliegveld van Luqa had opgepikt.

In Paola ging hij Melita met een zaklantaarn voor over de lange stenen trap naar het ondergrondse pakhuis.

'Hoe oud is het hier, denk je?'

'Hier?' Ze bekeek de steen. 'Drie- of vierhonderd jaar. Altijd die donkere, ondergrondse holen, voor slaven en gevangenen. Uit de tijd van de Ridders, en van voor de Ridders.' Ze vond het deprimerend.

Hij ging haar voor door de stenen gang, langs de deuren met hangsloten, over keien en zware ijzeren roosters boven afvoerputten, haalde bij de laatste deur Fingerly's sleutel tevoorschijn en frummelde aan het slot. Het was alsof hij een tweede bezoek aan een spookhuis bracht. Fingerly weg, zijn spullen weg, de stenen voorraadkamer helemaal leeg, niets dan het krat met de mummie en een oude houten tafel met een paar stukken gereedschap erop:

een schroevendraaier, een hamer, een breekijzer, een paar kaarsen.

'Wil je hem zien?'

'Nee.'

'Ook niet even?'

Hij pakte het breekijzer en wrikte de deksel open. In de kist zat een grote hoeveelheid houtkrullen en proppen papier, die hij opzijschoof om bij de eigenlijke kist te kunnen.

'Kijk,' zei hij terwijl hij met de zaklantaarn het deksel van de lijkkist bescheen, de geschilderde vogels en slangen, de hiërogliefen.

Ze keek, boog zich voorover, raakte het hout aan, deed toen een stap achteruit.

Hij opende de deksel en de mummie was zoals hij zich hem herinnerde, de bruinig-grijze windsels weggetrokken van de mond, een paar tanden zichtbaar, een deel van de wang, de bovenlip, de zichtbare huid donker en leerachtig, gebalsemd in stilte.

'Het is lelijk,' zei Melita. 'Ik wil niet kijken.' Toch deed ze het, even. 'Wat wil hij in godsnaam met zoiets?'

'Wat wil hij met wat dan ook?' vroeg Rocco zich af, en hij zag op dat moment een bruine envelop die met plakband aan de binnenzijde van het deksel was bevestigd en de naam droeg van de Seven Seas Stamp Den aan Old Mint, waar Rocco was binnengelopen toen hij naar Nigg op zoek was geweest.

Hij maakte de envelop los en erin vond hij een omslag van doorzichtig papier waarin een blokje van vier postzegels zat. Amerikaanse postzegels. Hij haalde ze uit het papier, bekeek ze nauwkeurig en zag dat het de Curtiss Jenny-zegel was, vier exemplaren, in topconditie, elk met een afbeelding van de Curtiss Jenny-tweedekker, maar in het middelpunt, binnen de rand, was het vliegtuig ondersteboven afgedrukt, bij vergissing, waardoor elke postzegel een klein vermogen waard was, en vier ervan in een blok als dit een groot klein vermogen.

'Heeft hij dit op Malta gevonden?' zei hij enigszins verbaasd.

'Wat?'

'Dit, deze.' Hij liet ze haar zien, legde uit dat het vliegtuig ondersteboven was afgedrukt. De fraaie kleuren, roze en blauw. U.S. Postage: 24 cents.

'Worden ze daar kostbaar door? Ondersteboven? Het is net het vliegtuig waarin jij hebt gevlogen en dat je bijna het leven heeft gekost, met die dubbele vleugels.'

Hij bestudeerde de postzegels, bekeek ze aandachtig. Hij had er vroeger, als kind, van gedroomd er ooit een te vinden.

'Mooie kleuren,' zei hij.

Ze haalde haar schouders op. Postzegels waren postzegels, zelfs postzegels die een klein fortuin waard waren.

Hij deed ze terug in de envelop, bevestigde de envelop weer aan de deksel, sloot toen de lijkkist en spijkerde het krat weer dicht. Op het krat stond niet Fingerly's naam, maar alleen een paar rijen nummers.

'Moeten we dit helemaal naar boven dragen?'

'Het is zo licht als een veertje,' zei hij.

Toen hij het ene uiteinde optilde was het echter zwaarder dan hij had gedacht, en hij besefte algauw dat er behalve de mummie en de postzegels nog iets in de kist zat, onder de lijkkist, in een dubbele bodem. Nog een stuk van de geheimzinnige buit van Fingerly, goud, platina, misschien de Maltese Valk zelf, de echte, hier in dit krat. Met Fingerly was alles mogelijk.

'Wat denk jij?' vroeg hij Melita.

'Volgens mij is het een hoop gebakken lucht,' zei ze.

Hij pakte het breekijzer, half en half van plan de dubbele bodem open te trekken.

'Laat toch,' zei ze.

'Ja?'

'Ik vind van wel.'

Dat was wat hij ook vond, met tegenzin. Wat het ook was, hij kon er beter niet aankomen. Het was Malta, vol vreemde dingen en mysteriën, codes en tegencodes, lagen en niveaus, niveaus onder niveaus, en, zoals Fingerly had gezegd, valluiken waar je doorheen kon vallen en verdwijnen, en dit was er een waar hij echt niet doorheen wilde.

Ze gingen weer naar boven en vonden een soldaat die geen dienst had en bereid was even te helpen. Hij had zwart, struikachtig haar. Hij had zitten drinken en was licht aangeschoten.

'Wat zit daarin, joh? Een lijk soms?'

'Hoe raad je dat zo?'

De lange stenen gang ging erg gemakkelijk, maar de trap was zwaar. Ze pauzeerden regelmatig om het krat beter vast te pakken. Toen ze boven waren opende Melita de achterkant van de lijkwagen en schoven ze het krat erin.

Rocco gaf de soldaat een pakje Lucky's.

'Graag gedaan, kerel. Als je me nog eens nodig hebt. Ik ben zelf in dooien gespecialiseerd. In Engeland werkte ik als assistent van een begrafenisondernemer. Ik reed in precies zo'n lijkwagen rond, behalve dat die niet roze was, natuurlijk. Het betaalde heel fatsoenlijk en je hoefde je geen zorgen te maken over bommen.'

Rocco zette de auto in beweging, nam de weg naar Kalafrana, met Melita naast zich en de mummie achterin, in het krat. Er was veel traag verkeer, het wemelde van legerauto's en vrachtwagens en door paarden getrokken karren. Karren werden nu veel gebruikt vanwege het ernstige tekort aan brandstof. Zelfs het leger gebruikte ze voor een deel van het transport.

Vlak ten zuiden van Santa Lucija kwam het verkeer langzaam tot stilstand: er bewoog niets meer op de lange, smalle weg. Rocco stapte uit en liep langs de rij wachtende auto's om te kijken wat er aan de hand was. 'Het zal wel een bom zijn,' zei een korporaal in een vrachtwagen, maar een leverancier op een kar dacht dat het waarschijnlijk een auto met officieren was, met een lekke band of een oververhitte motor. Verderop in de rij zag Rocco een sergeant die op de bumper van een met geweermunitie geladen vrachtwagen zat. Hij zat vis uit een blikje te eten en naast hem stond een fles bier.

'Het zal nog wel even duren,' zei hij en hij bood Rocco een slok aan, maar Rocco bedankte.

'Hoe lang denk je?'

'Behoorlijk lang.'

Rocco tuurde de weg af en zag niets anders dan stilstaande vrachtwagens en karren. 'Iemand met een gebroken as?'

'Jezus, nee, het is wel meer dan dat.'

Een legervrachtwagen had een aanrijding gehad met een wagen die een lading meloenen van Gozo vervoerde, en de wagen was omgeslagen, waardoor er meloenen op de weg lagen, honderden. De vrachtwagen die de wagen had geraakt had een schuiver gemaakt en was tegen een andere vrachtwagen gebotst. Deze was gekanteld en nu wachtten ze op een ploeg van de wrakkendienst die de weg vrij moest maken. Een van de twee paarden van de wagen had een gebroken been en moest worden afgemaakt, en er stonden een paar soldaten omheen die de boer hielpen met het oprapen van de meloenen, die te kostbaar waren om te laten liggen. De boer was helemaal uit Gozo gekomen, met de veerboot, en nu zat hij met een kapotte wagen, een dood paard en een lading gekneusde meloenen die hij niet in de steek durfde te laten.

'Meloenen?' vroeg Rocco. 'In november?'

'Het is een late oogst, dat klopt, en daardoor zijn ze zo kostbaar. Die boeren van Gozo, die halen het geld met scheppen binnen.'

'Wratmeloenen?'

'Watermeloenen. Hij verkoopt ze daar aan de kant van de weg aan iedereen die er een wil hebben, vier shilling per stuk. Dat is evenveel als ik per dag verdien. En jij, Yank? Verdien jij meer dan dat?'

'Zou het nog lang duren, denk je?'

'Nou, je weet hoe het is. Een dood paard, een gekantelde wagen, twee vrachtwagens gesneuveld, overal watermeloenen. De chauffeur van de vrachtwagen die die puinhoop heeft aangericht is met zijn hoofd door de voorruit gegaan.'

Rocco liep terug naar de lijkwagen. 'Meloenen,' zei hij door het omlaaggedraaide raam tegen Melita.

'Wiens meloenen?'

'Van een boer van Gozo. Overal op de weg.'

Hij trommelde met zijn vingers op het dak.

'Dit is niet goed,' zei ze met een blik op haar horloge.

Hij ging op de treeplank staan en probeerde iets te zien, alsof het allemaal sneller zou gaan als hij iets zag. Hij zag echter niets anders dan de lange rij vrachtwagens en wagens, die zich tot in de wazige verte uitstrekte. Langs de weg lag boerenland, een flauwe helling, geploegd en rommelig na een oogst van late groenten. Halverwege de helling lag een mitrailleurnest, luchtdoelgeschut, omringd door zandzakken.

Hij stapte weer in de lijkwagen en zat daar roerloos, recht voor zich uit te staren.

'Wat vind jij?' vroeg hij.

'Ik weet het niet,' zei ze.

Hij bleef zitten, kijkend naar de vrachtwagen voor hen – startte toen de motor en reed na een korte aarzeling de lijkwagen van de weg af en het geploegde veld in, bonkend over de ruwe, onregelmatige grond. Ze legden op deze manier een heel stuk af, schuddend en ratelend en rondslippend. Op een bepaald moment zakte de lijkwagen weg in een kuil met een weke bodem, waardoor hij pardoes stopte, maar Rocco drukte het gaspedaal tot de bodem in waardoor de wielen rondgierden en de banden uiteindelijk greep kregen op de ondergrond.

Toen ze het punt bereikten waar het ongeluk was gebeurd zagen ze dat een van de vrachtwagens van de weg was getrokken en dat er een ploeg bezig was met de andere, er een sleepkabel aan bevestigde. De boer van Gozo zat aan de rand van de weg met zijn twee paarden; het ene was dood, het andere stond er bij en liet zijn hoofd heen en weer zwaaien. Een paar soldaten verzamelden de resterende meloenen, maar de meeste lagen al weer op de wagen, die naast de weg stond en total loss was omdat hij al zijn wielen had verloren. De boer, een man van middelbare leeftijd met grijzend haar, zat op een brok steen een pijp te roken en keek toe terwijl de soldaten met de tweede vrachtwagen worstelden.

Toen waren ze erlangs en zaten ze weer op de weg. Ze reden snel en wierpen een spoor van stof op. In een scherpe bocht miste Rocco ternauwernood een vrachtwagen die van de andere kant kwam, en bij een andere kon hij nauwelijks een klein dier ontwijken, een klein rond gevalletje dat langzaam de weg overstak.

'Een egel,' zei Melita.

'Een egel? Echt waar? Hebben ze egels op Malta?'

'O, Malta heeft egels, en zelfs wezels. Wat we niet hebben zijn wilde paarden. En giraffen.'

Op weg langs Żejtun naar het zuiden bleven ze achter een traag rijdend konvooi van vrachtwagens hangen en konden niet anders dan er langzaam achteraan rijden. Uiteindelijk sloeg het konvooi een zijweg in, en Rocco gaf weer gas, reed Birżebbuġa in, waar ze weer op een stroom verkeer stuitten. Ze reden tergend langzaam door het stadje. Daarna gingen ze linksaf en waren even later in Kalafrana, waar ze doorreden naar de baai.

Bij de poort moesten ze stoppen, maar toen Rocco Fingerly's naam noemde werden ze doorgewuifd. Ze kwamen langs een complex onderhoudsgebouwen en kwamen uit op een terrein aan de baai waar de Sunderland-watervliegtuigen in een rij lagen afgemeerd. Aan de pier lag de onderzeeër, klaar om de trossen los te gooien.

'Ik had niet gedacht dat jullie het zouden halen,' zei een onderofficier.

De zeelieden tilden het krat uit de lijkwagen en namen het aan boord. Het ging allemaal erg snel.

Rocco was nog nooit zo dicht bij een onderzeeër geweest. Hij had een vreemde, eenvoudige elegantie, kaal en sterk, net een grote zwarte walvis die iedere uithoek en inham van de omgeving kende: primordiaal en dodelijk serieus. Hij had een soort gemelijke schoonheid, en toch kon Rocco zich niet voorstellen waarom iemand op die manier zou willen varen, onder water, ingesloten door H2O. Alleen al bij de gedachte eraan werd hij claustrofobisch.

Precies om twaalf uur gleed de onderzeeër weg, laag in het water, in de richting van de monding van de baai. Een eenzame zeeman stond op wacht in de toren.

Het was een indrukwekkend gezicht, er school een plechtige traagheid in de manier waarop hij zich bewoog, door het water sneed, het lange kielzog als een bruidssluier achter zich aan slepend. De mummie was onderweg en Rocco voelde zich opgelucht, eindelijk bevrijd van Fingerly, de schuld betaald, uitgewist, ze stonden quitte.

'Hij heeft me het leven gered. Heb ik je dat al verteld?'

'Dat heb je me verteld.'

'De eerste dag, toen ik in Luqa was aangekomen, trok hij me een loopgraaf in, een paar seconden voordat de kogels insloegen. Ik haat die 109's.'

Ze stonden te kijken terwijl de onderzeeër draaide en door de monding van de haven voer, en Melita was de eerste die zag dat de zeeman van de toren was verdwenen. De onderzeeër begon te dalen en verdween onder het wateroppervlak toen hij de open zee bereikte. Er was een moment dat de slanke gedaante nog steeds zichtbaar was, kalm varend, en toen verdween hij snel uit het zicht, alsof hij er nooit was geweest, en was het kielzog verdwenen.

Ze stonden daar nog steeds, kijkend. Na de regen van die ochtend was de hemel helder en in de zachte koelte van november was de zon een vertroosting. Er vibreerde iets in de lucht, een rustige straling. De oorlog op Malta was aan het aflopen. Er waren nog wel bombardementen en beschietingen, maar het was niets vergeleken met wat er was geweest, niets vergeleken met de verwilderde luchtaanvallen van april, toen Rocco op het eiland was aangekomen.

'Ik ben dol op de zee,' zei Melita, 'hij is zo sterk, hij is zo geladen met betekenis.'

Het blauw van de hemel en het blauw van de zee vormden een grillig contrapunt, alsof ze in een dialoog verwikkeld waren.

'Wat vredig,' zei ze. 'Wat prachtig!'

Ze stonden te treuzelen, genietend van de zon. Maar toen, net op het moment dat ze aanstalten maakten naar de auto terug te lopen, vond er op zee een explosie plaats die door het watervlak heen brak en een brede, witte fontein liet opspuiten. Hij verhief zich en schoot de lucht in, tonnen ziedend water, die in een soort vertraagde beweging opraas, en toen bleef hangen, een ogenschijnlijke uitdaging aan de zwaartekracht. Toen het water terugviel liepen kringen van golven weg van het middelpunt.

Een verbijsterde stilte daalde neer. Even was er niets – geen beweging, geen geluid, alleen de schelle, harde straling van de zon. Toen begon er een zware sirene te loeien, en korte tijd later stegen er twee Sunderlands op, oprijzend uit het water op weg naar de plek daar verderop, waar de dag was gebroken en aan al het goede gevoel een verschrikkelijk einde was gekomen. De onderzeeër was op een mijn gelopen.

Er renden zeelieden over de pier en een reddingsboot maakte zich los van de wal en bewoog zich met hoge snelheid de baai uit, gevolgd door twee grote motorsloepen.

Melita stortte in, huilend, sidderend van diepe snikken. 'Al die arme jongens,' zei ze. 'Allemaal, allemaal!'

Degenen met wie ze zonet hadden gepraat, de onderofficier en de matrozen die het krat aan boord hadden gebracht. Het was onwaarschijnlijk dat iemand het had overleefd. Ze snikte onbedaarlijk, alle zorgen en angst van de maanden en jaren stonden haar opeens weer scherp voor de geest, stroomden uit haar als een innerlijke grondzee en ineenstorting. Ze leunde tegen Rocco aan, snikkend tegen zijn borst, en met beide armen hield hij haar overeind. Ze had geen kracht meer en hij dacht dat ze zou vallen.

Toen kalmeerde ze en kreeg ze haar ademhaling weer onder controle. Ze deed een stap achteruit en samen met het verdriet waren er nu boosheid en verbittering. 'Dat ding,' zei ze nog steeds huilend, 'dat stompzinnige, afgrijselijke, afschuwelijke ding, die mummie, ik zei je al dat hij ongeluk bracht, ik wist het, wist het.' En toen, vol schuldgevoel en beschuldigingen, Fingerly beschuldigend, Rocco beschuldigend, zichzelf beschuldigend bonkte ze met beide vuisten op Rocco's armen en borst, alsof ze, door te slaan, alles kon veranderen, ongedaan kon maken wat er was gebeurd, niet alleen dit moment maar het hele verleden, de hele lange verschrikking van de oorlog. Rocco pakte haar polsen en hield haar tegen zich aan, en toen herstelde ze langzaam, ademde gelijkmatiger, nog steeds huilend.

'Laten we gaan,' zei ze uitgeput en met een nat en ontredderd gezicht, 'ik wil hier niet meer zijn.'

Op de terugweg naar Valletta reden ze door Birżebbuġa en daarna naar het noorden, over de hoofdweg, over het lange stuk waar het verkeer tot stilstand was gekomen. De boer zat er nog, met zijn kapotte wagen vol meloenen. Hij zat nog steeds zijn pijp te roken. Het dode paard was verdwenen, en het andere, het witte, stond halverwege de heuvel, rondneuzend bij de zandzakken om het luchtafweergeschut.

In Tarxien stopte Rocco voor een café omdat hij dacht dat Melita misschien wel iets wilde eten.

'Nee, ik wil niets,' zei ze.

'Je hebt honger, je moet wat eten.'

'Daar? Daar hebben ze niets.'

Ze bleef in de lijkwagen zitten.

Toen hij het café uit kwam, had hij een hardgekookt ei en een in een krant gewikkeld stuk brood, en twee flessen bier.

'Een gekookt ei,' zei hij terwijl hij het haar liet zien.

'Ik wil het niet,' zei ze.

Hij reed door, door Paola, en toen ze Marsa hadden bereikt parkeerde hij op een plek waar ze uitzicht hadden op Grand Harbour, de hele lengte ervan, met links de versterkte flank van Valletta en rechts het enorme stenen fort van de Drie Steden, dat in de haven uitstak. Een paar van de gezonken schepen waren weggesleept, hoewel er nog behoorlijk wat overbleven, roestige boegen en schoorstenen die uit het water omhoogstaken.

Hij pelde het ei voor haar.

'Nee,' zei ze, 'neem jij het maar.'

'Ik heb het voor jou gekocht.'

'Neem dan de helft.'

'Ik wil alleen maar bier. Ik heb geen zin om te eten.'

Ze pakte het ei aan, brak de helft eraf en liet de andere helft voor hem op de krant liggen.

'Ga je gang,' zei hij.

Hij maakte een fles bier open en dronk wat, en zij at, een paar snelle hapjes.

'Neem het maar helemaal,' zei hij. 'Eet het maar op.'

'Dat kan ik niet,' zei ze schuldbewust.

'Ik heb het voor jou gekocht.'

Ze aarzelde, nam toen de rest en kauwde langzaam.

Meeuwen cirkelden hoog boven de haven. Een paar gingen er tussen de rotsen aan de rand van het water zitten, aan de andere kant van een roestig hek. Er kwam een brakke geur van het water, die zich vermengde met de lucht van olie en teer.

'Laten we naar Gozo gaan,' zei Rocco.

Ze leek het niet te begrijpen.

'Je zei dat we naar Gozo moesten gaan om daar te wonen,' zei hij. 'Laten we dus gaan.'

'Dat mag je niet,' zei ze, 'je hebt orders.'

'Ik weet dat ik het niet mag, maar toch doe ik het. Fingerly is weg.'

'Je hebt altijd gezegd dat als je orders kreeg, dat je dan zou gaan.'

'We blijven op Gozo wonen tot de oorlog achter de rug is, en dan bedenken we daar wel wat we verder moeten.'

'Ik wil niet dat je dat doet.'

'Het was jouw idee.'

'Het was een slecht idee.'

'Ik wil niet bij je weg,' zei hij.

'Maar je moet. Het kan niet anders.'

'We gaan naar Gozo, ik vind wel werk op een boerderij. Dan hebben we niets meer met dit alles te maken.'

'Maar we zouden niet gelukkig zijn.'

'Natuurlijk wel.'

Ze zei een tijdje niets, alsof ze erover nadacht, alsof ze voor zich probeerde te zien hoe het zou zijn. Toen zei ze: 'Het is wat het lot ons heeft gegeven. Malta is de plek waar ik hoor. Het was een dwaze gedachte naar Gozo te vluchten. En jij, jij moet doen wat je moet doen.'

Hij staarde voor zich uit door de voorruit, keek naar de rotsen, de meeuwen, het water. 'Wil je je bier?'

'De helft, niet meer dan de helft.'

'Weet je het zeker?'

'Ik weet het zeker.'

Voorzichtig schonk hij zonder een druppel te morsen de helft van haar fles in zijn lege fles.

'Geniaal,' zei ze.

Ze zette de fles aan haar lippen en nam een klein slokje. Ze had bier nooit zo lekker gevonden.

'We moeten erover nadenken,' zei hij omdat hij Gozo, of in ieder geval het idee van Gozo, drijvende wilde houden. 'We moeten erover nadenken.'

'Nee,' zei ze vastbesloten. 'Ik wil er niet over nadenken. Ik wil er niet meer over praten.'

Het stuk brood lag nog op de krant, op de bank tussen hen in.

'De helft?' vroeg hij.

'Ja,' zei ze. 'De helft.'

Hij brak het stuk brood doormidden en gaf haar het grootste deel, en ze nam het aan en ze aten langzaam, in de auto zittend,

kijkend naar de boegen en de schoorstenen van de gezonken schepen en naar de lui rondcirkelende meeuwen.

37

Het novemberkonvooi

Toen Rocco had gedacht dat Fingerly in Heliopolis zat, zat Fingerly niet in Heliopolis maar in Palermo. Toen hij dacht dat hij in Caïro zat, zat hij in Catania, en toen hij dacht dat hij in Casablanca zat, zat hij in Messina, of in Marsala, of in Agrigento. In het diepste geheim zat hij in pakhuizen, op boerderijen, in de achterkamers van cafés en *cantina's*, voor besprekingen met de leiders van de Siciliaanse *mafia*. Rocco hoorde dit allemaal van Tony Zebra, die het van Warby Warburton, de verkenningspiloot, had. Warby had Fingerly bij drie gelegenheden in een tweemotorige Maryland naar Sicilië gevlogen, waar hij op honderdvijftig meter hoogte uit het toestel was gesprongen. Vervolgens was hij per boot naar Malta teruggekeerd.

'Fingerly? Met een parachute?' Rocco dacht aan de flanellen broek, het gebloemde sporthemd, de zonnebril.

'Met een parachute,' zei Tony Zebra.

Hij voerde besprekingen met de mafia omdat de mafia en de fascisten elkaar haatten en de aloude wijsheid wilde dat je de vijand van jouw vijand te gelegener tijd als je vriend kon beschouwen. Als en wanneer Sicilië zou worden binnengevallen – en het leek nu meer een kwestie van *wanneer* dan van *als* – dacht men dat de mafia de weg kon banen en een handje kon helpen. Er moesten, voordat de invasie plaatsvond, allerlei details worden doorgenomen: kaarten, foto's van haventerreinen, informatie met betrekking tot mijnenvelden en mitrailleurnesten, en tijdens de invasie zelf zouden ze misschien op de mafia kunnen rekenen om de Italiaanse troepen – in ieder geval de Siciliaanse soldaten – te overreden hun uniform uit te trekken en naar huis te gaan.

In Villalba had Fingerly een ontmoeting met Don Calogero Vizzini, de baas der bazen van de Siciliaanse mafia. In Mussomeli sprak hij met Genco Russo, die op zijn territorium bekendstond als Zu Peppi, de Ras van Mussomeli. In Villabate voerde hij besprekingen met Nino Cottone, de intieme vriend van de gangster in Brooklyn, Joe Profaci.

'De Siciliaanse mafia?' vroeg Rocco lachend. 'Vergeet het maar, die bestaat niet. Heeft Mussolini die niet twintig jaar geleden uitgeroeid? De meesten zitten nog steeds in de gevangenis. Eerst heeft hij ervoor gezorgd dat de treinen op tijd reden, daarna heeft hij de mafia uit de weg geruimd.'

'Dat klopt, dat klopt,' zei Tony Zebra, 'maar het zijn net kakkerlakken, ze zitten altijd overal in het houtwerk.'

'En nu worden ze door Uncle Sam gerehabiliteerd? Zullen we ze na de invasie als leiders aanstellen? Benoemen we ze tot burgemeester en wethouders? En is Fingerly degene die dat allemaal doet?'

'Hé – ben je kwaad op me?'

'Ik ben kwaad op je.'

'Wat heb ik dan gedaan?'

'Je vertelt me allemaal flauwekulverhalen.'

'Flauwekul? Denk je dat? Ga dan maar eens met de OSS praten. Ga maar praten met de inlichtingendienst van de marine, ze gebruiken de mafia van New York om de haven af te grendelen en een einde te maken aan de sabotage. Wist je dat niet? De vakbonden krijgen op hun falie van de onderwereld en ze beseffen nog niet dat het de onderwereld is.'

'Dat gebeurt in New York. We hebben het nu over Sicilië.'

Tony Zebra rolde met zijn schouders als een bokser die zijn spieren losmaakt. 'Hé, luister nou, de inlichtingendienst van de marine op Manhattan, B-1, B-7, ze hebben allemaal mensen die beter Siciliaans praten dan de Sicilianen zelf. Denk je nou echt dat ze die kerels niet op Sicilië gaan gebruiken als de tijd er rijp voor is, als de troepen op het strand aankomen? Dan zwaaien ze met gouden zakdoeken met de initialen van Lucky Luciano, de grote zwarte L. Je weet hoe het bij een invasie toegaat, Rocco. Plunderingen, modderige wegen, de zwarte markt, tyfus, dysenterie, wezen, ongewenste zwangerschappen, chaos. De mafia zal de orde op Sicilië herstellen. Dat is de theorie. Praat maar met de jongens van de marine, Thayer en McFall, en Haffenden. Praat maar met Sectie F en het Fret-squadron. Praat maar met de OSS en de SI. Praat maar met Lucky Luciano.'

'Luciano zit in de diepvriezer. In Dannemora.'

'Ze hebben hem overgebracht naar een country club in de buurt van Albany, een plek die Great Meadow heet. Hij is een koning, zijn arm reikt oneindig ver.'

'Hij? Hij niet. Alleen Fingerly is oneindig.'

'Denk je dat Fingerly God is?'

'Volgens mij is hij de duivel, maar hij heeft mijn hachje gered, op mijn eerste dag op Malta, dus zal ik geen woord kwaad van hem zeggen.' Hij zweeg even om een sigaret op te steken. 'Denk je dat Fingerly met Luciano praat? Denk je dat echt? Dat Luciano alles regelt?'

Terwijl hij dit zei besefte hij opeens dat de berichten die hij had ontvangen en verstuurd, Ostrich, X, Daddy en een tiental andere, minstens voor de helft voor de mafia bestemd moesten zijn geweest of erdoor moesten zijn verstuurd. Luciano had waarschijnlijk zijn eigen verbindingsman in zijn cel in Great Meadow, betaald door de OSS.

'De Fulton Fish Market,' zei Tony Zebra. 'Socks Lanza, ooit van gehoord? En al die andere grapjassen die het zo goed met Luciano kunnen vinden – opeens zijn het allemaal patriotten. Denk je dat ze willen dat Amerika deze oorlog verliest? Als Amerika het aflegt, hoe moeten zij dan ooit hun brood verdienen?'

Rocco was zo ontdaan dat hij nog een sigaret opstak en helemaal vergat dat hij er net een had opgestoken. Hij stak nog een derde op, zodat hij drie brandende sigaretten in zijn handen had.

'Maar dat zijn allemaal moordenaars,' zei hij. 'Toch?'

'Het zijn moordenaars.'

'Het zijn afpersers. Handelaren in blanke slavinnen. Ze slaan mensen in elkaar.'

'Ze handelen in verdovende middelen. Ze zitten in de prostitutie en verspreiden syfilis en ziekten.'

'Luciano heeft syfilis gehad maar is genezen,' zei Tony Zebra. 'Hij heeft zeven keer een druiper gehad.'

'Ben je soms zijn huisarts?'

'Ik heb een scriptie over hem gemaakt voor Criminologie 101. Voor die cursus ben ik trouwens gezakt.'

'Die mensen deugen niet.'

Tony Zebra beaamde dit traag knikkend.

'Ze hangen mensen op aan vleeshaken.'

'Klopt, klopt. Luciano is zelf een keer opgehangen, aan zijn polsen, op Staten Island. Dat is een van de redenen waarom hij nu zo gemeen is.'

'En Fingerly voert besprekingen met die lui?'
'Iemand voert besprekingen met ze.'
'Maar Fingerly? En Luciano?'
'Ik denk dat ze tegen elkaar fluisteren, internationaal, in Luciano's Siciliaanse dialect.'
'Het is een vreemde wereld,' zei Rocco. 'Het wordt vreemder en vreemder.' En pas op dat moment, toen er een groep Spitfires brullend voorbijkwam, zag hij dat Tony Zebra iets aan zijn neus had gedaan. Hij had hem met make-up opgemaakt, de littekens verborgen.
'Zou je nog eens willen vliegen?' vroeg Tony Zebra.
'Wanneer?'
'Nu meteen.'
'Melita zou me vermoorden.'
'Was ze erg kwaad?'
'Ze denkt dat ik een doodswens heb. Ze heeft me nog steeds niet vergeven dat ik mijn tenen eraf heb laten schieten.'
'Meyer Lansky,' zei Tony Zebra.
'Die naam ken ik.'
'Als je ooit de jukeboxen van Melita naar Amerika meeneemt, moet Fingerly je in contact brengen met Meyer Lansky. Hij gaat over de jukeboxen in New York. De Emby Corporation. Dat is zijn dekmantel. De M in EMBY is Meyer Lansky. De distributie gaat via een bende. Hij is de baas in New York, New Jersey, Connecticut en Pennsylvania.'
'Denk je dat Meyer Lansky iets zou voelen voor de Bethlehem Jukebox, of de Lourdes Jukebox of de St. Agatha Jukebox?'
'Hij is joods, natuurlijk, maar Rocco, hij is ook zakenman, hij laat zijn zaken niet door etnische vooroordelen beïnvloeden. Heel Amerikaans, nietwaar? Gelijkheid, diversiteit. Onderscheid. Luciano heeft dezelfde manier van denken, hij is erg voor diversiteit. Hij werkt met de joden en de Ieren – als zij de klus klaren, klaren ze de klus. Dat is de reden waarom hij Maranzaro heeft moeten elimineren, die zat vast in het oude denken, wilde een oorlog tegen de joodse bendes en de Duitse bendes. Maar Luciano zag dat dat allemaal verleden tijd was. De nieuwe manier, daar heeft hij een woord voor, dat heeft iemand me verteld, hij noemt het *multiculturalismo*. Hij en Lansky zijn echt dikke maatjes, ze overleggen over bijna alles. Ze laten hun zaken niet door etnische trots of vooroordelen vergiftigen. Als Luciano iemand om zeep wil laten helpen geeft hij het contract even graag aan Bugsy Siegel als aan

een van zijn eigen mensen. Het is een nieuwe wereld, Rocco. Is het niet inspirerend?'

Een van Rocco's drie sigaretten was opgebrand, en hij stak een volgende op, zodat hij er nog steeds drie had branden, en rookte ze allemaal tegelijk, alsof de drie sigaretten er eigenlijk één waren. Hij wist wat Fingerly op Sicilië uitvoerde. Fingerley was niet bezig met de voorbereiding van de invasie, hij probeerde de hand te leggen op een van de oude tempels die de Grieken er hadden gebouwd. Hij zou er met condooms voor betalen, ze uit elkaar halen, deel voor deel, naar de Verenigde Staten verschepen en verkopen aan een of andere miljonair met een grote tuin.

'Je hebt te lang op Malta gezeten,' zei Tony Zebra, die een van Rocco's sigaretten leende om er een trekje van te nemen en hem weer teruggaf.

'Is dat mijn probleem?'

'Dat is je probleem.'

'Weet jij daar dan iets van?'

'Ik weet er alles van.'

'Alleen Fingerly weet alles.'

'Dacht je?'

'Nou ja, zo'n beetje alles.'

De dag nadat Tony Zebra Rocco over Fingerly's clandestiene activiteiten op Sicilië had verteld, kwam er een brief van Julietta.

Het was een lange brief, geschreven op ettelijke vellen geparfumeerd roze papier, in een breed, open handschrift dat niets verborg. Ze was gek op Alexandrië – de winkels, de palmen, de moskeeën, de bazaars, de nachtclubs, de prachtige stranden langs de Corniche en het uitzicht op zee vanuit de villa van de graaf.

Ze vertelde ook dat ze zwanger was.

Niet, natuurlijk, van de graaf, die simpelweg te oud is, hoewel hij ijdel genoeg is om te geloven dat hij de vader is. Duitse mannen, snap je, zelfs de meeste zachtmoedige, zoals mijn Freddie, leven in een totale waanwereld als het over hun mannelijkheid en viriele vermogens gaat. Maar ik zal je niet vervelen met de details, afgezien van het treurige probleem dat ik geen idee heb wie de vader is. Het zou die piloot kunnen zijn met wie jij hebt gepokerd, die met die snor die in juli is gesneuveld, of die Britse admiraal die zo ondersteboven was toen hij die veiling om Miss Sicilië verloor – je kunt je niet voorstellen hoe verpletterd hij was, die arme man, hij kermde als een kind toen hij het me vertelde. Of die barkeeper die bij Hock's werkt – ik mocht hem heel erg graag, hij had zo'n prachtig gebit en een lieve, genereuze glimlach. Het enige wat ik heel zeker weet, mijn beste Rocco, is dat jij de vader niet bent, want we hebben nooit het geluk gehad elkaar in bed tegen te komen. Niettemin, als mijn Freddie zou vermoeden dat het kind dat ik draag niet van hem is, zou hij niets meer met me te maken willen hebben en zou mijn leven geen stuiver meer waard zijn. Hij weet natuurlijk dat ik aan Strait Street met andere mannen ben geweest, en hij vindt dat wel een leuk idee. Hij is verrukt dat hij op zijn leeftijd nog steeds mans genoeg is om aanspraak te kunnen maken op de affectie van een ervaren vrouw, zoals hij me graag noemt. Maar als hij ook maar enig idee zou hebben dat ik het kind van een andere man draag, zou hij buiten zichzelf raken. Wat moet ik doen? Ik vertel je dit alles, beste Rocco, omdat ik het iemand moet vertellen en jij iemand bent die ik kan vertrouwen. Als het een jongen is zal ik hem naar jou noemen. Zou je dat leuk vinden? Zijn beschermheilige zal jouw beschermheilige zijn, St. Rocco. Een goede, sterke naam, en ik heb altijd van St. Rocco gehouden en tot hem gebeden, ook al weet ik maar heel weinig van hem.

De brief was binnengekomen met een BOAC Lodestar die nu driemaal per week regelmatig 's nachts tussen Egypte en Malta heen en weer vloog. De piloot was iemand met wie Tony Zebra golf had gespeeld toen ze samen in Schotland, in Montrose, hun opleiding hadden gekregen.

Er was nog een PS:

De graaf heeft een niet zo drukke bistro met een piano gevonden, waar hij zijn walsen speelt, net zoals bij Dominic's, en het geeft me een treurig gevoel als ik aan die gelukkige tijd terugdenk. Ik heb Simone en Aida geschreven maar geen antwoord gekregen en ik vraag me af of mijn brieven ze wel hebben bereikt. Als deze brief jou bereikt vertel ze dan dat ik graag iets van ze zou horen. Ik mis mijn lieve vriendinnen van Malta heel, heel erg. Maar hier is het beter, vooral nu Rommel is teruggeslagen en de Duitsers niet langer een bedreiging zijn. Het eten is goed, en schaarste zoals jullie op Malta hebben bestaat hier niet. En ik vind het heerlijk om 's morgens uit te slapen!

Rocco liet Melita de brief zien, die het parfum opsnoof en het helemaal geen leuk idee vond dat Julietta overwoog de baby naar hem te noemen.

'Ik heb honger,' zei ze. 'Heb jij honger?'

Hij had honger. De voedselsituatie was slechter dan ooit, zelfs wanhopiger dan in augustus, toen ze door het Santa Marija-konvooi waren gered. Rocco was tien kilo afgevallen, Tony Zebra meer dan vijftien. Rocco herinnerde zich hoe uitgemergeld Klote Beurling was geweest toen ze hem naar huis hadden gestuurd nadat hij zijn negenentwintigste vliegtuig had neergehaald – hij was in enkele maanden vijfentwintig kilo afgevallen. Gewichtsverlies verhoogde zijn dodelijkheid, hij kreeg er een scherpere blik van. Hij pochte dat hij op driehonderd meter afstand een theekopje kon raken.

Zelfs Melita verloor gewicht, maar er zat nog vlees op haar botten, en het was nog steeds magisch, het wond hem op, de zoete koorts van een trage geilheid. Haar vlees was zacht en soepel, hij kon de beenderen eronder voelen, de zijdeachtige manier waarop haar huid bewoog als hij haar aanraakte, een zachte, troosteloze sensualiteit.

'Kijk nou toch, ik raak mijn borsten kwijt.' Ze maakte zich zorgen hoe haar lichaam kromp. 'Straks is er niets meer over, niets meer.'

Haar borsten waren kleiner geworden, maar nog steeds rijp en vol, teer in hun volheid, meegevend in de palmen van zijn handen.

'Wat ik nu, op dit moment het liefst wil,' zei ze, 'is een sinaasappel, een koude sinaasappel die dagen in de ijskast heeft gelegen. Ik proef hem nu al, ik voel hoe mijn tanden erin bijten.'

Er was al een regeringsbesluit afgekondigd wat er met de sinaasappels zou gebeuren als ze in december rijp waren. Ze zouden aan zwangere vrouwen en kinderen jonger dan zeven jaar worden gegeven. Als de oogst goed was zouden de kinderen en zwangere vrouwen het hele seizoen misschien wel een dozijn sinaasappelen krijgen.

20 november 1942

TURIJN GETEISTERD DOOR TWEETONSBOMMEN
AANVAL OP ITALIAANS ARSENAAL
ALLE BRITSE BOMMENWERPERS KEREN TERUG

NIEUWE DIVISIES INGEZET BIJ STALINGRAD
In Een Dag Strijd 1000 Vijanden Gedood

DOODVONNIS VANWEGE SPIONAGE

Valletta, 19 november. Gisteren is het doodvonnis uitgesproken tegen Carmelo Borg Pisani, die schuldig werd bevonden aan drie aanklachten: spionage, het opnemen van wapens tegen de regering en deelneming aan een samenzwering met het doel de regering omver te werpen. Het proces vond achter gesloten deuren plaats en het vonnis werd publiekelijk voorgelezen. Men gaat ervan uit dat Borg Pisani lid was van de groep Irredentisten van Carlo Mallis, waarvan het hoofdkwartier in Rome is gevestigd.

'Zullen ze hem terechtstellen? Gaan ze dat echt doen?'

'Wie?'

'Die idioot. Borg Pisani. Die naar Italië is gegaan en in een roeiboot is teruggekomen om te spioneren, maar die ze al gepakt hebben toen hij landde. Weet je het niet meer? De Italianen hebben hem een kilometer voor de kust in zee gezet en toen is hij naar het strand geroeid, met een radio en een pistool.'

'Hij verdient het te sterven,' zei Melita.

'Waarom?'

'Hij verdient het.'

'Maar hij heeft nooit een vlieg kwaad gedaan, ze hebben hem gepakt voordat hij iets kon doen. Hij is een dwaas, een clown.'

'Hij is een verrader.'

'Laten ze hem dan in de gevangenis zetten, laten ze hem wc's laten schoonmaken. Moeten ze hem nou echt ophangen?'

'Ja, ze moeten hem ophangen.'

Ze was onvermurwbaar, geen enkele zachtheid, en Rocco zag nu hoe diep de oorlog haar had beïnvloed, er waren diepten van woede waarop hij alleen af en toe een blik kon werpen. Hij herinnerde zich wat Tony Zebra had gezegd over de boerenvrouwen die met hooivorken achter de neergehaalde Duitse piloten aan gingen.

'Laten we de dag niet bederven,' zei ze.

Hij keek haar aan, lang, keek naar de lijn van haar kaak, haar mondhoeken, en langzaam drong tot hem door dat ze niet kwaad was op Borg Pisani, maar op hem, omdat hij wegging.

De brief van Julietta had Rocco bereikt op de 19e, een donderdag. Die avond kwam er in Grand Harbour een konvooi met vier koopvaardijschepen binnen, met vijfendertigduizend ton voedsel en voorraden uit Alexandrië.

Nog belangrijker dan de aankomst van de schepen was het feit dat het konvooi ongedeerd binnenkwam. Het was aangevallen door een paar torpedobommenwerpers, maar de koopvaardijschepen waren niet geraakt en alleen een van de kruisers had schade opgelopen. Er was geen serieuze poging gedaan de schepen tegen te houden, het leek in niets op de fanatieke aanvallen op de konvooien die in maart en juni waren overgestoken en op het konvooi van augustus, dat negen koopvaardijschepen en een vliegdekschip had verloren. Het was iedereen duidelijk: het beleg was opgeheven.

Op vrijdagochtend deed het nieuws over de aankomst van het konvooi de ronde en haastten de mensen zich naar de haven om de schepen te zien; enorme menigten verzamelden zich bij de dokken en op de kaden en juichten de bemanningen toe. Aan beide zijden van de haven, in Valletta en in de Drie Steden, klommen mensen op de daken en keken in een soort delirium naar de haven. Een zachte bries maakte schuimkoppen op het water. Sinds voor de oorlog hadden er niet meer zoveel grote schepen in de haven gelegen – in French Creek en Dockyard Creek en Kalkara Creek, en in Rinella Creek bij Fort Ricasoli. Tegen twaalf uur stonden er twee fanfares opgesteld die patriottische melodieën bliezen, de ene in de Lower Barracca Gardens in Valletta en de andere aan de overkant van de haven bij Fort St. Angelo.

Rocco en Melita gingen naar de Barriera Wharf, aan de voet van het bastion van St. Barbara. De mensen zongen, zwaaiden met rozenkransen en zakdoeken. Moeders met baby's, soldaten, kantoorbedienden, secretaresses, boeren uit de dorpen in de buurt van de stad. Een non had een bruin hondje in haar armen. Een vrouw verkocht vanuit een koffer appels van de zwarte markt. Een man met één arm, een veteraan, had een vat water en een lepel bij zich: je kon voor een halve shilling uit de lepel drinken.

Rocco stootte Melita met zijn elleboog aan. 'Wil je een appel?' Hij kocht er drie en gaf er een aan de non met het hondje.

Hij dacht dat hij Aida zag, in een zwarte jurk, maar het was iemand anders. Hij zag vader Hemda, maar deze ging op in de menigte, en hoewel Rocco naar hem bleef uitkijken zag hij hem niet weer terug.

Een squadron Spitfires vloog over hen heen en vormde een beschermende paraplu. Er kwamen een paar 109's aanvliegen, maar ze werden verjaagd voordat ze de kust konden bereiken. De bommenwerpers uit Malta hadden die hele nacht en het begin van de ochtend vliegvelden op Sardinië bestookt, waardoor het voor de 109's moeilijk werd op te stijgen. De oorlog had dan toch eindelijk een keer genomen.

Uit de ramen van de huurkazernes hingen lakens met leuzen:

RED MALTA
DOOD DE MOFFEN
PRIJS GOD
MOEDER VAN GOD RED ONS

De fanfares concurreerden met elkaar over de haven heen. Eerst de ene, dan de andere, heen en weer. Niet ver van de plek waar Melita en Rocco zich bevonden stond een oud stel ruzie te maken, waarbij de man bij hoog en bij laag beweerde dat het konvooi mislukt was: maar vier vrachtschepen, nauwelijks genoeg nu heel Malta van de honger omkwam. Na het Santa Marija-konvooi in augustus kregen ze in plaats van meer voedsel minder. 'En nu zal het weer zo gaan, er is nooit genoeg,' zei hij met holle wangen en uitgemergeld. 'Wat hebben we aan die vier als we er acht nodig hebben? Wat hebben we aan acht als we er zestien nodig hebben?' Maar de vrouw, klein, robuust, haar voorhoofd bezaaid met zwarte moedervlekken, dreef de spot met hem en veegde hem de mantel uit over zijn pessimisme. 'Kijk al die schepen toch,' riep ze, 'die schepen, die schepen – de oorlog is afgelopen! Zie je het dan niet? Er wordt niet meer gebombardeerd, het is afgelopen!'

Een Spitfire, die laag over de haven scheerde, raakte op enkele centimeters na de schoorsteen van een destroyer. De bijna-botsing ontlokte de menigte een luid, lang gekreun. 'Dat is Tony Zebra,' zei Rocco. 'Hij heeft acht toestellen total loss gevlogen en is nu op zoek naar nummer negen.' Rocco had de verkeerde cijfers in zijn hoofd. Hij wist niet van de twee toestellen die Tony Zebra tijdens zijn opleiding in Montrose had vernield, en de twee waarmee hij boven Het Kanaal was neergestort voordat hij op Malta was gestationeerd. Hij werkte nu aan nummer dertien, en zelfs op Malta was dertien een ongeluksgetal.

Plotseling, halverwege de kade, zag Rocco Fingerly – dat dacht hij in ieder geval – ergens in de menigte, uittorenend boven de kleinere Maltezers. Hij was in uniform, in het gezelschap van twee Britse officieren, de ene donker met een snor, de andere met peper-en-zoutkleurig haar, en ze stonden met de hoofden naar elkaar toe ergens over te praten. Rocco baande zich over de halve lengte van de kade met zijn ellebogen een weg door de menigte, maar toen hij bij de twee Britse officieren was aangekomen was Fingerly er niet.

'Waar is hij?' vroeg hij, gespannen om zich heen kijkend.

'Waar is wie?'

'Fingerly.'

'Wat is dat, een Fingerly?' vroeg de man met de snor met een onbeschaamd lachje. 'Te veel feestgevierd, kerel? In een vat jene-ver gevallen?'

'Was dat Fingerly niet? Jullie stonden met hem te praten.'

De man met het peper-en-zoutkleurige haar haalde zijn schou-ders op en de man met de snor, die nog steeds glimlachte, keek Rocco aan alsof deze nodig naar een dokter moest.

Rocco worstelde zich weer moeizaam door de menigte tot hij bij Melita terug was. De zon was net zwart vuur in haar haar.

'Ik heb hem gezien,' zei hij, 'ik weet dat ik hem heb gezien.'

'Hij is weg,' zei ze.

'Maar ik heb hem gezien. Ik dacht dat ik Aida ook zag, maar dat was iemand anders. Ik heb vader Hemda gezien en ik weet dat hij het was, maar nu weet ik het niet zo zeker meer.'

'Gaat het wel goed met je?'

'Ik zit in een déjà vu, maar het is geen déjà vu. Het was wel de-gelijk Fingerly, ik heb hem echt gezien.'

'Hij is gek aan het worden,' zei ze rustig, terwijl ze in zijn ver-warde bruine ogen keek. 'Zijn laatste dag op Malta en nu stort hij in. Wil je wat water?'

'Nee, niet voor die prijs. Een halve shilling? Ze zouden die man tegen de muur moeten zetten.'

Een scheepssirene kermde in de haven en de Spitfires, die erbo-ven cirkelden, streelden de lucht met het zachte gekreun van hun Merlin-motoren. De fanfares speelden nog steeds, heen en weer, de koperen noten vervlakten over het water, naakt en eenzaam.

'Het is wel mooi geweest,' zei Melita moe. 'Laten we gaan.'

Ze worstelden zich de kade af, liepen terug naar de Victoria Gate en zwierven rond door de straten van Valletta, waar het ook druk was, maar niet zo stampvol als op de kade.

'Het was hem,' zei Rocco, die nog steeds aan Fingerly dacht. 'Het was hem precies.'

'Doet het ertoe? Je was klaar met hem, hij is weg. Waarom kwel je jezelf zo?'

Hij kwelde zichzelf omdat hij nu begreep dat Fingerly nooit weg was, dat hij er altijd was. Zelfs als hij er niet was was hij er wel, deel van de sfeer, van de lucht die Rocco inademde, van de geur in zijn neus.

'Als dat Fingerly was betekent het dat Benjamin Franklin niet in Boekarest is, maar hier, op Malta. Waarom zei hij dat hij naar Roemenië ging? Waarom loog hij tegen me? Al die keren dat hij op Sicilië zat zei hij dat hij ergens anders zat. Denk je dat hij teruggaat naar Palermo?'

'Hij liegt omdat hij niet weet hoe hij niet moet liegen. Dat heb je me zelf gezegd. Een priester is een priester, een loodgieter is een loodgieter en Fingerly is een leugenaar. Maar het was niet Fingerly die je daar zag, het was iemand anders. Doe niet zo dom.'

'Je hebt gelijk, je hebt gelijk. Maar waarom moest hij tegen me liegen?'

'Je hebt iemand gezien die er niet was en je maakt van een mug een olifant. Waarom doe je zo raar?'

'Eerst ben ik dom en dan doe ik raar? Hoe vind je me leuker?'

'Ik vind je leuker als ik je thuis bij me heb, tussen de lakens.'

'Dat klinkt serieus.'

'Het is serieus. Morgen, als je weg bent, wordt het vreselijk. Misschien ga ik wel kant maken, net als mijn tante. Of misschien word ik non en ga ik kralen voor rozenkransen verkopen.'

Zijn laatste dag met haar. Het was moeilijk te geloven. Morgen zou hij in een vliegtuig zitten, op weg naar een ander land, en 's nachts zouden ze in verschillende bedden liggen. Haar ogen, haar neus, haar tanden, de manier waarop haar lippen zich verbreedden als ze glimlachte, en morgen zou hij die glimlach niet zien.

Hoe lang?

Ze sloegen een hoek om, St. Ursula in, en daar voor hen, solide als de waarheid, stond Marie, het dochtertje van Beatrice, met een jongen die Rocco abusievelijk voor Joseph aanzag, maar het was haar neef. Marie was mooi aangekleed, haar haar zat in een lange vlecht en ze had een vleugje rouge op haar wangen.

'Wat een prachtige jurk,' zei Melita terwijl ze bewonderend naar de keurig gestikte tafzijde keek: grijs met roze, met biezen en plooien. 'Heeft je moeder die gemaakt?'

'Mijn moeder is eraan begonnen, maar Simone heeft hem afgemaakt. Zij heeft de kant gemaakt. Het is mijn trouwjurk. Dit is mijn neef Emmanuel, we gaan trouwen.'

'O?' zei Melita. 'En wanneer gaat dat gebeuren?'

'Vandaag, denk ik. Maar misschien pas volgend jaar. Zijn jullie getrouwd?'

'Nee, we zijn niet getrouwd,' zei Melita.

'Gaan jullie trouwen?'

'Ik moet weg,' zei Rocco.

'Waarom? Vind je ons niet leuk?'

'Natuurlijk vind ik jullie leuk. Het komt door de oorlog.'

'De oorlog is afgelopen,' zei ze.

'Hier op Malta is het afgelopen, bijna afgelopen, maar op andere plaatsen vechten ze nog.'

'Zal het nog lang duren, de oorlog?'

'Ik denk van wel. Ja.'

'Ik wilde met Joseph trouwen, maar hij was niet geïnteresseerd. Ik heb met hem gepraat maar hij wilde niet luisteren.'

'Joseph is je broer,' zei Rocco. 'Je kan niet met je eigen broer trouwen.'

'Dat weet ik, dat weet ik. Dat zegt Joseph ook. Dus nu trouw ik maar met Emmanuel. Ik wilde een witte jurk, maar die heeft mijn moeder nog niet gemaakt. Vader Hemda gaat het huwelijk doen.'

De jongen, Emmanuel, zei geen woord. Hij stond er stil en verlegen bij, zijn handen in zijn zakken, en zijn grote donkere ogen zwierven tussen Rocco en Melita heen en weer.

'Hoe oud ben je?' vroeg Melita Marie.

'Zeven.'

'Ik dacht dat je veertien was,' zei Rocco. Hij bedoelde het als compliment.

'Was jij getrouwd toen je zeven was?' vroeg ze Melita.

'Ik geloof het niet, nee,' zei Melita. 'Maar ik wil wel trouwen.'

Marie keek haar verlegen aan. 'Heb je een beetje lippenstift voor me?'

'Vind je moeder het goed dat je lippenstift gebruikt?'

'Het is toch haar trouwdag,' zei Rocco.

'Ach ja, haar trouwdag. In dat geval,' zei Melita terwijl ze haar lippenstift uit haar tasje haalde, 'krijgt ze alles wat ze wil. Maar je moet me beloven, Marie, dat je het afveegt voordat je moeder het ziet.'

Ze bukte zich en bracht de lippenstift aan, waarna ze haar toilettasje opende zodat Marie zichzelf kon bekijken.

'En Joseph?' vroeg Rocco. 'Gaat Joseph ook trouwen?'

'Joseph wil priester worden,' zei Marie, vol bewondering in het spiegeltje kijkend.

'Ik dacht dat hij soldaat wilde worden. Hij loopt altijd in zijn padvindersuniform rond, soldaatje te spelen.'

'Ja, ja, hij wil soldaat worden, en ook piloot. Hij wordt alles. Maar hij vindt meisjes niks.'

'Misschien verandert hij nog van gedachten,' zei Rocco.

'Joseph verandert nooit van gedachten.'

Een Spitfire kwam laag over de straat, vlak boven de daken.

'Hoe gaat het met je moeder?' vroeg Rocco.

'Ze praat niet meer met mijn vader. Ze vond het leuker in Rabat en wil weer daar gaan wonen, maar mijn vader wil aan Strait Street blijven wonen.'

'En jij?' vroeg Rocco. 'Woon jij liever aan Strait Street of in Rabat?'

Voordat ze antwoord kon geven werd de lucht doorboord door scherpe, knetterende geluiden, een snelle reeks knallen, net vuur van een licht wapen. Er explodeerde iets dicht bij Rocco's hoofd, waardoor hij even verdoofd werd. Zijn rechteroor floot.

Het waren voetzoekers, tientallen, die uit de lucht vielen en explodeerden voordat ze de grond bereikten, en toen Rocco omhoog keek zag hij op het dak aan de overkant van de straat Joseph in zijn padvindersuniform, die ze aanstak en in de menigte gooide, hele kettingen van voetzoekers. Hij rende heen en weer over de daken, van het ene huis naar het andere, en bleef alleen maar even staan om een volgende ketting aan te steken en naar beneden te gooien.

'Hij is altijd stout,' zei Marie, die net als haar moeder klonk.

'Waar heeft hij die vandaan?' vroeg Rocco.

'Hij heeft ze uit een pakhuis gestolen. Ze zijn van een van de schepen die vorige augustus aankwamen, de Santa Marija-schepen.'

Rocco keek Melita even aan. 'Op Malta is hongersnood en ze sturen voetzoekers?'

'O, ze hebben ook kaarsen gestuurd,' zei Marie, 'en scharen en toverhazelaar voor de kappers. Joseph heeft een hele hoop toverhazelaar gestolen.'

'En wat nog meer?'

'Chocoladerepen.'

'Heeft hij jou ook gegeven?'

'Nee, maar ik heb wat van hem gepikt.'

'Je krijgt een goed leven, Marie.'

'Ik wil heel rijk worden. Denk je dat dat lukt?'

Op het dak stak Joseph vuurpijlen en Romeinse kaarsen aan. Hij rende rond, heen en weer, een wilde, pyrotechnische dans, waarin hij pijlen, vuurraderen, zevenklappers, voetzoekers en kanonslagen afstak. Wolken rook stegen overal om hem heen op, en hij was nauwelijks zichtbaar terwijl hij met zijn doosje lucifers van de ene groep lawaaimakers naar de volgende heen en weer sprong. Een raket, een grote, ging met een echoënde *boem* de lucht in – een lang, slangachtig ding dat draaide en kronkelde en gele en rode kammen losliet in de donkerblauwe namiddaghemel.

Rocco en Melita liepen door, gingen terug naar Windmill. Toen ze langs de Auberge de Castille kwamen, waar nu alleen nog de muren van overeind stonden, kwam er een Amerikaanse officier op een fiets met te veel vaart aanrijden, week uit voor een groep nonnen en knalde tegen Rocco aan, die viel.

De officier hielp hem overeind. Het was een majoor met een bottige neus, een bottig voorhoofd, een vierkante bottige kaak en een gegroefd gezicht dat op een of andere manier vol slecht weer leek te zitten. Terwijl hij Rocco overeind hielp bood hij echter uitgebreid zijn excuses aan, en hij nam zijn pet af voor Melita.

'Gaat het, soldaat? Ben je nog helemaal heel?' Uit zijn lichtgrijze ogen sprak oprechte bezorgdheid.

'Het gaat prima, het gaat prima,' zei Rocco, die het stof van zijn kleren klopte. De knie waarop hij was gevallen deed pijn. Toen hij de majoor aankeek leek deze iets bekends te hebben, iets van lang geleden, alsof ze elkaar ooit, ergens, eerder hadden ontmoet. Even had hij het gevoel dat hij op het punt stond het zich te herinneren, maar het bleef een vage vlek. 'Komt u uit Oklahoma?' vroeg hij, niet helemaal goed wetend waarom hij het vroeg.

'Ik? Jezus, nee, ik kom uit Vermont.'

Hij zat weer op de fiets, trapte hard, had haast ergens te komen. Een hond blafte. Een schip in de haven liet zijn sirene loeien. Er rende een groepje jongens voorbij die oorlogje speelden, met denkbeeldige geweren op elkaar schoten en met hun mond de geluiden van geweren nadeden, en weer had Rocco de gewaarwording van laag op laag, van plooi op plooi. Dragut, Dragut in zijn harnas. Maltahond, Maltazwam. Een vlucht duiven streek overal om hem heen neer, pikkend naar waar duiven naar pikken, een enorme zwerm, met kleine oogjes en glanzende veren, groen en paars, en Rocco wist dat wat Tony Zebra had gezegd waar was: hij zat al te lang op Malta.

38

Zammits Moeder-van-God-Madonnajukebox

In het gebombardeerde huis aan Windmill Street maakte Melita een vroege avondmaaltijd. Ze maakte weduwensoep, *soppa ta'l-armla*, in een koperen ketel. Het werd weduwensoep genoemd omdat in gewone tijden zelfs de armste weduwe zich de ingrediënten kon veroorloven. Nu was er echter zo'n tekort aan voedsel dat een goede weduwensoep als een delicatesse werd beschouwd. Je deed er alles in wat je kon vinden, groenten, knoflook, een ei als je er een kon krijgen, en *rikotta*. Maar *rikotta* was schaarser dan eieren, en als je al iets vond kostte het een klein fortuin.

Ze had *rikotta* gevonden.

'Waar? Waar heb je die gevonden? Was het duur?'

'Dat was het zeker.'

'Hoeveel?'

Ze wilde het niet zeggen.

'Heb je het betaald met Benny Goodman? Met Woody Herman? Met Jack Teagarden?'

Ze schudde haar hoofd.

'Voor een hele jukebox?'

Ze zei geen woord.

'Heb je de roze lijkwagen verkocht?'

'Nu ga je weer raar doen. Geniet er nou maar gewoon van.'

'Je hebt natuurlijk Zammit verkocht. Klopt dat? Je hebt hem ingeruild voor de *rikotta*.'

Ze namen de soep mee naar boven, naar de kamer zonder dak op de bovenverdieping, waar ze voor het eerst de liefde hadden bedreven. Ze had een kleine tafel gedekt en een paar kaarsen aangestoken.

'Dit is betere soep dan ze bij Dominic's ooit hebben gehad,' zei ze.

Ze aten, en Fingerly spookte nog steeds door zijn hoofd.

'Het was hem, ik weet het zeker.'

'Doet het ertoe?' vroeg ze op vermoeide toon.

'Het doet ertoe, het doet ertoe.'

'Tijd doet ertoe,' zei ze. 'Liefde doet ertoe, haat doet ertoe. Maar Fingerly niet, Fingerly doet er niet toe.'

'Dit is goede soep,' zei hij.

'Dat mag ook wel.'

'Goede weduwensoep.'

'Maar ik ben geen weduwe,' zei ze, 'en dat wil ik ook niet zijn. Begrijp je dat? Ik wil geen weduwe zijn.'

Ze klonk gedecideerd, rustig dwingend, en hij begreep het. Ze zei hem dat hij zich niet moest laten doodschieten. En nog meer, nog veel meer. Ze zei hem dat hij haar niet mocht vergeten, dat hij haar niet uit zijn gedachten mocht laten glippen. Ze zei hem dat hij na de oorlog voor haar moest terugkomen, want wat ze samen hadden gehad, die acht maanden, goed en slecht, was te kostbaar om weg te gooien. Van april tot november hadden ze de bombardementen verdragen en het leek nu al een heel leven.

De kat, Byron, kwam soezerig uit een andere kamer en wreef met zijn zij tegen Rocco's been, waarbij hij een laag gesnor liet horen. Rocco stak zijn arm omlaag en krabbelde hem achter zijn oren, pakte hem vervolgens op en zette hem op de tafel, waarna hij hem wat soep uit zijn kom liet oplikken.

In het donker reden ze met de lijkwagen, waar nog maar heel weinig benzine in zat, naar Zammit in Santa Venera.

'Ik kom afscheid nemen,' zei Rocco.

Zammit had zijn timmermansvoorschoot aan, dat vol hing met kleine gereedschappen, en hij had een kleine zaag in zijn hand. 'Ga je weg?'

'Ja, het is tijd om te vertrekken.'

'Die oorlog,' zei Zammit, 'het is toch zo vervelend, niets gaat meer gemakkelijk.'

De cognac was allang op, evenals de vermout en de sherry. In de lege flessen stonden kaarsen, maar die waren al een heel eind opgebrand, en in deze tijd van tekorten waren kaarsen bijna net zo moeilijk te vinden als drank.

Wat Zammit had was een fles anisette, die een cafébaas hem in juli in ruil voor een jukebox had gegeven. Zammit had toen gevonden dat de jukebox minstens drie flessen waard was, maar de cafébaas had zijn been stijf gehouden en gezegd dat hij die jukebox niet eens kon gebruiken omdat er geen elektriciteit was, dus het was één fles of helemaal niets, even goeie vrienden.

Elektriciteit was nog steeds een probleem. Het grootste deel van de zomer was de leverantie aan huishoudens gestaakt. Ze hadden nu weer stroom, maar in Santa Venera en de andere kleine dorpen was de voorziening onbetrouwbaar. Zammit had de laatste drie weken zonder gezeten. Hij had een generator, maar om die te laten draaien moest hij benzine hebben. Hij had één blik, vijfentwintig liter, dat hij voor een speciale gelegenheid had gespaard, veilig weggeborgen in de kelder.

'Als dit zijn laatste avond op Malta is,' zei hij, 'dan moeten we muziek hebben.'

Hij ging naar de kelder en bracht zijn laatste blik benzine naar boven.

Rocco wilde niet dat hij het gebruikte. Hij vond het extravagant. Zelfs nu het konvooi binnen was zou benzine schaars blijven tot er nog een paar tankers waren gearriveerd. Zammit hield echter vol. Hij liep naar achteren, naar de generator, goot de benzine erin en startte de motor, en in het huis gingen de lampen aan. Melita liep haastig de kamer rond en controleerde of de verduisteringsgordijnen dicht waren.

'Elektrisch licht, het is een wonder,' zei Zammit. 'En muziek is zelfs nog beter!'

Hij zette de jukebox in de zitkamer aan, drukte op alle knoppen, en de muziek begon. Eerst Sinatra, toen Crosby, toen Kitty Kallen, toen Judy Garland. Hij haalde de glaasjes, borrelglaasjes met een zilveren randje, en schonk de anisette in.

'Je laatste avond?' vroeg hij.

'Mijn laatste avond,' zei Rocco.

'Op het leven,' zei Zammit, terwijl hij zijn glas hief.

'Op de jukeboxen,' zei Rocco.

Sinatra zong 'I'll Never Smile Again'. Het nummer van Crosby was 'White Christmas'. Kitty Kallen zong een eenzaam 'Love for Sale' en Judy Garland laveerde zich een weg door 'That Old Black Magic'.

De platen bewogen zich de een na de ander van het rek naar de draaitafel, somber, gemelijk, bitterzoet, vol liefde en hoop en wanhoop. 'Street of Dreams', 'Last Call for Love'. De toon van de

412

luidspreker was rijk en donker, met een zware bas, een desolaat gevoel. De kwijnende gekweldheid van het hart.

De jukebox in de zitkamer was niet de enige in het huis. Net zoals in april, toen Rocco hier voor het eerst was geweest, stond het huis vol: overal jukeboxen, sommige bijna af, aan andere was Zammit nog maar pas begonnen. Op dit moment werkten er zeven. Stukken gereedschap en hout lagen overal verspreid, op de vloer, op stoelen en tafels. Het was echter een gedisciplineerde chaos, Zammit wist waar alles lag. Na een periode van nietsdoen, waarin zijn werk tot stilstand was gekomen, was hij weer actief en stormde vooruit.

Melita was opgetogen. 'Je hebt hard, hard, hard gewerkt,' zei ze vrolijk. Ze was hier al een tijd niet geweest, een paar weken niet, en het was bevredigend om te zien dat hij uit zijn impasse was opgekrabbeld en dat er weer nieuwe ideeën opborrelden.

'Kom mee, naar boven,' zei hij, 'allebei, dan kan ik jullie laten zien wat ik heb gemaakt met de stukken die jullie hebben gebracht. Ik heb gewerkt, ja. God in de hemel, wat heb ik gewerkt!' En terwijl de muziek weerklonk ging hij hen voor, de trap op, naar de achterkamer, die op de tuin uitkeek.

'Ik dacht dat je alleen maar somber zat te peinzen,' zei Melita.

'O, dat heb ik achter de rug,' zei hij. 'Dat is allemaal verleden tijd. Ik ben weer aan het werk.'

Met de scherven en stukken die ze uit de ruïnes van Dominic's hadden geborgen had Zammit zijn meesterwerk gecreëerd. Het was een evolutionaire sprong die verder ging dan alles wat hij daarvoor had gemaakt. Er waren wel echo's en resonanties van zijn vroegere werk, maar het had ook een onmiskenbare frisheid, een prachtige vreemdheid en originaliteit.

In september, toen Melita hem het plastic en het verwrongen metaal van de Wurlitzer 850 had gebracht, had hij er niets mee kunnen beginnen. Hij verkende, dacht na, piekerde. Hij maakte schetsen en zat een beetje te krabbelen, en ten slotte had hij de fragmenten gewoon opzijgelegd.

Maar toen, uit het niets, was het allemaal op zijn plaats gevallen, en in de loop van zeven dagen had hij in grote haast, bijna zonder slaap, willekeurige stukken hout, metaal, glas en plastic samengevoegd, snijdend en lijmend, zagend en hamerend, solderend en schroevend. Toen hij klaar was besefte hij dat hij in een creatieve koorts buiten zichzelf was getreden, dat hij zijn armen ver had uitgestrekt en iets magisch had aangeraakt, iets wat hij nauwelijks begreep, en dat hij een stuk van de magie mee terug had genomen en in deze vreemde, excentrieke kast had verwerkt, die gloeide en begon te leven van prachtige muziek.

Het was een grote kast, zo groot dat het onmogelijk zou zijn hem door de deur te krijgen. Als hij ooit verhuisd zou moeten worden zou hij uit elkaar gehaald en opnieuw gemonteerd moeten worden. Zammit had de doorschijnende stukken met de warme kleuren van de Wurlitzer gebruikt en ze gecombineerd met de stukken walnoothout en rozenhout, fragmenten gebrandschilderd glas en een paar auto-onderdelen die Rocco had gevonden – een achterlicht, een wielkast, een vonkende bougie. Op een dag was Zammit een eindje gaan fietsen en had hij het wrak van een 109 gevonden. Hij had een klein deel van de romp gesloopt waarop het groepsembleem van het vliegtuig stond: een rood hart op een gele achtergrond, en dit had hij ook in de jukebox verwerkt.

Veruit het ongebruikelijkste deel van de kast was echter een paneel van gezandstraald glas in het front, dat direct onder de grammofoonplaten was aangebracht en was gevat in een lijst van het doorschijnende plastic van de Wurlitzer. Als er een plaat draaide werd het gezandstraalde glas verlicht door traag bewegende beelden, die van binnenuit werden geprojecteerd door een miniatuurapparaat dat aan de andere kant van het glas was gemonteerd.

Alle beelden, in kleur, waren portretten van de Gezegende Moeder. Een hele litanie van beelden die de Maagd in haar vele gedaanten vertoonde.

'Onze Lieve Vrouwe van Liesse,' zei Zammit, toen het eerste beeld verscheen. 'Ken je Onze Lieve Vrouwe van Liesse? Vroeg hij Rocco.

Rocco kende haar niet.

'Onze Lieve Vrouwe van Liesse is opgegaan in Onze Lieve Vrouwe van Guadalupe, en toen in Onze Lieve Vrouwe van Lourdes, Onze Lieve Vrouwe van Fatima, Onze Lieve Vrouwe van Damascus, Onze Lieve Vrouwe van Pompeii.'

'Zoveel?' vroeg Melita. 'Moeten er echt zoveel in?'

'Moeten er dan minder in?'

Ze haalde onzeker haar schouders op, omdat ze niet wilde dat hij dacht dat ze zijn briljante prestatie niet waardeerde, want een prestatie was het zeker, deze jukebox, die de Moeder in al haar verschillende vermommingen en gestalten belichaamde, Koningin van de Engelen, Moeder van het Erbarmen, Toevlucht der Zondaren, Sterre der Zee – ze waren er allemaal, een golvende iconografie, het ene beeld na het andere, de Maagd onthuld in haar veelvuldige verschijningen.

Op een zeker moment nam ze de gedaante aan van de Venus van Malta, die Zammit in het Nationaal Museum had gezien voordat het vanwege de bombardementen was gesloten; het enige verschil was dat de Maagd haar kleren aanhad en de Venus van Malta niet. In een later stadium vertoonde ze enige overeenkomst met koningin Victoria, en in haar laatste verschijningsvorm leek ze opmerkelijk veel op Miss Sicilië – en toen Melita dat zag besefte ze dat Zammit niet helemaal eerlijk was geweest toen hij haar had verteld dat zijn verliefdheid een zaak van het verleden was. Dit stemde haar treurig, omdat ze nu vollediger dan hiervoor begreep dat hij nooit gelukkig zou worden. De liefde was wreed, vol strikken, risico's, valkuilen, gruwelijke kwellingen. En niet-beantwoorde liefde was het ergste.

De jukebox gloeide. In de donkere kamer flikkerde hij van de warme tinten, die subtiel verschoven in golven en steken van licht, ingetogen zachte schitteringen, een gedempte versie van het noorderlicht. De kast leek te zweven, alsof hij loskwam van de grond, in de ruimte hing.

Zammit noemde hem de Moeder-van-God-Madonnajukebox, en voorzover de Madonna een vrouw was, vond hij het gepast dat de enige stemmen die uit deze jukebox zouden komen de stemmen van vrouwen waren – Kitty Kallen, Dinah Shore, Kate Smith, de Andrew Sisters, Helen O'Connell, Judy Garland, Peggy Lee… Hij had alleen maagden in de jukebox willen opnemen, ter ere van Maria, die zowel moeder als maagd was, maar het was, helaas, een onvolmaakte wereld, en een goed nummer, gezongen door wie dan ook, ongeacht de toestand van maagdelijkheid, zoals hij het formuleerde, was niet iets om je neus voor op te halen.

De kast was een enorme prestatie, hoewel Melita eigenlijk het gevoel had dat Zammit ditmaal te ver was gegaan, dat hij alle rede en geloofwaardigheid uit het oog had verloren. Met een enkel gebaar had hij elke zin voor orde, harmonie of symmetrie waarvan zijn eerdere werk had getuigd, afgeworpen. Zelfs in zijn surrealistische fase was er altijd sprake van een vage verwijzing naar klassiek evenwicht geweest, maar nu had Zammit een postfuturistische nostalgische antiwereld bedacht die teruggreep op de barok en deze toch tegelijkertijd ontkende, een gedurfde en onbevreesde neobarok die in zijn dromerige wanverhoudingen barokker dan barok was. Hij putte uit te veel bronnen, was te groots. Hij was inhalig, te opslokkend in zijn begeerte alles tegelijk te zijn, een naslagwerk van herinnerde en vergeten tijden. Terwijl ze naar de jukebox stond te kijken en zag hoe wellustig misvormd hij was, hoe topzwaar, vol scheve hoeken en krullen die geen echt middelpunt hadden, wist Melita dat Zammits teleurstelling over Miss Sicilië gewoon te veel voor hem was geweest, dat hij gek aan het worden was.

Zammit stond naast de jukebox, glimlachend als een trotse vader. Of als een betoverde bruidegom die pronkte met zijn bruid. 'Ja,' vroeg hij, smekend om instemming.

'Ja,' zei Melita knikkend.

'Is het de beste?'

'De allerbeste,' zei ze, en ze meende het ook, want ondanks het voorbehoud dat ze voelde zag ze – wist ze – dat deze jukebox de mooiste was die hij ooit had gemaakt, een kunstwerk als geen ander. Topzwaar, ja. Mismaakt, ja. Maar toch paradoxaal licht, zwevend, opstijgend van de vloer. Hij leek bijna te dansen in zijn vreemdheid. 'Zonder enige twijfel,' zei ze, 'de beste. De schitterendste.'

'Beter dan een Duesenberg,' zei Rocco.

'Wat is een Duesenberg?' vroeg Zammit.

'Gewoon een stomme oude auto,' zei Melita.

Ze gingen naar beneden en dronken nog wat anisette. Ze praatten over Tony Zebra, die tot commandant van Takali was benoemd, en over Nardu Camilleri, die besloten scheen te hebben eeuwig door te leven.

Zammit begon aan de jukebox in de eetkamer te knutselen, een weelderig stuk werk waarvan de bedoeling was dat er levende goudvissen in zouden zwemmen, maar er moesten nog wat technische problemen worden opgelost. Terwijl Zammit bezig was, gaten boorde en schroeven draaide, liepen Rocco en Melita naar buiten, achter het huis, waar in de zomer de tomaten en pompoenen groeiden en waar Zammit zijn mislukte jukeboxen had gestald. Zijn mislukkingen waren talrijker dan zijn successen. In het kalkwitte licht van de maan leken de afgewezen jukeboxen oude verweerde megalieten, relieken uit een ver verleden, wachtend om ontdekt te worden. Het waren kasten waarvan hij grote verwachtingen had gehad, maar waarbij iets fout was gegaan. Kasten waarin hij een of andere technische of esthetische doorbraak had gezocht, maar er ontbrak iets, of er was gewoon iets wat niet werkte, en het resultaat was het jukebox-kerkhof achter het huis.

Rocco stak een sigaret op en gaf hem aan Melita, waarna hij er een voor zichzelf opstak. Hij zoog de rook diep in zijn longen en liet hem toen in een gestage stroom door zijn neusgaten los, en een tijdlang stonden ze daar alleen maar, in de tuin, onder een nevelige maan, terwijl de rook van hun sigaretten overal om hen heen hing, tussen hen in.

'Het is al november,' zei Melita. 'Je bent hier in april aangekomen, en nu is het november.'

'Ik kom terug,' zei hij.

'Ja, ja,' zei ze luchtig, op een toon die zacht gekruid werd door scepsis. 'Net zoals Douglas MacArthur, nietwaar? "Ik kom terug."'

'Probeer nou niet leuk te doen,' zei hij. 'Ik kom echt terug.'

'Nee, je komt niet terug. Je zult me vergeten.'

'Ik kom terug,' herhaalde hij.

'Waarom moet het goed aflopen? Geloof je dat? Bestaat er zoiets als een gelukkige afloop?'

'Hou je dan niet van een gelukkige afloop?'

'Ik houd er wel van, maar zeg me dan eens, waar vind je zoiets in het echte leven?'

Op dat moment, toen ze dat zei, begreep hij dat wat er diep in haar op de loer lag, diep in haar gevoelens, een latent fatalisme was. Het was het fatalisme van de Maltezers, dat zelfs dieper ging dan hun godsdienst. En waarom ook niet, na zovele eeuwen overheersing – door de Feniciërs, de Carthagers, de Romeinen tot en met de Arabieren, de Ridders en nu de Britten. Er had zich een stille wanhoop in hen genesteld. Rocco had dit in gesprekken met hen aangevoeld. Ook bij Melita was dit gevoel van verlatenheid te bespeuren, verborgen achter haar glimlach, achter haar tederheid. Al die tijd, terwijl ze de liefde hadden bedreven, samen hadden gewoond, had ze zich elke dag voorbereid op het ergste, in de wetenschap dat hij op een zeker moment, vroeg of laat, op een of andere manier zou vertrekken. En nu gebeurde het dan.

Ze hoorden muziek uit het huis komen. Zammit had een knop van een van de jukeboxen ingedrukt. Het was Tommy Dorsey, 'I'll Never Smile Again' met dat magere knulletje, Sinatra, die zong, en Rocco wenste dat hij dat nummer niet had gekozen.

Daarna kwam de nieuwe van Benny Goodman, 'Jersey Bounce', en dat was beter. Melita gooide haar sigaret weg, maar Rocco hield de zijne tussen zijn lippen, en ze dansten. Een snelle, levendige jitterbug, vol wendingen en draaiingen.

'Nog een keer,' riep Rocco naar Zammit, toen de plaat was afgelopen. 'Draai die nog eens.'

Zammit draaide hem nog eens en nog eens, en zo brachten ze de nacht door, jitterbuggend, met rondtollende lichamen, het opgewekte ritme, de syncopering voelend. In de prikkelende, kille nachtlucht vormde hun adem lange sluiers witte damp, maar ze waren verhit, warm, en zweetten.

Toen deed Zammit iets vreemds. Hij zette alle jukeboxen tegelijk aan. Eerst Glenn Miller, en daarbovenop Woody Herman, en daarna iemand anders, daarna de stem van Martha Tilton, en nog iemand, en nog iemand. Hij liep van de ene kamer naar de andere, zette de jukeboxen aan, zodat ze alle zeven tegelijk speelden, een waanzinnige warboel, en toch was het vreemd genoeg meer dan alleen maar lawaai: het was in zekere zin een geweldige regenboog van geluid, als je geluid tenminste als een vorm van kleur kon zien, als een rondzwervende stroom gebroken licht.

'Hij heeft zijn hart verloren aan Miss Sicilië,' zei Melita. 'Hij wordt nooit meer dezelfde.'

'Niet zijn hart. Zijn ziel.'

'Ja, alles.'

Het was goed dat Angelina Labbra terug was op Sicilië, weg was. Anders zou Zammit nog steeds met een volgend boeket wilde bloemen tegenover haar raam in het Imperial Hotel staan te wachten, in de hoop een glimp van haar op te vangen.

Terwijl de muziek klonk – alle zeven nummers tegelijk – stonden Rocco en Melita daar in de tuin, rokend, niet dansend, maar het was alsof ze dansten, omdat het dat hele lange moment, terwijl ze onder de maan stonden te luisteren, leek alsof ze zweefden, in een vertraagde beweging.

En toen eindigden met bitterzoete finaliteit een voor een de platen. Glenn Miller speelde nog even door, 'That Old Black Magic', en toen was ook dat afgelopen en was er alleen maar de stilte van de nacht, de nevelige maan, de feloranje punten van hun sigaretten.

'Waar sturen ze je heen?'

'Na Marokko? Naar Sicilië, neem ik aan, als de invasie komt, en daarna door Italië naar het noorden.'

'Wees voorzichtig,' zei ze. 'Zal je voorzichtig zijn?'

'Ik hoef alleen maar de radio te bedienen.'

'Maar je doet ook waanzinnige dingen.'

'Echt waar?'

'Je moet meer bidden. Je moet geloof hebben. Ik zou graag willen dat je meer geloof had.'

'Dat klinkt een beetje als iets wat Fingerly altijd zei. Maar ik denk dat hij het als een grap bedoelde.'

'Wacht,' zei ze, terwijl ze haar schoenen uittrok, 'ik wil dat je deze meeneemt.'

'Je schoenen?'

'Deze had ik aan toen we elkaar voor het eerst zagen. Weet je dat niet meer? Je was toen zo hartstochtelijk.'

Het waren blauwe pumps met gaten in de zolen. Ze had er stukjes linoleum in gelegd om haar voeten te beschermen.

'Blauwe schoenen,' zei hij.

Ze had blauwe schoenen, rode schoenen en witte schoenen, en in al haar schoenen zaten gaten. Nieuwe schoenen waren nog steeds niet te krijgen, iedereen vroeg zich af of er met het laatste konvooi een voorraad was meegekomen.

Rocco had zijn sigaret in zijn linkerhand. Hij wilde hem naar zijn lippen brengen om nog een trek te nemen, maar deed het niet, stond daar alleen maar, kijkend naar Melita, naar de schoenen die ze in haar hand hield. Hij stond daar rustig, gehuld in sigarettenrook, en probeerde het moment in zijn geheugen te griffen, omdat dit moment, meer dan alle andere, het moment was dat hij nooit wilde vergeten.

Nawoord: 1945

Toen Rocco weer bij zijn eenheid in Noord-Afrika zat, bereikte slechts één van de brieven van Melita hem. En later, toen hij op Sicilië zat, en daarna op het vasteland van Italië, kwam er helemaal niets. Hij schreef dikwijls, maar vermoedde dat zijn brieven, net zoals de hare, maar weinig kans hadden hun bestemming te bereiken.

Terwijl de oorlog zich voortsleepte zat hij het grootste deel van de tijd achter de linies, nu eens in dit dan weer in dat hoofdkwartier, deed dienst achter de radio, op grote afstand van de ergste gevechten, hoewel er momenten waren dat de granaten overal om hem heen neerkwamen. Eenmaal ging er dicht bij hem in de buurt een vrachtwagen met benzine de lucht in en liep hij brandwonden aan zijn benen op, en een paar weken later, tijdens een mortieraanval, kreeg hij een paar scherven in zijn schouder.

In Agrigento en Randazzo, en in het dal van de Liri dacht hij voortdurend aan Melita, vervloekte zichzelf dat hij zo plichtsgetrouw was geweest van Malta te vertrekken en zich weer bij zijn eenheid te voegen. Toen ze eindelijk in Rome waren praatte hij een verlofpas voor drie dagen los en probeerde naar Malta te komen, maar hij kwam niet verder dan Napels. Hij probeerde talloze malen te bellen, maar in de algehele chaos was de telefoon, elke telefoon, weinig meer dan een wensdroom. De oorlog had van alles een zootje gemaakt.

Hij had drie foto's van haar bij zich. Op de ene zat ze op een rots aan zee, in een lange rok, en op een andere stond ze voor een lattenwerk met rozen. Geen van beide foto's gaf ook maar enige aanwijzing dat er op dat moment een oorlog had gewoed en dat

duizenden huizen aan flarden werden gebombardeerd. Op de derde foto stond ze samen met Rocco en had hij zijn arm om haar
heen gelegd. Er lag een speelse ironische trek op haar lippen en in
haar blik zag je een vleugje eenzaamheid. Deze foto, en die bij het
lattenwerk, waren op de bruiloft van Aida genomen.

Hij zat twee maanden in Rome, werd toen bij zijn divisie weggehaald en naar Nederland gestuurd, naar Amsterdam, en daarna,
tegen het einde van de oorlog, zat hij in Rotterdam, ver van het
front, berichten te verwerken voor een luitenant-generaal die in de
slag bij Bastogne een oog was kwijtgeraakt.

Hij overwoog na de oorlog weer in gebruikte auto's te gaan
handelen en zo zijn brood te verdienen tot er zich iets beters zou
voordoen. Hij hield van auto's, hij voelde zich prettig in de buurt
ervan. Bovendien overwoog hij weer naar de universiteit te gaan,
een paar cursussen te volgen: hij zou 's avonds kunnen studeren en
examens kunnen doen en overdag aan de auto's kunnen werken.
Er leek van alles mogelijk.

Toen de Duitsers in mei capituleerden probeerde hij weer naar
Malta te gaan, maar het leger gaf hem in Nederland geen enkele
bewegingsvrijheid. En toen, in augustus, transporteerden ze hem
naar huis, nadat ze hem slechts enkele uren van tevoren van zijn
vertrek op de hoogte hadden gesteld.

Zijn huis was de YMCA aan Eastern Parkway, waar hij een tijdje had gewoond voordat hij bij het leger was gegaan. Tijdens zijn
afwezigheid hadden ze zijn post voor hem bewaard, en in de grote stapel die op hem lag te wachten zat een brief van Zammit. De
brief had hem door half Europa gevolgd, van het ene kamp naar
het andere, had hem voortdurend gemist en was toen op een of
andere manier in Brooklyn terechtgekomen voordat hij er aankwam. Toen hij hem las was hij zo ontdaan dat hij hem moest
neerleggen en weg moest lopen omdat hij er fysiek afstand van
moest nemen. Wat er in de brief stond, in de eerste regels, met verdovende directheid, was dat Melita dood was. Ze was gedood
door een bom.

Zammit had, kapot van verdriet, de brief op de dag van de begrafenis in een nauwelijks leesbaar handschrift geschreven, en
toen Rocco hem weer oppakte kon hij nog steeds nauwelijks geloven wat er stond, kon hij het niet tot zich door laten dringen. Melita dood? Het was onbegrijpelijk. Alsof hij een deur had geopend
van een kamer waar geen vloer was, alleen een gat, duisternis, een
leegte waarop hij niet was voorbereid.

En het andere dat er in de brief stond, vlak voor het einde, in de laatste regels, bijna verstopt, was iets wat hij in zijn verdriet slechts nauwelijks zag. Zammit vertelde tegen het einde in zijn hanenpoten dat er een kind was – een jongen, ongeveer zeven maanden na Rocco's vertrek geboren. Zammit voedde hem op. Het was, schreef hij, gegeven de omstandigheden het minste dat hij kon doen. Overal op Malta, schreef hij, waren wezen.

Rocco herlas de brief vele malen en er daalde een soort kou in hem neer die hij niet kon afschudden. Het was augustus en warm, maar zelfs als hij in de zon stond voelde hij zich niet beter omdat hij de kou in zich meedroeg. En toen, op een dag, had hij het niet alleen maar koud, maar huiverde hij, koortsachtig, en hij was een week lang ziek, in bed, woelend en draaiend, en had levendige, wakkere dromen, alsof hij klaarwakker was, waarin hij Melita zag, vlak bij hem. Als hij echter zijn hand uitstak om haar aan te raken was ze er nooit. Hij sprak hardop, hallucinerend, praatte tegen de muren.

Toen de koorts was verdwenen werd zijn hoofd weer helder en besefte hij, scherper dan daarvoor, dat hij een zoon had. Zijn verdriet om Melita had dit feit naar de achtergrond gedrukt, maar nu kwam het weer naar boven, trok aan zijn denken. Een jongen, al twee jaar oud. Hij was een verbinding, een contact, en terwijl hij weer op krachten kwam en van de koortsaanval herstelde, begreep hij dat hij hoe dan ook, en heel snel, naar Malta terug moest. Daar zat de jongen, en hij trok aan hem. En het ging niet alleen om de jongen, maar ook om Melita, omdat hij nog steeds niet kon aanvaarden dat ze dood was. Hij moest Zammit zien en hem het horen vertellen, moest met zijn eigen zintuigen bevestigen dat ze er echt niet meer was, want er was nog steeds dat onbegrip, dat ongeloof. *Waarom* en *waarom? En hoe was dat mogelijk?*

Hij praatte met de eigenaar van de autohandel, die hem al eerder goed had behandeld en hem in dienst had genomen toen hij nog maar pas van de middelbare school was gekomen. Hij behandelde hem ook nu weer goed, vooral nu, omdat Rocco aan de oorlog had meegedaan en met een Purple Heart was teruggekomen. Hij schoot Rocco wat geld voor, en daarmee, en met wat hij van zijn soldij had gespaard, ging Rocco op weg naar Malta. Hij nam een brits aan boord van een vrachtschip dat hem naar Gibraltar bracht, waar hij met enig geluk een kapitein van de RAF leerde kennen die hem aan boord van een Lodestar naar Luqa praatte. Eerder dan hij had verwacht was hij op Malta, een weerzien na drie jaar.

Het was heel erg veranderd. Er moest nog veel worden herbouwd, maar de straten waren opgeruimd en het puin was grotendeels verwijderd. Sommige cafés waar hij was geweest waren nog steeds open, maar ook veel waren er niet meer. Hock's was verdwenen, en Hock zelf, zo hoorde Rocco, was naar Amerika vertrokken en had een café annex grill in Philadelphia. Waar vroeger de Big Peter was geweest zat nu een schoenenwinkel, en de Pink Garter was nu een bloemenhandel. De straten waren echter nog dezelfde, Kingsway en South en Old Bakery en Merchants, ze trokken alle aan hem, trokken hem terug naar de dagen en nachten dat hij er met Melita had gewandeld.

Bij Zammit was alles anders. Zammit maakte geen jukeboxen meer. Er was geen enkele jukebox in het huis, en de mislukte jukeboxen die in de tuin achter het huis hadden gestaan waren naar een vuilnisbelt gebracht. Nu de oorlog voorbij was begonnen de grote ondernemingen weer te lopen, die blinkende hoogglanzende superkasten produceerden die van fenolhars en ingewikkelde thermoplastics waren gemaakt, en Zammit had alleen maar verstand van hout en gebrandschilderd glas. Het speet hem niet, helemaal niet. Hij begreep dat zijn tijd was begonnen en geëindigd en voorzag nu in zijn onderhoud met wat hij het beste kon: reparaties, werken aan radio's en grammofoons, aan alles wat gerepareerd moest worden: naaimachines, de grote ventilatoren in de bioscopen.

Jukeboxen waren beter, dacht Rocco. Hij had het leuker gevonden toen Zammit aan de jukeboxen had gewerkt.

Zammit was oud geworden. Hij was grijs, en een paar van zijn voortanden ontbraken. Hij was nog steeds een veertiger, maar leek een oude man, vermoeid en versleten. Melita had hem er altijd mee geplaagd dat hij voor zijn tijd oud begon te worden, en nu was hij nog ouder, en nog trager. Hij liep schuifelend en dronk Coca Cola, in grote hoeveelheden. 'Mijn dokter heeft me gezegd dat ik geen whisky meer mag,' zei hij, 'maar volgens mij is dat een vergissing. Ik voelde me beter met een beetje anisette nu en dan.'

Ze zaten in de zitkamer, die ooit vol had gelegen met gereedschap en jukeboxen, maar die nu, net als de rest van het huis, een toonbeeld van netheid was: niet meer de rommel en chaos van vroeger. De jongen was boven, hij lag te slapen. Rocco had hem nog niet gezien. Ze zaten in fauteuils die Zammit van autostoelen had gemaakt, van een Bugatti die tijdens de bombardementen was vernield, en terwijl ze daar zaten, in het lome gezoem van de vroege middag, vertelde Zammit Rocco zo goed mogelijk wat er met Melita was gebeurd.

Het was op een dinsdag gebeurd, in de middag, in de kleine tuin bij Zammits huis. Ze was onkruid aan het wieden in een bed groenten, rijen andijvie en artisjokken. De grote bombardementen waren weliswaar afgelopen, maar het voedsel was nog schaars, en als je een stukje land had kweekte je zoveel mogelijk zelf. Zelfs op de platte daken van huizen kweekte je groenten, in potten en houten kisten. Toch was het ergste achter de rug. Er waren geen Stuka's en Ju-88's meer, en geen Messerschmitt 109's meer die de steden en vliegvelden beschoten.

Maar die dinsdagmiddag, toen Melita in de tuin bezig was, was er één enkel vliegtuig boven het eiland verschenen, laag aanvliegend onder de radar door, zwart tegen de helderpaarse hemel. Iedereen die het had gezien beaamde dat het een Stuka moest zijn geweest, vanwege de gehoekte, meeuwachtige vorm van zijn vleugels. Het gedreun van de motor sneed als een cirkelzaag door de warme middag.

Het was duidelijk een vliegtuig dat daar niet thuishoorde. De oorlog had zich naar het noorden verplaatst, naar Italië, naar Frankrijk en België, en daarna naar Duitsland. Maar dit ene vliegtuig kwam die middag vanuit het noorden laag over de horizon, en terwijl het over het eiland vloog liet het een enkele bom vallen, om redenen die niemand begreep. Het kon gewoon een gebaar zijn geweest, een uiting van wanhoop, omdat het nu alleen nog maar een kwestie van tijd was voordat Berlijn onder de voet zou worden gelopen. De kustbatterijen, die totaal verrast waren, openden het vuur niet. De mannen aan de kanonnen keken min of meer verbijsterd toe hoe het toestel over hen heen vloog en daarna in de verre mist boven de Middellandse Zee verdween.

De bom viel niet in de tuin waar Melita aan het werk was, maar in een aangrenzend stukje land, maar de explosie was zo sterk dat ze vanuit de tuin helemaal naar de overkant van de weg werd gesmeten. Toen ze haar opraapten wilde niemand naar haar kijken. Haar gezicht was weg.

'Het is gebeurd,' zei Zammit fatalistisch.

Rocco was verstard.

'Wat een waanzin. Zelfs God moet in de war zijn.'

'En de jongen?' vroeg Rocco.

'Hij lijkt op zijn moeder. Juni, hij is in juni geboren, nadat jij was vertrokken. Je bent in november vertrokken.'

'Waarom heeft ze me het niet verteld? Waarom heeft ze niets gezegd voordat ik vertrok?'

Zammit verschoof ongemakkelijk in zijn stoel. 'Ze deed wat zij het beste vond. Het was oorlog, je weet nog hoe het was. Ik denk dat ze, voordat je vertrok, niet zeker wist dat ze zwanger was.'

'Ze is een paar keer misselijk geweest,' herinnerde Rocco zich. 'Ze was moe, ze maakte een gespannen en zenuwachtige indruk.'

'Kom, hij is boven. Hij doet een dutje.'

Rocco volgde hem naar boven, naar een kamer die ooit vol had gestaan met hout voor de jukeboxen, maar nu zag hij alleen een bed, een bureau, een kleed en licht dat door een klein raam binnenkwam. En op de vloer een jongen met zwart haar die met een speelgoedauto speelde.

'Ik dacht dat je sliep,' zei Zammit tegen hem.

De ogen van de jongen stonden slaperig. Terwijl hij naar hem keek betwijfelde Rocco geen moment dat het zijn zoon was. Er was een gevoel, een onzichtbaar instinct. Hij had zo vaak met Melita gevreeën, overal op Malta, in stadjes waarvan hij zich de naam niet eens meer te binnen kon brengen. Soms waren ze nonchalant geweest, onnadenkend, hadden ze niet aan voorbehoedmiddelen gedacht. Dus ja, natuurlijk. Waarom niet? Deze jongen, deze vreemde, deze donkerharige Maltese halfbloed, die daar met zijn autootje zat te spelen, een kastanjebruine Rolls Royce, die hij heen en weer reed over het kleed: zijn zoon, zijn eigen zoon, hier neergelegd als een rots, alles veranderend.

Rocco knielde op de vloer en raakte het gezicht van de jongen aan, haalde zijn vingers door zijn haar. De jongen trok zich niet terug. Zijn ogen waren die van Melita, donkerblauw en rustig eenzaam.

'Praat hij?'

'Nog niet.'

'Helemaal niks?'

'Jongens, sommige jongens, zijn zo. De dokter heeft gezegd dat hij wel laat zal gaan praten.'

Hij kon lopen, hij sliep in een bed, hij dronk uit een kopje. Maar hij praatte niet en droeg nog een luier.

Rocco legde zijn vinger in de hand van de jongen en de jongen hield hem stevig vast. Toen liet hij los en voelde Rocco opeens een vreemde onthechting, een behoefte zich terug te trekken en weg te gaan. Het was op een of andere manier allemaal te veel voor hem.

De kamer, de jongen, en Zammit, zelfs Zammit – het was te veel om te verwerken, en hij moest weg.

'Ik kom terug,' zei hij, en terwijl hij de kamer uit liep en de trap af liep was hij zich bewust van een nauwelijks beheerst gevoel van paniek, alsof hij ergens op een weg zat en opeens besefte dat hij verdwaald was, zonder kaart, gedesoriënteerd, zonder bordjes die hem duidelijk konden maken waar hij was of waarheen hij op weg was.

Hij nam een bus naar Valletta, en toen hij er was begon hij te lopen, straat in straat uit. Zachary, Kingsway, Old Theatre, heen en weer, zichzelf uitputtend. Hij zat in West en Old Mint en St. Lucy's, denkend aan Melita, in de krankzinnige hoop haar bij iedere straathoek te zien. Hij zat weer op Kingsway, daarna op Strait en Christopher – en toen, verbijsterend, was ze daar, voor hem uit lopend, haar lange rok tot op haar enkels, haar zwarte haar met een clip op haar achterhoofd vastgezet. Zijn hart begon te bonken. Ze sloeg een hoek om, Merchants in, en hij begon te rennen om haar in te halen, maar toen hij bij de hoek kwam was ze verdwenen. Hij zocht koortsachtig, de ene winkel na de andere, en in een fotowinkel vond hij haar uiteindelijk. Ze stond bij de toonbank een filmpje te kopen. Maar toen ze zich omdraaide was het verkeerd, helemaal verkeerd, het verkeerde gezicht, de verkeerde ogen, een onbekende, en wat had hij toch gedacht? Hij voelde, vaag, zorgeloos, dat hij zijn greep op de werkelijkheid kwijtraakte.

Hij stak de stad door naar Windmill, waar hij al die maanden met haar had gewoond, in dat gebombardeerde huis met dat grote gat in het dak. Het huis was herbouwd en de begane grond was een winkel geworden. Het was een kantwinkel en hij zag dat er binnen iemand rondliep, een vrouw. Hij dacht dat hij wel even naar binnen kon om te kijken hoe het huis veranderd was. Hij zou de vrouw kunnen vertellen wie hij was, kon haar vertellen dat hij er met Melita had gewoond toen er nog een gat in het dak had gezeten, dat ze naar de radio hadden geluisterd, naar de propaganda uit Rome, en dat ze hadden gekaart toen de bommen op Cottonera waren gevallen. Maar zou het de vrouw iets kunnen schelen? Zou het ook maar enig belang voor haar hebben dat Melita daar voor een kapotte spiegel had gestaan, in dat huis, haar haar had geborsteld en haar lippen had gestift?

Hij bleef rondhangen, keek door het raam, keek hoe de vrouw dingen op de planken verzette. Toen ging hij verder, bijna rennend. Hij zat op Bounty en Bull en Fountain, helemaal bij St. Elmo's, daarna bij Old Hospital, en eindigde bij de Lower Barracca Gardens, waar hij uitkeek over het water. Het was een grauwe hemel, bewolkt, een grote streep bewolking als grauw wasgoed, en terwijl hij daar stond te kijken voelde hij dat ze daar ergens ver weg was, op het water, dood ja, maar op een of andere manier nog levend. Want hoe kon ze dood zijn? *Hoe?*

Hij keek en keek en zag een lichtflits, iets brandends, alsof er daar iemand op het water stond, gehuld in vlammen, en hij herinnerde zich de eerste keer dat hij haar had gezien, die dag in Old Bakery, toen ze tijdens de luchtaanval was blijven doorlopen en hij haar had gevolgd en het even had geleken alsof ze in vlammen was geëxplodeerd. Het was de vreemdheid van Malta, de vertekening, het schuin invallende licht, dingen die waanzinnig en onmogelijk waren. En nu weer, daar op het water, niet ver van de plek waar hij stond, daar was het, een kegel van vlammen.

Toen zag hij echter dat het alleen maar de zon was, een schelle bundel licht die door het water werd weerspiegeld terwijl de zon zich even door bewolking vocht, en hij wist dat hier geen sprake was van magie, of van iets mysterieus of ongewoons. De hemel was de hemel en het water was gewoon water. Melita was dood. En de gedachte die hem bleef kwellen, die niet weg wilde, was dat als hij niet op dat moment het eiland had verlaten, zij misschien nog zou leven.

Het was een eenvoudig rekensommetje: als hij niet was weggegaan en zich niet bij zijn eenheid had gevoegd, zou hij bij haar zijn gebleven, en als hij die dinsdag, toen het vliegtuig overkwam, bij haar was geweest zou ze daar niet in de tuin onkruid hebben gewied. Dan zou ze ergens anders zijn geweest – naar een film, of op een strand, of misschien wel, God mocht het weten, op het andere eiland, daar op Gozo. Dan zou ze nu nog leven. Maar zo was het niet gegaan, hij had verkeerd gegokt. En nu voelde hij zich schuldig, want hij had het vage idee dat hij ernaar verlangd moest hebben te vertrekken, een tijdje bij haar weg te zijn, en dat hij maar al te blij was geweest de oorlog als excuus te hebben. Was dat het? Was er dat gebeurd? Had hij, zonder het bewust te denken, bij haar weg willen gaan? En was hij om deze reden en in die vreemde combinatie van gebeurtenissen verantwoordelijk voor haar dood? Kon dat?

Hij overwoog naar het huis aan Windmill Street terug te keren en naar binnen te gaan, met die vrouw te praten en haar te vertellen hoe het was geweest om daar te wonen. Hij nam echter een bus en ging naar Santa Venera, terug naar het huis van Zammit, en vertelde hem dat hij de jongen mee zou nemen.

Zammit zei niets, keek hem alleen maar twijfelend aan, alsof hij zich afvroeg of Rocco wel wist wat hij deed.

'Hij is mijn kind,' zei Rocco, 'toch?'

Zammit knikte vermoeid.

'Ik neem hem mee terug. Het komt wel goed, we rooien het wel.'

'Het is niet jouw schuld,' zei Zammit, die Rocco's gedachten las. 'Ook al was je gebleven, er was toch wel iets gebeurd.'

'Misschien niet,' zei Rocco.

Zammit haalde zijn schouders op. 'God laat deze dingen gebeuren, we weten niet waarom. God wilde haar hebben. Zo ligt het.'

'Is het Gods schuld?'

'Nee,' zei Zammit. 'Het is niemands schuld.'

De jongen lag in de zitkamer op de bank een dutje te doen. Toen Rocco binnenkwam werd hij wakker en opende dromerig zijn ogen. Hij had de auto bij zich, de kastanjebruine Rolls Royce, was ermee in zijn handen in slaap gevallen. Rocco wist dat het niet gemakkelijk zou zijn hem te verzorgen en dingen te leren. Het zou hem wel lukken, nam hij aan, hij zou er wel achter komen hoe het moest.

Hij zat op de rand van de bank en raapte de auto op. De auto was van metaal en mooi gemaakt, met precieze details. De bumpers, de versiering op de motorkap, de hendels op de deuren, de spatborden. Hij pakte de vingers van de jongen en raakte er de verschillende delen van de auto mee aan. 'Koplamp,' zei hij. 'Bumper. Band. Treeplank.' De jongen vond het leuk om de afzonderlijke delen van de auto aan te raken. Het zat allemaal in de details, dat was het hele eieren eten. De details, en de woorden. Rocco dacht dat als de jongen dat zou kunnen begrijpen, dat woorden belangrijk waren, dat er dan niets aan de hand zou zijn. Want hoe zou hij zich iets kunnen herinneren zonder de woorden ervoor?

Zammit dook vlak bij hem op. 'Anisette,' zei hij weemoedig. 'Laat me even gaan kijken, misschien heb ik nog een fles in de kelder.'

Rocco keek naar de jongen en weer zag hij Melita. Ze zat daar in hem, in zijn ogen, in zijn gezicht.

Hij pakte de jongen beet en tilde hem op, hoog, hij was zwaarder dan hij had verwacht. De jongen vond het leuk daar boven, bij het plafond, op zijn gezicht brak een glimlach door. Rocco liet hem zakken en tilde hem toen weer op, en nu glimlachte ook Rocco, met een vreemd licht gevoel bij de gedachte dat de jongen zijn zoon was.

'Dat vind je leuk, hè? Daar boven? Leuk, hè? Ja? Ja?'